Sie möchten keine Neuerscheinung verpassen?
Dann tragen Sie sich jetzt für unseren Newsletter ein!

www.ylva-verlag.de

Von Jae außerdem lieferbar

Eine Mitbewohnerin zum Verlieben
Tintenträume
Ein Happy End kommt selten allein
Alles nur gespielt
Aus dem Gleichgewicht
Hängematte für zwei
Herzklopfen und Granatäpfel
Vorsicht, Sternschnuppe
Cabernet & Liebe

Die Gestaltwandler-Serie:
Vollmond über Manhattan

Die Hollywood-Serie:
Liebe à la Hollywood
Im Scheinwerferlicht
Affäre bis Drehschluss

Die Portland-Serie:
Auf schmalem Grat
Rosen für die Staatsanwältin

Die Serie mit Biss:
Zum Anbeißen
Coitus Interruptus Dentalis

Fair-Oaks-Serie:
Perfect Rhythm – Herzen im Einklang
Beziehung ausgeschlossen

Oregon-Serie:
Westwärts ins Glück (Bd. 1 & 2)
Angekommen im Glück
Verborgene Wahrheiten (Bd. 1 & 2)
Lektionen der Liebe

Jae

Falsche Nummer Richtige Frau

Widmung

Für alle Heldeninnen des Alltags, die wie Denny als Verkäuferinnen arbeiten – insbesondere auch meine Mutter, meine Nichte und mein Neffe.

Kapitel 1

Denny schaffte es gerade noch rechtzeitig zur Bushaltestelle. Kurz vor Ende ihrer Schicht hatte ein Kunde in Gang drei eine Flasche Ketchup fallen lassen und Dennys Chef hatte sie zum Putzen geschickt, deshalb war sie jetzt spät dran. Irgendwie passte das zum ersten April.

Noch in ihren Arbeitsklamotten, mit Ketchupspritzern auf Hemd und Hose, kam sie an der Ecke zum Stehen, wo der Bus in wenigen Minuten ihre Nichte absetzen würde. Keuchend beugte sie sich vornüber. Mensch, sie musste dringend wieder in Form kommen.

Na ja, eigentlich war sie niemals so richtig in Form gewesen.

Ihr Handy vibrierte in ihrer Gesäßtasche.

Als sie es herauszog, war sie nicht überrascht, eine SMS von ihrer Schwester vorzufinden.

Hast du es getan?

Bevor sie nachfragen konnte, was Salem meinte, erschien eine zweite Sprechblase. *Du hast es nicht getan, oder? Hör endlich auf, so ein Angsthase zu sein, und frag sie, ob sie mit dir ausgeht!*

Denny wischte den nebelartigen Nieselregen, der typisch für Portland war, vom Display, bevor sie eine Antwort tippte: *Würdest du endlich damit aufhören? Der Bus ist noch nicht mal da. Und außerdem: Wer sagt denn, dass ich mit ihr ausgehen will? Nur weil zwei Frauen lesbisch sind, heißt das nicht automatisch, dass sie aneinander interessiert sind. Falls sie überhaupt lesbisch ist.*

Die Antwort ihrer Schwester kam sofort. *Oh, sie ist auf jeden Fall lesbisch – und an dir interessiert, glaub mir. Ich habe gesehen, wie sie dich angelächelt hat, als wir Bella das letzte Mal zusammen zum Bus gebracht haben.*

Denny hieb mit dem Finger auf die Displaytastatur ein, als könnte sie so ihre Schwester endlich zum Zuhören bewegen. *Ich lächle ständig Kunden an. Das nennt man Höflichkeit. Das gehört zum Job, nichts weiter.*

Aber was, wenn es mehr ist? Salems vorhersehbare Antwort erschien innerhalb weniger Sekunden. *Vielleicht mag sie dich.* Sie hatte ihrer Nachricht einen Kussmund-Smiley hinzugefügt.

Na klar, schrieb Denny zurück.

Was hast du zu verlieren? Du warst schon mit keiner Frau mehr aus, seit Bella in der ersten Klasse war. Das ist über vier Jahre her, Denny!

Denny stöhnte und antwortete: *Danke, dass du für mich mitzählst.*

Diesmal dauerte es eine Weile, bis Salems Antwort erschien. *Ich mache mir nur Sorgen um dich. Du bist zu großartig, um allein zu bleiben.*

Denny umklammerte ihr Handy fester und starrte hinauf in den wolkenverhangenen Himmel. Dann schüttelte sie energisch den Kopf. So ein Quatsch. Sie war doch nicht allein, oder? Sie hatte ihre Nichte und ihre Schwester, so nervig Salem manchmal auch sein konnte. Es ging ihr bestens.

Der gelbe Schulbus bog um die Ecke und bewahrte sie davor, Salems Nachricht beantworten zu müssen. Wenige Meter von Denny entfernt hielt er mit blinkenden Lichtern und ausgeklapptem Stoppschild an der Bordsteinkante.

Als die Tür aufschwang, zog Denny den Bauch ein und zupfte an ihrem Hemd, um ihren Hüftspeck zu verbergen, bevor sie auf den Bus zutrat.

»Hallo.« Die Fahrerin – Ms Burkhart – lächelte sie an.

Denny erstarrte und sah zu ihr hinauf. Was sollte sie sagen? Selbst wenn sie mit ihr ausgehen wollte, konnte sie die Frau wirklich vor etwa fünfzig Kindern um ein Date bitten? »Ähm, hallo.«

Zwei Mädchen in der ersten Reihe stießen sich gegenseitig an und kicherten.

Schweiß lief Dennys Rücken herab. Sie rückte ihre Brille zurecht.

Das Kichern wurde lauter.

Mist! Hatte sie sich etwa gerade Ketchup im Gesicht verteilt?

Ms Burkharts Lächeln wuchs in die Breite. »Sieht aus, als hätte Ihnen jemand einen Aprilscherz gespielt.«

»Wie bitte?«

Ms Burkhart nahm eine Hand von dem riesigen Lenkrad, fuhr mit den Fingern durch ihre blonden Locken, die heller als Dennys sandfarbenes Haar waren, und zeigte dann auf die roten Spritzer auf Dennys Hemd.

»Oh. Ja. Stimmt. Das ist kein Blut, nur Ketchup«, platzte Denny heraus. Himmel, sie war eine einzige Katastrophe im Umgang mit Frauen. Es war fast, als würde sie sich selbst aus der Ferne beobachten und das Unglück kommen sehen, doch sie konnte es trotzdem nicht vermeiden, sich lächerlich zu machen.

Ihre Nichte Bella sprang die drei Stufen hinunter und blieb auf der untersten stehen. »Du versperrst die Tür.«

»Oh, entschuldige.« Denny wich zurück und war froh, dass der Blickkontakt zwischen ihr und Ms Burkhart dabei unterbrochen wurde.

Bella sprang aus dem Bus. »Tschüss, Ms Burkhart«, rief sie über ihre Schulter.

»Tschüss, Bella«, antwortete Ms Burkhart. »Bis morgen früh.« Sie nickte Denny zu und hob ihre Hand, um auf den Knopf zu drücken, der die Tür schließen würde.

Jetzt oder nie. Denny hatte noch die Worte ihrer Schwester im Ohr: *Was hast du zu verlieren?* Ms Burkhart schien nett zu sein. Selbst wenn sie nicht an Denny interessiert wäre, würde sie sie hoffentlich nicht allzu brutal zurückweisen.

Denny gab sich einen Ruck und öffnete den Mund. »Ähm …«

»Ja?« Ms Burkhart wartete mit dem Finger über dem Knopf.

»Danke, dass Sie meine Nichte sicher nach Hause gebracht haben«, brachte Denny schließlich hervor. Was? Sie hatte eigentlich etwas ganz anderes sagen wollen!

Ms Burkhart tippte sich an eine imaginäre Hutkrempe. »Es war mir ein Vergnügen.« Sie nickte Denny zu, dann schloss sich die Tür.

Die roten Warnlichter hörten auf zu blinken und der Bus fuhr die Straße hinunter.

Dennys Schultern sackten herab. Nun ja, vielleicht war es besser so. Ms Burkhart bei der Arbeit um ein Date zu bitten, hätte sie womöglich in Schwierigkeiten gebracht. Und selbst wenn sie Ja gesagt hätte, hätte Denny sich am Ende vermutlich nur noch mehr blamiert.

»Was gibt's zum Abendessen?«, fragte ihre Nichte hinter ihr. »Ich bin am Verhungern.«

Denny lachte und schüttelte das Gefühl ab, versagt zu haben. Sie schloss zu Bella auf und legte einen Arm um ihre Schultern, als sie zu ihrer Reihenhaussiedlung drei Straßen weiter gingen. »Das ist ja was ganz Neues!«

Bella lehnte sich in die lockere Umarmung. Solche Momente der Nähe waren seltener geworden, seit sie zehn geworden war. »Können wir uns Pommes frites holen?«

»Nein. Deine Mutter kommt in einer Stunde von der Arbeit nach Hause. Dann essen wir zu Abend.«

»Bitte!«

Vom ersten Moment an, in dem Denny ihre neugeborene Nichte in den Armen gehalten hatte, war ihr klar gewesen, dass es ihr immer schwerfallen würde, ihr etwas abzuschlagen. Doch da Bella und ihre Mutter bei ihr lebten, hatte Denny eher die Rolle eines Elternteils übernommen, nicht die einer Tante, die ihre Nichte nur gelegentlich sah und sie verwöhnen konnte. Sie wusste, dass sie standhaft sein musste. »Nein, Bella, nicht heute. Essen vom Lieferservice ist eine Ausnahme. Das können wir uns nicht ständig leisten. Außerdem verderben die Zucchini, wenn wir sie heute nicht essen.«

»Igitt. Zucchini.« Bella rümpfte die Nase.

Sie wirkte wie die schmollende Dreijährige, die sie einst gewesen war. Denny musste sich das Lachen verkneifen. »Ich sage dir was. Wenn du heute all deine Hausaufgaben machst und dich nicht über das Essen beschwerst, hole ich morgen nach der Arbeit vielleicht Ricotta-Käsekuchen aus deiner Lieblingsbäckerei.«

»Okay.« Bella eilte voraus, als würde sie dadurch den Käsekuchen schneller bekommen.

Denny sah ihr mit einem liebevollen Grinsen nach. *Bestechung funktioniert doch jedes Mal.* Wenn ihre Methoden, was Frauen anging, doch nur genauso erfolgreich wären. Seufzend folgte sie Bella die Auffahrt hinauf zu dem zweistöckigen Reihenhäuschen, in dem sie wohnten.

Eine halbe Stunde später verteilte Denny die Tomatensoße in den ausgehöhlten Zucchinihälften und bestreute sie mit geriebenem Käse und etwas Basilikum. Als die Zucchinischiffchen im Ofen brutzelten, sank sie auf einen Stuhl neben Bella, die am Esstisch ihre Mathehausaufgaben machte. *Uff.* Es fühlte sich gut an, endlich nicht mehr auf den Beinen zu sein.

Gerade als sie nach ihrem Handy griff, um auf der Schrittzähler-App nachzusehen, ob sie ihren persönlichen Rekord von fünfundzwanzigtausend Schritten bei der Arbeit gebrochen hatte, ertönte das Summen, das eine eingehende SMS ankündigte.

»Ja, ja. Ich weiß. Ich bin ein Angsthase«, murmelte Denny. Sie drückte auf das Nachrichtensymbol, um sich die Zurechtweisung ihrer Schwester anzusehen.

Aber die neue SMS war nicht von Salem. Die Nummer war ihr unbekannt, aber die Vorwahl war ihre eigene, 503. Vielleicht hatte einer ihrer Kollegen ein neues Handy. Sie öffnete die Nachricht, um sie zu lesen.

Ein rotes SOS-Emoji erschien auf dem Display, gefolgt von: *Hilfe! Ich glaube, ich mache mir viel zu viele Gedanken über mein Outfit für das erste Date.*

Denny grinste. Wie ironisch, dass jemand ausgerechnet sie in Sachen Mode und Dating um Rat fragte! Jeder, der sie kannte, wusste, dass sie kein Interesse an Ersterem und kein Talent für Letzteres hatte. Handelte es sich um einen Aprilscherz? Hatte ihre Kollegin Julie sich ein Handy von jemandem geliehen, um ihr einen Streich zu spielen?

Eine weitere Nachricht von der gleichen unbekannten Nummer tauchte unter der ersten Sprechblase auf. *Was hältst du davon? Entweder das hier …*

Ein Foto erschien auf ihrem Display.

Das war definitiv nicht Julie. Das Selfie, das vor einem Schrank mit Spiegeltür aufgenommen worden war, zeigte eine Fremde.

Eine ziemlich süße Fremde, wie Denny zugeben musste. Das glänzende kastanienbraune Haar der jungen Frau war auf einer Seite hinter das Ohr geschoben, während die andere Seite ihre Schulter streifte. Eine hautenge schwarze Röhrenjeans betonte ihre schmale Taille und ihre schlanken Hüften und ein schulterfreies Oberteil gab den Blick auf helle Haut frei.

Ihre Lippen waren zu einem selbstironischen Grinsen verzogen und ihre dunklen Augen funkelten, als würde sie sich über sich selbst lustig machen, weil sie so viel Zeit auf ihr Äußeres verschwendete.

Einige Minuten später traf ein zweites Foto ein, zusammen mit der Frage: *Oder das hier?*

Das Foto zeigte dieselbe Frau in einem anderen Outfit. Ein enges Oberteil, das über ihren kleinen Brüsten spannte, und ein fließender Rock, der oberhalb der Knie endete, ließen sie anmutig und geschmeidig wie eine Balletttänzerin wirken.

Dennys Blick glitt die schlanken Beine der Fremden hinab. Dann brach sie in lautes Gelächter aus.

Anstelle der sexy Pumps, die sie im ersten Foto getragen hatte, zierte auf diesem Bild ein Paar kanariengelber Turnschuhe die Füße der Frau.

Bella sah von ihren Bruchrechnungen auf. »Was ist das denn?« Sie reckte den Hals, um einen Blick auf das Handy zu erhaschen.

Denny zögerte. Aber warum sollte sie die SMS vor ihrer Nichte verbergen? Schließlich hatte ihr die Fremde keine Nacktfotos geschickt. Sie drehte das Handy, sodass Bella die Fotos sehen konnte. »Jemand fragt nach Modetipps. Ich glaube, sie hat die falsche Nummer.«

Bella kicherte und zeigte auf die ausgebeulte Jogginghose und das verwaschene T-Shirt, das Denny nach dem Duschen angezogen hatte. »Wenn sie dich um Modetipps bittet, hat sie *eindeutig* die falsche Nummer.«

»Hahaha.« Spielerisch stieß Denny sie an, was Bella jedoch nur noch lauter kichern ließ. »Wenn du mich für so modebehindert hältst, solltest du dir dein Halloweenkostüm dieses Jahr vielleicht von jemand anderem machen lassen.«

Das Kichern verstummte abrupt und Bella tat, als würde sie sich ganz auf das Handy konzentrieren. »Was wirst du ihr antworten?«

Denny zuckte mit den Schultern. »Tut mir leid, aber Sie haben die falsche Nummer?«

Bella blickte sie mit großen Augen an. »Aber sie braucht Hilfe!«

Ah. Seit Bella sich langsam der Pubertät näherte, verhielt sie sich manchmal kühl und distanziert, aber sie konnte ihr gutes Herz nicht verbergen. »Okay, dann lass uns mal sehen, ob wir ihr helfen können.« Denny war sich aber immer noch nicht sicher, wie hilfreich sie sein könnte. Im Gegensatz zu ihr kaufte die Fremde eindeutig nicht in der Herrenabteilung ein. Sie hielt Bella das Handy hin und scrollte zwischen den beiden Bildern hin und her. »Welches findest du besser?«

»Sneakers zu einem Rock?« Bella kicherte erneut.

Denny musterte das Foto. Die kanariengelben Turnschuhe brachten sie zum Lächeln. »Hm. Irgendwie gefällt es mir.«

»Mir auch. Sei einfach du selbst, richtig?«

Das hatten Denny und Salem ihr gesagt, als sie vor einigen Jahren weinend nach Hause gekommen war, nachdem ihre Mitschüler sie gehänselt hatten, weil sie keine Markenklamotten trug. Anscheinend waren ihre Worte doch zu Bella durchgedrungen. Denny nickte lächelnd. »Richtig.«

Eine Reihe weiterer Nachrichten erschien auf dem Handy, sodass das Foto nach oben rückte, bis Denny nur noch die gelben Sneakers sehen konnte.

Heather?

Hallo?

Welches Outfit?

Komm schon, du musst mir helfen. Ich möchte keinen falschen Eindruck erwecken.

Denny zog das Handy zu sich herüber. Ohne lange zu überlegen, wie sie es normalerweise tat, wenn sie mit Frauen sprach, tippte sie: *Ich bin nicht Heather, und wie mir gerade jemand in Erinnerung gerufen hat, bin ich auch nicht die geeignete Person für Modetipps, aber ich würde mich definitiv für das zweite Outfit entscheiden.*

Nachdem sie die Nachricht abgeschickt hatte, vergingen mehrere Sekunden. Beide starrten auf das Handy und warteten auf eine Antwort, aber es kam keine.

Bella klopfte auf das Display, als würde das die Fremde zu einer Antwort ermutigen.

Doch noch immer erschien keine neue Nachricht.

Bella warf ihr einen anklagenden Blick zu. »O nein. Ich glaube, du hast sie verschreckt.«

Ja, anscheinend hatte sie diesen Effekt auf Frauen. Denny war gerade dabei, ihr Handy wegzustecken, als doch noch eine neue Nachricht eintraf.

Heather? Bitte sag mir, dass du nur einen Aprilscherz machst.

Nein, tut mir leid, schrieb Denny zurück. *Das ist kein Scherz. Sie haben sich in der Nummer geirrt.*

Wieder kam die Antwort erst nach einer kurzen Pause. *Mist. Es tut mir so leid. Meine beste Freundin hat sich ein neues Handy gekauft. Sie muss mir die falsche Nummer gegeben haben oder ich habe sie falsch eingegeben.*

Kein Problem, antwortete Denny.

Sie wartete noch eine Weile, aber es kam keine Antwort mehr. Es war auch keine nötig. Sie hatte schon zuvor die eine oder andere fehlgeleitete SMS erhalten. Die kurze Unterhaltung hatte an diesem Punkt immer geendet. Aber im Gegensatz zu den anderen Irrläufern empfand sie diesmal ein wenig Bedauern. Sie wollte mehr über die Frau mit den gelben Sneakers wissen.

Bella stupste sie an. »Sag ihr, dass du das Outfit süß findest.«

»Ich habe ihr bereits gesagt, dass sie den Rock mit den Turnschuhen nehmen soll. Wenn ich noch mehr sage, klinge ich wie ein perverser Online-Stalker.« Als Bella nach dem Handy griff, zog Denny es zurück und steckte es in die Tasche ihrer Jogginghose. »Komm schon. Deine Mutter kommt bald nach Hause. Lass uns den Tisch decken. Du kannst deine Hausaufgaben später fertig machen.«

Bella holte die Teller, während Denny Messer und Gabeln aus der Schublade nahm. Als sie die Gläser auf den Tisch stellte, vibrierte ihr Handy an ihrem Oberschenkel. Sie zog es aus der Tasche.

»Oh! Ist es Sneakermädchen?« Bella eilte um den Tisch herum und stellte sich neben Denny.

»Sneakerfrau.« Denny war nicht gut darin, das Alter von Frauen zu schätzen, aber die Fremde war vermutlich mindestens zehn Jahre jünger als sie, also Ende zwanzig oder Anfang dreißig.

Bella winkte ab. »Ist sie es? Sieh nach!«

Denny öffnete die Nachrichten-App. Ja, es war eine neue SMS von Sneakerfrau.

Sie hatte geschrieben: *Sind Sie sich da wirklich sicher?*

Dass ich nicht Heather bin? 100 %ig. Aber ich kann gern in meinem Ausweis nachsehen, um sicherzugehen. Denny fügte einen grinsenden Smiley hinzu.

»Vielleicht solltest du ihr ein Foto von dir schicken«, sagte Bella, die mitgelesen hatte. »Um zu beweisen, dass du nicht Heather bist.«

Denny warf ihr einen tadelnden Blick zu. »Auf keinen Fall. Deine Mutter und ich haben dir doch schon öfter gesagt, dass es keine gute Idee ist, Bilder von sich ins Internet zu stellen oder an Fremde zu schicken.«

»Aber sie hat dir doch auch Fotos von sich geschickt«, sagte Bella.

»Nur aus Versehen.«

Bella rümpfte die Nase, gab aber nach und lehnte sich an Dennys Seite, um die Antwort zu lesen.

Sneakerfrau hatte einen Smiley geschickt, der lachte, bis ihm die Tränen kamen. *Nein, schon in Ordnung. Ich vertraue darauf, dass Sie Ihren eigenen Namen kennen. Ich meinte das Outfit.*

Wenn Sie es gerne tragen, warum nicht?, schrieb Denny zurück. *Sie sollten das tragen, worin Sie sich wohlfühlen. Wenn Ihr Date Sie nicht so schätzt, wie Sie sind, ist derjenige Ihre Zeit nicht wert.* Sie zögerte, aber als Bella sie noch einmal anstupste, fügte sie hinzu: *Ich fände es total süß, wenn meine Verabredung in diesem Outfit zum ersten Date kommen würde.*

Sie warteten, aber wieder kam keine Antwort.

»Siehst du?«, murmelte Denny. »Jetzt haben wir sie wirklich verschreckt.«

»Nein, schau, sie schreibt gerade.« Bella zeigte auf die drei Punkte, die auf dem Display aufgetaucht waren.

Einen Augenblick später verschwanden sie und Sneakerfraus Antwort erschien unter den anderen Sprechblasen. *Danke. Das ist ein guter Rat. Den musste ich heute hören. Obwohl Sie behaupten, keinen Modegeschmack zu haben, haben Sie mir mehr geholfen, als Heather es getan hätte.*

Ich bin froh, dass ich helfen konnte. Denny ließ ihr Handy sinken und wandte sich ihrer Nichte zu. Sie hätte ihr breites Lächeln nicht im Zaum halten können, selbst wenn sie es gewollt hätte. »Na so was! Wir haben ihr tatsächlich geholfen!«

Bella stupste Dennys Brust mit dem Zeigefinger an. »Du tust so, als würdest du auf eine Medaille warten.« Aber auch sie grinste stolz.

»Tu ich nicht.«

»Tust du doch.«

Denny stupste zurück. »Tu ich nicht.«

Als die Haustür aufging und Salem ins Esszimmer trat, jagten sie sich gerade um den Tisch und stupsten sich gegenseitig an. Salem stemmte die Hände in die Hüften und betrachtete sie mit einem Kopfschütteln. »Das geht hier also vor, wenn du Bella abholst! Und ich dachte, du wärst meine ältere, reifere Schwester.«

»Hallo, Mama.« Bella kam schlitternd vor ihr zum Stehen. »Eine Frau hat Tante Denny eine SMS geschickt.«

Salem stieß einen Pfiff aus und musterte Denny mit einem anerkennenden Blick. »Anscheinend habe ich dich unterschätzt. Oder meine aufmunternden Worte vorhin haben wirklich geholfen.«

Bevor Denny antworten konnte, fügte Bella hinzu: »Aus Versehen.«

»Vielen Dank, Kleine«, murmelte Denny. »Wenn du es so ausdrückst, bewirkt das Wunder für mein Selbstbewusstsein. Einige der Leute, die mir eine SMS schreiben, *wollen* tatsächlich mit mir reden, weißt du?«

»Ich meine, diese Frau hat sich bei der Nummer vertippt«, sagte Bella. »Aber wir haben ihr tolle Dating-Ratschläge gegeben.«

Salem riss übertrieben schockiert die Augen auf. »Deine Tante gibt Dating-Ratschläge?«

Denny zuckte mit den Schultern. »Tja, nur weil ich selbst eine Niete im Daten bin, heißt das noch lange nicht, dass ich andere nicht beraten kann.«

»Dann hast du also Ms Burkhart nicht gefragt, ob sie mit dir ausgeht, oder?«

»Du wolltest dich mit meiner Schulbusfahrerin verabreden?« Bella schnitt eine Grimasse. »Igitt!«

Salem warf ihr einen strengen Blick zu. »Bella! Ich dachte, ich hätte dich besser erzogen!«

»Ich sage das nicht, weil sie beide Mädchen … Frauen sind«, sagte Bella mit einem Blick zu Denny. »Aber das ist so, als ob meine Tante mit meiner Lehrerin ausgeht. Meine Freunde werden sich über mich lustig machen.«

»Sie hat recht«, sagte Denny. »Das ist keine gute Idee. Ms Burkhart könnte Schwierigkeiten mit der Schule bekommen. Deshalb habe ich sie nicht gefragt.« Nun ja, deshalb und weil sie gekniffen hatte. »Außerdem habe ich dir schon mehrfach gesagt, dass ich nicht daten muss, um glücklich zu sein, also hör bitte auf, dich in mein Liebesleben einzumischen.«

»Dein nicht vorhandenes Liebesleben«, murmelte Salem.

Denny warf ihr einen Blick zu, der besagte: Ich bin deine große Schwester und außerdem weiß ich, wo du schläfst.

Rasch hob Salem die Hand. »Schon gut.« Sie sah auf ihre riesige Handtasche hinab und betrachtete das mitgenommene alte Ding, als würde es jeden Moment die Lottozahlen vorhersagen. Als sie wieder aufblickte, war ihr Gesichtsausdruck ungewöhnlich zaghaft.

Ein Kloß bildete sich in Dennys Kehle. So hatte sie ihre selbstbewusste, unverblümte Schwester nicht mehr gesehen, seit diese als verängstigte Siebzehnjährige ihren Eltern gestanden hatte, dass sie schwanger war.

Salem knabberte an ihrer Unterlippe. »Ähm, was würdet ihr davon halten, wenn ich es täte?«

»Wenn du was tätest?«, fragte Denny.

»Mit jemandem ausgehen«, sagte Salem so leise, dass Denny sich anstrengen musste, um sie zu verstehen.

Denny starrte sie an. Natürlich hatte sich ihre Schwester in den elf Jahren, seit sie mit Denny zusammenlebte, ab und zu verabredet. Aber sie war immer sehr diskret gewesen und hatte es nie groß thematisiert oder den Kerl, mit dem sie ausging, Bella vorgestellt. Doch diesmal schien irgendetwas anders zu sein. »Mit jemand Bestimmtem?«

Salem nickte. »Matt hat mich gefragt, ob ich nächstes Wochenende mit ihm eine dieser Kneipentouren mit Gruselgeschichten mache.«

»Matt?«, wiederholte Denny, um ihrem Gehirn etwas Zeit zu geben, die Neuigkeiten zu verarbeiten. »Meinst du deinen Matt? Matthew Kowalczyk?« Salem erwähnte ihren Lieblingskollegen öfter und Denny hatte ihn im Laufe der Jahre sogar ein paarmal bei einem Tag der offenen Tür im Gartencenter getroffen.

»Er ist nicht *mein* Matt«, sagte Salem. »Aber ja, ich spreche von *dem* Matt.«

»Und diesmal ist es ein Date, nicht nur zwei Kollegen, die zusammen ein Bier trinken gehen?«

»Richtig. Es wäre ein Date. Ich meine, wenn das für euch beide in Ordnung ist.« Salem sah zwischen ihnen hin und her. Schließlich blieb ihr Blick auf ihrer Tochter ruhen.

Eine winzige Falte bildete sich auf Bellas Stirn. Sie schien einen Moment lang darüber nachzudenken und sagte dann: »Solange er nicht glaubt, dass er mich herumkommandieren kann.«

»Das wird er nicht, keine Sorge. Es ist ja schließlich nicht so, als würden wir heiraten, Schatz. Es ist nur ein Date.« Salem klang, als wollte sie nicht nur Bella, sondern auch sich selbst beruhigen.

Der Wecker am Ofen klingelte.

»Endlich! Ich bin am Verhungern.« In Socken schlitterte Bella in die Küche und riss die Ofentür auf, obwohl sie vor nicht einmal einer Stunde noch behauptet hatte, Zucchini zu hassen. Eine Dampfwolke und der Duft von Tomatensoße und zerlaufenem Käse stiegen auf.

»Vorsicht. Verbrenn dich nicht.« Salem folgte ihr.

Denny blieb einen Moment lang zurück und hörte nur halb hin, als Bella dagegen protestierte, wie ein Baby behandelt zu werden. Neue Menschen und neue Situationen machten Denny nervös, aber um Salems willen würde sie lernen, damit umzugehen. Bella war kein kleines Kind mehr, woran sie ihre Mutter und Denny fast täglich erinnerte. Jahrelang hatte sich Salem nur auf sie konzentriert, doch nun verdiente ihre Schwester ein eigenes Privatleben.

Dennys Handy vibrierte und riss sie aus ihren Gedanken.

Als sie es aus der Tasche zog, entdeckte sie eine weitere Nachricht von Sneakerfrau. Es war ein auf dem Kopf stehendes Foto ihres dunkelblauen Rocks und der kanariengelben Turnschuhe, als hätte sie ihr Handy nach unten gehalten, um schnell einen Schnappschuss von ihrer unteren Körperhälfte zu machen. *Meine glücksbringenden Sneakers und ich machen uns auf den Weg zum Date,* stand in der SMS. *Nochmals vielen Dank und entschuldigen Sie die Störung.*

Kein Problem, antwortete Denny. *Viel Spaß.* Ohne auf eine Antwort zu warten, schob sie das Handy zurück in ihre Tasche. Es war ihr egal, ob plötzlich jeder außer ihr eine Verabredung hatte. Bella und sie würden sich mit Käsekuchen vollstopfen, während Salem mit Matthew Kowalczyk langweiligen Small Talk betrieb. Wer brauchte schon ein Date, wenn er Käsekuchen haben konnte?

Sie nickte entschlossen. *Ich ganz sicher nicht.*

Kapitel 2

Einige Stunden später schob Eliza ihren Schlüssel ins Schloss und atmete auf, als sie ihre Einzimmerwohnung betrat. Bevor sie die Tür hinter sich schließen konnte, schwang die der gegenüberliegenden Wohnung auf.

»Hey, du bist aber früh zu Hause«, rief ihre Freundin Heather. »Wie war das Date?«

Eliza drehte sich um und lehnte sich gegen den Türrahmen. »Frag nicht.«

»So schlimm?« Heather schloss mit zwei langen, anmutigen Schritten zu ihr auf. »Oder bist du nur wieder zu wählerisch?«

»Ich bin nicht wählerisch. Ich habe Geschmack.« Eliza schaute nach links und rechts. »Willst du kurz reinkommen, damit nicht sämtliche Nachbarn meine Dating-Schauergeschichte mithören können?«

»Das kommt darauf an.«

»Worauf?«

Heather lachte jenes tiefe, melodiöse Lachen, das Eliza schon bei ihrer ersten Begegnung vor fünf Jahren sofort sympathisch gewesen war. »Darauf, ob du noch welche von diesen leckeren Snickerdoodle-Keksen übrig hast.«

»Eine Packung ist noch da.« Eliza wartete, bis Heather die Wohnung betreten hatte, bevor sie die Tür schloss. »Aber wenn ich es mir recht überlege, bin ich mir nicht sicher, ob du Kekse verdient hast.«

»Ach, komm schon, du kannst deine beste Freundin doch nicht verhungern lassen, nur weil ich dich überredet habe, auf ein Date zu gehen, das nicht gut gelaufen ist.«

Eliza schnaubte. »Niemand ist je verhungert, weil er keine Kekse bekommen hat, und du wirst sicher nicht die Erste sein.« Trotzdem ging sie zur Küchenzeile, nahm die letzte Schachtel Kekse aus dem Schrank und warf sie Heather zu. »Hier.«

Mit einem zufriedenen Grinsen setzte sich Heather auf den bunten Flechtteppich, der den Bambusboden bedeckte, und riss die Verpackung auf.

Eliza sank in ihren Sessel, den Heather und sie letzten Sommer auf einem Flohmarkt gefunden und nach Hause geschleppt hatten. Jetzt stand er an ihrem Lieblingsplatz am Erkerfenster und bot einen Blick auf die South Park Blocks mit ihren majestätischen Eichen, Ulmen und Ahornbäumen. Sie streifte ihre Sneakers ab, ohne erst die Schleifen zu öffnen, und schob ihre Füße unter sich.

Heather blickte von ihrem improvisierten Picknick auf und hob eine perfekt gewölbte Augenbraue. Um dieses Talent hatte Eliza sie schon immer beneidet. Obwohl eine Wange aussah wie die eines Eichhörnchens, das Nüsse hamsterte, schaffte Heather es irgendwie, elegant zu wirken. »Sneakers zu einem Rock?« Sie neigte den Kopf und schien kurz über das gewagte Outfit nachzudenken, bevor sie sagte: »Das ist süß.«

»Das hat er auch gesagt.«

»Siehst du? Wenn er dir Komplimente gemacht hat, kann das Date so schlecht nicht gewesen sein.«

»Du hast ja keine Ahnung. Das ganze Date fühlte sich an wie ein einziger Aprilscherz. Aber ich spreche nicht von meiner Verabredung. Ich spreche von dem Typen, dessen Nummer du mir gegeben hast.«

Heather blinzelte. »Ich habe dir die Nummer eines Mannes gegeben? Wann war das denn?«

»Als du deine neue Handynummer mit deiner Sauklaue auf einen Zettel gekritzelt hast.«

»Was?«

Eliza öffnete ihre Kontakte-App und hielt Heather das Handy hin. »Ist das deine Nummer?«

Heather beugte sich vor und las die Kontaktdaten, während sie einen weiteren Keks verschlang. »Ja«, sagte sie mit halb vollem Mund. »Oh. Warte.« Sie schluckte den Rest ihres Kekses hinunter und deutete auf das Display. »Die letzte Zahl sollte eine Neun sein, keine Acht.«

Eliza warf ihr einen bedeutungsvollen Blick zu. »Und so kam es, dass ich eine wildfremde Person um Modeberatung gebeten habe.«

Heather brach in Gelächter aus und hätte beinahe Krümel quer über den Teppich gespuckt. »Du hast einem Fremden eine deiner berüchtigten Panik-vor-dem-ersten-Date-SMS geschickt?«

»Ja. Und Bilder von meinen Outfits. Total peinlich.« Eliza bückte sich und gab Heather einen Klaps aufs Knie. »Hör auf zu lachen.«

Das brachte Heather natürlich noch mehr zum Lachen.

»Kaum zu glauben, dass du beruflich einen Bus voller unschuldiger kleiner Kinder fährst«, murmelte Eliza. »Ich hoffe, du bist netter zu ihnen als zu deiner armen besten Freundin.«

»Das Verkehrsamt sieht es nicht gerne, wenn sich Fahrer über die Kinder lustig machen, deshalb muss ich mich benehmen. Ich habe nicht einmal gelacht, als Tante Butch heute mit Ketchup bekleckert an der Bushaltestelle auftauchte.«

»Tante Butch?«, fragte Eliza.

»Sie ist die Tante eines Mädchens, das jeden Tag mit meinem Bus fährt. Eine Butch, irgendwie süß und total schüchtern. Ich habe dir von ihr erzählt, erinnerst du dich?«

»Ach ja, stimmt.«

Heather sah sie an. »Was ist los? Du wirkst irgendwie abgelenkt. Ich hoffe, der Typ, dem du aus Versehen eine SMS geschickt hast, hat sich nicht wie ein Arschloch verhalten.«

»Nein, er war der perfekte Gentleman. Er wusste meinen Modestil zu schätzen und hat mich ermutigt, ganz ich selbst zu sein – was man von meinem eigentlichen Date nicht sagen kann.«

»Was hat er getan?«

»Was hat er *nicht* getan?«, gab Eliza zurück. »Er könnte ein Handbuch darüber schreiben, wie man ein Date vermasselt. Bitte sag mir, dass ich das nicht noch mal machen muss.«

»Du willst doch nicht, dass ich mein sauer verdientes Geld für dieses Online-Dating-Portal verschwendet habe, oder?« Heather schüttelte so heftig den Kopf, dass ihre blonden Locken umherflogen. »Du hast versprochen, es sechs Monate lang zu versuchen, und das wirst du auch tun. Nur weil der erste Typ ein Fehlgriff war, heißt das noch lange nicht, dass alle Kerle bei *No More Frogs* genauso sein werden. Der perfekte Mann für dich ist da draußen, das verspreche ich.«

»Dein Wort im Ohr der Dating-Göttin.« Eliza stibitzte den letzten Keks und drückte Heather stattdessen ihr Smartphone in die Hand. »Und jetzt gib bitte die korrekte Nummer ein, bevor ich wieder diesen ahnungslosen Fremden belästige.«

Lachend tippte Heather auf das Display, um ihre Kontaktdaten zu bearbeiten.

Denny hasste es, an der Kasse zu sitzen. Es lag nicht daran, dass sie dabei stundenlang manchmal schwere Artikel über den Scanner ziehen musste. Selbst der Zeitdruck machte ihr nichts aus. Sie arbeitete schon seit sechs Jahren in diesem Beruf, sodass sie die geforderten fünfzig Artikel pro Minute sogar dann hätte scannen können, wenn man ihr eine Hand auf den Rücken gebunden hätte. Doch die ständige Interaktion mit den Kunden war anstrengend, vor allem, wenn es Kunden wie die alte Dame waren, deren Einkäufe sie gerade scannte.

Anstatt mit Karte zu bezahlen oder Denny einen Geldschein zu reichen, wühlte sie in ihrer Handtasche herum, um die acht Dollar und dreiundneunzig Cent passend zu zahlen, während die Schlange hinter ihr immer länger wurde.

Das war's dann mit meiner Kassenleistung. Denny widerstand dem Drang, ungeduldig mit dem Fuß zu wippen und die Dame zur Eile anzutreiben.

Schließlich stieß die Kundin einen triumphierenden Laut aus und drückte Denny den letzten Cent in die Hand.

Mit einem höflichen Lächeln überreichte Denny ihr den Kassenzettel.

Bevor sie die Waren des nächsten Kunden scannen konnte, kam Julie mit ihrer Geldschublade zu ihr herüber. »Ich habe der Chefin gesagt, dass ich deine Kasse übernehme, damit du endlich Pause machen kannst.«

Wie aufs Stichwort knurrte Dennys Magen und erinnerte sie daran, dass sie seit Beginn ihrer Schicht heute Morgen um sechs nichts mehr gegessen hatte. »Danke. Wusste ich doch, dass du nicht ohne Grund meine Lieblingskollegin bist.«

Sie tauschten ihre Kassenschubladen aus und Denny sah belustigt zu, wie Julie den Stuhl ganz nach oben stellte. Dabei war Denny nicht sonderlich groß, aber ihre Kollegin maß lediglich eins fünfzig.

»Was ist?« Julie quetschte sich an Denny vorbei und kletterte auf den Kassenstuhl.

»Ach, nichts.« Denny massierte ihr Handgelenk, das schmerzte, nachdem sie Tausende von Artikeln über den Scanner gezogen hatte.

Auf dem Weg in den Aufenthaltsraum holte sie sich in der Backwarenabteilung eine Käsespirale und ein Schokoladencroissant. Sie gab ihre Schublade im Büro ab, wo ihre Chefin das Geld im Tresor einschloss, und ging dann in den Pausenraum.

Dieser war leer. Im Gegensatz zu anderen Supermärkten setzte der *Grocery Port* pro Schicht nur zwei oder drei Angestellte ein und jeder musste sämtliche anfallenden Arbeiten erledigen. Es gab kein Reinigungspersonal und keine Auspackhilfen, sodass all ihre Kollegen entweder an der Kasse saßen oder im Laden beschäftigt waren. Zumindest wurde der Job besser bezahlt als die meisten anderen im Einzelhandel und durch den Zeitdruck verging jede Schicht wie im Flug. Außerdem blieb kaum Zeit für Small Talk mit Kunden, was Denny lieber war.

Sie holte ihr Handy aus dem Spind, um zu sehen, ob Salem ihr einen Einkaufszettel geschickt hatte. Ein roter Punkt auf dem Nachrichtensymbol zeigte an, dass sie tatsächlich eine neue SMS hatte. Sie setzte sich an den Tisch im Pausenraum, nahm einen großen Bissen von ihrem Schokoladencroissant und öffnete die App, um zu sehen, was ihre Schwester wollte.

Die Nachricht war allerdings nicht Salems Einkaufszettel. Denny hielt mitten im Kauen inne. Die SMS stammte von Sneakerfrau. Hatte sie vergessen, den Kontakt ihrer Freundin zu bearbeiten und die falsche Nummer zu korrigieren?

Denny tippte auf die SMS, um sie zu lesen.

Es hat sich herausgestellt, dass meine Freundin Heather Ihre Nummernnachbarin ist.

Denny saß einen Moment lang fassungslos da. Sneakerfrau hatte ihr nicht versehentlich eine weitere SMS geschickt, die für jemand anderen bestimmt war. Die Nachricht war tatsächlich für sie! Denny hatte nie verstanden, wie man mit einem Fremden ein Gespräch beginnen konnte. Normalerweise neigte sie dazu, sich zurückzuhalten, aber jetzt überraschte sie sich selbst, indem sie das Croissant weglegte, um mit beiden Händen tippen zu können.

Was ist denn eine Nummernnachbarin?, schrieb sie zurück.

Es dauerte nicht lange, bis Sneakerfrau antwortete. Vielleicht machte sie auch gerade Mittagspause. *Ihre Nummer ist bis auf die letzte Ziffer die gleiche wie Ihre.*

Wer hatte sich bloß diesen Begriff ausgedacht? Denny schüttelte den Kopf. Manchmal fühlte sie sich alt. *Aha. Verstehe.* Sie zögerte, weil sie nicht wusste, wie sie das Gespräch weiterführen sollte, so sehr sie das auch wollte. Schließlich tippte sie: *Wie lief das Date gestern Abend?*

Hat Ihre Verabredung das Outfit zu schätzen gewusst? Das war nicht zu neugierig, sondern lediglich höflich, oder?

Sieht so aus, als wären die Sneakers doch keine Glücksbringer, antwortete Sneakerfrau. *Er hat sie nicht einmal zu Gesicht bekommen. Ich saß bereits am Tisch, als er mit zwanzig Minuten Verspätung eintrudelte.*

Was für ein Arsch! Sneakerfrau hatte sich den Kopf darüber zerbrochen, was sie anziehen sollte, und er war nicht einmal pünktlich erschienen. Bevor ihr eine Antwort einfiel, tauchte eine weitere Sprechblase auf.

Sein Hals war mit den größten Knutschflecken übersät, die ich je gesehen habe.

Denny starrte auf das Display. *Sie machen wohl Witze.*

Nein, es ist mein Ernst. Übrigens, wie wäre es, wenn wir Du sagen?

Denny zögerte. Aber warum eigentlich nicht? Schließlich redeten sie gerade über eine ziemlich private Sache. *Ist mir recht*, antwortete Denny. *Deine Verabredung ist also wirklich mit Knutschflecken aufgetaucht?*

Ja. Und dann hat er eine Stunde lang über nichts anderes als seine Ex geredet.

Denny pfiff durch die Zähne. Manchmal verstand sie ihre Mitmenschen nicht. *Wenn er handtellergroße Knutschflecken hatte, ist die Ex vielleicht gar keine Ex.*

Das habe ich mir auch gedacht, antwortete Sneakerfrau. *Also sagte ich ihm, dass wir nicht gut zusammenpassen, und bin gegangen. Für solche Spielchen bin ich zu alt.*

Denny nickte zustimmend. *Gut. Tut mir leid, wenn ich das so offen sage, aber auf dem Foto hast du höchstens wie Ende zwanzig ausgesehen. Das kann man wohl kaum als alt bezeichnen.*

Endlich mal jemand, der weiß, wie man einer Frau ein Kompliment macht! Ich bin dreißig.

Denny machte eine wegwerfende Handbewegung mit dem Croissant, bevor sie einen großen Bissen nahm. Dann hielt sie inne und musterte das Display. Hatte Sneakerfrau eben mit ihr geflirtet? Und zog Denny ernsthaft in Erwägung, zurückzuflirten? Schließlich entschied sie, dass sie sich das nur eingebildet hatte, und schrieb zurück: *Ha! Junger Hüpfer!*

Wohl kaum. Wie alt bist du?, fragte Sneakerfrau.

Denny tippte: *Haben deine Eltern dir nicht beigebracht, eine Frau nie nach ihrem Alter zu fragen? Kein Wunder, dass du single bist.* Aber dann schüttelte sie den Kopf. Sneakerfrau traf sich mit Männern. Wahrscheinlich war sie heterosexuell, sodass ihre Manieren Frauen gegenüber keinen Einfluss auf ihren Beziehungsstatus hatten. Denny löschte beide Sätze und schrieb stattdessen: *Ich bin einundvierzig.*

Oh, ich spreche also praktisch mit einem älteren Mitbürger. Sneakerfrau fügte drei Tränen lachende Emojis hinzu.

Einen Moment lang überlegte Denny, ob sie mit einem Stinkefinger-Emoji antworten sollte, doch dann sagte sie sich, dass Sneakerfrau noch immer eine Fremde war, obwohl sie sich in einem überraschend lockeren SMS-Austausch befanden. Mit einem Emoji zu antworten, das die Augen rollte, war sicherer.

Doch bevor sie zurückschreiben konnte, steckte ihre Filialleiterin den Kopf in den Aufenthaltsraum. »Können Sie Ihre Pause vorzeitig beenden? Anscheinend bereiten sich die braven Bürger von Portland und Umgebung auf eine Apokalypse vor. Sie überrennen uns förmlich. Wir brauchen eine weitere Person an der Kasse.«

»Bin gleich da.« Denny schob sich den Rest ihres Croissants in den Mund und tippte hastig: *Tut mir leid. Dieser ältere Mitbürger muss zurück an die Arbeit.*

Das Letzte, was sie sah, bevor sie ihr Handy in ihren Spind warf, war: *Brich dir bloß keine Hüfte.*

Ausnahmsweise grinste Denny auf dem Weg zur Kasse.

Kapitel 3

Am Freitagabend der darauffolgenden Woche saß Denny auf dem Rand der Badewanne und sah zu, wie ihre Schwester sich schminkte. Sie hatte nie verstanden, warum Make-up notwendig war, doch Salem schien das vertraute Ritual beruhigend zu finden. Sie war den ganzen Tag im Haus auf und ab gegangen, weil sie ihrem ersten Date nervös entgegenfieberte, bis Bella mit den Augen gerollt hatte und in den ersten Stock verschwunden war, wo sie sich mit Salem die obere Etage des zweistöckigen Reihenhauses teilte.

Salem betrachtete sich im Spiegel über dem Waschbecken, schüttelte den Kopf und wischte den Lippenstift ab. Dann trug sie einen anderen auf, der für Denny genau wie der erste aussah.

Vielleicht war das Ritual doch nicht so beruhigend, wie Denny gehofft hatte.

Ihr Handy vibrierte in ihrer Tasche, aber sie ignorierte es, um sich auf ihre Schwester zu konzentrieren. »Du siehst toll aus.«

»Das hast du auch gesagt, als ich fünf war und darauf bestanden habe, mit diesen hässlichen rosa Gummistiefeln in die Schule zu gehen.«

»Aber diesmal stimmt es wirklich. Wehe, Matt weiß dich nicht zu schätzen. Ich kann ihn jederzeit für dich verprügeln.« Denny hob den Arm und ließ ihren Bizeps spielen, der zwar unter einer Fettschicht versteckt, aber dennoch ziemlich beeindruckend war, weil sie bei der Arbeit ständig schwere Konservenkartons heben musste.

Salem kicherte nervös. Sie senkte den Lippenstift und begegnete im Spiegel Dennys Blick. »Ist das wirklich in Ordnung für dich? Wenn du lieber nicht auf Bella aufpassen möchtest, kann ich zu Hause bleiben und –«

»Würdest du endlich damit aufhören? Ich habe schon auf Bella aufgepasst, als sie noch ein Baby war. Zum Teufel, ich habe auf dich aufgepasst, als du ein Baby warst! Warum sollte mir das plötzlich etwas ausmachen?« Denny erhob sich vom Wannenrand und trat auf ihre Schwester zu, um diese besser mustern zu können. »Was ist los?«

Salem atmete tief aus und drehte sich zu ihr um. »Ich weiß, es ist albern. Ich bin wohl ein bisschen nervös.«

Denny schenkte ihr ein liebevolles Lächeln. »Nur ein bisschen?«

Salem kniff sie in die Hüfte. »Meinst du, es war ein Fehler, Ja zu sagen, als er mich gefragt hat, ob ich mit ihm ausgehe? Matt ist kein Fremder, den ich nie wiedersehen muss, wenn wir es vermasseln. Wir müssen weiterhin zusammenarbeiten.«

»Er ist sich dessen wahrscheinlich bewusst, und das bedeutet, dass ihm genug an dir liegt, um das Risiko einzugehen. Das muss doch etwas wert sein.«

»Hm.« Die Sorgenfalte auf Salems Stirn glättete sich. »Das ist es.« Sie blickte hinab in Dennys Augen, und obwohl sie schon seit ihrem fünfzehnten Lebensjahr größer als Denny war, fand diese es noch immer ärgerlich. »Danke.«

»Jederzeit gern, das weißt du doch.« Denny kniff sie ebenfalls. »Jetzt geh dich fertig machen. Deine Tochter und ich haben ein heißes Date mit einem Ricotta-Käsekuchen, und ich habe das Gefühl, sie versteckt sich in ihrem Zimmer und kommt erst wieder runter, wenn du weg bist.«

Salem wandte sich lachend zum Spiegel um und Denny setzte sich wieder auf den Wannenrand.

Ihr Handy summte erneut.

Als sie es aus der Tasche zog, entdeckte sie zwei neue Nachrichten von der inzwischen vertrauten Nummer.

Die erste SMS, die vor einigen Minuten eingetroffen war, lautete: *Soll ich noch mal mein Glück mit den Sneakers probieren oder davon ausgehen, dass sie verhext sind und bei meinem nächsten Date etwas anderes anziehen?*

Darunter befand sich eine zweite Nachricht, die sie wahrscheinlich geschrieben hatte, als Denny nicht reagiert hatte: *Entschuldigung. Ich weiß nicht, warum ich dich schon wieder kontaktiere. Ich schwöre, dass meine Eltern mich davor gewarnt haben, mit Fremden zu reden.*

Denny konnte sich ein Grinsen nicht verkneifen. Noch vor zehn Tagen hätte sie eine Fremde, die ihr ständig Nachrichten schickte, für total nervig gehalten, doch aus irgendeinem Grund störte es sie überhaupt nicht. *Kein Problem*, schrieb sie zurück. *Ich verspreche, dass ich kein Serienmörder bin.*

Hm. Würdest du nicht dasselbe sagen, wenn du einer wärst?

Wahrscheinlich. Aber eine Leiche zu zerschneiden und die Stücke zu verstecken, ist sehr viel Arbeit.

Sneakerfrau schickte ein Emoji mit weit aufgerissenen Augen. *Woher weißt du das?*

Ich sehe mir viel zu viele Krimiserien an.

Ach, das hat dich also vom Antworten abgehalten. Central Precinct *läuft heute Abend, oder?*

Und woher weißt du das? Denny hielt mit dem Finger über dem Senden-Symbol inne. Abgesehen von ihrer Schwester und Julie hatte sie noch nie auf diese Weise mit einer Frau gescherzt. Es hatte etwas Befreiendes, ein Gespräch zu führen, ohne viel über die andere Person zu wissen. Aber jetzt, da sie darüber nachdachte, kehrte ihre alte Befangenheit zurück, deshalb löschte sie ihre Antwort und schrieb stattdessen: *Entschuldigung. Ich wollte dich nicht ignorieren. Ich war damit beschäftigt, meine nervöse Schwester vor ihrem ersten Date zu beruhigen.*

Wow, antwortete Sneakerfrau. *Vielleicht solltest du das hauptberuflich machen und professioneller Date-Flüsterer werden.*

Denny lachte. Wenn Sneakerfrau ihre traurige Erfolgsbilanz kennen würde, wüsste sie, wie lächerlich dieser Vorschlag war. Sie konnte sich kaum an ihr letztes erstes Date erinnern, geschweige denn daran, wann sie zuletzt ein zweites gehabt hatte.

Salem blickte von ihrer Parfümflasche auf. »Was ist denn so lustig?«

»Nichts. Nur etwas, was ich gerade gelesen habe.« Denny zeigte vage auf ihr Handy. Sie wollte nicht zugeben, dass sie noch immer mit der Frau in Kontakt war, die ihr versehentlich eine SMS geschickt hatte. Ihre Schwester würde das wahrscheinlich seltsam finden.

Als Salem sich weiter für ihre Verabredung fertig machte, richtete Denny ihre Aufmerksamkeit wieder auf das Handy. *Also wegen deiner Frage zu den Turnschuhen … Du gehst doch nicht wieder mit Mr Knutschfleck aus, oder?*

Sneakerfrau schickte ein *Nein* mit mindestens fünf Ausrufezeichen. *Ich habe Selbstachtung, herzlichen Dank. Ich gehe mit einem anderen Mann aus.*

Denny bewunderte sie für ihre Furchtlosigkeit. Sie selbst brauchte meistens Wochen oder gar Monate, um den Mut aufzubringen, eine Frau um ein Date zu bitten, und wenn die erste Verabredung dann nicht so gut lief, war ihr nicht danach, diese Erfahrung in absehbarer Zeit zu wiederholen. Sneakerfrau hingegen hatte keine Woche nach ihrem letzten Dating-Desaster schon eine neue Verabredung.

Normalerweise gehe ich nicht auf so viele Dates, schrieb Sneakerfrau, als Denny nicht sofort antwortete.

Ich verurteile dich nicht dafür. Ehrlich gesagt hast du meine Bewunderung.

Bewundere mich lieber nicht dafür, antwortete Sneakerfrau. *Es war nicht meine Idee. Ich bin letzten Monat dreißig geworden und da hat mir meine beste Freundin – deine Nummernnachbarin – ein sechsmonatiges Abonnement für* No More Frogs *geschenkt. Sie glaubt, ich sei zu wählerisch und bleibe für immer single, wenn sie nicht nachhilft.*

»*No More Frogs*?«, sagte Denny laut. »Was zum Teufel ist das denn?« Aber sie wollte nicht nachfragen, um nicht als ahnungslos rüberzukommen.

»Das ist ein Online-Dating-Portal«, antwortete Salem. »Du solltest es mal ausprobieren.«

Denny lachte. »Nein danke. Ich habe das Gefühl, sie screenen ihre Nutzer nicht sonderlich sorgfältig.«

Das ist ein Online-Dating-Service, schrieb Sneakerfrau in ihrer nächsten SMS.

Ich weiß, antwortete Denny. Gab es ein hochmütiges Das-wusste-ich-längst-Emoji?

Na klar.

Verdammt, war sie so durchschaubar, selbst für eine Fremde, oder war Sneakerfrau eine hervorragende Menschenkennerin?

Eine weitere Nachricht traf ein, noch ehe Denny darüber nachdenken konnte, was sie als Nächstes schreiben sollte. *Ach du Schande. Ich muss los, sonst bin ich diesmal diejenige, die zu spät kommt. Also, Sneakers oder nicht?*

Sneakers. Denny tippte entschlossen auf das Display ein.

Unter ihrer Sprechblase erschien ein Daumen hoch. *Danke, großer Date-Flüsterer.*

»Kann ich so gehen?« Salem zerrte an ihrem Oberteil, das ein kleines Stückchen Dekolleté zeigte.

Denny legte ihr Handy weg und musterte sie von Kopf bis Fuß. »Du siehst toll aus. Allerdings …«

Salem verlagerte ihr Gewicht von einem Fuß auf den anderen. »Ja?«

»Dir fehlen ein Paar rosa Gummistiefel … oder gelbe Sneakers.«

»Wie bitte?«

Denny lächelte. »Vergiss es.« Sie schob Salem aus dem Badezimmer, gerade als es an der Tür klingelte. »Geh und genieß dein Date.«

Ein Déjà-vu-Gefühl überkam Eliza, als sie später am Abend die Treppe zu ihrer Wohnung im ersten Stock hinaufging. *Warum tue ich mir das an?* Sie hätte den Abend zu Hause verbringen können, um die Kakadu-Ohrringe für den Geburtstag ihrer Chefin fertigzumachen. Stattdessen hatte sie sich durch eine weitere Verabredung gequält, die hauptsächlich daraus bestanden hatte, dass sie dem Kellner entschuldigende Blicke zugeworfen und sich eine Ausrede überlegt hatte, um früher gehen zu können. Sollte Dating nicht Spaß machen? Stattdessen fühlte sie sich gedemütigt.

Am liebsten hätte sie die *No-More-Frogs*-App von ihrem Handy gelöscht, aber sie hatte Heather versprochen, ihr eine Chance zu geben, also musste sie die sechs Monate durchstehen.

Seufzend zog sie ihre Sneakers aus und starrte auf das Schuhwerk hinab. »Langsam fange ich an zu glauben, dass ihr wirklich Unglück bringt.«

Natürlich antworteten die Sneakers nicht. Die Stille in ihrer Wohnung überfiel sie.

Vielleicht sollte sie sich endlich eine Katze anschaffen.

Sie zog ihre Lieblingsyogahose und den kuscheligen Pullover mit dem Loch in der Schulternaht an und ging dann in die winzige Küche. Als sie den Schrank öffnete, fiel ihr ein, dass Heather ihre letzten Kekse gegessen hatte. Stattdessen machte sie sich eine Tasse Rooibos-Zimt-Tee.

Sie setzte sich in ihren Sessel, schaltete den Fernseher ein und sprang ziellos zwischen den Programmen hin und her.

Oh, *Central Precinct* lief noch. Sie legte die Fernbedienung weg und sah zu, wie Detective Linda Halliday sich über einen schmalen Metalltisch beugte, während sie einen Verdächtigen verhörte, der auffällig zu schwitzen begann.

Schaute ihr Date-Flüsterer sich die Folge ebenfalls an?

Eliza spähte auf ihr Handy. Keine neuen Nachrichten.

Was hast du denn erwartet? Er war wahrscheinlich beschäftigt und hatte kein Interesse daran, mit einer Fremden SMS auszutauschen. War es merkwürdig, dass sie ihm immer wieder Nachrichten schrieb?

Irgendwie war es einfacher, ihm von ihrem missglückten Date zu erzählen, als mit Heather darüber zu sprechen – vielleicht weil er sie nicht kannte und nichts von ihr erwartete. Er schien unvoreingenommen, lustig und zugleich tiefsinnig zu sein.

Vielleicht sollte ich stattdessen mit ihm ausgehen. Der Gedanke brachte sie zum Grinsen. Bei ihrem Glück würde das in einer Katastrophe enden. Jemand würde mit einer Lebensmittelvergiftung im Krankenhaus landen oder sie würden sich von Angesicht zu Angesicht nichts mehr zu sagen haben.

Nein, es war sicherer, einfach weiterhin mit ihm hin und her zu simsen. Vorausgesetzt, er wollte das auch.

Er schien ein ehrlicher Kerl zu sein. Wenn er nicht mit ihr reden wollte, würde er ihr sicher sagen, sie solle Leine ziehen, oder?

Doch nichts deutete darauf hin, dass er sie loswerden wollte. Er hatte bereitwillig auf jede ihrer Nachrichten geantwortet und auf ihre neckischen Worte sogar mit schlagfertigen Kommentaren reagiert. Vielleicht saß auch er allein in einer zu stillen Wohnung und würde sich über eine Ablenkung freuen.

Bevor sie es sich anders überlegen konnte, öffnete sie die Nachrichten-App und fügte der Unterhaltung eine weitere SMS hinzu. *Findest du nicht auch, dass Linda ein wenig zu weit geht?*

Sie sah zu, wie die Polizistin im Fernsehen ihren Pappbecher, der bis zum Rand mit dampfend heißem Kaffee gefüllt war, gefährlich nahe an die Tischkante rückte, wo er drohte, jeden Moment über den Schoß des Verdächtigen zu kippen.

Die Szene endete und noch immer kam keine Antwort.

Eliza umklammerte ihre Tasse, während sie das Handy auf einem Knie balancierte. Vielleicht hielt er sie doch für seltsam.

Gerade als sie beschloss, diesen schrecklichen Tag hinter sich zu lassen und ins Bett zu gehen, vibrierte ihr Handy.

Ein Grinsen breitete sich auf ihrem Gesicht aus. Es war eine Antwort von Mr Date-Flüsterer.

Sie stellte ihre Tasse ab, um zu lesen, was er geschrieben hatte.

Wer ist Linda?

Und ich dachte, du wärst auch ein Fan von Central Precinct, antwortete Eliza.

Ach, die Linda. Ich habe einen Teil der Episode verpasst. Ich musste nach oben gehen, um sicherzugehen, dass die Kleine wirklich schläft und nicht heimlich unter der Bettdecke liest.

Eliza hielt mit den Daumen über dem Display inne. Aus irgendeinem Grund hatte sie gedacht, er wäre wie sie single und genauso erfolglos, was Beziehungen anging. *Oh*, schrieb sie zurück. *Du hast ein Kind?*

Nein. Ich passe auf meine Nichte auf, während meine Schwester unterwegs ist.

Was für ein anständiger Kerl! Nach den letzten beiden Dates tat es gut zu sehen, dass es noch Männer wie ihn gab. *Wie war ihre Verabredung denn?*

Ich weiß es nicht. Sie ist noch nicht zu Hause.

Dann läuft ihr Date wahrscheinlich besser als meines.

Oh, oh, schrieb er zurück, was sie zum Lächeln brachte. *Was ist passiert?*

Er schien ein netter Kerl zu sein, als wir online gechattet haben, antwortete Eliza. *Aber als wir im Restaurant waren, hat er einfach für mich bestellt, ohne mich vorher zu fragen.*

O Mann! Mr Date-Flüsterer schickte ein Emoji, das sich die Hand gegen die Stirn schlug. *Tut mir leid. Das ist wirklich scheiße.*

Warum tun Männer so etwas? Ist ihnen nicht klar, wie herablassend das ist?

Keine Ahnung, antwortete Mr Date-Flüsterer. *Ich bin nicht die richtige Person für Ratschläge über Männer.*

Na ja, du bist einer, oder nicht?

Bisher hatte er immer genauso zügig wie Eliza getippt, aber jetzt schien es ewig zu dauern, bis er antwortete. Hatte ihre SMS ihn beleidigt oder schrieb er eine Abhandlung über die männliche Psyche?

Aber als seine Antwort schließlich kam, war sie kurz. *Nein.*

Nein? Nein zu was? Eliza las noch einmal die letzten beiden Zeilen ihres Gesprächs. Moment! Hastig scrollte sie hinauf zum Emoji, das er ihr geschickt hatte, und betrachtete es genauer. Es war nicht das männliche Emoji, wie sie zunächst angenommen hatte; es war das geschlechtsneutrale, das einen Mann, eine Frau oder eine nichtbinäre Person darstellen konnte. Warum hatte sie angenommen, Mr Flüsterer wäre ein Mann? Sie konnte sich nicht mehr daran erinnern. Stöhnend verbarg sie ihr Gesicht in der Ellbogenbeuge. Und dabei hatte sie eben noch gedacht, ihr Tag könnte nicht mehr schlimmer werden!

Ihr Handy vibrierte und ließ sie aufschauen.

War dir nicht klar, dass ich eine Frau bin?, hatte Ms Date-Flüsterer geschrieben.

Nein. Ich habe wohl voreilige Schlüsse gezogen. Gott, das war so peinlich.

Ist doch nicht schlimm. Es ist nicht das erste Mal, dass mir das passiert.

Es war nicht das erste Mal, dass eine Fremde, die ihr versehentlich eine SMS geschickt hatte, sie für einen Mann hielt? Bevor Eliza eine höfliche Formulierung für ihre Frage einfallen konnte, erschien eine weitere Sprechblase.

Tut mir leid, ich muss aufhören. Meine Schwester ist gerade nach Hause gekommen und möchte mir von ihrer Verabredung erzählen.

Ja, klar, antwortete Eliza. Ausnahmsweise war sie froh, ihr Gespräch beenden zu können, denn sie wusste nicht, was sie sagen sollte. Sie brauchte Zeit, um ihr inneres Bild von der Person, mit der sie gesprochen hatte, zu korrigieren. *Gute Nacht.*

Gute Nacht.

Dann kam nichts mehr, als ob auch Ms Date-Flüsterer unsicher war, wie sie mit ihr umgehen sollte.

Eliza trank ihren Tee aus, der längst kalt geworden war, und fuhr sich über die Stirn. Wenigstens hatte sie sich nicht komplett zum Narren gemacht, indem sie ihn … oder vielmehr sie um ein Date gebeten hatte!

Denny und ihre Schwester saßen am Tisch im Esszimmer, wo die meisten ihrer wichtigen Gespräche stattfanden, nachdem Bella zu Bett gegangen war. Ein riesiges Stück Käsekuchen stand vor Salem, aber sie hatte es noch nicht einmal probiert, weil sie zu sehr damit beschäftigt war, von ihrem Date mit Matt zu schwärmen. Ihre Wangen waren gerötet und Denny hatte das Gefühl, dass es nicht an dem Bier lag, das sie bei der Kneipentour getrunken hatte.

Salem strahlte. »Ich hatte fast schon vergessen, wie viel Spaß es macht, mit jemandem zu flirten.«

Denny gab ein unverbindliches Brummen von sich. »Mich darfst du da nicht fragen.« Bis ihr auffiel, dass jemand mit ihr flirtete, hatte die arme Frau ihre Versuche längst aufgegeben, weil sie annahm, Denny wäre nicht interessiert. Aber womöglich hatte sie den gelegentlich flirtenden Unterton in den Nachrichten von Sneakerfrau doch nicht fehlinterpretiert. Wenn sie Denny für einen Mann gehalten hatte, hatte sie vielleicht tatsächlich geflirtet.

»Gott, und wie es sich angefühlt hat, als er seine Hand unten auf meinen Rücken gelegt hat.« Salem fasste sich ans Herz und sah dann zu Denny. »Machen das zwei Frauen auch, wenn sie auf einem Date sind?«

»Hm?« Denny hatte die Gabel beobachtet, mit der Salem gestikulierte. Jetzt richtete sie ihre Aufmerksamkeit auf Salems Gesicht. »Was meinst du?«

»Wenn zwei Frauen miteinander ausgehen, legt dann auch eine der anderen die Hand auf den Rücken, um sie in einen Raum zu führen?«, fragte Salem.

»Ja, klar. Zumindest mache ich das. Aber nie beim ersten Date.« Normalerweise brauchte Denny mindestens drei Dates, bevor sie den Mut aufbrachte, die Frau auf irgendeine Weise zu berühren.

Salem legte die Gabel weg. »Was ist los mit dir?«

»Nichts.«

Eine Falte grub sich zwischen Salems Augenbrauen ein. »Du hast doch keine Bedenken, weil ich mit Matt ausgehe, oder?«

»Nein. Das ist es nicht, versprochen. Er scheint ein toller Typ zu sein.«

»Was ist es dann? Und versuch nicht noch einmal, mich zu verarschen und zu tun, als wäre nichts. Du bist irgendwie total geistesabwesend, seit ich zurückgekommen bin.«

Denny seufzte. »Ich bin dreizehn Jahre älter als du. Wie kommt es, dass ich mich manchmal wie die Jüngere fühle?«

»Zwölf Jahre und neun Monate. Und glaub nicht, ich hätte nicht bemerkt, dass du versuchst, das Thema zu wechseln.« Salem fixierte sie mit dem strengen Blick, der normalerweise Bella vorbehalten blieb, wenn diese versuchte, sich vor dem Küchendienst zu drücken.

Denny griff über den Tisch und stibitzte die Schokoladengarnitur von Salems Käsekuchen, um sich ein paar Sekunden zu erkaufen. »Erinnerst du dich an die Frau, die mir letzte Woche aus Versehen eine SMS geschickt hat?«

Salem nickte.

»Ähm, irgendwie sind wir in Kontakt geblieben.«

»Irgendwie?«

Denny ignorierte ihren Einwurf. »Und ich habe gerade herausgefunden, dass sie mich die ganze Zeit für einen Mann gehalten hat.«

»Oh. Wie peinlich.«

Ein weiterer Seufzer entfuhr Denny. Das hatte sie bei ihrem Gedankenaustausch mit Sneakerfrau am meisten genossen: Sie war nicht so unbeholfen und schüchtern gewesen wie bei ihren peinlichen Versuchen, Frauen anzusprechen. Aber das hatte sich nun geändert. »Ja.« Sie konnte sich vorstellen, wie beschämt sie sich fühlen würde, wenn sie an Sneakerfraus Stelle wäre. Sie würde sich in ein Loch verkriechen und nie wieder herauskommen wollen. »Wahrscheinlich wird sie mir nie wieder simsen.«

Salem musterte sie über den Tisch hinweg. »Und du willst nicht, dass das passiert.«

»Nein.« Es überraschte Denny, wie schnell und entschieden sie antwortete.

»Dann musst du eben diejenige sein, die sie kontaktiert«, sagte Salem. »Handys funktionieren in beide Richtungen, weißt du?«

»Klugscheißer.« Aber vielleicht hatte Salem recht. Bislang war Sneakerfrau immer diejenige gewesen, die ein Gespräch begonnen hatte. Nun war es an Denny, sie zu kontaktieren. Wenn sie doch nur wüsste, was sie sagen sollte.

Eliza zog ihr Bett heraus, das tagsüber im unteren Fach des Schrankes versteckt war. Das war eines der Details, das ihr an ihrer winzigen Wohnung am besten gefiel. Gähnend knipste sie das Licht aus und schlüpfte unter die Decke. Dann fiel ihr ein, dass sie morgen um acht aufstehen musste, um den Stand aufzubauen, an dem Heather und sie ihre selbst gemachten Produkte verkauften. Rasch griff sie nach ihrem Handy und stellte den Wecker, für den Fall, dass sie nicht von selbst aufwachte.

Gerade als sie sich wieder hingelegt hatte und versuchte, alle Gedanken abzuschalten, damit sie einschlafen konnte, vibrierte ihr Handy.

Sie schlug die Augen auf und starrte im Dunkeln in die Richtung, aus der das Geräusch kam. Einen Moment lang überlegte sie, ob sie es ignorieren sollte, aber sie wusste, dass sie nicht würde schlafen können, bevor sie nicht herausfand, was Ms Date-Flüsterer geschrieben hatte.

Falls die Nachricht von ihr stammte. Andere Leute verschickten schließlich auch SMS.

Aber irgendwie wusste sie, wer sie kontaktiert hatte. Schließlich gab sie auf, schaltete das Licht wieder ein und schnappte sich ihr Handy.

Sie hatte recht gehabt. Es war eine Nachricht von Ms Date-Flüsterer.

Hör zu, hatte sie geschrieben. *Ich will nicht, dass dir das peinlich ist. Es war nur ein Fehler, der jedem hätte passieren können.*

Ein Anflug von Wut glomm in Eliza auf. Sie war sich nicht einmal sicher, warum. *Verdammt richtig*, antwortete sie. *Wie hätte ich das wissen sollen? Da du mir kein Foto von dir geschickt und mir deinen Namen nicht verraten hast.*

Mein Name ist ziemlich geschlechtsneutral, das hätte dir auch nicht weitergeholfen, antwortete Ms Date-Flüsterer.

Elizas Ärger verschwand so schnell, wie er gekommen war. *Vielleicht sollten wir es trotzdem tun*, schrieb sie zurück. *Unsere Namen verraten. Wenn wir uns weiterhin unterhalten, brauche ich schließlich einen Namen, den ich in meine Kontakte eintragen kann.*

Es überraschte sie, wie stark der Drang war, ihren Namen zu erfahren, doch sie beschloss, ihrem Bauchgefühl zu vertrauen. Fest umklammerte sie ihr Handy, während sie auf eine Antwort wartete.

Sneakerfrau wollte weiterhin mit ihr in Kontakt bleiben! Denny ließ sich auf ihr Bett fallen und ballte die Hand zur Siegerfaust. Ja!

Eine weitere SMS tauchte unter der vorigen Sprechblase auf. *Also? Willst du mir deinen Namen verraten?*

Denny ließ ihre Faust aufs Bett sinken. Nur langsam hob sie die Hand, um zu antworten. *Ach, das würde doch bloß die Spannung ruinieren.*

Du willst mir wirklich nicht deinen Namen sagen?

Denny zögerte. Nicht weil Sneakerfrau eine Fremde war und sie ihr keine persönlichen Informationen anvertrauen wollte, sondern weil Denny im wirklichen Leben unbeholfen war und nicht wusste, was sie zu Frauen sagen sollte. Die namenlose Person, mit der Sneakerfrau sich unterhalten hatte, schien dieses Problem nicht zu haben. Sie scherzte mit ihr, als wäre es die normalste Sache der Welt. Denny wollte noch eine Weile diese Person bleiben. *Noch nicht. Wenn das in Ordnung ist.*

Also gut. Aber was gebe ich dann in meine Kontakte ein? Ältere Mitbürgerin?

Wage es bloß nicht!

Sneakerfrau schickte ein Oma-Emoji mit silbernen Haaren und Brille. *Ja, das klingt gut.*

Wenn du mich so nennst, muss ich mir für dich auch einen gemeinen Spitznamen einfallen lassen, antwortete Denny.

Was denn? Königin katastrophaler Dates? Ist das der Name, unter dem du mich in deinem Handy gespeichert hast?

Denny grinste. *Nein. Ich habe dich Sneakerfrau genannt.*

Irgendwie süß, antwortete Sneakerfrau. *Ich gebe zu, dass mir der Spitzname gefällt.*

Meine Nichte Bella hat ihn sich ausgedacht.

Weiß sie, dass wir SMS austauschen?

Sie war bei mir, als du mir die Fotos geschickt hast, schrieb Denny zurück. *Die Sneakers zu dem Rock fand sie übrigens auch süß.*

Scheinbar liegt guter Geschmack in der Familie. Sneakerfrau hatte einen zwinkernden Smiley hinzugefügt.

Denny musste lachen. Da war es endlich wieder: dieses neckische Geplänkel, das so typisch für Sneakerfrau war. Sie hatte es vermisst.

Kapitel 4

Am nächsten Morgen spähte Eliza über ihre Auslage voller bunter Ohrringe und Figuren aus Polymer-Ton hinweg, um den Kunsthandwerkern, Künstlern und Marktbesuchern zuzusehen. Menschen zu beobachten, war eine ihrer Lieblingsbeschäftigungen, während Heather und sie ihre Waren auf dem Markt verkauften.

Außerdem liebte sie den Anblick der Kirschbäume, die in voller Blüte standen, und all die Gerüche, die sie umgaben. Indische Gewürze mischten sich mit dem Aroma selbst gemachter Karamellbonbons, Kokosmandeln und Käse-Pupusas aus dem guatemaltekischen Imbisswagen, der ganz in der Nähe stand. Der Klang der Gitarre eines Straßenmusikers, vergnügtes Lachen und Unterhaltungen übertönten den Verkehrslärm entlang des Parks.

Die vertrauten Hintergrundgeräusche machten sie noch schläfriger, als sie ohnehin schon war. Sie nahm einen Schluck von ihrem Chai, aber alles Koffein der Welt konnte sie heute nicht richtig wach machen. Sie gähnte zum wiederholten Mal.

Heather stieß sie mit der Schulter an, sodass Eliza fast ihren Tee verschüttet hätte. »Was ist denn mit dir los? Langweile ich dich mit meinen Kopfhörertacos?« Liebevoll strich sie mit dem Finger über ihre neueste Kreation. Sie hatte aus Leder eine Tasche erschaffen, die Kabelsalat bei Ohrstöpseln verhindern sollte und tatsächlich wie ein kleiner Taco aussah.

»Nein«, sagte Eliza. »Ich finde sie toll. Ich bin gestern Abend nur zu lange aufgeblieben.«

»Oh, ich hab ganz vergessen, dass du gestern auf einem Date warst!« Heather drehte sich vollends zu ihr um. »Wie war es denn? Wenn du erst spät im Bett warst, muss es toll gewesen sein.« Sie riss die Augen auf. »Warte, du bist doch nicht mit ihm nach Hause gegangen, oder?«

»Pst!« Eliza blickte nach links und rechts, während sie sich hinter ihrem Thermobecher versteckte.

Leanne, die am Stand neben ihnen Schmuck und Windspiele aus Meerglas verkaufte, richtete die Anhänger neu aus, die sich auf der

Eliza und Heather zugewandten Seite des Tisches befanden, sodass sie möglichst unauffällig ihr Gespräch belauschen konnte.

»Nein, natürlich nicht«, antwortete Eliza im Flüsterton. »Du weißt genau, dass ich beim ersten Date nicht mit Männern schlafe.«

Heather wackelte spielerisch mit ihren wohlgeformten Augenbrauen. »Hat er versucht, dich vom Gegenteil zu überzeugen?«

Eliza schüttelte nachdrücklich den Kopf. »Bis wir uns verabschiedet haben, war selbst ihm klar, dass es nicht gut gelaufen war, deshalb hat er zum Glück nicht mal versucht, mich zu küssen.«

»Es war also ein weiterer Reinfall?«

»Ja. Ich fange langsam an zu glauben, dass Online-Dating nichts für mich ist.«

Heather hob warnend den Finger. »O nein! Du wirst auf keinen Fall von unserer Vereinbarung zurücktreten, Eliza Harrison. Zwei Dates sagen noch nichts aus. Aller guten Dinge sind drei, stimmt's?«

Eliza blickte sie über den Rand ihres Thermobechers hinweg skeptisch an. »Wenn du so viel von Online-Dating hältst, warum gehst du dann nicht selbst auf Dates? Es war schließlich Teil der Vereinbarung, dass du dich ebenfalls öfter verabredest.«

»Das mache ich. Aber es ist nun mal eine Tatsache, dass bei mir nie so viele Leute nach rechts wischen werden wie bei dir. Auf den meisten Online-Dating-Plattformen gibt es weniger Lesben als Heteros. Aber ich chatte ständig mit Frauen, und wenn ich eine finde, bei der die Chemie zu stimmen scheint, werde ich auch mit ihr ausgehen. Ich lasse mir dabei nur mehr Zeit, um sie erst mal online kennenzulernen. So kann ich die Sonderlinge aussortieren und diejenigen, die nicht mit Transfrauen ausgehen wollen oder noch nicht über ihre Ex hinweg sind und nur eine Lückenbüßerin suchen.«

Eliza schob Heathers Lederarmbänder ein wenig mehr in die Mitte des Tischs. »Hm. Vielleicht sollte ich das auch tun. Aber die Männer, mit denen ich ausgehe, wirken online immer ganz normal und entpuppen sich erst beim persönlichen Kennenlernen als seltsam.«

Heather nahm einen Schluck von ihrem Kaffee. »Ich behaupte nicht, *No More Frogs* sei perfekt. Trotz des Namens wirst du vielleicht noch ein paar Frösche küssen müssen, bevor du deinen Märchenprinzen findest. Aber wo solltest du denn sonst Männer kennenlernen, wenn nicht online?«

»Hey, das klingt ja, als ob ich die ganze Woche bloß zu Hause sitze. Ich gehe jeden Tag aus dem Haus, das weißt du genau.«

»Ja, ins Büro, wo du für zwei Lesben arbeitest. Mit Romanzen am Arbeitsplatz ist da nichts.«

Eliza schmunzelte, als sie daran dachte, wie sie Austen und Dee gestern im Lager beim Küssen ertappt hatte. »Doch, bei uns gibt es sehr wohl Romanzen am Arbeitsplatz.«

»Ich rede nicht von deinen Chefinnen. Ich meinte eine Romanze für dich.«

Eliza nickte widerwillig. »Das ist mir egal. Ich mag meinen Job und mein Leben genau so, wie sie sind.«

»Ich behaupte ja auch nicht, dass du dich jeden Abend in den Schlaf weinst. Aber stell dir mal vor, wie viel glücklicher du wärst, wenn du all das«, Heather machte mit der Hand eine Bewegung, die den Markt und die gesamte Stadt mit einschloss, »mit jemand Besonderem teilen könntest.«

Nach kaum fünf Stunden Schlaf war Eliza nicht in der Stimmung für dieses Thema, deshalb flüchtete sie sich in ihre vertrauten Neckereien. »Ich teile all das mit dir. Oder willst du sagen, du wärst nichts Besonderes?«

Heather richtete sich zu ihren vollen eins fünfundachtzig auf. »Natürlich bin ich etwas Besonderes. Aber du hast ja verkündet, dich nicht für meine Designermädels«, sie umfasste ihre Brüste, »oder meine sonstigen weiblichen Reize zu interessieren.«

Eliza schielte zu Leanne hinüber, die verlegen grinste, als sie beim Lauschen erwischt wurde, und ihr eine Tüte mit Zimtcashewnüssen hinhielt.

»Nein danke«, sagte Eliza.

»Gilt diese Ablehnung den Cashews oder meinen Brüsten?«, fragte Heather grinsend.

»Beidem.« Eliza gab ihr einen sanften Schubs, obwohl sie selbst auch lachen musste. »Jetzt hör auf, mich zu necken, bevor ich richtig wach bin.«

Heather griff nach ihrem eigenen Thermobecher und hielt dann inne. »Moment, wenn du nicht bis spät mit dem Typen von *No More Frogs* unterwegs warst, was hat dich dann davon abgehalten, ins Bett zu gehen?«

Mist! Eliza verfluchte sich dafür, dass sie erwähnt hatte, zu lange aufgeblieben zu sein. Obwohl Heather ihre beste Freundin war und so ziemlich alles über sie wusste, war sie sich nicht sicher, ob sie ihr schon von ihrer neuen Bekanntschaft erzählen sollte. Aus irgendeinem Grund wollte sie ihre zaghafte Freundschaft lieber noch eine Weile für sich behalten. Aber es wäre albern gewesen, Heather eine Antwort zu verweigern. »Erinnerst du dich noch an deinen Nummernnachbarn?«

»Derjenige, dem du die Fotos von deinem Outfit geschickt hast? Klar!« Heather runzelte die Stirn. »Er belästigt dich doch nicht, oder?«

»Nein.« Leiser fügte Eliza hinzu: »Wenn überhaupt, dann war es umgekehrt. Ich habe nach der fehlgeleiteten SMS immer wieder Kontakt aufgenommen.«

Heather versetzte ihr einen Klaps auf die Schulter. »Ach, jetzt wird mir einiges klar!«

»Was wird dir klar?«

»Warum du dich nicht mehr mit den Männern von *No More Frogs* verabreden willst. Du möchtest stattdessen mit deinem Mr Falsche Nummer ausgehen!«

Eliza grinste. »Nein danke, das wäre eher was für dich.«

»Was für mich?« Heather fasste sich mit verwirrter Miene an die Brust. »Du weißt doch, dass ich nicht mit Männern ausgehe.«

»Eine kluge Entscheidung, Liebes«, sagte eine ältere Dame, die gerade eine von Elizas Corgi-Figuren bewunderte.

Eliza verkaufte ihr die Figur zum halben Preis, nur wegen dieser Bemerkung. »Ist sie aber nicht«, sagte sie zu Heather, während sie den kleinen Hund in Seidenpapier einwickelte.

»Wer ist was nicht? Redest du von einer anderen Frau, die auch nicht mit Männern ausgeht?« Heather sah zu der älteren Dame, die in einer Ich-bin-nicht-gemeint-Geste die Hand hob, den Corgi in ihre Handtasche steckte und zu Leannes Stand weiterging. »Haben wir nicht gerade über Mr Falsche Nummer geredet?«

»Es muss Ms Falsche Nummer heißen«, sagte Eliza. »Das versuche ich dir schon die ganze Zeit zu sagen. Sie ist kein Mann.«

Heather brach in Gelächter aus und schlug sich auf den Oberschenkel. »O mein Gott, und das hast du erst jetzt herausgefunden? Hat ihr Name dich nicht stutzig gemacht?«

»Wir haben uns noch nicht einander vorgestellt.« Das mochte seltsam erscheinen, wenn man bedachte, dass sie sich bis drei Uhr morgens per SMS unterhalten hatten, doch sie hatte das Gefühl, dass Flüsterer einen guten Grund dafür hatte, ihren Namen noch nicht preiszugeben. Das respektierte sie, auch wenn sie neugierig war.

»Ach? Woher weißt du dann, dass sie eine Frau ist?«

»Flüsterer – so nenne ich sie inzwischen – hat mir ein Nacktfoto geschickt«, sagte Eliza und bemühte sich um eine ernste Miene.

Einen Moment lang sah Heather aus wie eine Zeichentrickfigur, der die Augen aus dem Kopf quollen. »Im Ernst?« Sie wackelte eifrig mit den Fingern. »Zeig her!«

»Mensch, ich mach doch nur Spaß, du Perversling! Sie hat mir kein Foto geschickt, schon gar kein Nacktfoto. Hm, aber vielleicht sollte ich sie wirklich dazu überreden«, meinte Eliza schließlich. Das wäre nur fair. Immerhin hatte Flüsterer zwei Fotos von ihr erhalten, während sie immer noch keine Ahnung hatte, wie ihre Gesprächspartnerin aussah.

»Wer ist jetzt der Perversling?«, gab Heather zurück.

Eliza starrte hinauf zu der weißen Zeltplane, die sich über ihnen spannte. »Ich spreche von einem Bild in voller Bekleidung, nicht von einem Nacktfoto.«

Heather schob ihre Unterlippe vor und tat, als würde sie schmollen. »Ach, verdammt.«

Ein junges Paar blieb vor ihrem Stand stehen. »Oh, sind die süß!« Die Frau berührte vorsichtig eine kleine Katze, die sich auf einem Felsen zusammengerollt hatte. »Sie haben nicht zufällig eine Fuchsfigur da, oder?«

»Ich hatte eine, aber ich glaube, ich habe sie verkauft. Lassen Sie mich nachsehen.« Eliza beugte sich über die Kiste im hinteren Teil des Zeltes und war froh, Heathers Verhör vorerst entkommen zu sein.

Am Freitagabend der darauffolgenden Woche nahm Denny noch einen weiteren Schluck ihres Biers und sah auf die Uhr. Es war Mitternacht, was bedeutete, dass sie jetzt ihre Pflicht und Schuldigkeit getan hatte und nach Hause gehen konnte.

Julie und zwei weitere Arbeitskolleginnen hatten Denny trotz ihres Protests mit in ihren Lieblingsclub geschleppt.

Die Mischung aus Funk und Soul, die der DJ unten spielte, war ganz nett, aber die kleine Tanzfläche war überfüllt und durch die niedrige Decke fühlte sich das Kellergeschoss an wie eine dunkle Höhle, die bei Denny eine Klaustrophobie auslöste. Deshalb hatte sie sich in die obere Etage des zweistöckigen Etablissements geflüchtet.

Die Bar im oberen Stockwerk des Clubs war geräumig, sodass sie freier atmen konnte. An zwei Wänden hingen Gemälde einheimischer Künstler, was den Raum eher wie eine Kunstgalerie wirken ließ – zumindest bis man die Billardtische und die Flipperautomaten ganz hinten im Raum entdeckte.

Sie ergatterte einen kleinen Tisch in einer Ecke und rutschte auf der abgenutzten Vinylbank ein wenig nach unten. Hier würde sie hoffentlich niemand finden und auf die Tanzfläche zerren.

Zumindest die Burger waren großartig, ebenso wie die Knoblauchpommes. Das Singledasein hatte seine Vorteile. Sie konnte so viel Knoblauch essen, wie sie wollte. Langsam trank sie ihr Bier, während sie die letzten Fritten in die Malzessig-Mayo tauchte und das Spiel an einem der Billardtische beobachtete.

Eine niedliche Rothaarige räumte den Tisch ab wie ein echter Billardprofi. Schließlich versenkte sie die Acht und sprang jubelnd auf und ab. Als sie aufsah, begegnete sie Dennys Blick und zwinkerte ihr zu. Vermutlich hatte sie Denny im gedämpften Licht der Bar für einen Mann gehalten.

Denny rutschte noch ein Stück tiefer und senkte den Blick auf ihren Teller, obwohl dieser inzwischen leer war.

O Gott, hoffentlich kam die Rothaarige nicht zu ihr herüber!

Sie schnaubte und kniff sich in den Rettungsring um ihre Mitte. *Als ob sie sich für dich interessieren würde.* Aber sie wollte kein Risiko eingehen, deshalb versuchte sie, beschäftigt zu wirken, indem sie ihr Handy aus der Tasche zog.

Sneakerfrau schlief vermutlich schon, aber Denny konnte ihr trotzdem eine SMS schreiben und Hallo sagen. Sie würde die Nachricht morgen früh vorfinden. Vielleicht würde es sie sogar zum Lächeln bringen.

Denny öffnete die Nachrichten-App und überlegte, was sie sagen sollte, doch ihr fiel nichts ein. Plötzlich fühlte sie sich so schüchtern, als müsste sie persönlich mit Sneakerfrau sprechen. *Hör auf damit,* sagte sie sich selbst. *Für sie bist du nicht die schüchterne Denny Jacobs. Du bist ihr lustiger Kumpel, mit dem sie SMS-Geplänkel austauscht. Sag einfach etwas. Irgendetwas.*

Sie tippte das Erstbeste, was ihr einfiel. *Hallo, wie geht's dir?*

Denny verzog das Gesicht. »Wie originell«, murmelte sie.

Aber sie versuchte sowieso nicht, Sneakerfrau zu beeindrucken, oder? Da diese hetero war, brauchte sie nicht zu versuchen, ihren Charme spielen zu lassen.

Gerade als sie das Handy wieder wegstecken wollte, leuchtete das Display auf. *Hey, Flüsterer, warum bist du noch wach? Ist es nicht schon längst Schlafenszeit für dich?*

Großartig. Sie hatte bereits den Ruf, mit den Hühnern ins Bett zu gehen. *Warum bist DU noch wach?*, schrieb sie zurück. *Hast du nicht gesagt, dass du samstags meistens früh raus musst?*

Weil du mir gesimst hast und mein Handy gepiept hat.

Ach du Scheiße. Im Ernst?

Nein, das war nur ein Scherz, antwortete Sneakerfrau, was Denny aufatmen ließ. *Ich mache gerade eine Fuchsfigur, die eine Kundin letzte Woche bestellt hat.*

Wow, du bist Künstlerin? Denny betrachtete die Gemälde und Skulpturen in der Bar. War eines ihrer Werke hier ausgestellt? Aber sie wusste nicht einmal, ob Sneakerfrau tatsächlich in Portland lebte. Mehrere Städte im Nordwesten Oregons, von Salem im Süden bis hinauf nach Astoria, hatten dieselbe Vorwahl.

Ich weiß nicht, ob man das so sagen kann, antwortete Sneakerfrau. *Es ist nur ein Hobby, aber es macht mir großen Spaß. Ich stelle Figuren, Schmuck und andere kleine Gegenstände aus Polymer-Ton her und male dann die Details mit Acrylfarben darauf.*

Das klingt cool, schrieb Denny. Sie hätte gern um ein Foto des kleinen Fuchses gebeten, aber das konnte sie nicht, solange sie nicht bereit war, ihr im Gegenzug ebenfalls ein Bild zu schicken. Oder doch?

Bevor sie sich entscheiden konnte, erschien eine weitere Nachricht. *Wow, wir sind richtige Partylöwen, oder? Es ist Wochenende und wir sitzen zu Hause und schreiben uns SMS.*

Sprich nur für dich, antwortete Denny. *Ich bin heute Abend ausgegangen und habe mich unters Volk gemischt.* Nachdem sie auf die leere Bank ihr gegenüber geschaut hatte, fügte sie hinzu: *Na ja, mehr oder weniger.*

Wie kann man sich denn mehr oder weniger unters Volk mischen?

Meine Freundin Julie hat mich in einen Club geschleppt.

Und jetzt sitzt du in einer Ecke und schreibst mir Nachrichten? Sneakerfrau schickte ein Emoji, das in einem roten Kleid und Stöckelschuhen Salsa tanzte. *Geh das Tanzbein schwingen und hab jede Menge Spaß!*

Spaß? Ein Schauder lief Dennys Rücken hinab. *Zwischen verschwitzten Körpern festzustecken, während sich Fremde an mir reiben, entspricht nicht gerade meiner Vorstellung von Spaß.* Es überraschte sie selbst, wie offen sie Sneakerfrau gegenüber war, aber schließlich war sie eine einundvierzigjährige Frau, keine Jugendliche, die möglichst cool wirken wollte. *Das überlasse ich lieber all den Zwanzigjährigen, die hier herumlaufen.*

Schon klar, ältere Mitbürgerin.

Denny zog es vor, diesen Spitznamen zu ignorieren. Der andere Spitzname, den Sneakerfrau ihr gegeben hatte, gefiel ihr viel besser. *Wie ist das bei dir? Gehst du in Clubs?* Meistens stellte sie nicht viele Fragen, aber sie war neugierig darauf, mehr über Sneakerfrau zu erfahren.

Höchstens einmal im Jahr. Das ist nicht so mein Ding. Obwohl das Aneinanderreiben verschwitzter Körper mit dem richtigen Partner Spaß machen kann.

Denny wurde ganz warm und ihre Wangen glühten. Himmel, diese Frau brachte sie zum Erröten, ohne dass sie sich je getroffen hatten! Gut, dass sie nicht telefonierten, sodass Sneakerfrau nicht hören konnte, wie schrill ihre Stimme geklungen hätte, wenn sie etwas sagen würde. *Also schwingst du auch so gut wie nie das Tanzbein, aber mich nennst du ältere Mitbürgerin?*

Wie soll ich dich auch sonst nennen, wenn du mir deinen Namen nicht verrätst?, fragte Sneakerfrau. *Oder hast du dir das anders überlegt?*

Denny schickte ihr ein Emoji, das nervös eine Grimasse schnitt.

Sneakerfrau antwortete mit einer Putenkeule, die Denny spontan mit einem Flamingo konterte.

Das führte dazu, dass beide minutenlang versuchten, sich bei der Suche nach den lächerlichsten Emoticons zu übertreffen. Der Wettbewerb endete, als Sneakerfrau ihr einen seltsam verpixelten lila Klecks schickte.

Was ist das denn?, fragte Denny.

Ist das nicht offensichtlich? Es ist ein außerirdisches Monster.

Denny betrachtete skeptisch den Klecks. *Wie bitte?*

Ich habe es bei Emojipedia nachgeschlagen.

Das hast du dir eben ausgedacht. So etwas wie Emojipedia gibt es nicht.

Doch. Großes Pfadfinderehrenwort. Das gibt es.

Pfadfinderehrenwort? Denny grinste. Irgendwie süß. Gerade als sie eine neckische Antwort senden wollte, räusperte sich jemand keinen Meter von ihr entfernt.

Denny erschrak. Sie stieß mit ihrem Knie gegen die Tischplatte.

Als sie aufsah, stand Julie vor ihr. Ihre Wangen waren vom Tanzen gerötet. Sie hielt sich einen Gin Tonic an die Stirn und warf Denny einen vorwurfsvollen Blick zu. »Hey!« Sie brüllte fast, um das Klacken der Billardkugeln, die Musik aus den Lautsprechern und die Unterhaltungen der anderen Gäste zu übertönen. »Ich habe dich schon überall gesucht! Warst du die ganze Zeit hier oben?«

»Ähm, ich war hungrig.« Denny drehte ihr Handy um, obwohl sie sich sagte, dass sie nichts zu verbergen hatte.

Leider lenkte das Julies Aufmerksamkeit erst recht auf das Telefon. »Wem schreibst du denn ständig? Das ist mir bei der Arbeit auch schon aufgefallen.«

Denny verkniff sich das »Niemand«, das ihr auf der Zunge lag. Zwar würde Sneakerfrau es nicht hören, aber es fühlte sich trotzdem falsch an, so zu tun, als wäre sie ein Niemand. »Es gibt da eine Frau, mit der ich –«

»Ach, eine Frau!« Julie schlug ihr grinsend auf die Schulter.

Denny starrte sie an. Selbst im gedämpften Licht der Bar war das neckische Funkeln in Julies Augen unverkennbar. »Du weißt, dass ich lesbisch bin?« Obwohl sie ihre sexuelle Orientierung keineswegs versteckte, hatte sie nie mit Julie darüber gesprochen. Seit sie bei *Grocery Port* arbeitete, war sie die meiste Zeit über single gewesen, hatte also keinen Grund gehabt, es zu erwähnen. Sie war sich auch nicht sicher, wie wohl sich Julie dabei fühlte, eine lesbische Freundin zu haben.

Vermutlich war sie mit ganz anderen Wertvorstellungen als Denny groß geworden. Denny hatte Julies Eltern mehrfach getroffen, als diese Bánh Su Kem und anderes vietnamesisches Gebäck für sämtliche Kollegen vorbeigebracht hatten. Sie schienen nett zu sein, doch sie hatte das Gefühl, dass sie ziemlich konservativ waren, weshalb sie sich nicht sicher war, wie die Ngos zu Homosexualität standen.

Julie deutete auf Dennys Kurzhaarschnitt, ihr Hemd und ihre weiten Herrenjeans. »Ich weiß, das sind manchmal nur Stereotype, aber … Hallo?«

Denny blickte an sich hinunter, dann wieder hinauf in Julies Gesicht, auf dem sich ein amüsiertes Grinsen ausbreitete. »Oh.«

»Keine Sorge.« Lächelnd tätschelte Julie ihr den Arm. »Ich flippe nicht aus. Wenn das der Grund ist, weshalb du nicht mit den anderen auf der Tanzfläche bist …«

»Nein, das ist es nicht. Ich bin einfach keine gute Tänzerin.« Wenn es eine Sache gab, die ihr noch peinlicher war als die Versuche, mit einer Frau zu flirten, war es die Art, wie sie tanzte.

»Glaubst du, ich kann gut tanzen? Hast du mir mal dabei zugesehen? Das interessiert keinen, solange du nur Spaß hast.« Julie versuchte, sie vom Tisch hochzuziehen, aber Denny entzog ihr die Hand und schüttelte den Kopf.

Allein der Gedanke, vor all diesen Menschen zu tanzen, trieb ihr den Schweiß auf die Stirn. Julie und ihre Freundinnen waren allesamt selbstbewusst, hübsch und feminin. Sie würde auffallen wie ein bunter Hund. »Nein danke. Tanzen ist nicht mein Ding. Ich gehe jetzt lieber nach Hause.«

»Ach, komm schon! Es ist doch erst …« Julie schob ihren Ärmel zurück, aber sie trug keine Uhr.

»Es ist schon nach Mitternacht«, sagte Denny. Meine Güte, sie kam sich wirklich wie eine ältere Mitbürgerin vor.

Julie seufzte. »Na schön. Dann bis Montag.« Sie deutete auf Dennys Smartphone. »Grüß deine Partnerin von mir.«

»Sie ist nicht meine …«

Aber Julie hatte sich bereits umgedreht und war davongegangen.

»Partnerin«, rief Denny ihr nach.

Julie verschwand in der Menge vor der Bar.

Denny stöhnte, drehte ihr Handy um und scrollte nach oben, um die SMS zu lesen, die sie verpasst hatte.

Die erste Nachricht war ein Screenshot, der bewies, dass eine Webseite namens Emojipedia tatsächlich existierte.

Dann, als eine Antwort von Denny ausgeblieben war, hatte Sneakerfrau geschrieben: *Hallo? Bist du noch da? Soll ich davon ausgehen, dass du total erschöpft von dem Versuch bist, mit meinen überlegenen Emoji-Duell-Fähigkeiten mitzuhalten, oder bist du doch noch tanzen gegangen?*

Entschuldige, schrieb Denny hastig. Hoffentlich hatte Sneakerfrau noch nicht aufgegeben, auf eine Antwort zu warten. *Nein, ich bin nicht tanzen gegangen. Meine Kollegin hatte nach mir gesucht.* Sie wusste nicht, wie sie das Gespräch mit Julie erklären sollte, deshalb versuchte sie es gar nicht erst.

Es kam keine Antwort.

Verdammt! Sneakerfrau hatte wahrscheinlich ihre Fuchsfigur fertiggestellt und war ins Bett gegangen.

Seufzend machte sich Denny auf den Weg nach draußen und ging dann die Straße hinunter zu ihrem Lesbenmobil, wie Salem ihren elf Jahre alten Subaru Outback nannte. Als sie sich hinter das Steuer setzte, summte ihr Handy. Fast hätte sie es fallen lassen, weil sie es eilig hatte, die Nachricht von Sneakerfrau zu lesen.

Kein Problem. Ich habe mich gerade bettfertig gemacht.

Ein Bild von Sneakerfrau in einem sexy Satinnachthemd mit Spaghettiträgern schoss Denny durch den Kopf. Energisch schob sie es beiseite. Die Frau war heterosexuell und außerdem viel zu klasse für Denny. Solche Gedanken würden sie im Umgang mit ihr nur noch unsicherer machen. *Schlaf gut*, antwortete sie. *Ich fahre jetzt auch nach Hause.*

Dann bis morgen. Fahr vorsichtig.

Denny lächelte, als sie das Handy auf den Beifahrersitz legte und den Motor startete. Anscheinend ging Sneakerfrau davon aus, dass sie von nun an jeden Tag SMS austauschen würden – und das war Denny mehr als recht.

Kapitel 5

Am Donnerstag der darauffolgenden Woche schob Eliza eine weitere Schneeflocke aus Kaktusholz auf das rot-grün gestreifte Sisalseil.

Es war ein seltsames Gefühl, Ende April Ornamente für einen Weihnachtsbaum herzustellen, der ungefährlich für Papageien und andere Vögel war. Aber da jedes ihrer Produkte handgefertigt war, mussten sie schon früh anfangen, um in der Vorweihnachtszeit genug für den Verkauf zu haben.

Sie verknotete das Seil und zog kräftig daran, um zu sehen, ob es der groben Behandlung durch den starken Schnabel eines Aras standhalten würde. Ja, alles machte einen guten Eindruck. Sie lächelte triumphierend.

Ihr Job bei der kleinen Firma machte sie zwar nicht reich, aber er erfüllte sie mit Zufriedenheit und das war ihr wichtiger als alles Geld der Welt. Sie konnte ihre Kreativität einsetzen und mit ihren Händen arbeiten, während sie ihren Kunden das gute Gefühl gab, ein sicheres Produkt für ihr Haustier gekauft zu haben.

Sie legte das Seil mit den hölzernen Schneeflocken beiseite und blickte auf ihre Uhr.

Die Äste des Apfelbaums, die sie von der Rinde befreit und dann mit einer antibakteriellen Lösung gesäubert hatte, sollten jetzt trocken sein, sodass sie die Enden glatt schleifen konnte. Aber das musste bis nach ihrer Mittagspause warten.

Anstatt sich etwas vom Imbiss in der Third Avenue zu holen, der nur fünf Gehminuten von ihrem Arbeitsplatz entfernt war, hatte sie sich diese Woche jeden Tag ein Sandwich mitgebracht, damit sie ein paar Minuten mit Flüsterer verbringen konnte.

Entweder machten sie zufällig immer zur selben Zeit Pause oder Flüsterer hatte sich ihren Essenszeiten angepasst.

Sie räumte eine Ecke ihres Arbeitstisches frei und setzte sich mit ihrem Sandwich in der einen und ihrem Smartphone in der anderen Hand hin.

Anscheinend kam sie zu spät zu ihrem inoffiziellen Treffen. Flüsterer hatte ihr bereits vor zehn Minuten ein *Hi, wie geht's?* geschickt. Die schüchterne Begrüßung brachte sie immer zum Lächeln.

Es tut mir leid, dass ich nicht früher geantwortet habe, antwortete Eliza. *Ich habe ein neues Spielzeug ausprobiert.*

Die Blase mit den drei Punkten erschien, verschwand dann aber wieder, als hätte Flüsterer gelöscht, was sie geschrieben hatte. Schließlich sagte sie einfach nur: *Oh.*

Eliza musste lachen. *Nicht diese Art von Spielzeug, Perversling.* Das erinnerte sie an ihr gegenseitiges Necken mit Heather, aber zugleich fühlte sich die Interaktion mit Flüsterer ganz anders an.

Na ja, das war eigentlich kein Wunder. Schließlich war Heather seit fünf Jahren ihre beste Freundin, während Flüsterer und sie sich erst seit drei Wochen kannten.

An so etwas habe ich gar nicht gedacht, antwortete Flüsterer.

Na klar. Eliza hatte immer noch keine Ahnung, wie Flüsterer aussah, aber sie würde ihr Monatsgehalt darauf verwetten, dass sie gerade errötete.

Also, was gibt's bei dir zum Mittagessen?, fragte Flüsterer.

Eliza kicherte über den offensichtlichen Versuch, das Thema zu wechseln. Sie beschloss, darauf einzugehen, machte ein Foto von ihrem Truthahn-Avocado-Rettich-Sandwich und schickte es ihr. *Und bei dir?*

Meins ist nicht annähernd so gesund wie deins. Das Foto eines mit Gummibärchen verzierten Cupcakes erschien auf dem Display.

Gummibärchen? Auf einem Cupcake?

Ja. Das ist praktisch Haute Cuisine, antwortete Flüsterer. Schließlich fügte sie hinzu: *Meiner Nichte ist gestern erst kurz vor dem Schlafengehen eingefallen, dass sie dran war, Cupcakes für ihre Klasse mitzubringen, und wir hatten nichts zum Dekorieren im Haus.*

Sieht eigentlich sogar niedlich aus, meinte Eliza.

So, wie einen eleganten Rock mit Turnschuhen zu tragen?

Genau.

Es entstand eine kurze Pause und Eliza ahnte bereits, was kommen würde.

Du testest also beruflich Spielzeug?, schrieb Flüsterer.

Grinsend antwortete Eliza: *Ja.* Es machte Spaß, Flüsterer auf die Folter zu spannen.

So was wie Puppen und Feuerwehrautos?

Eher Solaholz-Bälle und Knabberketten, schrieb Eliza zurück.

Ich habe keine Ahnung, wovon du sprichst.

Eliza nahm einen großen Bissen von ihrem Sandwich, bevor sie antwortete: *Ich arbeite für eine kleine Firma, die Spielzeug für Papageien und andere Ziervögel herstellt.*

Wow, das ist cool! Gefällt dir deine Arbeit?

Und wie! Eliza fügte mehrere Herzen hinzu. *Wir stellen die meisten unserer Spielsachen von Hand her, sodass ich den ganzen Tag mit Bastelsachen spielen kann.*

Klingt wunderbar, antwortete Flüsterer. *Wie lange machst du das schon?*

Hauptberuflich erst seit einem Monat. Die Firma gibt es noch nicht lange.

Was hast du vorher gemacht?, fragte Flüsterer. *Falls dir die Frage nichts ausmacht.*

Bisher war es vor allem Eliza gewesen, die Fragen stellte und das Gespräch am Laufen hielt. Doch Eliza hatte das Gefühl, dass Flüsterer sich nicht aus mangelndem Interesse zurückgehalten hatte, sondern eher aus fehlendem Selbstbewusstsein. Es war schön zu sehen, dass sie sich nun traute, nachzufragen.

Nein, gar nicht. Frag ruhig, antwortete Eliza. *Ich habe schon alles Mögliche gemacht. Nebenbei habe ich immer meine Kreationen auf Märkten und Kunsthandwerksmessen verkauft und Workshops gegeben. So habe ich auch meine Chefinnen kennengelernt. Die beiden haben sich in eines meiner Eulenmobiles verliebt und mich gefragt, ob ich so etwas auch aus Materialien bauen kann, die ungefährlich für Vögel sind. Im Januar haben sie mich als Teilzeitkraft angestellt und drei Monate später dann in Vollzeit. Mann, war ich froh, meinen Job als Barista aufgeben zu können!*

Du warst Barista? Kannst du auch Farne und Herzen aus Milchschaum machen?

Ja, aber nicht sehr gut. Ich war echt mies als Barista. Ich mag nicht mal Kaffee!

Flüsterer schickte mehrere Emojis mit weit aufgerissenen Augen. *Du. Magst. Keinen. Kaffee?*

Lass mich raten. Jetzt sagst du mir, dass wir unmöglich Freunde sein können. Kaum hatte Eliza den Satz zu Ende getippt, hielt sie inne. Freunde. Waren sie das tatsächlich? Sie kannten nicht einmal den Namen der anderen. Schließlich zuckte sie mit den Schultern und schickte die SMS trotzdem ab, weil es sich richtig anfühlte.

Ich lasse es noch mal durchgehen, weil ich es nachvollziehen kann, antwortete Flüsterer. *Nicht deine seltsame Abneigung gegen Kaffee. Aber ich war früher die mieseste Kellnerin aller Zeiten.*

Eliza stellte sich eine Frau mit einer niedlichen Kellnerinnenschürze vor. Nicht zum ersten Mal fragte sie sich, wie Flüsterer wohl aussah. *Warum warst du mies? Sag nicht, du magst kein Essen!*

Ha! Nein. Ich mag Essen sogar ein bisschen zu sehr. In der Küche zu arbeiten, hätte mir sicher besser gefallen. Aber ständig mit Gästen zu plaudern und mich extrovertiert zu geben, war nicht mein Ding. Ich habe nicht einmal genug Trinkgeld bekommen, um eine Maus am Leben zu halten, geschweige denn zwei Frauen und ein Kind.

Meinte sie sich, ihre Schwester und ihre Nichte? Warum war es an Flüsterer, die ganze Familie zu versorgen? Eliza zögerte zu fragen. Das wäre ziemlich persönlich und sie wollte nicht, dass Flüsterer sich unwohl fühlte. Schließlich entschied sie sich für eine weniger persönliche Frage: *Was machst du jetzt beruflich?*

Nichts, was auch nur annähernd so cool ist wie dein Job. Flüsterer schien kurz zu zögern, dann fügte sie hinzu: *Ich bin Kassiererin in einem Supermarkt.* Sie gab Eliza nicht die Zeit, etwas dazu zu sagen, sondern fragte sofort: *Wo befindet sich denn deine Firma?*

Ein Lächeln umspielte Elizas Lippen. *Versuchst du herauszufinden, wo ich wohne?*

Schon möglich.

Ich dachte, du willst, dass wir anonym bleiben?

Na ja, wenn du nicht gerade in einem Dorf wohnst, bleibst du doch trotzdem anonym.

Eliza war nicht diejenige, die auf Anonymität bestand, deshalb hatte sie kein Problem damit, ihren Wohnort zu verraten. *Okay. Ich beantworte deine Frage, wenn du mir auch eine beantwortest.*

Ich wohne in Portland, schrieb Flüsterer zurück. *In Lents, um genau zu sein.*

Sie lebten also tatsächlich in derselben Stadt. Das gefiel Eliza. *Ich auch. In Portland, nicht in Lents, meine ich. Aber das wollte ich gar nicht fragen.*

Oh.

Eliza aß den Rest ihres Sandwiches und starrte auf das Display. Sie wusste genau, was sie fragen wollte, denn sie dachte schon seit einer

Weile darüber nach: Lebte Flüsterer mit ihrer Schwester und Nichte zusammen? Und falls ja, warum? Doch inzwischen hatte sie ein Gefühl für Flüsterers Schreibstil entwickelt und wusste, was die kurzen Pausen bedeuteten, deshalb ahnte sie, dass sie angespannt auf die Frage wartete.

Hier ist meine Frage, schrieb Eliza. *Welche Gummibärchen hast du am liebsten?*

Flüsterer brauchte eine Weile, um zu antworten. Entweder musste sie alle Gummibärchen auf ihrem Cupcake probieren, bevor sie ihre Wahl treffen konnte, oder die Frage hatte sie überrascht. Vermutlich hatte sie mit etwas anderem gerechnet. Schließlich erschien die nächste Sprechblase auf dem Display. *Die grünen.*

Wusstest du, dass die grünen nach Erdbeeren schmecken?, fragte Eliza.

Ich dachte, das wären die roten?

Nein. Die schmecken nach Himbeeren.

Ach du meine Güte, antwortete Flüsterer. *Mein ganzes Leben war eine einzige Lüge!*

Eliza lachte los.

Bevor sie antworten konnte, klopfte es an der Tür.

Rasch schickte sie Flüsterer eine Nachricht, um sie wissen zu lassen, dass sie wieder an die Arbeit gehen musste. Dann rief sie: »Herein!«

Die Tür zu ihrem Arbeitszimmer schwang auf und Dees hochgewachsene Gestalt tauchte auf. »Hey, ich gehe Donuts holen. Hast du auf irgendetwas Bestimmtes Lust?«

Eliza verkniff sich ein Grinsen. Als sie angefangen hatte, bei *Gefiederte Freunde* zu arbeiten, hatte sie versucht, sich an Austen, die freundlichere ihrer Chefinnen, zu halten und Dee aus dem Weg zu gehen, denn diese wirkte kühl und unnahbar. Doch es hatte nicht lange gedauert, bis sie feststellte, dass Dee zwar hart, aber fair war. Und was ihre Partnerin anging, besaß sie einen weichen Kern und verwöhnte sie mindestens einmal in der Woche mit ihren Lieblingsdonuts.

»Wenn sie welche mit Gummibärchen haben, wäre das großartig.«

Dee hob eine Augenbraue.

Warum beherrschte jeder außer ihr diese Mimik?

»Gummibärchen auf einem Donut?«, fragte Dee.

»Natürlich«, sagte Eliza, ohne mit der Wimper zu zucken. »Das ist praktisch Haute Cuisine.«

»Ja, klar.« Dee ging kopfschüttelnd davon.

Mit einem Lächeln machte sich Eliza wieder an die Arbeit.

Am selben Abend nach ihrer Schicht lag Denny auf der Couch und lernte die PLU-Nummern für das saisonale Obst und Gemüse auswendig. Bei den Erdbeeren stockte sie. Anstelle der vierstelligen Zahl kamen ihr als Erstes grüne Gummibärchen in den Sinn.

»4248«, sagte Denny zu sich selbst. »Konzentrier dich.«

Salem schaute von ihrem Handy auf, auf dem sie gerade einen Liebesroman las. »Gelbe Paprika.«

»Nein. Die sind 4689.«

»Ach. Immerhin wusste ich, dass es was mit einer Vier ist.«

Denny lachte. »Fast alle der konventionell angebauten Obst- und Gemüsesorten beginnen mit einer Vier. Bleib du lieber bei deiner Arbeit im Gartencenter.«

»Das habe ich auch vor.« Salems Lächeln verriet, dass sie an einen ganz bestimmten Vorteil ihres Jobs dachte: Matt jeden Tag sehen zu können.

Es war schön, ihre Schwester so glücklich und verliebt zu sehen, aber auch ein wenig seltsam – vielleicht, weil es so lange her war, seit Denny in jemanden verschossen gewesen war, dass sie sich kaum noch daran erinnerte, wie sich das anfühlte.

Als Salem sich wieder ihrem E-Book zuwandte, konzentrierte sich Denny auf die PLU-Nummern. Aber jetzt, da sie an Gummibärchen und ihre Unterhaltung mit Sneakerfrau dachte, schweifte ihre Aufmerksamkeit ständig von der Liste ab. Seufzend gab sie auf, nahm ihr Handy und tippte in die Nachrichten-App: *Hi, wie war die Arbeit?*

Es dauerte nicht lange, bis eine Antwort kam. *Gut. Meine Chefin hat mir einen Donut mit Marshmallows mitgebracht.*

Denny rümpfte die Nase. *Und das hat dir den Tag gerettet?*

Hey, jemand, der Cupcakes mit Gummibärchen zum Mittagessen hatte, sollte sich kein Urteil erlauben! Außerdem hat sie mir den Marshmallow-Donut nur mitgebracht, weil sie keinen mit Gummibärchen finden konnte.

Schon okay. Denny lächelte bei dem Gedanken daran, wie Sneakerfrau ihre Chefin auf die Suche nach einem Gummibärchen-Donut geschickt hatte. Dann wurde sie wieder ernst. *Als wir uns in der Mittagspause unterhalten haben …*

Ja?

Denny rückte ihre Brille zurecht. *Deine Frage war nicht das, was du wirklich wissen wolltest, oder?*

Nein. Normalerweise war Sneakerfrau die Gesprächige von ihnen beiden, aber jetzt beließ sie es bei diesem einen Wort.

Denny wusste, dass sie das ebenfalls tun konnte. Sneakerfrau würde sie nicht zwingen, über sich selbst zu sprechen, wenn sie nicht wollte. Sie schien einen sechsten Sinn dafür zu haben, wann es besser war, Denny nicht zu drängen. Aber Denny stellte fest, dass es ihr nicht mehr unangenehm war, ihre Fragen zu beantworten. Vielleicht lag es daran, dass sie noch immer nicht den Namen der anderen kannten und die Anonymität es leichter machte, offen zu sprechen. Oder daran, dass Denny zu Beginn ihrer Bekanntschaft die Oberhand gehabt hatte, weil Sneakerfrau ihr versehentlich eine SMS geschrieben hatte. Womöglich war Sneakerfrau auch einfach nur eine gute Zuhörerin.

Denny atmete tief durch und schrieb: *Du kannst mir ruhig deine richtige Frage stellen.*

Okay. Aber wenn du nicht antworten willst, sobald du sie kennst, dann wäre das in Ordnung, antwortete Sneakerfrau. *Ich habe mich gefragt … Vorhin klang es so, als ob du bei deiner Schwester und deiner Nichte lebst. Ist das wirklich so?*

Das war also ihre Frage. Denny atmete auf. Sie war sich nicht sicher, was sie erwartet hatte. Wahrscheinlich hatte sie es in Gedanken unnötig aufgebauscht. *Ja. Oder vielleicht wäre es zutreffender zu sagen, dass sie bei mir leben, da ich zuerst hier gewohnt habe. Aber jetzt zahlen wir beide die Hälfte der Miete für ein kleines Reihenhäuschen in Lents. Meine Schwester ist schwanger geworden, als sie siebzehn war, und als sie es unseren Eltern sagte, haben die sie rausgeworfen.*

Diesmal dauerte es eine Weile, bis Sneakerfrau antwortete, so als müsste sie das erst verdauen. *Das tut mir leid. Das muss hart gewesen sein. Wie alt warst du, als das passiert ist?*

Ungefähr so alt wie du jetzt. Ich bin um einiges älter als meine Schwester.

Ach, stimmt. Ich vergesse immer wieder, dass du eine ältere Mitbürgerin bist.

Das sanfte Necken löste die Spannung in Dennys Schultern. *Im Ernst, ich bin fast dreizehn Jahre älter als meine Schwester.*

Wow, schrieb Sneakerfrau zurück. *Das ist ein großer Altersunterschied!*

Ja. Meine Eltern waren achtzehn, als ich auf die Welt kam. Wieder überraschte sich Denny damit, wie viele persönliche Informationen sie preisgab.

Und trotzdem haben sie deine Schwester rausgeworfen, als sie erfahren haben, dass sie mit siebzehn schwanger war?

Ziemlich heuchlerisch, oder? Denny seufzte. *Zumindest hatte unser Altersunterschied auch sein Gutes. Als sie siebzehn war, hatte ich bereits eine eigene Bleibe und konnte sie bei mir aufnehmen und ihr mit dem Baby helfen.*

Stimmt. Es ist klasse, dass du sie unterstützen konntest. Bestimmt bist du eine fabelhafte Tante.

Denny zuckte mit den Schultern, obwohl Sneakerfrau es nicht sehen konnte. *Meine Nichte hat nicht allzu viel Grund für Klagen.*

Wie alt ist sie inzwischen?

Fast elf, geht aber der eigenen Meinung nach auf die fünfundzwanzig zu, antwortete Denny.

Sneakerfrau schickte mehrere Emojis, die so herzhaft lachten, dass ihnen die Tränen kamen. Das schien ihr Lieblingssmiley zu sein. *Ich weiß genau, was du meinst. Mein Neffe und zwei meiner Nichten sind auch in diesem Alter.*

Denny spitzte die Lippen zu einem leisen Pfeifen. Drei Elfjährige im selben Haus? Das konnte sie sich nicht vorstellen. *Oh, wow. Siehst du sie regelmäßig?*

Ja. Meine ganze Sippschaft wohnt noch in oder um Portland. Ich sehe sie ständig, aber ich musste ein Machtwort sprechen, sonst hätte ich sie ein bisschen zu oft gesehen.

Zu oft? Konnte man seine Familie überhaupt zu oft sehen?

Ich weiß, das klingt seltsam, antwortete Sneakerfrau. *Ich liebe sie alle abgöttisch, aber ich bin das Nesthäkchen, und als ich ausgezogen bin, hatte ich meine liebe Not, sie davon abzuhalten, jeden Tag nach mir zu sehen. Sie mussten lernen zu akzeptieren, dass ich erwachsen bin und mein eigenes Leben führen möchte.*

Denny konnte sich nicht vorstellen, dass so etwas in ihrer eigenen Familie passieren könnte. Ihre Eltern waren zu sehr mit sich selbst beschäftigt, um ständig nach ihren Töchtern zu sehen, selbst damals, als sie noch Kontakt zu ihnen gehabt hatten. Meistens hätte Denny es nicht anders gewollt, aber ab und zu wäre etwas mehr Interesse schön gewesen.

Du bist also das Nesthäkchen. Ich wette, du bist nach Strich und Faden verwöhnt worden.

Und wie! Sneakerfrau fügte ein Emoji hinzu, das eine Prinzessin mit Krone darstellte. *Aber meine Eltern haben mir auch Grenzen gesetzt und Regeln vorgegeben, sodass ich, glaube ich, keine verzogene Göre geworden bin. Und du? Bist du die typisch verantwortungsbewusste Erstgeborene, die ständig alle herumkommandiert? Vorausgesetzt, du bist überhaupt die Erstgeborene.*

Ja, bin ich. Ich bin ziemlich verantwortungsbewusst, aber meine Schwester ist diejenige, die immer alle herumkommandiert. Lächelnd sah Denny zu ihrer ahnungslosen Schwester hinüber.

Das gehört vermutlich dazu, wenn man Mutter ist, antwortete Sneakerfrau.

Da bin ich mir nicht so sicher. Meine Mutter war nicht so. Sie arbeitete in einem Callcenter und wenn sie zu Hause war, redete sie nicht viel. Dennys Finger schwebte über der Pfeiltaste, die die Nachricht absenden würde. Normalerweise sprach sie nicht über ihre Eltern, aber Sneakerfrau hatte es irgendwie geschafft, dass sie sich ihr öffnete. Mit einem Schulterzucken tippte sie auf den Pfeil.

Oh. Das tut mir leid.

Denny überflog, was sie geschrieben hatte. Warum tat es Sneakerfrau leid? *Es tut dir leid, dass meine Mutter uns nicht herumkommandiert hat?*

Nein, aber du sagtest, deine Mutter WAR nicht so, deshalb dachte ich …

Oh, nein, sie ist gesund und munter. Zumindest soweit ich weiß. Denny umklammerte das Handy noch fester, als die alte Bitterkeit in ihr aufstieg. *Ich habe sie und meinen Vater nicht mehr gesehen, seit sie meine Schwester rausgeworfen haben.*

Es dauerte einen Moment, bis Sneakerfrau antwortete. *Sie haben den Kontakt zu euch beiden abgebrochen? Einfach so?*

Ja. Meine Schwester hat ihnen ein Foto geschickt, als meine Nichte geboren wurde, aber sie haben nicht geantwortet.

Wow, antwortete Sneakerfrau nach einer Weile. *Ich weiß nicht, was ich sagen soll, außer dass es mir leidtut.*

Denny räusperte sich, um den Kloß in ihrem Hals loszuwerden.

Salem sah erneut von ihrem Handy auf. »Alles in Ordnung?«

»Ja. Alles bestens.« Denny kämpfte gegen den Drang an, sich wieder zu räuspern.

Doch diesmal wandte sich Salem nicht wieder ihrem E-Book zu, sondern musterte Denny.

»Vermisst du Mama und Papa manchmal?«, fragte Denny leise.

Salem ließ ihr Handy auf ihren Schoß fallen. »Ganz ehrlich? Nein. Ich weiß nicht, ob ich je etwas an ihnen hatte, das ich vermissen könnte.«

Denny nickte. Sie wusste genau, was ihre Schwester meinte. Ihre Mutter wollte immer nur in Ruhe gelassen werden und ihr Vater hatte seinen Beruf als Justizvollzugsbeamter nicht am Tor zurücklassen können.

»War es jemals anders?«, fragte Salem. »Als du klein warst?«

Denny dachte einen Moment lang darüber nach. »Ja. Ich meine, sie hätten wahrscheinlich schon damals keinen Preis als Eltern des Jahres gewonnen, aber ich erinnere mich an eine Zeit, als Mama wenigstens versucht hat, mir zuzuhören, und Papa nicht davon ausging, dass ihn alle ständig anlügen.«

»Wann hat sich das alles geändert?«

»Ich weiß es nicht. Ich schätze, es war ein langsamer Prozess. Zuerst dachte ich, es läge an mir.«

»An dir?« Salem warf ihr einen ungläubigen Blick zu.

Denny spielte mit einer Ecke der PLU-Liste auf ihrem Schoß. »Sie wussten nicht, wie sie mit mir umgeben sollten.«

Salem starrte sie immer noch verständnislos an.

»Na ja, du weißt schon.« Denny deutete auf ihr kurzes Haar, den Kapuzenpullover und die Herrenjogginghose, die sie trug.

»O Denny. Es lag nicht an dir.« Salems Stimme zitterte. »Ich habe Mode und alles, was typisch Mädchen war, geliebt und trotzdem wussten sie nichts mit mir anzufangen.«

Denny seufzte. »Wir haben in der Elternlotterie nicht gerade den großen Preis gewonnen, oder?«

»Nö. Aber in der Schwesternlotterie haben wir ziemlich gut abgeschnitten.«

»Auf jeden Fall.«

Sie lächelten einander über den Couchtisch hinweg an.

Das Summen von Dennys Handy unterbrach die einvernehmliche Stille.

»Unterhältst du dich immer noch mit Sandalenmädchen?«, fragte Salem.

»Sneakerfrau. Und ja, wir reden noch.«

»Gut, dass du einen Handyvertrag mit SMS-Flatrate hast.« Salem musterte sie. »Du erzählst ihr doch nicht von Mama und Papa, oder?«

Denny biss sich auf die Unterlippe. Sie hatte nicht darüber nachgedacht, wie ihre Schwester das finden würde. »Ähm, ein bisschen. Stört dich das?«

»Himmel, nein! Ich habe dem armen Matt gleich bei unserer ersten Verabredung mein Herz ausgeschüttet. Ich hätte bloß nicht gedacht, dass du der Typ dafür bist.«

»Bin ich auch nicht.« Denny blickte auf ihr Handy, dann zurück zu Salem. »Zumindest normalerweise nicht.«

Salem neigte den Kopf. »Hm.«

»Was soll das denn heißen?«

»Nichts.« Mit einem Grinsen wandte Salem sich ihrem E-Book zu.

Denny senkte den Blick auf ihr Handy.

Alles okay?, hatte Sneakerfrau vor ein paar Minuten gefragt. Dann folgte ein halbes Dutzend Fragezeichen.

Alles bestens, antwortete Denny und diesmal war dem auch so.

Kapitel 6

Am nächsten Abend wartete Eliza auf der Dachterrasse einer Bar auf Heather, als ein Mann in Shorts und einem kurzärmeligen Hemd nach draußen trat.

Eliza schüttelte den Kopf über ihre Mitbürger. Typisch. Sobald die Sonne hinter den Wolken auftauchte, was im April nicht oft vorkam, trugen die Leute in Portland kurze Hosen und taten so, als wäre es Sommer, obwohl die Temperaturen noch nicht über elf oder zwölf Grad geklettert waren.

Zum Glück verhinderten die Wärmelampen und die Feuerstellen in der Tischmitte, dass sie sich den Hintern abfror.

Ihr Handy vibrierte.

Lächelnd zog sie es aus ihrer Umhängetasche und war schon gespannt darauf zu hören, wie es Flüsterer ging.

Aber die SMS war nicht von ihr, sondern von Heather.

Tut mir echt leid, aber ich verspäte mich etwas! Mein Bus war bei der Inspektion und ich musste ihn aus der Werkstatt abholen. Dabei bin ich mit einem Mechaniker ins Gespräch gekommen und habe darüber die Zeit vergessen.

Eliza stellte sich ihre elegante beste Freundin im Gespräch mit einem stämmigen, ölverschmierten Mechaniker vor. Die Vorstellung brachte sie zum Lachen. Aber sie wusste, dass Heather jeden Tag den Reifendruck, den Ölstand, den Luftkompressor und alle anderen Teile ihres Busses kontrollierte, weshalb sie problemlos mit Mechanikern fachsimpeln konnte.

Kein Problem, schrieb Eliza zurück. *Ich genieße die Aussicht, während ich meinen Cocktail schlürfe.* Sie ließ ihren Blick über die Innenstadt von Portland, die Hawthorne-Brücke und das Kaskadengebirge in der Ferne schweifen.

Der nächste Drink geht auf mich, antwortete Heather. *Wir sehen uns in zehn Minuten. Maximal fünfzehn.*

Bevor Eliza ihr Handy weglegen konnte, gab es lautes Vogelgezwitscher von sich. Diesen Benachrichtigungston hatte sie sich für Flüsterer ausgesucht.

Hallo, wie geht's dir?

Flüsterers üblicher Gesprächseinstieg brachte sie zum Lächeln. *Ich bin leidenschaftlich aus der Entfernung.*

Eine kurze Pause entstand, dann schrieb Flüsterer nur: *Äh, okay.*

Eliza lachte laut auf und scherte sich nicht darum, dass die Leute an den umliegenden Tischen zu ihr herüberblickten. *Keine Sorge. Das ist kein Euphemismus für Sexting.* Natürlich nicht. Schließlich war Flüsterer eine Frau.

Das habe ich auch nicht angenommen, antwortete Flüsterer. *Ich dachte, entweder spielt deine Autokorrektur verrückt oder das ist eine Formulierung, die Millennials verwenden.*

Weder noch. Es ist ein Begriff, den Barkeeper verwenden. Sie schob die exotische Blume, die auf ihrem goldfarbenen Cocktail schwamm, beiseite und nahm einen Schluck. Das süße und doch herbe Aroma von Passionsfrucht, Zitrone und Pisco entfaltete sich auf ihrer Zunge.

Entschuldige, ich verstehe noch immer nicht, was du meinst, antwortete Flüsterer.

Eliza machte ein Foto von ihrem Getränk und schickte es ihr. *Es ist der Name meines Cocktails. Leidenschaftlich aus der Entfernung.*

Ach so. Moment. Wenn du einen Cocktail trinkst ... Störe ich dich etwa bei einem Date?

Nein, Eliza antwortete schnell. *Heather und ich treffen uns nach der Arbeit auf einen Cocktail, aber sie verspätet sich ein bisschen.*

Dann hast du dieses Wochenende keine Verabredung?, fragte Flüsterer.

Ein amüsiertes Lächeln hob Elizas Mundwinkel. *Wartest du etwa auf die nächste Folge von Elizas schrecklichen Dating-Abenteuern?* Kurz bevor sie auf Senden drückte, merkte sie, dass sie damit ihren Namen offenbaren würde. Rasch löschte sie die letzten Worte und schrieb stattdessen: *Sneakerfraus schrecklichen Dating-Abenteuern?*

Nein, antwortete Flüsterer. *Ich gebe zu, du bringst mich immer zum Lachen, wenn du mir von deinen Dates erzählst, aber ich wünsche mir eine Folge von Sneakerfraus wundervollen Dating-Abenteuern.*

Sie war wirklich ein Schatz! Meistens konnte Eliza darüber lachen, wenn wieder einmal eine Verabredung schiefging, aber insgeheim fühlte sich ein Teil von ihr unzulänglich, so als würde mit ihr etwas nicht stimmen und das wäre der Grund, warum sie keinen anständigen Mann fand. Sie war dankbar, dass Flüsterer sich nicht über sie lustig machte, nicht einmal, indem sie Eliza gutmütig neckte. *Es sieht nicht danach aus, als würde es in naher Zukunft eine solche Folge geben.*

Gibt es denn überhaupt keine vielversprechenden Kandidaten?

Na ja, es gab einen, der nett zu sein schien. Wir haben ein paar Nachrichten über die App ausgetauscht.

Aber?

Aber dann hat er mir ein Foto von seinem Penis geschickt. Eliza fischte die Blume aus ihrem Drink und nahm einen großen Schluck. Der Pisco brannte im Hals und brachte sie zum Husten. *Deshalb habe ich gesagt zum Teufel mit den Kerlen und mich stattdessen für einen Mädelsabend entschieden.*

Was für ein Arsch! Machen Männer so etwas wirklich?

Eliza zupfte ein Blütenblatt von der Blume. *Nicht alle, aber es ist nicht das erste Mal. Sag nicht, dir ist das noch nie passiert.*

Nein, ich kann nicht behaupten, dass ich dieses spezielle Problem schon mal mit einem Date hatte.

Wow, schrieb Eliza zurück. *Entweder bist du viel besser darin, dir die richtigen Männer auszusuchen, oder aber du hast ein Dating-Portal gefunden, das* No More Frogs *weit überlegen ist. Sag mir, wo ich diese Jungs finden kann!*

Es dauerte ungewöhnlich lange, bis die nächste SMS von Flüsterer erschien. *Tut mir leid, da kann ich dir nicht weiterhelfen. Ich verabrede mich nicht mit Männern.*

Sie verabredete sich nicht mit Männern? Eliza wiederholte ihre Worte in Gedanken. Was meinte sie damit? Dann schien ihr Gehirn plötzlich wieder zu funktionieren. *Oh. Du meinst, du bist lesbisch?*

Ja, antwortete Flüsterer. *Ist das ein Problem für dich?*

Eliza hätte fast ihr Handy fallen lassen, weil sie es so eilig hatte, zurückzuschreiben. Sie wollte nicht, dass Flüsterer sich auch nur für eine Sekunde Sorgen um ihre Reaktion machen musste. *Nein! Überhaupt nicht. Meine beste Freundin ist lesbisch.* In dem Moment, als sie die Nachricht abgeschickt hatte, schlug sie sich stöhnend die Hand vor die Stirn. Das sagten alle homophoben Menschen, um zu beweisen, dass sie angeblich nicht homophob waren. Aus irgendeinem Grund hatte Flüsterers Enthüllung sie aus der Fassung gebracht und sie verstand nicht, warum. *Können wir bitte so tun, als hätte ich das nicht gesagt?*

Als hättest du was nicht gesagt? Flüsterer fügte ein unschuldig pfeifendes Emoji hinzu.

Eliza wischte sich imaginäre Schweißtropfen von der Stirn. *Von den Penisfotos mal abgesehen, meinst du, mit Frauen auszugehen unterscheidet sich sehr von Dates mit Männern?*

Und wie! Frauen sind immer pünktlich, sie dominieren nie das Gespräch und sie tauchen nie mit Knutschflecken am Hals auf oder erwähnen eine Ex, nicht mal beiläufig.

Im Ernst?, fragte Eliza.

Nein.

Eliza lachte, vor allem über sich selbst. *Einen Moment lang habe ich dir wirklich geglaubt. Aber vermutlich hängt es von der Person ab, nicht vom Geschlecht.*

Ich denke schon. Aber da kann ich nicht aus eigener Erfahrung sprechen, denn ich bin noch nie mit einem Mann ausgegangen.

Bevor Eliza das Gespräch fortsetzen konnte, glitten die Schiebetüren zur Dachterrasse der Bar auf. Heather stürmte noch in ihren Arbeitsklamotten – Jeans, Turnschuhe und ein blaues Firmenhemd – auf sie zu. »Tut mir leid«, rief sie schon von Weitem.

Eliza schickte noch rasch eine letzte Nachricht an Flüsterer, um sie wissen zu lassen, dass Heather eingetroffen war und sie aufhören musste, bevor sie Heather mit einem nachsichtigen Lächeln begrüßte. »Kein Problem. Flüsterer hat mir Gesellschaft geleistet.«

Heather setzte sich ihr gegenüber und musterte sie neugierig. »Worüber redet ihr beide eigentlich die ganze Zeit?«

»Über Dates mit Frauen«, sagte Eliza grinsend.

Heather zog Elizas Cocktailglas zu sich hinüber, beugte sich vor und schnüffelte daran, als hätte sie den Verdacht, dass Eliza etwas Hochprozentiges trank.

Lachend nahm Eliza ihr das Glas weg.

»Du hast doch deine Suchparameter bei *No More Frogs* nicht auf das schönere Geschlecht ausgeweitet, oder?«

»Nein. Flüsterer hat mich nur darüber aufgeklärt, dass man mit Frauen ebenso schlechte Dating-Erlebnisse haben kann wie mit Männern.«

»Das hätte ich dir auch sagen können. Tatsächlich habe ich dir das schon mehrfach gesagt.« Heather winkte einem der Kellner und bestellte einen Lonely Hearts Club und eine Portion Kichererbsen-Pommes. Nachdem sie ihren Drink vor sich hatte, zog Heather die herzförmige Erdbeere vom Cocktailspießchen und betrachtete Eliza unter halb gesenkten Wimpern, während sie genüsslich an der Beere knabberte. Dann wischte sie sich die Finger an der Serviette ab. »Erzähl mir mehr von ihr. Ist sie verheiratet, glücklich verpartnert oder teilt sie ihr Leben mit einem halben Dutzend Katzen, die sie herumkommandieren?«

Eliza zuckte mit den Schultern. »Ich weiß nicht, ob sie Katzen hat, aber sie lebt mit einer befehlsgewohnten Schwester zusammen. Und sie ist single.«

»Wenn sie mit Frauen ausgeht, solltest du uns vielleicht verkuppeln«, sagte Heather.

Ein Wassertropfen traf Elizas Nase. Dann noch einer. Bevor sie auch nur ein Wort sagen konnte, begann es zu regnen – und es war nicht der leichte Nieselregen, der so typisch für Portland war, sondern ein richtiger Platzregen.

Sie schnappten sich ihre Getränke und flohen nach drinnen in die Lounge.

»Mist.« Heather schüttelte ihre nassen Locken. »Ich schätze, das ist ein Zeichen. Jemand da oben will nicht, dass ich mit deiner mysteriösen Freundin ausgehe.« Sie spähte durch das raumhohe Fenster. »Sieht nicht so aus, als würde es bald nachlassen. Hast du einen Regenschirm dabei?«

Eliza warf ihr einen spöttischen Blick zu. »Das ist eine rhetorische Frage, oder?«

»Also nein.«

»Ich bin eine waschechte Portländerin«, antwortete Eliza. »Natürlich habe ich keinen Schirm dabei. Der würde mir auf dem Fahrrad auch nicht viel nützen.«

»Du musst nicht mit dem Rad nach Hause fahren. Ich bin mit dem Auto da, du kannst mit mir fahren.«

Eliza schüttelte den Kopf. »Bis wir gehen, hat der Regen sicher nachgelassen.«

Als sie etwas später das Hotel verließen, zu dem die Bar gehörte, hatte der Regen zwar nachgelassen, aber nicht aufgehört. Eliza bestand trotzdem darauf, mit dem Rad zu fahren. Ihre Wohnung war nur fünf Minuten von hier entfernt. Selbst wenn sie nass wurde, konnte sie zu Hause eine heiße Dusche nehmen.

Sie radelte die Jefferson Street hinauf, so schnell es die schlechte Sicht und der nasse Asphalt erlaubten. Ihre Jeans klebte an ihren Oberschenkeln, sodass sie gegen einen erhöhten Widerstand antreten musste. Ein Fußgänger, der über die Straße lief und den Radweg überquerte, ohne sie zu beachten, zwang sie zum Abbremsen. Regentropfen liefen über ihr Gesicht und perlten auf ihren Wimpern, was ihr die Sicht erschwerte.

Sie schaffte es, den Broadway zu überqueren, ohne dass die Ampel auf Rot schaltete. *Ja! Fast zu Hause.*

Als sie an der Oregon Historical Society vorbeifuhr, öffnete der Fahrer eines Geländewagens, der am Straßenrand parkte, plötzlich seine Tür.

»Scheiße!« Ihre Bremsen quietschten, als Eliza beide Griffe gleichzeitig fest umklammerte. Ihre Reifen rutschten über den nassen Asphalt, dann krachte der Vorderreifen gegen die Tür und sie wurde vom Rad geschleudert.

Kapitel 7

Schweiß lief Dennys Rücken hinunter, als sie einen Karton geschälte Tomaten in Dosen auf das Regal hievte und dann die Bohnenkonserven daneben wuchtete. Bis sie die fast zwei Meter hohe Palette komplett ausgepackt hatte, klebte ihr das Hemd am Körper. Das Einräumen von Waren war eine Knochenarbeit. Heute Abend würde sie ihre schmerzenden Handgelenke und Unterarme kühlen müssen. Trotzdem war ihr diese Aufgabe lieber, als an der Kasse zu sitzen – insbesondere heute.

Zumindest blieb ihr beim Auspacken der Paletten keine Zeit, ständig auf die Uhr zu schauen und sich zu fragen, ob Sneakerfrau ihr eine SMS geschickt hatte.

Sie brachte die leere Palette zurück ins Lager und ging dann in den Aufenthaltsraum, um kurz etwas zu trinken.

Als sie am Spind vorbeikam, konnte sie der Versuchung nicht widerstehen, einen Blick auf ihr Handy zu werfen.

Keine neuen Nachrichten. Was war nur mit Sneakerfrau los? Denny hatte weder gestern Abend noch heute Morgen und auch nicht in der Mittagspause von ihr gehört. Seit sie über Dates mit Frauen geredet hatten, herrschte Funkstille.

Denny war ihr Gespräch schon hundertmal durchgegangen. Hatte sie etwas Falsches gesagt? Das Einzige, was ihr einfiel, war ihr Coming-out. Aber Sneakerfrau schien kein Problem damit zu haben, dass Denny lesbisch war.

Doch natürlich hatte Denny schon öfter Leute getroffen, die anfangs kein Problem damit zu haben schienen, bis sich dann herausstellte, dass sie doch nicht so tolerant waren. Denny wollte nicht glauben, dass Sneakerfrau womöglich genauso war. Ihre erfrischend unvoreingenommene Art war eines der Dinge, die Denny an ihr mochte.

Aber wenn Sneakerfrau so unvoreingenommen war, warum war dann ihr Handy den ganzen Tag lang stumm geblieben? Normalerweise hatte Sneakerfrau ihr um diese Uhrzeit schon mehrere SMS, lustige Bilder oder unerwartete Bemerkungen geschickt. Sie hatte nicht erwähnt, dass sie heute irgendetwas Besonderes vorhatte, und es war Samstag, deshalb war sie vermutlich zu Hause, selbst wenn sie heute Morgen ihre Figürchen und andere handgefertigte Dinge auf dem Markt verkauft hatte.

Mit einem Knurren warf Denny ihr Handy zurück in den Spind.

»Hey, Denny.« Julie steckte ihren Kopf in den Aufenthaltsraum. »Die Ameise funktioniert nicht. Kannst du mal nachsehen?«

»Ich?« Denny warf ihr einen ungläubigen Blick zu. »Sehe ich aus wie ein Mechaniker für Elektrostapler? Nur weil ich butch bin, heißt das nicht, dass ich Werkzeug liebe und alles reparieren kann, was kaputt ist!«

Julie hob abwehrend beide Hände. »Ein einfaches Nein hätte gereicht. Was ist denn heute mit dir los? Du warst den ganzen Tag so fröhlich wie ein Stachelschwein mit Hämorrhoiden.«

Die Metapher riss Denny aus ihrer trüben Stimmung und entlockte ihr ein müdes Lächeln. »Entschuldige.« Sie fuhr sich mit der Hand durchs Haar und wusste nicht, wie sie es erklären sollte. »Ich schaue mir das Problem gleich an. Vielleicht kann ich es in Ordnung bringen.« Mit einem bedauernden Blick auf das Handy schloss sie ihren Spind.

Ein leises Summen drang durch die Metalltür.

Sneakerfrau! Denny riss die Tür des Spinds so schnell auf, dass diese zurückprallte und fast ihre Finger getroffen hätte. Sie schnappte sich ihr Handy und entsperrte es.

»Wow«, sagte Julie von der Tür aus. »Wer auch immer das ist, hat dich wirklich um den kleinen Finger gewickelt!«

Denny ignorierte sie und öffnete die Nachrichten-App.

Verdammt! Sie ließ den Kopf hängen. Die Nachricht war nicht von Sneakerfrau, sondern kam von einer unbekannten Nummer.

Denny öffnete sie trotzdem, wenn auch weniger eifrig.

Hey, Flüsterer. Ich bin's, Sneakerfrau.

Sie hätte ihren Namen nicht nennen müssen, denn niemand außer ihr nannte Denny Flüsterer. Ihr Herz schlug schneller, aber sie antwortete betont lässig, als hätte sie nicht den ganzen Tag auf eine SMS gewartet. *Hallo. Neues Handy?*

Nein, ich hab das meiner Mutter stibitzt.

Warum das denn? Denny runzelte die Stirn. *Ich wusste nicht, dass du vorhattest, am Wochenende deine Familie zu besuchen.*

Hatte ich auch nicht. Die gesamte Sippschaft ist bei mir eingefallen, um sich zu vergewissern, dass es mir gut geht. Nach einer kurzen Pause tauchte eine zweite Nachricht auf. *Ich hatte gestern Abend auf dem Heimweg einen kleinen Unfall.*

Wie bitte? Dennys Herzschlag dröhnte in ihren Ohren.

Julie klopfte auf ihre Armbanduhr. »Der Stapler wartet.«

»Warte bitte kurz«, sagte Denny schärfer als beabsichtigt. »Das ist wichtig. Ich glaube, Snea... meiner Bekannten ist etwas passiert.« Ihre Finger flogen über die winzigen Buchstaben, als sie tippte: *Was ist passiert?* Alle möglichen Szenarien schossen ihr durch den Kopf, eines schlimmer als das andere.

Ich bin mit dem Rad von der Bar nach Hause gefahren und irgendein Typ hat direkt vor mir die Fahrertür seines Wagens geöffnet. Wegen der nassen Straße konnte ich nicht rechtzeitig bremsen oder ausweichen, sodass ich eine intime Begegnung mit der Tür hatte.

Denny ließ sich gegen den Spind sinken, als ihre Knie nachzugeben drohten. Mit zitternden Fingern antwortete sie. *O Gott! Geht's dir gut?*

Ja, zum Glück habe ich nur ein paar Kratzer und blaue Flecken. Der Vorderreifen hat das meiste abbekommen. Mein Handy ist auch hinüber. Es ist mir aus der Tasche gefallen, als ich vom Fahrrad gestürzt bin, und jetzt hat das Display einen Sprung. Zum Glück kenne ich inzwischen deine Nummer auswendig.

Warum redete Sneakerfrau von ihrem Handy? Denny war um sie besorgt, nicht um das verdammte Ding! *Was hat der Arzt gesagt?*

Ich war nicht beim Arzt, antwortete Sneakerfrau. *Gegen Kratzer und Prellungen kann der auch nichts machen.*

Diese Antwort trug nicht dazu bei, Dennys Sorgen zu zerstreuen. *Du solltest in die Notaufnahme fahren und dich untersuchen lassen. Du könntest eine Gehirnerschütterung oder so etwas haben.*

Ich habe mir nicht einmal den Kopf gestoßen. Ich hatte schon etwas abgebremst, als ich gegen die Tür geprallt bin, nur ganz zum Stillstand war ich noch nicht gekommen, weil die Straße nass war.

Trotzdem, antwortete Denny.

Es geht mir gut. Mein Vater und Bruder sind Pfleger, eine meiner Schwestern ist Notfallsanitäterin und die andere ist Krankenschwester. Sie haben alle darauf bestanden, mich zu untersuchen, und die Diagnose ist einstimmig. Ich werde es überleben. Es sei denn, meine Mutter erwischt mich beim Herumlaufen, obwohl ich eigentlich mit einem Eisbeutel auf der Couch liegen sollte.

Denny eiserner Griff um das Handy löste sich ein wenig. Sneakerfrau ging es gut und sie hatte Denny kontaktiert, was darauf hinwies, dass sie kein Problem mit ihrer sexuellen Orientierung hatte. Erleichtert tippte Denny: *Wenn dich das auf der Couch hält, kann ich dir gerne Gesellschaft leisten und wir können etwas Small Talk machen.*

Nett von dir, aber das ist nicht so mein Ding, vor allem nicht im Moment.

Denny schüttelte verwundert den Kopf. Seit wann war ein kleiner Plausch nicht Sneakerfraus Ding? *Bist du sicher, dass es dir gut geht?* Sie wünschte, sie könnte zu ihr fahren und nach ihr sehen, aber sie wusste nicht einmal ihren Namen, geschweige denn, wo sie wohnte.

Ja. Ich habe nur eben festgestellt, dass es wehtut zu lachen. Lies mal, was du eben geschrieben hast.

Denny scrollte nach oben.

Wenn dich das auf der Couch hält, kann ich dir gerne Gesellschaft leisten und wir können etwas Anal Talk machen.

Hitze kroch Dennys Hals hinauf und stieg ihr in die Wangen. Sie war von ihrer Sorge um Sneakerfrau so abgelenkt gewesen, dass sie nicht darauf geachtet hatte, was sie gerade tippte. *Das habe ich nicht geschrieben! Verdammte Autokorrektur! SMALL! Ich sagte, wir können Small Talk machen!*

Sneakerfrau schickte mehrere Emojis, die Tränen lachten.

Dennys Gesicht brannte immer noch, aber wenigstens hatte sie Sneakerfrau aufgemuntert. Sie warf einen Blick auf Julie, die an der Tür wartete.

»Geht es deiner Freundin gut?«, fragte Julie.

»Ja. Mehr oder weniger.« Denny war immer noch nicht ganz überzeugt, dass Sneakerfrau ihre Verletzungen nicht verharmloste. *Ich muss leider zurück an die Arbeit, aber es gibt etwas, was ich vorher unbedingt wissen möchte.*

Mir geht es wirklich gut, antwortete Sneakerfrau. *Ich schwöre es.*

Gut, aber das meinte ich nicht. Denny schob ihre Brille ein Stück höher. *Ich wüsste gern deinen Namen.*

Sneakerfrau antwortete nicht sofort.

Denny hielt den Atem an. In den gut drei Wochen, seit sie die erste Nachricht bekommen hatte, war sie immer diejenige gewesen, die darauf bestanden hatte, keine Namen auszutauschen, aber jetzt musste sie ihren Namen unbedingt wissen.

Eliza, antwortete Sneakerfrau schließlich. *Ich heiße Eliza Harrison. Meinen zweiten Vornamen verrate ich nicht, denn den hat meine Mutter innerhalb der letzten Stunde bereits vierundfünfzigmal verwendet.*

Denny wiederholte in Gedanken den Namen. Eliza. Das passte zu ihr. *Schön, dich kennenzulernen, Eliza.*

Ebenso, antwortete Eliza.

Denny hielt inne, weil sie wusste, dass sie gehen musste, obwohl sie am liebsten weiter mit Eliza gesprochen hätte.

Flüsterer? Hey, bist du noch da?, fragte Eliza. *Glaub bloß nicht, dass du abhauen kannst, bevor du mir deinen Namen verraten hast.*

Denny Jacobs, antwortete sie.

Denny? Nicht Jenny? Das ist nicht wieder deine übereifrige Autokorrektur, oder?

Nein, antwortete Denny. *Eigentlich heiße ich Denver, aber alle nennen mich Denny.*

Denver?

Ist 'ne lange Geschichte. Denny warf einen Blick auf Julie, die ungeduldig mit dem Fuß wippte. *Ich erzähle sie dir, wenn wir das nächste Mal miteinander sprechen.*

Erst als sie die Nachricht bereits abgeschickt hatte, fiel ihr auf, dass die Autokorrektur das letzte Wort durch *schlafen* ersetzt hatte.

Verdammt! Warum musste ihr das ausgerechnet dann passieren, wenn sie mit Eliza sprach? Der Erfinder dieser bescheuerten Funktion sollte in der Hölle schmoren!

Aber vielleicht war sie selbst daran schuld. Anfangs hatte sie jede Nachricht vor dem Abschicken sorgfältig gelesen, aber in den letzten Wochen war sie Eliza gegenüber weniger vorsichtig geworden.

»Denny!« Julie zog ihren Namen in die Länge, als bestände er aus acht Silben. »Die Chefin wird uns umbringen … falls ich dich nicht zuerst umbringe!«

Lass uns später weiterreden, tippte Denny rasch. Sie erhaschte einen Blick auf mehrere lachende Emojis, die Sneakerfrau … Eliza ihr geschickt hatte, dann warf sie ihr Handy in den Spind, schloss ihn und eilte Julie hinterher.

Na ja, Lachen sollte ja angeblich die beste Medizin sein. Wenn das stimmte, würden ihre peinlichen Autokorrekturen wenigstens den Heilungsprozess beschleunigen.

Eliza hielt sich die Rippen und schnappte nach Luft. Sie lachte so sehr, dass es ihr schwerfiel, ein *Tschüss, bis später* zu tippen.

Ihre Mutter eilte von der Küchenzeile zu ihr herüber und setzte sich auf die Kante der Couch. »O Gott, Schatz! Hast du Schmerzen? Soll ich deinen Vater oder einen Arzt anrufen?« Sie sah sich nach ihrem Handy um und fand es in Elizas Hand.

»Nein, nein, mir geht's gut.« Eliza gab das Handy zurück. »Eine Freundin hat mir nur gerade etwas geschrieben, was mich zum Lachen brachte, und das tut verteufelt weh.«

Ihre Mutter beugte sich über sie und strich eine Haarsträhne zurück, die Eliza ins Gesicht gefallen war. »Wie fühlst du dich?«

Eliza grinste schief. »Als hätte mich ein Auto umgefahren.«

»Mach bitte keine Witze darüber. Das hätte böse enden können.«

»Hat es aber nicht, Mama. Es nützt nichts, darüber nachzudenken, was hätte passieren können.«

Es klopfte an der Tür, dann benutzte Heather ihren Schlüssel, um in die Wohnung zu kommen. Seit Eliza gestern Abend mit einem Achter im Rad nach Hause gekommen war, hatte Heather stündlich nach ihr gesehen. »Hey, wie geht's dir?«

»Mir geht es gut«, sagte Eliza. »Könnten bitte alle aufhören, so zu tun, als wäre ich nur knapp dem Tod von der Schippe gesprungen?«

Heather musterte den Boden, als hätte der Bambus über Nacht neue, faszinierende Muster gebildet. »Ich fühle mich schuldig, weil ich zugelassen habe, dass du im Regen mit dem Rad nach Hause gefahren bist.«

Elizas Mutter erhob sich von der Couch und umarmte Heather. »Es ist nicht deine Schuld, Schatz. Selbst als Eliza klein war, konnte ich sie nie dazu bewegen, etwas zu tun, das sie nicht tun wollte.«

Der Anblick ihrer herzlichen Umarmung brachte Eliza zum Lächeln und sie vergaß ihren Groll über den übertriebenen Beschützerinstinkt der beiden. Sie war dankbar dafür, dass ihre Familie Heather quasi adoptiert hatte. Heathers Eltern beachteten sie seit ihrer Transition kaum noch und obwohl Eliza wusste, dass ihre Familie die, in die Heather hineingeboren worden war, nicht ersetzen konnte, hoffte sie doch, dass es Heather zumindest ein wenig half.

Nach einer Weile löste Heather sich aus der Umarmung und setzte sich wie zuvor Elizas Mutter auf die Kante des Sofas. Eine Sorgenfalte stand auf ihrer ansonsten glatten Stirn, als sie Eliza musterte. »Gibt es irgendetwas, was ich dir bringen kann?«

»Noch ein *Leidenschaftlich aus der Entfernung*?«, antwortete Eliza mit hoffnungsvollem Blick.

Heather schüttelte energisch den Kopf. »Das ist sicher keine gute Idee, falls du doch eine Gehirnerschütterung haben solltest.«

»Spielverderberin.«

»Brauchst du sonst etwas?«, fragte Heather.

Eine Sache fiel ihr sofort ein. »Ein neues Handy.«

Heather sprang auf und schaffte es irgendwie, sich nicht das Knie am Couchtisch zu stoßen. »Bin gleich wieder da.«

Eliza hielt sie an einem Zipfel ihres Shirts fest, bevor Heather aus dem Zimmer eilen konnte. Die plötzliche Bewegung sandte eine neue Schmerzwelle durch ihren geprellten Körper, aber sie ließ trotzdem nicht los. »Warte! Ich wollte damit nicht sagen, dass du losziehen sollst, um mir eines zu kaufen.«

Heather schnaubte. »Wenn du das glaubst, überschätzt du das Einkommen einer Schulbusfahrerin. Ich hole dir mein altes Handy. Es ist nichts Besonderes, aber es funktioniert. Du kannst es benutzen, um deiner mysteriösen Freundin zu simsen, bis du ein neues hast.«

Eliza spürte, wie sie errötete. »Ich schicke nicht nur ihr Nachrichten. Wenn ich mich nicht mindestens einmal pro Stunde beim Rest meiner Familie melde und versichere, dass es mir gut geht, kreuzen sie mit einem Krankenwagen hier auf.« Sanfter fügte sie hinzu: »Außerdem heißt sie Denny.«

»Denny.« Heather schnalzte mit der Zunge, als würde sie austesten, wie sich der Name anfühlte.

»Das ist die Abkürzung für Denver, nicht für Danielle«, fügte Eliza hinzu.

Heather neigte ihren Kopf. »Hat deine Nahtoderfahrung sie endlich überzeugt, dir ihren Namen zu verraten?«

Eliza rollte mit den Augen. »Es sind bloß ein paar Kratzer und blaue Flecken, keine Nahtoderfahrung!«

»Aber es hat sie dazu gebracht, dir ihren Namen zu verraten«, sagte Heather.

»Ja, hat es.« Eliza konnte es kaum erwarten zu hören, wie sie zu einem Namen wie Denver gekommen war. Aber zuerst musste Heather ihr ein Handy besorgen. »Husch. Handy. Jetzt sofort.«

Lachend ging Heather rückwärts zur Tür. »Ich bin schon unterwegs.«

Als die Tür hinter ihr ins Schloss fiel, wandte sich Eliza an ihre Mutter, die in den letzten Minuten ungewöhnlich still gewesen war. »Du kannst ruhig auch gehen, Mama. Ich komme allein zurecht. Ich weiß, dass du die Illustrationen für dein Buch fertigmachen musst.«

»Ich gehe in ein paar Minuten«, murmelte ihre Mutter und starrte auf ihr Handy. Sie schaute auf und musterte Eliza mit einem angestrengt neutralen Ausdruck. »Hast du eine neue Freundin?« Sie hielt das Handy hoch.

Eliza zögerte eine Sekunde lang, bevor sie nickte. Es mochte merkwürdig erscheinen, jemanden als Freundin zu bezeichnen, obwohl sie sich noch nicht persönlich getroffen hatten, aber Denny war zu einem wichtigen Teil ihres Tagesablaufs geworden. Es war seltsam gewesen, heute Morgen aufzuwachen, ohne eine Nachricht vorzufinden oder sich bei ihr melden zu können.

»Wenn sie mehr als eine Freundin ist, könntest du es mir sagen; das weißt du doch, oder?«, sagte ihre Mutter leise.

Eliza wäre fast vom Sofa gefallen. Sie versuchte, sich aufzusetzen, ohne Druck auf ihre unzähligen blauen Flecken auszuüben. »Wie kommst du denn darauf?«

Ihre Mutter deutete auf das Handy.

»Mama! Du sollst meine Nachrichten nicht lesen!«

»Das war keine Absicht, aber die Nachrichten-App war noch offen und sie sagte etwas darüber, ähm, mit dir zu schlafen.«

»Das hat sie so nicht gesagt«, sagte Eliza schnell. »Sie sagte irgendwas von ›miteinander sprechen‹ und die Autokorrektur hat es geändert.« Wenigstens hatte ihre Mutter nicht weiter nach oben gescrollt, wo *Anal Talk* stand.

»Oh.«

Eliza musterte ihre Mutter. »Ich bin nicht sicher, ob du erleichtert oder enttäuscht darüber wirkst, dass ich nicht mit ihr schlafe.«

»Vielleicht ein bisschen von beidem.« Ihre Mutter lachte. »Du weißt doch, dass ich eine hoffnungslose Romantikerin bin. Ich möchte nur, dass du jemanden findest, mit dem du glücklich bist. Nicht unbedingt eine Frau, aber wenn es eine wäre, dann hätte ich nichts dagegen.«

Eine Welle der Liebe und Dankbarkeit überkam Eliza. Sie musste den Kloß in ihrem Hals hinunterschlucken, bevor sie sprechen konnte. »Habe ich dir in letzter Zeit gesagt, wie sehr ich dich liebe?«

»Ja – vorhin, als ich deinen Vater und deine Geschwister weggeschickt habe.« Ihre Mutter lachte, aber ihre Augen waren feucht.

»Dann sage ich es noch einmal. Aber fang bitte nicht an, auf eine Schwiegertochter zu warten, okay? Wenn du je eine bekommen solltest, dann nur, weil Ryan und Nichole endlich vor den Altar treten, nicht weil ich eine Frau heirate.«

Heather betrat die Wohnung. Mit dem Schlüssel in der einen Hand und dem Handy in der anderen blieb sie stehen und sah Eliza mit großen Augen an. »Du willst eine Frau heiraten? Hab ich etwas verpasst?«

Eliza vergrub ihr Gesicht in den Händen und stöhnte. »Gott, ihr zwei macht mich fertig.«

Der Tag darauf war ein Sonntag und Denny hatte ausnahmeweise frei. Sie schlief aus und blieb im Bett, bis sie hörte, wie Bella nach unten kam und begann, die Küchenschränke nach etwas Essbarem zu durchwühlen. Schnell warf sie die Decke zurück, denn sie wusste, dass sie wochenlang in jedem Winkel der Küche Cornflakes finden würde, wenn sie Bella sich selbst überließ.

Nachdem sie Blaubeerpfannkuchen gemacht und ihre Nichte vor dem Hungertod bewahrt hatte, setzte sie sich mit ihrem eigenen Pfannkuchenstapel zu ihr an den Tisch.

Sie hatte gerade erst die Hälfte gegessen, als ihr Handy vibrierte.

Dennys Blick huschte zur Arbeitsfläche, wo das Smartphone lag, dann zu Bella. Eine der ungeschriebenen Hausregeln verbot Bücher oder elektronische Geräte am Esstisch, deshalb konnte sie leider nicht aufstehen und ihre Nachrichten checken. Manchmal war es nervig, ein Vorbild sein zu müssen.

Wahrscheinlich war es eine SMS von Eliza. Wie ging es ihr heute Morgen wohl? Hatte sie trotz ihrer blauen Flecken schlafen können?

Ausnahmsweise hatte Denny ihre Pfannkuchen aufgegessen, bevor Bella ihren Teller geleert hatte. Dann wartete sie ungeduldig darauf, dass Bella endlich mit dem Frühstück fertig war.

Gerade als Bella aufgegessen hatte, kam Salem gähnend die Treppe herunter und fuhr sich mit der Hand durch ihr zerzaustes Haar. »Lecker. Dachte ich mir doch, dass ich Pfannkuchen rieche.« Sie küsste Bella auf den Kopf, dann tat sie dasselbe bei Denny. »Danke, dass du mich hast ausschlafen lassen und Pfannkuchen gemacht hast. Kann ich auch welche haben?«

Denny unterdrückte ein Seufzen und stand auf, um einen weiteren Stapel zu backen. Als sie an ihrem Handy vorbeikam, warf sie ihm einen sehnsüchtigen Blick zu, widerstand aber dem Drang, ihre Nachrichten zu lesen.

Salem machte sich mit derselben Begeisterung wie Bella über ihre Pfannkuchen her. »Ja, ja, ich weiß«, sagte sie mit halb vollem Mund. »Iss langsam und ...«

»... kaue dein Essen«, beendete Bella den Satz.

Das hatte Denny den beiden schon seit Jahren immer wieder gesagt. Doch heute schwieg sie.

»Du sagst gar nichts? Was ist denn mit dir los?« Salem legte die Gabel beiseite und griff über den Tisch, um Dennys Stirn zu fühlen.

Denny gab ihr einen Klaps auf die Hand. »Nichts.« Aber sie konnte sich nicht davon abhalten, wieder zu ihrem Handy zu schauen.

Salem drehte sich um und folgte ihrem Blick.

Bella nutzte den Moment, in dem sie sich abwandte, um einen ihrer Pfannkuchen zu stehlen.

»Ach, jetzt verstehe ich«, sagte Salem grinsend. »Wartest du auf eine SMS von Sandalenmädchen?«

»Sie heißt Sneakerfrau, Mama.« Bella tauchte ein Stück des gestohlenen Pfannkuchens in die Ahornsiruppfütze auf ihrem Teller und sah dann zu Denny. »Oder ist das eine andere Frau, mit der du SMS austauschst?«

»Nein, es ist immer noch dieselbe.« Denny schüttelte den Kopf. »Meine Güte, für wen haltet ihr mich denn? Für die weibliche Variante von Casanova?«

Salem grinste frech. »Das kann man dir nicht vorwerfen.«

»Wieso hab ich eigentlich für euch beide Frühstück gemacht?«, brummte Denny.

»Weil wir süß sind«, sagten beide gleichzeitig und klatschten sich dann gegenseitig ab.

»Ja, unheimlich süß.« Denny deutete auf den Sirup, der an Salems Kinn heruntertropfte.

Salem wischte sich das Gesicht ab und gestikulierte mit der Gabel zum Handy. »Was ist denn mit euch beiden?«

»Nichts.« Denny schluckte, um den Kloß loszuwerden, der sich in ihrer Kehle festgesetzt hatte. »Sie hatte am Freitagabend einen Unfall mit dem

Fahrrad. Irgendein Arschl… äh, ein unvorsichtiger Kerl hat direkt vor ihr seine Autotür aufgestoßen, sodass sie dagegen gekracht ist.«

Salem wurde schlagartig ernst. »Himmel, Denny! Geht es ihr gut?«

Denny nickte nur, weil der Kloß noch immer da war.

»Warum hast du uns das nicht früher gesagt?«

Denny zuckte mit den Schultern. Es war das erste Mal seit Langem, dass sie sich mit jemandem angefreundet hatte, und diese Freundschaft fühlte sich wie etwas an, das sie pflegen und schützen, nicht mit anderen teilen sollte.

Salem kippte ihren Stuhl nach hinten und streckte ihren Arm aus, um Dennys Handy zu erreichen. »Hier. Ruf sie an.«

»Nein, wir telefonieren nicht«, sagte Denny, nahm aber trotzdem das Handy entgegen. »Wir simsen nur.«

»Leute anzurufen, ist total out, Mama«, sagte Bella.

Nun, da sie das Handy vor sich hatte, konnte Denny der Versuchung nicht länger widerstehen. Während ihre Schwester und ihre Nichte diskutierten, ob Telefonate tatsächlich altmodisch waren, öffnete sie ihre Nachrichten-App.

Sie hatte eine SMS von einer unbekannten Nummer. Hatte Eliza das Handy eines weiteren Familienmitglieds stibitzt, um sie zu kontaktieren? Es war schön, festzustellen, dass ihre noch neue Freundschaft Eliza genug bedeutete, um das zu tun.

Himmel, das Ding ist kaum besser als ein Klapphandy, lautete die SMS. *Ach ja, hier ist übrigens Eliza.*

Dennys Lächeln wuchs in die Breite. *Dachte ich mir schon. Niemand sonst beginnt Gespräche mittendrin, ohne jegliche Einleitung oder auch nur ein Hallo.*

Entschuldige. Ist 'ne schlechte Angewohnheit. Eliza fügte ein errötendes Emoji hinzu.

Du brauchst dich nicht zu entschuldigen. Es macht mir überhaupt nichts aus. Denny fand es ausgesprochen niedlich. *Von welchem Ding hast du eben gesprochen?*

Heather hat mir ihr altes Handy geliehen und die Sim-Karte für mich reaktiviert, bis ich mir ein neues besorgen kann. Ich weiß nicht, ob ich auf diesem Ding überhaupt Apps installieren kann.

Na ja, das hätte immerhin den Vorteil, dass sie dich dann nicht drängen kann, No More Frogs *für weitere Dates zu benutzen*, antwortete Denny.

Stimmt. Aber so, wie ich im Moment aussehe, würde ich sowieso mit niemandem ausgehen.

Als Eliza ihre Verletzungen erwähnte, verschwand Dennys neckische Stimmung sofort. *Wie geht es dir?*

Ganz okay, abgesehen davon, dass ich ziemlich grün und blau bin. Eliza schickte ein Emoji, das beim Grinsen die Zähne zeigte. *Ich würde dir ja ein Foto schicken, aber vermutlich ist die Auflösung mit diesem alten Ding so schlecht, dass du nicht viel erkennen könntest. Arbeitest du heute?*

Nein. Ich habe gerade Frühstück für die undankbare Meute gemacht. Denny schaute zu ihrer Schwester, die sie beobachtete, während Bella mit der Gabel Muster in den verbliebenen Sirup auf ihrem Teller zeichnete. »Hier gibt es nichts zu sehen. Warum geht ihr zwei nicht und kümmert euch um den Abwasch?«

Beide seufzten, erhoben sich aber, denn eine der Hausregeln besagte, dass die Person, die gekocht hatte, sich nicht um den Abwasch kümmern musste. So konnte Denny sich auf ihr Gespräch mit Eliza konzentrieren.

Hast du Zeit für die lange Geschichte?, fragte Eliza.

Welche lange Geschichte? Denny kratzte sich mit der freien Hand am Kopf.

Darüber, wie du zu deinem Namen gekommen bist.

Denny lächelte. Sie hatte das Gefühl, dass Eliza hartnäckig nachfragen würde, bis sie ihr erzählte, was sie wissen wollte. *Meine Eltern sagen, sie hätten nicht viel Zeit gehabt, um sich einen Namen zu überlegen. Ich war nicht geplant und sie haben erst im sechsten Monat von der Schwangerschaft erfahren.*

Im sechsten Monat? Wie geht das denn?

Keine Ahnung. Anscheinend war die Periode meiner Mutter schon immer unregelmäßig und bis zum siebten Monat hat man ihr kaum etwas angesehen. Scheinbar hatte ich mich ganz hinten in der Gebärmutter versteckt.

Ach, du warst wohl schon damals schüchtern.

Denny rieb ihre brennende Wange. War ihre Schüchternheit dermaßen offensichtlich, obwohl sie Eliza gegenüber weniger gehemmt war? *Jedenfalls reichten drei Monate offenbar nicht aus, um sich einen Namen auszudenken, deshalb haben meine Eltern beschlossen, mich nach der Stadt zu benennen, in der ich geboren wurde – Denver.*

Das ist eine nette Geschichte, schrieb Eliza. *Haben deine Eltern es rechtzeitig herausgefunden, als deine Mutter mit deiner Schwester schwanger war?*

Ja. Salem war nie der schüchterne Typ. Sie hat frühzeitig mit schrecklicher Morgenübelkeit auf sich aufmerksam gemacht.

Salem? Lass mich raten: Deine Familie ist umgezogen und sie wurde in Salem geboren?

Ja, schrieb Denny zurück. *Warum mit der Tradition brechen, sagten sie.*

Puh, gut, dass keine von euch in Buffalo geboren wurde!

Denny brach in Gelächter aus. Gott, sie liebte Elizas Sinn für Humor.

Salem schloss den Geschirrspüler. »Sieht aus, als ginge es Sandalenmädchen besser.«

»Ja«, sagte Denny, ohne von ihrem Handy aufzublicken. »Aber sie heißt Eliza, nicht Sandalenmädchen.«

Oder in Fort Wayne, fügte Eliza hinzu.

Oder in Clovis, gab Denny zurück.

Sie schickten sich die lächerlichsten Stadtnamen, bis Eliza um Gnade flehte. *Okay, das reicht jetzt! Es ist nicht angenehm, sich kaputtzulachen, wenn man überall blaue Flecken hat.*

Entschuldige. Denny zögerte, gab sich dann einen Ruck und schickte ihr ein Emoji, das eine Umarmung andeutete. Das taten Freundinnen, wenn eine von ihnen verletzt war, oder nicht?

Danke. Das ist eine wirklich einzigartige Namensgeschichte. Aber ich mag Denny. Den Namen, meine ich.

Denny strahlte, als wäre sie selbst für diesen Namen verantwortlich. *Nur den Namen? Nicht auch Denny, die Person?* Sie zögerte. Sollte sie die Nachricht wirklich abschicken? Galt das noch als Necken oder war das schon Flirten? Sie hatte den Unterschied noch nie so ganz verstanden. Schließlich beschloss sie, dass sie zu viel nachgrübelte, und drückte auf den Pfeil, der die Nachricht abschickte.

Na ja, Denny, die Person, ist sicher auch nicht übel, antwortete Eliza.

Wenn Denny geflirtet hatte, flirtete Eliza definitiv zurück. Natürlich nur zum Spaß. Es hatte nichts zu bedeuten. Aber Dennys Schüchternheit war es egal, ob Eliza es ernst meinte oder nicht. Plötzlich wusste sie nicht mehr, was sie antworten sollte. Schließlich entschied sie sich für: *Inzwischen gefällt er mir auch. Mein Name, meine ich. Besonders mein Spitzname.*

Hat er dir als Kind nicht gefallen?

Machst du Witze? Ich habe ihn gehasst. Denny suchte nach einem Emoji, das ihre Abneigung widerspiegelte, konnte aber keines finden, sodass sie schließlich einen Smiley wählte, der sich übergab.

Warum das denn? Er ist einzigartig.

Genau deshalb habe ich ihn gehasst. Durch meinen Namen habe ich mich noch mehr von den anderen Kindern unterschieden.

Was hat dich, von deinem Namen mal abgesehen, so anders gemacht?, fragte Eliza. *Dass du Mädchen mochtest und nicht Jungs?*

Das auch, aber es war mehr als das. Denny zog die Schultern hoch. Sie konnte sich nicht erinnern, jemals mit jemandem über dieses Thema gesprochen zu haben, nicht einmal mit Salem. Sie war immer die Beschützerin ihrer Schwester gewesen, deshalb hatte sie ihr selten ihre verletzliche Seite gezeigt.

Sekunden verstrichen und sie war sich der Tatsache sehr deutlich bewusst, dass sie immer noch nicht geantwortet hatte. Aber Eliza stellte keine weitere Frage, setzte sie nicht unter Druck und das machte es einfacher.

Irgendwie habe ich mich immer wie eine Außenseiterin gefühlt, schrieb Denny. *Wenn andere Kinder etwas zu mir gesagt haben, wusste ich nie, was ich antworten sollte, deshalb hatte ich nicht viele Freunde. Und ich wurde gehänselt, weil ich ein bisschen pummelig war. Sagen wir einfach, die Schulzeit war keine schöne Erfahrung für mich.*

Sie starrte die Nachricht an, den sie eben abgeschickt hatte. Hatte sie Eliza das wirklich erzählt?

Nun war es an Eliza, ihr ein umarmendes Emoji zu schicken. *Das tut mir leid. Schade, dass wir nicht auf die gleiche Schule gegangen sind. Ich hätte dich verteidigt.*

Die Vorstellung, wie sich Eliza in rotem Umhang vor ihr aufbaute, brachte Denny zum Grinsen. Mit ihrer schlanken Gestalt und ihrem freundlichen Lächeln sah Eliza alles andere als furchteinflößend aus. *Ich sage es nur ungern, aber als ich auf die weiterführende Schule kam, warst du noch ein Baby.*

Hey, ich war schon als Kleinkind ziemlich furchteinflößend. Frag nur meine Mutter.

Hm, das könnte ich sogar. Denny scrollte durch die Auswahl an Emoticons und suchte sich eines heraus, das sich nachdenklich das

Kinn rieb, als würde es einen finsteren Plan aushecken. *Denn ich habe ja jetzt ihre Handynummer. Ich wette, sie könnte mir einige interessante Geschichten über dich als Kind erzählen.*

Nein. Da gibt's nichts zu erzählen. Ich war ein Engel. Eliza schickte ihr den Smiley mit Heiligenschein.

Warum habe ich bloß das Gefühl, dass du eher ein Engel mit einem B warst?

Ich habe keine Ahnung, wovon du sprichst, antwortete Eliza.

Ja, klar. Denny grinste, als sie sich Eliza als schelmisches Kleinkind vorstellte. *Nun, da ich dir meine Namensgeschichte erzählt habe, musst du mir deine erzählen. Waren deine Eltern Fans von* My Fair Lady*?*

Schön wär's, antwortete Eliza. *Okay, ich werde es dir erzählen, aber wenn du es jemandem verrätst, muss ich dich leider töten. Ganz langsam und qualvoll.*

Denny rutschte auf die Kante ihres Stuhls. *Ich werde dein Geheimnis mit meinem Leben verteidigen. Lass hören!*

Ich wurde nach einem Ferkel benannt.

Denny lachte. *Wie bitte?*

Na ja, ein fiktives Ferkel. Meine Mutter illustriert beruflich Kinderbücher und ein kleines Ferkel namens Eliza war die Hauptfigur des ersten Buches, an dem sie arbeitete.

Dennys Lachen wurde zu einem breiten Grinsen. *Das ist irgendwie süß. War es ein Bestseller?*

Es hat sich ziemlich gut verkauft. Ich schätze, Kinder können sich mit einem Ferkel identifizieren, das gehänselt wird, weil sein Schwanz sich nicht wie der anderer Schweine ringelt.

Denny seufzte. *Klingt wie ein Buch, das ich als Kind geliebt hätte. Deine Mutter ist also reich und berühmt?*

Auf die Gefahr hin, mich zu wiederholen: Schön wär's. Die meisten Illustratoren können nicht allein von Kinderbüchern leben. Von Kunst zu leben, ist wirklich eine Kunst.

Du bist auch Künstlerin, oder?, fragte Denny. *Was hält deine Mutter davon?*

Na ja, ich bin Kunsthandwerkerin, aber die finanziellen Aspekte sind die gleichen. Meine Mutter hat sich gefreut, dass ich als Jugendliche meine Zeit damit verbrachte, Schmuck und kleine Tierfiguren herzustellen, anstatt mich auf Partys zu betrinken.

Das klang nach einem Aber. Denny fragte nicht nach, um Eliza die Geschichte in ihrem eigenen Tempo erzählen zu lassen.

Aber als ich älter wurde und mich nur mit Nebenjobs über Wasser hielt, damit ich genug Zeit für meine kunsthandwerklichen Interessen hatte, anstatt einen richtigen Job anzunehmen, hat sich meine Mutter natürlich Sorgen gemacht. Das kann ich verstehen, aber Geld ist mir nicht so wichtig, weißt du?

Mir auch nicht, antwortete Denny. *Was nützt es, einen Job zu haben, der zwar den Magen mit Nahrung versorgt, nicht aber die Seele?*

Diesmal dauerte es eine Weile, bis Eliza antwortete. *Wow. Das ist richtig poetisch. Bist du sicher, dass du nicht auch Künstlerin bist?*

Wenn du je die Häschen gesehen hättest, die ich für meine Nichte gezeichnet habe, als sie klein war, würdest du das nicht fragen. Nein, Denny war keine Künstlerin, aber sie wusste, wie es war, einen Job zu haben, den sie zwar tolerierte, aber nicht liebte. Wäre Geld kein Thema gewesen, hätte sie lieber den ganzen Tag an der Nähmaschine gesessen. Aber so sehr sie das Nähen auch genoss, es würde niemals ihre Miete bezahlen, geschweige denn es ihr ermöglichen, Salem und Bella zu helfen.

»Erde an Denny! Hallo?« Salem wedelte mit einem Paar Arbeitshandschuhe zwischen Dennys Augen und dem Handy hin und her. »Kommst du mit oder nicht?«

»Wohin denn?« Denny hatte die gesamte Unterhaltung verpasst, die seit ihrer SMS an Eliza am Esstisch stattgefunden hatte. Außerdem hatte sie auch nicht mitbekommen, wie ihre Schwester nach oben gegangen war und sich angezogen hatte.

Salem stieß einen Seufzer aus, der klang wie Bella, wenn sie von den Erwachsenen genervt war. »Wir gehen zum Gemeinschaftsgarten, um ein paar Stunden im Dreck zu spielen.«

»Heute werden die Auberginen gepflanzt«, fügte Bella hinzu.

Denny schenkte ihr ein Grinsen. »Ich dachte, du magst Auberginen genauso wenig wie Zucchini.«

Bella zuckte mit den Schultern. »Das ist so wie mit der Regel, dass die Köchin sich nicht um den Abwasch kümmern muss. Wer das Gemüse pflanzt, muss es nicht essen.«

»So funktioniert das nicht, junge Dame«, sagte ihre Mutter, bevor sie sich wieder Denny zuwandte. »Also, kommst du mit?«

Dennys Blick glitt zwischen Salem und dem Handy hin und her. Normalerweise arbeitete sie gern ehrenamtlich im Gemeinschaftsgarten, aber heute konnte der Gedanke sie nicht locken. »Ich glaube, ich bleibe hier und leiste Eliza Gesellschaft.«

»Woher wusste ich, dass du das sagen würdest?« Salem schenkte ihr ein nachsichtiges Lächeln. »In Ordnung. Bis später.«

Denny nickte, aber ihre Aufmerksamkeit galt schon wieder dem Handy.

Kapitel 8

Fast eine Woche später ließ sich Eliza mit dem Bauch voran auf ihr Sofa fallen und war dankbar, dass ihre Prellungen nicht mehr schmerzten. Sie streckte die Füße in die Luft, während sie eine SMS an Denny schrieb. *Hey, du. Hier ist Eliza. Willst du mein erstes Mal mit mir erleben?*

Es kam keine Antwort. Sie wusste, dass Denny zu Hause war, da sie diese Woche Frühschicht hatte, was bedeutete, dass sie bis zwei arbeitete. Vielleicht antwortete sie nicht, weil sie die neue Nummer nicht erkannte, oder sie war damit beschäftigt, Bella bei den Hausaufgaben zu helfen. Es war erstaunlich, wie gut sie Dennys Terminplan und ihre Alltagsroutine bereits kannte.

Wenige Augenblicke später ertönte das Vogelgezwitscher, das sie Nachrichten von Denny zugewiesen hatte.

Himmel, Eliza Harrison! So was kannst du mir nicht schreiben, während ich Bella bei den Hausaufgaben helfe. Sonst denkt sie noch, dass wir …

Ja? Elizas Grinsen wuchs in die Breite. Es machte Spaß, Denny zu necken.

Dass wir uns Sexting-Nachrichten schreiben.

Wenn sie telefonieren würden, hätte Denny ihre Stimme jetzt vermutlich zu einem Flüstern gesenkt. Eliza schickte ein schockiert blickendes Emoji zurück. *Warum sollte sie so etwas denken? Ich habe lediglich davon gesprochen, dass du miterleben darfst, wie ich zum ersten Mal mein neues Handy verwende.*

Oh, hast du das genommen, über das wir gesprochen haben?

Ja. Ich konnte nicht widerstehen, antwortete Eliza. *Diese Kamera ist großartig. Damit kann ich tolle Fotos von meinem Schmuck und meinen Figuren machen, die ich dann auf* Etsy *stelle. Aber dafür werde ich den ganzen Monat Kartoffeln und billige Instantnudeln essen müssen.*

Ich bin zwar nicht reich, aber wenn du dir etwas Geld leihen möchtest, kannst du mich jederzeit fragen, okay?

Denny hatte ihr dieses Angebot ohne jegliches Zögern unterbreitet, obwohl sie einander noch nie persönlich getroffen hatten und sie als Kassiererin selbst nicht viel verdiente. Es berührte Eliza mehr, als sie sagen konnte. *Ich danke dir, aber ich komme schon zurecht. Der Typ, der den Unfall verursacht hat, wird mir das Geld zurückzahlen. Seine Versicherung deckt alles ab, aber es wird etwas dauern, bis sie mir einen Scheck schicken. In der Zwischenzeit kann ich einige Überstunden machen. Dee und Austen möchten unsere handgemachten Spielzeuge für Vögel auf dem Markt verkaufen.*

Aber was ist mit deinem eigenen Stand?, fragte Denny. *Gehen dir nicht Einnahmen durch die Lappen, wenn du deine Sachen nicht verkaufen kannst?*

Dennys Besorgnis war herzerwärmend. *Ich werde nur ab und am* Gefiederte-Freunde-*Stand mithelfen. Außerdem hat Heather versprochen, unseren Stand zu übernehmen, solange ich sie mit Snickerdoodle-Keksen versorge.*

Super. Dann habt ihr ja beide etwas davon. Du musst mir ein paar Tipps geben, was Spielzeug betrifft. Bevor Eliza überhaupt auf die Idee kam, einen Witz über die Bemerkung zu machen, fügte Denny schnell hinzu: *Ich meine Spielzeug für Vögel. Bella wünscht sich ein Haustier zum Geburtstag. Ein Hund oder größeres Tier wäre sicher keine gute Idee, deshalb hatten wir an einen Wellensittich gedacht.*

Cool! Kommt doch an unserem Stand oder in der Firma vorbei, dann statte ich sie mit allem aus, was sie braucht.

Danke, antwortete Denny.

Sie hatte nicht gesagt, dass sie es tatsächlich tun würde. Inzwischen überraschte das Eliza nicht mehr. Immer wenn sie andeutete, dass sie sich mit Denny treffen wollte, wechselte diese das Thema. Eliza versuchte, es nicht persönlich zu nehmen. Sie spürte, dass Denny nicht aus mangelndem Interesse zögerte. Vielleicht fürchtete sie, dass etwas schieflaufen würde, wenn sie sich von Angesicht zu Angesicht trafen. Eliza versuchte, sich in Geduld zu üben.

Welche Farbe haben die Prellungen heute?, fragte Denny.

Eliza spähte durch das Loch in der Schulternaht ihres Lieblingspullovers. *Grünlich, mit einem Hauch Gelb. In ein paar Tagen werden sie sicher verschwunden sein. Dann werden meine Eltern hoffentlich aufhören, täglich nach mir zu sehen.*

Sie sorgen sich eben um dich. Ich finde das schön.

Himmel, das war unsensibel gewesen! Dennys Eltern hatten nie viel Interesse an ihr gezeigt und sie völlig aus ihrem Leben verstoßen, während

Eliza sich über ihre überfürsorgliche Familie beklagte. *Tut mir leid. Ich weiß, dass ich eigentlich keinen Grund zur Klage habe.*

Schon okay. Ich kann es verstehen, antwortete Denny. *Überfürsorgliche Familienmitglieder können ziemlich nerven. Sagt zumindest meine Nichte.*

Lass mich raten. Du bist das überfürsorgliche Familienmitglied? Eliza hoffte, dass sie Denny irgendwann einmal mit ihrer Nichte erleben würde.

Schuldig im Sinne der Anklage. Na ja, Salem und ich.

Was habt ihr getan?, fragte Eliza.

Wir lassen sie nicht allein vom Bus nach Hause laufen und das bringt ihr scheinbar den Ruf eines Weicheis ein.

Eliza grinste. Dann konnte sie nicht mehr aufhören zu lachen, als Denny eine Bella-Geschichte nach der anderen zum Besten gab. Zum Glück tat das Lachen nicht mehr weh.

Das Geräusch eines Schlüssels in der Tür ließ sie von ihrem Handy aufschauen. Diesmal war es kein überfürsorgliches Familienmitglied, das nach ihr schaute. Heather stand im Türrahmen. Eine Falte bildete sich zwischen ihren Augenbrauen, als sie Eliza betrachtete. »Oh. Tut mir leid, dass ich einfach so hereinplatze. Ich wollte mir irgendetwas Süßes leihen und dachte, du wärst schon weg.«

»Nein. Meine Verabredung ist erst um sieben.«

»Äh, hast du mal auf die Uhr gesehen?«

Eliza warf einen Blick auf das Display ihres Handys. Es war Viertel vor sieben! »Scheiße!« Wie in aller Welt war das denn passiert? Es war erst kurz nach fünf gewesen, als Denny und sie ihre Unterhaltung begonnen hatten. Sie rannte zu ihrem Schrank, zog sich unterwegs ihren Pullover über den Kopf und griff nach dem erstbesten Oberteil.

»Nein, nein, nicht das.« Heather trat hinter sie, griff um sie herum und zog ein Oberteil vom Bügel, dessen Schulterpartie und Ärmel aus halb durchsichtiger Spitze bestanden. »Das hier ist sexy.« Als Eliza zögerte, fügte sie hinzu: »Als Wiedergutmachung für die Verspätung. Soll ich deinem Date eine SMS schicken, während du dich fertig machst?«

»Nein.« Eliza zwängte sich in ihre engen Jeans. »Ich glaube, ich schaffe es noch rechtzeitig. Wir treffen uns beim Italiener ums Eck. Aber könntest du Denny eine SMS schicken und sie wissen lassen, was los ist? Wir waren mitten in einem Gespräch und ich möchte nicht, dass sie denkt, ich hätte sie einfach sitzenlassen.«

»Klar.« Heather ging zur Couch, wo Eliza ihr Handy fallen gelassen hatte. »Oh, ist das das neue Handy?«

Eliza betrat ihr winziges Badezimmer, ließ aber die Tür offen, damit sie sich weiter unterhalten konnten. Gut, dass sie keine blauen Flecken im Gesicht hatte, denn sie hatte keine Zeit, sich großartig zu schminken. Etwas Wimperntusche und Lippenstift mussten genügen. »Ja. Ich zeige dir später die Kamera. Sie wird dir gefallen. Aber jetzt schick Denny bitte eine SMS.«

Das Klappern von Fingernägeln auf dem Display erklang. »Liebe Mitlesbe«, sagte Heather laut. »Eliza musste zu ihrem Date aufbrechen, aber wo ich dich sozusagen schon mal am Apparat habe … Was sind deine Absichten gegenüber meiner besten Freundin? Meiner heterosexuellen besten Freundin, möchte ich hinzufügen.«

»Was zum Teufel soll das?« Eliza ließ ihren Lippenstift ins Waschbecken fallen, raste zu Heather und versuchte, ihr das Handy wegzunehmen, aber Heather war schneller und wich ihr aus. »Das hast du nicht wirklich geschrieben, oder?«

»Nein, natürlich nicht.« Lachend hielt Heather ihr das Handy hin, damit Eliza sehen konnte, was sie geschrieben hatte.

Hey, hier ist Heather. Deine Nummernnachbarin. Eliza hat vergessen, dass sie eine Verabredung hat, deshalb musste sie überstürzt aufbrechen, aber wie ich sie kenne, wird sie dir gleich im Anschluss eine SMS schicken.

Danke für die Mitteilung, hatte Denny geantwortet. Das klang viel förmlicher als sonst.

Sie nahm Heather das Handy weg, bevor ihre Freundin wirklich noch eine Nachricht wie die eben angekündigte schreiben konnte. Es war ein Witz gewesen; das wusste sie. Aber irgendetwas an Heathers Formulierung klang seltsam. *Wie ich sie kenne, wird sie dir gleich im Anschluss eine SMS schicken.* Sie musterte Heather, die ihrem Blick mit neutraler Miene standhielt. Wenn sie es darauf anlegte, konnte Heather ein ganz schönes Pokerface machen. »Du bist doch nicht etwa eifersüchtig auf sie, oder?«

Als Heather lachte, wusste Eliza, dass sie wirklich eifersüchtig war. Ihre Freundin hatte die Angewohnheit, Dinge, die ihr wehtaten, herunterzuspielen, fast so, als wäre es dann weniger schmerzhaft.

»Nein.« Heather winkte ab. »Ich weiß, dass ich die Nummer eins unter deinen lesbischen Freundinnen bin.«

Eliza richtete sich zu ihren vollen eins achtundsechzig auf, um ihr in die Augen zu schauen. »Ich vergebe keine Rangplätze unter meinen Freunden. Das weißt du doch.«

»Es war ein Witz. Komm, lass uns ein Paar sexy Schuhe aussuchen, die zu diesem Outfit passen.« Heather versuchte sich abzuwenden, aber Eliza griff nach ihrem Arm und hielt sie fest.

»Ich mag Denny sehr und du wirst sie bestimmt auch mögen, wenn wir einander irgendwann alle kennenlernen.« Sie zupfte an Heathers Ärmel, um sicherzustellen, dass sie ihre volle Aufmerksamkeit hatte, bevor sie fortfuhr. »Aber du wirst immer meine Lieblingsnachbarin sein, meine Anlaufstelle für kunsthandwerklichen Rat und die Person, auf die ich zählen kann, wenn ich eine Umarmung oder einen Tritt in den Hintern brauche.«

»O ja. Tritte in den Hintern sind meine Spezialität.« Trotz ihrer scherzhaften Worte vibrierte Heathers Stimme. Sie schenkte Eliza ein Lächeln und dieses Mal wirkte es weniger gezwungen. »Beachte mich nicht. Ich bin albern.«

»Du bist auch nur ein Mensch. Und es tut mir leid, wenn du dich vernachlässigt oder verunsichert fühlst, was unsere Freundschaft betrifft.«

Heather sah sie kopfschüttelnd an. »Gott, du bist so unglaublich reif. Erklär mir noch mal, warum du single bist?«

»Weil ich laut meiner besten Freundin zu wählerisch bin.«

»Das bist du. Diese Woche allein hast du Dates mit drei netten Jungs abgelehnt. Aber mal ganz im Ernst, ich fühle mich nicht vernachlässigt. Ich habe es nur noch nie erlebt, dass du so viel Zeit mit jemandem verbringst wie mit Denny. Ich meine, natürlich hast du noch andere Freunde außer mir, aber irgendwie fühlt es sich anders an.«

Eliza nickte. »Das ist es auch.« Sie dachte einen Moment lang darüber nach und versuchte, genau zu benennen, was ihre Freundschaft mit Denny so anders machte, aber genau konnte sie es auch nicht sagen. »Vermutlich weil wir uns im wirklichen Leben noch nie begegnet sind. Irgendwie macht es das leichter, einander Dinge zu erzählen.«

Heather nickte und sah auf ihre Armbanduhr. »Verdammt. Du musst los.«

Eliza verzichtete auf die sexy Schuhe, die Heather vorgeschlagen hatte, und schlüpfte stattdessen in ihre gelben Sneakers. Sie drückte Heather einen Kuss auf die Wange, griff nach ihrer Handtasche und den Schlüsseln und rannte zur Tür. Dort blieb sie noch einmal kurz stehen und zeigte zum Schrank. »Hol dir was zum Naschen.«

»Du auch. Oder vielmehr zum Vernaschen.« Heathers kehliges Lachen folgte Eliza, als sie zur Treppe joggte.

Ein paar Stunden später versuchte Denny zu entscheiden, ob sie sich eine weitere Folge von *Central Precinct* ansehen oder ihr Binge-Watching für heute beenden sollte, als ihr Handy summte. Sie schnappte es vom Nachttisch, weil sie unbedingt erfahren wollte, wie Elizas Verabredung gelaufen war.

Sie hatte tatsächlich eine neue Nachricht von Sneakerfrau. So langsam sollte sie wirklich den Namen in ihren Kontakten ändern.

Eiscreme, Brownies oder M&Ms?

Ein amüsiertes Lächeln umspielte Dennys Lippen. Eliza war die Einzige, die eine solche Frage für einen akzeptablen Gesprächsbeginn hielt. *Dir auch ein herzliches Hallo.*

Eliza schickte ein Emoji, das mit den Augen rollte. *Hallo! Also, was nun? Eiscreme, Brownies oder M&Ms?*

Alle drei, antwortete Denny.

Das ist nicht hilfreich! Entscheide dich für eines!

Unmöglich. Das ist so, als würde man eine Mutter fragen, welches ihr Lieblingskind ist.

Houston, wir haben ein Problem, antwortete Eliza. *Oder in diesem Fall: Denver, wir haben ein Problem. Ich bin im Supermarkt, kann mich nicht entscheiden und mir knurrt schon der Magen.*

Denny dachte einen Moment lang nach. *Wie wäre es mit Vanilleeis auf Brownies und darüber gestreuten M&Ms?*

O mein Gott, du bist gefährlich!

Komm schon, gib es zu. Du hast längst alles in deinen Einkaufswagen gelegt, oder?

Statt einer Antwort schickte Eliza ein Foto, das den Inhalt ihres Wagens zeigte: Vanilleeis, Brownies und eine riesige Packung Erdnuss-M&Ms.

Denny lachte. Erstaunlich, wie gut sie Eliza bereits kannte, obwohl sie erst seit einem Monat SMS austauschten. *Warum knurrt dir denn der Magen? War dein Date nicht in einem Restaurant? Wie war es überhaupt?* Wenn Eliza sich mit Süßigkeiten vollstopfen wollte, konnte es so toll nicht gewesen sein.

Kurz und unbeeindruckend, antwortete Eliza.

Das Date oder der Typ?

Beides. Ich glaube, ich habe meinen persönlichen Rekord für das kürzeste Date aller Zeiten gebrochen. Wir haben es nicht einmal bis zum Hauptgericht geschafft.

Was ist passiert? Hast du einen Notfall vorgetäuscht?

Ich nicht, aber er, antwortete Eliza. *Zumindest glaube ich, dass der Notfall bloß vorgetäuscht war. Oder können Hunde wirklich eine Blinddarmentzündung bekommen?*

Denny kratzte sich am Kopf. *Keine Ahnung. Haben Hunde überhaupt einen Blinddarm?*

Ich könnte es googeln, aber ich ziehe es vor, zu glauben, der Hund sei wirklich krank und mein Date untröstlich, weil er gehen musste. Das ist für mein Ego besser, als anzunehmen, dass er mein Aussehen nicht mochte oder mich langweilig fand.

Wie konnte jemand denken, Eliza wäre langweilig oder nicht hübsch genug? *Ich fange an zu glauben, dass mit der männlichen Bevölkerung von Portland etwas nicht stimmt.*

Danke, dass du nicht davon ausgehst, dass mit mir etwas nicht stimmt.

Denny hatte das Gefühl, dass die gescheiterten Dates Elizas Selbstwertgefühl stärker beeinträchtigten, als sie zugeben wollte, deshalb versuchte sie, Eliza mit einem Witz aufzumuntern. *Na ja, deine Essgewohnheiten sind fragwürdig, aber sonst …*

Ha! Hat dir schon mal jemand gesagt, dass man nicht mit Steinen werfen sollte, wenn man im Glashaus sitzt?

Hey, ich esse gerade Karotten!

Karotten? Im Ernst?

Denny fotografierte die Marzipankarotten, die Salem gekauft hatte, um an Ostern die Torte zu dekorieren. Doch dann war sie nicht zum Backen gekommen.

Von wegen Karotten!

Was denn? Das sind doch Karotten. Denny grinste, während sie antwortete. *Ich habe nicht gesagt, welche Art von Karotten.*

Mist. Mein Eis fängt an zu schmelzen. Ich sollte es rasch nach Hause bringen.

Denny lachte. *Bis später. Lass dir dein Nach-dem-Date-Eis schmecken.*

Ich schicke dir ein Foto, wenn ich meine Schüssel in der Hand habe, nur um gemein zu sein. Eliza fügte einen grinsenden Teufel hinzu.

Vielen Dank. Diesmal zögerte Denny nicht, mit dem Stinkefinger-Emoji zu antworten.

Fünfzehn Minuten später summte Dennys Handy erneut und sie war nicht überrascht, als das versprochene Foto auf dem Display erschien, begleitet von den Worten: *Lecker, lecker, lecker! Niemand soll sagen, ich sei keine Frau, die zu ihrem Wort steht.*

Denny betrachtete das Vanilleeis, das langsam auf einem riesigen Brownie dahinschmolz. Bunte M&Ms formten ein grinsendes Gesicht auf der Eiskugel. Mmh, das sah gut aus. Sie legte ihre Karotten weg, stieg aus dem Bett und ging mit dem Handy in die Küche.

Zwei Minuten später schickte sie Eliza ein Foto von ihrem Karamell-Apfelkuchen-Eis mit Schokoladensirup. *Du hast echt einen schlechten Einfluss auf mich!*

Eliza antwortete sofort. *Ich? Du hast eben Marzipankarotten gegessen! Warum bekommst du eigentlich ein Nach-dem-Date-Eis, obwohl du gar kein Date hattest?*

Denny nahm einen großen Löffel Eis. Das Aroma von Karamell, Schokolade und Zimt breitete sich auf ihrer Zunge aus. *Glaub mir, ich habe in meinem Leben genug schreckliche Dates durchgemacht, um so viel Eis zu verdienen, wie ich essen kann.*

Hast du auch kein Glück beim Online-Dating?

Ich habe es noch nicht probiert, schrieb Denny mit dem Löffel im Mund zurück. *Normale Verabredungen sind schlimm genug.*

Wie bitte? Du hast noch nie Online-Dating ausprobiert? Nicht ein einziges Mal? Drei Emojis mit weit aufgerissenen Augen folgten. *Du weißt aber schon, dass wir im 21. Jahrhundert leben, oder?*

Ja, darüber wurde ich in Kenntnis gesetzt, antwortete Denny. *Mir ist das einfach zu distanziert und zu oberflächlich. Verstehst du, was ich meine?*

Na ja, wir haben uns ja auch online kennengelernt und unsere Gespräche sind weder distanziert noch oberflächlich … oder?

Denny ließ ihren Löffel in die Schüssel fallen, um schneller antworten zu können. *Nein! Natürlich nicht. Aber wir sind auch kein Paar.* Eine Stimme in ihrem Hinterkopf fügte hinzu: leider. Rasch brachte Denny sie zum Schweigen. *Aber die meisten Leute wischen nur bei den attraktiven*

Personen nach rechts, während sie Leute, die durchschnittlich aussehen, sofort aussortieren. Das meine ich mit oberflächlich.

Da muss ich dir leider zustimmen, antwortete Eliza. *Das mag ich auch nicht. Wenn Online-Dating für dich nicht infrage kommt, wie lernst du dann Frauen kennen?*

Es war ihr peinlich, aber Denny wollte ehrlich zu Eliza sein. Sie mochte es, wie offen und ehrlich sie miteinander umgingen, ohne einander etwas vormachen zu müssen. *Meistens gar nicht. Ich mag keine Bars und Clubs. Da verkrieche ich mich bloß in eine ruhige Ecke und halte mich an meinem Bier fest, während ich hoffe, dass mich jemand anspricht, gleichzeitig aber auch Angst davor habe.*

Oje, das tut mir leid. Das klingt nicht nach einem netten Abend, antwortete Eliza. *Okay, Bars und Clubs kommen also nicht infrage. Wie wäre es mit einem Kochkurs oder einem Lesezirkel oder etwas Ähnlichem? Heather hat ihre letzte Partnerin bei einem Kurs zur Lederbearbeitung kennengelernt.*

Dieses Thema deprimierte Denny. Sie schob sich einen Löffel Eis in den Mund. *Hab ich schon mal versucht, aber ich bin eine Niete, wenn es darum geht, ein Gespräch anzufangen oder mit Frauen zu flirten. Ich bin einfach nicht spontan oder witzig.*

Da bin ich anderer Meinung, antwortete Eliza sofort. *Du bist intelligent, eine tolle Zuhörerin und total lustig. Gestern hast du mich in der Mittagspause so zum Lachen gebracht, dass meine Chefin nach mir gesehen hat, weil sie dachte, ich würde laut heulen. Du bist großartig und jede Frau könnte sich glücklich schätzen, mit dir auszugehen.*

Niemand hatte jemals etwas Derartiges über Denny gesagt. Nun ja, vielleicht Salem, aber ihre Schwester war voreingenommen und zählte nicht. Dennys Wangen brannten, doch gleichzeitig konnte sie nicht aufhören, breit zu grinsen. *Danke, aber ich bin nur lustig, wenn ich mich hinter meinem Handy verstecken kann, nicht von Angesicht zu Angesicht. Wenn ich versuche, tatsächlich mit einer Frau zu sprechen, fällt mir nichts ein.*

Machen denn die Frauen, für die du dich interessierst, nie den ersten Schritt?, fragte Eliza.

Denny rührte mit dem Löffel durch die Eiscreme und schob sich dann eine weitere Portion in den Mund. *Ich bin eher butch, deshalb erwarten*

Frauen oft, dass ich die Führung übernehme. Aber wie ich schon sagte, ich bin nicht gut darin, ein Gespräch anzufangen.

Ich denke, du solltest das ganz ehrlich sagen. Lesben sind wahrscheinlich auch nicht anders als Heterofrauen, was das angeht. Bestimmt haben sie es auch satt, dass sich die meisten Leute bei Dates verstellen und vorgeben, ganz anders zu sein, als sie tatsächlich sind. Ich wäre jedenfalls total beeindruckt, wenn mein Date auf mich zukommen und sagen würde: Hey, ich würde wirklich gerne mit dir reden, aber ich bin schüchtern und weiß nicht, was ich sagen soll.

Denny seufzte. Wenn sie doch nur mit einer Frau ausgehen könnte, die Elizas Einstellung teilte. Bisher hatte sie noch nie jemanden wie sie getroffen. Aber selbst wenn, würde sie den Mut haben, auf sie zuzugehen und zu sagen, was Eliza vorgeschlagen hatte? Sie dachte darüber nach, während sie sich Schokosirup von der Unterlippe leckte. *Theoretisch klingt das gut, aber meine Karten auf den Tisch zu legen und einer Fremden zu gestehen, wie unsicher ich mich fühle … Das kann ich mir nicht vorstellen.*

Kann ich verstehen, antwortete Eliza. *Vielleicht solltest du es doch mal mit Online-Dating versuchen. Da hast du wenigstens eine Aufwärmphase und kannst die Frau erst ein bisschen kennenlernen, bevor ihr euch trefft. Ich persönlich verabrede mich immer relativ schnell, weil ich dann besser beurteilen kann, ob eine Chance für eine tiefere Verbindung besteht, aber Heather unterhält sich oft ein paar Wochen lang über die App, bevor sie mit jemandem ausgeht. Meinst du, das könnte dir auch helfen?*

Bei Eliza hatte es ihr geholfen, ihr gegenüber weniger nervös zu sein. Womöglich hatte sie recht. *Vielleicht ein bisschen.*

Super. Wenn du willst, schicke ich dir eine Einladung zu No More Frogs*, dann bekommst du einen kostenlosen Probemonat. Was hältst du davon?*

Denny konnte keinen rechten Enthusiasmus für den Vorschlag aufbringen, aber Eliza wollte ihr helfen, deshalb konnte sie nicht Nein sagen. *Ich glaube, ich brauche ein bisschen Walnusseis zu all dem Sirup.*

Heißt das so viel wie: Nein danke, zieh Leine?

Elizas Unverblümtheit brachte sie zum Lächeln. Wenn sie doch nur mehr wie Eliza wäre. *Nein, ich werde darüber nachdenken.*

Okay. Und iss nicht zu viel Eis, sonst wird dir schlecht.

Zu viel Eis? Gibt's das überhaupt?

Hm, stimmt, antwortete Eliza. *In diesem Sinne, gib mir 'ne Sekunde. Ich glaube, ich habe noch etwas Stracciatella im Gefrierschrank.*

Lecker. Sieht so aus, als wären wir total kompatibel, was unseren Eiscremegeschmack angeht.

Eliza antwortete mit einem Hundert-Prozent-Emoji.

Schade, dass sie nicht kompatibel waren, wenn es um wichtigere Dinge ging, wie zum Beispiel ihre sexuelle Orientierung. Aber wahrscheinlich war es sogar gut, dass Eliza heterosexuell war. So ungeschickt, wie Denny sich anstellte, würde sie ansonsten eine wunderbare Freundschaft ruinieren. Seufzend stand sie auf, um sich etwas Walnusseis zu holen.

Kapitel 9

Am darauffolgenden Samstag hatte Denny Frühschicht, sodass sie den Nachmittag damit verbrachte, endlich ihre Näharbeiten fertigzustellen, während ihre Schwester einen Stapel Gartenkataloge durchblätterte. Obwohl sie öfter Eis und andere Leckereien mit Eliza gegessen hatte, konnte sie die Hose, die sie letzten Monat angefangen hatte, noch zuknöpfen. Nur die Hosenbeine waren etwas zu lang.

Sie krempelte den überschüssigen Stoff nach innen um und steckte ihn mit Nadeln ab, was nicht einfach war, während sie die Hose trug. Gerade als sie damit fertig geworden war, summte ihr Handy.

Mit den restlichen Stecknadeln zwischen den Lippen richtete sie sich auf, um zu sehen, wie Eliza den Samstag verbrachte. Hatte sie die Schale mit den Libellen heute Morgen auf dem Markt verkauft? Sie war so schön geworden, dass Denny versucht gewesen war, sie ihr abzukaufen. Aber dann hätte Eliza sie ihr vielleicht persönlich übergeben wollen, deshalb hatte Denny nichts gesagt. Der Gedanke, sich mit Eliza zu treffen, war ebenso beängstigend wie wunderbar. Sie hoffte, dass es eines Tages geschehen würde, aber noch war sie nicht so weit.

Wie üblich begann Eliza das Gespräch nicht mit einem *Hi* oder einem *Wie geht es dir?* Stattdessen lautete ihre Nachricht: *Nenn mir drei Dinge, die dich am meisten antörnen.*

Denny hätte fast die Stecknadeln verschluckt. Rasch legte sie diese auf den Tisch. *Himmel, Eliza! Du hast mich beinahe in ein Nadelkissen verwandelt!*

Wo bist du denn? Bei der Akupunktur?

Nein. Denny zögerte und warf einen Blick auf ihre Nähmaschine der Marke Singer, die auf dem Esstisch stand. Bis jetzt hatte sie niemandem außer ihrer Familie und Julie von ihrem Hobby erzählt. Manche Leute würden wahrscheinlich über eine Butch, die gern nähte, lachen. Aber Eliza hatte sie nicht ausgelacht, als sie ihr gestanden hatte, schüchtern zu sein. Außerdem war sie selbst Kunsthandwerkerin, deshalb würde sie Dennys Interesse am Nähen vielleicht nachvollziehen können. *Ich arbeitete an einer Hose.*

Meinst du damit, dass du dir deine Kleidung selbst nähst?, fragte Eliza.

Ja, ich kaufe lieber in der Herrenabteilung ein, aber die Klamotten sind nicht für den Körper einer Frau gemacht. Ich habe nicht das Geld, um mir Sachen maßschneidern zu lassen, deshalb habe ich angefangen, meine Hosen zu kürzen, und dann nach und nach gelernt, auch kompliziertere Projekte anzugehen. Sie hielt den Atem an, bis Eliza zurückschrieb, was nur wenige Sekunden dauerte.

Wow, das ist ja cool! Zeig mir, woran du gerade arbeitest!

Sie klang so enthusiastisch, dass Denny nicht mehr sagen konnte, warum sie gezögert hatte, ihr davon zu erzählen. *Moment. Ich muss die Hose erst ausziehen. Ich habe sie anprobiert, um zu sehen, ob ich sie noch etwas kürzen muss.*

Noch bevor sie die Hose aufgeknöpft hatte, erschien Elizas nächste Nachricht. *Nein! Lass sie an. Ich will sehen, wie du in deinem neuen Outfit aussiehst.* Als Denny zögerte, fügte sie hinzu: *Du musst mir ohnehin ein Foto von dir schicken.*

Denny kratzte sich am Kopf. Hatte sie etwas verpasst? *Ach ja?*

Ja. Für das Profil, das ich dir bei No More Frogs *einrichten werde*, antwortete Eliza. *Darum ging es übrigens auch bei der Frage, was dich bei Frauen am meisten antörnt. Das ist eine der Standardfragen, die man im Profil beantworten muss.*

Denny wurde flau im Magen. *Ich sagte, ich würde darüber nachdenken, nicht, dass du ein Profil für mich erstellen sollst.*

Okay, lass uns später darüber reden. Aber ich möchte trotzdem ein Foto von dir. Ich wette, die neue Hose sieht fantastisch aus.

Aber es war nicht die Hose, die Denny zögern ließ. Nachdem sie fünf Wochen lang hin und her geschrieben hatten, hatte Eliza sich sicher längst ein Bild von ihr gemacht. Wahrscheinlich stellte sie sich jemanden vor, der wie sie selbst schlank und elegant war, oder eine sportliche Frau, ohne die Fettpölsterchen um Bauch und Hüften. Und aus irgendeinem Grund schienen die meisten Menschen davon auszugehen, dass eine Butch automatisch kleine Brüste haben würde, und das traf auf Denny definitiv nicht zu.

Komm schon, Denny, schrieb Eliza. *Du wusstest vom ersten Tag an, wie ich aussehe, aber ich habe immer noch keine Ahnung, wie du aussiehst.*

Ich bin stabil gebaut, antwortete Denny.

Das ist alles, was du mir verraten willst?

Denny schickte ihr einen achselzuckenden Emoji, um Zeit zu gewinnen, all ihren Mut zusammenzunehmen. Warum zum Teufel fiel ihr das so schwer? Eliza hatte sie nicht wegen ihres Interesses am Nähen verurteilt; sie würde sie auch nicht wegen ihrer Speckröllchen verspotten. Ein Teil von Denny wusste das, aber ein anderer Teil konnte diese alte Angst einfach nicht loswerden.

Denny? Alles in Ordnung? Was ist denn los?

Denny widerstand dem Drang, so zu tun, als wäre alles in Ordnung. Auf keinen Fall wollte sie Eliza anlügen, denn diese war mittlerweile zu einer ihrer engsten Freundinnen geworden.

Tut mir leid, falls ich dich zu sehr unter Druck gesetzt habe, hieß es in Elizas nächster SMS. *Ich bin nur neugierig. Ich möchte wissen, welche Farbe deine Augen haben und wie du aussiehst, wenn etwas, was ich geschrieben habe, dich zum Lächeln bringt. Aber ich weiß, dass du eine ziemlich zurückhaltende Person bist. Wenn du mir lieber kein Foto schicken möchtest, ist das in Ordnung.*

Ich möchte schon, antwortete Denny und erkannte, dass dies der Wahrheit entsprach. Sie wollte, dass Eliza sie besser kennenlernte, und das schloss ihr Aussehen mit ein.

Warum zögerst du dann?

Weißt du noch, wie ich dir erzählt habe, dass ich in der Schule gehänselt wurde, weil ich pummelig war? Denny fuhr fort, ohne auf eine Antwort zu warten, um nicht doch noch zu kneifen. *Es war nicht nur ein harmloses Necken. Es war die gemeinste Schikane, die man sich vorstellen kann. Danach habe ich lange gebraucht, um an einen Punkt zu gelangen, an dem ich meinen eigenen Körper nicht mehr hasste.* Sie blickte auf ihre Brüste, ihren Bauch und ihre Hüften, denn dies waren ihre Problembereiche. *Mir selbst Klamotten zu schneidern, hat sehr dabei geholfen, aber ich bin wohl noch nicht ganz darüber hinweg.*

Ich weiß genau, was du meinst.

Im Ernst? Dennys Meinung nach war Eliza perfekt. Sie beneidete Eliza um ihren schlanken Körper und ihre kleinen Brüste.

Ja. Da ich nicht gerade mit einer üppigen Oberweite gesegnet bin, wurde ich in der Schule ebenfalls gehänselt.

Denny hätte nie gedacht, dass sie das gemeinsam haben könnten.

Größtenteils bin ich darüber hinweg, aber manchmal gibt es Momente, in denen ich ein schönes Kleid anprobiere und es vorne klafft. Ich sehe dann aus wie ein kleines Mädchen im Kleid ihrer Mutter, schrieb Eliza. *Wirkt ganz und gar nicht sexy, glaub mir.*

Denny fiel es schwer, sich etwas vorzustellen, das an Eliza nicht sexy aussehen würde, aber sie verkniff sich die Bemerkung.

Es hat eine Weile gedauert, bis ich meinen eigenen Stil und mein Selbstvertrauen gefunden habe, fügte Eliza hinzu. *Aber hin und wieder habe ich einen schwachen Moment. Dann ertappe ich mich dabei, wie ich eine andere Frau ansehe und neidisch auf ihre Oberweite bin.*

Wow. Gut, dass sie nur SMS austauschten und nicht telefonierten, denn Dennys Mund war so trocken, dass sie vermutlich nicht sprechen konnte.

Wow?

Ja. Wow. Ich hätte nie gedacht, dass ausgerechnet du das auch kennst.

Ehrlich gesagt glaube ich, dass es den meisten Frauen so geht. Kaum eine von meinen Freundinnen ist mit jedem Aspekt ihres Körpers völlig zufrieden. Das liegt daran, dass wir so daran gewöhnt sind, nach unserem Aussehen beurteilt zu werden und nicht nach unseren Fähigkeiten. Nach einer kurzen Pause schickte Eliza eine weitere Nachricht. *Moment, was meinst du mit »ausgerechnet du«?*

Scheiße! Denny konnte ihr unmöglich sagen, wie schön sie Eliza fand. Was, wenn Eliza sich damit nicht wohlfühlte?

Aber Eliza hatte eine lesbische beste Freundin, die ihr wahrscheinlich ständig Komplimente machte. Das war völlig normal, oder? Sie gab sich einen Ruck. *Na ja, weil du echt hübsch bist. Ganz objektiv betrachtet.*

Eliza schickte ein errötendes Emoji zurück. *Und du bist echt süß. Ganz objektiv betrachtet.*

Puh! Eliza war nicht beleidigt. Sie fand Denny sogar süß. Denny kämpfte gegen ein Kichern an, das ganz und gar nicht zu einer Butch passte, und versuchte, sich endlich zu entspannen.

»Was ist los mit dir?« Salem sah sie über ihren Gartenkatalog hinweg an. »Wirst du etwa rot?«

Denny schüttelte entschieden den Kopf. »Nein, natürlich nicht. Warum sollte ich rot werden?«

»Sag du es mir.« Salem deutete auf Dennys Handy. »Sprichst du mit Sandalenmädchen?«

»Ich habe dir schon hundertmal gesagt, dass ihr Name Eliza ist.«

Salem zuckte mit den Schultern. »Aber es macht mehr Spaß, dich aufzuziehen, indem ich sie Sandalenmädchen nenne. Redest du gerade mit ihr?«

»Ja.« Bevor Salem antworten konnte, ging Denny um den Esstisch herum und hielt ihr das Handy hin. »Könntest du ein Foto von mir machen?«

Salem lächelte wissend. »Ach, deshalb bist du eben rot geworden! Sie hat dich überredet, ihr ein Bild von dir zu schicken.«

»Ich hab dir doch gesagt, dass ich nicht rot werde.« Denny hoffte, dass ihre Wangen nicht schon wieder die Farbe eines Flamingos annahmen. »Außerdem hat sie mich zu gar nichts überredet. Ich denke nur, es ist an der Zeit, ihr ein Bild von mir zu schicken.«

»Das sage ich dir schon seit Wochen.« Salem nahm das Handy, tippte auf das Kamerasymbol und richtete die Linse auf Denny.

Denny bedeutete ihr, das Handy höher zu heben. »Mach das Bild von oben. Ich will kein Doppelkinn haben.«

»Meine Güte, entspann dich. Und lächle.«

Denny rang sich ein Lächeln ab, doch sie bezweifelte, dass es entspannt aussah. Es war schwer, lässig auszusehen, wenn man gerade den Bauch einzog.

»Vergiss nicht zu atmen, Schwesterherz«, sagte Salem. »Sonst fotografiere ich am Ende noch, wie du ohnmächtig am Boden liegst.«

Denny versuchte, nicht mit den Zähnen zu knirschen, als ihre Anspannung stieg. Sie atmete tief ein.

Salem wählte ausgerechnet diesen Moment, um den Auslöser zu betätigen.

Na toll. Denny stöhnte. Wahrscheinlich sah sie aus wie ein Kugelfisch im Angriffsmodus. Aber sie hatte nicht den Nerv, Salem ein weiteres Foto machen zu lassen, deshalb nahm sie ihr das Handy ab und schickte Eliza das Bild, ohne auch nur einen Blick darauf zu werfen.

Dann ließ sie sich auf einen Stuhl fallen. Okay, das wäre erledigt. Das war doch keine große Sache, oder?

Eliza setzte sich auf die Couch und sah stirnrunzelnd auf ihr Handy hinab.

Denny hatte nicht mehr geantwortet, seit Eliza sie als süß bezeichnet hatte. Meistens fand Eliza ihre Schüchternheit total niedlich, aber manchmal fiel es ihr deswegen schwer zu beurteilen, was sie sagen durfte und was nicht. Hatte sie, ohne es zu wollen, eine Grenze überschritten?

Aber sie hatten sich schon öfter Dinge erzählt, die sie wahrscheinlich noch nie zuvor jemandem anvertraut hatten. Es war Jahre her, dass Eliza jemandem gestanden hatte, wie sehr sie als Jugendliche unter ihrer kleinen Oberweite gelitten hatte. Schon gar nicht hatte sie zugegeben, dass sie andere Frauen gelegentlich immer noch voller Neid betrachtete.

Sie wusste, Denny würde es verstehen und sie nicht dafür verurteilen, und sie hoffte, dass Denny ihr ebenso vertraute.

Doch jetzt reagierte Denny nicht mehr. Was hatte das zu bedeuten?

Ihr Handy gab ein Zwitschern von sich.

Eliza atmete auf. Denny hatte geantwortet. Aber diesmal nicht mit einer Nachricht. Sie hatte ein Foto geschickt.

»O mein Gott!« Eliza umklammerte das Smartphone mit beiden Händen, während sie auf das Foto starrte und jedes Detail der Person in sich aufnahm, auf die sie schon seit einem Monat neugierig war.

Das Erste, was ihr auffiel, war Dennys Lächeln. Es war ein wenig schief, als hätten ihre vollen Lippen nur zögernd ein Grinsen geformt. Doch feine Fältchen um ihre Mundwinkel zeigten, dass sie normalerweise gerne lächelte.

Das wiederum brachte Eliza zum Schmunzeln.

Dann wandte sich ihre Aufmerksamkeit Dennys Augen zu, die sie durch eine Brille hindurch ansahen. Der dunkle Rahmen ließ sie ein wenig wie Rachel Maddow aussehen. Eliza strich mit den Fingern über das Display, um das Bild zu vergrößern, konnte aber trotzdem nicht erkennen, ob Dennys Augen nun braun oder olivgrün waren. Auch sie hatten Fältchen, die darauf hindeuteten, dass Denny viel lächelte.

Ihr Gesicht war leicht gebräunt, was wahrscheinlich von den Stunden im Gemeinschaftsgarten kam, wo sie beim Bau der Hochbeete geholfen hatte. Eine Strähne ihres sandbraunen Haares fiel auf ihre breite Stirn. Eliza ahnte, dass sie im Sommer einige blonde Strähnchen bekommen würde. An den Seiten und hinten waren ihre Haare kurz, nur oben waren sie etwas länger. Fuhr Denny mit den Fingern hindurch, wenn sie nervös war?

Eliza konnte nachvollziehen, warum Denny nicht ohne Änderungen Kleidung aus der Herrenabteilung tragen konnte. Sie hatte breite Schultern, aber auch breite Hüften und volle Brüste, keine ausgeprägte Taille und ein paar Pölsterchen um die Mitte, weshalb sich eine Umarmung von ihr vermutlich herrlich anfühlen würde.

Ihre kräftigen Hände waren steif an die Außennähte ihrer Hose gepresst, als bemühte sie sich krampfhaft, nicht herumzuzappeln.

Ihre Körpersprache verriet, wie unwohl sie sich fühlte, doch trotzdem hatte sie tapfer stillgehalten, als irgendjemand – vermutlich ihre Schwester – ein Foto gemacht hatte, weil Eliza um eines gebeten hatte.

Gott, Denny. Eliza wünschte, sie könnte sie umarmen, bis all ihre Unsicherheiten dahinschmolzen und aus dem gezwungenen Lächeln ein echtes wurde.

Eliza?, schrieb Denny. *Das Foto hat dich nicht in die Flucht geschlagen, oder?*

Mist! Eliza war so auf das Foto konzentriert gewesen, dass sie vergessen hatte, dass Denny auf eine Reaktion wartete. *Du siehst toll aus!*

Im Ernst?, antwortete Denny. *Ich muss noch die Hosenbeine umnähen.*

Es war typisch Denny, dass sie glaubte, das Kompliment gälte ihrer Hose, als käme ihr nicht in den Sinn, ihr Aussehen könnte Eliza gefallen. Und doch war es so. Irgendwie passte dieser starke und doch weiche Körper und der verletzliche Ausdruck in ihren Augen zu der Person, die Eliza in den vergangenen fünf Wochen kennengelernt hatte.

Ich spreche von dir. Sie betrachtete die graue Baumwollhose, die Denny trug. Vom Schnitt her war es eine Herrenhose, aber sie stand an der Taille nicht ab und war im Schritt auch nicht zu weit, so als wäre sie von einem Schneider angefertigt worden, der sein Handwerk verstand. *Aber die Hose sieht auch toll aus.*

Meinst du das ernst?

Auf welche der beiden Aussagen bezog sie sich? So wie sie Denny kannte, vermutlich auf beide, deshalb antwortete Eliza: *Natürlich.* Sie sah zu, wie eine Blase mit drei Punkten auf dem Display erschien, dann wieder verschwand.

Schließlich schrieb Denny: *Sie hat auch schöne, tiefe Taschen. Nicht diese winzigen Attrappen, die Hosen für Frauen meistens haben.*

Denny hatte das Kompliment also tatsächlich auf die Hose bezogen, nicht auf ihr Aussehen. Eliza beschloss, vorerst nichts dazu zu sagen. *Gott, die hasse ich total! Nimmst du Bestellungen entgegen?*

Meinst du das ernst?, fragte Denny erneut. *Ich soll dir eine Hose machen?*

Natürlich meine ich es ernst! Und ich wette, ich wäre nicht als Einzige darauf scharf. Meine Kunsthandwerkerkolleginnen würden morden für Hosen mit tiefen Taschen. Du könntest damit richtig Geld verdienen.

Denny schickte ein Emoji mit weit aufgerissenen Augen. *Glaubst du ernsthaft, dass die Sachen, die ich nähe, gut genug sind, um sie verkaufen zu können?*

Absolut. Wenn du willst, kann ich ein paar deiner Kreationen auf Etsy *hochladen. Ich bräuchte nur ein paar Fotos.*

Etsy, No More Frogs ... *Ehe ich mich versehe, bin ich auf* TikTok *und* Instagram*!*

Eliza lächelte. Es war typisch Denny, auf ein Kompliment mit einem Witz zu reagieren. *Nein. Zwei neue Online-Plattformen reichen vorerst für eine ältere Mitbürgerin wie dich. Hast du noch mal über* No More Frogs *nachgedacht?*

Du meinst in den zwei Minuten, seit du mich zuletzt danach gefragt hast?

Genau. Also? Zwar wollte sie Denny nicht drängen, aber eine liebenswerte Person wie sie verdiente es, jemanden zu haben, der sie zu schätzen wusste.

Diesmal musste sie eine Weile warten, bis Denny antwortete.

Okay. Ich werde es ausprobieren. Aber wenn die Frauen bei No More Frogs *genauso schlimm sind wie die Männer, steige ich wieder aus.*

Einverstanden. Wenn ihre eigenen Dates nicht bald besser wurden, konnten sie das Dating-Portal gemeinsam verlassen. Eliza nahm ihren Laptop vom Couchtisch und rief die Webseite von *No More Frogs* auf.

Auf ihrem Bildschirm tauchten Fotos von glücklichen Paaren auf, die bei Kerzenlicht zu Abend aßen, Hand in Hand am Strand entlangliefen oder sich gegenseitig mit Hochzeitskuchen fütterten. Wie jedes Mal, wenn sie die Webseite besuchte, fragte sie sich, ob die Bilder echte Paare zeigten oder gestellt waren.

Also, was muss ich tun? Wollen die wirklich wissen, was mich bei Frauen antörnt?

Denny klang etwas ängstlich, was Eliza zum Schmunzeln brachte. *Ja, aber das heißt nicht, dass man seine sexuellen Vorlieben auflisten muss. Es geht mehr darum, wie du dir deine Traumpartnerin vorstellst.*

Ehrlich, gleichzeitig aber lieb und fürsorglich. Dennys Antwort kam so schnell, als hätte sie viel Zeit damit verbracht, darüber nachzudenken.

Ich würde gerne eine Frau kennenlernen, die mich um meiner selbst willen schätzt, ohne dass ich abnehmen, ein schickes Auto kaufen oder Karriere machen muss. Jemand, der mich versteht und über meine albernen Versuche, witzig zu sein, lacht. Oh, und sie muss natürlich auch meine Familie mögen. Nach einer kurzen Pause fügte Denny hinzu: *Klingt das zu kitschig?*

Vielleicht ein bisschen, zumindest für andere Leute. Doch Eliza wusste, dass Dennys Beschreibung genau das war, was sie brauchte. *Nein, das klingt perfekt.*

Puh. Sonst noch was?

Eliza scrollte auf der Webseite nach unten. *Ja. Insgesamt sind es zwei Dutzend Fragen.*

Zwei Dutzend? Meine Güte, haben die vor, meine Biografie zu schreiben?

Eliza lachte. *Hör auf, dich zu beschweren, sonst sage ich das deiner Zukünftigen, sobald ich sie kennenlerne.*

Na schön. Also, wie lautet die nächste Frage?

Vervollständigen Sie den folgenden Satz: Einen typischen Freitagabend verbringe ich damit …

Mit dir zu simsen, antwortete Denny.

Wärme breitete sich in Elizas Brust aus, aber sie bezweifelte, dass andere sich über diese Antwort genauso freuen würden. *Das können wir da nicht hinschreiben.*

Warum nicht? Genau das mache ich an einem typischen Freitagabend. Eigentlich jeden Abend.

Na ja, dein Profil soll doch interessant klingen, antwortete Eliza. *Und obwohl ich der Meinung bin, dass mit mir zu simsen der Höhepunkt eines jeden Tages sein sollte, teilen andere diese Meinung vielleicht nicht. Wie wäre es mit: Spaß mit Freunden haben?*

Klingt auch nicht sonderlich interessant, antwortete Denny. *Aber ich will nicht vorgeben, jemand zu sein, der ich nicht bin. Das wird nur dazu führen, dass Frauen enttäuscht sind, wenn sie mich dann tatsächlich kennenlernen.*

Eliza schüttelte den Kopf. *Weißt du was? Je besser ich dich kennenlerne, desto weniger sehe ich, wie das jemals passieren könnte.*

Denny antwortete nicht sofort. Als schließlich eine Nachricht eintraf, bestand sie aus einem errötenden Smiley. *Danke. Okay, nächste Frage.*

Lächelnd scrollte Eliza weiter. *Deine drei besten Überlebensfertigkeiten. Und sag jetzt nicht, mir bei der Auswahl von Nach-dem-Date-Snacks zu helfen.*

Mist. Genau das wollte ich gerade sagen.

Ein Kichern entfuhr Eliza. Dennys Profil auszufüllen, machte viel mehr Spaß als ihre eigene Anmeldung bei *No More Frogs*.

Sie hatten drei Stunden gebraucht, um Dennys Profil zu vervollständigen, vor allem, weil sie miteinander gescherzt hatten und immer wieder abgelenkt worden waren, indem sie ihre Antworten auf die Fragen verglichen und Geschichten über ihr Leben ausgetauscht hatten.

Eliza machte das nichts aus, denn es hatte ihr interessante Einblicke in Dennys Persönlichkeit offenbart und ihnen die Möglichkeit gegeben, einander besser kennenzulernen.

Schließlich erreichten sie das Ende des Fragebogens.

Was mache ich jetzt?, fragte Denny.

Du gehst ins Bett, antwortete Eliza. *Es ist fast elf und wenn ich mich nicht irre, musst du morgen arbeiten.*

Nein, ich meine, ja, schon, aber ... Was passiert jetzt, nachdem wir mein Profil erstellt haben?

Du könntest dir die Profile anderer Leute ansehen und wenn sich eines interessant anhört, schickst du derjenigen einfach eine Nachricht, antwortete Eliza.

Oder ich warte einfach ab, ob mir jemand eine Nachricht schickt.

Ach, Denny. Eliza schüttelte den Kopf, lächelte aber gleichzeitig. *Ja, das könntest du natürlich machen.*

Super. Vielen Dank, dass du mir geholfen hast. Ich kann immer noch nicht fassen, dass du mich dazu überredet hast.

Gern geschehen. Nenn einfach dein Erstgeborenes nach mir, dann sind wir quitt.

Ich bin einundvierzig, antwortete Denny. *Ich glaube, Kinder kommen für mich nicht mehr infrage. Aber wir könnten Bellas Wellensittich nach dir benennen.*

Eliza stellte sich vor, wie Dennys Nichte mit dem Wellensittich sprach: »Warum hast du auf meine Hausaufgaben geschissen, Eliza? Böser Vogel!« Sie verzog das Gesicht und schrieb: *Untersteh dich!*

Denny schickte einen grinsenden Teufel. *Mal sehen. Aber jetzt muss ich ins Bett, sonst mag ich dich nicht mehr, wenn morgen früh mein Wecker klingelt.*

Schlaf gut.

Du auch. Bis morgen.

Sie tauschten umarmende Emojis aus, was sie erst seit Kurzem machten, dann verstummte ihr Handy.

Eliza überlegte, ob sie noch eine Weile lesen oder eine Folge von *Central Precinct* anschauen sollte, entschied sich dann aber, auch ins Bett zu gehen und schlenderte ins Bad.

Ihr Handy piepte.

Mit der Zahnbürste im Mund durchquerte sie ihre Einzimmerwohnung. Es war nicht das erste Mal, dass eine von ihnen das Gespräch wiederaufnahm, nachdem sie sich bereits verabschiedet hatten. Meistens sagten sie mindestens dreimal gute Nacht, bevor sie wirklich aufhörten zu reden.

Doch dann fiel ihr wieder ein, dass Vogelgezwitscher ertönte, wann immer Denny ihr eine SMS schickte.

Die Nachricht war von Heather. *Bist du noch wach?*

Ja. Was gibt's?

Es kam keine Antwort. Mit dem Handy in der einen Hand und der Zahnbürste in der anderen ging sie zurück ins Badezimmer.

Keine Minute später wurde ein Schlüssel ins Schloss geschoben, dann platzte Heather in die Wohnung, als stände das ganze Haus in Flammen.

Eliza hätte beinahe einen Mund voll Zahnpasta geschluckt. Sie spuckte sie ins Waschbecken. »Heather! Willst du mir einen Herzinfarkt verpassen? Was machst du hier?«

»Schau mal, was ich gefunden habe!« Heather hielt Eliza ihr Handy hin. »Sie ist es!«

»Wer denn?« Eliza spülte sich den Mund aus und trocknete ihr Gesicht ab.

»Tante Butch! Ich habe dir von ihr erzählt, erinnerst du dich? Die, die mal mit Ketchupflecken an der Bushaltestelle stand.«

Eliza erinnerte sich an diese Geschichte. »Was ist mit ihr?«

»Sie hat ein Profil auf *No More Frogs*! Schau!« Heather hielt ihr das Handy unter die Nase.

Eliza nahm es und blickte auf das Display.

Das Foto von Denny, das sie vor wenigen Stunden bei *No More Frogs* hochgeladen hatte, starrte ihr entgegen. »Moment! Das ist Tante Butch?« Sie schlug sich die Hand vor die Stirn. Na klar! Hatte Heather nicht sogar irgendwann den Namen von Tante Butchs Nichte erwähnt? Es gab vermutlich nur wenige Kinder namens Bella in Portland, deren Tante butch war.

Heathers Locken hüpften, als sie energisch nickte. »Ich bin sicher, dass sie es ist. Ihr Benutzername ist zwar Schüchtern-in-Portland, nicht Tante Butch, und sie sieht auf ihrem Profilfoto viel schicker aus. Wenn sie Bella abholt, trägt sie normalerweise weite Jeans und ein altes T-Shirt oder eine Kassiererinnenuniform. Aber ich bin sicher, sie ist es.«

»Ja, sie ist es«, murmelte Eliza und starrte immer noch auf das Handy. Gott, die Welt war wirklich ein Dorf!

»Wie bitte? Soll das heißen, du kennst sie auch?«

»Ja. Das ist Denny.«

»Denny? Tante Butch ist deine Denny?«

»Na ja, sie ist nicht *meine* Denny, aber ja. Das ist sie. Ich habe ihr heute Abend beim Erstellen ihres Profils geholfen. Wie um alles in der Welt hast du es so schnell gefunden?«

Heather zuckte mit den Schultern. »Ich habe an einem Geldbeutel gearbeitet und durch *No More Frogs* gescrollt, während ich darauf wartete, dass das Leder trocknet. Da bin ich auf ihr Foto gestoßen.«

Sie ließen sich auf die Couch fallen und starrten einander an. »Wow«, sagten sie gleichzeitig.

Heather scrollte durch Dennys Profil und lächelte, als sie einige der Antworten las. »Sie ist also single und auf der Suche nach der großen Liebe, hm?«

Eliza nickte.

»Hältst du es für eine schlechte Idee, wenn ich ihr eine Nachricht schicken würde? Eigentlich soll man ja Arbeit und Privatleben nicht vermischen, aber es gibt nicht sehr viele alleinstehende Lesben in Portland, schon gar nicht solche, die meine beste Freundin bereits für mich unter die Lupe genommen hat. Und irgendwie ist sie süß. Vielleicht etwas zu introvertiert für mich, aber du weißt ja, was man über stille Wasser sagt. Im Bett entpuppen sie sich meist als Wildkatze!« Heather formte Krallen mit der Hand und schlug damit spielerisch durch die Luft.

Eliza stieß ihr den Ellbogen in die Rippen. »Du hast ihr Profil gelesen, oder? Sie sucht nach einer ernsten Beziehung, nicht nach einem heißen Techtelmechtel.«

Heather ließ ihre Hand auf ihren Schoß fallen. »Ich hab doch nur Spaß gemacht. Wo bleibt dein Sinn für Humor?«

»Entschuldige.« Sie wusste, wie schwer es Denny fiel, mit Frauen auszugehen. Vermutlich war sie deshalb etwas überempfindlich. Aber sie wollte Dennys Vertrauen nicht verletzen, indem sie Heather das erklärte.

Heather musterte sie. »Du hältst es also für eine schlechte Idee?«

»Das habe ich nicht gesagt.« Es war keine schlechte Idee, oder? Zumindest konnte sie sich bei Denny einigermaßen sicher sein, dass sie kein transphobes Arschloch war, das Heather verletzen würde, und sie wusste, dass Heather sich nicht wegen ihrer Schüchternheit oder ihrer überflüssigen Pfunde über Denny lustig machen würde. Eigentlich eine tolle Ausgangssituation, oder?

Warum drängte sie Heather dann nicht dazu, mit Denny Kontakt aufzunehmen? Sie würde sich das Unbehagen, das sich tief in ihr rührte, später genauer ansehen müssen.

»Na schön«, sagte Heather. »Es ist sowieso zu spät, um jetzt eine Entscheidung zu treffen. Ich werde darüber schlafen und es mit Benedita besprechen, um zu sehen, wie wahrscheinlich es ist, dass ich mir dadurch Ärger in der Schule einhandle.«

»Klingt vernünftig.«

»In Ordnung. Entschuldige, dass ich so spät noch hereingeplatzt bin. Schlaf schön.« Heather umarmte sie, bevor sie aufstand und zur Tür ging, wo sie sich ein letztes Mal umdrehte und auf Eliza deutete. »Übrigens hast du Zahnpasta am Kinn.«

Die Tür schloss sich hinter ihr.

Eliza blieb zurück, rieb sich das Kinn und starrte ihr nach.

Zwei ihrer Welten waren unerwartet aufeinandergeprallt und das brachte sie auf eine Weise aus der Fassung, die sie sich nicht erklären konnte.

Kapitel 10

Am Freitag darauf ließ die Filialleiterin Denny früher gehen, damit sie endlich wegen ihres Handgelenks einen Arzt aufsuchen konnte.

Die Schmerzen hatten schon am Montag angefangen, aber ein paar Wehwehchen waren in ihrem Job nichts Ungewöhnliches, deshalb hatte Denny sie ignoriert. Normalerweise gingen sie von selbst weg, wenn sie die betroffene Stelle kühlte und sich an ihrem freien Tag schonte.

Doch dieses Mal waren die Schmerzen nicht verschwunden, sondern schlimmer geworden.

Sie hatte versucht, die Zähne zusammenzubeißen, denn sie hatten heute Inventur, da wurde jede Mitarbeiterin gebraucht. Aber gegen Mittag waren die Schmerzen so schlimm geworden, dass sie jedes Mal zusammenzuckte, wenn sie beim Auffüllen der Bestände einen schweren Karton heben musste. An der Kasse zu sitzen, war auch nicht besser. Bei jeder Handbewegung verzog sie das Gesicht, was nicht sonderlich kundenfreundlich war. Ohne ihre rechte Hand war sie bei der Arbeit so gut wie nutzlos.

Schließlich gab sie auf und sagte ihrer Chefin Bescheid.

Sie hatte gehofft, der Arzt würde ein kleines Wunder vollbringen, ihr vielleicht eine Spritze geben, sodass sie gleich wieder zurück an die Arbeit gehen konnte, aber scheinbar hatte er keine Wunder auf Lager. Stattdessen verschrieb er ihr regelmäßiges Kühlen, Ibuprofen, eine Schiene zur Ruhigstellung und ein paar arbeitsfreie Tage.

Denny stieß die Autotür mit der Hüfte zu und stapfte zu ihrem Reihenhaus, wobei sie ihren Arm an die Brust presste. Das Aufschließen der Tür mit der linken Hand war ein Kampf. Meine Güte, warum hatte sie bloß so viele Schlüssel an ihrem Schlüsselbund?

Als sie die Tür endlich aufbekam, stand sie Salem gegenüber, die einen metallenen Schuhlöffel wie einen Baseballschläger schwang. »Himmel, Denny! Du hast mich fast zu Tode erschreckt! Ich dachte, du wärst ein Einbrecher!«

»Du hast also versucht, einen möglicherweise bewaffneten Kriminellen mit einem Schuhlöffel zu verjagen?«

»Ich hab einfach genommen, was griffbereit war. Zur Auswahl standen nur der Schuhlöffel oder deine alten Turnschuhe. Hm, wenn ich es mir recht überlege, hätten sie vielleicht eine bessere Waffe abgegeben, denn sie riechen wie …« Salem machte große Augen, als ihr Blick auf die Schiene an Dennys Arm fiel. »Was ist passiert?«

»Überbeanspruchung und ein gewisses Alter«, brummte Denny. »Anscheinend ist eine Sehnenscheidenentzündung in meinem Beruf weit verbreitet, besonders wenn man über vierzig ist.«

»Na, dann komm, alte Frau. Bringen wir dich rein.« Salem nahm Dennys unverletzten Arm und führte sie ins Haus, als wäre sie neunzig und könnte nicht ohne Unterstützung gehen.

»Hüte deine Zunge. Diese alte Frau ist immer noch rüstig genug, um das hier zu tun.« Denny gab ihr einen Seitwärtstritt in den Hintern.

»Autsch.« Salem rieb sich theatralisch den Allerwertesten. »Bist du auch rüstig genug, um zu kochen? Heute Abend sind wir allein. Bella übernachtet bei Kaylee.«

Denny warf ihre Schlüssel auf die Anrichte, marschierte zum Kühlschrank und nahm zwei Sorten Eiscreme aus dem Gefrierfach. »Das Abendessen ist angerichtet.« Da ihre Nichte nicht da war, brauchte sie kein Vorbild zu sein, und nach dem heutigen Tag hatte sie so viel Eis verdient, wie sie essen konnte.

Salem lachte los.

»Was denn?« Denny warf ihr einen unschuldigen Blick zu. »Der Arzt hat gesagt, ich soll mein Handgelenk kühlen.«

»Er meinte sicher von außen.«

Denny holte einen Eisbeutel aus dem Gefrierfach und wickelte ihn in ein Geschirrtuch. »Kühlung von außen und von innen kann nicht schaden. Schnapp dir zwei Löffel.«

Sie setzten sich mit ihren Eisbehältern auf die Couch und Salem fand auf Netflix eine romantische Komödie.

Denny würde es nie zugeben, aber sie mochte romantische Komödien genauso sehr wie Salem. Doch heute konnte sie sich nicht auf die vorhersehbare Handlung konzentrieren und das Stillsitzen fiel ihr schwer. Nach einer Weile nahm sie den Eisbeutel von ihrem Handgelenk und warf ihn auf den Couchtisch.

Immer wieder sah sie auf die Uhr. War Eliza noch zu Hause oder war sie zu ihrem Date mit dem IT-Typen von *No More Frogs* gegangen? Sie hatte die ganze Woche über mit ihm gechattet und mit jeder Nachricht, die Eliza ihr weitergeleitet hatte, hatte Denny ihn weniger gemocht. Aber sie konnte den Grund nicht benennen.

Normalerweise meldete sich Eliza bei Denny, bevor sie zu einer Verabredung ging, aber heute hatte Denny seit der Mittagspause nichts mehr von ihr gehört.

»Hör auf, mit dem Fuß zu wippen.« Salem schlug ihr leicht auf den Oberschenkel.

»He! Du schlägst eine Verletzte! Das ist gegen die Anordnung des Arztes!«

»Der Arzt hat sicher auch gesagt, du sollst dich schonen und nicht wild mit dem Fuß wippen«, antwortete Salem.

»Er sagte, ich solle meinen Arm schonen. Meine Füße sind in Ordnung, ich kann also wippen, so viel ich will.«

Salem warf ihr einen finsteren Blick zu. »Nicht während ich versuche, einen Film zu sehen. Wenn du nicht in der Stimmung bist, mach was anderes.«

Aber ohne ihren rechten Arm konnte sie nicht viel tun. Nähen kam nicht infrage. Auch Zeit mit Eliza zu verbringen, war leider keine Option. Entweder war sie schon zu ihrem Date aufgebrochen oder sie machte sich gerade ausgehfertig.

Dennys Meinung nach hatte der IT-Kerl es nicht verdient, dass Eliza sich sorgfältig schminkte und sich den Kopf darüber zerbrach, was sie anziehen sollte. Wahrscheinlich würde auch er sich als Versager entpuppen.

Der Gedanke hatte etwas Beruhigendes und verwirrte Denny zugleich. Sie würde sich doch freuen, wenn Eliza endlich einen netten Kerl fand, oder?

Salem streckte den Fuß aus und stieß Dennys Bein an. »Was ist los mit dir?«

Denny seufzte. »Nichts. Ich bin nur irgendwie unruhig und langweile mich.«

»Schreib doch Eliza eine SMS und frag, ob sie Lust hat, mit dir zu reden.«

Denny schaffte es irgendwie, keine Grimasse zu schneiden. »Kann ich nicht. Sie hat ein Date.«

Salem pausierte den Film, um Denny ihre volle Aufmerksamkeit zu schenken.

Ihr prüfender Blick ließ Denny aufhorchen. »Was ist?«

»Ist das der Grund, warum du eine Laune hast wie ein Stachelschwein mit aufgerichteten Borsten?«

»Warum vergleichen mich immer alle mit einem Stachelschwein?«, brummte Denny.

»Aha!« Salem deutete triumphierend mit der Fernbedienung auf sie. »Du weichst der Frage aus. Die Antwort lautet also Ja.«

Denny wandte den Blick ab und tat, als wäre sie damit beschäftigt, ihren rechten Arm auf ein Kissen zu betten. »Quatsch. Warum sollte ich schlecht drauf sein, nur weil Eliza eine Verabredung hat?«

Salem stupste sie erneut mit den Zehen an. »Weil du in sie verschossen bist!«

Dennys Magen drehte Pirouetten wie eine Eiskunstläuferin. Ihre Hände wurden kalt, obwohl sie den Eisbeutel längst weggelegt hatte. »Unsinn.« In der Stille hallte das Wort durchs Wohnzimmer und machte ihr bewusst, dass es nicht sonderlich überzeugend klang. »Ich bin nicht in sie ...« Ihre Stimme wurde mit jedem Wort leiser, bis sie schließlich ganz versagte. »Scheiße.« Sie versuchte, sich das Gesicht zu reiben, und hätte sich beinahe mit der Schiene ins Auge geboxt.

»Hey.« Salem legte ihre Füße auf Dennys Schoß und kitzelte sie mit den Zehen. »Das ist doch nicht schlimm. Es ist nur eine Schwärmerei, oder? Ist ja nicht so, als wärst du ernsthaft in sie verliebt. Oder doch?«

»Nein!« *Tief durchatmen. Jetzt noch einmal.* »Nein«, wiederholte sie ruhiger. »Natürlich nicht. Wir sind uns noch nicht mal persönlich begegnet, das weißt du doch. Nur eine harmlose Schwärmerei. Die geht von selbst weg, wenn ich sie ignoriere. Bis wir uns von Angesicht zu Angesicht gegenüberstehen, ist das längst verflogen.«

Hatte sie deshalb gezögert, sich mit Eliza zu treffen? Sie hatte es ihrer Schüchternheit gegenüber Fremden zugeschrieben, aber warum wuchsen ihre Bedenken dann, je besser sie Eliza kennenlernte? Tief im Innern musste sie gewusst haben, dass sie Eliza auf eine ganz und gar unplatonische Weise zu mögen begann.

»Schade«, sagte Salem. »Du bist wirklich süß, wenn du in jemanden verknallt bist. Deine Ohren werden jedes Mal ganz rot, wenn du ihr eine SMS schreibst.«

Denny fasst an ihr linkes Ohr. »Nein, werden sie nicht. Das bildest du dir nur ein.«

Der Piepton, den sie mittlerweile Nachrichten von Eliza zugeordnet hatte, unterbrach ihre Proteste.

»Ha! Was hab ich gesagt? Deine Ohren werden rot.«

Denny wollte es leugnen, aber sie spürte, wie ihre Ohren zu glühen begannen. Na super. Wenn sie Eliza jemals persönlich treffen würde, müsste sie eine Mütze tragen, um sie zu verbergen.

»Willst du nicht antworten?«, fragte Salem. »Du wirst sie doch nicht ignorieren, jetzt wo du dir eingestanden hast, dass du für sie schwärmst, oder?«

»Nein, natürlich nicht.« Denny wusste, dass sie für ihre eigenen Gefühle verantwortlich war; sie würde Eliza nicht dafür bestrafen. Sie würde sich ganz normal verhalten und abwarten, bis diese doofe Verschossenheit von selbst nachließ. Auf keinen Fall würde sie etwas tun, was ihre Freundschaft gefährdete. Sie kitzelte Salems Zehen, bis diese ihre Füße von ihrem Schoß nahm, sodass sie das Handy auf ihren Oberschenkel legen konnte.

Sneakers und Rock oder breche ich mit der Tradition?, lautete Elizas SMS.

Sneakers, antwortete Denny und drückte die winzigen Tasten unbeholfen mit der linken Hand. *Wenn die Verabredung nicht gut läuft, kannst du wenigstens davonlaufen.*

Gut mitgedacht! Danke, antwortete Eliza. *Und wie sieht es bei dir aus? Hat sich bei* No More Frogs *irgendetwas getan?*

Denny hatte die Dating-App seit Dienstag oder Mittwoch nicht mehr geöffnet. *Nö. Ich habe keine Frau gefunden, deren Profil mir gefallen hätte.* Sie hatte ein paar Profile von Frauen aus Portland überflogen, aber dann war sie abgelenkt worden. Durch die Suche nach Elizas Profil, das sie sich gründlich durchgelesen hatte. Mist. Salem hatte recht. Sie war wirklich in Eliza verschossen.

Und es hat sich auch niemand bei dir gemeldet?, fragte Eliza.

Ich habe schon seit ein paar Tagen nicht mehr nachgesehen, aber ich glaube nicht, schrieb Denny zurück. *Du hast doch nicht etwa erwartet, dass die Frauen vor meiner virtuellen Tür Schlange stehen, oder?*

Ich hatte das Gefühl, dass sich bald jemand bei dir melden würde.

Zumindest eine von ihnen glaubte an Denny. Das fühlte sich gut an.

Dann hast du also heute Abend noch nichts vor?, fragte Eliza. *Warte. Du hast Inventur, oder?*

Es war schön, wie vertraut Eliza mit ihrem Terminkalender war. Das gab Denny das Gefühl, ihr wichtig zu sein. *Ja, eigentlich schon, aber diesmal bleibt mir der Spaß erspart. Ich bin krankgeschrieben.*

Wie bitte? Du bist krank und sagst mir das jetzt erst?

Denny zog den Kopf ein. *Tut mir leid. Ich wollte es dir nicht verheimlichen, aber ich gehöre eher zu der Sorte Mensch, die im Stillen leidet. Außerdem wollte ich dich nicht damit belästigen, da du ja nichts dagegen tun kannst.*

Sei dir da mal nicht so sicher. Meine Hühnerbrühe hat heilende Kräfte!

Die Vorstellung, wie Eliza mit einem Topf Suppe bei ihr vor der Tür stand, brachte Denny zum Lächeln. *Ich glaube nicht, dass deine Hühnerbrühe viel gegen meine Sehnenscheidenentzündung ausrichten kann.*

Du hast eine Sehnenscheidenentzündung?, fragte Eliza. *Wie ist das denn passiert?*

Der Arzt meinte, das komme durch monotone Bewegungen des Handgelenks.

Ach? Sieht aus, als müssten wir dir dringend eine Partnerin finden! Eliza fügte mehrere Emojis dazu, die Tränen lachten.

Denny wurde ganz heiß im Gesicht.

»Bist du sicher, dass es nur eine harmlose Schwärmerei ist?«, kommentierte Salem von ihrer Seite der Couch aus. »Jetzt sind nicht nur deine Ohren rot geworden. Ich wette, du siehst am ganzen Körper aus wie ein Hummer, der in heißes Wasser geworfen wurde!«

»Hast du nichts Besseres zu tun, als mich zu beobachten? Zum Beispiel deinen Film zu Ende zu schauen!«

Salem grinste breit. »Nein. Du bist viel unterhaltsamer als Rebel Wilson und Liam Hemsworth.«

»Na, herzlichen Dank.« Denny wandte sich wieder dem Gespräch mit Eliza zu. *Die Überbeanspruchung kommt vom Warenauspacken und vom Scannen an der Kasse, nicht von dem, was du jetzt denkst!*

Gott, es macht unglaublich viel Spaß, dich zu necken!, antwortete Eliza. *Aber mal im Ernst, was hat der Arzt gesagt? Das heilt von selbst wieder, oder?*

Ja, ich muss den Arm nur schonen, ab und zu kühlen und eine Woche lang eine Schiene tragen. Deshalb tippe ich mit der Geschwindigkeit einer arthritischen Schildkröte, falls du dich schon gewundert hast.

Mensch, Denny! Du hättest es mir sagen sollen! Du solltest aufhören zu simsen und deinen Arm schonen.

Denny machte ein Gesicht, das dem ihrer Nichte ähnelte, wann immer sie erfuhr, dass es Zucchini zum Abendessen geben würde. *Ich will aber nicht aufhören*, antwortete sie.

Ihr Handy klingelte und sie zuckte zusammen.

Sie blickte auf das Display, um zu sehen, wer anrief.

Scheiße, es war Eliza!

Ihr Herz machte einen Hüpfer. Nein, nein, nein, nein! Sie war noch nicht bereit dafür. Was, wenn sie sich verplapperte und Eliza erfuhr, dass Denny für sie schwärmte? Dann konnten sie nicht mehr unbefangen miteinander umgehen.

»Geh schon ran«, sagte Salem.

»Nein! Es ist Eliza und ich ...«

Das Klingeln verstummte.

Erleichterung und Bedauern kämpften in Denny um die Vorherrschaft und sie war sich nicht sicher, welches Gefühl gewinnen würde. Sie senkte ihren Blick auf das Display, als dort eine Nachricht erschien.

Bist du nicht in der Stimmung zu reden?, fragte Eliza, gefolgt von einem traurig blickenden Smiley. *Ich dachte, das wäre besser für dein Handgelenk, aber wenn du nicht willst ...*

Bedauern gewann schließlich den Kampf. Auf keinen Fall sollte Eliza glauben, Denny wollte nicht mit ihr reden. Aber um diesen Eindruck rückgängig zu machen, musste sie Eliza zurückrufen.

Denny schnappte nach Luft. *Okay, ich kann das*, sagte sie sich. Sie war eine erwachsene Frau von einundvierzig Jahren und es ging lediglich um ein Telefonat mit einer Freundin.

Eine Freundin, in die sie verschossen war.

Ihre Finger zitterten, als sie einige Male auf das Display tippte und dann das Handy ans Ohr hob.

Während es klingelte, stand Salem von der Couch auf, klopfte Denny auf die Schulter und verließ den Raum, um ihr etwas Privatsphäre zu gönnen.

Als Eliza sich meldete, sagte Denny das Erste, was ihr einfiel. »Äh, hi. Ich bin's. Denny.«

Eliza lachte und es klang sanft wie ein Nieselregen in Portland, überhaupt nicht hart und spöttisch. »Ich weiß. Hallo, Denny. Es ist so schön, endlich deine Stimme zu hören.«

Wow. Diese Stimme. Sie war genauso warm und melodiös, wie Denny sie sich vorgestellt hatte, und die Art, wie Eliza ihren Namen sagte, löste ein Kribbeln am ganzen Körper aus.

»Denny? Bist du noch dran?«

Na toll. Sie saß reglos da, umklammerte ihr Handy und lauschte Elizas Stimme mit offenem Mund. Gott sei Dank war es kein Videoanruf! »Äh, ja. Tut mir leid, dass ich nicht drangegangen bin, als du angerufen hast. Ich, äh ... Wie ich schon sagte, bin ich mit dieser Schiene langsam wie eine Schildkröte.«

»Lügnerin.« Elizas Tonfall war noch immer warm und leicht amüsiert. »Du weißt doch sicher, dass du dich mir gegenüber nicht verstellen musst, oder?«

Denny ließ den Kopf hängen. »Ja, das weiß ich.«

»Keine Sorge. Ich verstehe dich. Würde es dir helfen, wenn ich das Reden übernehme und du nur an den richtigen Stellen ›oh‹ und ›ah‹ sagst?«

Denny lachte und ein Teil ihrer Anspannung fiel von ihr ab. »Woher weiß ich, was die richtigen Stellen sind?«

»Lass uns einfach davon ausgehen, dass ich eine brillante und faszinierende Gesprächspartnerin bin, sodass jede Atempause die richtige Stelle wäre.«

»Oh«, sagte Denny, gefolgt von »ah.«

Elizas Lachen drang durch das Handy. »Siehst du? Es gibt überhaupt keinen Grund zur Sorge. Du beherrscht die Gesprächsregeln schon perfekt!«

Beide schwiegen eine Weile. Bei jedem anderen hätte Denny fieberhaft nach einem Thema gesucht, aber zu ihrer Überraschung stellte sie fest, dass es kein unangenehmes Schweigen war. Sie lächelte ins Handy und hatte das Gefühl, dass Eliza das Gleiche tat.

»Wann ist dein Date mit ...? Wie heißt er noch gleich?«, fragte sie nach einer Weile.

»Sein Name ist Ben. Bei *No More Frogs* nennt er sich SongBoy77. Wir haben vereinbart, uns um acht Uhr in der Voicebox zum Karaoke zu treffen.«

Denny warf erneut einen Blick auf ihre Armbanduhr. Es war kurz nach sieben. Verdammt! Gerade als sie endlich anfing, sich zu entspannen und das Gespräch mit Eliza zu genießen, mussten sie aufhören. »Solltest du dann nicht losgehen? Du fährst doch nicht mit dem Fahrrad, oder?« Vor ihrem inneren Auge sah sie, wie Eliza in ein Auto krachte. Jeder Muskel in Dennys Körper verkrampfte sich.

»Nein.«

»Gut. Im Dunkeln mit dem Fahrrad zu fahren, ist viel zu gefährlich.« Sie versuchte, die Tatsache zu ignorieren, dass SongBoy77 sie womöglich nach Hause bringen und ihr an der Tür einen Gutenachtkuss geben würde. Würde Eliza den Kuss erwidern?

»Nein, ich meine, ich muss nicht los.«

»Warum nicht?«

»Als du gesagt hast, dass du krank bist, habe ich ihm eine SMS geschickt und ihn gefragt, ob wir uns stattdessen morgen treffen können. Du hast mir Gesellschaft geleistet, als ich mit Prellungen auf der Couch lag; jetzt bin ich dran.«

Ah. Dennys Hände wurden endlich warm. Eigentlich wurde ihr am ganzen Körper warm, vor allem in der Herzgegend. Sie wusste, sie sollte sagen, Eliza müsse nicht ihretwegen zu Hause bleiben, aber ausnahmsweise wollte sie ein kleines bisschen egoistisch sein. »Danke«, sagte sie leise.

»Du brauchst mir nicht zu danken. Eigentlich sollte Ben dir dafür danken, dass seine Ohren heute Abend verschont werden.«

»Lügnerin«, sagte nun Denny. So angenehm, wie Elizas Stimme klang, konnte sie unmöglich eine schlechte Sängerin sein.

Eliza kicherte. »Okay, ich gebe zu, dass bisher noch niemandem die Ohren geblutet haben, während ich gesungen habe. Und du? Bist du ein Karaoke-Champion?«

»Himmel, nein! Kannst du dir vorstellen, wie ich auf eine Bühne steige und vor einem Haufen Fremder singe?« Denny schauderte.

»Stimmt. Aber vielleicht würde es dir Spaß machen, wenn es kein Publikum gibt. Ich habe Karaoke auf meiner Xbox«, sagte Eliza. »Wir sollten es irgendwann mal spielen.«

Alles in Denny zog sich in einer Mischung aus Vorfreude und Angst zusammen, als Eliza beiläufig ein Treffen erwähnte. Sie schluckte schwer. »Du musst mir vorher etwas Zeit geben, damit ich üben kann.«

»Nimm dir alle Zeit, die du brauchst.« Elizas Stimme klang noch wärmer, falls das überhaupt möglich war.

Beide wussten, dass Gesangsübungen nicht der wahre Grund waren, warum Denny mehr Zeit brauchte, doch es machte Denny nichts aus, dass Eliza sie durchschaut hatte, solange sie nicht ahnte, was der wirkliche Grund war: Denny hoffte, ihre Schwärmerei für Eliza zu überwinden, bevor sie einander begegneten.

Tja, ich schätze, die Chancen dafür stehen schlecht, meldete sich eine Stimme in Dennys Hinterkopf, als Eliza sie mit einer Anekdote von einem Kunden unterhielt. Dieser hatte diese Woche bei *Gefiederte Freunde* angerufen, um sich darüber zu beschweren, dass er mit dem Finger in einem Vogelspielzeug feststeckte.

Warum musste Eliza nicht nur nett und ehrlich, sondern auch noch umwerfend witzig sein?

Kapitel 11

Eliza verbrachte den nächsten Abend mit SongBoy77 alias Ben in der Karaokebar. Er verbeugte sich schwungvoll, als hätte er gerade eine Grammy-Award-würdige Darbietung abgeliefert, und sprang von der Bühne. Sie musste zugeben, dass er gut singen konnte. Leider war er als Date weniger angenehm.

Mit einem Elvis-artigen Hüftschwung kehrte er an ihren Tisch zurück. »Das war klasse, oder?«

Eliza starrte ihn an. *Wie wär's mit etwas Bescheidenheit, Kumpel?* Dennys Schüchternheit war ihr tausendmal lieber als seine Angeberei. »Äh, ja.«

Schweiß tropfte von seiner Stirnglatze und verfehlte nur knapp ihre alkoholfreie Piña Colada, als er sich zu ihr herabbeugte und nach ihren Schultern griff.

Was zum Teufel sollte das denn? Versuchte er etwa, sie zu küssen? Eliza schob ihren Stuhl zurück und sprang auf. »Würdest du mich kurz entschuldigen?« Sie nickte in Richtung der Toiletten.

»Klar. Ich bleibe hier und vermisse dich.«

Eliza wusste nicht, was sie dazu sagen sollte, deshalb schob sie sich in der überfüllten Karaokebar an ihm vorbei und floh zur Damentoilette. Die Tür hatte sich noch nicht einmal hinter ihr geschlossen, als sie auch schon das Handy am Ohr hatte. »Sieht so aus, als könnte ich die Sneakers heute Abend gut gebrauchen«, sagte sie, sobald Denny antwortete.

»So schlimm?«, fragte Denny, ohne sich von dem grußlosen Gesprächseinstieg stören zu lassen.

»Das Date ist von Anfang an nicht gut gelaufen. Ich habe ihn zuerst nicht mal erkannt, als er hereinkam. Er sieht fünfzehn Jahre älter aus als auf seinem Profilbild und ist nicht annähernd so attraktiv«, antwortete Eliza. »Kein Problem, dachte ich mir. Ich bin offen für Verabredungen mit einem älteren Mann.«

Denny hüstelte.

Eliza hielt inne. »Alles in Ordnung? Du wirst doch nicht krank, obwohl du noch nicht mal die Sehnenscheidenentzündung ausgeheilt hast, oder?«

»Nein, nein, es geht mir gut. Erzähl weiter.«

»Jedenfalls bilde ich mir ein, nicht so oberflächlich zu sein, dass ich jemandem einen Korb gebe, nur weil er eine Glatze und einen flachen Hintern hat.«

»Du hast dir seinen Hintern angesehen?«

Eliza lehnte sich gegen das Waschbecken und zog ihren Lippenstift nach. »Natürlich. Machst du das nicht? Stehst du eher auf Brüste?«

Eine Fremde trat an das Waschbecken neben ihr und warf ihr einen neugierigen Blick zu, den Eliza jedoch ignorierte.

»Ähm.« Denny räusperte sich und Eliza stellte sich grinsend vor, wie ihre Wangen sich leuchtend rosa färbten. »Ich würde lügen, wenn ich sagen würde, dass ich nicht merke, wenn eine Frau einen schönen Hintern oder einen schönen, ähm, Busen hat, aber glaub's oder lass es, mir fallen bei einer Frau am ehesten ihre Augen und ihr Lächeln auf.«

Eliza seufzte. Warum konnten ihre Verabredungen diese Haltung nicht teilen? Ben hatte ihr sofort mit offensichtlicher Enttäuschung auf die Brust gestarrt. Aber andererseits hatte sie auch seinen flachen Hintern bemerkt.

»Aber wir reden nicht über mich«, fuhr Denny fort. »Du wolltest mir gerade von dem Kerl mit dem flachen Hintern erzählen. Ist er ein Kandidat für den begehrten Schrecklichstes-Eliza-Date-aller-Zeiten-Award?«

»Er ist auf jeden Fall einer der Finalisten. Er ist eben auf die Bühne geklettert und hat mir vor sämtlichen Gästen ein Lied gewidmet.«

»Und das findest du schlimm?« Denny klang verwirrt. »Ist doch eigentlich ganz nett, oder?«

»Es wäre nett gewesen, wenn er mich nicht als seine Freundin bezeichnet hätte, obwohl er mich noch keine zehn Minuten gekannt hat!« Aus dem Augenwinkel sah Eliza, wie das Mädchen neben ihr sie anstarrte. »Und ich glaube, er hat eben versucht, mich zu küssen.«

Denny schwieg einen Moment lang, dann platzten die Worte förmlich aus ihr heraus: »Was für ein Arsch! Soll ich kommen und dich abholen?«

Wärme durchströmte Eliza wie der erste Sonnenschein nach dem langen, regnerischen Winter in Portland. Sie wusste, dass Denny immer noch gegen ihre Schüchternheit ankämpfte und versuchte, den Mut zu einem persönlichen Treffen aufzubringen. Es bedeutete ihr viel, dass Denny ihr trotz ihrer eigenen Unsicherheit angeboten hatte, sie abzuholen. »Danke, Denny. Aber das wird nicht nötig sein. Ich habe mir Heathers

Auto ausgeliehen. Jetzt muss ich nur noch einen Notfall erfinden, damit ich hier abhauen kann.«

»Geht klar«, sagte Denny entschlossen. »Ich liefere dir einen Notfall. Sagen wir in fünf Minuten?«

»Puh! Super-Denny eilt zur Rettung! Danke.«

Denny lachte. »Wenn du mich so nennst, solltest du mir auch einen roten Umhang schicken.«

»Oh, und eines dieser hautengen Superheldinnenkostüme aus Elastan?« Eliza grinste, als sie sich Denny in einem Minirock und einem trägerlosen Brustharnisch vorstellte. Nein, das passte nicht zu Denny, obwohl so ein knappes Kostüm die starken Schultern, kräftigen Beine und kuscheligen Rundungen betonen würde, die Eliza unter Dennys Hose und Hemd vermutete.

Denny schnaubte. »Bäh. Nein danke. Superheldinnen, die butch sind, haben eine andere Kleiderordnung. Außerdem, wie soll ich in Not geratene Damen retten, wenn ich befürchten muss, dass meine Brüste aus dem Kostüm flutschen?«

Ein Kichern entfuhr Eliza. »Stimmt. Na schön, du darfst dir dein Superheldinnen-Outfit selbst aussuchen.«

Die Tür schwang hinter dem Mädchen zu, das Elizas Gespräch belauscht hatte, und ihr wurde klar, dass sie sich schon viel zu lange auf der Toilette versteckt hatte. »Ich gehe besser zum Tisch zurück. Du meldest dich in fünf Minuten?«

»Fünf Minuten und keine Sekunde später«, sagte Denny.

Sie beendeten den Anruf, ohne sich zu verabschieden.

Eliza blickte noch einmal in den Spiegel, klemmte sich eine Haarsträhne hinter das Ohr und ging dann wieder nach draußen.

»Da bist du ja. Ich dachte schon, du wärst aus dem Fenster der Toilette geklettert«, sagte Ben lachend, als sie sich wieder zu ihm setzte.

Verflixt. Warum hatte sie daran nicht gedacht? Eliza rang sich ein Lächeln ab.

»Also, soll ich noch ein Lied singen oder wollen wir hier abhauen?«, fragte er. »Wir könnten zu mir gehen.«

Sie starrte ihn an. Sie hatten den ganzen Abend lang höchstens drei Sätze miteinander gewechselt. Er konnte doch nicht ernsthaft glauben, sie würde mit ihm schlafen, oder?

Er lachte. »Nicht für das, was du denkst. Obwohl ich mich wahrscheinlich breitschlagen lassen würde, wenn du dir Mühe gibst.« Er zwinkerte ihr zu. »Ich dachte nur, du würdest gerne meine Eltern kennenlernen.«

Ihr verschlug es die Sprache. Er wollte sie beim ersten Date seinen Eltern vorstellen? Und anscheinend wohnte er noch zu Hause.

Glücklicherweise klingelte ihr Handy, bevor sie gezwungen war, ihm zu sagen, was sie von dieser Idee hielt. »Tut mir leid, ich muss rangehen. Es ist meine Mitbewohnerin.« Sie tippte auf die grüne Schaltfläche, ohne seine Antwort abzuwarten.

Ein lang gezogenes Stöhnen drang durch ihr Handy.

»Denny? Bist du das? Alles in Ordnung?« Einen Moment lang war sie wirklich besorgt. War dies der Notfall, den Denny vortäuschen wollte, oder war wirklich etwas passiert?

»J-Ja.« Denny hechelte wie ein Hund, der in einem heißen Auto eingesperrt war. »Ich glaube, meine Fruchtblase ist gerade geplatzt.«

»Deine Fruchtblase ist geplatzt?« Eliza brauchte ihr Erstaunen nicht vorzutäuschen. Mit dieser Ausrede hatte sie nicht gerechnet.

Wieder drang Hecheln und Stöhnen durch das Handy. »Die Babys kommen!«

»Babys?«, wiederholte Eliza. Gleich mehrere? Sie musste sich das Lachen verkneifen. Anscheinend dachte Denny, ein Baby wäre kein ausreichender Grund, ein Date abzubrechen.

»Drillinge«, antwortete Denny. »Womöglich sogar Vierlinge. Beweg sofort deinen Hintern ins Krankenhaus!«

»Welches Krankenhaus?«

»Sankt Unbefleckte Empfängnis.«

Fast hätte Eliza losgelacht. Schnell drückte sie eine Hand auf den Mund und tat, als würde sie ein erschrockenes Keuchen unterdrücken. Sie warf Ben einen Blick zu, um sich zu vergewissern, dass er es ihr abkaufte.

Er starrte sie mit großen Augen an. »Babys?«

Sie nickte und hielt drei Finger hoch. »Okay, einfach weiter atmen.«

»Ich habe nicht vor, damit aufzuhören«, witzelte Denny.

Eliza biss sich auf die Lippe, um nicht zu grinsen. »Ich komme, so schnell ich kann.« Sie legte auf, bevor Denny noch etwas sagen konnte, was sie zum Lachen brachte.

»Deine Mitbewohnerin ist mit Drillingen schwanger? Wow, cool.« Ben hob sein Bier zu einem Toast.

Einen Moment lang hatte Eliza ein schlechtes Gewissen. Vielleicht hätte sie ihm einfach sagen sollen, dass für sie die Chemie nicht stimmte, anstatt einen Drillingsnotfall vorzutäuschen.

»Habe ich schon erwähnt, dass Zwillinge und Drillinge bei uns in der Familie liegen? Und kleine Babys gibt es bei uns auch nicht. Vier Kilo und einhundert Gramm.« Stolz klopfte er sich auf die Brust. »Nur damit du schon mal vorgewarnt bist.« Dabei lachte oder grinste er nicht einmal, als ginge er ernsthaft davon aus, dass sie zusammen Kinder haben würden.

Elizas Schuldgefühle verschwanden so schnell, wie sie gekommen waren. »Tut mir leid. Ich muss ins Krankenhaus und ihr bei der Geburt beistehen.«

»Ja, klar.«

Bevor er versuchen konnte, sie zu küssen, griff sie nach ihrer Handtasche und machte sich aus dem Staub.

Auf dem Weg zum Auto rief sie Denny an. »O mein Gott.« Sie hielt sich mit der freien Hand den Bauch und gestattete sich endlich, loszulachen. »Wenn du einen Notfall vortäuschst, gibst du wirklich alles!«

»Ich habe einfach meine Schwester nachgeahmt, als sie mit Bella in den Wehen lag«, sagte Denny. »Sie war überzeugt, dass es entweder Drillinge waren oder aber ein Außerirdischer.«

»Ach, hat sie auch in Sankt Unbefleckte Empfängnis entbunden?« Eliza blieb vor Heathers Auto stehen und drückte den Knopf am Schlüssel, der die Türen entriegelte. »Ich musste mir auf die Lippe beißen, um nicht loszulachen, als du das gesagt hast.«

Denny lachte. »Na ja, wenigstens hattest du zur Abwechslung mal Spaß bei einem Date.«

Elizas Gelächter wurde zu einem sanften Schmunzeln, als eine Welle der Zuneigung sie überkam. Schon lange hatte sie bei einer Verabredung nicht mehr so viel gelacht. Warum konnten die Männer, mit denen sie sich verabredete, nicht genauso lustig, süß und zuverlässig sein wie Denny? »Ja, da hast du recht.«

»Sitzt du im Auto?«

Eliza rutschte hinter das Steuer. »Ja.«

»Dann legen wir lieber auf. Kein Telefonieren während der Fahrt«, sagte Denny. »Aber lass mich wissen, wenn du gut zu Hause angekommen bist.«

»Wird gemacht.« Eliza ließ den Sicherheitsgurt einrasten, startete aber noch nicht den Motor. »Denny?«

»Ja?«

»Danke, dass du meine nicht in Elastan gekleidete Superheldin bist.«

»Jederzeit gern.«

Eliza hielt Heather den Autoschlüssel hin. »Hier hast du dein Baby wohlbehalten zurück.« Das Wort *Baby* erinnerte sie an Dennys vorgetäuschten Drillingsnotfall, was ihr ein Lächeln entlockte.

Heather nahm den Schlüssel und fasste sich spielerisch an die Brust. »Ach du meine Güte! Eliza Harrison lächelt nach einem Date? Komm rein und erzähl mir alles!« Ohne auf eine Antwort zu warten, ergriff sie Elizas Hand und zog sie über die Türschwelle in ihre Wohnung und auf die Couch. »Wie war's? Hattest du Spaß?«

»Na ja, wenn du es als Spaß bezeichnen würdest, dass er mich mit nach Hause nehmen und seinen Eltern vorstellen wollte und mich davor gewarnt hat, dass in seiner Familie alle große Babys bekommen ...«

Heathers Mundwinkel zuckten, als wüsste sie nicht, ob sie lachen oder das Gesicht verziehen sollte. »Beim ersten Date? Du veräppelst mich!«

»Nö. Ich schwöre es!«

»Wo findest du diese Typen bloß immer?«, fragte Heather mit einem Kopfschütteln.

Eliza stieß sie mit dem Ellbogen an. »In dem Dating-Portal, zu dem du mich überredet hast.«

Heather ging zur Küchenzeile und schenkte ihnen je ein Glas Rotwein ein. »Wenn der Kerl ein Spinner war, warum bist du dann so gut gelaunt?«

»Weil Denny etwas Witziges gemacht hat, um mir die Flucht zu ermöglichen.«

Heather setzte sich neben sie, drückte ihr eines der Weingläser in die Hand und musterte sie über den Rand ihres eigenen Glases hinweg. »Ähm, apropos Denny. Ich hab's endlich getan!«

»Was denn?«

»Ich habe ihr über *No More Frogs* eine Nachricht geschickt.«

Eliza umklammerte ihr Glas. Seit sie das letzte Mal darüber gesprochen hatten, war bereits eine Woche vergangen, deshalb hatte sie angenommen, dass Heather es sich anders überlegt hatte. »Oh.«

»Hat sie es gar nicht erwähnt?«, fragte Heather.

»Nein. Ich glaube, sie hat sich schon seit ein paar Tagen nicht mehr auf der Seite eingeloggt. Vermutlich hat sie die Nachricht noch gar nicht gesehen.«

»Ich hatte gehofft, dass es daran liegt und sie nicht schreiend davongerannt ist, als sie erfahren hat, dass wir uns bereits kennen.« Heather neigte den Kopf und musterte Eliza. »Das ist dir doch nicht unangenehm, oder?«

»Nein, warum sollte es mir unangenehm sein?«

»Weil du irgendwie besorgt aussiehst.«

Eliza starrte in ihren Rotwein, dann blickte sie wieder auf. »Ich will nur nicht, dass eine von euch beiden verletzt wird.«

Heather setzte ihr Glas ab. »Glaubst du im Ernst, Denny würde mir wehtun?«

»Nein! Auf keinen Fall. Denny ist der netteste, liebenswürdigste Mensch, den man sich vorstellen kann. Sie wird dich bestimmt wie eine Königin behandeln.«

»Was ist dann das Problem? Du glaubst doch nicht, ich würde ihr wehtun, oder?«

»Natürlich nicht.« Was war dann das Problem? Eliza konnte nicht sagen, woher dieses unbehagliche Gefühl kam, doch sie hatte es schon, seit Heather zum ersten Mal erwähnt hatte, dass sie mit Denny ausgehen wollte. Hatte sie Angst, dass die beiden sich nicht verstehen würden, oder fürchtete sie eher, dass die beiden sich zu gut verstehen, ein Paar werden und dann keine Zeit mehr für sie haben würden? »Tut mir leid. Beachte mich am besten gar nicht. Irgendwie habe ich wohl eine Art Dating-Paranoia entwickelt.«

Heather kicherte. »Dating-Paranoia?«

»Ja. Plötzlich kann ich mir nicht mehr vorstellen, dass ein Date gut läuft. Deine blöde App hat mich für den Rest meines Lebens verdorben.«

»Na, hoffentlich nicht!« Heather tat so, als bisse sie sich auf ihre manikürten Nägel. »Ich baue fest darauf, dass ich bei deiner Hochzeit die Brautjungfer sein werde, die alle anderen Brautjungfern verführt.«

»Gut zu wissen, dass meine potenzielle Hochzeit für dein Liebesleben eine so wichtige Rolle spielt. Dir ist aber schon klar, dass meine Schwestern deine Mitbrautjungfern wären, oder?«

Heather schüttelte sich. »Nichts für ungut. Deine Schwestern sind süß, aber du bist für mich die Schwester, die ich nie hatte, das wäre also praktisch Inzest. Dann bleibe ich lieber beim Online-Dating.«

Was sie wieder zurück zum Thema brachte. »Was hast du Denny denn geschrieben?«

»Ha! Als ob sie dir die gesamte Nachricht nicht Wort für Wort vorlesen würde, sobald sie …«

Elizas Handy gab ein Zwitschern von sich, das eine Nachricht von Denny ankündigte.

»Siehst du?« Heather grinste. »Jetzt hat sie vermutlich meine Nachricht entdeckt und will hören, was du dazu meinst.«

Eliza kämpfte gegen den Drang an, sofort ihre Nachrichten-App zu öffnen. Stattdessen hielt sie den Zeigefinger in die Höhe. »Ich warne dich. Wenn ihr beide zusammenkommt, euch dann drei Monate später trennt und nie wieder miteinander reden wollt, habt ihr Pech gehabt! Ihr werdet einen Weg finden müssen, miteinander auszukommen, denn ich gebe meine Freundschaft zu keiner von euch beiden auf.«

Heather winkte ab. »Keine Sorge. Wir sind Lesben. Wir bleiben immer mit unseren Verflossenen befreundet. Das steht so im Handbuch.«

»Gut. Denn sie wird auch eine meiner Brautjungfern sein.«

»Oho!« Heather hüpfte auf und ab und schaffte es irgendwie, dabei ihren Rotwein nicht zu verschütten. »Also habe ich doch noch Chancen, mit einer Brautjungfer zu schlafen!«

Eliza streckte die Hand aus, um sie zu kneifen, und verschüttete prompt ihren Wein. Sie rieb über den Fleck auf ihrer Lieblingsjeans. »Verdammt. Ich sollte lieber gehen und die Hose einweichen.« Mit mehreren großen Schlucken trank sie den Wein aus. »Danke noch mal, dass du mir dein Auto geliehen hast.«

»Mi coche es tu coche.«

Heather brachte sie zur Tür, wo sie sich kurz umarmten.

Dann lief Eliza schnell zu ihrer eigenen Wohnung, denn sie hatte es eilig, ihre Jeans einzuweichen – und, wenn sie ehrlich war, Dennys Nachricht zu lesen.

Mit dem Absatz trat sie die Tür hinter sich zu und knöpfte mit einer Hand ihre Jeans auf, während sie mit der anderen ihre Nachrichten-App öffnete.

Es wartete tatsächlich eine SMS von Denny auf sie. *O Gott! Jemand hat mir auf* No More Frogs *eine Nachricht geschickt! Was soll ich tun?*

Der panische Tonfall brachte sie zum Lächeln, machte aber auch deutlich, wie verletzlich Denny war. Sie hoffte, die ganze Sache würde nicht nach hinten losgehen.

Denny ging mit dem Handy in ihrem Zimmer auf und ab. Schon vor fünfzehn Minuten hatte Eliza ihr eine Nachricht geschrieben, die besagte, dass sie gut zu Hause angekommen war. Warum antwortete sie jetzt nicht?

Statt den Piepton von sich zu geben, der eine Nachricht von Eliza ankündigte, klingelte ihr Handy und Elizas Name erschien auf dem Display.

Anscheinend war das jetzt ihre bevorzugte Kommunikationsmethode.

Nun ja, Denny war es recht. Rasch nahm sie den Anruf entgegen. »Hast du meine Nachricht gesehen?« Diesmal war sie diejenige, die ohne Begrüßung mitten ins Gespräch einstieg. »Eine Frau hat mich auf *No More Frogs* kontaktiert! Was soll ich tun?«

»Zuerst atmest du mal tief durch«, antwortete Eliza. »Es ist bloß eine harmlose Nachricht, kein zubeißendes Krokodil.«

Denny zwang sich, stehen zu bleiben und zweimal tief ein- und auszuatmen. »Stimmt. Es sind keine Reptilien mit Reißzähnen in der Nähe.« Sie lachte, doch es klang selbst in ihren eigenen Ohren nervös. »Tut mir leid, dass ich ausgeflippt bin. Ich bin einfach …«

»Du musst dich nicht entschuldigen oder erklären. Ich verstehe dich.«

Und Denny spürte, dass sie es tatsächlich tat. Eliza verstand sie. Das Gefühl legte sich über sie wie der Umhang einer Superheldin und gab ihr das Gefühl, unverwundbar zu sein. Sie ließ sich auf ihr Bett fallen. »Danke.«

»Du brauchst dich auch nicht zu bedanken«, sagte Eliza. Im Hintergrund plätscherte Wasser.

»Wo bist du?«, fragte Denny. »Regnet es? Ich dachte, du bist zu Hause.«

»Bin ich auch. Ich weiche gerade meine Jeans ein.«

Eliza sprach weiter und sagte irgendetwas von Rotwein, aber die Worte drangen nicht bis zu Denny durch. Ihr Gehirn war damit beschäftigt, sich vorzustellen, wie Eliza nur in einem Slip und der halb durchsichtigen Bluse, die sie manchmal zu Dates trug, am Waschbecken stand.

Schluss damit, sagte sich Denny streng, aber ihre Fantasie hörte nicht auf sie und zeigte ihr stattdessen eine Nahaufnahme von Elizas glatten

Beinen. Sie drückte sich ihr Kissen aufs Gesicht, in der Hoffnung, die Baumwolle würde ihre Wangen kühlen. Schließlich riss sie sich gerade noch rechtzeitig zusammen, um Elizas Frage mitzubekommen.

»Hast du sie gelesen?«

Denny nahm das Kissen vom Gesicht. »Was denn?«

»Die Nachricht natürlich.«

»Nein. Ich habe auf dich gewartet.« Hörte sich das feige an? Falls ja, war es ihr egal. Sie vertraute darauf, dass Eliza sich nicht über sie lustig machen würde.

»Okay, dann lass sie uns gemeinsam lesen«, sagte Eliza. »Ich glaube, ich muss ohnehin ein paar Dinge erklären.«

Meinte sie, wie man Nachrichten beantwortete? Das sollte ziemlich selbsterklärend sein, oder? Denny zog ihren Laptop unter dem Bett hervor, damit sie weiter mit Eliza sprechen konnte, während sie sich in das Dating-Portal einloggte. Die Nachricht von Kühne-Jedi-Ritterin befand sich immer noch in ihrem Posteingang.

Sie klickte darauf. »Ich lese dir die Nachricht vor und du sagst mir dann, was du davon hältst. Also, Kühne-Jedi-Ritterin hat geschrieben: ›Hallo, Denny. Bevor wir zum üblichen Kennenlerngeplänkel kommen, sollte ich …‹ Moment mal!« Der Schreck fuhr Denny in die Knochen. »Sie hat mich Denny genannt, nicht Schüchtern-in-Portland! Du hast doch gesagt, andere Nutzer sehen bloß meinen Benutzernamen! Wie kann sie dann wissen, wie ich heiße?«

»Denny, warte. Lass mich das erklären. Oder lies einfach den Rest der Nachricht.«

Was zum Teufel war hier los? Denny zwang sich, ruhig zu bleiben und weiterzulesen. »Bevor wir zum üblichen Kennenlerngeplänkel kommen, sollte ich dir sagen, dass wir uns bereits kennen.« Sie hörte auf zu lesen und atmete tief durch. »Du … Das ist doch nicht …?«

»Was denn?«, fragte Eliza.

Denny schüttelte den Kopf. Eine Sekunde lang hatte sie geglaubt, die Nachricht wäre von Eliza. Aber das war unmöglich. Eliza war hetero und an jemandem wie ihr nicht interessiert. Warum sollte sie ihr eine Nachricht über eine Dating-App schicken? »Ach, nichts.« Sie las weiter und hoffte, es würde Eliza davon abhalten, weiter nachzufragen. »Obwohl ich mich auch im richtigen Leben für ziemlich kühn halte, bin ich natürlich kein Jedi. Ich bin Schulbusfahrerin. Genau genommen bin ich die Busfahrerin deiner Nichte.«

Fast wäre Denny das Handy aus der Hand gefallen. Sie klickte auf das winzige Symbol neben dem Benutzernamen von Kühne-Jedi-Ritterin, das sie zu deren Profilseite führte. Das oberste Bild zeigte eine blonde Frau in einem gelben Sommerkleid. Sie streckte der Person, die das Foto gemacht hatte, die Zunge heraus. Mit dem Lichtschwert in ihren Händen sah sie aus wie eine Mischung aus Marilyn Monroe und einem Star-Wars-Charakter.

Denny klickte auf das Foto, um es zu vergrößern.

Es war in der Tat Ms Burkhart, Bellas Schulbusfahrerin. »O mein Gott! Du wirst es nicht glauben! Das ist die Frau, die ich an dem Tag, an dem du mir die erste SMS geschrieben hast, beinahe gefragt hätte, ob sie mit mir ausgeht!«

»Im Ernst?«

»Ja. Salem hat versucht, mich dazu zu überreden, aber ich habe im letzten Moment gekniffen.« Denny konnte nicht aufhören, den Kopf zu schütteln. »Was für ein seltsamer Zufall, dass wir beide bei *No More Frogs* sind.«

»Reg dich jetzt bitte nicht auf, aber eigentlich war das kein Zufall.«

Zum allerersten Mal schienen sie und Eliza nicht dieselbe Sprache zu sprechen. »Wie meinst du das?«

»Sie ist diejenige, die mir von *No More Frogs* erzählt hat, und ich habe dich dazu gebracht, es damit zu versuchen, also ist es kein Zufall.«

»Soll das heißen, du kennst Ms Burkhart?«

»Ja. Ihr Vorname ist Heather.«

»H-Heather? Moment! Du meinst, deine Heather ist Ms Burkhart?« Denny nahm das Handy vom Ohr und starrte es an. Dann blickte sie wieder auf die Nachricht, die Kühne-Jedi-Ritterin geschrieben hatte. Ein paar Worte stachen ihr ins Auge: *Nummernnachbarin. Heather. Elizas beste Freundin.* Das Bett schien sich um sie zu drehen, als hätte sie ein paar Bier zu viel getrunken.

»Denny? Denny?« Elizas gedämpfte Stimme drang aus dem Handy.

Denny hob es zurück an ihr Ohr. »Ich bin noch da. Glaube ich zumindest. Wow. Unglaublich!« Ihr schwirrte der Kopf. »Wie lange weißt du das schon?«

»Seit Heather am vergangenen Samstag dein Profil bei *No More Frogs* gefunden hat. Ich hätte es dir gesagt, aber Heather wollte das selbst machen.«

Beide schwiegen mehrere Momente lang.

»Du bist doch nicht sauer auf mich, oder?« Eliza klang zaghaft.

»Nein, ich bin nur total verblüfft. Es fühlt sich an, als ob mir jemand einen verlängerten Aprilscherz spielt.«

»Es ist kein Scherz, das schwöre ich«, sagte Eliza. »Nur ein seltsamer Zufall. Genau wie die Tatsache, dass ich versehentlich eine SMS an eine Fremde geschickt und dadurch eine tolle Freundin gefunden habe. Die Sache mit Heather wird doch unsere Freundschaft nicht beeinträchtigen, oder?«

Denny setzte sich auf. »Nein. Es war nur ein ziemlicher Schock. Aber ich bin jetzt drüber weg. Glaube ich. Wie hat Heather es aufgenommen?«

»Sie war sprachlos, aber nur für eine Sekunde. Es gibt nicht viel, was Heather aus der Fassung bringen könnte«, sagte Eliza. »Aber sie hat mir fast einen Herzinfarkt verpasst, als sie in meine Wohnung geplatzt ist, um mir das Profil von Tante Butch zu zeigen.«

»Tante Butch?«

»Ich hoffe, das beleidigt dich nicht«, sagte Eliza. »Heather konnte Bella schlecht nach deinem Namen fragen, deshalb hat sie dich so genannt.«

»Warum sollte mich das beleidigen? Schließlich bin ich butch.« Denny schwieg einen Moment lang. »Heißt das, sie wollte Bella nach mir fragen? Ich bin ihr aufgefallen?«

»Allerdings. Ich möchte Heathers Vertrauen nicht missbrauchen, aber ich glaube, so viel kann ich verraten. Hat sie das in ihrer Nachricht nicht gesagt?«

Denny schob ihre Brille ein Stück höher. »Ähm, ich habe noch nicht alles gelesen.« Sie zog den Laptop zu sich heran und las den Rest der Nachricht.

Im letzten Absatz hieß es: *Wenn du immer noch nicht schreiend davongelaufen bist, hättest du vielleicht Lust, mal mit mir auszugehen? Wenn ja, ruf mich an. Ich glaube, du hast meine Nummer. Es ist die gleiche wie deine, nur mit einer Neun am Ende.*

»Sie hat mich gefragt, ob ich mit ihr ausgehe«, sagte Denny.

»Machst du es? Mit ihr ausgehen, meine ich.«

Klang Eliza zögerlich? Aber vermutlich redete sie sich das nur ein. Schließlich war Eliza nicht eifersüchtig. »Ich denke schon.«

»Du klingst nicht sehr enthusiastisch«, sagte Eliza.

»Doch, natürlich bin ich enthusiastisch. Ich meine, vor sechs Wochen wollte ich sie fragen, ob sie mit mir ausgeht.« Aber insgeheim musste Denny zugeben, dass sie vor zwei Monaten tatsächlich viel enthusiastischer reagiert hätte.

Sie klickte auf Elizas Profil, das in ihren Favoriten gespeichert war, und starrte auf das Foto, auf dem Eliza vor Lachen vornübergebeugt stand, während ihr kastanienbraunes Haar in alle Richtungen flog. Himmel, sie war ein hoffnungsloser Fall!

Und genau deshalb war es gut, wenn sie mit Heather ausgehen würde. Ein Date mit einer anderen Frau würde ihr helfen, über diese dumme Schwärmerei hinwegzukommen.

»Großartig«, sagte Eliza. »Das ist wirklich großartig.«

»Ja.«

Ausnahmsweise herrschte einmal Stille zwischen ihnen, bis Eliza leise sagte: »Ähm, kann ich dich um einen Gefallen bitten?«

»Natürlich«, sagte Denny, ohne auch nur einen Moment zu zögern. »Worum geht es? Falls du dir Sorgen machst, ich könnte Heather mies behandeln …«

»Nein. Das würdest du nicht, das weiß ich genau. Es hat nichts mit Heather zu tun.«

»Worum geht es dann?«

»Das klingt jetzt wahrscheinlich albern, aber …«

Als Eliza zögerte, beschleunigte sich Dennys Herzschlag. Sie rügte sich innerlich. Dies war keine der romantischen Komödien, die sie sich mit Salem ansah. Eliza würde ihr nicht gestehen, dass sie in Denny verknallt war. Aber ihr Herz hörte nicht zu. Es klopfte weiter hektisch und dröhnte so laut in ihren Ohren, dass es fast übertönte, was Eliza als Nächstes sagte.

»Ähm, meinst du, wir könnten uns zuerst treffen? Bevor du mit Heather ausgehst.«

Gut, dass Denny bereits saß, denn jeder Knochen und Muskel in ihrem Körper schmolz dahin. »Gott, ja.« Sie gab sich einen Klaps auf den Hinterkopf und versuchte, beiläufiger zu klingen. »Das wäre toll.«

»Ich weiß, es ist albern und lässt mich wahrscheinlich wie das verwöhnte Nesthäkchen klingen, das seine Freundin nicht mit jemand anderem teilen will, aber …«

»Ich habe eben schon gesagt, dass das toll wäre, falls du meine Antwort verpasst hast«, sagte Denny grinsend. Irgendwie gefiel es ihr, dass zur Abwechslung einmal Eliza diejenige war, die nervös drauflosplapperte.

Noch mehr gefiel ihr, wie wichtig es Eliza war, dass sie einander zuerst kennenlernten.

Elizas Mund klappte mitten im Satz hörbar zu. »Oh. Bist du sicher? Ich weiß, du warst noch nicht so weit.«

»Ich bin ganz sicher«, sagte Denny. »Ich meine, es ist ein erstes Treffen unter Freundinnen, kein Date, richtig? Es gibt also keinen Grund, nervös zu sein.« Und wenn sie sich das tausendmal am Tag sagte, würde sie es irgendwann vielleicht selbst glauben.

»Richtig. Nicht den geringsten Grund.« Elizas Atmen hallte durch das Handy. »Also, wann und wo treffen wir uns?«

Hundert verschiedene Einfälle gingen Denny durch den Kopf, aber keine Idee erschien ihr besonders genug für das erste Treffen mit Eliza. *Es ist kein Date*, wiederholte sie in Gedanken. Aber das machte die persönliche Begegnung mit Eliza nicht weniger besonders. »Such dir was aus.«

»Das Rose Festival wird nächsten Freitag eröffnet«, sagte Eliza. »Falls es dir nichts ausmacht, wenn wir uns an einem so belebten Ort treffen, würdest du mit mir hingehen? Wir könnten uns dann auch das Feuerwerk ansehen.«

Denny hielt im letzten Moment einen Seufzer zurück. »Klingt perfekt.«

Ein wunderschönes Feuerwerk über dem Fluss, Lichter, die vom spiegelnden Wasser reflektiert wurden, und eine Menschenmenge, wegen der sie eng aneinanderrücken mussten. Sie schnitt eine Grimasse. Ja, das klang nach dem perfekten Treffpunkt, um über ihre Schwärmerei für Eliza hinwegzukommen.

»Eliza Louise Harrison«, murmelte sie und starrte auf ihr Spiegelbild im Bad. »Was zum Teufel sollte das denn?«

Warum hatte sie Denny gebeten, sich zuerst mit ihr zu treffen? Trotz ihrer Witze darüber, dass sie als Kind schrecklich verwöhnt worden war, war sie keine verzogene Göre. Es war sonst nicht ihre Art, darauf zu bestehen, jemanden zuerst kennenzulernen, nur weil sie als Erste mit der Person in Kontakt gewesen war.

Warum verhielt sie sich plötzlich wie ein eifersüchtiger Teenager? Wenn sie es nicht besser wüsste, würde sie denken, sie wäre in Denny verknallt.

Sie kicherte. Dann hielt sie abrupt inne. Nein, das konnte doch nicht sein ... oder doch?

Eliza starrte ihre pinkfarbenen Wangen im Spiegel an. Sie waren nur vom Wein so gerötet, oder?

Sie spritzte sich etwas Wasser ins Gesicht und sah ihrem Spiegelbild in die Augen.

Es war an der Zeit, ehrlich zu sich selbst zu sein. Morgen früh würde die Röte vom Wein verschwunden sein, aber sie wusste genau, dass sie Denny immer noch als Erste treffen wollen würde. Vielleicht schwärmte sie tatsächlich ein bisschen für sie.

Na und? Das war doch total okay. Selbst heterosexuelle Frauen schwärmten manchmal für andere Frauen. Denny war so unglaublich süß; wer wäre nicht ein bisschen in sie verschossen?

Nächste Woche würden sie sich endlich treffen und obwohl sie keinen Zweifel daran hatte, dass sie Denny persönlich genauso liebenswert finden würde wie am Telefon oder per SMS, würde es selbstverständlich keinerlei körperliche Anziehung zwischen ihnen geben.

Ihre kleine Schwärmerei würde zu einer tiefen Freundschaft reifen und vielleicht würde sie eines Tages die Brautjungfer sein, die sich bei Dennys und Heathers Hochzeit nach einem One-Night-Stand umschauen würde.

Na schön, vermutlich eher nicht, da sie nicht der Typ für flüchtige Abenteuer war. Aber sie hoffte, dass Denny und sie sich eine Freundschaft aufbauen konnten, die viele Jahrzehnte halten würde.

Kapitel 12

Die sechs Tage vor dem Rose Festival vergingen zugleich wahnsinnig schnell und unglaublich langsam.

Dennys Nervosität wuchs mit jeder Stunde, die sie der Begegnung mit Eliza näher brachte. Sie war nicht halb so nervös bezüglich ihres Dates mit Heather, das sie für das Wochenende nach ihrem Treffen mit Eliza vereinbart hatten.

Vielleicht war es gut, dass sie immer noch krankgeschrieben war. Sie war so zerstreut, sie hätte wahrscheinlich den Kunden das Wechselgeld falsch herausgegeben oder sich versehentlich im Kühlraum eingeschlossen.

Um vier Uhr am Freitagnachmittag nahm Denny ein Outfit nach dem anderen aus dem Schrank und versuchte zu entscheiden, was sie anziehen sollte.

Wie wäre es mit der grauen Baumwollhose? Für das Festival war sie vielleicht etwas zu elegant, aber Eliza hatte gesagt, dass sie darin großartig aussah, als Denny ihr das Foto geschickt hatte.

Versuch nicht, sie zu beeindrucken, befahl sie sich. *Es ist kein Date.*

Aber sie griff trotzdem nach der Hose. Es konnte doch nicht falsch sein, bei einem Treffen mit einer Freundin gut aussehen zu wollen, oder?

Sie sah ihre Hemden durch.

Das Wetter war wärmer geworden und die Sonne schaute hinter den Wolken hervor. Etwas Kurzärmeliges war wohl am besten, schließlich wollte sie nicht schon verschwitzt am Treffpunkt ankommen.

Sie entschied sich für das kurzärmelige hellblaue Hemd, das Salem ihr zu ihrem letzten Geburtstag geschenkt hatte. Nachdem sie es angezogen hatte, fuhr sie mit der Hand über den Stoff, um sicherzustellen, dass er nicht zu sehr über ihren Brüsten spannte. Es hätte ihr gerade noch gefehlt, dass ein Knopf absprang.

Vor dem Spiegel an der Schranktür drehte und wendete sie sich, zog den Bauch ein und reckte den Hals, um einen Blick auf ihren Hintern zu erhaschen. *Was machst du denn da? Sie wird nicht auf deinen Hintern schauen!*

Denny zog das Hemd aus der Hose, schüttelte dann den Kopf und stopfte es wieder hinein. Ihr Blick ging zu ihren Armen, die eigentlich der Teil ihres Körpers waren, mit dem sie am wenigsten unzufrieden war. Doch obwohl sie seit einer Woche krankgeschrieben war, bedeckten noch immer kleine Kratzer und Schnitte ihre Unterarme. Sie stammten von all den Kartons, die sie bei der Arbeit heben musste. Meine Güte, sie sah aus, als wäre sie von einer aggressiven Katze angefallen worden! Sollte sie doch ein langärmeliges Hemd anziehen?

Bevor sie sich entscheiden konnte, sah Salem zur Tür herein. »Hey, warum riecht dein Badezimmer wie ein Parfümladen?«

Denny erstarrte. Oje. Hatte sie etwa zu viel Parfüm aufgetragen? Sie schnüffelte an sich selbst. Ja, sie hatte es ein wenig übertrieben, aber das würde verfliegen, ehe sie beim Festival ankam.

»Ach, verstehe. Du hast Schiss vorm ersten Date.« Salem trat mit einem nachsichtigen Grinsen ein.

»Es ist kein Date«, wiederholte Denny ihr Mantra. »Ich treffe mich mit Eliza.«

»Ja, das hast du bereits hundertmal erwähnt.« Salem ließ sich auf Dennys Bett fallen, wo noch immer ihr halber Kleiderschrank lag.

»Vorsicht! Zerknittere die Hemden nicht! Ich möchte vielleicht eines davon anziehen.« Denny zog ein rotes Hemd aus Chambraystoff unter ihrer Schwester hervor.

Salem neigte prüfend den Kopf. »Warum? Das, was du anhast, sieht doch toll aus.«

»Im Ernst?« Denny zeigte auf ihre Arme. »Trotz der vielen Kratzer?«

»Mensch, Denny! Hast du nicht gesagt, dass Eliza beruflich Vogelspielzeug herstellt? Meinst du nicht, sie hat auch ein paar Kratzer an den Händen?«

Daran hatte sie nicht gedacht. Das löste ihr Hemdenproblem. Denny drehte sich wieder zum Spiegel um und strich über ihren Hinterkopf, um den Wirbel zu glätten, der dafür sorgte, dass die Haare in alle Richtungen abstanden.

Salem sprang vom Bett, trat hinter sie und betrachtete Denny im Spiegel. Schließlich ergriff sie Dennys Hand und zog sie herum. »Hör auf, dir Sorgen zu machen. Ich garantiere, sie wird dich mögen, samt deinen Kratzern und dem Wirbel.«

»Ich weiß, es ist albern, aber ...« Denny versuchte vergeblich, die richtigen Worte zu finden.

»Ich weiß.« Salem schlang ihre Arme um sie.

Denny erwiderte die Umarmung, protestierte aber. »Bitte nicht mein Hemd –«

»Zerknittern, ich weiß.« Salem drückte sie noch einmal, dann ließ sie los.

Bella stieß die Tür auf und trat ein, ohne den herzlichen Moment zwischen den beiden Schwestern zu beachten. »Bäh. Hier drin stinkt es, als wäre eine Parfümflasche explodiert!«

Mein Gott, war es so schlimm? Denny schnüffelte erneut an sich.

»Deine Tante geht mit Eliza zum Festival«, sagte Salem.

»Super, darf ich mitkommen?« Bella richtete ihren flehenden Hundeblick auf Denny, die erstarrte.

»Heute nicht«, sagte Salem.

Bellas Unterlippe begann zu beben, als wäre sie noch immer ein Kleinkind, dem ein zweiter Keks verwehrt wurde. »Ach komm schon! Bitte!« Sie blickte zwischen ihnen hin und her. »All meine Freunde dürfen aufs Festival gehen.«

Doch diesmal gab Denny nicht nach. »Wenn du willst, können wir morgen gemeinsam hingehen.«

»Aber ich möchte Sneakerfrau kennenlernen und die wird morgen nicht da sein!«

Das kam nicht infrage. Als SongBoy77 Eliza seiner Familie hatte vorstellen wollen, war diese davongelaufen. Denny würde nicht den gleichen Fehler machen. »Du wirst sie kennenlernen, aber nicht heute.«

Bella verschränkte ihre Arme über der Brust. »Wann dann?« Ein Lächeln vertrieb den trotzigen Ausdruck aus ihrem Gesicht. »Oh! Ich habe eine geniale Idee! Sie kann zu meiner Geburtstagsfeier kommen!«

Denny war sich nicht sicher, ob Eliza es ebenfalls für eine geniale Idee halten würde, zu einem Kindergeburtstag eingeladen zu werden. »Ich werde sie bei Gelegenheit fragen. Aber jetzt muss ich los, sonst komme ich zu spät.«

Sie hatten vereinbart, sich um sechs Uhr am Eingang zu treffen. So hatten sie vier Stunden Zeit, um das Festival zu erkunden, sich die Vergnügungsbuden und Fahrgeschäfte anzusehen und das Essen an verschiedenen Ständen zu probieren, bevor das Feuerwerk begann.

Vier Stunden. Denny schluckte. Worüber würden sie die ganze Zeit reden? Würde es irgendwann nichts mehr zu sagen geben, sodass peinliche

Gesprächspausen entstanden? Würde es Eliza langweilig werden, so viel Zeit mit ihr zu verbringen?

Sie versuchte, sich einzureden, dass es auch nicht groß anders als ihre Telefonate sein würde, doch sie wusste, dass das nicht stimmte.

Nach einem letzten Blick auf ihr Spiegelbild entschied sie, dass der Wirbel an ihrem Hinterkopf so ordentlich frisiert war, wie es nur ging. Sie schnappte sich ihre Brieftasche und ihre Lieblingsjacke und ging zur Tür.

»Viel Glück«, rief Salem ihr nach.

»Danke«, rief Denny zurück.

Das Letzte, was sie hörte, bevor sich die Haustür hinter ihr schloss, war Bella, die fragte: »Warum wünscht du ihr viel Glück, obwohl sie sich nur mit Sneakerfrau trifft?«

Ihre Nichte hatte keine Ahnung. Denny war so nervös, gerade weil sie sich mit Sneakerfrau traf.

Eliza war in den vergangenen sieben Wochen mit vier verschiedenen Männern ausgegangen, doch ihre Hände hatten bei keinem gezittert, als sie Make-up und Wimperntusche aufgetragen hatte. Jetzt waren sie so zitterig, als hätte sie einen Eimer Kaffee getrunken.

Sie verharrte mit der Mascarabürste auf halbem Weg zu ihren Wimpern. Warum schminkte sie sich überhaupt? Sie ging mit einer Freundin zur Kirmes und diese Freundin würde sie mögen, so wie sie war, ganz ohne Make-up.

Nach kurzem Zögern drehte sie das Wasser auf und wusch die Schminke ab.

Es war auch nicht nötig, sich über ihr Outfit den Kopf zu zerbrechen. Normalerweise hätte sie zwei in die engere Wahl genommen und dann Denny die Selfies geschickt, damit diese ihr beim Aussuchen half.

Aber heute konnte sie das nicht machen. Sie erlaubte sich nicht, lange darüber nachzudenken, als sie nach ihrer zweitliebsten Jeans griff. Sie war figurbetont und schwarz, sodass man Flecken nicht sofort sah, falls sie etwas verschüttete. Dazu würde sie einen kurzärmeligen Pullover tragen, der ihre schlanke Taille betonte.

Ja, man merkt, dass du kaum einen Gedanken an dein Outfit verschwendest, rügte sie sich.

Zumindest die Wahl ihres Schuhwerks war einfach. Lächelnd schlüpfte sie in die gelben Sneakers, schnappte sich ihre Jacke und ihre Handtasche und schloss die Tür hinter sich ab.

Im Gegensatz zu Denny wohnte sie nicht weit von der Uferpromenade entfernt. Sie hoffte, dass ein zügiger Spaziergang helfen würde, ihre Nervosität loszuwerden.

Als sie die Park Avenue entlangmarschierte, fragte sie sich, wie es Denny ging. War sie ebenfalls nervös?

Sie kannte die Antwort. Natürlich war Denny nervös, wie immer wenn sie neue Leute kennenlernte. Für Eliza war es jedoch ungewöhnlich. Vielleicht lag es daran, dass sie normalerweise ganz entspannt blieb, wenn sie sich mit neuen Bekannten traf. Wenn sie super miteinander auskamen, war das toll, aber falls nicht, war es auch kein Beinbruch.

Doch bei Denny bedeutete es ihr viel mehr. Falls die Verbindung, die sie am Telefon oder per SMS zu Denny spürte, bei einem persönlichen Treffen plötzlich nicht mehr da war, würde sie nicht nur keine neue Freundschaft schließen, sondern eine enge Freundin verlieren.

Sie bog rechts in die Yamhill Street ein, ohne darauf zu achten, wohin sie ging. Das Riesenrad, das sich über dem Festival erhob, wies ihr den Weg.

Als sie sich dem Park näherte, begann es zu regnen.

Eliza schaute zum Himmel hinauf. War ja klar. Am Eröffnungstag des Rose Festivals regnete es so gut wie immer. Hätte Petrus dieses Jahr nicht einmal eine Ausnahme machen können?

Laute Musik drang von einer Bühne herüber und vermischte sich mit Gelächter und den Schreien der Leute, die verschiedene Fahrgeschäfte nutzten.

Am Eingang drängte sich eine Menschenmasse. Einige Leute – wahrscheinlich Touristen – hatten Regenschirme aufgespannt und versperrten Eliza die Sicht.

Würde sie in der Lage sein, Denny in der Menge zu entdecken und sie auf Anhieb zu erkennen? Oder würde Denny, wie einige ihrer Dates von *No More Frogs*, ihrem Foto überhaupt nicht ähneln?

Sie zog ihr Handy aus der Handtasche und schrieb Denny eine SMS. *Was hast du an?*

Erst nachdem sie die Nachricht abgeschickt hatte, merkte sie, dass es klang wie ein ungeschickter Sexting-Versuch. *Ich meine, hast du irgendetwas Auffälliges an, woran ich dich erkennen könnte?*, fügte sie hinzu. *Es ist ziemlich voll hier.*

Bist du schon hier?, schrieb Denny sofort zurück.

Ja.

Ich auch, antwortete Denny.

Mit zittrigen Fingern schrieb Eliza: *Wo bist du?*

Eine Sprechblase mit der gleichen Frage tauchte unter ihrer auf.

Am Haupteingang, antworteten beide gleichzeitig.

Eliza warf ihr Handy in die Tasche zurück, ohne darauf zu achten, wo genau es landete. Ihre eins achtundsechzig waren ihr nie klein vorgekommen, aber jetzt wäre sie gern größer gewesen. Sie hüpfte in die Höhe, um besser sehen zu können.

Ein Mann vor ihr warf ihr einen verwunderten Blick zu, aber es war ihr egal. All ihre Sinne konzentrierten sich darauf, nach Denny zu suchen.

Eine Gruppe Jugendlicher drängte sich auf das Kirmesgelände und die Menge teilte sich.

Wie von einem Magneten angezogen richtete sich Elizas Blick auf eine Gestalt, die neben der Kasse stand.

Denny.

Ein Lächeln formte sich auf Elizas Lippen.

Dennys kurzes Haar war zerzaust, als wäre sie wiederholt mit den Händen hindurchgefahren, und sie rückte mehrmals ihre Brille gerade. Sie hatte sich nicht die Mühe gemacht, den Kragen ihrer schokoladenbraunen Lederjacke hochzuschlagen. Hatte sie den Regen überhaupt bemerkt?

Eliza machte einen Schritt auf sie zu.

Als ob Denny ihre Nähe spürte, sah sie auf.

Ihre Blicke trafen sich.

Eliza stockte, aber gleichzeitig wäre sie am liebsten auf Denny zugerannt und hätte sie in die Arme genommen. Sie musste sich daran erinnern, dass das vielleicht nicht die beste Idee war.

Doch dann kam Denny auf sie zu und ihr schüchternes Lächeln wurde mit jedem Schritt breiter.

Eliza gab sämtliche Zurückhaltung auf. Sie joggte die letzten Meter auf sie zu und warf sich Denny in die Arme.

*

Dennys Herz klopfte so schnell, als hätte sie einen 800-Meter-Lauf hinter sich, obwohl sie seit zwanzig Minuten hier herumgestanden hatte, weil sie viel zu früh am Treffpunkt gewesen war. Als sie Eliza erblickte, schlug ihr Herz noch schneller, doch gleichzeitig überkam sie eine seltsame Ruhe.

Sie hörte die Musik und das Lachen der Menschen um sie herum nicht mehr. Alle Sorgen um ihren Haarwirbel und ihre Speckröllchen schwanden, als Eliza auf sie zulief.

Aus reinem Instinkt hob Denny die Arme und fing Eliza auf, als hätte sie das schon tausendmal getan. Sie waren gleich groß, obwohl sie sich immer vorgestellt hatte, größer zu sein. Trotz ihres unterschiedlichen Körperbaus fügten sich ihre Konturen aneinander wie zwei Puzzlestücke. Denny hielt Eliza fest im Arm und atmete tief ihren blumig-frischen Duft ein, der auch eine leicht rauchige Note hatte. *Sachte, sachte*, sagte sie sich.

Doch Eliza schlang ihre Arme um sie und drückte sie genauso kräftig.

Denny wusste nicht, wie viel Zeit vergangen war, als sie merkte, wie Regen in ihren Kragen tropfte und jemand sie anrempelte. Schnell ließ sie los und machte einen Schritt zurück. »Entschuldige, ich bin ganz feucht.« Verdammt, das klang irgendwie zweideutig. »Ähm, ich meine, weil es regnet.«

Ein Lächeln umspielte Elizas Lippen.

Himmel, diese Lippen! Derart sinnliche Lippen zu haben, gehörte verboten. Denny zwang sich, Eliza in die Augen zu sehen. Aber das half auch nicht, denn diese Augen strahlten im wärmsten Braun, das sie je gesehen hatte.

»Wir sind in Portland«, sagte Eliza. »War ja klar, dass es regnet.«

Denny konnte nicht aufhören, sie anzusehen. Die Fotos hatten nicht wiedergeben können, wie hübsch sie war und welch herzliche Ausstrahlung sie hatte. Sie trug eine Jeansjacke und eine enge Jeans, die ihre schlanken Hüften betonte. Irgendwie schaffte sie es, gleichzeitig elegant und bodenständig auszusehen.

Mist! Denny merkte, dass sie Eliza mit offenem Mund anstarrte. »Schön, dich endlich kennenzulernen«, brachte sie krächzend heraus.

»Ich freue mich auch.« Falls sie nicht alles täuschte, hatte auch Eliza sie angestarrt. »Du siehst genau aus wie auf dem Foto.«

Denny schob ihre Brille ein Stück höher. »Ist das gut oder schlecht?« Sie hatte nicht fragen wollen, aber es war um ihre Selbstbeherrschung geschehen, sobald Eliza in der Nähe war.

»Gut«, sagte Eliza. »Sogar sehr gut.«

Sie starrten sich mehrere Sekunden lang an, bis Denny es nicht mehr aushielt. »Äh, sollen wir?« Sie deutete zum Eingang. »Ich habe uns schon Karten besorgt.«

»Oh, danke. Dann geht das Essen auf mich.«

Denny steckte ihre Hände in die Jackentaschen, weil sie nicht wusste, was sie sonst mit ihnen machen sollte, während sie das Kirmesgelände betraten und an den weißen Zelten entlangschlenderten. »Du trägst die berühmt-berüchtigten Sneakers.« Sie zeigte auf Elizas Schuhwerk.

»Natürlich.« Eliza lächelte wieder dieses bezaubernde Lächeln. »Ich glaube nicht, dass ich heute gezwungen sein werde, schnell abzuhauen, aber ich muss meinem Spitznamen gerecht werden.«

Es schien eine Ewigkeit her zu sein, seit sie Eliza »Sneakerfrau« genannt hatte, nicht nur ein paar Monate.

»Bist du bereit für die drei Fs?«, fragte Eliza, als sie nach rechts auswichen, um Platz für eine Person im Clownskostüm zu machen, die sich mit einem kleinen Mädchen fotografieren ließ.

»Welche drei Fs?«

»Frittiertes Essen, Fahrgeschäfte und Feuerwerk.« Eliza zählte die drei Fs an den Fingern ab.

Denny nickte. Seit dem Frühstück war sie zu nervös gewesen, um etwas zu essen. Inzwischen konnte sie nicht mehr sagen, ob das flaue Gefühl in der Magengegend Nervosität oder Hunger war.

Es duftete nach Zuckerwatte, Chili-Käse-Fritten und Corn Dogs. Eliza hob die Nase in die Luft und schnüffelte wie ein Kojote, der seine Lieblingsbeute witterte.

Musste sie dermaßen süß sein?

»Lass nicht zu, dass ich zu viel esse. Ich möchte wenigstens ein Fahrgeschäft ausprobieren und das geht nicht, wenn ich total vollgestopft bin.« Eliza kramte in ihrer Handtasche und holte ihren Geldbeutel heraus. »Worauf hast du Lust?«

Denny musterte die verschiedenen Essensstände. »Ich bin mir noch nicht sicher. Was nimmst du?«

»Einen Corn Dog«, sagte Eliza, ohne zu zögern. »Würstchen im Maisteigmantel sind für mich Tradition, seit meine Eltern mich als Kind zum ersten Mal mit zum Rose Festival genommen haben. Ich habe jedes Jahr einen gegessen. Na ja, mit Ausnahme des Jahres, in dem meine älteste Schwester mich davon überzeugt hat, dass Corn Dogs tatsächlich aus Hunden gemacht werden.«

Denny musste lachen und ihre Nervosität ließ nach. »Das ist gemein.«

»Sag nicht, du hast deiner Schwester nie so etwas angetan.«

Denny schüttelte den Kopf. »Niemals. Ich bin zu nett, um meiner kleinen Schwester gemeine Streiche zu spielen.«

Eliza musterte sie skeptisch. »Würde Salem dasselbe sagen?«

»Du kannst sie fragen, wenn du mir nicht glaubst. Bella bat mich, dich für nächstes Wochenende zu ihrer Geburtstagsfeier einzuladen. Ich musste es ihr versprechen, sonst wäre sie mitgekommen. Aber ich weiß, dass ein Nachmittag mit einem Dutzend kichernder Schulkinder vermutlich nicht deiner Vorstellung von einem schönen Samstagmittag entspricht, also fühl dich nicht verpflichtet, zuzusagen.« Na prima. Jetzt war sie ins Plappern gekommen. Denny klappte den Mund zu.

»Ich komme gern.« Eliza strahlte eine solche Aufrichtigkeit aus, dass selbst Denny sich nicht fragte, ob sie womöglich nur aus Höflichkeit zugesagt hatte.

Sie lächelten einander an, bevor sie sich in die Warteschlange vor dem Corn-Dog-Stand einreihten.

»Soll ich dir einen mitbringen?«, fragte Eliza.

»Nein danke. Ich glaube, ich hole mir ein Elefantenohr. Ach, lass mich raten. Deine Schwester hat behauptet, die wären aus Elefanten gemacht.«

Eliza lachte. »Nein, aber mein Bruder. Doch da war ich schon ein Jahr älter und weiser, deshalb bin ich nicht darauf reingefallen.«

Sobald beide ihr Essen hatten, stellten sie sich unter ein Zeltdach, um dem Nieselregen zu entgehen, und teilten Corn Dog und Elefantenohr, als wären sie alte Freunde.

Es war seltsam, das Gefühl zu haben, Eliza schon seit Jahren zu kennen, und gleichzeitig den Eindruck nicht loszuwerden, dass es sich um ein erstes Date handelte, egal wie oft Denny sich sagte, dass es keins war. Sie konnte nicht aufhören, Eliza anzuschauen.

Im Gegensatz zu einigen der Frauen, mit denen Denny früher ausgegangen war, war Eliza nicht gerade schüchtern, was Essen betraf. Nachdem sie den riesigen Corn Dog verschlungen hatte, stibitzte sie den letzten Bissen von Dennys Elefantenohr und leckte sich ein wenig Zimt von den Fingern.

Verdammt, warum musste sie dabei so sexy aussehen? Denny wandte den Blick ab.

Sie schlenderten an den Ständen entlang und schauten sich die Schießbuden und ausgestellten Waren an. Jedes Mal, wenn sich ihre Schultern streiften, begann Dennys gesamter Körper zu brennen.

»Hallo, Eliza«, rief ein Mann, der an einem Stand Airbrush-Kapuzenpullover und T-Shirts verkaufte.

Eine Frau, die eine Karikatur von einem Kunden anfertigte, winkte ebenfalls grüßend zu ihnen herüber.

Eliza winkte zurück und wechselte mit beiden ein paar Worte, blieb aber nicht lange stehen.

»Wow«, sagte Denny, nachdem es das dritte Mal passiert war. »Hast du vergessen, mir zu sagen, dass du berühmt bist?«

»Himmel, nein, ich bin nicht berühmt. Die Kunsthandwerker in der Gegend kennen einander bloß.«

Denny bezweifelte, dass andere Kunsthandwerker genauso enthusiastisch begrüßt wurden, aber sie konnte es ihnen nicht verübeln, dass sie Elizas Aufmerksamkeit erregen wollten.

Vor ihnen ragte das Riesenrad auf. Sie gingen unter der Morrison Bridge hindurch, hinter der sich die Fahrgeschäfte befanden.

Zu ihrer Rechten drehten Kinder und ein paar Erwachsene auf einem Kettenkarussell ihre Runden, während zu ihrer Linken verschiedene Spiele mit Plüschtieren und anderen Preisen lockten.

»Willst du dein Glück probieren?« Eliza deutete auf die Vergnügungsbuden.

»Ja, Sir, kommen Sie her und versuchen Sie, einen Teddybären für Ihre Herzdame zu gewinnen«, rief der Mann am Basketballstand ihnen zu. »Wenn Sie drei von fünf Bällen versenken, können Sie sich einen Preis aussuchen.«

Denny knirschte mit den Zähnen. Es war nicht das erste Mal, dass sie für einen Mann gehalten wurde, obwohl ihre Brüste eigentlich nicht zu übersehen waren. Sie widerstand dem Drang, ihren Jackenkragen hochzuschlagen, um ihre geröteten Wangen zu verbergen, und schielte zu Eliza hinüber. Wie würde sie darauf reagieren, dass der Mann sie für Dennys Partnerin gehalten hatte?

Eliza sah sie erwartungsvoll an. Wahrscheinlich wollte sie sehen, ob Denny klarstellen würde, dass sie eine Frau war. Als Denny es nicht tat, zuckte Eliza mit den Schultern und deutete auf den Basketballkorb. »Willst du es versuchen?«

Gern hätte Denny einen Preis für Eliza gewonnen, aber das war eigentlich etwas, was Paare bei einem Date machten, oder nicht? Sie hielt ihre rechte Hand hoch und zeigte Eliza die Schiene, die aus ihrem Jackenärmel ragte. »Ich bin immer noch außer Gefecht gesetzt.«

Der Besitzer des Basketballstands starrte sie an. »Oh, Entschuldigung, Ma'am.«

Denny winkte ab. Sie wollte einfach nur noch weitergehen und die peinliche Situation vergessen.

Aber Eliza schien nicht in Eile zu sein. Sie musterte den Basketballkorb und die dahinter hängenden Plüschtiere. »Dann gewinne ich dir etwas.«

Damit hatte Denny nicht gerechnet. Niemand hatte jemals versucht, ein Stofftier für sie zu gewinnen. »Das musst du nicht. Am Ende kostet es mehr, als du im Geschäft dafür bezahlen würdest.«

Eliza hörte nicht auf sie. Sie hielt dem Mann bereits einen Geldschein hin. Der Basketball sah in ihren feingliedrigen Händen riesig aus. Sie stellte sich hinter die Linie, die mit Sprühfarbe auf den Boden aufgetragen worden war. Ihre Haltung hätte jeden Profispieler zusammenzucken lassen, aber Denny versuchte erst gar nicht, sie zu korrigieren. Eigentlich spielte es auch keine Rolle, ob sie nun einen Preis gewann oder nicht, solange es Eliza Spaß machte – und das schien der Fall zu sein.

Ihre Augen blitzten entschlossen und sie lachte, als sie hochsprang und den Ball warf.

Er segelte in einem weiten Bogen durch die Luft und fiel durch das Netz.

Denny konnte nicht anders, als vom Korb zu Eliza zu starren. »Was war das denn?«

»Glück«, sagte Eliza, aber das Grinsen, das ihre Lippen umspielte, verriet sie. Sie nahm den Ball entgegen und stellte sich wieder hinter die Linie.

Ihre Fußstellung entsprach nicht den Regeln, aber für Denny sah ihr schlanker Körper äußerst elegant aus, als Eliza erneut den Ball warf.

Diesmal war sie nicht überrascht, als er durch das Netz flog, ohne den Korbrand auch nur zu berühren.

»O Mann«, sagte der Mann. »Ich glaube, ich werde gleich abgezockt.«

Eliza lächelte nur und versenkte den Ball ein drittes Mal. Einen Moment lang versuchte sie, cool auszusehen, bevor sie jubelte und sich Denny in die Arme warf.

Wieder fing Denny sie auf und legte die Arme um sie, noch bevor es ihr so richtig bewusst wurde. Sie befahl sich, Eliza höflich den Rücken zu tätscheln und dann etwas Abstand zwischen sich zu legen, aber ihr Körper gehorchte nicht. Sie konnte dem unglaublichen Gefühl, Eliza in ihren Armen zu spüren, nicht widerstehen. Einen Moment lang hielt sie Eliza an sich gedrückt, dann merkte sie, wie hektisch ihr Herz pochte, und ließ rasch los, bevor es Eliza ebenfalls auffallen konnte.

»Sieht so aus, als hätte sie gewonnen«, sagte der Mann zu Denny. »Welches Plüschtier darf's sein?«

Benommen ließ Denny ihren Blick über die Kuscheltiere gleiten. »Ähm, such du eins aus«, sagte sie zu Eliza.

Eliza trat neben sie. Sie waren einander jetzt so nah, dass ihre Schultern sich berührten und der Duft ihres Parfüms Denny in die Nase stieg. »Hm, wie wär's mit diesem hier?« Sie zeigte auf einen etwa dreißig Zentimeter langen, orangefarbenen Drachen.

Der Mann holte ihn mithilfe einer Stange vom Wagen herunter. Sein Blick huschte zu Denny, bevor er Eliza den Drachen in die Hand drückte.

»Das Tier hat einen Unterbiss«, sagte Denny.

Eliza fuhr mit dem Zeigefinger an dem Zahn entlang, der aus dem Maul des Drachen ragte. Die Geste wirkte so zärtlich, dass Denny eine Gänsehaut bekam. »Na und? Das ist niedlich.«

»Ich schätze, wir nehmen ihn«, sagte Denny zu dem Mann.

Als sie weitergingen, hielt Eliza ihr den Drachen hin. »Hier.«

»Äh …«

»Was ist?«, fragte Eliza grinsend. »Tragen Frauen, die butch sind, keine Stofftiere durch die Gegend?« Sie stupste Denny mit dem Ellbogen an. »Sei froh, dass ich kein rosa Häschen ausgesucht habe.«

Denny nahm ihr den Drachen ab. Irgendwie war er niedlich. »Mein Ruf als toughe Butch ist ohnehin schon ruiniert. Ich danke dir.«

»Bitte.«

»Aber jetzt sag mal.« Denny warf einen Blick über die Schulter zum Basketballkorb. »Wie hast du das gemacht?«

»Ich hatte schon immer geschickte Hände«, sagte Eliza mit einem verschmitzten Grinsen.

Denny versuchte eisern, sich nicht vorzustellen, was Elizas Hände noch alles konnten.

»Meine Geschwister haben mir als Kind nicht nur beängstigende Dinge über das Essen eingeredet, wenn wir zum Festival gegangen sind. Sie haben mir all die kleinen Tricks verraten«, sagte Eliza. »Der Korb hängt absichtlich nach vorn geneigt. Wenn man nicht entsprechend wirft, prallt der Ball am Brett ab.«

»Kein Wunder, dass ich vor zwei Jahren dreißig Dollar verschwendet habe beim Versuch, Olaf, den Schneemann aus *Frozen*, für Bella zu gewinnen!«

Eliza zwinkerte ihr grinsend zu. »Halt dich an mich und ich bringe dir sämtliche Tricks bei.«

Himmel, diese Frau würde noch ihr Tod sein!

Der Puderzucker zerging auf Elizas Zunge, als sie das letzte Stück der Strauben, die sie sich teilten, in ihren Mund steckte. »Mmh, lecker.«

Denny brummte zustimmend. Irgendwie hatte sie es aber geschafft, mehr Puderzucker auf ihre Lederjacke als in den Magen zu bekommen. Das schöne braune Leder hatte überall weiße Punkte.

Eliza juckte es in den Fingern, den Puderzucker wegzuwischen. *Bist du verrückt?* Das weiße Zeug war überwiegend auf Dennys Busen gelandet. Auf keinen Fall würde Eliza sie dort berühren, um ihr beim Saubermachen zu helfen. Eigentlich war es auch nur eine Ausrede, um festzustellen, ob die abgetragene Lederjacke so weich war, wie sie aussah.

Denny hielt ihre klebrigen Finger in die Höhe und deutete dann auf Elizas Brust. »Strauben zu essen, ohne dabei eine Sauerei zu veranstalten, ist eine Kunstform, die keine von uns beiden beherrscht.«

Eliza sah an sich hinab. Hoppla. Ihrer eigenen Jacke war es nicht besser ergangen.

Sie schnappten sich eine Handvoll Papierservietten vom Straubenstand und wischten sich den Puderzucker von der Kleidung.

»Wohin jetzt?«, fragte Denny, sobald sie wieder vorzeigbar waren.

Eliza fiel auf, dass Denny ihr meist die Entscheidung überließ. Es war eine nette Abwechslung, denn die Männer, mit denen sie ausging, hatten in aller Regel das Kommando übernommen. Sie fragte sich, ob Denny sich auf einem Date ebenso verhielt.

Sie schlenderten an den Autoscootern vorbei und Eliza zeigte auf ein riesiges Wikingerschiff, das wie ein Pendel hin und her schwang. Schlangenköpfe schienen sie vom Bug und Heck des Schiffes anzuzischen. »Wie wäre es damit? Es sei denn, es geht kopfüber, denn dann sehen wir die Straube wieder, die ich gegessen habe.«

»Keine Sorge«, sagte Denny. »Das Schiff schwingt ziemlich hoch, aber nicht über Kopf.«

»Bist du es schon mal gefahren?«

Denny nickte. »Du etwa nicht? Ich dachte, du wärst der Rose-Festival-Profi von uns beiden.«

»Das ist so ziemlich das einzige Fahrgeschäft, das ich noch nicht ausprobiert habe.« Eliza warf einen Blick auf die Schiene, die unter Dennys Jackenärmel hervorschaute. »Kannst du das mit deinem Arm überhaupt machen?«

»Klar. Ich gehe am Montag wieder zur Arbeit und hebe zwanzig Kilo schwere Bananenkartons, da sollte es mir gelingen, der stürmischen See auf dem Wikingerschiff zu trotzen.«

»Super. Aber lass mich ihn festhalten.« Eliza zeigte auf den Drachen in Dennys Hand.

»Sie«, sagte Denny, als sie ihr das Stofftier übergab. »Ich glaube, Ms Unterbiss ist ein Mädchen.«

Wie süß. Denny hatte dem Plüschtier sogar schon einen Namen gegeben, nachdem sie erst so getan hatte, als wollte sie es gar nicht. Eliza verkniff sich ein Grinsen. Denny ähnelte dem Drachen ein wenig: Äußerlich wirkte sie tough, aber sie hatte einen weichen Kern.

Bevor sie etwas sagen konnte, führte Denny sie zum Schalter, wo die Fahrkarten verkauft wurden.

Zum Glück war die Schlange nicht lang. Schon nach wenigen Minuten stiegen sie die Metallstufen zum Schiff hinauf.

Die meisten Reihen waren noch leer. Eliza zögerte, weil sie nicht wusste, wo die besten Sitzplätze waren.

»Lass uns die letzte Reihe nehmen«, sagte Denny. »Die geht am höchsten hinauf.«

Es steckte also doch ein kleiner Draufgänger in ihr. Eliza grinste.

Sanft legte Denny ihr eine Hand auf den Rücken und geleitete sie sicher zum Heck des Schiffes, damit Eliza auf dem nassen Metallboden nicht ausrutschte.

Wenn ein Mann, mit dem sie ausging, sie auf diese Weise berührte, bekam sie oft weiche Knie. Zumindest, wenn sie sich zu ihm hingezogen fühlte. Anscheinend hatte ihr Körper auf Autopilot geschaltet, denn jetzt reagierte er genauso. Die Stelle, an der Dennys Hand ruhte, wurde ganz warm, sodass sie fast glaubte, Denny würde es jeden Moment spüren. Als sie die letzte Reihe erreichten und Denny ihre Hand wegnahm, war sich Eliza nicht sicher, ob sie enttäuscht oder erleichtert sein sollte.

»Moment«, sagte Denny, bevor Eliza sich auf die gelbe Bank setzen konnte.

Der Regen hatte vor einigen Minuten aufgehört, aber der Sitz war noch nass. Denny zog ihre Jacke aus und legte sie auf die Bank.

Was für ein Gentleman. Ähm, Gentlewoman. Eliza musterte das kurzärmelige Hemd, das Denny unter der Jacke trug. Sobald sich das Schiff in Bewegung setzte, könnte es in der letzten Reihe ziemlich windig werden. »Wird dir nicht kalt werden?«

Denny lachte. »Nein, mir ist total warm.«

Ja, mir auch, dachte Eliza.

Die Reihen vor ihnen füllten sich, während sie nebeneinander Platz nahmen. Die Lederjacke unter Eliza war noch warm von Dennys Körper. Der Sicherheitsbügel senkte sich auf ihre Schöße hinab, sodass sie Schulter an Schulter fixiert waren. Ihre Oberschenkel berührten sich. Selbst durch ihre Jeansjacke hindurch spürte Eliza die Wärme, die von Denny ausging.

Oder kam sie von ihrem eigenen Körper? Was zum Teufel war los mit ihr? Sie war drauf und dran, die erste Person zu werden, die an einem regnerischen Frühlingstag in Portland an einem Hitzschlag starb.

Es dauerte einige Sekunden, bis sie merkte, dass das Schiff sich bewegte. Rasch nahm es Fahrt auf. Es schwang immer höher und höher hinauf, sodass sie nun einen herrlichen Blick auf die Uferpromenade, den Fluss und die Hochhäuser im Osten hatten.

»Hände hoch!«, rief jemand in der vordersten Reihe.

Eliza schaute Denny fragend an. Sollten sie mitmachen?

Denny begegnete ihrem Blick und zuckte mit den Schultern, dann hob sie die Hände in die Luft.

Auch Eliza ließ den Sicherheitsbügel los, während sie mit einer Hand immer noch den Drachen festhielt.

Sie grinsten einander an wie zwei tollkühne Wikinger, die zu einem neuen Abenteuer auszogen.

Anstatt die Aussicht zu genießen, konnte Eliza den Blick nicht von Denny abwenden.

Der Wind wehte durch Dennys kurzes Haar. Ihre Wangen waren gerötet und ihre grünbraunen Augen funkelten vor Aufregung.

Das Heck des Schiffes schwang erneut hinauf, diesmal noch höher als zuvor. Am Scheitelpunkt hingen sie für einen scheinbar ewig dauernden Moment in der Schwebe.

Ein Gefühl der Schwerelosigkeit erfasste Eliza, als befände sie sich im Weltraum.

Ihr Magen rebellierte. Ein durchdringender Laut – halb Schrei, halb Lachen – entrang sich ihrer Brust. Sie packte Ms Unterbiss fester und klammerte sich mit der freien Hand am Sicherheitsbügel fest. Ihre Finger verflochten sich mit Dennys, die sich ebenfalls festhielt.

Lachend klammerten sie sich aneinander. Eliza war hin und her gerissen zwischen übermütiger Freude und blanker Panik.

Dann schwang das Schiff hinab und einen Moment lang konnte Eliza wieder atmen, nur um dann erneut nach oben gerissen zu werden und einen Moment der Schwerelosigkeit zu erleben.

Minuten später kam das Schiff zum Stillstand. Der Bügel hob sich und sie stolperten auf wackeligen Beinen die Metalltreppe hinab, wobei sie sich aneinander festhielten.

»O mein Gott!« Eliza zeigte auf das Schiff. »Das sah von hier unten so harmlos aus.«

»Mann, ich glaube, ich werde zu alt für die Kirmes«, sagte Denny lachend. »Einen Moment lang hatte ich das Gefühl, mein Herz setzt gleich aus!«

Eliza hatte das gleiche Gefühl gehabt, wollte es sich aber nicht eingestehen. Sie stieß Denny mit der Schulter an. »Spiel bloß nicht die ältere Mitbürgerin. Du bist einundvierzig, nicht einundachtzig.« Tatsächlich schien ihr Altersunterschied nun, da sie sich endlich persönlich kennengelernt hatten, keine Rolle zwischen ihnen zu spielen.

Denny schlüpfte wieder in ihre Jacke.

Als sie weiter über das Kirmesgelände schlenderten, überreichte Eliza ihr den Plüschdrachen, gab endlich ihrer Neugier nach und legte ihre Hand auf Dennys Ellbogenbeuge. Ihr schwirrte noch immer der Kopf, aber wenigstens fand sie die Antwort auf eine der vielen Fragen, die ihr durch den Kopf gingen: Dennys Jacke war etwas feucht, aber das schokoladenfarbene Leder fühlte sich genauso weich an, wie es aussah.

Sie ließen die laute Musik und die Menschenmenge hinter sich zurück und schlenderten die Uferpromenade entlang, weg von dem Lärm und den vielen Leuten, die Eliza kannten und mit ihr sprechen wollten.

Die Sonne war vor einiger Zeit hinter den Horizont gesunken und es war dunkel geworden. Die Lichter des Riesenrads und der Kirmes funkelten im Hintergrund, was dem Spaziergang eine romantische Atmosphäre verlieh.

Und Elizas weiche, warme Hand auf ihrem Arm ... Denny schielte ab und zu darauf. War Eliza bewusst, was sie da tat? Vermutlich hakte sie sich bei all ihren Freundinnen ein. Sie konnte nicht ahnen, dass ihre Berührung Dennys gesamten Körper zum Kribbeln brachte.

Denny hielt ihren linken Arm, an dem sich Eliza festhielt, ganz still, aus Angst, Eliza würde loslassen, wenn sie irgendetwas tat, was Elizas Aufmerksamkeit darauf lenkte.

Ein Ehepaar mittleren Alters ging an ihnen vorbei und warf ihnen neugierige Blicke zu. Vielleicht hatten sie erkannt, dass Denny kein Mann war.

Eliza schien nicht zu interessieren, was fremde Leute dachten. Sie ließ ihre Hand, wo sie war.

Peng!

Der erste Feuerwerkskörper explodierte mit einem Knall und beide zuckten zusammen.

War es schon Zeit für das Feuerwerk? Denny war versucht, auf ihre Armbanduhr zu schauen, aber dazu hätte sie den Arm bewegen müssen, an dem Eliza sich festhielt, und sie wollte den Kontakt auf keinen Fall unterbrechen. Wie konnten vier Stunden so schnell vergangen sein? Das war Denny noch nie passiert, wenn sie Zeit mit einer neuen Bekannten verbrachte.

»Ist es schon zehn?«, fragte Eliza. »Wie ist das denn passiert?«

»Keine Ahnung.«

Aus Lautsprechern erklang Musik und über dem Fluss stieg erneut Feuerwerk auf. Es explodierte und ein silberner Regen fiel vom Himmel, färbte sich dann rot und verblasste schließlich.

»Wow«, flüsterte Eliza. Ihr dem Himmel zugewandtes Gesicht nahm im Schein der letzten Funken einen roten Schimmer an. »Hast du das gesehen? Das war wunderschön.«

Denny blickte sie an. »Ja.«

Sie verfolgten den Rest des Feuerwerks in einvernehmlichem Schweigen, das nur von der Musik und dem »Oh« und »Ah« von Eliza und den restlichen Zuschauern unterbrochen wurde.

Ein letztes Mal erstrahlte der Himmel in allen Farben, dann war es vorbei.

Sie jubelten gemeinsam mit den anderen Leuten, die dem Feuerwerk über dem Fluss zugesehen hatten.

Eliza nahm ihre Hand von Dennys Armbeuge, um zu klatschen.

Denny begann zu zittern, als die Stelle an ihrem Arm kalt wurde. Sie klemmte sich Ms Unterbiss unter den Arm und schob die Hände in die Jackentaschen.

»Was machen wir jetzt?« Eliza drehte sich zu ihr um und warf ihr einen fragenden Blick zu.

Denny scharrte mit den Füßen. »Du musst morgen arbeiten, oder?«

»Ja. Austen und ich haben Dienst am Stand der *Gefiederten Freunde* auf dem Kunsthandwerkermarkt.«

»Dann sollte ich wohl die nächste Straßenbahn nach Hause nehmen.« Denny deutete in Richtung der Haltestelle. »Ich wusste, dass es schwer sein würde, in der Innenstadt einen Parkplatz zu finden, deshalb habe ich die Bahn genommen.«

»Ich begleite dich noch zur Haltestelle«, sagte Eliza.

»Nein, ich bringe dich nach Hause.«

Eliza lachte und schüttelte den Kopf. »Lass uns einen Kompromiss schließen, sonst stehen wir bei Sonnenaufgang noch hier und diskutieren, wer wen begleiten darf.«

Denny könnte sich Schlimmeres vorstellen, als auf diese Weise die Nacht zu verbringen. *Hör auf damit. Du bist ein Idiot.* »Na gut. Dann lass uns zur Haltestelle gehen, die deiner Wohnung am nächsten liegt.«

Sie wandten der Uferpromenade den Rücken zu und schlenderten die Salmon Street entlang, wobei ihre Schritte vollkommen im Einklang waren. Eliza nahm nicht wieder Dennys Arm, aber ab und zu streiften sich beim Gehen ihre Schultern oder Arme.

Es dauerte nur wenige Minuten, bis sie die Haltestelle in der Nähe von Elizas Wohnung erreichten. Ein Blick auf die TriMet-App auf Dennys Handy verriet, dass die Straßenbahn schon in einer Minute kommen würde. Sie war noch nicht bereit, den schönen Abend zu beenden, aber gleichzeitig war sie dankbar, dass sie gleich etwas Zeit für sich haben würde und ihre Gefühle ordnen konnte.

Als sich die Bahn näherte, glaubte Denny, die gleiche Mischung widersprüchlicher Gefühle auf Elizas Gesicht zu erkennen, doch dann lächelte Eliza, schlang beide Arme um Denny und drückte sich fest an sie.

Denny erwiderte die Umarmung, während sie mit einer Hand noch immer den Plüschdrachen festhielt und die andere auf Elizas Rücken legte.

Fahrgäste drängten sich an ihnen vorbei, um einzusteigen, als die Straßenbahn einige Meter entfernt zum Stehen kam.

Widerwillig ließ Denny sie los.

»Ruf mich morgen wegen Bellas Geburtstagsfeier an«, sagte Eliza, während Denny rückwärts zur Straßenbahn ging. »Ich möchte ein Geschenk für sie besorgen.«

»Wird gemacht. Danke für den tollen Abend – und für Ms Unterbiss.« Denny hielt das Stofftier in die Höhe.

Eliza nickte und winkte.

Denny stieg als Letzte ein und ließ sich auf einen freien Platz fallen.

Als die Straßenbahn sie von Eliza wegtrug, winkte sie und drückte den Plüschdrachen an ihre Brust, wo sie noch immer Elizas Körper spüren konnte.

Mist, sie war total aufgeschmissen. Insgesamt hatte sie gerade einmal fünf Stunden mit Eliza verbracht und schon jetzt fühlte sich die harmlose Schwärmerei gar nicht mehr so harmlos an.

Kapitel 13

Am Nachmittag des nächsten Tages stöberte Eliza in einer der Kisten, die sie zum Kunsthandwerkermarkt mitgebracht hatten. Aha! Da war er ja. Stolz streckte sie Austen den verlangten Solaball entgegen. Sie hatten die Bälle aus weichem Solaholz in bunte Papierförmchen gelegt und oben mit einem Stück Sola eine Kerze geformt. Eigentlich sah das niedliche Vogelspielzeug einem Basketball nicht sonderlich ähnlich, aber trotzdem musste Eliza an gestern Abend denken.

Die unverhohlene Bewunderung auf Dennys Gesicht, als Eliza dreimal hintereinander einen Korb erzielt hatte, hatte sich ihr ins Gedächtnis eingebrannt. Noch lebhafter erinnerte sie sich an die Umarmung, die daraufhin folgte.

Austens Räuspern riss sie aus ihren Gedanken. »Ich habe Solastock gesagt, nicht Solaball.«

»Oh. Entschuldige.« Rasch kniete sich Eliza ein zweites Mal hin und durchwühlte die Kisten nach der Tüte mit den Solastöcken.

Als sie Austen endlich einen in die Hand drückte, musterte ihre Chefin sie eindringlich. »Ich glaube, wir brauchen eine Pause. Wir haben ununterbrochen gearbeitet, seit wir heute Morgen den Stand aufgebaut haben. Wie wäre es mit einem Tee für dich und einem Kaffee für mich?«

»Das wäre großartig.« Es war einfacher, Austen in dem Glauben zu lassen, ihr würde nur etwas Koffein fehlen, als zu erklären, was wirklich los war. Sie verstand es ja nicht einmal selbst.

Gestern Nacht hatte sie höchstens ein paar Stunden geschlafen und es war weder die Aufregung vom Feuerwerk noch der Zuckerrausch von der Straube gewesen, die sie wach gehalten hatten.

Mit dem Zehn-Dollar-Schein, den Austen ihr gab, machte sie sich auf den Weg zum Panini-Stand, wo es laut Austen den besten Kaffee auf dem ganzen Markt gab. Während sie sich anstellte, versuchte sie, ihre aufgewühlten Gedanken und Gefühle zu ordnen.

Der gestrige Abend hatte sie überrascht, das stand schon einmal fest. Weniger Denny selbst. Sie war genauso liebenswert, schüchtern und dennoch lustig, wie Eliza erwartet hatte.

Es war ihre eigene Reaktion auf Denny, die sie überrascht hatte.

Wäre sie gestern Abend mit einem Mann unterwegs gewesen, hätte es keinen Grund zur Verwirrung gegeben. Dann hätte sie genau gewusst, was sie empfand: schlicht und ergreifend körperliche Anziehung.

Aber stand die Sache wirklich so anders, nur weil es um eine Frau ging? Die Gefühle waren dieselben, nur die Person, die sie auslöste, war anders – und das war es, was sie verwirrte. Wenn sie sich zu Frauen hingezogen fühlen würde, hätte sie das nicht längst gemerkt? Sie war dreißig Jahre alt und hatte einen großen Bekanntenkreis, darunter auch mehrere Frauen, die lesbisch oder bisexuell waren. Sie hatte viele interessante, hübsche Frauen kennengelernt. Doch obwohl sie als Künstlerin problemlos zugeben konnte, dass sie gut oder in einigen Fällen sogar atemberaubend gut aussahen, wusste sie genau, dass sie sich zu keiner von ihnen hingezogen gefühlt hatte.

Bei keiner war ihr nur durch eine sanfte Berührung am Rücken ganz warm geworden und bei keiner hätte sie am liebsten den ganzen Weg bis nach Lents zu Fuß zurückgelegt, nur um mehr Zeit mit ihr zu verbringen.

Das war nur bei Denny so.

Sie konnte nicht leugnen, dass sie etwas an sich hatte, was Elizas Herz höher schlagen ließ. Aber was war es? Reagierte ihr Unterbewusstsein auf Denny, als wäre sie ein Mann, weil sie sich eher maskulin präsentierte?

Aber auch das traf es irgendwie nicht. Sie hatte keine einzige Sekunde daran gezweifelt, dass sie mit einer Frau den Abend verbracht hatte. Überhaupt war es gerade die Mischung aus Stärke, Zuvorkommenheit, Sanftheit und Fürsorge, zu der sie sich hingezogen fühlte.

Die Person in der Schlange hinter ihr räusperte sich, als Eliza nicht an die Theke vorrückte.

Schnell bestellte sie einen Milchkaffee für Austen, einen Ceylontee für sich und einen Kaffee mit einem Spritzer Kaffeesahne, den sie mit ihrem eigenen Geld bezahlte. Sie würde ihn auf dem Rückweg bei Heather vorbeibringen, als kleines Dankeschön dafür, dass sie den Standdienst übernommen hatte.

Als Heather sie kommen sah, streckte sie ihre Hände aus, als würde Eliza ihr ein Heilmittel anbieten, das ihr das Leben retten würde. »Her damit!« Sie riss Eliza den Kaffee aus der Hand und nahm einen großen Schluck, ohne erst zu probieren, ob er womöglich zu heiß war. »O Gott! Heirate mich!«

Ihre Standnachbarin Leanne blickte von einem ihrer Meerglasanhänger auf. »Sie hat doch gesagt, dass sie nicht an weiblichen Reizen interessiert ist.«

Rasch hob Eliza den Pappbecher an den Mund, um sich dahinter verstecken zu können. Mensch, sie musste sich endlich zusammenreißen. Nur weil sie sich zu Denny hingezogen fühlte, hieß das noch lange nicht, dass sie sich für weibliche Reize im Allgemeinen interessierte, oder?

Heather warf spielerisch ihr blondes Haar über die Schulter zurück. »Da verpasst sie aber einiges.« Sie nahm einen weiteren Schluck Kaffee. »Apropos weibliche Reize oder Frauen, deren Reizen ich erliegen möchte. Wie läuft es mit Denny?«

Eliza verschluckte sich an ihrem Tee. Sie hustete und schnappte keuchend nach Luft. »Entschuldige, hab mich verschluckt. Äh, wieso fragst du?«

»Denny und ich haben diese Woche ein paar Nachrichten ausgetauscht und sie scheint nett zu sein, aber ... Ich weiß nicht so recht. Sie hat sich mir noch nicht so richtig geöffnet. Ist sie immer so reserviert?«

Eliza dachte an Dennys innige Umarmung, an ihr ungehemmtes Lachen, als Eliza ihr von den Streichen ihrer Geschwister erzählt hatte, und an den Anblick ihres vom Wind zerzausten Haars auf dem Wikingerschiff. Nein, gestern Abend war Denny nicht zurückhaltend gewesen. »Ich würde nicht sagen, dass sie reserviert ist. Sie ist nur ein wenig schüchtern. Gib ihr einfach etwas Zeit.«

Heather nickte. »Ich bin eine geduldige Frau.«

»Ich gehe jetzt lieber«, sagte Eliza, bevor Heather nach ihrem Abend mit Denny fragen konnte. »Meine Chefin wartet auf ihren Kaffee.«

»Und wir wissen, dass sie keine geduldige Frau ist. Verdammt heiß.« Heather gab einen zischenden Laut von sich. »Aber nicht geduldig.«

»Diese Chefin meinte ich nicht. Austen und ich haben Standdienst. Dee trifft sich mit dem Besitzer einer Zoohandlung, du kannst also aufhören zu sabbern.«

Heather tat so, als würde sie sich das Kinn mit ihrem Ärmel abwischen.

Eliza schüttelte den Kopf. Zugegeben, Dee sah gut aus. Mit ihren langen schwarzen Haaren, ihren durchdringenden grauen Augen und ihren hohen Wangenknochen erregte sie überall Aufmerksamkeit. Doch obwohl Eliza sie hübsch fand, hatte sie sich nie zu ihr hingezogen gefühlt.

Anscheinend beschränkte sich ihr neu entdecktes Interesse an weiblichen Reizen auf Denny.

»Bis später.« Sie hob grüßend ihren Pappbecher und machte sich auf den Weg zurück zum *Gefiederte-Freunde*-Stand.

Auf dem Markt war nachmittags mehr los, sodass sie sich einen Weg durch die Menge bahnen musste.

Als sie näher kam, sah sie, wie eine Kundin vor dem Stand stehen blieb, um eine Papageienschaukel zu betrachten.

Fast hätte Eliza beide Pappbecher fallen lassen. Bildete sie sich das nur ein, weil sie ständig an Denny denken musste, oder sah die Frau wie Denny aus?

Doch die schokoladenbraune Lederjacke und der Haarwirbel am Hinterkopf verrieten, dass es wirklich Denny war.

Elizas Herz schlug schneller. Sie beschleunigte ihre Schritte, denn sie wollte keine Minute mit ihr verpassen. Eilig zwängte sie sich durch den winzigen Spalt zwischen ihrem Stand und dem des Nachbarn und stellte sich hinter den Tisch. Ohne Austen anzusehen, hielt sie ihr einen der Becher hin. Ihr Blick blieb auf Denny gerichtet.

»Hallo.« Dennys olivgrüne Augen schienen aufzuleuchten, als sie Eliza über den Tisch hinweg anlächelte.

»Hi. Was machst du denn hier? Ich dachte, du wärst mit Bella auf der Kirmes.« Eliza spürte, dass Austen ihre Interaktion interessiert beobachtete und sich wahrscheinlich fragte, woher Denny und sie sich kannten.

Denny rückte ihre Brille zurecht. »War ich auch. Ich habe mich davongeschlichen, während Salem versucht hat, einen Drachen für Bella zu gewinnen. Als sie Ms Unterbiss gesehen hat, wollte sie sofort auch einen haben.« Ein liebevolles Lächeln vertiefte die feinen Fältchen um ihre Augen herum. »Sie ist in dem Alter, in dem sie im einen Moment Plüschtiere für total süß hält und im nächsten meint, sie sei zu alt dafür.«

»Wenn sie unbedingt einen Drachen möchte, warum hast du ihr dann nicht deinen gegeben?«, fragte Eliza.

Denny fasste sich an die Brust und warf ihr einen gespielt entrüsteten Blick zu. »Ich soll ihr Ms Unterbiss geben? Das geht nicht. Sie war ein Geschenk und erinnert mich an einen wunderbaren Abend.«

Ihre Blicke trafen sich, bis Eliza wegschauen musste.

Warum musste Denny bloß so süß sein? Keine Frau, nicht einmal die heterosexuellste der Welt, wäre davon unbeeindruckt geblieben. Eliza warf einen Blick auf Austen, die neugierig, aber kein bisschen schmachtend dreinblickte. Vielleicht wirkte Dennys Charme nur auf alleinstehende Frauen.

Denny versuchte, ihre Brille höher hinaufzuschieben, aber sie war bereits ganz oben auf ihrer Nase angelangt. Schnell nahm sie die Hand herunter und zeigte auf die Gegenstände auf dem Tisch. »Welches Spielzeug ist denn empfehlenswert?« Ihre Wangen färbten sich rot. »Äh, ich meine natürlich Vogelspielzeug.«

Eliza musterte sie aufmerksamer. Bisher war sie so sehr damit beschäftigt gewesen, sich mit ihren eigenen Gefühlen auseinanderzusetzen, dass sie nicht darüber nachgedacht hatte, was Denny wohl empfand. Machte sie Denny genauso nervös wie umgekehrt? Oder lag es nur an ihrer Schüchternheit, dass sie ständig rot wurde?

Als Eliza nicht antwortete, trat Austen näher an den Tisch heran. »Kommt drauf an. Was für einen Vogel haben Sie denn? Die Spielzeuge, die ich für große Vögel empfehlen würde, eigenen sich nicht unbedingt auch für die kleinen und umgekehrt.«

Denny blinzelte, als würde ihr erst jetzt wieder bewusst, dass sie und Eliza nicht allein waren. Sie drehte sich zu Austen um. »Ich schenke meiner Nichte einen Wellensittich zum Geburtstag. Wir sind totale Anfänger, was Vögel betrifft, ich verlasse mich also voll auf Ihre Empfehlungen.«

Austen hielt verschiedene Spielsachen hoch und erläuterte Wellensittichschaukeln, Kletterseile und Balsaholzketten, aber Eliza hörte nur die Hälfte. Sie war zu sehr damit beschäftigt, Dennys Hände zu beobachten, als diese einen Rattanball mit Glöckchen schüttelte und an einem Seil zog. War ihre Schwärmerei für einen Mann jemals so ablenkend gewesen? Sie glaubte es nicht.

Nach einer ausführlichen Diskussion mit Austen entschied sich Denny für drei verschiedene Spielzeuge und erhielt eine Empfehlung, wo sie den Vogel und einen Käfig kaufen konnte.

»Soll ich die Spielsachen mit zu mir nehmen und dann zu Bellas Feier mitbringen, damit sie die Geschenke nicht schon vorher sieht?«, fragte Eliza.

Denny schob ihre Geldbörse zurück in die Gesäßtasche ihrer Jeans. »Das wäre großartig. Danke.«

»Kein Problem«, sagte Eliza. »Ist es in Ordnung, wenn ich Bella unsere Abo-Box für sechs Monate schenke? Sie enthält ein lustiges Spielzeug und einen Monatsvorrat an verschiedenen gefriergetrockneten Bio-Obst- und Gemüsesorten, mit denen sie ihren Wellensittich füttern kann.«

Eine winzige Falte grub sich zwischen Dennys Brauen ein. »Bist du sicher, dass das nicht zu teuer ist?«

»Nee. Meine Chefinnen sind äußerst großzügig.« Eliza grinste Austen an. »Endlich kann ich meinen Angestelltenrabatt ausnutzen.«

»Okay. Wenn du dir sicher bist, dass du nicht zu viel Geld ausgibst, würde Bella sich bestimmt freuen.« Denny steckte ihre Hände in die Jackentaschen und trat beiseite, als ein anderer Kunde sich das Vogelspielzeug ansah.

Offensichtlich war es an der Zeit, sich zu verabschieden. Wirklich schade, dass sich der Tisch zwischen ihnen befand. Aber vielleicht war das auch gut so. Eliza war sich nicht sicher, wie sie auf eine weitere dieser umwerfenden Denny-Umarmungen reagieren würde, und sie wollte es nicht vor ihrer Chefin herausfinden.

Denny scharrte mit den Füßen. »Tja, ich schätze, dann sehen wir uns nächste Woche auf der Feier. Soll ich dich abholen?«

»Ich kann die Straßenbahn nehmen«, sagte Eliza.

»Nein. Ich komme dich holen.«

»Okay.«

Sie sahen einander schweigend an.

»Wenn du mit deiner Freundin einen Happen essen gehen willst, kann ich gern den Stand für eine Weile übernehmen«, sagte Austen.

Elizas erster Impuls war, die Chance zu ergreifen, mehr Zeit mit Denny zu verbringen, aber sie zögerte. Vielleicht sollte sie lieber erst ihre Gedanken ordnen. Auf keinen Fall wollte sie Denny versehentlich die falschen Signale geben und mit ihren Gefühlen spielen, was auch immer diese sein mochten.

Bevor sie sich für eine Antwort entscheiden konnte, schüttelte Denny den Kopf. »Ich würde ja gerne, aber ich muss zurück zur Kirmes, bevor meine Schwester all unser Geld verliert oder eine ganze Drachenherde gewinnt. So wie ich Salem kenne, könnte beides passieren.«

Eliza lachte. »Ich kann es kaum erwarten, sie und Bella kennenzulernen.«

»Ich kann es auch kaum erwarten.« Denny zog ihre Hand aus ihrer Jackentasche und winkte ihr und Austen zum Abschied zu. »Nochmals vielen Dank und einen erfolgreichen Verkaufstag.« Dann drehte sie sich um und ging davon.

Eliza lehnte sich über den Tisch, um sie so lange wie möglich zu beobachten.

Denny ging langsam, aber mit raumgreifenden Schritten, die Hände in den Jackentaschen vergraben. Ihr Schwung kam aus den Schultern, nicht aus den Hüften.

Als sie in der Menge verschwunden war, zwang sich Eliza, wieder an die Arbeit zu gehen. Sie zog eine Kiste unter dem Tisch hervor, um die Wellensittichschaukel zu ersetzen, die Denny gekauft hatte. Als sie aufblickte, lächelte Austen sie an. »Was ist? Habe ich wieder das falsche Spielzeug erwischt?«

»Nein. Dee würde mich umbringen, wenn sie hören könnte, dass ich über so etwas mit einer Mitarbeiterin spreche, aber ich sehe mich nicht nur als deine Chefin, sondern auch als eine Freundin.«

»Das bist du auch«, antwortete Eliza. »Sag ruhig, was immer du auch sagen willst.«

Austen zögerte noch einen Moment lang. »Ich wusste gar nicht, dass du mit Frauen ausgehst. Na ja, mit einer Frau.« Sie zeigte in die Richtung, in die Denny verschwunden war.

Eliza umklammerte die Wellensittichschaukel. »Äh, das mach ich auch nicht.«

»Oh. Entschuldigung.« Austen lachte und warf ihr einen verlegenen Blick zu. »Schätze, das ist der Grund, warum Dee nicht möchte, dass ich mich für das Privatleben unserer Mitarbeiter interessiere.«

»Schon okay. Es macht mir nichts aus, mit dir über mein Privatleben zu sprechen. Da gibt es ohnehin nicht viel zu erzählen. Und es macht mir auch nichts aus, wenn jemand annimmt, dass ich mit Frauen ausgehe. Daran ist doch nichts auszusetzen, oder?«

»Nein, absolut nicht.« Austens verträumtes Grinsen verriet, dass sie dabei an ihre eigene Partnerin dachte. »Aber du tust es nun mal nicht.« Es klang wie eine Frage.

»Nein.«

»Schade.« Austen lachte. »Deine Bekannte ist süß.«

»Ja, das ist sie.« Eliza hatte kein Problem damit, das zuzugeben und sich einzugestehen, dass sie sich zu Denny hingezogen fühlte. Aber das bedeutete nicht, dass sie dieser Anziehung nachgeben würde, oder? Das hübsche Gesicht einer Frau oder ihren weichen und zugleich starken Körper zu bewundern, war etwas ganz anderes, als mit ihr auszugehen, mit ihr zu schlafen oder eine ernsthafte Beziehung einzugehen.

Sie wollte Denny nicht an der Nase herumführen und sie am Ende verletzen – vorausgesetzt, Denny war überhaupt an ihr interessiert. Deshalb würde sie Dennys Freundschaft genießen und abwarten, bis diese verwirrenden neuen Gefühle irgendwann von allein verfliegen würden.

Austen warf ihr einen weiteren neugierigen Blick zu, gab aber keinen weiteren Kommentar ab und stellte keine Fragen mehr, und Eliza ermutigte sie auch nicht dazu.

Kapitel 14

Am darauffolgenden Freitag war es Salem, die sich auf den Badewannenrand setzte und Denny dabei zusah, wie sie sich für ihre Verabredung fertig machte. Durch diesen Rollentausch wurde Denny noch unbehaglicher, als sie sich ohnehin schon fühlte.

»Erinnerst du dich noch an Spike?«, fragte Salem.

Denny verteilte etwas Gel in ihren Haaren, um den Wirbel am Hinterkopf zu bändigen. »Ja, natürlich. Er war viele Jahre lang mein einziges Geschwisterchen, bis du daherkamst.«

»Vergleichst du mich etwa mit einer alten Bulldogge, die ständig sabberte?«

»Nee. Da brauche ich nicht groß zu vergleichen.« Denny hielt inne und fügte dann hinzu: »Spike war viel süßer.«

Salem warf einen Badeschwamm nach ihr, traf aber stattdessen den Zahnputzbecher.

Denny fing ihn auf, bevor er umkippen konnte. »Warum fragst du nach Spike?«

»Weil dieser Gesichtsausdruck«, Salem zeigte im Spiegel auf sie, »genauso aussieht wie der von Spike, wenn er zum Tierarzt musste.«

Denny seufzte und gab den Versuch auf, den Wirbel zu glätten. Sie drehte sich um und lehnte sich gegen das Waschbecken. »Ich bin mir wegen heute Abend nicht sicher.«

»Warum das plötzliche Zögern?«, fragte Salem. »Im April wolltest du noch mit ihr ausgehen, weißt du nicht mehr?«

»Genau genommen warst du diejenige, die wollte, dass ich mit ihr ausgehe.«

»Also hast du dem Date nur zugestimmt, damit ich endlich Ruhe gebe, und bist gar nicht an Ms Burkhart … Heather interessiert?«

Denny blickte auf ihre nackten Füße. »Nein, das habe ich nicht gesagt, aber …«

»Aber damals warst du noch nicht auf Eliza fixiert«, beendete Salem den Satz.

Denny umklammerte mit beiden Händen das Waschbecken hinter ihr. »Ich bin nicht auf sie fixiert«, murmelte sie, ohne den Blick von ihren Zehennägeln abzuwenden.

Salem warf ihr einen Mach-dir-nichts-vor-Blick zu.

»Wirklich nicht«, sagte Denny, konnte aber selbst hören, dass sie nicht sonderlich überzeugend klang.

»Nun, dann sollte es ja kein Problem sein, mit Heather auszugehen, oder?«

»Ist es auch nicht.« Denny sprühte etwas Parfüm auf ihren Hals und ihre Handgelenke. »Ich gehe zu unserem Date, siehst du?«

Bella steckte ihren Kopf durch die offene Badezimmertür. »Gehen wir weg?«

»Nein, nur deine Tante. Sie hat ein Date.« Salem zog das letzte Wort trällernd in die Länge.

Bella rümpfte nicht die Nase, wie sie es sonst meistens tat, wenn jemand ein Date erwähnte. Stattdessen wirkte sie interessiert. »Mit Eliza?«

»Nein«, sagten Denny und Salem gleichzeitig.

»Sie steht auf Männer«, fügte Denny hinzu, während ihre Schwester sagte: »Deine Tante ist viel zu alt für sie.«

»Hey!« Denny warf ihr den Schwamm an den Kopf. Schade, dass sie ihn nicht zuerst nass gemacht hatte.

»Warum?« Bella musterte Denny, als würde sie jede Falte in ihrem Gesicht zählen. »Es ist ja nicht so, als wärst du steinalt.«

Denny schnaubte. »Danke.«

»Das sagt sie nur, um ein größeres Geburtstagsgeschenk zu bekommen«, sagte Salem.

Bella grinste und warf Denny einen hoffnungsvollen Blick zu. »Funktioniert es?«

»Du wirst wohl bis morgen warten müssen, um das herauszufinden.« Denny warf noch einen letzten Blick in den Spiegel und verließ dann das Bad, um ihre Schuhe zu holen. Einen Moment lang überlegte sie, ob sie Sneakers anziehen sollte, aber dann entschied sie sich dagegen.

Sneakers waren Elizas Markenzeichen und sie würde mit Heather ausgehen. Mit Elizas bester Freundin. Denny raufte sich die Haare. Warum zum Teufel hatte sie das für eine gute Idee gehalten?

Eliza lag bäuchlings auf Heathers Bett, streckte ihre nackten Füße in die Luft und hatte den Kopf in die Hände gestützt, während sie zusah, wie Heather sich für ihr Date mit Denny fertig machte. Ihr Magen rebellierte. Warum hatte sie die beiden bloß ermutigt, miteinander auszugehen?

Heather schlüpfte in ihr eng geschnittenes Kleid und zog es über ihre schlanken Hüften und ihre athletischen Oberschenkel. »Kannst du mir den Reißverschluss zumachen?«

»Klar.« Eliza stand auf, schob Heathers Haare beiseite und zog den Reißverschluss hoch.

»Wie sehe ich aus?« Heather drehte sich spielerisch im Kreis, aber der Ausdruck in ihren Augen war ernst, vielleicht sogar ängstlich.

Eliza ließ ihren Blick über das rote Etuikleid gleiten. An Heather mit ihrer hochgewachsenen Gestalt sah es umwerfend aus. Vorn war es etwas tiefer ausgeschnitten und stellte ihr Dekolleté auf eine Weise zur Schau, wie Eliza es bei sich selbst nie können würde. Ihr wurde flau im Magen bei dem Gedanken, dass Denny einen Blick auf Heathers schwarzen Spitzen-BH erhaschen würde – oder, wenn das Date gut lief, mehr als nur einen Blick.

»Oh, oh! Du meinst, es ist übertrieben, oder?« Heather zupfte an der Vorderseite des Kleides herum. »Sei ehrlich.«

Eliza versuchte, ihre widersprüchlichen Gefühle in den Griff zu bekommen, um ihre Freundin zu beruhigen. Als sie Heather kennengelernt hatte, hatte es eine Weile gedauert, bis ihr klar geworden war, dass sich hinter Heathers selbstbewusstem Auftreten ein verletzlicher Kern verbarg. »Nein. Es ist perfekt.«

»Ehrlich?«

»Ganz ehrlich«, sagte Eliza und versuchte, unbeschwert und positiv zu klingen. »Du siehst wunderschön aus.«

Heather musterte sie eindringlich. »Was stimmt dann nicht? Irgendwas liegt dir im Magen, und wenn es nicht das Kleid ist …«

Mist! Sie musste sich zusammenreißen. Erste Dates waren sowohl für Heather als auch für Denny schon schwer genug und sie machte es den beiden mit ihrer eigenen Verwirrung noch schwerer. Eliza rang sich ein Lächeln ab. »Es ist nichts. Ich bin nur ein bisschen nervös, das ist alles.«

»Du?« Heather lachte. »Ich gehe auf ein Date und du bist nervös?«

»Es ist albern, ich weiß. Ich mache mir nur Sorgen.« Eliza konnte nicht einmal sagen, was sie mehr beunruhigte: dass das Date schlecht oder richtig gut laufen würde. »Denk bitte daran, dass du vermutlich den Großteil der Unterhaltung bestreiten musst, zumindest am Anfang. Aber bitte lass dir nichts anmerken, sonst wird sie noch unsicherer, okay?«

»Mensch, Eliza, du kennst mich doch. Ich bin kein gemeiner Arsch.«

»So habe ich es nicht gemeint. Ich bin albern.« Eliza ließ sich wieder auf das Bett fallen. »Ich wollte mich nicht aufführen wie eine nervöse Mutter kurz vor dem Abschlussball ihrer Tochter. Ignorier mich einfach, okay?« Natürlich hatten ihre Bedenken nichts Mütterliches an sich, aber das konnte sie Heather nicht sagen.

Heather setzte sich neben ihr auf die Bettkante, wobei sie darauf achtete, ihr Kleid nicht zu zerknittern. Ein Grinsen breitete sich auf ihrem Gesicht aus. »Ach, jetzt verstehe ich! Du bist eifersüchtig!«

Ein eiskaltes Kribbeln glitt über Elizas Rücken bis hinauf zur Kopfhaut, gefolgt von einem Schwall Hitze. »W-Was? Nein! Ich meinte doch nur …«

Heather schlang einen Arm um sie und schüttelte sie sanft, als wollte sie Heather aus ihrer Panik reißen. »Es gibt keinen Grund zur Eifersucht. Selbst wenn Denny und ich am Ende zusammenkommen, werde ich mir immer Zeit für dich nehmen und Denny bestimmt auch. Um eine kluge Frau zu zitieren: Du wirst immer meine Lieblingsnachbarin sein, meine Anlaufstelle für kunsthandwerklichen Rat und die Person, auf die ich zählen kann, wenn ich eine Umarmung oder einen Tritt in den Hintern brauche.«

Eliza ließ sich gegen sie sinken. *Gott sei Dank.* Heather dachte, sie hätte Angst davor, die Aufmerksamkeit ihrer besten Freundin zu verlieren. Sie ahnte nicht, was wirklich mit ihr los war. Und wie sollte sie auch? Eliza wusste selbst nicht, was mit ihr los war.

Sie hatte beschlossen, dass sie der Anziehung, die Denny auf sie ausübte, nicht nachgeben wollte, und das hätte das Ende der Geschichte sein sollen. Warum fühlte sie sich so unwohl bei dem Gedanken, dass Denny Heather die Hand auf den Rücken legen und sie womöglich am Ende des Abends küssen würde?

»Die Krise ist also abgewendet?« Heather richtete sich auf, um sie erneut zu mustern.

Eliza nickte. Sie konnte ihr nicht sagen, dass es sich um eine andere Art von Eifersucht handelte.

»Gut.« Heather zog sie vom Bett hoch. »Dann komm und hilf mir, ein Paar Ohrringe auszusuchen.«

Als Eliza ihr zur Kommode folgte, fragte sie sich, wie sie diesen Abend überstehen sollte. War es noch zu früh für ein Glas Wein?

Denny hatte schon ewig kein derart unbehagliches Date mehr gehabt, was hauptsächlich daran lag, dass sie schon seit Langem nicht mehr auf irgendeinem Date gewesen war. Als wäre es nicht schon genug, dass sie total eingerostet war, musste sie immer wieder an Eliza denken und fragte sich, was sie wohl gerade machte und ob Heather ihr von ihrer Verabredung erzählen würde.

Nicht, dass es viel zu erzählen gäbe, da sie sich anscheinend nicht viel zu sagen hatten.

Es half auch nicht, dass die Kellnerin Denny giftige Blicke zuwarf und offenbar nicht guthieß, dass sie als Frau Anzug und Krawatte trug. Denny spürte Heathers Blick auf sich ruhen und der Gedanke daran, was sie von ihr halten musste, brachte sie ins Schwitzen. Himmel, was für eine komplette Blamage!

Die Kellnerin stellte die Teller vor ihnen ab und wollte wortlos weggehen.

»Moment«, sagte Heather. »Könnten Sie uns das Essen einpacken? Und legen Sie bitte Einwegbesteck dazu.«

Verdammt! Denny hatte gewusst, dass es nicht gut lief, aber sie hatte nicht damit gerechnet, dass Heather nicht einmal mit ihr essen wollte. »Es tut mir leid. Ich –«

Heather drückte Dennys Hand. »Es ist nicht deine Schuld. Manche Leute sind einfach nicht dafür geschaffen, im Service zu arbeiten«, sagte sie so laut, dass die Kellnerin es hören konnte.

Denny starrte erst Heather, dann die Hand auf ihrer eigenen an. Heathers Finger waren weich und manikürt, aber sie hatte auch ein paar Kratzer und kleine Schnitte, genau wie Eliza. *Hör endlich auf, an sie zu denken, Arschloch!* Heather schien wirklich nett zu sein und es war ihr gegenüber nicht fair.

Als die Kellnerin ihnen die Tüte mit ihrem Essen brachte, bestand Denny darauf, für beide zu bezahlen.

Heather schnappte sich die Tüte. »Lass uns von hier verschwinden.«

Als sie Seite an Seite das Restaurant verließen, merkte Denny erst, wie groß Heather war. Hinter dem riesigen Lenkrad des Schulbusses wirkte sie viel kleiner. Aber sie trug heute Abend nicht ihre Arbeitsuniform. Sie sah umwerfend aus in ihrem roten Kleid mit dem dezenten Ausschnitt und einem Hauch Make-up, das den Anschein erweckte, als trüge sie keins.

»Es tut mir leid«, sagte Denny erneut, als sie auf den Bürgersteig traten. »Normalerweise bin ich nicht …« Sie hielt inne. Heather hatte es verdient, dass sie ehrlich zu ihr war. »Okay, um ehrlich zu sein, bin ich meistens so ein unbeholfener Trottel. Erste Dates machen mich nervös.«

»Mich auch.«

Denny starrte sie an. »Im Ernst?« Sagte Heather das nur, um sie aufzuheitern? »Du wirkst so selbstbewusst.«

Heather zuckte mit ihren schlanken und doch durchtrainierten Schultern. »Ich verstecke meine Unsicherheit wohl einfach besser als die meisten. Aber tief im Inneren bin ich bei jedem ersten Date vor Angst wie gelähmt.«

Damit hatte Denny nicht gerechnet und auch nicht damit, dass Heather es offen zugeben und sich damit verwundbar machen würde. Sie warf ihr einen verwunderten Blick zu.

»Ich führe immer diese innere Debatte mit mir selbst«, fügte Heather hinzu. »Soll ich es ihr sagen oder bis zum zweiten Date warten?«

»Ihr was sagen?«, fragte Denny.

Heather blieb an einer Kreuzung stehen und sah ihr in die Augen. »Dass ich trans bin.«

Jetzt kam Denny sich noch mehr wie ein Arschloch vor. Sie wollte auf keinen Fall, dass Heather annahm, sie würde ihr einen Korb geben, weil sie trans war, obwohl es in Wahrheit daran lag, dass sie hoffnungslos in Heathers beste Freundin verschossen war. Sie mochte Heather, aber ein Lächeln von ihr raubte ihr nicht den Atem, so wie Elizas Lächeln. Da sie ihr das nicht sagen konnte, fiel es ihr schwer, die richtigen Worte zu finden. Schließlich antwortete sie nur: »Danke für deine Offenheit.«

Heather nickte ihr zu. Die Fußgängerampel schaltete auf Grün und sie deutete in Richtung der South Park Blocks. »Hast du Lust auf ein Picknick?«

»Gern.«

Innerhalb weniger Minuten saßen sie auf dem Rasen unter einer alten Eiche, wobei Dennys Anzugjacke als Decke diente. Sie reichten einander die Behälter hin und her und teilten sich Dennys Fettuccine Alfredo mit Hühnchenfleisch und die Räucherlachsravioli, die Heather bestellt hatte.

Mit jedem Bissen entspannte Denny sich mehr. Vielleicht lag es daran, dass sie das spießige Restaurant mit seiner homophoben Kellnerin verlassen hatten, oder daran, dass sie beide zugegeben hatten, nervös zu sein – womöglich aber auch daran, dass dieses improvisierte Picknick sich eher wie ein Treffen mit einer guten Freundin anfühlte und weniger wie ein romantisches Date.

»Es schien dich nicht zu überraschen.« Heather zeigte auf die Kreuzung, wo sie Denny gesagt hatte, sie sei trans. »Du hast also mein Profil bei *No More Frogs* gelesen.«

Denny schluckte einen Bissen Lachsravioli hinunter. »Nein. Ich habe mir nur kurz dein Profilbild angesehen, aber keine deiner Antworten auf die Fragen gelesen. Ich dachte, es wäre netter, dich persönlich kennenzulernen.« Sie spießte ein Stück Hühnchen mit ihrer Plastikgabel auf. »Ich habe die Anstecknadel gesehen, die du im November zur Transgender Awareness Week getragen hast. Obwohl natürlich auch Leute, die cisgender sind, eine solche Anstecknadel tragen könnten. So oder so, für mich spielt es keine Rolle.«

»Oh.« Heather schlug sich mit der Hand vor die Stirn und lachte. »Und ich dachte, eine so unscheinbare kleine Nadel würde keinem auffallen. Es sei denn, die betreffende Person starrt mir auf die Brüste.«

Fast hätte Denny sich an einem Stück Hühnchen verschluckt. »Das habe ich nicht!«, brachte sie keuchend heraus.

»Gott, es macht total Spaß, dich zu necken.«

Eine Weile aßen sie in einvernehmlichem Schweigen. Von irgendwo im Park drangen die sanften Klänge einer Geige zu ihnen herüber.

Denny schielte zu Heather, die sich trotz ihres eleganten Kleids gegen eine Eiche gelehnt hatte und vollkommen entspannt schien. »Okay, vielleicht hab ich ja ein ganz klein wenig geguckt«, sagte sie mit einem schüchternen Grinsen.

Heather lachte. Offenbar war sie kein bisschen beleidigt.

Als Dennys Wangen nicht mehr glühten, fragte sie schließlich: »Also, wie bist du dazu gekommen, einen Schulbus zu fahren?«

Die Sonne war längst untergegangen, als sie den Park verließen und zu Heathers Wohnung im Cultural District schlenderten.

Heather zeigte auf ein rotes Backsteingebäude mit schmiedeeisernen Feuerleitern. »Ich wohne da drüben.«

Denny warf einen Blick auf das vierstöckige Gebäude. In einigen der Wohnungen brannte Licht und sie fragte sich, welches Fenster zu Elizas Wohnung gehörte. War sie zu Hause oder war sie ebenfalls auf einem Date?

»Ich habe den Abend wirklich genossen«, sagte Heather.

Denny wandte ihren Blick von den Fenstern ab und sah Heather in die Augen. »Ich auch.«

Einen Moment lang herrschte Schweigen, als sie vor der hölzernen Doppeltür stehen blieben, die in das Gebäude führte.

Denny steckte ihre Hände in die Taschen, um nicht herumzuzappeln. *O Gott, bitte lass sie nicht fragen, ob ich mit raufkommen will, oder erwarten, dass ich sie küsse!* Sie hatte ihre gemeinsame Zeit genossen und wollte Heather nicht wehtun, aber die einzige Frau, die sie küssen wollte, war vermutlich oben, in der Wohnung neben Heathers. Verdammt, Salem hatte recht. Sie war total auf Eliza fixiert und hätte nicht zu dieser Verabredung gehen sollen. Jetzt hatte sie ein schlechtes Gewissen, denn Heather hatte etwas Besseres verdient als ein Date mit einer Frau, die ständig an eine andere dachte.

Heather umklammerte den Riemen ihrer Handtasche mit beiden Händen und erwartete offensichtlich, dass Denny etwas sagen oder tun würde.

»Sollen wir …?« Denny zeigte zwischen ihnen hin und her.

»Ähm …« Heather hob beide Augenbrauen.

»Wieder mal zusammen ausgehen«, sagte Denny so schnell, dass der ganze Satz wie ein einziges Wort klang.

Heather sah sie eine Weile an. »Ich würde gern noch mal mit dir zu Abend essen, aber um ehrlich zu sein, wäre es mir lieber, wir gehen als Freundinnen weg, nicht zu einem Date.«

»O ja, sicher, total. Ich meine, das wäre mir auch recht.«

Heather ließ ihre Handtasche los und versetzte Denny einen spielerischen Klaps auf die Schulter. »Kling bloß nicht so erleichtert.«

»Das bin ich nicht! Du bist großartig, wirklich. Du bist schön und witzig, aber …« Dennys Blick ging wieder zu den Fenstern hinauf. *Du bist nicht Eliza.* Sie biss sich auf die Unterlippe. *Scheiße.* Sie war geliefert. Total geliefert.

»Es ist einfach kein Funke übergesprungen«, beendete Heather für sie den Satz.

Denny nickte. »Nun ja, es gab definitiv einen Freundschaftsfunken, aber …«

Heather beugte sich vor und küsste sie auf die Wange. »Ich weiß deine Ehrlichkeit zu schätzen und ich stimme dir zu. Ich wäre gern mit dir befreundet, also lass uns in Kontakt bleiben, okay?«

»Einverstanden«, sagte Denny, ohne zu zögern.

Als Heather die Doppeltür aufschloss und im Gebäude verschwand, rieb sich Denny die Stirn. *Verdammt!* Sie hatte gehofft, zwischen Heather und ihr würde es so gut laufen, dass sie nicht mehr an Eliza denken müsste. Doch jetzt, wo das Date hinter ihr lag, hatte sie auf dem Heimweg nur einen einzigen Gedanken: Morgen würde sie Eliza wiedersehen.

»Himmel, jetzt wirst du schon zur Stalkerin!«, brummte Eliza. Aber sie konnte sich nicht davon abhalten, alle paar Minuten den Film zu pausieren, um dem Geräusch des Aufzugs oder Schritten auf dem Flur zu lauschen.

Würde Heather allein zurückkehren oder würde sie Denny auf ein Glas Wein einladen?

Und was wäre, wenn Denny nicht nur auf ein Glas Wein blieb und sie ihr morgen früh über den Weg laufen würde? Wäre sie in der Lage, so zu tun, als wäre alles in Ordnung, während ihre Freundinnen sich verliebte Blicke zuwarfen?

Ihr wurde übel. Warum musste ihre beste Freundin ausgerechnet mit der Frau ausgehen, die sie …?

Eliza erstarrte. *Mit der Frau, die ich … was?*

Die Fahrstuhltüren glitten geräuschvoll auf und Schritte hallten durch das Treppenhaus.

Eliza sprang auf und rannte zur Tür. Fast wäre sie dabei auf den Hintern gefallen, als ihre sockenbedeckten Füße unter ihr wegrutschten. Sie hielt sich an der Klinke fest und spähte durch die Milchglasscheibe in ihrer Wohnungstür.

Eine einzelne Gestalt kam auf sie zu.

Sie öffnete die Tür einen Spaltbreit. Wenn es Mr Drayton war, ihr Nachbar zur anderen Seite, der von einem Spaziergang mit seinem

Zwergpudel zurückkehrte, könnte er einen Blick auf ihr Schlafzeug erhaschen, das aus einem Slip und einem alten, langen T-Shirt bestand.

Aber es war unverkennbar Heather, die an ihr vorbeiging.

Eliza streckte ihre Hand aus der Tür und winkte. »Heather!«

Heather ging zurück und blickte durch den Spalt. »Oh, hey, du bist ja noch wach!«

Eliza nickte. »Ich habe mir einen Film angesehen.« Um ehrlich zu sein, konnte sie nicht einmal sagen, was sie sich angesehen hatte. »Möchtest du reinkommen?« Sie versuchte, beiläufig zu klingen.

Heather lachte und zog die Tür auf. »Tu doch nicht so, als würdest du nicht vor Neugierde platzen! Du bist die schlechteste Schauspielerin, die ich kenne.«

Eliza bohrte sich die Fingernägel in ihre Handflächen. Wenn Heather nur wüsste, wie gut sie im Moment schauspielerte! Sie führte sie in die Wohnung, setzte sich im Schneidersitz auf die Couch und schaltete den Fernseher aus, um Heather ihre volle Aufmerksamkeit zu widmen. »Und? Wie war es?«

»Kann ich ein Glas Wein oder Wasser haben, bevor du mit dem Verhör beginnst?«, fragte Heather. »Ich bin am Verdursten.«

»Habt ihr zum Essen nichts getrunken?«

»Nicht einen Tropfen. Ist ’ne lange Geschichte.«

Eliza sprang auf und stellte einen neuen Geschwindigkeitsrekord im Öffnen einer Weinflasche auf. Ihre Nerven waren gespannt wie die Stahlseile eines Fahrstuhls und jede weitere Sekunde, die sie warten musste, verging mit schmerzhafter Langsamkeit.

Als Eliza ihr ein Glas Rotwein in die Hand drückte, blinzelte Heather. »Wow. Das nenne ich prompten Service! Davon könnte sich die Kellnerin im italienischen Restaurant eine Scheibe abschneiden.«

Die Kellnerin interessierte Eliza nicht. Sie wollte wissen, wie es mit Denny gelaufen war. »Also? Wie war es? Was hatte sie an? War sie nervös? Werdet ihr wieder zusammen ausgehen? Hat sie dich geküsst?«

Heather brach in Gelächter aus. »Noch mehr Fragen fallen dir wohl nicht ein.«

»Sag schon!«

Heather ließ lächelnd ihren Rotwein im Glas kreisen. »Lass mich mal überlegen. Ganz okay; Anzug und Krawatte; o ja; nicht so, wie du vermutlich denkst; nein.«

Eliza schwirrte der Kopf. Sie hatte ihre Fragen in so schneller Abfolge gestellt, dass sie nun nicht in der Lage war, ihnen Heathers Antworten zuzuordnen. »Warum erzählst du mir nicht alles von Anfang an? Und lass nichts aus!«

»Na ja, der Anfang war ziemlich ereignislos. Sie starrte auf die Speisekarte, als hätte das Ding sie hypnotisiert. Als die Kellnerin unser Essen brachte, hatte sie höchstens zwei Sätze zu mir gesagt.«

O nein. Arme Denny. Ein Restaurant als Treffpunkt war keine gute Wahl gewesen. Eliza wollte für das nächste Date eine andere Aktivität vorschlagen, aber die Worte blieben ihr im Hals stecken. Es war schwer genug, sich die Details von Heathers und Dennys erstem Date anzuhören, da wollte sie nicht auch noch eine zweite Verabredung anregen. »Und was ist dann passiert? Ist sie ein wenig entspannter geworden?«

»Nicht, solange wir im Restaurant waren. Die Kellnerin hat sie angestarrt, als hätte Denny einen Teller voller süßer Kätzchen bestellt.«

»Warum das denn?« Denny war stets höflich und respektvoll. Warum sollte sie jemand derart unfreundlich behandeln?

Heather warf ihr einen vielsagenden Blick zu. »Na ja, wegen der Art, wie Denny aussieht.«

Eliza runzelte die Stirn. Vor ihrem geistigen Auge entstand ein Bild von Denny. In letzter Zeit geschah das ständig. Es fiel ihr nicht schwer, sich das hellblaue Hemd vorzustellen, das Denny auf der Kirmes getragen hatte. Der Stoff spannte sich ein wenig über ihren starken Armen und vollen Brüsten, und die Farbe des Hemds ließ die bezaubernde Röte auf ihren Wangen noch stärker hervortreten, wann immer sie verlegen wurde. »Was stimmt denn nicht mit ihrem Aussehen?«

Heather stellte ihr Weinglas ab und umarmte sie. »Bleib, wie du bist.«

Eliza erwiderte die Umarmung einen Moment lang und wich dann zurück, um Heather zu mustern. »Im Ernst. Ich verstehe es nicht.«

»Weil du kein homophobes Arschloch bist, dessen Vorstellungen davon, wie eine Frau auszusehen und sich zu kleiden hat, aus dem Jahr 1740 stammen.«

Eliza starrte sie an. Zorn stieg in ihr auf, bis sie das Gefühl hatte, dass gleich Dampf aus ihren Ohren quellen würde. »Was für eine blöde Kuh! Hast du ihr wenigstens deine Gabel in den Hintern gebohrt?«

»Glaub mir, ich habe es in Betracht gezogen.«

Beide nahmen zeitgleich einen Schluck Wein.

»Was hat Denny getan?«, fragte Eliza.

»Nicht viel. Sie blieb höflich und tat so, als ob sie es nicht bemerkt hätte, obwohl sie vermutlich am liebsten rausgestürmt oder unter den Tisch gekrochen wäre, um sich zu verstecken.«

Eliza leerte ihr Weinglas mit großen Schlucken. Es klirrte, als sie es schwungvoll auf dem Couchtisch abstellte.

Heather beugte sich nach vorn, um sie eingehend zu mustern. »Das regt dich wirklich auf, oder?«

»Natürlich!« Das Wort platzte förmlich aus Eliza heraus. Sie nahm sich einen Moment Zeit, um sich zu beruhigen, bevor sie fortfuhr. »Wenn einer meiner Freunde derart behandelt wird, dann macht mich das so wütend, dass ich am liebsten etwas an die Wand werfen würde.« *Ja, red dir das bloß ein.* Natürlich wäre sie wütend geworden, wenn ein anderer Freund so behandelt worden wäre, aber tief im Inneren wusste sie genau, dass es ihren Zorn zusätzlich angefacht hatte, weil es um Denny ging.

»Keine Sorge.« Heather tätschelte Elizas Knie. »Der Abend lief entschieden besser, nachdem wir unser Essen haben einpacken lassen und gegangen sind, ohne ein Trinkgeld zu geben.«

»Im Ernst?« Einerseits war Eliza froh, das zu hören, aber andererseits war sie sich nicht sicher, ob sie sich wirklich wünschte, dass das Date perfekt lief.

»Ja. Wir sind in den Park gegangen und haben ein Picknick gemacht. Irgendwo im Hintergrund hat jemand Geige gespielt.«

»Klingt, ähm, romantisch«, sagte Eliza um den Kloß in ihrem Hals herum.

Heather zuckte mit den Schultern. »Mit der richtigen Person wäre es das sicher gewesen.«

Eliza ging in Abwehrhaltung. »Was soll das denn heißen?«

Heather hob beide Hände und kicherte nervös. »Sollte ich mir Sorgen machen, dass du mir eine Gabel in den Hintern bohrst?«

Eliza krallte ihre Fingernägel in die Handflächen, um sich zusammenzureißen. Himmel, ihre Gefühle waren heute total außer Kontrolle.

»Hör zu, ich finde Denny wirklich nett«, sagte Heather sanft. »Sobald sie sich entspannt hat, habe ich unsere gemeinsame Zeit genossen, und du hattest recht, sie hat mich wie eine Königin behandelt. Ich bereue es kein bisschen, mit ihr ausgegangen zu sein.«

Das, was sie nicht sagte, hing zwischen ihnen in der Luft.

»Aber?«, fragte Eliza.

»Aber die Chemie hat einfach nicht gestimmt. Sie ist nicht mein Typ und ich glaube, ich bin auch nicht ihrer.«

Was war Dennys Typ? Würde sie sich für eine Frau wie Eliza interessieren? Doch sie hatte bereits beschlossen, dass die Anziehung, die sie Denny gegenüber empfand, höchstwahrscheinlich nicht von langer Dauer sein würde, sodass sie Denny und ihrer Freundschaft bloß schaden würde, wenn sie dem nachgab. Oder etwa nicht?

»Hey, keine Sorge.« Heather beugte sich vor und umarmte sie erneut. »Wir haben gemeinsam beschlossen, lieber Freundinnen zu bleiben. Keine von uns ist deshalb gekränkt.«

Eliza erwiderte die Umarmung und nickte. Ja, es war besser, wenn sie nur befreundet blieben. Und das galt auch für Denny und sie, oder?

Heather leerte ihr Glas und stand auf. »Jetzt musst du mich entschuldigen. So sexy dieses Kleid auch ist, ich kann es kaum erwarten, es endlich auszuziehen und in meinen Lieblingskapuzenpulli zu schlüpfen.«

Als die Tür hinter ihr in Schloss fiel, sank Eliza gegen die Rückenlehne der Couch, drückte sich ein Kissen aufs Gesicht und stöhnte hinein.

Kapitel 15

Am nächsten Morgen drückte Denny das Handy an ihr Ohr und ihre Nase an die Fensterscheibe, während sie nach draußen starrte. »Scheiße, Scheiße, Scheiße!«

Es dauerte ewig, bis Eliza abnahm. »Ja?«

»Eliza, es regnet! Was machen wir bloß?«

»Ähm, Denny, bist du das?«

Obwohl sie Panik schob, löste Elizas Stimme, die etwas heiser klang, bei Denny eine Gänsehaut aus. Dann kam ihr eine Erkenntnis und sie erstarrte. Ihr Blick huschte zu ihrer Armbanduhr, dann nach draußen, wo graue Wolken die aufgehende Sonne verdunkelten. »Scheiße, Scheiße, Scheiße«, wiederholte sie das heutige Mantra. Es war sechs Uhr am Samstagmorgen. »Ich habe dich aufgeweckt, oder? Tut mir echt leid.«

»Schon okay.« Eliza klang jetzt wacher. »Mein Wecker hätte ohnehin gleich geklingelt, weil ich heute auf dem Markt arbeite. Was ist los? Ist bei dir alles in Ordnung?«

»Ja. Nein. Es regnet! Und zwar in Strömen, nicht nur ein bisschen Nieselregen!«

Es dauerte eine Weile, bis Eliza antwortete. Vermutlich war sie aufgestanden, um aus dem Fenster zu sehen. »Sieht so aus.«

»Es sollte nicht regnen! Ich habe diese Woche den Wetterbericht im Auge behalten und die haben für das ganze Wochenende strahlenden Sonnenschein vorhergesagt!« Denny lief im Zimmer auf und ab. »Salem und ich haben eine Schnitzeljagd für Bella und ihre Freundinnen geplant, aber kannst du dir vorstellen, wie ein halbes Dutzend Mädchen durch den Regen stapft? Die Zettel mit den Hinweisen werden sofort nass und es dauert sicher keine fünf Minuten, bis die Mädchen nach Hause gehen wollen.«

»Gibt es einen Plan B?«, fragte Eliza.

»Ich habe vorgeschlagen, dass wir zum Bowling gehen, aber Salem sagt, Bellas beste Freundin hat das an ihrem Geburtstag gemacht, was bedeutet, dass es für uns keine Option ist.« Denny seufzte. »Wir brauchen etwas Cooles, das noch nie jemand gemacht hat. Etwas, das die Mädchen nicht zu kindisch finden, für das sie aber auch nicht zu jung sind. Außerdem darf es nicht allzu viel kosten und –«

»Denny?« Elizas warme, ruhige Stimme durchbrach Dennys Panik.

»Ja?«

»Ich übernehme das. Es sei denn, du musst das erst mit deiner Schwester absprechen.«

»Nein«, sagte Denny. »Wir wechseln uns bei der Planung von Bellas Geburtstagsfeier immer ab und dieses Jahr bin ich an der Reihe. Aber du arbeitest heute auf dem Markt. Du hast keine Zeit für –«

»Vertraust du mir?«

Denny ließ sich auf ihr Bett fallen. »Natürlich«, sagte sie, ohne zu zögern.

»Ist für das Essen schon gesorgt?«

»Ja. Ich dachte, ich könnte den Mädchen dabei helfen, ihre eigenen Pizzen zu belegen.«

»Großartig«, sagte Eliza. »Du kümmerst dich um das Essen und ich kümmere mich um das Unterhaltungsprogramm. Ich habe eine Idee und ich verspreche, dass es etwas ist, das Spaß macht und zugleich nicht teuer ist.«

Es war verlockend. Aber konnte sie das wirklich von Eliza verlangen? »Was ist mit dem Markt?«

»Ich wollte sowieso früher gehen, damit ich rechtzeitig zu Bellas Feier komme. Heather hat bereits zugestimmt, unseren Stand zu übernehmen, und wenn ich sie mit einer Salamipizza besteche, ist sie sicher bereit, ein oder zwei Stunden früher einzuspringen.«

Zum ersten Mal, seit sie aufgewacht war und den Regen draußen gesehen hatte, konnte Denny richtig durchatmen. »Vielen Dank. Gott, ich könnte dich küssen!«

Es wurde still in der Leitung.

Denny umklammerte ihr Handy mit einer Hand, während sie sich mit der anderen vor die Stirn schlug. *Sie ist heterosexuell, das weißt du doch! Sie will nicht geküsst werden.* »Ähm, das habe ich nur so gesagt. Ist natürlich nicht wörtlich zu nehmen.«

»Nein, natürlich nicht«, sagte Eliza mit einem nervösen Kichern. »Könntest du mich eine Stunde früher abholen, damit ich mein geheimes Unterhaltungsprogramm vorbereiten kann?«

»Ja, kein Problem.«

»Ich simse dir meine Adresse.«

»Nicht nötig«, sagte Denny. »Ich habe Heather gestern nach Hause gebracht, deshalb weiß ich, wo du wohnst.«

»Ach, stimmt.«

Wieder herrschte Stille. Denny war unbehagliches Schweigen im Umgang mit anderen Leuten gewohnt, aber zwischen ihr und Eliza war das völlig neu und sie wusste nicht, was sie davon halten sollte.

Schließlich räusperte sich Eliza. »Du und Heather, seid ihr ...?«

»Es gibt kein Wir. Ich meine, wir werden sicher nie ein Paar werden. Aber sie ist großartig. Ich kann verstehen, warum sie deine beste Freundin ist.«

»Gut. Ich meine, ich bin froh, dass ihr euch so gut verstanden habt. Als Freundinnen.« Eliza murmelte etwas Unverständliches, als würde sie Selbstgespräche führen. »Ich sollte jetzt lieber Schluss machen. Ich muss meine Steine zählen.«

»Deine Steine zählen?«, wiederholte Denny.

»Du wirst später sehen, was ich meine.« Mit dieser mysteriösen Antwort beendete Eliza das Gespräch.

Denny ließ das Handy auf ihre Brust fallen und blickte erneut auf ihre Uhr. Sie hatte sechs Stunden Zeit, um das Wohnzimmer zu dekorieren, Bellas Geschenk abzuholen und einen Weg zu finden, mit Eliza zu interagieren, ohne sich ihre Gefühle für sie anmerken zu lassen. Leider waren zwei dieser Dinge leichter zu bewerkstelligen als das dritte.

Eliza lehnte sich auf dem Beifahrersitz von Dennys in die Jahre gekommenem Subaru Outback zurück und sah zu, wie Denny den Wagen sicher über die Ross Island Bridge lenkte. Sie verkniff sich ein Grinsen. Denny behielt beide Hände am Steuer, und ihr Gesichtsausdruck war so konzentriert, als würde sie die Königin von England oder eine wertvolle Fracht chauffieren.

»Was ist?«, fragte Denny, ohne den Blick von der Straße abzuwenden.

»Nichts. Ich denke nur nach.« Das hatte sie in letzter Zeit oft getan, war aber noch zu keinem schlüssigen Ergebnis gekommen.

»Worüber?«

»Ach, nur darüber, dass du die beste Tante der Welt sein musst.« Eliza lächelte, als Denny wie erwartet rot wurde. »Du hast dich wirklich ins Zeug gelegt für deine Nichte. Das finde ich toll.«

Denny ging vom Gas, als sie sich einer roten Ampel auf der anderen Seite der Brücke näherten. »Ich möchte nur sichergehen, dass sie einen schönen Geburtstag hat. Bella ist großartig, aber sie hat es nicht immer leicht, weil sie ohne Vater und ohne Großeltern aufwächst.«

Eliza konnte sich vorstellen, dass das für alle Beteiligten schwer sein musste. Sie streckte die Hand über die Mittelkonsole und drückte sanft Dennys Bein dicht oberhalb des Knies.

Der Subaru kam mit quietschenden Reifen vor der Ampel zum Stehen. Denny starrte auf die Hand auf ihrem Bein hinab.

Eliza ließ schnell los. »Entschuldige, ich ...«

»Nein, nein, ist schon gut.« Dennys Gesicht nahm die rote Farbe ihres Chambrayhemds an. »Du hast mich nur überrascht.«

Das Gefühl kenne ich gut. Das Bedürfnis, Denny zu berühren, um sie zu trösten, hatte auch Eliza überrascht. Sie faltete die Hände auf ihrem Schoß, um Denny nicht noch einmal anzufassen.

Als die Ampel auf Grün schaltete, fuhr Denny über die Kreuzung.

»Also«, sagte Eliza, als die Stille im Auto zu lange andauerte, »hat Bella ihr Geschenk gefallen?«

Dennys ernste Miene entspannte sich zu einem Lachen. »Und wie! Ich habe das Gefühl, wenn wir sie lassen, würde sie den Vogel heute Abend mit ins Bett nehmen! Als ich losgefahren bin, hat sie gerade eine Liste mit möglichen Namen zusammengestellt. Sei also darauf gefasst, dass sie dich nach deinen Lieblingsnamen fragt.«

»Ich bin vermutlich nicht die richtige Person für Ratschläge zur Namensgebung.«

»Oh, da steckt doch sicher eine interessante Geschichte dahinter!« Denny schaltete die leise Musik aus, als ob sie kein Wort verpassen wollte.

»Als ich klein war, hatte meine Familie einen Chops.«

»Einen was?«

»Einen Chops«, wiederholte Eliza. »Das ist ein Mischling aus einem Mops und einem Chihuahua.«

Denny warf ihr einen Blick aus dem Augenwinkel zu. »Das hast du dir ausgedacht.«

Eliza lachte. »Nein, ich schwöre, es gibt sie wirklich. Jedenfalls haben mir meine Eltern erlaubt, einen Namen für unseren Chops auszusuchen. Ich habe tagelang darüber nachgedacht, weil ich wollte, dass er den perfekten Namen bekommt. In der Zwischenzeit hat er die Lieblingsschuhe meiner Mutter zerstört, die Couch von oben bis unten abgeleckt und die Hausaufgaben meiner Schwester gefressen – was ihr der Lehrer natürlich nicht geglaubt hat.«

»Und wie hast du ihn dann genannt? Räuber?«

Eliza hielt sich gerade noch rechtzeitig davon ab, Denny einen spielerischen Klaps auf den Arm zu geben. Woher kam dieses plötzliche Bedürfnis, sie ständig zu berühren? Sie klemmte ihre Hände unter die Oberschenkel. »Nein. Ich habe ihn Wehe genannt.«

Denny runzelte die Stirn. »Wehe?«

»Ja, denn das war der Satz, den meine Eltern und Geschwister am häufigsten zu ihm gesagt haben: ›Wehe, du wagst es!‹«

Dennys Gelächter – melodiös, herzlich und ungehemmt – hallte durch das Auto und brachte Eliza zum Lächeln. Sie liebte diese Momente, in denen Denny ihre Schüchternheit vergaß.

Sie tauschten Geschichten über ihre Kindheit aus, und ehe Eliza sichs versah, bog Denny nach links in eine ruhige Seitenstraße in Lents ein und hielt den Wagen vor einem grauen, zweistöckigen Reihenhaus. »Ich weiß, es ist nicht das schönste Viertel der Stadt, aber die Miete ist erschwinglich und die Nachbarn sind nett«, sagte Denny.

Diesmal gab Eliza dem Bedürfnis nach, Denny zu berühren, und legte ihr beruhigend eine Hand auf den Arm. »Es gefällt mir.«

Da es immer noch regnete, warf Denny ihre Jacke über den Karton mit Elizas Bastelsachen und den Geschenken, die Eliza für sie aufbewahrt und eingepackt hatte. Gemeinsam rannten sie zur Haustür.

Denny schloss sie auf, den Karton an ihre Brust gepresst, und hielt Eliza die Tür auf.

»Danke.« Eliza trat ein und sah sich um.

Ein kurzer Flur führte zum Esszimmer, das mit Ballons, Luftschlangen und einer bunten Happy-Birthday-Girlande dekoriert war. In der offenen Küche gab eine Glasschiebetür den Blick auf einen winzigen, eingezäunten Hinterhof frei. Zu ihrer Linken führte eine Treppe in die obere Etage. Das Häuschen wirkte etwas abgewohnt, aber sehr gemütlich.

»Die Schlafzimmer von Salem und Bella sind oben«, sagte Denny, als sie die Tür hinter ihnen schloss. »Meines ist hier unten und ich habe auch ein eigenes Bad.«

»Schön.« Für eine introvertierte Person wie Denny war es wahrscheinlich wichtig, eine Rückzugsmöglichkeit zu haben.

Lautes Trampeln auf der Treppe kündigte Bellas Ankunft an. »Mama«, rief sie über die Schulter. »Sie sind da!« Auf den letzten Stufen wurde sie langsamer und Eliza konnte in ihren grünbraunen Augen denselben schüchternen Ausdruck wie in denen ihrer Tante erkennen.

Denny schlang einen Arm um die Schultern ihrer Nichte und zog sie an ihre Seite.

Die beschützende Geste ließ Eliza innerlich dahinschmelzen.

»Das ist Bella, das Geburtstagskind.« Der Stolz in Dennys Stimme war unverkennbar, ebenso wie die Ähnlichkeit zwischen den beiden. Bellas Haare waren länger und reichten bis zu ihren Schulterblättern, aber die Farbe war das gleiche Sandbraun wie Dennys. »Bella, das ist Eliza, eine gute Freundin von mir.«

Eliza lächelte das Mädchen herzlich an. »Hallo. Alles Gute zum Geburtstag.«

Die Treppe knarrte, dann gesellte sich eine Frau in Elizas Alter zu ihnen.

Sie war größer und schlanker als Denny, aber Eliza hätte sie überall als Dennys Schwester erkannt. Mit ihren grünbraunen Augen wirkte sie wie die femininere Version von Denny.

»Hallo. Du bist sicher Eliza.« Sie nahm Elizas Hand und schüttelte sie herzlich. »Ich bin Salem. Es ist schön, dich endlich kennenzulernen. Ich habe schon so viel von dir gehört.«

»Ach?« Eliza warf Denny einen neugierigen Blick zu. »Was hat sie dir von mir erzählt?«

Denny errötete bis zu den Wurzeln ihres sorgfältig gestylten Haares. »Äh, sollten wir uns nicht auf die Party vorbereiten?« Sie nickte hinab auf den Karton in ihren Armen.

»Es gibt nicht viel vorzubereiten«, sagte Eliza. »Stell einfach alles auf den Tisch und wenn du Zeitungen hast, kannst du sie schon mal auf der Tischplatte ausbreiten.«

Das ließ sich Denny nicht zweimal sagen. Sie trug den Karton zum Esstisch. Bella war ihr dicht auf den Fersen und hüpfte immer wieder in die Höhe, um einen Blick in den Karton zu erhaschen.

Eliza blieb mit Salem zurück.

»Ich kann dir nicht genug dafür danken, dass du Bellas Feier gerettet hast«, sagte Salem. »Bitte sag mir, wie viel du ausgegeben hast, damit ich dir deine Auslagen erstatten kann.«

»Nicht nötig. Ich hatte alles Material zu Hause und Denny sagt, sie bezahlt mich in Pizza.«

»Eine Frau, die Pizza als Währung akzeptiert!« Salem schlang locker einen Arm um sie und führte sie ins Esszimmer. »Ich mag dich jetzt schon.«

Denny blickte von den Klarlackflaschen auf, die sie eben auf den Tisch gestellt hatte. Das Olivgrün ihrer Augen schien von innen heraus zu leuchten, als sie Eliza anlächelte.

Eliza erwiderte das Lächeln und freute sich, dass Dennys Familie sie zu mögen schien. Nicht, dass sie von etwas anderem ausgegangen wäre, denn sie verstand sich mit den meisten Menschen gut. Aber Dennys Schwester und ihre Nichte waren ein wichtiger Teil ihres Lebens, darum war ihre Meinung Eliza wichtig.

»Das ist super.« Bella hielt mehrere Lackstifte hoch. »Schau mal, Mama! Sie hat Sachen zum Steine bemalen mitgebracht.«

»Und das ist noch nicht alles.« Eliza ging zum Tisch, zog den Umschlag mit dem Gutschein aus ihrer Handtasche und hielt ihn Bella hin. »Es ist nur eine Kleinigkeit, aber ich dachte, du könntest es gut gebrauchen, jetzt, da du ein neues Haustier hast.«

Bella sah sie mit großen Augen an. »Wow. Danke.« Vorsichtig wie eine Katze, die von einer Fremden ein Leckerli angeboten bekam, nahm sie Eliza den Umschlag aus der Hand, doch dann riss sie ihn eifrig auf.

»Willst du nicht warten, bis deine Freundinnen hier sind?«

Aber Bella zog bereits die Karte aus dem Umschlag, sodass ihre Mutter verstummte.

»Es ist ein Abo für Vogelfutter und -spielzeug! Ich bekomme jeden Monat eine Überraschungsbox zugeschickt. Und schau!« Bella hielt eine Glückwunschkarte in die Höhe, auf der ein grüner Wellensittich abgebildet war. »Der Vogel auf der Karte sieht genauso aus wie meiner!«

»Toll!« Salem wandte sich Eliza zu. »Ich wollte auch so eine Karte besorgen, konnte aber keine finden. Wo hast du sie her?«

»Meine Mutter hat sie gemacht. Sie ist Illustratorin für Kinderbücher.«

Salem betrachtete sie kopfschüttelnd. »Erstaunlich. Du hast dich wirklich ins Zeug gelegt, obwohl du Bella gar nicht kennst. Scheinbar hat Denny nicht übertrieben, als sie uns gesagt hat, wie großartig du bist.«

Hatte Denny das wirklich gesagt? Eliza sah sie an.

»Ähm, Bella, warum lässt du die restlichen Päckchen nicht für später übrig und zeigst Eliza deinen Wellensittich, bevor deine Gäste kommen?«, fragte Denny. Leise fügte sie hinzu: »Während ich deine Mutter umbringe und ihre Leiche irgendwo verscharre.«

Lachend folgte Eliza Bella die Treppe hinauf. Es würde sicher ein interessanter Nachmittag werden.

Der Duft von zerlaufenem Käse und Tomatensoße drang Denny in die Nase, aber das war es nicht, was sie in der Küche hielt. Sie lehnte sich an die Anrichte und schaute zum Esstisch, wo die Bastelparty in vollem Gange war.

Bella und ihre Freundinnen sahen aufmerksam zu, als Eliza ihnen zeigte, wie man die Steine bemalte.

Ihr glänzendes kastanienbraunes Haar fiel ihr ins Gesicht, als sie einen der Lackstifte kräftig schüttelte. Mit einer geistesabwesenden Handbewegung strich sie sich die Strähne hinter das Ohr und lachte dann über etwas, was eines der Mädchen gesagt hatte.

Gott, sie war unglaublich schön. Denny wurde warm ums Herz, während sie Eliza beobachtete.

Als Salem zu ihr in die Küche kam, sah Denny rasch weg und versuchte, unauffällig dreinzublicken.

Salem lehnte sich neben ihr gegen die Anrichte. »Sie kann gut mit Kindern umgehen. Ich bin beeindruckt. Ich habe noch nie gesehen, wie ein halbes Dutzend Elfjähriger jemandem so aufmerksam zugehört hat.« Salem lachte und deutete zum Tisch. »Bei dir habe ich das auch noch nie erlebt.«

Denny warf ihr einen grimmigen Blick zu. »Ich behalte nur die Pizza im Auge.«

»Ja, klar, die Pizza. Die ist wohl kaum das Einzige, was du im Auge behältst.«

»Hör auf damit, Salem.« Denny zog den Namen ihrer Schwester in die Länge so wie früher, wenn Salem als kleines Mädchen etwas angestellt hatte. »Du findest das vielleicht lustig, aber meine Freundschaft mit Eliza ist für mich eine ernste Sache, okay?«

Salem hörte auf zu lachen und legte Denny eine Hand auf den Arm. »Ich mache mich nicht lustig über dich oder –«

»Mama! Tante Denny!«, rief Bella. »Schaut mal! Ich hab Kiwi draufgemalt!« Sie hielt ihren Stein in die Höhe. Der grün-gelbe Vogel war unschwer als Kiwi zu erkennen. So hatte sie schließlich ihren Wellensittich mit Elizas Hilfe benannt. »Versucht es auch mal. Das macht total Spaß.«

Denny und Salem sahen einander an, dann tätschelte Salem Dennys Arm. »Lass uns später reden«, sagte sie leise, bevor sie sich zu Eliza und den Mädchen an den Tisch setzte.

»Du auch, Tante Denny!«

Denny machte einen zögerlichen Schritt auf den Tisch zu. »Äh, da ist kein Platz mehr.« Jeder Zentimeter des Tisches war mit Zeitungen, Steinen, Acrylstiften und verschiedenen Klarlackflaschen bedeckt und die Mädchen saßen Schulter an Schulter.

Eliza zog einen Hocker in die winzige Lücke zwischen ihr und Bella und bedeutete Denny, sich zu setzen. »Für einen mehr ist immer Platz am Tisch, wie meine Mutter zu sagen pflegte.« Sie legte Denny einen Stein hin und breitete eine Handvoll Farbstifte vor ihr aus. »Hier. Versuch es mal.«

Sie saßen so dicht beieinander, dass Denny die Wärme spürte, die von Elizas Körper ausging und die ihre eigene Temperatur ansteigen ließ. Als sie nach einem der Stifte griff, berührten sich ihre Knie. Es bedurfte Dennys ganzer Willenskraft, um nicht die Augen zu schließen. Sie hoffte, dass ihre Stimme nicht zu heiser klang, als sie sagte: »Ich habe keine Ahnung, was ich malen soll. Was hast du auf deinen Stein gemalt?«

»Da wir anfangs nur SMS ausgetauscht haben, dachte ich mir, ich male ein ganz besonderes Emoji.« Eliza schob ihren Stein zu Denny herüber, damit diese ihn sich ansehen konnte.

Selbst bei etwas so Einfachem wie einem Emoji war Elizas künstlerisches Talent offensichtlich. Das grinsende gelbe Gesicht blickte mit roten Wangen hinter einer Brille mit schwarzer Fassung hervor.

»Was ist daran so besonders?«, fragte Denny.

»Ähm, es ist ein Denny-Emoji.« Eliza wandte den Blick ab.

Denny starrte sie an. »Du hast ein Emoji aus mir gemacht? Was bedeutet es denn?«

»Es ist ein sehr vielseitiges Emoji. Es kann alles Mögliche bedeuten.«

»Ach ja?«

Eliza blickte auf und nickte. »Ja.«

Sie sahen einander in die Augen und die Handbreit Luft, die sich zwischen ihnen befand, schien vor einer Energie zu vibrieren, die Denny nicht benennen konnte.

»Hey, ihr zwei.« Salem winkte ihnen vom anderen Ende des Tisches aus zu. »Ihr nehmt den gelben Marker in Beschlag. Könnt ihr ihn mir mal rüberwerfen?«

Denny riss sich von Elizas Anblick los. »Entschuldige, Schwesterchen. Ich brauche die Gelb.« Sie schnappte sich den Stift vom Tisch. »Ich mache ein Eliza-Emoji.«

Es stellte sich heraus, dass Steinmalerei nicht so einfach war, wie es schien. Vielleicht war es aber auch nur Elizas Nähe, die ihre Hände zittern ließ, als sie ein gelbes Gesicht auf ihren Stein zeichnete. Sie hatte nicht lange genug gewartet, bevor sie Augen und Mund aufgemalt hatte, sodass sich die gelbe und die schwarze Farbe ein wenig vermischten und die Gesichtszüge verschwommen wirkten. Zumindest die Haare des Emoji sahen großartig aus. Nachdem sie zwei Schichten Klarlack aufgetragen hatte, glänzten sie genauso wie Elizas Haar.

Eliza lehnte sich zu ihr herüber, um den Stein zu betrachten.

Wie konnte sie bloß so wundervoll duften, obwohl sie Stunden damit verbracht hatte, eine Horde Kinder zu unterhalten? Denny atmete unauffällig ihren Duft ein.

»Meine Augen sehen ein wenig verschwommen aus«, sagte Eliza.

Ihr warmer Atem strich über Dennys Wange. Ein Schauder durchlief Denny, und sie biss die Zähne zusammen, um nicht aufzustöhnen. »Das ist der Eliza-vor-der-ersten-Tasse-Tee-Emoji«, sagte sie und bemühte sich, ganz normal zu klingen.

Eliza lachte. »Ach, das erklärt es. Aber warum sind auch die Lippen verschwommen?«

Dennys Blick glitt hinab zu Elizas Lippen. Wenn sie wirklich eine Superheldin wäre, wären diese Lippen ihr Kryptonit. Sie verkniff sich die erste Antwort, die ihr in den Sinn kam: weil sie gründlich geküsst worden waren. »Ähm, verschmierter Lippenstift, glaube ich.«

»Verstehe.« Tief in Gedanken versunken klopfte Eliza mit dem Zeigefinger gegen diese sinnlichen Lippen. »Und was bedeutet das Eliza-Emoji?«

Alles. Es bedeutet mir alles. Doch diesen Gedanken behielt Denny natürlich für sich. Sie suchte nach einer netten und zugleich harmlosen Antwort, doch alles, was ihrem überlasteten Gehirn einfiel, klang wie ein Gedicht, das ein verschossener Teenager geschrieben hatte.

Als der Ofenwecker klingelte, ließ sie das Eliza-Emoji fallen. Es landete klappernd auf dem Tisch.

»Pizza!« Bella und ihre Freundinnen rannten jubelnd in die Küche.

»Rettung in letzter Sekunde«, murmelte Salem, bevor sie ihnen folgte.

Innerhalb kürzester Zeit blieben Eliza und Denny allein am Tisch zurück. Obwohl es nun genügend Platz gab, wich keine von ihnen zurück. Denny saß wie angewurzelt da, weil sie Angst hatte, eine Dummheit zu machen, falls sie sich rührte. Ihr Herz trommelte so laut gegen ihre Rippen, dass sie fürchtete, Eliza könnte es hören. Sie musste unbedingt etwas sagen und diesen seltsamen Trancezustand unterbrechen, aber sie hatte keine Ahnung, worüber sie geredet hatten. »Ähm, danke«, krächzte sie schließlich. Sie deutete zum Tisch. »Für alles.«

Eliza schenkte ihr ein warmes Lächeln, aber ihr Blick blieb ernst und forschend auf Denny gerichtet. »Gern geschehen.« Sie berührte Denny leicht am Arm.

Da Denny die Ärmel ihres Hemds hochgekrempelt hatte, streiften Elizas Finger ihre Haut. Jede Zelle in Dennys Körper war sich der Berührung bewusst.

Einen Moment lang saßen sie beide reglos da.

»Wem gehören die Pizzen mit Spinat und Artischockenherzen?«, rief Bella.

Eliza ließ Dennys Arm los und schaute weg.

»Mir«, sagten beide gleichzeitig und blickten einander an.

»Ich hole sie.« Als Eliza in die Küche eilte, umklammerte Denny die Tischkante und atmete tief durch. *Heiliges Kanonenrohr.*

Als es an der Tür klingelte, schnitt Taylor eine Grimasse. »O nein, ich glaube, das ist mein Vater.«

Abgesehen von Addison und Kaylee, die über Nacht bleiben würden, war sie die letzte von Bellas Freundinnen, die abgeholt wurde.

Die Geburtstagsfeier neigte sich dem Ende zu und Eliza verabschiedete sich ebenso ungern wie die Mädchen.

In echter Portland-Manier hatte der Regen kurz nach dem Essen aufgehört. Sie waren nach draußen gegangen und hatten einige der bemalten Steine versteckt, damit ihre Nachbarn sie finden konnten. Es hatte Spaß gemacht, die Mädchen so begeistert von ihren Kreationen zu sehen, aber am meisten hatte Eliza es genossen, Denny bei der Interaktion mit ihrer Familie zuzusehen. Das liebevolle Necken hatte sie mehr als einmal zum Lachen gebracht.

Irgendwie waren ihr alle bereits so vertraut, dass sie kaum glauben konnte, dass sie Salem und Bella erst vor fünf Stunden kennengelernt hatte.

Als sich die Tür hinter Taylor und ihrem Vater schloss, stand Eliza auf. »Ich glaube, ich sollte jetzt lieber auch gehen.« Sie sah Denny an. »Falls du Zeit hast, mich nach Hause zu fahren.«

Denny erhob sich mit offensichtlichem Widerwillen und krempelte ihre Ärmel herunter. »Ja, klar.«

Bella blickte von Dennys Laptop auf, wo sie sich mit ihren Freundinnen die *Gefiederte-Freunde*-Webseite ansah. »Jetzt schon? Aber es ist doch Wochenende. Kannst du nicht auch übernachten?«

»Ähm …« Mit einer solchen Einladung hatte Eliza nicht gerechnet.

Salem legte ihrer Tochter eine Hand auf die Schulter. »Wo soll sie denn schlafen, Schatz? Niemand über achtzehn möchte in einem Schlafsack am Boden übernachten.«

»Sie könnte bei dir oder Tante Denny im Bett schlafen«, sagte Bella.

Der Knopf von Dennys Ärmel riss ab und kullerte durch das Esszimmer. Schließlich blieb er vor dem Geschirrspüler liegen.

Elizas Herz schlug schneller. Was war bloß mit ihr los? Es war eine völlig harmlose Bemerkung gewesen. Sie hatte schon mehrfach das Bett mit Freundinnen geteilt. Warum brachte der Gedanke, bei Denny zu übernachten, ihren Puls zum Rasen? Sie hatte angenommen, dass ihre Schwärmerei für Denny nachlassen würde, wenn sie mehr Zeit mit ihr verbrachte, aber das Gegenteil schien der Fall zu sein.

Denny war so rot im Gesicht, wie Eliza sich fühlte. »Das ist keine gute Idee. Äh, ich meine, du hast Heather doch versprochen, ihr eine Pizza mitzubringen, oder?«

»Ja, stimmt.« Eliza warf Bella einen bedauernden Blick zu. »Meine beste Freundin hat unseren Stand auf dem Kunsthandwerkermarkt übernommen, damit ich den Tag mit euch verbringen konnte.«

Bella nickte. »Dann hat sie sich wohl ’ne Pizza verdient. Vielleicht klappt es ja nächstes Mal.«

Eliza lächelte und freute sich, dass Bella ein zweites Treffen bereits für selbstverständlich hielt. Auch sie hoffte, mehr Zeit mit Denny und ihrer Familie verbringen zu können. Vielleicht konnte sie ihnen sogar ihre eigene Familie vorstellen. *Mein Gott, was denke ich da?*

Jetzt war sie schon wie SongBoy77, der sie beim ersten Date zu seiner Familie hatte mitnehmen wollen. Einige ihrer Freunde, selbst solche, die sie schon seit Jahren kannte, hatten nie ihre Familie kennengelernt. Es war ihr nicht wichtig erschienen. Aber bei Denny war alles anders, und sie konnte noch immer nicht verstehen, wie anders es war und warum.

Salem und zu ihrer Überraschung auch Bella umarmten sie.

Denny hielt ihr ihre Jacke hin und Eliza schlüpfte mit einem leisen »Danke« in die Ärmel. Dabei war sie sich Dennys Nähe und der flüchtigen Berührung ihrer Hand an ihrem Hals sehr bewusst. Ein Kribbeln schoss hinab bis in ihre Zehenspitzen. Wow, unglaublich! Sie konnte sich nicht daran erinnern, jemals so auf irgendjemanden, ob nun Mann oder Frau, reagiert zu haben.

Salem, Bella und ihre Freundinnen folgten ihnen nach draußen und winkten, als sie in Dennys Auto stiegen.

Einige Minuten lang schwiegen beide. Zum allerersten Mal wusste Eliza nicht, was sie zu Denny sagen sollte. Sollte sie ihr von diesen neuen Gefühlen erzählen, sie vielleicht fragen, ob sie sich in gleicher Weise zu ihr hingezogen fühlte? Aber selbst wenn Denny dasselbe empfand, was würde das für sie bedeuten?

Wäre Denny ein Mann gewesen, wären die nächsten Schritte offensichtlich: Sie würden ein paarmal miteinander ausgehen, würden sich küssen und dann … Sie schob den Gedanken beiseite, bevor er in erotische Gefilde abschweifen konnte. War sie bereit, mit Denny auszugehen, nicht als Freundinnen, sondern als Paar? War sie bereit, Denny zu küssen? Denn falls sie sich nicht sicher war, hatte sie nicht das Recht, etwas zu sagen. Denny hatte etwas Besseres verdient als eine verwirrte Heterofrau, die nicht wusste, was sie wollte.

Denny hielt an einer roten Ampel an und sah zu ihr herüber. »Alles in Ordnung?«

»Klar. Ich glaube, ich bin nur müde.«

Denny lachte.

Der Klang erfüllte Eliza mit Wärme.

»Kann ich mir vorstellen«, antwortete Denny, als die Ampel grün wurde und sie Gas gab. »Den Tag mit einem halben Dutzend Elfjähriger zu verbringen, kann einen schon müde machen.«

»Ach was. Sie waren wunderbar, vor allem Bella. Sie erinnert mich sehr an dich.« Eliza klappte den Mund zu. Mist. Im Grunde hatte sie Denny gerade gesagt, dass sie wunderbar war. Nun ja. Denny war tatsächlich wunderbar und es war nichts dabei, ihr das zu sagen, oder nicht?

»Das höre ich oft. Die Leute denken meistens, sie wäre meine Tochter, nicht Salems.« Stolz schwang in Dennys Tonfall mit. »Aber so sehr ich sie auch liebe, bin ich irgendwie doch froh, dass sie es nicht ist. Schwangerschaft und Wehen …« Sie schüttelte sich. »Nein danke. Das ist nichts für mich.«

»Ach, ich weiß nicht.« Eliza grinste. »Du könntest in Sankt Unbefleckte Empfängnis entbinden.«

Beide lachten los und die Anspannung zwischen ihnen verschwand.

Den Rest des Weges scherzten sie wie gewohnt miteinander und die Zeit verging wie im Flug. Es schien nur Minuten zu dauern, bis Denny vor Elizas Wohnhaus hielt.

Sie stieg aus und holte den Karton mit den Bastelsachen aus dem Kofferraum.

Dann standen sie sich auf dem Bürgersteig gegenüber, Denny mit dem Karton, während Eliza den Behälter mit Heathers Pizza in der Hand hielt.

»Soll ich dir helfen, alles nach oben zu bringen?«, fragte Denny.

Eliza schüttelte den Kopf. »Nein, nicht nötig. Ich will nicht, dass du einen Strafzettel bekommst, weil du hier parkst.« Sie stellte die Pizza auf den Karton und nahm Denny beides ab.

Nun, da sie von ihrer Last befreit war, schob Denny die Hände in die Taschen ihrer weiten Jeans. »Nochmals vielen Dank für alles. Du warst die Heldin des Tages.«

»Jederzeit wieder. Es hat Spaß gemacht.«

Beide wechselten von einem Fuß auf den anderen.

Eliza wollte sich nicht einfach verabschieden und weggehen. Sie sehnte sich nach einer Umarmung von Denny. Aber der Bürgersteig war noch feucht vom Regen, und wenn sie die Schachtel abstellte, würde sie nass werden.

»Tja dann. Ich gehe jetzt lieber.« Denny nahm eine Hand aus ihrer Tasche und rückte ihre Brille zurecht. »Vielleicht braucht Salem Hilfe, um die Mädchen ins Bett zu scheuchen.« Trotz ihrer Worte machte sie keine Anstalten, ins Auto zu steigen.

Zum Teufel mit dem Karton. Da war nichts drin, was unbedingt trocken bleiben musste. Eliza stellte die Schachtel ab, stieg darüber hinweg und öffnete einladend die Arme.

Denny trat so schnell näher, als hätte auch sie sich nach einer Umarmung gesehnt.

Eliza ließ sich an sie sinken und umklammerte ihren Rücken mit beiden Händen. Das Gefühl, sich eng an Dennys weichen und doch kräftigen Körper zu kuscheln, ließ ihren Kopf schwirren. Der frische, sportliche Duft von Dennys Parfüm stieg ihr in die Nase. Eliza rieb ihre Wange an der weichen Lederjacke und atmete tief ein. *Mmh.* An niemandem sonst hatte Männerparfüm je so gut gerochen.

Gott, das fühlte sich an wie … Ihr fehlten die Worte, um es zu beschreiben. Vorhin, als sie am Tisch Steine bemalt und sie Dennys Arm berührt hatte, hatte sie dasselbe empfunden. Aber das war nicht der Grund, warum ihr dieses Gefühl so vertraut erschien. Nur konnte sie nicht sagen, woher sie es kannte. Ihr Gehirn konzentrierte sich aufs Fühlen, nicht aufs Analysieren.

Denny hielt sie noch enger an sich gedrückt, dann ließ sie mit einem Seufzer, der Elizas Haare zerzauste, los und trat zurück. »Ich, ähm …« Sie zeigte auf ihren Wagen.

Eliza nickte, denn ihr Mund war zu trocken, um etwas sagen zu können.

Als Denny um ihr Auto herum zur Fahrerseite ging, verfehlte sie den Bordstein, stolperte und ruderte mit den Armen, um das Gleichgewicht zu wahren.

Elizas Herz schlug schneller, diesmal vor Sorge. »Hast du dir wehgetan?«

»Nein, alles in Ordnung.« Dennys Wangen nahmen ein noch leuchtenderes Pink an. Rasch kletterte sie hinter das Steuer.

Sie winkten einander durch das Fenster hindurch zu.

Denny startete den Motor und fuhr los. Innerhalb von Sekunden wurde der Subaru immer kleiner, bis er schließlich in der Ferne verschwand.

Eliza stand noch eine Weile reglos da, bevor sie sich bückte und den Karton mit dem Pizzabehälter darauf aufhob. Sie presste beides an ihre Brust, so wie sie eben noch Denny an sich gedrückt hatte. Der Duft von Dennys Parfüm umgab sie noch immer und sie hoffte, dass er nicht so bald verfliegen würde.

Als sie in den Aufzug stieg und sich von ihm in den ersten Stock bringen ließ, kam ihr eine Erkenntnis. Deshalb war ihr dieses Gefühl so vertraut vorgekommen! In Dennys Armen fühlte sie sich wie auf dem Wikingerschiff in jenem Moment der Schwerelosigkeit, als das Schiff den höchsten Punkt erreicht hatte: übermütig und so glücklich, dass sie am liebsten einen Freudenschrei ausgestoßen hätte, gleichzeitig aber auch verängstigt.

Nun stellte sich ihr die Frage: Wollte sie von Bord gehen oder sich festklammern und auf eine wilde Fahrt gefasst machen?

Salem ließ sich neben Denny auf die Couch fallen, als hätten sich sämtliche Knochen in ihrem Körper in Luft aufgelöst. Schwach wedelte sie mit der Hand in Richtung Bellas Zimmer. »Puh, ich dachte schon, sie würden nie aufhören zu kichern und endlich einschlafen!«

Denny wackelte auf dem Couchtisch mit den Zehen. Selbst nach einer Schicht an der Kasse war sie selten so erschöpft gewesen, aber das lag nicht nur daran, dass sie den ganzen Tag versucht hatte, mit einer Horde Elfjähriger im Zuckerrausch mitzuhalten. Hauptsächlich lag es daran, dass sie den ganzen Tag über bemüht gewesen war, ihre Gefühle im Griff zu behalten, wenn sie in Elizas Nähe war. »Wie hast du es geschafft, dass sie endlich Ruhe geben?«

»Ich habe Bella gesagt, dass der Lärm Kiwi nicht guttut und ich ihn mit nach unten nehme, wenn sie nicht schlafen gehen.«

Der Name, den Eliza vorgeschlagen hatte, brachte Denny zum Grinsen.

Salem musterte sie. »Wieso grinst du so?«

»Kann ich nicht gut gelaunt sein, nachdem ich eine erfolgreiche Party für meine Lieblingsnichte geschmissen habe?«, fragte Denny. »Sie war doch ein voller Erfolg, oder?«

»Machst du Witze? Bella hat den Tag in vollen Zügen genossen, vor allem, weil sie mit der coolen, künstlerisch veranlagten Freundin ihrer Tante angeben konnte.«

Dennys Lächeln wuchs in die Breite. Eliza war bei den Mädchen gut angekommen. »Du findest sie auch nett, oder?«

»Natürlich. Obwohl …«

Denny drehte den Kopf und kniff die Augen zusammen, während sie sich darauf vorbereitete, Eliza zu verteidigen. »Was soll das heißen?«

»Obwohl ich sie sicher nicht so sehr mag wie du.« Salem grinste frech.

»Salem ...« Denny senkte ihre Stimme zu einem warnenden Knurren.

Salem hob die Hand. »Lass mich nur eine Sache sagen, dann bin ich still.«

»Das wäre ja mal etwas ganz Neues«, murmelte Denny.

»Ich würde dich für diese Bemerkung treten, aber dafür bin ich zu müde. Wie dem auch sei, ich habe euch zusammen beobachtet, und verzeih mir, wenn ich das so offen sage, aber das sah für mich nicht wie eine einseitige Schwärmerei aus.«

Denny wollte es abstreiten, aber sie hielt sich zurück. Salem war ihre Schwester. Wenn sie sich ihr nicht anvertrauen konnte, wem dann? »Okay, ich gebe es zu. Ich glaube, es ist längst mehr als eine harmlose Schwärmerei, vermutlich schon, seit ich sie persönlich kennengelernt habe.« Sie ließ ihren Kopf gegen die Rückenlehne der Couch sinken. »Es ergibt keinen Sinn, denn ich kenne sie erst seit zwei Monaten und habe sie nur dreimal getroffen, aber ... Gott, ich fühle mich so zu ihr hingezogen! Und nicht nur, weil sie so verdammt hübsch und so unglaublich nett ist. Ich versuche, vernünftig zu sein, aber mein Herz weigert sich, auf meinen Verstand zu hören.« Sie zögerte und warf einen Blick auf Salem, bevor sie leise hinzufügte: »Ich glaube, wenn ich nicht aufpasse, könnte ich mich wirklich ernsthaft in sie verlieben.«

»Was du nicht sagst«, murmelte Salem.

Denny nahm die Füße vom Couchtisch, um sich ihr zuzuwenden. »Ich weiß, was du gleich sagen wirst. Und du hast recht. Mein Herz an eine heterosexuelle Frau zu verlieren, noch dazu eine, die mehr als zehn Jahre jünger ist, gleicht einem emotionalen Selbstmord. Das ist mir klar. Aber du brauchst dir keine Sorgen zu machen. Ich werde darüber hinwegkommen.« Sie seufzte. »Irgendwie. Irgendwann.«

»Das wollte ich eigentlich gar nicht sagen.«

»Ach nein?«

»Nein«, sagte Salem. »Was ich sagen wollte, ist: Es sah für mich nicht so aus, als ob deine Schwärmerei völlig unerwidert ist.«

Denny starrte sie an. Ein Flattern ging durch ihren Bauch, und sie konnte nicht sagen, ob es angenehm oder unangenehm war. Es fühlte sich wie eine komplizierte Mischung aus beidem an. Sie wollte ihrer Schwester unbedingt glauben und sich mit jeder Faser ihres Körpers an ihre Worte klammern, aber gleichzeitig wollte sie sich zusammenrollen und sich schützend die Hände auf die Ohren pressen. »Tu das nicht, Salem. Mach mir keine Hoffnungen. Ich weiß, dass Eliza mich mag, aber für sie bin ich nur eine Freundin.«

»Klar, so wie Matt nur ein Freund für mich war, bevor wir zum ersten Mal miteinander ausgegangen sind.«

»Es gibt einen wichtigen Unterschied zwischen Matt und Eliza.« Denny hielt einen Finger hoch.

Ein Grinsen schlich sich auf Salems Gesicht. »Eliza rasiert sich die Beine?«

Denny schaute sie missmutig an. »Es ist mir ernst. Matt interessiert sich für Frauen, Eliza nicht. Sie ist heterosexuell.«

»Na ja, ich kenne mich mit Heterosexualität ziemlich gut aus. Und lass dir gesagt sein, sollte ich jemals eine Frau so ansehen, wie sie dich heute angeschaut hat, würde ich anfangen, meine sexuelle Orientierung zu hinterfragen.«

Denny zog die Knie an ihre Brust. Doch egal, wie fest sie drückte, sie konnte den Hoffnungsschimmer, der sich in ihrem Inneren ausbreitete, nicht ersticken. »Na super. Jetzt hast du es geschafft. Vielen Dank auch, Schwesterherz. Jetzt werde ich jede noch so kleine Berührung, jeden Blick, jedes Wort genau unter die Lupe nehmen, weil ich nach Hinweisen suche, dass sie in mir doch mehr sieht als nur eine Freundin. Diese verflixte Hoffnung ist schlimmer als die Gewissheit, dass sie mich nie so sehen wird.«

»Warum kommst du nicht gleich zur Sache und fragst sie einfach?«

»Ich soll sie fragen?« Denny ließ ihre Knie los, als sie ihre Schwester anstarrte.

Salem zuckte mit den Schultern. »Warum nicht? Ihr beide redet doch jeden Tag stundenlang. Ich habe gehört, wie du ihr Sachen erzählt hast, von denen ich kaum gewusst habe. Warum also nicht in den sauren Apfel beißen und sie fragen, ob sie jemals etwas anderes als Freundschaft für dich empfinden könnte?«

»Auf keinen Fall.« Denny schüttelte so heftig den Kopf, dass sie Sternchen sah. »Das könnte ich nie tun. Wenn du dich irrst, werden wir nie wieder entspannt miteinander umgehen können. Ihre Freundschaft bedeutet mir zu viel, um das zu riskieren.«

»Angsthase.«

Denny zog ein Kissen unter sich hervor und warf es nach ihr.

Salem fing es auf und schon war die Kissenschlacht in vollem Gange.

Denny verlor sich eifrig in der körperlichen Aktivität und versuchte, all ihre Ängste und Sorgen für den Moment zu vergessen.

Nach einigen Minuten hob Salem beide Hände und schwenkte eine imaginäre weiße Flagge. »Ich ergebe mich!«

Denny senkte das Kissen und ließ sich wieder auf die Couch fallen. Wenn sie doch nur ihre Gefühle für Eliza genauso leicht bezwingen könnte.

Kapitel 16

Auf der Liste der Dinge, von denen Eliza nie gedacht hätte, dass sie diese irgendwann googeln würde, stand *Woher weiß ich, ob ich bisexuell bin* definitiv ganz oben. Doch nun verbrachte sie den Sonntag nach Bellas Geburtstagsfeier damit, online Artikel über sexuelle Fluidität zu lesen und einen Fragebogen zur Bestimmung ihrer sexuellen Orientierung auszufüllen.

Statt Licht ins Dunkel zu bringen, verwirrte das Quiz sie nur noch mehr. »Ich würde eine Frau küssen«, las sie eine der Fragen laut vor. Ihr Blick huschte zwischen den beiden Antwortmöglichkeiten, *richtig* oder *falsch*, hin und her.

Für sie ließ sich das nicht mit einem klaren Ja oder Nein beantworten. Wenn sie ganz abstrakt darüber nachdachte, tendierte sie instinktiv dazu, auf *falsch* zu klicken. Sie wollte nicht einfach irgendeine Frau küssen. Aber was war mit Denny?

Sie stellte sich vor, wie sie sich zum Abschied umarmten, so wie gestern, doch anstatt loszulassen und zu ihrem Auto zu gehen, zog Denny sie zu sich heran und nahm Elizas Gesicht zärtlich in ihre breiten Hände. Eliza konnte fast ihren warmen Atem auf ihren Lippen spüren, als Dennys Gesicht immer näher kam. Ihr Herz klopfte in einem hektischen Rhythmus, und all ihre Aufmerksamkeit fokussierte sich auf Denny, bis sie nur noch ihre weichen Lippen sah.

Einen Moment bevor sie sich küssen konnten, holten ein Klopfen und das Geräusch eines Schlüssels im Türschloss sie in die Realität zurück.

Eliza zuckte zusammen und schlug ihren Laptop zu.

Heather öffnete die Tür und winkte mit einem leeren Tupperware-Behälter. »Pizza zum Frühstück ist lecker! Wenn du mit Denny redest, sag ihr bitte Danke von mir.«

Durch die bloße Erwähnung von Dennys Namen fühlte sich Eliza wie eine Jugendliche, die beim Anschauen eines Pornos erwischt worden war.

Heather setzte sich neben sie auf die Couch und warf ihr einen neugierigen Blick zu. »Was ist los mit dir?«

»Nichts. Ich bin nur ein bisschen müde.« Gern hätte Eliza mit jemandem geredet, aber noch war sie nicht so weit. Außerdem wäre Heather vielleicht nicht die geeignete Person, da sie auf einem Date mit Denny gewesen war. Sie wollte ihre beste Freundin nicht in eine unangenehme Situation bringen.

Heather musterte sie interessiert. »War wohl 'ne wilde Party gestern. Als du mir die Pizza vorbeigebracht hast, bist du so schnell verschwunden, dass ich nicht einmal Zeit hatte, nachzufragen.«

»Ich würde eine Bastelparty für eine Horde Elfjähriger nicht unbedingt *wild* nennen.«

»Ja, wenn das der Höhepunkt deiner sozialen Interaktion ist, machst du was falsch. Aber keine Sorge. Ich habe genau das Richtige für dich. Dein Privatleben wird in Kürze viel aufregender werden. Ich habe den perfekten Mann für dich gefunden!« Heather zückte ihr Handy, als wäre es ein Umschlag, der den Namen eines Oscargewinners enthielt.

Widerwillig blickte Eliza auf das Display, doch als sie die *No-More-Frogs*-App erkannte, nahm sie das Handy nicht entgegen. »Weißt du was? Ich glaube, ich nehme mir eine Auszeit und gehe eine Weile nicht mehr mit Männern aus.« Sie biss sich auf die Unterlippe. *Mit überhaupt niemandem.* Das war es doch, was sie gemeint hatte, oder? Oder zog sie wirklich in Erwägung, mit Denny auszugehen, falls diese überhaupt interessiert wäre?

»Komm schon. Ich habe ein gutes Gefühl dabei. Er ist Kunstschmied. Denk nur an all den wunderschönen Schmuck, den ihr beide zusammen machen könnt.« Heather stupste sie mit der Schulter an und zwinkerte ihr zu. »Und all die wunderschönen Babys. Schau doch mal. Er ist ziemlich heiß … für einen Mann.«

Als Heather ihr das Handy vor die Nase hielt, sah Eliza genauer hin. Ein gut aussehender Mann Mitte dreißig schenkte ihr ein strahlendes Lächeln, das seine weißen Zähne zeigte. »Ja, ich schätze, er ist ziemlich süß.«

»Ziemlich süß?«, wiederholte Heather. »Er sieht aus wie der Typ aus *The Witcher*. Der, der auch Superman gespielt hat.«

Eliza betrachtete das Foto erneut. Mit seinem dunklen Haar, hellen Augen und einem Grübchen im Kinn ähnelte er Henry Cavill in der Tat ein wenig.

»Er klingt auch nett«, fügte Heather hinzu. Sie las ihr sein Profil vor, bis Eliza kapitulierend beide Hände hob.

»Okay, okay. Ich schicke Henry eine Nachricht und frage ihn, ob er sich auf einen Drink oder einen Kaffee treffen möchte. Bist du jetzt zufrieden?«

Heather lehnte sich auf der Couch zurück und faltete ihre Hände über ihrem mit Pizza gefüllten Bauch. »Ja.«

Eliza warf einen Blick auf den geschlossenen Laptop, wo der Fragebogen zum Thema sexuelle Orientierung auf sie wartete. Sie würde ihn nicht zu Ende ausfüllen. Ein Online-Test war albern, das wusste sie. Vielleicht war ein Date mit einem Mann tatsächlich eine bessere Idee, um sich über ihre Gefühle klarzuwerden.

Aber wenn es eine tolle Idee war, warum fühlte es sich dann so falsch an?

Am darauffolgenden Samstag musste Eliza nicht am Stand der *Gefiederten Freunde* aushelfen, deshalb übernahm sie freiwillig allein den Stand, den sie sich mit Heather teilte, als Dankeschön dafür, dass Heather zweimal hintereinander für sie eingesprungen war. Nachdem sie den Großteil der Woche wie betäubt verbracht hatte, tat das vertraute Treiben auf dem Markt ihr gut.

Gestern war sie bei der Arbeit so abgelenkt gewesen, dass sie versehentlich eine ganze Flasche Holzleim auf ihren Arbeitstisch gespritzt hatte!

Was ihre Woche noch merkwürdiger gemacht hatte, war, dass Denny und sie kaum miteinander gesprochen hatten, und wenn, dann waren sie wie auf Eierschalen umeinander herumgeschlichen, anstatt offen zu reden. Hatte Denny gemerkt, dass etwas mit ihr nicht stimmte? Hielt sie sich von Eliza fern, um ihr Gelegenheit zum Nachdenken zu geben? Oder distanzierte sie sich von ihrer Freundschaft?

Eliza rückte zum zwanzigsten Mal die Anhänger und Tintenfisch-Stifthalter vor sich zurecht. Der Anhänger, der eine gebundene Fliege darstellte, brachte sie zum Lächeln, da er sie an Denny erinnerte. In letzter Zeit erinnerte sie irgendwie alles an Denny.

Sogar eine Person, die drüben am Popcornstand wartete, ließ sie sofort an Denny denken. Die gleiche braune Lederjacke, die gleichen starken Schultern, der gleiche wohlgeformte Hintern.

Eliza riss ihren Blick von dem Fremden los. Himmel, seit wann war sie so vertraut damit, wie Dennys Hintern aussah?

Zum Glück wurde sie von einer Kundin abgelenkt, die sich für ein Paar rosenförmige Ohrringe interessierte.

Sie wandte sich um und wickelte die Ohrringe auf dem kleinen Tisch im hinteren Teil des Stands in Seidenpapier ein. Als sie sich wieder umdrehte, linste ein vertrautes Gesicht um die wartende Kundin herum.

»Hallo.« Bella winkte und strich sich mit einer Hand ihr langes Haar hinter ein Ohr zurück. Die schüchterne Geste erinnerte Eliza an Denny.

»Hallo, Bella! Was machst du denn hier?«

»Mama musste arbeiten, deshalb hab ich mir vorhin mit Tante Denny den Umzug vom Rose Festival angesehen und sie überredet, noch beim Markt vorbeizugehen, um einen Futterspender für Kiwi zu kaufen.« Bella zeigte hinüber zum Stand der *Gefiederten Freunde*. Als die Kundin die Ohrringe bezahlte und ging, trat Bella näher an den Tisch heran. »Jetzt steckt sie beim Popcorn in der Warteschlange fest.«

Elizas Blick huschte hinüber zum Popcornstand. Also hatte sie sich das doch nicht nur eingebildet!

Mit mehreren Tüten beladen kam Denny auf sie zu. Sie trug ein graues Henley-Shirt, das in ihrer weiten Jeans steckte, und hatte ihre Lederjacke lässig über eine Schulter geworfen. »Hi.«

Elizas Mund wurde trocken und sie musste sich räuspern, bevor sie etwas sagen konnte. »Hallo.«

Sie lächelten einander an. Eliza freute sich unheimlich, Denny zu sehen. Es fühlte sich viel länger als eine Woche an, seit sie sich zuletzt gesehen hatten.

»Das Popcorn riecht echt gut.« Bella lehnte sich zu ihrer Tante hinüber.

Auch Eliza lehnte sich ihr entgegen, aber der Duft, der ihre Aufmerksamkeit erregt hatte, war nicht das Karamellpopcorn, sondern Dennys Parfüm.

»Ich habe dir auch welches mitgebracht.« Denny hielt ihr eine der Tüten hin. »Für den Fall, dass du keine Zeit zum Essen hattest.«

»Ich hatte vorhin eine Schinken-Käse-Empanada, aber wer kann schon Popcorn widerstehen?« Eliza griff über den Tisch und nahm die Tüte entgegen.

Ihre Finger streiften einander und ein Schwall von Wärme breitete sich in ihrem Bauch aus.

»Wow. Hast du das gemacht?«

Bellas Frage erinnerte Eliza daran, dass sie nicht allein waren. Sie folgte Bellas Blick.

Das Mädchen bewunderte eines ihrer handgefertigten Notizbücher. Eliza gestaltete die 3D-Einbände aus Polymer-Ton und klebte sie dann auf die Vorderseite eines Notizbuchs. Der Einband, der Bellas Aufmerksamkeit erregt hatte, stellte zwei Drachen dar, einen blau-grünen und einen lilafarbenen, dessen Schuppen golden schimmerten. Ihre Schwänze waren umeinander gewickelt und ihre Nasen berührten sich.

Eliza nickte. »Ja, das stammt von mir.«

»Sieht toll aus.« Bella wandte sich an Denny. »Findest du nicht?«

»Doch, es ist wunderschön.« Dennys Stimme war so sanft wie ihre Geste, als sie mit dem Zeigefinger sacht über den schuppigen Schwanz des lilafarbenen Drachen fuhr.

Ein Schauder durchlief Elizas Körper. Himmel, diese Reaktionen gerieten wirklich langsam außer Kontrolle.

Bella schielte unter ihrem Pony hervor zu ihr herüber. »Würdest du mir zeigen, wie man ein Wellensittich-Notizbuch macht?«

»Ähm, Bella, du kannst nicht einfach davon ausgehen, dass –«

»Gern«, sagte Eliza, bevor Denny ihren Satz beenden konnte.

»Super! Hey, da drüben sind Kaylee und ihre Mutter! Kann ich rübergehen und Hallo sagen?« Bella war schon weg, bevor Denny mit dem Nicken fertig war.

Denny schüttelte den Kopf und lächelte nachsichtig. »Ihre Energie möchte ich haben.«

Eliza grinste sie an. »Fühlst du dich mal wieder wie eine ältere Mitbürgerin?«

Denny zuckte mit den Schultern, was ihre Jacke ein Stück herunterrutschen ließ. Sie bewahrte sie davor, zu Boden zu fallen. »Danke, dass du so geduldig mit ihr bist und zugestimmt hast, ihr zu zeigen, wie man so ein Notizbuch gestaltet.«

»Machst du Witze? Sie ist wunderbar, es ist also alles andere als ein Opfer. Vielleicht könnte ich meine Nichten und meinen Neffen mitbringen, und wir basteln alle gemeinsam.«

»Das wäre toll.« Denny sah hinab auf den Dracheneinband, dann wieder zu Eliza. »Bleibst du bis fünf auf dem Markt?«

Als Eliza einen Blick auf die Uhr warf, stellte sie erstaunt fest, dass es schon nach zwei war. »Nein, ich packe in ein paar Minuten zusammen.«

»Klasse.« Denny schenkte ihr ein schüchternes Lächeln. »Falls du noch nichts vorhast, möchtest du dir mit Bella und mir die Drachenbootrennen ansehen?«

Mist! Eliza konnte sich nichts Schöneres vorstellen, als den Rest des Tages mit Denny zu verbringen. Einen Moment lang war sie versucht, Jared zu simsen und ihr Date abzusagen. Aber sie hatten diese Woche mehrere Nachrichten ausgetauscht und er schien nett zu sein. Er hatte es nicht verdient, dass sie in letzter Minute absagte. »Tut mir leid. Normalerweise gern, aber ich kann nicht. Ich, äh, bin um fünf auf einen Kaffee verabredet und muss vorher noch nach Hause, um mich umzuziehen.«

»Oh. Kein Problem. Ich hoffe, du hast einen schönen Abend.« Denny lächelte, aber es brachte ihre Augen nicht zum Strahlen.

Beide sahen hinüber zu Bella, die sich noch mit ihrer Freundin unterhielt, während zwischen ihnen Schweigen herrschte.

»Du bist also verabredet«, sagte Denny schließlich. »Ist es ein Date?«

Eliza schob das Drachennotizbuch einen Zentimeter nach rechts. »Ähm, ja.« Warum fühlte sie sich so schuldig? Schnell fügte sie hinzu: »Es war Heathers Idee. Sie glaubt, dass sie den perfekten Mann für mich gefunden hat. Aber bei meinem Glück wird er ein weiterer Kandidat für den Schrecklichstes-Eliza-Date-aller-Zeiten-Award sein.«

»Wenn du jemanden brauchst, der dich rettet, lass es mich wissen.«

»Ach, damit du diesmal vortäuschen kannst, Vierlinge zu bekommen?«

Diesmal erreichte Dennys Lächeln ihre Augen. »Nee. Ich werde mir etwas anderes ausdenken. Ich kann nicht zulassen, dass meine Rettungsbemühungen dich langweilen.«

Bella gesellte sich wieder zu ihnen. »Kaylee und ihre Mutter wollen sich auch die Drachenbootrennen ansehen. Können wir zusammen hingehen?«

»Klar«, sagte Denny. »Sag ihnen, ich komme sofort.«

Nach einem kurzen Winken und einem »Tschüss, Eliza«, war Bella verschwunden.

Denny verlagerte die Popcorntüten auf ihrem linken Arm ein wenig. »Selbst falls du nicht gerettet werden möchtest, schick mir eine SMS, wenn du von deinem Date zurück bist, damit ich weiß, dass du gut nach Hause gekommen bist.«

Die Sorge um ihr Wohlergehen hinterließ ein warmes Gefühl in Elizas Magengrube. »Mach ich. Viel Spaß bei den Drachenbootrennen.«

»Danke.« Denny verweilte noch ein paar Sekunden länger vor dem Stand und seufzte dann. »Ich muss los. Bis bald.«

»Bis bald.« Eliza sah ihr nach. Dennys Gang, bei dem die Schultern, nicht aber die Hüften schwangen, war ihr mittlerweile vertraut. Elizas

Instinkte drängten sie dazu, ihr nachzulaufen und zu sagen, sie habe es sich anders überlegt und wolle doch mitkommen. Aber sie hielt sich zurück, denn laut Heather war sie mit dem heißesten Kerl auf *No More Frogs* verabredet.

Ihr Date mit Jared begann mit einer angenehmen Überraschung: Er sah tatsächlich aus wie auf seinem Profilfoto.

Mehrere weibliche Gäste des Cafés blickten ihm nach, als er vorbeiging. Er blieb vor dem Ecktisch stehen, an dem Eliza saß, und lächelte sie mit seinen Zahnpasta-Werbung-weißen Zähnen an. »Hallo, ich bin Jared. Du musst Eliza sein.«

»Ja, die bin ich. Freut mich, dich kennenzulernen.«

Sein Blick glitt nicht hinab zu ihren Brüsten, als sie aufstand, und er versuchte auch nicht, sie auf die Wange zu küssen, sondern begrüßte sie mit einer kurzen, nicht zu engen Umarmung. Sein Rasierwasser erinnerte sie an Dennys Parfüm.

Nein, nein, nein! Dieses Date sollte bestätigen, dass sie sich zu Männern hingezogen fühlte, und sie nicht schon wieder an Denny denken lassen.

Jared holte heiße Getränke für sie beide, wobei er Eliza erst fragte, was sie haben wollte, anstatt einfach für sie zu entscheiden. Dann setzte er sich zu ihr und sie unterhielten sich.

Eliza hatte ein Café anstelle eines Restaurants als Treffpunkt ausgesucht, damit sie sich schnell aus dem Staub machen konnte, falls es nicht gut lief. Doch als sie ihre dritte Tasse Hibiskustee austrank, bemerkte sie, dass draußen die Sonne unterging.

Sie hatten sich über Kunstschmiedearbeiten und Filme unterhalten und festgestellt, dass sie beide erfolglos als Baristas gearbeitet hatten. Nicht ein einziges Mal hatte es peinliche Gesprächspausen gegeben und keiner von ihnen hatte das Gespräch dominiert.

Heute würde sie nicht mit einer lustigen Geschichte über ihr schreckliches Date nach Hause zurückkehren, die sie dann Denny erzählen konnte.

Meine Güte, jetzt denkst du schon wieder an sie. Sie saß hier mit einem witzigen, intelligenten und gut aussehenden Mann und trotzdem kehrten ihre Gedanken immer wieder zu Denny zurück.

Als sie schließlich das Café verließen und Jared sie zur Tür führte, legte er ihr leicht seine Hand auf den Rücken. Die Berührung fühlte sich angenehm an, aber das Kribbeln, das sie erwartet hatte, blieb aus. Es stellte sich kein Gefühl der Schwerelosigkeit ein, das ihr vorgegaukelt hätte, wieder auf dem Wikingerschiff zu sein.

O Gott. Jared erfüllte sämtliche Kriterien auf ihrer Traummannliste und doch empfand sie nichts für ihn. Er rief keine der Reaktionen in ihr hervor, die Dennys Nähe auslöste. Was hatte das zu bedeuten?

Er begleitete sie bis zu der Kreuzung, an der sich ihre Wege trennen würden, da er sein Auto in der entgegengesetzten Richtung ihrer Wohnung geparkt hatte.

»Schöne Schuhe.« Er zeigte auf ihre gelben Sneakers, während sie nebeneinander hergingen.

»Danke«, sagte sie. »Sie sind meine Glücksbringer für erste Dates, aber bisher haben sie nicht sonderlich gut funktioniert.«

Sie blieben an der Straßenecke stehen und wandten sich einander zu.

»Ich hoffe, das hat sich heute geändert«, sagte er. »Ich für meinen Teil habe unser Date genossen. Vor allem die Geschichte von der Frau, die ihren Leguan mit in das Café genommen hat.« Seine leuchtend blauen Augen funkelten, als er lachte.

»Und ich habe nicht einmal übertrieben«, sagte Eliza.

»Das ist es ja gerade, was die Geschichte so lustig macht.« Er sah ihr in die Augen. »Würdest du gern noch einmal mit mir ausgehen? Wir könnten uns nächstes Wochenende den Film ansehen, den du erwähnt hast.«

Sein charmantes Grinsen hätte ihr eigentlich die Antwort abnehmen müssen.

Doch für Eliza ging es bei der Antwort um mehr als nur ein weiteres Date. Es fühlte sich an, als würde diese Entscheidung den Rest ihres Lebens beeinflussen. Und vielleicht war dem auch so.

Diesmal war es Heather, die wie eine Stalkerin auf der Lauer lag und darauf wartete, dass Eliza von ihrem Date zurückkehrte. Als Eliza mit schleppenden Schritten die Treppe hinaufkam, ging Heathers Tür auf, und sie zog Eliza in ihre Wohnung. »Endlich! Ich hab mir schon langsam Sorgen gemacht. Eine Verabredung zum Kaffee dauert normalerweise keine fünf Stunden!«

»Ich habe danach noch einen langen Spaziergang durch den Park gemacht.« Eliza hatte gedacht, das würde ihr helfen, den Kopf freizubekommen, aber sie hatte noch immer nicht richtig verarbeitet, was mit ihr geschah. »Tut mir leid, dass ich vergessen habe, anzurufen.«

»Ich vergebe dir, aber nur, wenn du mir alles genau erzählst.« Heather schloss die Tür hinter ihnen. »Wie war es? Hat er wirklich wie Henry Cavill ausgesehen? War er nett? Hat er dich um ein zweites Date gebeten?«

Eliza zog den Kopf ein, als Heathers Fragen wie Hagel auf sie einprasselten. »Wein«, sagte sie entschlossen. Ein Glas Rotwein würde ihr womöglich helfen, dieses Gespräch zu überstehen.

Heather öffnete eine Flasche Malbec und schenkte ihnen jeweils ein Glas ein. Sie drückte Eliza eines in die Hände und bedeutete ihr, sich zu setzen. »Also?«

Nachdem sie nebeneinander auf der Couch Platz genommen hatten, begann Eliza mit der einfachsten Antwort. »Er sah wirklich aus wie Henry Cavill, inklusive dem Grübchen im Kinn.«

»Er hat nicht zufällig eine Schwester, oder?« Heather seufzte verträumt. »Oder vielleicht eine Cousine?«

»Keine Ahnung. Wir haben nicht über unsere Familien gesprochen.« Sie hatten sich zwar angeregt unterhalten, aber die Gesprächsthemen waren nicht in die Tiefe gegangen und sie hatten nicht über emotionale Dinge gesprochen, so wie es bei Denny vom ersten Tag an gewesen war.

»Also war er nicht sonderlich gesprächig?«

»Doch schon. Wir haben die ganze Zeit geredet und viel gelacht.«

Heather verengte die Augen. »Aber?«

Eliza schwenkte den Wein und sah zu, wie kleine Rinnsale an der Innenseite des Glases nach unten liefen. »Kein Aber. Er schien ein toller Kerl zu sein, und ich hatte zur Abwechslung mal eine Menge Spaß bei einem Date.«

»Puh.« Heather fasste sich erleichtert an die Brust. »Na endlich! Ich hab mich schon langsam schuldig gefühlt, weil ich dich dazu gezwungen habe, mit all diesen Blödmännern auszugehen. Gut zu wissen, dass *No More Frogs* doch kein totaler Fehlschlag ist. Wohin geht ihr beim zweiten Date? Er hat dich doch gefragt, ob du wieder mit ihm ausgehst, oder?«

»Ja, hat er.«

Heather winkte ihr fordernd zu. »Warum muss ich dir jedes einzelne Wort aus der Nase ziehen? Wenn ich gerade von einer tollen Verabredung zurückgekommen wäre, müsstest du mich knebeln, damit ich endlich den Mund halte. Was ist los?«

Eliza stellte ihr Weinglas beiseite. Sie konnte es nicht länger hinauszögern. »Ich werde mich kein zweites Mal mit ihm verabreden.«

»Wie bitte?« Klirrend landete Heathers Weinglas neben Elizas auf dem Couchtisch. »Warum nicht?«

»Er war nett, aber zwischen uns gab es keine besondere Verbindung.« Wenigstens keine von der Art, wie die, die von Anfang an zwischen ihr und Denny bestanden hatte. Denny gab ihr immer das Gefühl, gesehen und verstanden zu werden, während sie gleichzeitig einen Strudel von Emotionen in ihr auslöste.

»Besondere Verbindung?« Heather schnappte sich ihr Glas und nahm einen großen Schluck Wein. »Eliza, ich liebe dich über alles, aber bist du sicher, dass du mit derart unrealistischen Erwartungen zu einem ersten Date gehen solltest? Man verabredet sich doch, um diese Verbindung *aufzubauen*; man kann nicht erwarten, dass sie von Anfang an da ist.«

»Du hast doch auch schon nach dem ersten Date entschieden, dass es mit dir und Denny als Paar nicht klappen würde. Was ist daran denn so anders?«

Heather starrte in ihr Glas. »Hm. Vielleicht hast du recht. Aber du hattest schon viel mehr erste Dates als ich, kommst aber trotzdem immer zur selben Schlussfolgerung, nämlich dass einfach kein Funke übergesprungen ist. Ich möchte nicht, dass du am Ende allein bleibst, weil du nach einem Ideal suchst, das vielleicht gar nicht existiert.«

Eliza griff nach ihrem Weinglas, mehr um sich daran festzuhalten, als um daraus zu trinken. »Es existiert«, flüsterte sie.

»Seit wann bist du so romantisch veranlagt?«

»Seit ...« Eliza biss sich auf die Lippe, bevor ihr der Rest des Satzes herausrutschen konnte. *Seitdem ich Denny kennengelernt habe.* »Ähm, schon seit einer Weile. Ich weiß, du denkst, ich hätte unmöglich hohe Ansprüche, aber ich möchte einfach keine faulen Kompromisse eingehen. Ich will alles. Das ganze Rundum-glücklich-Paket.« *Und ich will es mit Denny.* Der Gedanke war so klar, so endgültig, dass sie gegen die Rückenlehne der Couch sank. *Ach du heilige Makrele.*

Heather rutschte näher und schlang einen Arm um sie. »Und du verdienst auch alles. Bitte glaub nicht, ich würde mir wünschen, dass du dich mit weniger zufrieden gibst.«

»Ich weiß.«

Ein paar Minuten lang saßen sie aneinandergelehnt da und nippten an ihrem Wein.

»Soll ich dir nachschenken?«, fragte Heather, als sie ihre Gläser geleert hatten.

Eliza zögerte. Sollte sie bleiben, sich etwas Mut antrinken und Heather dann ihr Herz ausschütten?

Einerseits sehnte sie sich danach, ihrer besten Freundin alles zu erzählen und sich ihren Rat anzuhören, aber andererseits wollte sie zuerst mit Denny sprechen. Sie redeten immer offen über alles, und sie hoffte, dass dies keine Ausnahme darstellen würde, egal ob Denny dasselbe empfand oder nicht.

Ein Zwitschern aus ihrem Handy kündigte eine Nachricht von Denny an und nahm ihr die Entscheidung ab.

»Nein danke. Ich sollte, äh …«

»Nach Hause gehen und Denny von deinem Date erzählen«, beendete Heather den Satz.

»Äh, ja. So was in der Art.« Eliza stand auf und trug die Gläser zur Spüle. Ihre Beine fühlten sich wackelig an, doch sie wusste, dass das nicht vom Malbec kam. Der Gedanke, mit Denny über ihre verwirrenden Gefühle zu sprechen, raubte ihr den Atem.

Heather brachte sie zur Tür. »Alles in Ordnung?«

Eliza wollte nicht lügen, aber sie war auch noch nicht bereit, die Wahrheit zu sagen. »Mehr oder weniger.« Sie umarmte Heather kurz. »Ich werde dir später alles erzählen. Versprochen.«

»Na schön.« Heather lehnte sich gegen den Türrahmen, und Eliza spürte, wie ihr besorgter Blick ihr bis zu ihrer Wohnung folgte.

Sie winkte ein letztes Mal, bevor sie eintrat. Die Tür schloss sich zwischen ihnen, dann war Eliza allein mit ihrem Handy und ihren aufwühlenden Gefühlen.

Denny hatte Leseproben von mindestens zehn verschiedenen E-Books gelesen, aber keines hatte sie zu fesseln vermocht, vor allem nicht die Liebesromane. Sie brachten sie lediglich dazu, sich Eliza und ihren Begleiter in romantischen Szenarien vorzustellen.

Mit einem leisen Knurren schloss sie ihre Lese-App und checkte ihre Nachrichten.

Vor zehn Minuten hatte sie Eliza gefragt, ob sie gut nach Hause gekommen war, aber noch immer hatte sie keine Antwort erhalten.

Sie legte ihr Handy auf den Couchtisch, ließ sich zurück aufs Sofa fallen und bedeckte ihr Gesicht mit ihrem Unterarm.

Das Geräusch eines Schlüssels in der Tür ließ sie den Arm heben.

Salem betrat das Haus in einem Kleid, das oberhalb der Knie endete, und schwebte förmlich durch den Raum. Als Denny sich aufsetzte, um Platz für sie zu machen, ließ sie sich neben ihr auf die Couch fallen, hüpfte zweimal auf und ab und schlüpfte aus ihren High Heels.

Na toll. Ihre Schwester war von ihrem Date zurückgekehrt, während Eliza noch unterwegs war. Das bedeutete wahrscheinlich, dass Elizas Verabredung super lief und sie sich nicht von dem Typen losreißen konnte. Dennys Magen fühlte sich an, als hätte sie sämtliche Nadeln in ihrem Nähkorb verschluckt. Hatte Eliza ihn mit zu sich genommen oder war sie mit ihm nach Hause gegangen?

Sie verdrängte den Gedanken. Eliza war nicht der Typ, der beim ersten Date Sex hatte.

Aber warum war sie dann noch nicht zu Hause? Falls sie ihr nicht innerhalb der nächsten zehn Minuten eine SMS schickte, würde Denny ihr schreiben, um sich zu vergewissern, dass es ihr gut ging.

»Himmel.« Salem seufzte verträumt. »Dieser Mann kann küssen.«

Denny hielt sich die Ohren zu. »Erspar mir die Einzelheiten. Ich stelle mir lieber vor, dass er sich mit einem höflichen Händedruck von dir verabschiedet hat.« Vor allem zog sie es vor, sich dasselbe für Eliza und ihre Verabredung vorzustellen. Der Gedanke, dass irgendein Kerl Eliza küsste, verursachte ihr Übelkeit.

Salem lachte. »Ja, Matt hat den besten Händedruck aller Zeiten.« Sie wurde ernst. »Noch mal danke, dass du auf Bella aufgepasst hast. War sie brav?«

»Ja. Sie ist ohne Murren ins Bett gegangen.«

Salem warf ihr einen wissenden Blick zu. »Du hast sie mit Ricotta-Käsekuchen bestochen, nicht?«

»Ja. Im Krieg und beim Babysitten ist alles erlaubt.« Außerdem hatte sie Bella versprochen, dass sie Eliza bitten würde, nächstes Wochenende zum Notizbuchbasteln zu ihnen zu kommen, wenn sie ohne Meckern ins

Bett ging. Aber würde Eliza überhaupt Zeit für Bella und sie haben, falls sie sich mit dem Typen von heute Abend blendend verstand?

»Lass Bella bloß nicht hören, dass du es Babysitten nennst. Würde es dir etwas ausmachen, nächsten Freitag wieder auf sie aufzupassen, und diesmal die ganze Nacht? Matt hat mich eingeladen, weil –«

Denny hielt beide Hände hoch. »Ich passe gern auf sie auf, aber erzähl mir bloß keine Einzelheiten.«

»Ich wollte sagen, dass seine Eltern zu Besuch sind und er möchte, dass ich sie kennenlerne. Aber ich schließe auch nicht aus, dass ich bei ihm übernachte«, sagte Salem mit einem sinnlichen Grinsen.

Denny beschloss, den Kommentar zu ignorieren. »Er will dich seinen Eltern vorstellen? Dann ist es wohl ernst zwischen euch.«

Salem zupfte unsichtbare Fusseln von ihrem Kleid. »Du bist nicht die einzige Frau im Hause Jacobs, die bis über beide Ohren verliebt ist.«

Ihre Worte gingen mit der Wucht eines Stromschlags durch Denny hindurch. »Moment! Ich habe nie gesagt, dass ich bis über beide Ohren verliebt bin!«

»Du hast gesagt, es sei mehr als eine Schwärmerei. Was sollte es denn sonst sein? Außerdem brauchst du gar nichts zu sagen. Ich kenne dich, Denny.«

Scheiße! Denny hatte es bisher vermieden, ihre Gefühle genauer zu betrachten, aber sie konnte es nicht leugnen. »Ich freue mich wirklich für dich.« Zumindest hatte sich Salem in jemanden verliebt, der ihre Gefühle erwidern konnte.

»Was ist mit –?« Ein Piepen von Dennys Handy unterbrach Salem, die daraufhin lachte. »Wenn man vom Teufel spricht.«

Das hieß wohl, dass Eliza wohlbehalten zu Hause angekommen war. Denny schnappte sich ihr Handy und öffnete die Nachrichten-App.

Es war tatsächlich eine SMS von Eliza. *Bist du allein?*

Mann, das klang wie ein Versuch, mit ihr zu sexten. Sie gab sich einen mentalen Schlag auf den Hinterkopf. *Denk nicht mal an so was, Jacobs!* »Äh, macht es dir was aus, wenn ich …?« Sie deutete zum Handy und dann in Richtung ihres Zimmers.

»Nein, nur zu«, antwortete Salem. »Ich gehe sowieso gleich ins Bett.«

Denny umarmte sie, eilte dann in ihr Schlafzimmer und beantwortete Elizas SMS. *Ja, bin ich.*

Sofort klingelte ihr Handy und Elizas Name erschien auf dem Display.

»Hallo«, sagte Denny. »Ich hab schon angefangen, mir Sorgen zu machen. Ist alles in Ordnung?«

»Ja, alles bestens«, antwortete Eliza. Im Flüsterton fügte sie hinzu: »Mehr oder weniger.«

Dennys Magen verknotete sich zu einer Brezel. Sie musste erst einmal tief Luft holen, bevor sie sprechen konnte. »Was ist passiert? Er ist dir doch nicht zu nahe getreten, oder?« Gott stehe ihm bei, wenn er handgreiflich geworden war. Denny war kein gewalttätiger Mensch, aber jetzt sah sie vor ihrem inneren Auge, wie sie ihn verprügelte, vorzugsweise mit einem Baseballschläger.

»Nein«, sagte Eliza schnell. »Er war richtig nett.«

Dennys Knie fühlten sich an, als hätte sie gerade hundert Kniebeugen gemacht. Sie ließ sich aufs Bett fallen. »Echt? Du klingst nicht sehr sicher.«

»Doch, wirklich. Er war mir sehr sympathisch.«

Gut, dass sie bereits saß. Denny merkte, dass sie trotz aller Bedenken irgendwie erwartet hatte, dass Eliza mit einer weiteren Schauergeschichte von ihrem Date zurückkehren würde und sie gemeinsam darüber lachen würden. »Oh«, war alles, was sie herausbekam. »Wirklich?«

»Ja.«

Denny schloss ihre Augen. Sie hätte wissen müssen, dass es irgendwann passieren würde. Eliza war zu wunderbar, um sich nicht früher oder später einen anständigen Mann zu angeln. Aber was bedeutete das für Denny? Würde sie es überstehen, wenn Eliza von Dates zurückkehrte und ihr am Telefon von diesem Typen vorschwärmte? Konnte sie es sich anhören, wie Eliza von ihren wachsenden Gefühlen für ihn sprach? Konnte sie lächeln, wenn Eliza ihr sagte, dass sie sich verlobt hatten?

»Denny?«, fragte Eliza. »Bist du noch da?«

»Ja«, krächzte Denny. »Ich bin froh, dass endlich ein Date gut gelaufen ist.« Es war nur zum Teil eine Lüge, sagte sie sich. Sie wollte, dass Eliza glücklich war, und sie hatte von Anfang an gewusst, dass sie ihr Glück nicht mit ihr finden würde.

»Danke, aber ich habe nicht angerufen, um über Henry ... Jared zu sprechen.«

»Nein? Worüber dann?«

Eliza atmete hörbar ein und aus. Es klang wie ein Sturm, der durch den Hörer raste. »Ich ... Ich muss dir etwas sagen. Aber ich würde es lieber persönlich tun, wenn das okay ist. Hast du morgen Zeit, dich mit mir zu treffen?«

Was zum Teufel war hier los? Denny wollte es jetzt sofort wissen. Aber sie war wild entschlossen, Elizas Wünsche zu respektieren und ihr das zu geben, was sie brauchte. »Natürlich«, sagte sie so ruhig wie möglich. »Wann und wo?«

»Vielleicht könnten wir einen Spaziergang am Fluss machen oder so«, sagte Eliza.

»Hört sich gut an. Die Drachenbootrennen finden morgen auch noch statt. Vielleicht möchtest du dir eines ansehen, weil du die Rennen heute ja verpasst hast.«

»Ähm, ja, klar, warum nicht.«

»Soll ich Bella fragen, ob sie mitkommen möchte?« Warum zum Geier hatte sie das gesagt? Hatte sie plötzlich Angst, mit Eliza allein zu sein oder sich anzuhören, was sie zu sagen hatte?

»Normalerweise gern, aber macht es dir etwas aus, wenn wir uns diesmal nur zu zweit treffen?« Elizas Stimme war leise, und Denny glaubte, ein leichtes Zittern zu erkennen.

Ihr Herz schlug ihr bis zum Hals. Nicht zu wissen, warum Eliza mit ihr allein sein wollte, war eine grausame Folter. »Nein, das ist okay. Wann sollen wir uns treffen?« Sie war versucht, Sonnenaufgang vorzuschlagen, da sie wusste, dass sie ohnehin kein Auge zutun würde.

»Ist zehn Uhr zu früh?«, fragte Eliza. »Oder wäre dir nachmittags lieber?«

Auf keinen Fall konnte sie bis zum Nachmittag warten. »Nein, zehn ist in Ordnung.«

Sie verabredeten sich bei den Salmon Street Springs, dann flüsterte Eliza: »Schlaf schön«, und legte rasch auf.

Denny rutschte im Bett nach unten und ließ das Handy auf die Matratze fallen. Ihr Herz pochte so heftig, dass sie das Gefühl hatte, das ganze Bett würde unter ihr vibrieren. Was hatte Eliza ihr zu sagen? Es konnte nichts Gutes sein, dazu hatte sie viel zu ernst geklungen.

Dutzende verschiedener Szenarien gingen ihr durch den Kopf. War Eliza krank? Oder hatte sie es satt, ständig Zeit mit Denny zu verbringen? Ahnte sie, dass Denny mehr als nur Freundschaft für sie empfand? O Gott. Hatte sich Eliza unwohl gefühlt, als Denny sie zum Abschied eng an sich gedrückt hatte?

Sie sprang auf und begann, im Zimmer umherzulaufen. *Beruhig dich.* Das konnte es doch nicht sein ... oder doch? Die Umarmung hatte sich tief in ihr Gedächtnis eingebrannt, deshalb wusste sie genau, dass Eliza sie genauso eng an sich gedrückt hatte. Sie hatte sogar den Kopf auf Dennys Schulter gelegt und es nicht eilig gehabt, sie loszulassen.

Es ging bestimmt um etwas anderes. Aber was?

Sie blickte auf ihre Uhr und stöhnte. Es würde noch elf lange Stunden und siebenunddreißig endlose Minuten dauern, bis sie es herausfand.

Kapitel 17

Gut, dass die Salmon Street Springs nur eineinhalb Kilometer von ihrer Wohnung entfernt waren, sodass Eliza zu Fuß zum Treffpunkt gehen konnte. Hätte sie Heathers Auto ausleihen müssen, hätte sie es sicher schon an der ersten Kreuzung zu Schrott gefahren. Hoffentlich würde Denny die Straßenbahn nehmen.

Aber Denny ahnte nicht, was Eliza ihr sagen wollte … falls sie nicht doch kneifen würde. Wollte sie wirklich einer anderen Frau – Denny – gestehen, dass sie sich zu ihr hingezogen fühlte?

Der Gedanke war immer noch völlig surreal. Was, wenn Denny ihre Gefühle nicht erwiderte? Was, wenn sie dasselbe fühlte? Eliza schluckte. Beide Szenarien machten sie gleichermaßen nervös.

Ihr Herz klopfte laut und übertönte den Verkehrslärm.

Sie wünschte, sie hätte es vorher mit Heather durchgesprochen. Doch ihre Freundin schlief sonntags gern aus, und Eliza hatte jetzt ohnehin den Treffpunkt erreicht. Es war zu spät, sie jetzt noch anzurufen.

Als sie die Straße überquerte, begrüßten sie die Fontänen des Brunnens.

Sie war eine halbe Stunde zu früh, aber sie hatte es keine Minute länger in ihrer Wohnung ausgehalten.

Wegen der Drachenbootrennen war der Waterfront Park für einen Sonntagmorgen ungewöhnlich voll. Die Leute gingen zur Hawthorne Bridge, um sich die Rennen anzusehen, und mehrere Frauen, die T-Shirts mit der kanadischen Flagge trugen, schleppten große Kühlboxen über den Rasen.

Mist! Das war nicht der geeignete Ort für ein Gespräch unter vier Augen. Sie hätte sich das besser überlegen sollen.

Trotz ihrer Nervosität steuerte sie auf eine der Bänke vor dem Brunnen zu. Sie wollte keine Aufmerksamkeit auf sich ziehen, indem sie im Kreis herumlief, während sie auf Denny wartete.

Nach zwei Schritten kam sie stolpernd zum Stehen und starrte zu den Bänken hinüber.

Dort saß Denny. Sie hatte nicht gemütlich die Beine von sich gestreckt, um die Juni-Sonne zu genießen, sondern saß starr und mit hochgezogenen Schultern da, als würde sie erwarten, dass jemand sie gleich ohrfeigen würde.

Nein, nicht jemand. Ich. Eliza wurde übel. Gott, sie hatte ein schönes Durcheinander angerichtet!

Ihre Blicke trafen sich sofort und Denny sah ihr mit weit aufgerissenen Augen entgegen.

»Es ist nichts Schlimmes«, platzte Eliza heraus, sobald sie sie erreichte. »Was ich dir zu sagen habe. Zumindest hoffe ich, dass es nicht schlimm ist.«

»Oh.« Dennys hochgezogene Schultern senkten sich, aber nur um etwa einen Zentimeter. »Dann habe ich also nichts falsch gemacht?«

»Nein! Himmel, nein. Wie kommst du denn darauf?«

Denny scharrte mit dem Schuh über den Boden und Eliza fiel auf, dass auch sie Sneakers anhatte. »Weiß nicht.«

Eliza ließ sich neben ihr auf die Bank sinken. Da eine ältere Frau am anderen Ende Platz genommen hatte, mussten sie dicht beieinandersitzen. Ihre Schultern und Oberschenkel berührten sich, sodass ihr sofort warm wurde.

Das, was sie gleich tun würde, mochte sich vielleicht surreal anfühlen, aber es konnte kein Zweifel daran bestehen, dass ihre Reaktion auf Denny äußerst real war.

Denny schielte aus dem Augenwinkel zu ihr herüber. »Wenn es nicht an mir liegt, was wolltest du mir dann sagen?«

Eliza blickte zu der älteren Frau, die sich nicht einmal die Mühe machte, so zu tun, als würde sie das Gespräch nicht belauschen. »Äh, wie wäre es, wenn wir ein paar Meter gehen?«

Denny sprang auf, als wäre das Stillsitzen auch für sie eine Qual.

Während sie den Weg nach Süden einschlugen und unter der Hawthorne Bridge hindurchgingen, spürte Eliza Dennys fragenden Blick auf sich ruhen.

Schweiß lief Eliza den Rücken hinab. Warum hatte sie nicht geübt, was sie sagen wollte? *Sag es ihr! Siehst du nicht, dass du ihr Angst machst?*

Gerade als sie den Mund öffnete, brach unten am Fluss Jubel aus und vier Boote mit bunt geschmückten Drachenköpfen schossen auf die orangefarbenen Bojen an der Ziellinie zu. Die rasanten Trommelschläge passten zum Rhythmus von Elizas Herzschlag.

»Komm«, rief Denny über die Stimme des Ansagers hinweg, die durch die Lautsprecher dröhnte. »Lass uns noch ein Stück weitergehen.«

Sie folgten dem unbefestigten Pfad, der am Fluss entlangführte, vorbei an der Sprecherkabine und dem belebten Bereich, wo die Teams Schlange standen, um sich anzumelden. Ihre ausgelassenen Gesänge übertönten den Lärm der Zuschauer und lenkten Eliza einen Moment lang ab.

Nachdem sie den Steg passiert hatten, wo die Ruderer ein- und ausstiegen, verklangen die Trommeln und die Stimme des Ansagers in der Ferne, und es wurde leiser.

Doch statt sich zu beruhigen, schlug Elizas Herz immer schneller. Sie wusste, dass sie jetzt endlich sprechen musste, wusste aber nicht, wie beginnen.

Denny steckte ihre Hände in die Hosentaschen und schielte immer wieder zu ihr herüber, ohne sie jedoch zu drängen.

Wie auf eine unausgesprochene Abmachung hin ließen sie den Fluss hinter sich zurück und schlenderten durch den South Waterfront Park Garden, vorbei an mehreren künstlich angelegten Teichen, wo sie allein sein konnten.

Denny beugte sich hinab, hob etwas auf und hielt es Eliza hin.

Es war ein Stein.

Als sie ihn nahm, berührten sich ihre Finger und ein Kribbeln lief Elizas Arm entlang. Sie versuchte, es zu ignorieren, indem sie den Stein betrachtete. Mit seiner glatten Oberfläche und der runden Form war er perfekt zum Bemalen geeignet. *Wie süß!* Selbst in dieser angespannten Situation hatte Denny daran gedacht, den Stein für sie aufzuheben. Nie zuvor war Eliza der Gedanke gekommen, ihr perfekter Partner könnte eine Frau sein, aber hier war sie: diese besondere Verbindung, nach der sie ihr ganzes Leben lang gesucht hatte.

Sie musste ein Risiko eingehen und es ihr sagen. Plötzlich war sie nicht mehr fähig, gleichzeitig zu gehen und zu sprechen, deshalb blieb sie mitten im Schritt stehen.

Auch Denny verharrte. Ihre grünbraunen Augen verdunkelten sich vor Panik.

Eliza umklammerte den Stein in ihrer feuchten Hand. Sie sah von ihren gelben Sneakers, mit denen alles angefangen hatte, zu Denny. Es hieß jetzt oder nie.

Ein Angstschauder lief Dennys Rücken herab, als sie zusah, wie Eliza mit sich rang. Sie wünschte, sie könnte ihre Hand nehmen und sie trösten, aber das würde vermutlich alles nur noch schlimmer machen. Sie ballte die Fäuste in den Hosentaschen und versuchte, Eliza einen beruhigenden Blick zuzuwerfen – was nicht leicht war, da ihre Panik mit jeder Sekunde zunahm.

Eliza öffnete ihren Mund, aber es kamen keine Worte heraus. Sie stampfte mit dem Fuß, als würde sie sich selbst Mut zusprechen. Schließlich platzte sie heraus: »Du bist eine tolle Freundin.«

Denny runzelte die Stirn. Das war doch sicher nicht das, was Eliza beinahe in eine Panikattacke getrieben hatte, oder? »Ähm, danke. Du bist auch eine wunderbare Freundin.«

»Ich habe mich noch nie auf diese Weise mit jemandem verbunden gefühlt.« Eliza deutete zwischen ihnen hin und her. »Vor allem nicht so schnell.«

In Dennys Brust breitete sich ein Gefühl der Wärme aus. Doch bevor sie ihr versichern konnte, dass sie dasselbe empfand, hob Eliza die Hand.

»Das war eigentlich gar nicht das, was ich sagen wollte. Ich meine, es stimmt natürlich und ich schätze unsere Freundschaft sehr, aber ...«

Denny musterte sie eindringlich. Sie war sich immer noch nicht sicher, worauf Eliza hinauswollte. »Ähm, das hört sich an, als wolltest du Schluss machen. Äh, ich meine, mit unserer Freundschaft.« Sie kicherte nervös. Mist. Seit wann kicherte sie denn? »Als ob du versuchst zu sagen: Ich mag dich wirklich, aber ich finde, wir sollten keine Freunde mehr sein.«

»Nein!« Eliza rieb sich mit beiden Händen das Gesicht und stöhnte. »Nein, nein, das ist es ganz und gar nicht. Ganz im Gegenteil. Ich glaube, ich mag dich ... mehr als nur freundschaftlich.«

Denny hörte auf zu atmen. Ein seltsames Summen klang in ihren Ohren. »Du ...« Sie schnappte nach Luft. »Du hast gerade nicht das gesagt, was ich glaube, dass du gesagt hast, oder?«

Eliza nickte mehrmals, als fände sie nicht die richtigen Worte.

Denny öffnete den Mund, aber alles, was herauskam, war ein leises »Oh«. Ihr Gehirn fühlte sich wie Rührei an und war nicht in der Lage, einen klaren Gedanken zu fassen. So viele Emotionen überkamen sie, dass sie nicht alle identifizieren konnte. Eliza empfand mehr als Freundschaft für sie! Sie wollte auf und ab springen, Eliza an sich ziehen und sie küssen, um ihr all die Gefühle zu zeigen, die sich in ihr aufgestaut hatten.

Ein anderer Teil von ihr wollte auf dem Absatz kehrtmachen und davonlaufen. Solche Geschichten hatte sie schon mehrfach gehört und jedes Mal endete es damit, dass der lesbischen Partnerin das Herz gebrochen wurde.

»Bitte sag was. W-Was denkst du gerade?«, fragte Eliza leise. Ihre dunkelbraunen Augen blickten fragend.

Denny schob mit der rechten Hand ihre Brille ein Stück höher und rückte sie dann mit der linken zurecht. »Ich ...« Sie bekam nicht genug Luft, um weitersprechen zu können.

»O Gott.« Eliza bedeckte ihr Gesicht wieder mit ihren Händen. »Ich hätte nicht einfach davon ausgehen sollen, dass du ... Nur weil du lesbisch bist, heißt das nicht, dass du dich zu mir hingezogen fühlst.«

»Doch!« Denny fand endlich ihre Stimme wieder. »Ich fühle mich so sehr zu dir hingezogen, dass es mir schwerfällt, an irgendetwas anderes zu denken, wenn du in der Nähe bist. Selbst wenn du es nicht bist, um ehrlich zu sein. Ich hätte bloß nicht gedacht, dass du je das Gleiche empfinden würdest.«

Ein zaghaftes Lächeln umspielte Elizas Mundwinkel. »Ich auch nicht.«

»Aber jetzt tust du es?«

»Ja.«

Eliza hatte nicht *Ich glaube schon* gesagt. Obwohl das alles neu für sie war, klang sie, als hätte sie viel darüber nachgedacht und wäre sich ihrer Gefühle sicher.

»Wow.« Denny zeigte auf eine Bank in der Nähe. »Können wir da rübergehen? Ich muss mich hinsetzen.«

Ein Kichern entfuhr Eliza. »Ja, ich habe auch das Gefühl, dass ich gleich umfalle.«

Gemeinsam gingen sie zur Bank und setzten sich. Denny achtete darauf, ihr viel Platz zu lassen, aber Eliza schien das nicht zu wollen. Sie rutschte so nahe an Denny heran, dass diese ihre Wärme spüren konnte.

Beide schwiegen eine Zeit lang.

Schließlich sagte Eliza: »Wenn du dich zu mir hingezogen fühlst, warum siehst du dann nicht gerade überglücklich aus?«

»Hast du vorhin die Leute gesehen, die sich jeweils am Bug eines Drachenboots festgeklammert haben?« Denny zeigte zum Fluss. »Diejenigen, die nach der Flagge greifen sollen, um den Sieg für ihr Team zu erringen?«

Eliza nickte.

»So fühle ich mich irgendwie«, sagte Denny. »Voller Eifer und als wäre ich nur Zentimeter davon entfernt, den besten Preis meines Lebens zu gewinnen, zugleich aber auch verdammt nah dran, über Bord zu fallen und verletzt zu werden.«

»Das ist das Letzte, was ich möchte. Dir wehtun, meine ich.« Eliza rutschte näher und griff nach ihrer Hand. Dann erstarrte sie.

Denny hielt Elizas Hand ganz locker und ließ sie die Entscheidung treffen, ob sie loslassen wollte. Ihr Herz schlug so schnell, dass Eliza es sicher in ihren Fingerkuppen spüren konnte.

Nach einem Moment verschränkte Eliza ihre Finger und drückte sie sanft.

Sämtliche Luft entwich aus Dennys Lungen. Behutsam erwiderte sie den Druck von Elizas Fingern und erst jetzt konnte sie das Gefühl genießen, Elizas Hand zu halten. Sie hatte schon mehrmals in ihrem Leben heiße Küsse ausgetauscht und sogar großartigen Sex gehabt, aber im Moment war sie überzeugt, dass dies das wunderbarste Gefühl der Welt sein musste. Sie betrachtete ihre miteinander verschlungenen Finger. Obwohl sie und Eliza ungefähr gleich groß waren, war Elizas Hand zierlicher als ihre, und Denny hielt sie ganz vorsichtig.

Eliza räusperte sich. »Das ist der Grund, warum ich bisher nichts gesagt habe. Um dich nicht zu verletzen.« Ihre Stimme klang heiser, als ließe auch sie das Gefühl, Dennys Hand zu halten, nicht kalt. »Ich wollte erst sichergehen, dass ich mir das nicht nur einbilde.«

Denny blinzelte, als sie diese Information verarbeitete. »Du empfindest also schon seit einiger Zeit so?«, brachte sie mit rauer Stimme heraus. Als Eliza nickte, fragte sie: »Wie lange schon?«

Ein Hauch von Pink färbte Elizas Wangen und ließ sie noch schöner aussehen. »So ziemlich vom ersten Moment an, als wir uns persönlich getroffen haben. Vielleicht sogar schon vorher. Aber als du mich auf der Kirmes zur Begrüßung umarmt hast, wusste ein Teil von mir Bescheid. Ich habe nur nicht verstanden, was ich fühle.« Sie sah Denny in die Augen, und Denny war verblüfft und beeindruckt, wie ehrlich sie war und wie verletzlich sie sich damit machte. »Und du?«

Denny ging in Gedanken all die kleinen Momente und Gespräche durch, die sie teils persönlich, teils am Handy und teils per SMS gehabt hatten. Im Nachhinein war ihr klar, dass ihre Gefühle sehr schnell über Freundschaft hinausgegangen waren. »Ich glaube, für mich war es der

Moment, als du mir ein Bild von dir in Rock und Sneakers geschickt hast.« Sanft stupste sie Elizas gelbe Turnschuhe mit dem Fuß an. Selbst diese winzige Berührung brachte ihren Körper zum Kribbeln.

Eliza riss die Augen auf. Dann lachte sie. »Äh, Denny, das war am allerersten Tag, die allererste SMS, die ich dir je geschickt habe.«

Denny zuckte mit den Schultern. »Ja. Damit hat alles angefangen.«

Eliza wackelte mit den Füßen und betrachtete die kanariengelben Sneakers. »Ich glaube, sie haben mir wirklich Glück gebracht.«

Denny musterte ihr Gesicht, ihre Augen und das Lächeln, das auf ihren sinnlichen Lippen lag. »Du klingst so ruhig, jetzt, da wir einander unsere Gefühle gestanden haben. Macht dir das keine Angst?«

Eliza neigte den Kopf, als müsste sie erst darüber nachdenken, bevor sie antwortete: »Eigentlich nicht.«

Na, wenigstens eine von uns, die keine Panik schiebt. Denny hielt Elizas Hand fester. »Hast du ... hast du schon einmal so etwas empfunden? Für eine Frau?«

»Nein.« Eliza schüttelte vehement den Kopf. »Ich habe Frauen immer bewundert und hübsch gefunden, aber das hat mich total überrascht. Ich hätte nie gedacht, dass ich etwas anderes als heterosexuell sein könnte. Aber ich stamme aus einer sehr liberalen Familie und habe Freundinnen, die lesbisch oder bi sind. Es ist also nicht so, als hätte ich Angst, für alle Ewigkeit im Fegefeuer zu schmoren, wenn ich eine Frau küsse.«

Bedeutete das, dass Eliza sie küssen wollte? Dennys Blick glitt hinab zu Elizas Mund. Er sah so unglaublich weich aus. *Hör auf. Versau nicht alles, indem du es überstürzt.* Sie zwang sich, Eliza stattdessen in die Augen zu sehen. »Das ist, äh, gut. Wirklich gut.«

»Ich sage nicht, dass ich bereits alles für mich geklärt habe oder dass ich nicht hin und wieder einen Moment lang ausflippen werde. Mir gehen so viele Fragen durch den Kopf, dass ich gar nicht weiß, wo ich anfangen soll.« Eliza drückte ihre freie Hand an ihre Schläfe, als wollte sie die Flut der Gedanken zurückdrängen.

Denny strich sanft mit dem Daumen über Elizas Zeigefinger. »Wenn ich einige davon beantworten kann, lass es mich wissen.«

»Danke. Das werde ich.«

Beide schwiegen eine Weile. Nur der Wind, der durch das hohe Gras raschelte, und die gedämpften Geräusche vom Drachenbootrennen durchbrachen die Stille.

Denny sah über den blühenden Garten hinweg zur Marquam Bridge. Sie war bemüht, keinerlei Druck auf Eliza auszuüben, aber eines musste sie dennoch wissen. »Wie geht es jetzt weiter?«

»Ich bin mir nicht sicher. Ich weiß nur, dass ich mich zu dir hingezogen fühle, körperlich und emotional, und ich lasse mich nicht von meinen bisherigen Annahmen über mich und meine sexuelle Orientierung davon abhalten, die Möglichkeit einer Beziehung mit dir zu erkunden.«

Ein Glücksgefühl überkam Denny, als Eliza so offen darüber sprach, sich zu ihr hingezogen zu fühlen, aber das Wort *erkunden* ließ sie zusammenzucken, auch wenn sie versuchte, sich nichts anmerken zu lassen.

»So habe ich es nicht gemeint«, sagte Eliza schnell. »Bitte glaub nicht, du wärst nur ein Experiment. Es ist nur alles unglaublich neu für mich und ich möchte nicht so tun, als wüsste ich bereits, wohin es führen wird. Ich weiß nur, dass ich es herausfinden will. Aber wenn du das nicht riskieren kannst, verstehe ich das.«

In Denny kämpfte ihre Sehnsucht mit ihren Ängsten und trug schließlich den Sieg davon. Sie wusste, dass sie sich irgendwann wieder melden würden, aber wenn Eliza mutig sein konnte, dann wollte auch Denny das Risiko eingehen. »Doch, ich kann es«, sagte sie, sowohl zu Eliza als auch zu sich selbst.

Ihre Finger legten sich noch fester umeinander.

Eliza strich sich eine Strähne ihres kastanienbraunen Haars hinter ein Ohr und lächelte sie an. »Du hast gesagt, ich soll sagen, wenn ich eine Frage habe, die du womöglich beantworten kannst. Ich glaube, jetzt habe ich eine.«

Denny drehte sich auf der Bank zur Seite, um sie besser ansehen zu können. »Du kannst mich alles fragen.«

Eliza holte hörbar tief Luft. »Möchtest du mit mir ausgehen? Ich meine, nicht nur als Freundinnen. Ich spreche von einem Date.«

Wow. Denny wusste nicht, welche Frage sie erwartet hatte, aber damit hatte sie nicht gerechnet.

»Ähm, ist es okay, wenn ich das frage?«, erkundigte sich Eliza, als Denny nicht sofort antwortete. »Du hast gesagt, Frauen erwarten normalerweise, dass du die Führung übernimmst, weil du butch bist, aber ich dachte, vielleicht möchtest du nicht immer diejenige sein, die ständig die ganze Arbeit macht und …«

Denny grinste.

»Äh, was ist?«

»Du bist süß, wenn du ins Plappern kommst. Hat dir das schon mal jemand gesagt?«

»Nein. Du bist die Erste.«

Die erste Frau zu sein, zu der sich Eliza hingezogen fühlte, machte Denny immer noch nervös, aber was andere Dinge anging, war es wohl gar nicht so übel, die Erste zu sein.

»Und?«, fragte Eliza. »Wirst du meine Frage beantworten?«

»Ja.«

»Ja, du wirst meine Frage beantworten, oder ja, du möchtest mit mir ausgehen?«

Denny lachte. »Ja zu beidem.« Sie zügelte ihr neckisches Grinsen. »Ich würde gerne mit dir auf ein Date gehen.«

»Gut. Ich lasse mir etwas einfallen und sage dir dann Bescheid.«

Denny nickte nur, da ihr Verstand noch immer damit beschäftigt war, die Geschehnisse des Tages zu verarbeiten. Sie würden wirklich auf ein Date gehen! »Und was jetzt? Ich meine, jetzt im Moment?«

»Eis«, sagte Eliza entschlossen.

»Eis?«

»Ja. Ich glaube, ich habe da drüben eine Eisdiele gesehen.« Eliza deutete in Richtung der RiverPlace-Promenade und der Geschäfte, an denen sie vorbeigekommen waren.

Denny stand lachend auf und zog sie mit sich hoch. Scheinbar war die frühere Leichtigkeit zwischen ihnen doch nicht verschwunden, nachdem sie beide gestanden hatten, sich zu einander hingezogen zu fühlen. Dennys Anspannung ließ nach. »In Ordnung. Lass uns ein Eis essen gehen.«

Kapitel 18

Ein paar Stunden später hatte Denny immer noch das Gefühl, dass sie eigentlich schlief und einen wunderbaren Traum hatte. Sie betrat ihr Reihenhaus und warf die Schlüssel auf das Beistelltischchen neben der Tür. Zumindest hatte sie das vorgehabt. Sie verfehlte ihr Ziel aber um mehrere Zentimeter, sodass die Schlüssel klappernd zu Boden fielen.

Salem schaute von der Avocado auf, die sie gerade in Scheiben schnitt. »Du kommst gerade richtig. Bella und ich machen Käsetoast. Wie viele möchtest du?«

Denny hatte keinen Appetit. Ihr Magen fühlte sich noch viel zu flau an. »Für mich nichts, danke. Ich habe keinen Hunger.«

»Hast du mit Eliza gegessen?«, fragte Salem.

Allein die Erwähnung von Elizas Namen ließ Dennys Herz höher schlagen. Sie hob die Schlüssel auf und bemühte sich, ganz lässig zu wirken. »Ja, wir haben Eis gegessen.«

Bella ließ die Tomate halb geschnitten zurück und kam auf Denny zu. »Hast du sie wegen nächstem Wochenende gefragt?«

»Nächstes Wochenende?«, wiederholte Denny. Ihr Gehirn schien nur im Zeitlupentempo zu arbeiten.

»Ja. Du hast gesagt, du würdest sie fragen, ob sie vorbeikommt und mir zeigt, wie man ein Notizbuch macht.«

»Ach das. Verflixt.« Denny schlug sich auf den Oberschenkel. »Entschuldige, Bella. Ich hab's vergessen. Nächstes Wochenende klappt vermutlich nicht, weil wir womöglich ein Date haben.«

Salem ließ den Kern fallen, den sie gerade von einer weiteren Avocado entfernt hatte. »Moment mal! Willst du damit sagen, Eliza hat ein Date und du hast auch eines? Oder dass ihr beide …?«

Denny wusste, dass sie ein albernes Grinsen im Gesicht hatte, als sie nickte. »Wir haben eins miteinander.«

»Ich hab's dir ja gleich gesagt!« Salem zeigte mit der Spitze des Messers auf sie und betonte damit jedes Wort. »Ich hab dir gesagt, dass die Art, wie sie dich ansieht«, sie schielte zu Bella, »nicht für die Augen Minderjähriger geeignet ist.«

»Pah!« Bella rollte mit den Augen. »Ist ja nicht so, als hätte ich es nicht kommen sehen.«

Im Ernst? Denny blickte zwischen den beiden hin und her. Warum hatten alle außer ihr es längst geahnt, sogar ihre elfjährige Nichte?

Bella eilte zur Treppe.

»Hey, wo willst du hin?«, rief Salem. »Du bist mit dem Tomatenschneiden noch nicht fertig!«

»Ich muss Kaylee anrufen und ihr alles erzählen. Mann, sie wird total neidisch sein, dass Eliza praktisch meine neue Tante ist!«

Dennys Kinnlade klappte herunter. Als sie den Mund wieder schloss, hatte Bella bereits das andere Ende der Treppe erreicht. »Warte! Wir haben ein Date. Das heißt nicht, dass wir heiraten werden, Bella!«

Ihre Nichte antwortete nicht. Stattdessen fiel die Tür zu ihrem Zimmer zu.

»Gott«, murmelte Salem. »Warum verlieren Kinder die Fähigkeit, Türen wie ein normaler Mensch zu schließen, sobald sie zehn werden?« Sie legte das Messer weg, wischte sich die Hände an einem Geschirrtuch ab und zog Denny in eine herzliche Umarmung. »Ich bin so stolz auf dich.«

Denny erwiderte die Umarmung einen Moment lang, bevor sie zurücktrat. »Ähm, danke, aber warum solltest du stolz auf mich sein? Weil ich mit Eliza ausgehe?«

»Weil du auf mich gehört und sie gefragt hast, ob sie womöglich dasselbe fühlt.«

»Äh, habe ich nicht.« Denny rieb sich ihr Ohrläppchen, das zu glühen schien. »Eliza hat mich gefragt, nicht umgekehrt.«

Salem stieß einen Pfiff aus. »Verdammt, das war mutig.«

»Ja, sie ist unglaublich.« Denny wurde am ganzen Körper warm bei dem Gedanken an den Ausdruck auf Elizas Gesicht, als sie mit der Frage herausgeplatzt war.

Salem schlang ihre Arme ein zweites Mal um Denny. »Ich freue mich so für dich!«

»Danke. Aber wir lassen es langsam angehen. Wie ich eben schon zu Bella sagte, es ist nur ein Date, kein Heiratsantrag.«

Salem ließ sie los und musterte sie stirnrunzelnd. »Aber du willst doch mehr als nur ein Date, oder?«

»Natürlich. Aber ich versuche, nicht allzu weit in die Zukunft zu denken. Es könnte so viel schiefgehen. Was ist, wenn Eliza feststellt, dass eine Beziehung mit einer Frau doch nicht das Richtige für sie ist? Oder wenn sich der Altersunterschied zwischen uns als Problem herausstellt? Oder –«

Salem streckte ihre Hand in die Höhe. »Lass mich zitieren, was eine weise Frau gesagt hat, als ich vor dem ersten Date mit Matt kalte Füße bekommen habe: Eliza ist wahrscheinlich bewusst, was alles schiefgehen könnte, und das bedeutet, dass ihr genug an dir liegt, um das Risiko einzugehen. Das muss doch etwas wert sein.«

»Das ist unglaublich viel wert«, sagte Denny. »Aber –«

»Kein Aber, Denny. Du machst dir zu viele Gedanken. Du sagst, du denkst nicht zu weit in die Zukunft, aber das stimmt nicht. Du denkst nur eben an all die negativen Dinge, die passieren könnten, nicht an alles, was gut laufen könnte.«

Verdammt! Salem hatte recht. »Wann bist du so klug geworden, Schwesterherz?«

Salem zwinkerte ihr zu. »Ich hatte ein gutes Vorbild. Und jetzt komm her und hilf mir. Mein Souschef hat mich im Stich gelassen, ich brauche also einen neuen.«

»Ich bin mir nicht sicher, ob man mir im Moment ein Messer in die Hand geben sollte«, sagte Denny. »Ich habe die ganze Nacht kein Auge zugetan und meine Hände zittern immer noch.«

Salem zog sie in die Küche. »Du wirst es überleben. Und wenn du dich schneidest, kannst du Eliza bitten, dein Wehwehchen gesund zu küssen.«

Denny spürte, wie sie rot wurde, ignorierte es aber. Sie schnappte sich das Geschirrtuch von der Arbeitsfläche, wirbelte es einige Male im Kreis herum und ließ es spielerisch gegen Salems Hintern schnellen.

Als Eliza das winzige, holzgetäfelte Foyer ihres Wohnhauses betrat, kam Heather die Treppe herunter.

»Hey, ich habe eben bei dir geklopft«, sagte Heather. »Ich hole mir ein Yolko Ono. Willst du mitkommen?«

Der Gedanke an das Spiegelei-Sandwich ließ Eliza das Wasser im Mund zusammenlaufen, obwohl sie eben noch keinerlei Appetit gehabt hatte. Ihr Magen gab ein lautstarkes Knurren von sich und erinnerte sie daran, dass es schon Nachmittag war und sie heute außer einer Kugel Eis noch nichts gegessen hatte.

»Ich interpretiere das als Ja.« Lachend schlang Heather einen Arm um sie und zog sie aus dem Haus.

Eliza protestierte nicht. Sie war sich nicht sicher, ob sie in der Lage sein würde, etwas zu essen, ungeachtet dessen, was ihr Bauch sagte. Aber vielleicht könnte sie die Gelegenheit nutzen, Heather von ihr und Denny zu erzählen. Es war nicht fair, es ihrer besten Freundin weiterhin zu verheimlichen. Außerdem wollte sie es unbedingt jemandem erzählen, und niemand würde sie besser verstehen als Heather.

Sie schlenderten auf der Southwest Park Avenue Richtung Norden.

Eliza suchte vergebens nach den richtigen Worten. *Na los!* Sie hatte zehn Minuten Zeit, es Heather zu sagen, bevor sie den Pioneer Courthouse Square erreichten. Wenn sie es ihr erst beim Essen erzählte, würde Heather vermutlich an ihrem Eiersandwich ersticken. Eliza versuchte, ihren wilden Herzschlag zu beruhigen. Warum in aller Welt fiel ihr das bloß so schwer? Wenn sie mit einem Mann ausgehen würde, hätte sie nicht gezögert, Heather davon zu berichten. Ein Date mit einer Frau hätte nicht anders sein sollen, war es aber.

»Was habt ihr heute gemacht?«, fragte Heather, als sie am Portland Art Museum vorbeikamen.

»Denny und ich sind an der Uferpromenade spazieren gegangen.« Die bloße Erwähnung von Denny ließ ihre Stimme heiser klingen. Sie hoffte, Heather würde es nicht bemerken.

»Ach, habt ihr euch das Finale der Drachenbootrennen angesehen?«

Eliza neigte den Kopf zu einem vagen Nicken. »Unter anderem.«

»Wer hat gewonnen?«, fragte Heather.

»Keine Ahnung. Ich war ein wenig abgelenkt.«

Heather wartete, bis sie eine Seitenstraße überquert hatten, bevor sie ihr einen fragenden Blick zuwarf. »Wovon?«

Eliza hielt den Atem an, als sie leise sagte: »Von Denny.«

Heather lachte. »Ja, mit ihrem schüchternen Lächeln kann sie wirklich ...« Ihr Kopf schnellte herum. »Moment mal! Ihr schüchternes Lächeln sollte eine Heterofrau wie dich eigentlich kalt lassen. Du hast es nicht so gemeint, wie das eben geklungen hat, oder?«

Eliza starrte auf ihre Sneakers hinab, dann sah sie zu Heather. »Doch ich habe es genau so gemeint, wie ich es gesagt habe.« Sie hielt Heathers Blick stand. »Ich ... ich habe sie gefragt, ob sie mit mir auf ein Date geht.«

In letzter Sekunde wich Heather einem Schild aus, das zu dem Parkplatz auf der anderen Straßenseite zeigte. Sie packte Elizas Arm, um das Gleichgewicht zu wahren, und ließ dann nicht mehr los. »Sohn einer Bulldogge! Das hast du nicht getan!«

»Doch, hab ich. Ich hoffe, das ist dir nicht unangenehm. Ich meine, weil du auch mit ihr ausgegangen bist.«

»Pah!« Heather winkte ab. »Vergiss es. Bei uns hat die Chemie nicht gestimmt, aber bei euch beiden schon?«

Eliza nickte. An der nächsten Kreuzung zog sie Heather nach rechts.

Mehrere Schritte lang schüttelte Heather nur den Kopf. »Als du gesagt hast, du willst dir eine Auszeit nehmen und eine Weile nicht mit Männern ausgehen, dachte ich nicht, dass du dich stattdessen mit Frauen verabreden willst!«

Eliza war sich immer noch nicht sicher, ob sie sich zu Frauen im Allgemeinen hingezogen fühlte oder nur zu Denny, deshalb zuckte sie mit den Schultern.

Heather schlug sich die Hand vor die Stirn. »Oh! Du warst also tatsächlich eifersüchtig, als ich mit ihr ausgegangen bin, nur anders, als ich dachte! Warum hast du nichts gesagt?«

»Was hätte ich denn sagen sollen? ›Nein, du kannst nicht mit ihr ausgehen, ich will sie für mich haben.‹?« Sie schüttelte den Kopf. »Ich war noch nicht so weit, so etwas zu sagen.«

Normalerweise konnte Heather nichts so schnell aus der Fassung bringen, doch jetzt sah sie ausnahmsweise völlig verblüfft aus. »Aber jetzt bist du so weit?«

Eliza dachte kurz darüber nach. »Ich glaube schon. Auch wenn ich mich noch nicht vollständig von der Überraschung erholt habe.«

»Das ist also das erste Mal, dass du dich für eine Frau interessierst?«, fragte Heather.

»Was denkst du denn? Dass ich es all die Jahre vor dir geheim gehalten habe?«

»Nein, natürlich nicht. Aber jetzt, im Nachhinein, glaubst du, du hast schon mal etwas Ähnliches für eine andere Frau empfunden und es nur verdrängt?«

Eliza hatte sich diese Frage selbst oft gestellt, als sie nachts wach gelegen oder im Internet Artikel zum Thema sexuelle Orientierung gelesen hatte, um ihre Gefühle besser einordnen zu können. »Das glaube ich nicht.« Sie blickte sich um und senkte ihre Stimme. »Ich meine, es gab ab und zu Frauen, die ich bewunderte, und als ich jünger war, habe ich öfter mit sehnsüchtigem Blick Brüste angestarrt. Aber das war eher, weil ich genauso aussehen wollte, nicht weil ich sie berühren wollte. Zumindest glaube ich das.«

Ein verschmitztes Grinsen breitete sich auf Heathers Gesicht aus. »Und wie ist das bei Dennys Brüsten?«

Ihre Freundin genoss die Situation ein wenig zu sehr. Als sie nach links in die Sixth Avenue einbogen, ging Eliza schneller, um Heathers Verhör zu entgehen.

Aber mit ihren längeren Beinen schloss Heather mühelos zu ihr auf und hielt Eliza am Ellbogen fest. »Hey, du weißt doch sicher, dass ich mich nicht über dich lustig mache, oder? Na ja, vielleicht ein ganz klein wenig.« Sie deutete mit Daumen und Zeigefinger ihrer freien Hand einen halben Zentimeter an. »Aber vor allem möchte ich sichergehen, dass du dich nicht in eine Situation bringst, in der du dich unter Druck gesetzt fühlst und etwas tust, was du nicht willst. Kannst du dir vorstellen, mit ihr zu schlafen?«

Herrgott! Dennys ständiges Erröten schien langsam auf Eliza abzufärben. Als sie über Heathers Frage nachdachte, fühlten sich ihre Wangen an, als hätte sie Fieber … und der Rest ihres Körpers auch.

Vorhin hatten Denny und sie sich zum Abschied umarmt, sodass sie sich leicht ausmalen konnte, in Dennys Armen zu liegen. In ihrer Vorstellung ging sie einen Schritt weiter und überlegte, wie es sich wohl ohne Kleidung anfühlen würde. So weich Dennys Lieblingsjacke auch war, ihre Haut wäre wahrscheinlich noch weicher, und Eliza würde diese wunderbare Mischung aus Stärke und weichen Kurven noch besser spüren können. Mmh, ja, damit hätte sie überhaupt kein Problem.

Einen Moment lang gestattete sie sich, sich vorzustellen, wie sie Dennys Brüste berührte. Sie vertraute darauf, dass Heather, die noch immer ihren Ellbogen umklammerte, sie davor bewahren würde, gegen eine Straßenlaterne zu laufen. Der Gedanke war surreal, aber kein bisschen abstoßend. Sie war definitiv daran interessiert, herauszufinden, ob Dennys Brüste so weich wie gedacht waren.

Was intimere Berührungen anging …

Ihr Magen zog sich zusammen, aber sie wusste nicht, ob nun aus Erregung oder Panik. Vermutlich beides.

»Der Imbiss hat dich gerettet.« Heather zeigte auf den großen, gelben Imbisswagen, der vor ihnen stand.

Wann hatten sie denn den Pioneer Courthouse Square erreicht?

Heather lachte und tätschelte ihren Arm. »Setz dich, ich hole das Essen. Möchtest du das Übliche oder probierst du bei den Sandwiches auch was Neues aus?«

»Ach, du!« Eliza gab ihr einen freundschaftlichen Klaps, musste aber ebenfalls lachen. Es fühlte sich gut an, mit Heather darüber zu sprechen und sogar zu scherzen, denn es erinnerte sie daran, dass dies eigentlich eine schöne Erfahrung sein sollte, nicht etwas, worüber sie sich sorgen müsste. »Ich nehme das Gleiche wie immer.«

Sie setzte sich auf eine der zwei Dutzend Stufen, die in der Mitte des Platzes einen Halbkreis aus roten Backsteinen formten, während Heather sich anstellte. Eliza zog ein Knie an die Brust, legte ihr Kinn darauf und starrte über den Platz, ohne den Trubel richtig wahrzunehmen.

Wow, sie würde mit einer Frau ausgehen – genauer gesagt mit Denny! Sie hatte noch nicht die Zeit gehabt, darüber nachzudenken und sich zu überlegen, was genau das bedeutete, aber jetzt, da sie Heather davon erzählt hatte, fühlte es sich irgendwie viel greifbarer an.

Sie sah hinüber zu zwei jungen Frauen, die ins Gespräch vertieft über den Platz gingen und zusammen lachten. Betrachtete sie Frauen nun anders als zuvor? Was war zum Beispiel mit der hübschen Rothaarigen, die ein paar Meter von ihr entfernt saß? Fand Eliza sie attraktiv? Ihre Stupsnase und die Sommersprossen waren auf jeden Fall süß, aber das hätte selbst die heterosexuellste Frau der Welt gedacht, oder?

»Hier.« Heather setzte sich neben sie und hielt ihr ein Sandwich hin. »Einmal Free-Range against the Machine mit Extrakäse und der scharfen Aioli, wie gewünscht.«

Eliza zuckte zusammen, da Heather wie aus dem Nichts vor ihr aufgetaucht war.

»Sorry, hab ich dich erschreckt? Du warst irgendwie total auf etwas anderes fokussiert.« Heather blickte sich um und sah schließlich zu der Rothaarigen. »Moment mal! Hast du sie eben abgecheckt?« Lachend schlug sie sich auf den Oberschenkel. »Ja, hast du!«

»Pst!« Eliza zog den Kopf ein und bedeutete ihr, sich zu beruhigen. »Mensch, könntest du das noch lauter sagen? Ich habe sie nicht«, sie senkte die Stimme, »abgecheckt. Ich habe sie lediglich –«

»Mit Denny verglichen?«, sagte Heather. »Oder versucht, herauszufinden, ob du auf einen bestimmten Typ Frau stehst?«

Eliza hob die obere Scheibe ihres perfekt gerösteten Sauerteigbrots an und tat, als sähe sie sich den Sandwichbelag an. Schließlich schielte sie zu Heather. »Ja, so was in der Art.«

Heather schlang lachend einen Arm um sie. »Hey, das ist völlig normal in deiner Situation. Du machst praktisch die lesbische Pubertät durch.«

Eliza musste lachen, hob aber abwehrend die Hand. »Ich bin nicht sicher, dass dieses Label zu mir passt. Lesbisch, meine ich. Pubertät passt auf jeden Fall. Ich fühle mich wirklich wie ein pubertierender Teenager.«

»Na schön«, sagte Heather. »Dann machst du also eine Nicht-so-ganz-hetero-Pubertät durch.«

Ja, diese Bezeichnung passte vermutlich. Obwohl ihr bei dem Gedanken noch immer schwindelig wurde, war sie definitiv nicht so ganz hetero.

Beide nahmen einen Bissen von ihren Sandwiches und stöhnten leise. Das knusprige Brot, das Spiegelei und der geschmolzene Käse harmonierten perfekt mit der Avocado und der Tomate, und die scharfe Aioli gab dem Ganzen einen zusätzlichen Kick.

Eigelb tropfte auf Elizas Kinn, sodass sie rasch nach der Papierserviette griff, während Heather es mal wieder schaffte, ihr Sandwich zu essen, ohne sich zu bekleckern. Es war irgendwie beruhigend, dass sich selbst in dieser Zeit des Wandels manche Dinge nicht änderten.

Heather schluckte einen weiteren Bissen von ihrem Yolko Ono. »Also, wie lautet deine Schlussfolgerung?« Sie deutete unauffällig zu der Rothaarigen hinüber.

Eliza zuckte mit den Schultern. »Keine Ahnung. Muss ich denn jetzt schon zu irgendwelchen Schlussfolgerungen kommen?«

»Nein. Du hast alle Zeit der Welt. Lass mich wissen, wenn du Hilfe brauchst. Mit dem theoretischen Teil, meine ich.« Heather wackelte mit den Augenbrauen. »Mit dem praktischen Teil hilft dir sicher Denny.«

Eliza warf ihre zusammengeknüllte Serviette nach ihr, weigerte sich aber, den Blick von den amüsiert funkelnden dunkelbraunen Augen ihrer besten Freundin abzuwenden. »Danke, das nehme ich auch an.«

»Ach, erzähl!« Heather stupste sie an. »Hat sie dich geküsst?«

»Nein.« Eliza durchlebte in Gedanken noch einmal den Moment, als sie sich vorhin an der Straßenbahnhaltestelle verabschiedet hatten. Falls sie sich nicht irrte, war Dennys Blick hinab zu ihrem Mund geglitten. Einen Augenblick lang hatte sie gedacht, Denny würde sie küssen, aber dann hatte sie Eliza nur zärtlich in den Arm genommen. So wundervoll diese Umarmung auch gewesen war, Eliza erkannte nun, dass sie sich einen Kuss gewünscht hatte.

Heather nahm einen weiteren Bissen, kaute ihn mit nachdenklicher Miene und wischte sich dann mit ihrer Serviette den Mund ab. »Ehrlich gesagt überrascht es mich nicht, dass sie es nicht getan hat.«

Eliza musterte sie. »Wie meinst du das?« Ein Date mit einer Frau schien ganz anderen Regeln zu folgen und sie kannte keine einzige davon.

»Erinnerst du dich noch an Cindy?«, fragte Heather.

»Deine Ex?«

Heather nickte. »Sie war vor mir auch noch nie mit einer Frau zusammen, deshalb habe ich es ganz langsam angehen lassen und mich ständig vergewissert, dass ich nichts tue, womit sie sich unwohl fühlt. Wie ich Denny kenne, wird sie noch vorsichtiger sein. Vielleicht musst du den ersten Schritt machen und sie küssen.«

»Oh.« Eliza hielt mit dem Sandwich auf halbem Weg zum Mund inne. In den meisten ihrer Beziehungen hatte sie ihren Partner die Führung übernehmen lassen. Aber das war ohnehin ein veraltetes Klischee, oder? Warum sollte sie nicht den ersten Kuss initiieren? »Vielleicht mache ich das.«

Heather ließ jubelnd ihre Faust über dem Kopf kreisen. »Juhu! Na, dann mal los!«

Mit einem entschlossenen Nicken stopfte sich Eliza den Rest ihres Sandwiches in den Mund. Ja, sie würde Denny küssen. Aber bevor das passieren konnte, musste sie sich erst einmal den perfekten Ort für ihr erstes Date einfallen lassen.

Kapitel 19

»Wir schließen Kasse drei. Bitte nicht mehr auflegen.« Denny schaltete das Licht aus, das signalisierte, dass ihre Kasse geöffnet war, stand auf und verkniff sich ein Stöhnen. Ihre Knie fühlten sich nach dem stundenlangen Sitzen an der Kasse steif an. Es war eine lange Schicht gewesen und jetzt konnte sie es kaum erwarten, endlich auszustempeln.

Ihr Date mit Eliza würde in genau – sie blickte auf ihre Armbanduhr – zwei Stunden und siebzehn Minuten beginnen. Nachdem sie sechs Tage lang nur telefoniert hatten, konnte sie es kaum abwarten, Eliza wiederzusehen. Gleichzeitig war sie aber auch nervöser als vor jedem anderen Date – und das wollte etwas heißen!

Sie zog ihre Geldschublade aus der Kasse und trug sie ins Büro.

Während der stellvertretende Filialleiter das Geld zählte, begrüßte Denny Julie, die sich gerade auf ihre Schicht vorbereitete.

»Hallo, Denny«, sagte Julie. »Tanya und ich treffen uns nach der Arbeit im *Goodfoot*. Willst du mitkommen?«

»Ähm, nein danke. Ich bin schon verabredet.«

»Komm schon. Wir haben schon ewig nichts mehr gemeinsam unternommen. An deiner Nähmaschine zu sitzen, gilt nicht als Verabredung.«

Denny schüttelte den Kopf. »Ich bin nicht mit meiner Nähmaschine verabredet. Aber wir können das Treffen bald mal nachholen.«

Die Vertretungskraft hatte jetzt zu Ende gezählt, stutzte und begann wieder von vorn.

Warum brauchte er ausgerechnet heute so lange?

Schließlich sah er auf und schüttelte den Kopf. »Ihnen fehlen zehn Dollar.«

»Wie bitte?« Denny trat näher an den Schreibtisch heran. Es war Jahre her, dass ihrer Kasse mehr als ein paar Cents fehlten, und sie war stolz darauf. »Sind Sie sicher?«

Er nickte streng.

Julie ging zu ihnen herüber. »Das ist ja was ganz Neues. Deine Kasse stimmt doch sonst immer. Was ist denn mit dir los?«

Denny schwieg. Vor dem Stellvertreter der Chefin konnte sie unmöglich zugeben, dass sie sich nicht hatte konzentrieren können, weil sie die ganze Zeit an Eliza und ihr Date gedacht hatte. Seufzend unterschrieb sie das Blatt, das er ihr hinhielt, und versprach, in Zukunft besser aufzupassen.

Als sie ausstempeln ging, folgte ihr Julie. »Ach so! Jetzt verstehe ich! Es liegt an Eliza, oder?«

Denny erstarrte mit ihrer Karte auf halbem Weg zur Stechuhr, dann wirbelte sie herum. »Woher weißt du das?«

»Ganz einfach: Du hast die ganze Woche über nichts anderes als sie gesprochen. Du warst ausnahmsweise mal eine richtige Plaudertasche.«

Denny starrte sie an. »Im Ernst?«

»Na ja, vielleicht nicht gerade eine Plaudertasche, aber du hast tatsächlich ständig über sie geredet. Seid ihr zwei jetzt zusammen?«

»Ja, sind wir.« Denny konnte sich ein Lächeln nicht verkneifen. »Heute Nachmittag ist unser erstes Date.«

»Oh! Deshalb hast du mich also mit einem der berühmten Apfelkuchen deiner Schwester bestochen, damit ich mit dir die Schicht tausche!«

Denny rieb sich die Nase und rückte ihre Brille höher. »Ähm, ja.«

»Wie aufregend!« Julie klatschte sie ab. »Wohin geht ihr denn?«

»Hat mir Eliza noch nicht verraten.«

Julie stieß einen leisen Pfiff aus. »Also hat sie in eurer Beziehung die Hosen an!«

Denny senkte den Kopf, um sie über den Rand ihrer Brille hinweg anstarren zu können. »Niemand hat in unserer Beziehung die Hosen an.« Na toll. Das klang, als würden sie ihre gemeinsame Zeit nackt verbringen und das war – leider – nicht der Fall. »Ich meine, wir sind gleichberechtigt. Heute entscheidet sie, wohin wir gehen, und ich bin nächstes Mal dran.«

Lächelnd tätschelte Julie ihr den Arm. »Verstehe. Viel Spaß.«

»Danke.« Denny stempelte aus und holte ihr Handy aus dem Spind. Jetzt aber nichts wie raus hier, bevor es irgendeinen Notfall gab und sie länger bleiben musste. Als sie in ihr Auto stieg, piepte ihr Handy.

Der Anblick von Elizas Namen auf dem Display brachte Denny zum Lächeln.

Hey, du. Steht unsere Verabredung für später noch?

Natürlich, schrieb Denny zurück. *Ich komme gerade aus dem Laden. Ich konnte Julie dazu bewegen, mit mir zu tauschen, sodass ich früher gehen konnte.*

Die drei Punkte erschienen und verschwanden dann wieder. Schließlich tauchte eine Antwort auf. *Ich hätte nicht gedacht, dass du so weit gehen musst, um den Rest des Tages frei zu bekommen!* Eliza fügte mehrere Emojis hinzu, denen Lachtränen über die Wangen liefen.

Was meinte sie? Denny kratzte sich am Kopf.

Weitere lachende Emoji erschienen auf dem Display, gefolgt von: *Lies mal, was du eben geschrieben hast.*

Die verflixte Autokorrektur hatte wieder zugeschlagen und das, was sie geschrieben hatte, geändert. Nun stand da: *Ich konnte Julie dazu bewegen, mit mir zu schlafen, sodass ich früher gehen konnte.* Mit dem Zeigefinger hieb Denny auf das Display ein und behielt diesmal den Text im Auge, um sicherzugehen, dass die Autokorrektur ihn nicht wieder veränderte. *Tauschen! Ich habe die Schicht mit Julie getauscht!*

Na, Gott sei Dank. Ich gebe zu, der Gedanke, dass du mit einer anderen schläfst, gefällt mir nicht.

Die Luft, die Denny eben eingeatmet hatte, entwich ihren Lungen. Einige Sekunden lang saß sie reglos auf dem Fahrersitz. In den vergangenen sechs Tagen hatte Eliza sie mehrfach mit ähnlichen Bemerkungen überrascht. Nichts Weltbewegendes, aber es beruhigte sie, dass Eliza so offen über ihre Gefühle sprach und bestätigte, dass sie sich mehr als eine Freundschaft wünschte. Außerdem musste sie zugeben, dass es irgendwie heiß war, wenn Eliza sie ganz für sich haben wollte.

Schließlich fiel ihr auf, dass sie noch nicht geantwortet hatte. Rasch schrieb sie: *Das würde ich nicht machen.* Sie knabberte an ihrer Unterlippe. Sollte sie sagen, was ihr durch den Kopf ging, oder würde das zu schnell gehen und Eliza unter Druck setzen? Ach, was soll's. Sie tippte schnell, bevor sie es sich ausreden konnte. *Ich gehe auch mit keiner anderen aus. Ich dachte bloß, das solltest du wissen.* Sie hielt inne und fügte dann hinzu: *Okay, eigentlich weißt du das ja schon. Es ist schließlich nicht so, als ständen die Frauen bei mir Schlange. Aber selbst wenn, würde ich mich nicht mit einer anderen verabreden. Das bedeutet nicht, dass ich von dir erwarte, dass du es auch nicht tust.*

Sie umklammerte das Handy so fest, dass ihre Fingerknöchel weiß anliefen, während sie auf eine Antwort wartete. Gott, was machte sie bloß? Wollte sie Eliza wirklich ernsthaft bitten, nur noch mit ihr auszugehen, noch bevor sie ihr erstes Date hinter sich gebracht hatten?

Ihr Handy klingelte, und Elizas Name erschien auf dem Display.

Denny schluckte und nahm den Anruf an. »Hi.«

»Denny.« Die Art, wie Eliza ihren Namen sagte, verursachte Denny eine Gänsehaut. »Du hast meine Dating-Abenteuer zwei Monate lang miterlebt. Hast du je erlebt, dass ich mich mit einer zweiten Person verabredet habe, obwohl ich vorhatte, weiterhin mit der ersten auszugehen?«

Das klang ermutigend. Aber andererseits ... »Ähm, solange ich dich kenne, hattest du nie die Absicht, mit jemandem ein zweites Mal auszugehen, also woher soll ich das wissen?«

»Tja, jetzt hast du mich erwischt.« Ein verschmitztes Lächeln schwang in Elizas Stimme mit. »Lass es mich anders formulieren. Ich bin noch nie im Leben mit zwei Leuten zur selben Zeit ausgegangen, und da ich voll und ganz erwarte, dass wir nach dem ersten Date weiterhin zusammen ausgehen ...«

Denny verkniff sich das »Wirklich?«, das ihr fast herausgerutscht wäre. Unsicherheit war nicht sexy. Außerdem linderten Elizas Worte ihre Ängste und erlaubten ihr zu sagen: »Ich möchte dich ja nicht vom Gegenteil überzeugen, aber falls wir heute auf das Date gehen und es sich für dich nicht richtig anfühlt, sag mir das bitte. Das wäre völlig in Ordnung.« Okay, das war gelogen. Sie wäre am Boden zerstört, wenn das passieren würde. Aber sie wollte tun, was für Eliza am besten war, und ihr einen Ausweg anbieten, falls sie einen brauchte.

»Es ist lieb von dir, das zu sagen. Aber mit einer solchen Erwartung möchte ich nicht losgehen – und ich möchte auch nicht, dass du es tust.« Elizas Tonfall war sanft, aber bestimmt. »Ich möchte, dass wir mit der Erwartung hingehen, dass wir beide eine Menge Spaß haben werden.«

»Ich bin sicher, das werden wir.« Denny hatte immer eine Menge Spaß, wenn sie mit Eliza zusammen war. Vielleicht hatte Eliza recht und sie machte sich völlig überflüssige Sorgen. »Es sei denn, du schleppst mich irgendwohin, wo es total langweilig ist.«

Elizas Lachen hallte durch das Handy. Für Denny war es längst zum schönsten Geräusch der Welt geworden. »Netter Versuch. Denk nicht, ich hätte nicht bemerkt, dass du versuchst, herauszufinden, wohin wir gehen.«

Sie hatten jeden Abend am Telefon darüber gescherzt, sodass es jetzt ein Insiderwitz zwischen ihnen war. »Kannst du mir nicht wenigstens einen Tipp geben, damit ich mich vorbereiten kann?«

»Vorbereiten?« Eliza lachte. »Denny, es ist ein Date, keine mündliche Prüfung.«

Das Wort *mündlich* ließ Dennys Gedanken in eine Richtung schweifen – Gedanken, die sie nicht haben sollte, während sie im Auto auf dem Parkplatz ihrer Firma saß. Sie räusperte sich. »Ich weiß. Aber ich muss wissen, was ich anziehen soll.«

»Was ist dein bequemstes Outfit?«, fragte Eliza.

»Eine Jogginghose und ein altes T-Shirt mit einem großen Loch unter dem Arm. Ich habe es schon hundertmal geflickt, und Salem wollte es ungefähr genauso oft wegwerfen, aber ich drohe ihr immer damit, ihre Lieblingsschuhe mit Zahnpasta zu füllen, wenn sie es wagt, mein T-Shirt auch nur anzufassen.«

Elizas lachte erneut. »Ich habe einen Pulli, bei dem das genauso ist. Ich habe ihn seit meiner Schulzeit, und meine Mutter hat immer gesagt, sie würde mich mit dem Ding nicht ausziehen lassen, deshalb musste ich ihn rausschmuggeln.«

Solche kleinen Gemeinsamkeiten zu entdecken, machte großen Spaß, und Denny hoffte, nachher noch viel mehr über Eliza zu erfahren. »Du willst doch nicht ernsthaft, dass ich das löchrige T-Shirt anziehe, oder?«

»Das könnte ein bisschen zu leger sein«, antwortete Eliza. »Was ist dein nächst bequemstes Outfit?«

»Jeans und ein T-Shirt ohne Loch?«

»Perfekt.«

Denny war noch nie in Jeans und T-Shirt auf ein erstes Date gegangen. Sie machte sich immer schick, um der Frau, mit der sie sich verabredete, zu zeigen, dass sie sich Mühe gab. »Im Ernst?«

»Klar. Du gefällst mir in Jeans, und das Henley-Shirt, das du anhattest, als du mit Bella auf dem Markt warst, hat dir gut gestanden.«

Bildete sie sich das nur ein oder war Elizas Stimme bei den letzten Worten tiefer und heiserer geworden? Denny musste grinsen. Eliza mochte also, wie sie aussah, trotz ihrer Speckröllchen. »Weißt du was? Unser Abend hat noch gar nicht angefangen und ich genieße ihn jetzt schon.«

»Das hoffe ich sehr«, sagte Eliza. »Vielleicht denkst du aber auch, es sei albern.«

»Wer geht jetzt mit negativen Erwartungen zu unserem Date?«

Eliza lachte. »Erwischt. Okay, du solltest deinen niedlichen Hintern jetzt lieber nach Hause bewegen, sonst kommt du noch zu spät.«

Eliza fand ihren Hintern also niedlich? »Bin schon auf dem Weg. Wir sehen uns in einer Stunde, neunundfünfzig Minuten und etwa zwanzig Sekunden.«

Sie verabschiedeten sich, dann warf Denny das Handy auf den Beifahrersitz und startete den Motor. Sie konnte es kaum erwarten, Eliza wiederzusehen.

Eliza war den ganzen Tag so ruhig gewesen wie eine Katze, die zufrieden in der Sonne lag. Doch eine halbe Stunde, bevor sie das Haus verließ, wurde sie nervös. Sie eilte zu Heather hinüber, klopfte laut und schloss dann die Wohnungstür auf.

Heather schaute von den Lederuntersetzern auf, die sie anfertigte. »Oh, oh«, sagte sie, als sie Elizas Gesicht sah. »Bloß keine Panik. Was brauchst du? Einen Rat bezüglich deines Outfits? Oder möchtest du, dass ich dir mit dem Make-up helfe?«

Eliza schüttelte den Kopf. »Ich werde keines tragen.«

»Kein Outfit?« Heather lachte. »Oder kein Make-up?«

»Haha. Kein Make-up. Ich möchte, dass wir ganz wir selbst sind, ohne Masken und Rüstung.«

Ein leiser Pfiff durchbrach die plötzliche Stille. »Dieses Date ist wirklich anders für dich, oder?«

»Ja«, sagte Eliza. »Und deshalb brauche ich deinen Rat.«

Heather legte den Hammer und die Lederstempel beiseite und führte sie zur Couch. »Schieß los. Dr. Heather, die lesbische Dating-Expertin, wird nun Ihre Fragen beantworten.«

Eliza nahm eines der Kissen auf den Schoß. »Lach nicht, aber welche Regeln gibt es zu beachten, wenn man mit einer Frau ausgeht?«

»Regeln?«, wiederholte Heather.

»Wer zahlt zum Beispiel, wenn zwei Frauen miteinander auf ein Date gehen? Und wie verhalte ich mich? Gibt es etwas, was ich unbedingt sagen oder auf gar keinen Fall sagen sollte? Soll ich –?«

»Brrrr!« Heather machte eine Handbewegung, als würde sie ein durchgehendes Pferd zügeln. »Die Sache mit dem Bezahlen ist einfach. Du hast sie gefragt, ob sie mit dir ausgeht, also solltest du auch bezahlen. Und sie ist dann beim nächsten Mal dran.«

Das klang nach einer guten Lösung. Eliza nickte eifrig. »Was muss ich sonst noch wissen?«

»Tu einfach, was sich richtig anfühlt, oder frag Denny, was sie will. Es gibt keine Regeln und keine traditionelle Rollenverteilung.« Ein sanftes Lächeln erzeugte leichte Krähenfüße um Heathers Augenwinkel herum. »Das ist das Schöne daran, mit einer Frau auszugehen.«

Eliza atmete mehrfach tief ein und aus. Keine Regeln. Das war doch gut, oder? Aber sich mit dreißig plötzlich wieder als Dating-Neuling zu fühlen, war ein wenig beängstigend.

»Hey.« Heather rutschte näher an sie heran und schlang einen Arm um sie. »Was ist los? Du hast doch keine Zweifel bekommen, oder?«

»Nein!« Elizas Stimme hallte durch die winzige Wohnung. Sie riss sich zusammen und sprach leiser weiter. »Nein. Das ist es nicht. Ich möchte unbedingt mit Denny ausgehen.«

»Aber?«, hakte Heather nach.

Eliza betrachtete ausführlich ihre gelben Sneakers, während sie versuchte zu ergründen, was sie so nervös machte. »Wie du eben gesagt hast, dieses Date ist völlig anders als meine früheren Verabredungen.«

»Weil sie eine Frau ist.«

Es war keine Frage, aber Eliza antwortete trotzdem. »Ja.« Aber dann dachte sie noch einen Moment lang darüber nach und schüttelte den Kopf. »Nein. Na ja, auch, aber vor allem, weil viel mehr als sonst auf dem Spiel steht.«

Eine Falte bildete sich auf Heathers Stirn. »Wie meinst du das?«

»Als ich mit den Männern ausgegangen bin, die ich über *No More Frogs* kennengelernt habe, hatte ich nichts zu verlieren. Wenn die Verabredung super lief – wunderbar. Aber wenn nicht, würde ich einfach die Einladung zu einem zweiten Date ablehnen und mein Glück mit jemand anderem versuchen.«

Heather warf ihr einen wissenden Blick zu. »Aber mit Denny ist es nicht so einfach.«

»Nein. Was ich für sie empfinde, war von Anfang an anders, und ich will es nicht vermasseln und sie am Ende verletzen oder unsere Freundschaft verlieren.« Eliza knetete das Kissen mit beiden Händen.

»In jeder Beziehung, in die man viele Gefühle investiert hat, besteht immer das Potenzial, sich gegenseitig zu verletzen. Alles, was du tun kannst, ist, offen damit umzugehen und ihr ehrlich zu sagen, was du empfindest und was nicht.« Heather ließ sie los und nahm ihr das Kissen weg. »Jetzt hör auf, zu viel darüber nachzugrübeln, und geh, bevor du noch das arme Kissen kaputtmachst oder zu spät kommst.«

Eliza erhob sich und machte einen Schritt auf die Tür zu, drehte sich dann aber noch einmal um und umarmte sie. »Du bist eine tolle Freundin; hab ich dir das in letzter Zeit mal gesagt?«

Heathers Körper bebte in ihren Armen, als sie lachte. »Und vergiss das bloß nicht, wenn es so weit ist, deine Brautjungfern auszusuchen. Ich wette, Denny hat ein paar heiße lesbische Freundinnen.«

Eliza schlug ihr leicht auf den Hinterkopf und ließ los. »Meine Güte, lass uns doch erst mal das erste Date hinter uns bringen, bevor du anfängst, Hochzeitseinladungen zu drucken!«

»In Ordnung. Viel Spaß!«

»Danke.« Eliza ging zur Tür.

»Eliza!«, rief Heather ihr hinterher. »Vergisst du nicht etwas?«

Eliza fiel nichts ein, was sie vergessen haben könnte. Sie drehte sich um und warf ihr einen fragenden Blick zu.

»Wenn du Denny abholen sollst, brauchst du die hier.« Heather warf ihr die Autoschlüssel zu.

Eliza fing sie auf. »Ups, ja, die könnten sich als nützlich erweisen. Danke.« Gott, wer hätte gedacht, dass ein Date mit einer Frau so nervenaufreibend sein konnte?

Kapitel 20

Elizas Hände am Lenkrad waren feucht vor Schweiß, als sie kurz vor vier Uhr nachmittags Heathers Auto vor dem Reihenhaus der Familie Jacobs anhielt.

Ein weiterer Wagen parkte neben ihrem am Bordstein, und der Fahrer – ein Mann Mitte dreißig – stieg kurz vor ihr aus. Wahrscheinlich wollte er jemanden in einem angrenzenden Reihenhäuschen besuchen.

Doch als Eliza das Auto abschloss, bemerkte sie, dass er auf Dennys Haustür zusteuerte.

»Hallo.« Bella tauchte hinter einer Hecke auf, die das Grundstück von dem der Nachbarn trennte, und duckte sich hinter Heathers Auto.

Wieder staunte Eliza darüber, wie sehr sie Denny ähnelte. Sie lächelte das Mädchen an. »Hallo, Bella. Versteckst du dich vor jemandem?«

Bella zuckte mit den Schultern.

»Vor deiner Mutter vielleicht?«

»Sie und Matt wollen mit mir in den Zoo gehen.« Bella schnitt eine Grimasse, als stände der Zoo noch unter einer Zahnarztpraxis auf der Liste ihrer liebsten Ausflugsziele. Doch Eliza hatte das Gefühl, dass das nicht ganz der Wahrheit entsprach.

»Magst du denn den Zoo nicht?«

Wieder kam nur ein Schulterzucken. »Geht so. Ist eigentlich mehr was für kleine Kinder.«

Eliza verkniff sich ein Grinsen. »Na, dann bin ich wohl ein kleines Kind, denn ich liebe den Zoo immer noch. Die haben eine Voliere, in die man reingehen kann. Bei meinem letzten Zoobesuch haben sich zwei Loris auf meinen Arm gesetzt und ich durfte sie füttern.« Sie zog ihr Handy aus ihrer Handtasche und zeigte Bella mehrere Fotos von den bunten Papageien.

Die Augen des Mädchens leuchteten auf. »Oh, sind die süß.«

»Ja, aber weißt du, was noch süßer ist? Verrate es bloß nicht meinen Chefinnen, aber meine Lieblingstiere haben keine Federn. Die Seeotter sind so niedlich.« Eliza scrollte durch mehrere Fotos, die Bella mit begeisterten »Ohs« und »Ahs« quittierte.

»Vielleicht ist der Zoo ja doch nicht so schlimm«, sagte Bella. »Schade, dass du und Tante Denny nicht mitkommen könnt.«

»Wir sehen uns ein anderes Mal, wenn ich euch beibringe, wie man den Einband für ein Notizbuch macht.«

Ein Lächeln erhellte Bellas Gesicht. »Können wir das nächsten Freitag machen?«

»Klar, aber lass mich erst mit deiner Mutter reden und meine Geschwister fragen, ob meine Nichten und mein Neffe auch dazukommen wollen.«

Bella nickte eifrig, aber etwas schien noch immer an ihr zu nagen.

Eliza musterte sie. »Scheinbar bist du immer noch nicht so ganz glücklich bei dem Gedanken, in den Zoo zu gehen.«

»Nö, ist schon okay.«

»Aber?«

Bella steckte ihre Hände in die Taschen ihrer Shorts, was Eliza erneut an Denny erinnerte. Sie sah zur Haustür, die sich gerade hinter dem Mann geschlossen hatte, dessen Auto neben Heathers parkte.

»Ach, verstehe. Du magst zwar den Zoo, aber nicht unbedingt auch Matt.«

»Weiß nicht. Ich kenne ihn ja gar nicht. Deshalb gehen wir in den Zoo. Mama will, dass ich ihn kennenlerne.«

»Aber du möchtest das nicht?«, fragte Eliza.

»Weiß nicht«, sagte Bella erneut. »Was, wenn er nur mit Mama reden will und mich bloß für ihre nervige Tochter hält? Oder wenn er mich die ganze Zeit nur herumkommandiert? Oder keine Seeotter mag?«

Jetzt verstand Eliza, was wirklich mit Bella los war. Mitfühlend legte sie ihr eine Hand auf die Schulter. »Du hast ihn von hinter der Hecke beobachtet, stimmt's?«

Bella schien die Tendenz ihrer Tante, ständig rot zu werden, geerbt zu haben. Das beantwortete Elizas Frage, ohne dass sie etwas sagen musste.

»Wie lange hat er im Auto gesessen, bevor er ausgestiegen ist?«

Bella schnaubte. »'ne Ewigkeit!«

»Weißt du, was das heißt?«, fragte Eliza.

Bella schüttelte den Kopf und sah Eliza neugierig an.

»Das heißt, er ist genauso nervös wie du.«

»Woher willst du das wissen?« Zweifel und Hoffnung mischten sich in Bellas Stimme.

Wieder scrollte Eliza durch ihre Fotos, bis sie das Bild fand, nach dem sie suchte. »Das ist mein Bruder Ryan.« Sie hielt ihr das Foto von Ryan mit Charlotte auf dem einen Arm und einem Lori auf dem anderen hin. »Und das«, sie tippte auf das lächelnde Gesicht des kleinen Mädchens, »ist meine jüngste Nichte, Charlotte.«

Bella betrachtete das Foto.

»Ich nenne sie meine Nichte und liebe sie genauso sehr wie meine anderen Nichten, aber Charlotte ist nicht Ryans biologische Tochter. Eigentlich ist sie Nicholes Kind, genau wie ihr Bruder Landon.«

»Wer ist Nichole?«

»Die Freundin meines Bruders. Als sie zusammengekommen sind, hatte er Angst, dass ihre Kinder ihn nicht mögen würden.«

»Aber jetzt mögen sie ihn?«

»Klar doch!« Eliza lachte spielerisch. »Er ist mein Bruder. Man muss ihn einfach mögen.«

Bella schnaubte erneut, aber ein Grinsen schlich sich auf ihr Gesicht. Wieder sah sie auf das Foto hinab, das Ryan mit Charlotte zeigte. »Vielleicht werde ich Matt ja auch mögen.«

»Es gibt nur einen Weg, das herauszufinden«, sagte Eliza leise und deutete auf das Haus.

Bella seufzte, nickte aber schließlich und ging zur Tür. »Aber wenn er Seeotter nicht mag, kann er es vergessen«, rief sie über ihre Schulter zurück.

Ihre Mission war ein voller Erfolg! Eliza steckte ihr Handy ein und schluckte, als sie selbst wieder nervös wurde. Sie atmete mehrmals tief durch, bevor sie Bella folgte.

Die Tür öffnete sich, noch ehe sie am Haus ankamen. Denny stand im Türrahmen und ihr Anblick verdrängte sofort jegliche anderen Gedanken.

Sie wirkte wie ein Model für geschlechtsneutrale Mode. Die dunkelblaue Jeans passte wie für sie gemacht – und in Anbetracht von Dennys Nähkünsten war sie das wahrscheinlich auch. Sie hatte ihr graues T-Shirt mit V-Ausschnitt ordentlich in die Hose gesteckt und darüber trug sie ein offenes, schwarzes Hemd, vermutlich um den Rettungsring um ihre Hüften zu verbergen. Als ob er Eliza stören würde! Sie war zu sehr damit beschäftigt, die Art zu bewundern, wie sich der Stoff über ihren vollen Brüsten und den starken Schultern spannte.

Ihr Outfit war nichts Besonderes. Eliza war schon mit Männern ausgegangen, die ähnlich angezogen gewesen waren. Aber im Moment war sie davon überzeugt, dass noch nie jemand so sexy in Jeans, T-Shirt und einem einfachen Hemd ausgesehen hatte. Denny hatte die Ärmel hochgekrempelt, was ihre kräftigen Unterarme zum Vorschein brachte, und als sie eine Hand hob, um sich durchs Haar zu fahren, merkte Eliza, dass sie beim Friseur gewesen war. Ihre sandbraunen Haare waren jetzt noch kürzer, was die helleren Strähnen besser zur Geltung brachte. Eliza fragte sich, wie es sich wohl anfühlen würde, ihre Finger durch Dennys Haare gleiten zu lassen.

Dennys Wangen hatten einen bezaubernden rosa Farbton angenommen, als sie Eliza anstarrte.

Bella ging an ihrer Tante vorbei und verschwand im Haus.

»Hallo.« Lächelnd machte Eliza einen Schritt auf Denny zu.

»Ähm, hallo.« Denny stand in der Tür, als ob ein Magnet sie dort festhielt.

Offenbar musste Eliza die Initiative ergreifen, wenn sie eine etwas intimere Begrüßung wollte. Die Luft zwischen ihnen schien zu vibrieren, als sie näher kam. Gott, Denny duftete himmlisch. Ihr Parfüm war preisverdächtig. Eliza beugte sich vor und küsste Denny federleicht auf die Wange.

Mmh, Dennys Haut war unglaublich weich. Sofort spürte Eliza Schmetterlinge in ihrem Bauch.

Als sie widerwillig einen Schritt zurücktrat, legte Denny sich eine Hand auf die Magengegend, als hätte sie das gleiche Gefühl. Sie starrte Eliza immer noch an. Dann breitete sich ein schiefes Lächeln auf ihrem Gesicht aus. »Hey, ich würde wirklich gerne mit dir reden, aber ich bin schüchtern und weiß nicht, was ich sagen soll.«

Einen Moment lang starrte Eliza zurück. Dann begriff sie, dass Denny die Worte wiederholt hatte, die Eliza ihr vor sechs Wochen vorgeschlagen hatte, als sie über Dennys Probleme geredet hatten, mit Frauen ins Gespräch zu kommen. Damals hatte Denny gesagt, sie könne sich nicht vorstellen, einer Frau beim ersten Date zu gestehen, wie unsicher sie sich fühlte, und Eliza wurde ganz warm ums Herz, weil Denny es ihr gegenüber getan hatte. Ihre Ehrlichkeit berührte sie mehr als jeder noch so charmante Anmachspruch.

Sie nahm Dennys Hand, die genauso feucht war wie ihre eigene. »Du brauchst nichts zu sagen.«

Dennys Grinsen wuchs in die Breite. »Stimmt. Ich kann dir das Reden überlassen und einfach nur ›oh‹ und ›ah‹ sagen, wenn du eine Atempause machst.«

Eliza neigte den Kopf. »Hast du vor, mich den ganzen Tag lang zu zitieren?«

»Schon möglich. Du sagst eine Menge kluger Dinge.«

»Charmeurin.« Der Drang, Denny ein zweites Mal auf die Wange – oder vielleicht sogar auf den Mund – zu küssen, überkam sie. Aber das traute sie sich noch nicht, deshalb legte sie Denny eine Hand auf den Arm und drückte ihn sanft. Es erstaunte sie, wie gut und natürlich sich das alles anfühlte.

Salem tauchte, gefolgt von Matt und Bella, hinter Denny auf. »Hallo, Eliza.« Sie stellte Eliza Matt vor und sie schüttelten einander die Hände. Sein Griff war fest, aber nicht zu fest, und Eliza gefiel sofort das warme Funkeln in seinen blauen Augen. Sie hatte das Gefühl, dass er Seeotter mochte.

»Wir müssen los.« Salem nahm Matts Hand und griff mit der anderen nach Bellas. »Matt kennt einen der Zoowärter, deshalb dürfen wir rein, während sie die Giraffen füttern.«

Es war offensichtlich, dass Bella sich bemühte, unbeeindruckt zu wirken, es aber nicht ganz schaffte.

Eliza lachte, als sie zusah, wie sie zu Matts Auto gingen.

»Fahr vorsichtig, Matt«, rief Denny ihm nach.

Er drehte sich um und nickte ihr ernst zu, bevor er Salem und Bella die Autotüren aufhielt.

»Salem ist total nervös«, sagte Denny, als sie zu Heathers Auto gingen.

»Ach, Salem?« Eliza lächelte. »Sie ist diejenige, die nervös ist?«

Denny senkte den Kopf. »Ich habe nicht gesagt, dass sie die Einzige ist, aber ja, sie ist schon den ganzen Tag fürchterlich aufgeregt. Matt ist der erste Mann, den sie Bella vorstellt.«

»Dachte ich mir fast. Bella scheint auch ziemlich nervös zu sein.«

»Ja, ist sie. Ich habe vorhin versucht, mit ihr zu reden, aber sie hat wohl gemerkt, dass meine Beschützerinstinkte mit mir durchgegangen sind, deshalb hat es bestimmt nicht viel gebracht.« Denny seufzte. »Ich habe gesehen, dass du mit ihr gesprochen hast. Was hast du zu ihr gesagt? Was immer es war, hat sie dazu gebracht, ohne Theater ins Auto zu steigen.«

Eliza wollte keine große Sache daraus machen. »Ich habe ihr nur ein paar Fotos von meinem letzten Zoobesuch gezeigt.«

»Gehst du gern in den Zoo?«

»Natürlich! Du etwa nicht?«

»Doch, natürlich.« Dennys grünbraune Augen leuchteten auf, was sie wie ein kleines Kind erscheinen ließ. »Am liebsten mag ich die Seeotter.«

Eliza wurde ganz warm ums Herz. Denny hatte den Seeotter-Test mühelos bestanden.

Denny berührte mit den Fingerkuppen behutsam Elizas Hand. Es war das erste Mal heute, dass eine Berührung von ihr ausging. »Danke, dass du mit Bella geredet hast. Ich hätte wirklich gern, dass sie mit dem neuen Freund ihrer Mutter klarkommt, denn er scheint Salem glücklich zu machen.«

»Du bist eine tolle Tante, aber du solltest dir keine allzu großen Sorgen machen«, sagte Eliza. »Solange sich Matt nicht gerade als Macho entpuppt, der Tiere hasst, werden sich die beiden sicher gut verstehen.«

Denny riss den Blick von Matts Wagen los, der die Straße hinab verschwand, und wandte sich Eliza zu. »Du hast recht. Wir sollten uns voll und ganz auf uns konzentrieren.«

Uns. Eliza wiederholte das Wort in Gedanken. Es klang wunderbar.

Spielerisch stritten sie sich darum, wer der anderen die Tür aufhalten durfte. Schließlich gab Eliza nach und ließ zu, dass Denny die Fahrertür für sie öffnete. Wenn ein Date mit einer Frau immer so war, dann gefiel es ihr jetzt schon.

Obwohl Denny normalerweise lieber selbst hinter dem Steuer saß, war sie heute froh, nur Beifahrerin zu sein. Elizas Outfit und der Duft ihres Parfüms lenkten sie einfach zu sehr ab. Als Eliza auf dem Fahrersitz Platz genommen hatte, war ihr bis zum Knie reichender Rock etwas nach oben gerutscht, sodass ein paar Zentimeter glatter Haut zum Vorschein kamen. Ihr einfaches, weißes T-Shirt schmiegte sich an ihren schlanken Oberkörper. Sie trug kein Make-up und Denny war froh darüber. Ihrer Meinung nach hatte Eliza es nicht nötig. Ihre dunklen Augen waren auch ohne Wimperntusche und all das andere Zeug unglaublich ausdrucksstark, und ihre rosaroten Lippen beschrieben einen perfekten, fast herzförmigen Bogen.

Den größten Teil der zwanzigminütigen Fahrt in die Innenstadt verbrachte Denny damit, ihr heimlich Blicke zuzuwerfen.

Schließlich verließ Eliza die Autobahn und fuhr in Richtung Stadion.

»Gehen wir zu einem Spiel?«, fragte Denny. »Die Timbers spielen heute, oder?«

»Ja, aber da gehen wir nicht hin.« Eliza griff über die Mittelkonsole und tätschelte ihren Arm. »Hab Geduld. Du wirst es gleich erfahren.« Sie lenkte den Wagen durch mehrere Seitenstraßen, bevor sie endlich einen Parkplatz fand.

Denny eilte um das Auto herum, um ihr die Tür zu öffnen. Ihr Atem stockte, als Eliza ausstieg. Gütiger Gott, diese Beine!

»Ich danke dir.« Eliza schloss den Wagen ab und hakte sich bei Denny ein.

Sie mussten ein ganzes Stück zu Fuß gehen, aber das machte Denny nichts aus. Sie hielt den Kopf hoch erhoben, denn sie war stolz darauf, mit einer Frau wie Eliza auszugehen.

Eliza führte sie zu einem Grundstück, das von üppigen Sträuchern umgeben war. Überall waren große Sonnenschirme aufgespannt. Auf einem Schild über dem Tor stand *Biergarten*.

»Du gehst mit mir in einen Biergarten?«, fragte Denny.

»Es ist nicht einfach nur irgendein Biergarten.« Eliza führte sie an Bänken und Picknicktischen vorbei, an denen Leute Dosenbier tranken und übergroße Spiele wie Connect 4 und Jenga spielten. Doch damit war es nicht getan. Hinter den Bänken befand sich der winzigste, niedlichste Minigolfplatz, den Denny je gesehen hatte.

Denny lachte. »Du hast dir für unser erstes Date Minigolf ausgesucht?«

Eliza sah sie unsicher an. »War das keine gute Idee?«

»Nein«, sagte Denny schnell. »Nein, das ist eine großartige Idee! Jede Aktivität, bei der ich dich nicht nur über den Tisch hinweg anstarre und krampfhaft versuche, etwas Witziges zu sagen, ist definitiv eine großartige Idee.« Erneut staunte Denny darüber, wie einfach es war, ganz ehrlich zu Eliza zu sein. Sie konnte darauf vertrauen, dass Eliza sich nicht über ihre Unsicherheit lustig machen würde.

»Bist du dir sicher?«, fragte Eliza.

Es war beruhigend zu sehen, dass sie genauso nervös und unsicher war wie Denny. »Hundertprozentig. Aber ich muss dich warnen. Du hast keine Chance. In meiner Familie bin ich der ungeschlagene Champion im Minigolf.«

»Ach ja?« Elizas Augen blitzten herausfordernd. »Habe ich schon erwähnt, dass meine älteste Schwester in ihrer Jugend beinahe Profigolferin geworden wäre?«

»Oh, oh. Kann ich dir ein Bier ausgeben, bevor du mich vor allen Leuten schlägst?« Denny zeigte zu einem Imbisswagen. Dort hing eine Tafel, auf der sicher fünfzig verschiedene Dosengetränke aufgeführt waren, darunter eine große Auswahl an Bieren von kleinen Brauereien aus der Gegend.

»Nein. Ich habe dich um ein Date gebeten, also werde ich *dir* ein Bier spendieren.« Eliza zog sie zum Imbisswagen, wo sie eine Dose Grapefruit-Cider bestellte, während Denny sich für ein IPA entschied.

Nachdem Eliza die Getränke und den Eintritt für den Minigolfplatz bezahlt hatte, wählte jede von ihnen einen Schläger und einen Golfball aus.

Die winzige Anlage war nicht allzu voll, wahrscheinlich wegen ihrer versteckten Lage, sodass sie nicht warten mussten.

»Du fängst an«, sagte Eliza, bevor Denny ihr den Vortritt überlassen konnte.

»In Ordnung.« Denny reichte Eliza ihr Bier, trat auf den Kunstrasenstreifen und legte ihren Golfball zurecht. Sie spürte Elizas Blick auf sich ruhen. Starrte sie auf ihren Hintern? Sie war versucht, über ihre Schulter zu schauen und es herauszufinden. Aber sie wollte nicht, dass Eliza sich befangen fühlte, deshalb ignorierte sie das Kribbeln, das durch ihren Körper ging, und konzentrierte sich aufs Minigolf.

Die erste Bahn war ziemlich einfach. Die einzige Herausforderung war eine leichte Bodenwelle in der Mitte. Konzentriert schwang Denny den Schläger und versetzte dem Ball einen sanften Schlag.

Er rollte über die Bahn, schaffte es über die Bodenwelle und kullerte genau in das Loch.

»Ja!« Denny riss jubelnd die Fäuste hoch und wirbelte zu Eliza herum.

Elizas Blick war auf sie gerichtet, nicht auf den Ball. Erst jetzt sah sie zum Loch. »Mit einem Schlag!«

Die Bewunderung in Elizas Augen tat gut. »Das kannst du auch. Komm, zeig, was du drauf hast!« Sie hob ihren Ball auf und nahm Eliza die beiden Dosen ab.

Eliza trat auf die Bahn und legte ihren pinkfarbenen Golfball vor ihren Sneakers ab. Sie ließ sich Zeit, während sie das Loch anvisierte, was

Denny reichlich Gelegenheit gab, die Form ihrer Waden ... und anderer Körperteile zu bewundern. Dann führte sie den Schläger zurück und tippte den Ball an.

Langsam rollte er auf die Bodenwelle zu. Auf halbem Weg ging ihm der Schwung aus, er kullerte zurück und landete wieder am Ausgangspunkt.

Denny verkniff sich, ihr zu sagen, sie müsse den Schläger etwas fester schwingen, um den Ball über die Bodenwelle zu bekommen. Butchsplaining war genauso überheblich und unattraktiv wie Mansplaining.

Eliza legte sich ein zweites Mal den Ball zurecht.

Diesmal ließ sich Denny nicht von ihren Waden ablenken, sondern sah sich Elizas Haltung genauer an. Sie hielt den Schläger ziemlich ungeschickt, was dem Ball einen Linksdrall verlieh. Er sprang über die Bahnbegrenzung und mähte in der Nähe der zweiten Bahn einige Grünpflanzen nieder.

»Hoppla.« Eliza wandte sich ihr mit einem verlegenen Grinsen zu.

»Ähm, hast du nicht gesagt, deine Schwester wäre fast Profispielerin geworden?«

»Ja, aber ich habe nicht gesagt, ich hätte ihr Talent geerbt.«

»Sie hat dir also nie gezeigt, wie man Minigolf spielt?«

»Einmal, als ich klein war«, antwortete Eliza. »Aber es macht keinen Spaß, sich abzumühen, um etwas zu lernen, was deine älteren Geschwister längst beherrschen. Das war der einzige Nachteil, den ich als Nesthäkchen hatte. Versteh mich nicht falsch. Meine Geschwister sind großartig.«

Denny ahnte, dass ein Aber kommen würde, und bedeutete ihr, fortzufahren.

»Aber manchmal waren sie ein bisschen zu großartig. Was immer ich auch gemacht habe, eine meiner Schwestern oder mein Bruder hatten es schon vor mir gemacht ... und vermutlich viel besser als ich.«

Als Älteste mit nur einer Schwester hatte Denny nie darüber nachgedacht, aber sie verstand, wie entmutigend das gewesen sein musste. »Hast du dich deshalb gegen eine Karriere im medizinischen Bereich entschieden? Um nicht gegen deine Geschwister konkurrieren zu müssen?«

»Fast wäre ich in ihre Fußstapfen getreten. Mein Großvater hat ein paar Jahre lang bei uns im Haus gelebt, bevor er starb, und ich habe mit sechzehn einen Großteil seiner Pflege übernommen. Alle dachten, ich würde bestimmt Krankenschwester werden, aber ich wusste, dass das nicht gut zu mir gepasst hätte. Mit kranken Menschen zu arbeiten und zusehen zu müssen, wie sie leiden und manchmal sogar sterben, hätte mich innerlich aufgefressen.«

Das konnte sich Denny leicht vorstellen. Für jemanden, der so mitfühlend wie Eliza war, wäre ein Job im Gesundheitswesen sicher schwierig.

»Ich wusste, dass ich etwas anderes finden musste – etwas, was zu mir passt und nicht nur den Erwartungen der anderen entspricht.«

Denny stützte sich auf ihren Minigolfschläger und musterte sie. »Hast du das Gefühl, dass du den perfekten Job für dich gefunden hast?«

Elizas zufriedenes Lächeln beantwortete ihre Frage, noch bevor sie den Mund öffnete. »Ja. Ein paar Jahre lang hatte ich einen Job nach dem nächsten, weil ich nicht das Richtige gefunden habe. Aber jetzt bin ich wirklich zufrieden mit meiner Arbeit. Und du?«

Normalerweise sprach Denny nicht gern über ihre Arbeit, aber Eliza gegenüber wollte sie nichts zurückhalten. »Die Bezahlung ist gut, besonders im Vergleich zu anderen Jobs im Einzelhandel, und manche Aspekte machen mir Spaß, aber …«

»Es ist ein Job, der nur den Magen mit Nahrung versorgt, nicht aber deine Seele«, beendete Eliza den Satz.

Denny sah ihr in die Augen und nickte. Eliza verstand sie. Das fühlte sich an wie eine aufmunternde Umarmung.

»Gibt es irgendetwas, was deiner Seele guttut?«, fragte Eliza.

Du, wollte Denny sagen. Sie biss sich auf die Unterlippe, um sich zurückzuhalten. Elizas Nähe verwandelte sie in einen sentimentalen Softie, aber sie musste vorsichtig sein, um Eliza nicht zu verschrecken. »Ähm, das Nähen.«

Eliza legte ihre Hand auf Dennys. »Dafür musst du dich nicht schämen.« Sie strich mit dem Finger über die Außennaht von Dennys Jeans, was eine Gänsehaut auslöste, als hätte sie ihre nackte Haut berührt. »Du hast ein unglaubliches Talent. Hast du mal überlegt, deinen Lebensunterhalt damit zu verdienen?«

Denny zuckte mit den Schultern. »Nein. Salem und Bella verlassen sich auf mich. Mich selbstständig zu machen, wäre zu riskant. Außerdem bin ich mir nicht sicher, ob meine Näharbeiten gut genug sind.«

»Sind sie.« Dann lächelte Eliza, als würde sie spüren, dass so viel Lob Denny unangenehm war, und deutete auf die Blumen, in denen ihr

Golfball gelandet war. »Nur schade, dass man das nicht auch von meinen Fähigkeiten im Minigolf sagen kann.«

»Soll ich dir ein paar Tipps geben?«, fragte Denny.

»Ja, bitte. Bevor ich sämtliches Grünzeug in der Anlage vernichte.«

Denny stellte die beiden Dosen auf einen freien Tisch in der Nähe, lehnte ihren Schläger dagegen und wartete, bis Eliza ihren Ball wiedergefunden hatte, bevor sie näher kam. »Dreh deine rechte Hand ein bisschen. Die Handfläche sollte dem Loch zugewandt sein, auf das du zielst.«

»So?«, fragte Eliza.

»Besser, aber nicht ganz.« Denny fiel es schwer, die richtigen Worte zu finden, um es Eliza zu erklären. »Ich könnte es dir zeigen, aber …«

Eliza blickte über ihre Schulter und warf ihr einen fragenden Blick zu. »Aber?«

Obwohl sie gleich groß waren, waren Elizas Arme etwas länger, sodass Denny ganz nah an sie herantreten und ihre Brust gegen Elizas Rücken pressen müsste, um ihren Griff am Schläger zu korrigieren. »Ich, ähm, müsste meine Arme um dich legen, und ich möchte nicht, dass du dich unwohl fühlst.«

Eliza drehte sich ganz zu ihr um und sah ihr in die Augen. »Das«, sie zeigte zwischen ihnen hin und her, »ist neu für mich, und ich gebe zu, dass ich ein wenig nervös bin. Aber ich habe mich nie auch nur für eine Sekunde unwohl mit dir gefühlt und das wird sich jetzt nicht ändern.«

Ihre Worte ließen Denny aufatmen. »Oh. Gut.«

Eliza lächelte sie an. »Jetzt, da wir das geklärt haben, warum kommst du nicht rüber und legst deine Arme um mich?«

Denny musste lachen. »Ja, Ma'am.« Sie ging zu ihr. Jeder Schritt war langsamer als der vorherige. *Es ist doch bloß eine Umarmung. Wir haben uns schon öfter umarmt. Keine große Sache, oder?*

Eliza hörte auf zu atmen, als sie spürte und hörte, wie Denny von hinten an sie herantrat. Ihr Herz raste, als würde es gleich aus ihrer Brust springen. *Beruhige dich. Du willst doch nicht bei eurem ersten Date ohnmächtig werden.*

Dennys Arme streiften ihre Seiten, als sie um Eliza herumfasste, und ihre weichen Brüste pressten sich gegen Elizas Rücken.

O mein Gott! Elizas Magen rebellierte und ihre Knie fühlten sich wackelig an. Hätte Denny nicht ihre Finger über ihre gelegt, wäre ihr sicher der Minigolfschläger aus der Hand gefallen.

Dennys Arme zitterten. Oder waren es ihre eigenen? Ihre Finger glitten über Elizas und korrigierten ihren Griff. »Wie fühlt sich das an?« Als Denny den Kopf drehte, strich ihr warmer Atem über Elizas Wange, was eine Welle der Erregung durch ihren ganzen Körper sandte.

»G-Gut. Äh, ich meine, ja, das ist besser.« Eliza versuchte, sich auf das Gefühl des Schlägers in ihren Händen zu konzentrieren, aber Dennys Wärme entlang ihres Rückens und die starken Arme um sie herum machten es ihr nicht leicht.

Denny räusperte sich. »Prima. Jetzt entspann deine Arme.«

Ha! Entspannen! Das war leichter gesagt als getan, während Denny ihr so nah war.

Denny leitete sie zweimal durch den Golfschwung, wobei ihre Hüften sich an Elizas pressten. Jedes Mal hielt sie inne, kurz bevor sie den Ball traf. »Gibt dir das das richtige Gefühl dafür?«

»O ja.« Diese kleine Unterrichtseinheit hatte eine ganze Menge an Gefühlen ausgelöst. Doch keines davon hatte auch nur das Geringste mit Minigolf zu tun. Falls sie je daran gezweifelt hatte, ob ihr Körper auf Dennys Berührung reagieren würde, waren diese Zweifel nun ein für alle Mal ausgeräumt.

Denny nahm ihre Arme herunter und trat zurück.

Sofort fühlte sich Elizas Rücken trotz der Nachmittagssonne kalt an. *Wow.* Das war heftig gewesen. *Na, komm schon! Konzentrier dich.* Sie schwang behutsam den Schläger und schon rollte der Ball die Bahn hinab.

Diesmal schaffte er es über die Bodenwelle, wich dann aber nach links ab. Er stieß gegen die metallene Bahnbegrenzung, prallte dann von der gegenüberliegenden Seite ab und rollte ins Loch.

Eliza starrte ihm einen Moment lang nach, dann stieß sie einen Jubelschrei aus und sprang auf und ab. »Ja!«

»Du hast es geschafft!« Denny stürmte jubelnd auf sie zu und hielt ihr die Hand zum Abklatschen hin.

Ihre Handflächen trafen sich und verweilten und ihre Finger verflochten sich miteinander.

Eliza schluckte. Sie konnte nicht fassen, wie gut es sich anfühlte, wenn Denny ihre Hand hielt.

Beide drückten sanft zu und ließen dann los.

Eliza lachte und hoffte, Denny würde nicht merken, dass es ein wenig zu laut und nervös klang. »Schade, dass Andy das nicht sehen konnte.«

»Andy?«

»Andrea. Meine älteste Schwester.«

»Ah. Sie wäre sicher sehr beeindruckt gewesen.« Irgendwie schaffte es Denny, dabei völlig ernst dreinzublicken.

Eliza gab ihr einen Klaps auf die Schulter. »Lügnerin.«

Sie gingen weiter zur zweiten Bahn, und da der gesamte Platz nur aus neun Bahnen bestand, dauerte es nicht lange, bis sie zu Ende gespielt hatten.

Die Frau an der Kasse hatte ihnen eine Scorekarte gegeben, und Eliza trug nach jeder Bahn für beide die Anzahl der benötigten Schläge ein. Sie gaben vor, einander einen erbitterten Konkurrenzkampf zu liefern, und zogen sich gegenseitig auf, wenn sie ein Ziel verfehlten, aber Eliza merkte, dass es Denny genauso gleichgültig war wie ihr, wer gewann.

Schließlich gelang es Eliza, den Ball über eine gelbe Brücke ins letzte Loch zu schlagen und damit das Spiel zu beenden. Sie zählte die Punkte zusammen. »Sieht aus, als hättest du knapp gewonnen.«

»Knapp?« Denny lachte.

»Neunzehn zu …« Eliza senkte die Stimme zu einem unverständlichen Gemurmel.

Denny legte ihre Hand ans Ohr. »Wie bitte?«

Eliza hielt den Kopf hoch erhoben. »Neunzehn zu spektakulären einunddreißig Punkten.«

»Wirklich ein sehr knapper Sieg.« Denny nahm ihr die Scorekarte aus der Hand und steckte sie in die Gesäßtasche ihrer Jeans. »Wenn's dir nichts ausmacht, behalte ich die Karte, um diesen knappen Sieg für die Nachwelt festzuhalten.«

Würde sie die Karte wirklich als Andenken an ihr erstes Date behalten? Wie sie Denny kannte vermutlich schon. Der Gedanke brachte Eliza zum Lächeln. »Komm. Der Verlierer bezahlt das Essen.«

Sie gaben ihre Schläger und Golfbälle zurück und gingen dann zum Imbiss. Es gab keine Schlange, deshalb las sich Eliza rasch die Speisekarte an der Tafel durch und bestellte dann das Orangenhühnchen. Einen Moment lang überlegte sie, ob sie zum Essen eine zweite Dose Cider trinken sollte, aber dann entschied sie sich für ein alkoholfreies Apfel-

Ingwer-Getränk. Sie vertrug nicht viel und wollte ihr erstes Date mit Denny bei klarem Verstand verbringen, statt beschwipst zu sein.

Die Frau im Imbiss schob Eliza die Limonade hin und wandte sich dann an Denny. »Und was darf ich dem Herrn bringen?«

Eliza konnte es nicht fassen. Das war schon das zweite Mal, dass jemand Denny für einen Mann hielt. Je besser Eliza Denny kennenlernte, desto weniger konnte sie verstehen, wie das passieren konnte.

Denny berührte Elizas Handrücken mit ihrem und schüttelte leicht den Kopf, wohl um zu zeigen, dass es ihr nichts ausmachte. »Ich nehme auch eine Apfel-Ingwer-Limo und einen Burger, aber ohne Zwiebeln, bitte.«

Mochte sie keine Zwiebeln oder wollte sie frischen Atem haben, nur für den Fall, dass sie sich am Ende des Dates küssen würden? Elizas Herz schlug schneller.

Als Dennys Stimme erklang, riss die Frau im Imbiss die Augen auf. »Oh, tut mir leid, Ma'am.«

Denny schenkte ihr ein Lächeln, das jedoch ziemlich angespannt wirkte. »Schon okay.«

Die Frau reichte Denny eine Limodose. »Das Essen kommt auch gleich.«

Mit ihren Getränken ließen sie sich an einem der nahe gelegenen Picknicktische unter einem riesigen Sonnenschirm nieder, um auf ihr Essen zu warten.

Denny fummelte am Verschluss ihrer Dose herum und mied Elizas Blick.

»Macht dir das was aus?«, fragte Eliza leise und nickte in Richtung des Imbisswagens.

»Nein. Eigentlich nicht.« Denny öffnete endlich die Dose und sah auf.

Sie sagte die Wahrheit, das konnte Eliza in ihren Augen erkennen. Bisher hatte sie an Denny vor allem ihre schüchterne, liebenswerte Seite gemocht, aber jetzt erkannte sie, wie stark und mutig sie im Grunde war. Sie blieb sich treu und kleidete sich so, wie es sich für sie richtig anfühlte, selbst wenn sie damit negative Reaktionen und Verwirrung bei ihren Mitmenschen auslöste. Ihre Bewunderung für Denny wuchs.

Denny sah sie forschend an. »Macht es dir etwas aus?«

»Mir? Warum sollte es mir etwas ausmachen, wenn jemand glaubt, dass ich mit einem Mann ausgehe? Das habe ich bisher ja tatsächlich getan.«

Denny schob den Ring der Dose auf ihren kleinen Finger und drehte ihn mehrfach. »Ja, aber jetzt weiß sie, dass ich kein Mann bin.«

Eliza legte ihre Hand auf Dennys, um das nervöse Spielen mit dem Dosenring zu beenden. »Das stört mich auch nicht. Ich genieße unser Date und es ist mir egal, was die Leute denken.«

Der vorsichtige Gesichtsausdruck wich einem Lächeln. »Ich genieße es auch. Sehr sogar.«

Eliza erwiderte das Lächeln. »Obwohl du nur ganz knapp gewonnen hast?«

Denny lachte. »Ja, trotzdem.«

Die Frau im Imbiss winkte ihnen zu. Scheinbar war ihr Essen fertig.

Nur widerwillig ließ Eliza Dennys Hand los. »Halt bitte unseren Platz frei. Ich hole das Essen.« Sie ging zum Imbiss und zog ein paar Servietten aus einem Spender.

Die Frau schob einen Burger und eine Portion Orangenhähnchen über den Tresen. »Guten Appetit. Und ich wollte mich noch mal wegen vorhin entschuldigen. Es war bloß ein Missverständnis.« Sie nickte in Dennys Richtung. »Die Haare, die Kleidung … Die sind ja eher jungenhaft.«

Elizas Schläfen begannen zu pochen. Sie kämpfte gegen den Drang an, ihr den Burger an den Kopf zu werfen. »Jungenhaft?«, wiederholte sie. Es kostete sie Mühe, nicht lauter zu werden.

Die Frau hob abwehrend die Hände. »Ich meinte doch nur, dass die Haare ziemlich kurz sind.«

»Und das macht es automatisch zu einer Jungen- oder Männerfrisur?« Eliza durchbohrte sie mit ihren Blicken. »Frauen können aussehen, wie sie wollen. Nur weil eine Frau einen Stil bevorzugt, der traditionell eher mit Männern in Verbindung gebracht wird, macht sie das noch lange nicht jungenhaft.«

Die Frau wurde blass und trat einen Schritt zurück. »Ich wollte Sie oder Ihre, ähm, Begleitung nicht beleidigen.«

Eliza biss sich so heftig auf die Unterlippe, dass es wehtat. Sie atmete zweimal tief ein und aus. Vielleicht war ihre Reaktion etwas übertrieben, aber mit einer solchen Haltung hatte sie in einer so liberalen Stadt wie Portland nicht gerechnet. Sie konnte sich nicht dazu durchringen, sich zu entschuldigen, denn sie stand zu dem, was sie gesagt hatte. Ohne ein weiteres Wort nahm sie das Essen und marschierte zurück zum Tisch.

Denny sah ihr mit großen Augen entgegen.

Mist. Denny hatte sicher gehört, was sie gesagt hatte. Hoffentlich hatte sie jetzt nicht ihr erstes Date total vermasselt. Sie tat, als bräuchte es ihre volle Aufmerksamkeit, die Teller auf den Tisch zu stellen, und sah Denny nicht an.

»Was war das denn?«, fragte Denny.

»Entschuldige. Ich wollte keine Szene machen. Aber so etwas macht mich einfach ... grrr!«

»Grrr?«, wiederholte Denny amüsiert.

Eliza sah auf. »Du bist nicht sauer?«

»Total perplex trifft es wohl eher. Mich hat noch nie jemand derart verteidigt, schon gar nicht so leidenschaftlich.«

»Tut mir leid.« Eliza stocherte mit ihren Essstäbchen in ihrem Reis herum. »Ich mag es einfach nicht, wenn Leute mir mit ihren ignoranten Vorstellungen darüber kommen, wie eine Frau auszusehen hat.«

»Hör auf, dich zu entschuldigen«, sagte Denny. »Irgendwie hat es mir gefallen, wie du für mich eingestanden bist.«

Eliza sah ihr in die Augen und als sie den sanften Ausdruck darin sah, entspannte sie sich. »Gut. Ich würde dich jederzeit wieder verteidigen, aber ein bisschen habe ich wohl überreagiert.« Sie fischte ein paar Frühlingszwiebeln aus ihrem Essen. »Als Jugendliche wurde ich ständig wegen meines Aussehens gehänselt und das, was sie sagte, hat einen wunden Punkt getroffen.«

»Du? Warum sollte jemand ausgerechnet dich hänseln? Ich meine, nicht dass Arschlöcher dazu einen Grund bräuchten, aber du bist so hübsch!« Denny ließ ihren Blick über sie gleiten, verweilte aber nicht auf einem bestimmten Körperteil, sondern betrachtete ihren ganzen Körper gleichermaßen.

Ein Kribbeln durchlief Eliza von Kopf bis Fuß. »Vielen Dank, aber nicht alle teilen diese Ansicht. In der Schule wurde ich ständig als zu jungenhaft bezeichnet. Deshalb hat mich das eben so wütend gemacht.«

Denny starrte sie an. »Wie bitte? Wieso sollte jemand so etwas zu dir sagen?«

Es war schön, dass Denny den Grund nicht für offensichtlich hielt. Eliza zeigte auf ihren Oberkörper. »Wegen meiner fehlenden Oberweite. Manche meiner Mitschüler hatten tolle Spitznamen für mich: Mückenstichmädchen, Bügelbrett und – mein absoluter Favorit – Busenbonsai. Einmal sagte mir ein Junge, in den ich verknallt war, dass er nur auf richtige Frauen mit einem Erwachsenenkörper steht.«

Denny klammerte sich am Tisch fest. »Mann, manche Leute sind einfach nur bescheuert«, sagte sie zähneknirschend. »Man braucht keine großen Brüste, um eine richtige, wunderschöne Frau zu sein. Zu meiner Schulzeit hätte ich für kleinere Brüste wie deine gemordet.« Etwas leiser fügte sie hinzu: »Eigentlich immer noch.«

Jetzt war Eliza an der Reihe, sie anzustarren. »Machst du Witze? Deine Brüste sind wunderschön!« Sie biss sich auf die Unterlippe. »Äh, das wollte ich nicht laut sagen, aber ich nehm's nicht zurück.«

Denny wurde rot und auch Elizas Wangen glühten. »Danke.«

Sie sahen einander an, dann lachte Eliza los. »Okay, jetzt haben wir also schon mal unsere gegenseitige Bewunderung für die Brüste der anderen erklärt. Das ist eigentlich nicht das, was ich von meinem ersten Date mit einer Frau erwartet habe, aber mir gefällt's.«

Denny starrte sie einen Moment lang an, dann brach auch sie in Gelächter aus. Sie betrachtete Eliza kopfschüttelnd. »Gott, du bist schon was Besonderes.« In ihrem Tonfall schwang so viel Zuneigung mit, dass Eliza unweigerlich zurückstrahlte.

Eliza schob den Burger auf Dennys Seite des Tisches. »Komm, lass uns essen und dann von hier verschwinden.«

Die Sonne begann bereits unterzugehen, als Eliza vor Dennys Haus parkte. Nachdem sie aufgegessen hatten, waren sie zum japanischen Garten gefahren, waren Hand in Hand an den moosgrünen Teichen entlanggeschlendert und hatten das beruhigende Rauschen der Wasserfälle und die Gesellschaft der anderen genossen.

Eliza war noch nicht so weit, sich zu verabschieden, deshalb stellte sie den Motor ab. »Ich bringe dich noch zur Tür.«

Ein Lächeln umspielte Dennys Mundwinkel, als sie aus dem Auto ausstiegen.

»Was ist?«, fragte Eliza.

»Nichts.« Denny legte ihre Hand auf Elizas Rücken, als sie auf das Haus zugingen. Diese kleine Geste ließ Eliza innerlich jedes Mal dahinschmelzen. »Normalerweise bin ich diejenige, die meine Begleitung zur Tür bringt.«

»Dann bringt dieses Date für uns beide viel Neues mit sich.« Eliza sah Denny prüfend an. »Das ist doch nicht schlecht, oder?«

»Nein, für mich nicht. Und für dich?« Denny musterte sie eindringlich, was Eliza verriet, dass sie sich noch immer darüber sorgte, Eliza könnte entscheiden, dass eine Beziehung mit einer Frau nichts für sie war.

Zwei Schritte von der Tür entfernt drehte sich Eliza zu Denny um und nahm ihre Hand. Sie wollte, dass Denny ihr in die Augen sah und dort die Wahrheit lesen konnte, als sie sagte: »Für mich ist das etwas richtig Gutes. Ich kann mich nicht erinnern, jemals ein so wunderbares erstes Date gehabt zu haben.«

Dennys fester Griff um ihre Finger lockerte sich. »Puh. Ähm, ich fand das Date auch wunderbar.« Der Ausdruck in ihren grünbraunen Augen ließ keinen Zweifel daran aufkommen, dass es ihr ernst war. »Da es uns beiden Spaß gemacht hat, heißt das, wir werden das wiederholen?«

Eliza musste grinsen. Denny war einfach zu süß. »Bittest du mich um ein zweites Date?«

Denny richtete sich zu ihrer vollen Größe auf. »Ja. Möchtest du nächsten Freitag mit mir ausgehen?«

Für einen Moment war Eliza versucht zu sagen, es sei nicht nötig, sechs lange Tage zu warten; sie könnten schon morgen etwas zusammen unternehmen, doch sie wusste, dass sie Zeit brauchte, um zu verarbeiten, was zwischen ihnen geschah. »Ich würde sehr g– Oh, warte. Mist. Ich kann am Freitag nicht mit dir ausgehen.«

»Oh.« Denny sah zu Boden. »Schon in Ordnung. Ich wollte nicht zu anhänglich rüberkommen.«

»Ich kann am Freitag nicht mit dir ausgehen, weil ich hier sein werde, um dir und deiner Nichte beizubringen, wie man einen Notizbucheinband aus Polymer-Ton herstellt«, sagte Eliza. »Ich habe es Bella vorhin versprochen, vorausgesetzt, deine Schwester hat nichts dagegen.«

Denny sah auf. Jetzt lächelte sie wieder. »Ich bin also in deine Pläne zum Basteln miteinbezogen?«

Eliza wollte sagen, dass sie Denny in viele ihrer Pläne miteinbeziehen wollte, nicht nur ins Notizbuchbasteln, aber sie hielt sich zurück. Woher kam dieses brennende Bedürfnis, mehr Zeit mit Denny zu verbringen? So war sie noch nie in einer Beziehung gewesen, zumindest nicht so schnell. Gab es deshalb den Witz, dass zwei Lesben schon zum zweiten Date einen Umzugswagen mitbrachten? »Ich würde nicht mal im Traum daran denken, den Bastelunterricht ohne dich abzuhalten.«

»Ich bin dabei. Aber ich würde trotzdem gern mit dir ausgehen. Wie wäre es mit Samstag?«

Eliza nickte, ohne erst auf ihre Kalender-App zu sehen. »Klingt gut.«

»Großartig.«

Sie legten die zwei Schritte zur Tür zurück, wo sie stehen blieben und sich einander zuwandten.

»Ich gehe lieber rein, bevor Salem mich suchen kommt. Ich glaube, sie sind schon zurück.« Trotzdem rührte sich keine von beiden vom Fleck.

Sie sahen einander an, dann blickten sie rasch weg.

Eliza war sich nicht sicher, wie sie sich verabschieden sollten. Sollte sie Denny umarmen oder küssen? So wunderbar Dennys zärtliche Umarmungen auch waren, sie sehnte sich nach einem Kuss. Aber war es für Denny auch der richtige Moment? Sie zögerte. Dann fielen ihr Heathers Worte wieder ein. Denny würde womöglich nicht die Initiative ergreifen, selbst wenn sie Eliza gerne küssen würde.

»Gute Nacht, Eliza.«

Die Art, wie Denny ihren Namen sagte, jagte ihr einen Schauder über den Rücken. »Gute Nacht.«

Denny griff in ihre Hosentasche, wahrscheinlich um ihre Schlüssel herauszuziehen.

O nein. Eliza konnte sie nicht gehen lassen. Nicht so. Sie krallte die Finger in den Stoff von Dennys Hemd und beugte sich zu ihr hinüber. Dennys Duft – Parfüm und etwas Unverwechselbares, was nur zu ihr gehörte, stieg ihr in die Nase.

Denny erstarrte. Ihr Atem ging schneller. Verlangen und Unsicherheit standen ihr ins Gesicht geschrieben. »Du musst das nicht tun, wenn du nicht –«

Eliza zog sie am Hemd zu sich heran und berührte Dennys Mund mit ihren Lippen.

Zwei hektische Herzschläge lang standen sie reglos da, dann erwiderte Denny endlich den Kuss. Warm und einladend glitten ihre Lippen über Elizas. Sie nahm die Hand aus der Tasche und umfasste Elizas Gesicht in einer derart liebevollen Geste, dass Elizas Knie weich wurden und sie sich gegen Denny sinken ließ.

Der Kuss war behutsam und zärtlich – Gott, so unglaublich zärtlich – eine Liebkosung ihrer Lippen, ohne Zunge oder wandernde Hände, und doch sandte er ein Kribbeln der Erregung durch Eliza. Sie wollte, dass der Kuss nie endete.

Doch viel zu früh wich Denny einige Zentimeter zurück und beendete ihren Satz mit einem atemlosen Flüstern: »... willst.«

Elizas benommenes Gehirn brauchte mehrere Sekunden, um den Satz zusammenzusetzen, den Denny begonnen hatte, bevor sie sich geküsst hatten. »Hat sich das etwa so angefühlt, als ob ich es nicht will?« Sie berührte Dennys Unterlippe mit der Kuppe ihres Zeigefingers und konnte dann der Versuchung nicht widerstehen, sie zu streicheln. Wow. Dennys Mund war unglaublich weich.

Denny schüttelte den Kopf. Scheinbar war sie unfähig, ihre Gedanken in Worte zu fassen. Sie sah Eliza tief in die Augen und legte ihr eine Hand auf die Hüfte.

Wie konnte eine derart flüchtige Berührung so viele Empfindungen in ihr auslösen?

Dann hörte Eliza auf, über diese Frage nachzugrübeln, als Denny sich ihr entgegenneigte. Diesmal küsste Denny sie. Sie liebkoste Elizas Lippen, immer noch zärtlich, aber mit mehr Selbstvertrauen.

Eliza strich mit den Händen über Dennys Schultern, ihren Nacken und ihr Haar. Es kitzelte, fühlte sich zugleich aber weich an, als sie mit den Fingern hindurchfuhr.

Denny stöhnte hilflos auf. Sie umklammerte mit beiden Händen Elizas Hüften, ließ sie aber dort ruhen, ohne sie auf Wanderschaft gehen zu lassen.

Eliza verlor sich in dem sinnlichen Gefühl von Dennys Lippen auf ihren eigenen. Erst glitten sie langsam und federleicht über ihren Mund, dann mit etwas mehr Druck. Mmh, sie konnte nicht fassen, wie weich und zärtlich Dennys Lippen waren.

Schließlich war es Eliza, die den Kuss unterbrach, weil sie nach Luft schnappen musste.

Sie starrten einander an.

Zögernd nahm Denny die Hände von Elizas Hüften.

Sofort vermisste Eliza ihre Wärme. Sie fuhr ein letztes Mal mit den Fingerkuppen über Dennys Hinterkopf, bevor sie ihre Hände sinken ließ.

Dennys Gesicht war gerötet und ihr sandbraunes Haar leuchtete wie Gold in der untergehenden Sonne.

Sie sah so verblüfft und glücklich aus, dass Eliza sie sofort erneut küssen wollte, aber sie wusste, dass sie halblang machen und erst einmal das Geschehene verarbeiten musste.

Dennys Finger zitterten, als sie ihre Lippen berührte. »Verflixt.« Sie stieß ein heiseres Lachen aus. »Es wird fast unmöglich sein, dieses Date zu toppen, wenn ich dich nächsten Samstag ausführe.«

Ein übermütiges Kichern entrang sich Elizas Brust. »Tja, dann musst du eben einen Weg finden, dieses Erlebnis nachzustellen.«

»Oder es verbessern«, sagte Denny mit einem leidenschaftlichen Blick. Schüchterner fügte sie dann hinzu: »Ich meine, natürlich nur, wenn du das auch willst.«

»Ich will es.« Sie sprachen immer noch vom Küssen, oder? Eliza senkte den Blick und zupfte an einem der Knöpfe an Dennys offenem Hemd. Es fiel ihr schwer, auszusprechen, was in ihr vorging, aber sie wollte ganz ehrlich zu Denny sein, denn ihre offene Kommunikation und ihre Aufrichtigkeit hatte ihre Beziehung von Anfang an zu etwas ganz Besonderem gemacht. »Aber, ähm, um ehrlich zu sein, bin ich, glaube ich, noch nicht bereit, weiter zu gehen.«

Wie Eliza vorhergesehen hatte, schlich sich eine intensive Röte auf Dennys Wangen. Was Eliza jedoch nicht erwartet hatte, war das glückliche Lächeln auf Dennys Gesicht. Sie hatte gewusst, dass Denny viel Geduld mit ihr haben würde, aber sie hatte angenommen, dass sie trotzdem ein wenig enttäuscht sein würde. »Ähm, warum bringt dich das zum Lächeln?«

»Weil ich mir auch nicht sicher bin, ob ich schon zu mehr bereit bin. *Wir* sind noch nicht so weit.« Dennys Lächeln wuchs in die Breite. »Und du hast *noch nicht* gesagt.«

»Oh. Ja, das hab ich wohl gesagt. Ich meine, ich nehme an, dass wir irgendwann schon …«

»Keinerlei Druck von meiner Seite, okay?«, sagte Denny. »Ich möchte, dass du nur das tust, was sich für dich richtig anfühlt.«

Gott, Denny war einfach ein Traum. »Na, wenn das so ist …« Eliza zog Denny an sich und küsste sie erneut.

Kapitel 21

Dennys Schlüssel fiel klappernd auf den Beistelltisch. Sobald sich die Tür zwischen ihr und Eliza geschlossen hatte, sank sie dagegen, denn ihre Beine drohten, ihr den Dienst zu versagen. Ihr schwirrte noch immer der Kopf von ihrem letzten Kuss – oder vielmehr von allen drei Küssen.

Obwohl sie mehr zärtlich als leidenschaftlich gewesen waren, hatten sie Denny bis ins Mark erschüttert.

Sie leckte sich die Lippen, wo sie noch immer den sanften Druck von Elizas Mund spürte, und doch konnte sie nicht fassen, dass es passiert war. Eliza hatte sie geküsst! Und sie hatte zu einem zweiten Date Ja gesagt.

»Alles in Ordnung?«

Salems Stimme erschreckte sie. Sie stieß sich von der Tür ab und nickte. »Ja, alles super. Großartig. Wunderbar.«

Salem kam zu ihr herüber und musterte sie. »Warum atmest du dann so schwer?«

Denny berührte ihre Brust. Ihr Herz klopfte immer noch viel zu schnell. Sie könnte lügen und sagen, sie sei zur Tür gejoggt und nur deshalb außer Atem. Aber sie wollte dieses magische Gefühl nicht eine Sekunde lang leugnen. »Eliza hat mich geküsst.«

Salem stieß einen Pfiff aus. »Bitte sag, du hast den Kuss erwidert!«

Denny schnaubte. Es wäre unmöglich gewesen, nicht auf das Gefühl von Elizas Lippen auf ihren zu reagieren. »Natürlich.« Auf wackeligen Beinen folgte sie Salem zur Couch.

Salem ließ sich neben sie fallen. »War der Rest des Dates so gut wie der Kuss?«

»Na ja, der Kuss ist schwer zu toppen, aber … ja.« Die Vertrautheit ihrer früheren Gespräche war zum Glück immer noch vorhanden gewesen, doch nun fühlte sich ihre Interaktion zugleich auch neu und aufregend an. Scheinbar hatte Eliza das Date genauso genossen wie Denny. Nicht für einen Augenblick hatte sie gewirkt, als wäre sie am liebsten woanders, nicht einmal, als die Frau vom Imbiss Denny als *jungenhaft* bezeichnet hatte. »Es war die beste Verabredung, die ich je hatte.«

Salem stieß Dennys Knie mit ihrem eigenen an. »Ich bin wirklich froh, das zu hören.«

»Danke. Wie war dein Date?«

»Nicht so aufregend wie deins.« Salem lachte. »Da wir eine Anstandsdame dabeihatten, bekam ich nur einen Kuss auf die Wange, als Matt uns zu Hause abgesetzt hat.«

Ein Teil von Dennys Euphorie schwand, als ihr Gehirn auf besorgte Tante umschaltete. »Wie ist er mit Bella umgegangen?«

Salem seufzte verträumt. »Wunderbar. Ich habe herausgefunden, dass er seinen Freund, den Zoowärter, mit einem wertvollen Baseball bestochen hat, den er als Kind selbst gefangen hatte, damit er uns nach Feierabend ins Giraffenhaus lässt.«

Denny musste zugeben, dass Matt ein toller Kerl zu sein schien. »Was ist mit Bella? Wie hat sie sich mit ihm verstanden?«

»Zuerst gar nicht. Sie hat kaum ein Wort gesagt und Matt angestarrt, als wäre er ein Häftling, der auf Bewährung draußen ist. Aber als wir dann zu den Seeottern kamen, war es, als hätte jemand einen Schalter umgelegt und sie haben sich unterhalten, als wären sie beste Kumpel.« Salem schmunzelte. »Ich hab mich gefühlt wie das fünfte Rad am Wagen.«

»Wow, das ist toll.« Denny schlang begeistert einen Arm um sie.

»Mhm.« Salem lehnte lächelnd ihren Kopf an Dennys Schulter. Dann wurde sie wieder ernst und schaute zu ihr auf. »Was würdest du davon halten, wenn ich Matt einladen würde, nächsten Sonntag mit uns zur Pride Parade zu gehen?«

Seit Jahren gingen sie als Familie zum Umzug, deshalb war Denny klar, dass es hier nicht nur darum ging, Matt zu einer netten Veranstaltung einzuladen. Salem bat sie, ihn in die Familie aufzunehmen. Zwar freute sie sich, dass ihre Schwester endlich die große Liebe gefunden hatte, doch für sich selbst war sie auch ein wenig traurig. Bisher war sie Salems Vertraute und ein zweiter Elternteil für Bella gewesen, doch nun stand sie kurz davor, diese Rollen zu verlieren. Das Gefühl des Verlustes krampfte sich wie eine Faust um ihr Herz.

Salem hob den Kopf von Dennys Schulter, um sie zu mustern. »Wenn es dir lieber ist, dass ich ihn nicht einlade, ist das in Ordnung. Ich dachte nur, es wäre nett.«

Denny gab sich einen Ruck. Sie hasste Veränderungen, aber sie würde Salem zuliebe damit klarkommen. »Nein, schon okay. Lad ihn ein.«

»Bist du dir sicher?«, fragte Salem.

Einen Moment lang stellte Denny sich vor, wie sie bei der Parade zusah, wie Salem, Matt und Bella miteinander jubelten, lachten und den bunten Wagen zuwinkten, während sie unbeachtet danebenstand. Doch dann überlagerte ein anderes Bild diese Vorstellung: Eine schlanke Hand griff nach ihrer eigenen und Eliza lehnte sich zu ihr herüber, um ihr etwas zu zeigen, das alle fünf zum Lachen brachte. Die Faust um ihr Herz lockerte sich. »Ja. Eigentlich könnte ich auch Eliza einladen, sich uns anzuschließen, wenn das für dich in Ordnung ist.«

»Klar ist das in Ordnung. Wenn du meinst, dass sie schon so weit ist.«

Warum sollte Eliza nicht so weit sein, sich mit ihnen den Straßenumzug anzusehen? Sie hatte Salem und Bella bereits kennengelernt, und da Heather ihre beste Freundin war, war sie sicherlich schon einmal bei der Pride Parade gewesen. »Was meinst du damit?«

»Bella, Matt und ich gehen zur Parade, um unsere Unterstützung für dich und alle anderen LGBT+-Personen zu zeigen«, sagte Salem. »Aber Eliza ist mit dir zusammen, deshalb hat die Pride Parade für sie jetzt vielleicht eine andere Bedeutung. Meinst du, sie ist schon bereit dafür?«

Denny ließ ihren Kopf gegen die Rückenlehne der Couch sinken. »Keine Ahnung. Ich weiß nicht, mit welchem Label sie sich im Moment wohlfühlen würde – wenn sie überhaupt ein Label möchte. So habe ich das bisher noch gar nicht gesehen.«

»Vielleicht sieht Eliza es auch nicht so.«

Doch der Gedanke daran ließ Denny jetzt nicht mehr los. *Na toll. Herzlichen Dank, Salem. So kann man mich auch nach diesem unglaublichen Kuss wieder auf den Boden der Tatsachen zurückholen.* Seufzend stand sie auf.

»Wohin gehst du?«, rief Salem ihr nach. »Ich wollte mehr über dein tolles Date erfahren!«

Denny ging zur Treppe. »Ich gehe Bella gute Nacht sagen und wollte mal sehen, ob sie über Matt und den Besuch im Zoo reden möchte.«

»Denny?«

Auf halber Höhe der Treppe blieb Denny stehen. »Ja?«

»Danke«, sagte Salem leise. »Du bist die Beste.«

Denny stemmte sich gegen den Ansturm von Emotionen, der über sie hereinbrach. Himmel, ein paar Küsse von Eliza und schon fühlte sie sich so emotional und verletzlich, als ob jedes Gefühl, das sie empfand, plötzlich tausendmal stärker war. »Glaub bloß nicht, dass ich dir das letzte Stück Käsekuchen überlasse, nur weil du mir schmeichelst.«

»Ups. Das habe ich vorhin schon gegessen.«

Denny drehte sich um und ging die paar Stufen hinunter, bis sie um die Ecke und in den Wohnbereich schauen konnte. »Du machst Witze, oder?«

Salem grinste verschmitzt. »Hey, dafür hast du einen Gutenachtkuss bekommen und ich nicht.«

Mhm, das stimmte. Elizas Küsse waren ohnehin viel besser als Käsekuchen. Sie warf Salem einen strengen Große-Schwester-Blick zu und drohte ihr mit dem Zeigefinger. »Der nächste Käsekuchen geht auf dich.«

Es war erst halb zehn, als Eliza nach Hause kam, sodass sie noch bei Heather vorbeiging, um ihr den Autoschlüssel zurückzugeben. Wenn sie ehrlich war, ging es nicht um den Schlüssel. Ihr Körper und ihr Kopf waren noch immer in Aufruhr von all den Emotionen, die Dennys Küsse ausgelöst hatten, und sie brauchte jemanden zum Reden.

Sie klopfte an und benutzte dann ihren Schlüssel, um die Wohnung aufzuschließen.

Heather saß auf der Couch. Sie hatte die Füße auf den Tisch gelegt und lackierte sich die Zehennägel mit einem fliederfarbenen Nagellack. Mit dem Pinsel über der großen Zehe sah sie auf. »Du hast doch nicht etwa mein Auto geschrottet, oder?«

»Nein, natürlich nicht. Wie kommst du denn darauf?«

Heather wedelte mit dem Nagellackpinsel. »Weil du ein seltsames Gesicht machst.«

»Mach ich das wirklich?« Eliza widerstand dem Drang, ihr Gesicht – oder ihre Lippen – zu berühren.

»Mhm.« Heather sah zu, wie sie zur Couch ging und sich setzte. »Wenn mein Auto in Ordnung ist, bedeutet das wohl, dass dein Date mit Denny entweder eine totale Katastrophe war oder das Beste, was der Menschheit seit Erfindung der Pizza passiert ist.«

»Letzteres.« Eliza wusste, dass sie wahrscheinlich albern grinste, aber das war ihr egal. »Definitiv Letzteres.«

Heather stellte den Nagellack beiseite. »Das Date war besser als Pizza? Reden wir von Pizza mit oder ohne Käserand?«

»Es war besser als Pizza mit Käserand *und* Extrakäse.«

Ein leiser Pfiff von Heather unterbrach die kurze Stille. »Diese besondere Verbindung, nach der du immer suchst … Hast du sie mit Denny gefunden?«

Eliza brauchte nicht lange darüber nachzudenken. Im Nachhinein betrachtet war diese Verbindung schon lange vor ihrem ersten Date da gewesen. »Ja. Bei all den Männern, die ich über *No More Frogs* kennengelernt habe, hatte ich immer das Gefühl, ich muss eine Show abziehen, um sie zu beeindrucken – mich richtig kleiden, die richtigen Dinge sagen, verstehst du? Bei Denny wusste ich, dass ich mich nicht verstellen muss, sondern ganz ich selbst sein kann.«

Heather drückte beide Hände an ihre Brust. »Das klingt wunderbar.«

Sie lächelten einander an.

»Ja, das ist es«, sagte Eliza. »Jetzt, wo ich meinen Frosch gefunden habe, müssen wir nur noch einen für dich finden.«

»Einen Frosch?« Heather hob eine Augenbraue. »Du meinst sicher eine Prinzessin, oder?«

Eliza schüttelte energisch den Kopf. »Nein. Prinzessinnen mit wallendem, goldblondem Haar, hohen Schlosstürmen und teuren Ballkleidern sind nicht echt. Was du brauchst, ist ein vollkommen unvollkommener Frosch. Jemand, der dich um deinetwillen liebt, samt Warzen und allem drumherum.«

»Warte, jetzt bin ich plötzlich der Frosch in deiner Analogie?«

Eliza zwickte sie in den Schenkel. »Nein, du bist die Kröte.«

Heather zog ihr Bein außer Reichweite. »Apropos Frösche und Prinzessinnen … Hat sie dich geküsst?«

Die Bemerkung genügte und schon wurde Eliza wieder ganz warm. Sie nickte.

»Oh, im Ernst?« Heather rutschte näher an sie heran.

»Na ja, genau genommen habe ich sie geküsst.«

»Juhu!« Heather hüpfte auf und ab, sodass Eliza durchgeschüttelt wurde. Dann hörte sie auf und winkte ihr auffordernd zu. »Erzähl mir alles und lass nichts aus!«

Eliza hatte sich nie gescheut, mit Heather über ihr Liebesleben zu sprechen, aber diesmal war alles anders. Nicht weil Denny eine Frau war, sondern weil sie Denny war.

»Wie du selbst gesagt hast, dachte ich mir schon, dass sie nicht die Initiative ergreifen würde, deshalb habe ich den ersten Schritt gemacht. Ich wollte unbedingt wissen, wie es sich anfühlt, sie zu küssen.«

»Und? Wie hat es sich angefühlt?«

Wie konnte sie eine so unbeschreibliche Erfahrung in Worte fassen? »Weich«, sagte sie und fügte dann hinzu: »Richtig. Es hat sich richtig angefühlt. Es hat mich überrascht, *wie* richtig es sich anfühlte. Nicht nur der Kuss. Alles.«

»Hast du vorher daran gezweifelt?«

»Ich weiß nicht.« Eliza schnappte sich den Nagellack vom Tisch und zog Heathers Fuß auf ihren Schoß, um etwas zu tun zu haben, während sie darüber nachdachte. »Ich bin immer noch dabei, alles zu verarbeiten. Ich meine, stell dir vor, du merkst plötzlich, dass es dir Spaß macht, einen Mann zu küssen.«

Heather schüttelte sich dramatisch, wodurch Eliza abrutschte und fast ihren Fuß lackiert hätte. »Hey, halt still!«

»Dann hör auf, solche Sachen zu sagen«, antwortete Heather.

Eliza gab ihr einen Klaps auf den Spann. »Komm schon. Nur weil du dich nicht zu Männern hingezogen fühlst, heißt das nicht, dass es eklig ist, einen zu küssen.«

»Ja, aber waren wir uns nicht gerade einig, dass es so viel schöner ist, Frauen zu küssen?«

Eliza lackierte den nächsten Zehennagel, dann den übernächsten, bevor sie antwortete. »Denny zu küssen ist schöner. Aber ich weiß nicht, ob das daran liegt, dass sie eine Frau ist, oder daran, dass sie einfach Denny ist.«

Heather schien eine Weile darüber nachzudenken, dann nickte sie. »Du wirst es schon herausfinden.«

»Ich bin mir nicht sicher, ob ich das will. Nicht, wenn es bedeutet, jemanden außer Denny zu küssen.«

Heathers gutmütiges Lachen hallte durch die winzige Wohnung. »Mensch, bist du sicher, dass du nicht lesbisch bist? Ein Date und schon hast du dich für immer gebunden!«

Für immer gebunden ... Die Worte lagen ihr schwer in der Magengrube. Stimmte das?

Bevor ihr eine Antwort einfiel, gab ihr Handy den Ton von sich, der einen Anruf von Denny anzeigte. Ihr Herz schlug schneller und ihr Blick huschte von Heathers erst zur Hälfte lackierten Zehennägeln zu ihrer Handtasche. »Macht es dir was aus, wenn ich …?«

»Nein, geh nur.« Heather nahm ihr den Nagellack aus der Hand. »Und grüß sie von mir.«

»Mach ich. Gute Nacht.« Eliza sprang auf, griff nach ihrer Tasche und zog ihr Handy heraus, während sie zur Tür eilte. Innerlich musste sie über sich selbst lachen. Sie hatte sich erst vor einer Stunde von Denny verabschiedet und doch konnte sie es kaum erwarten, wieder ihre Stimme zu hören.

»Hallo.« Dennys Stimme sandte ein Kribbeln durch ihren Körper. »Ich bin's, Denny.«

Eliza lächelte, winkte Heather zu und schloss die Tür hinter sich. »Hey, du. Ich bin gut zu Hause angekommen. Tut mir leid, dass ich dir noch nicht Bescheid gesagt habe. Ich habe noch den Autoschlüssel bei Heather abgegeben. Sie lässt übrigens Grüße ausrichten.«

»Salem lässt dich auch grüßen.«

»Gruß zurück.« Eliza mühte sich ab, um ihre Wohnungstür mit einer Hand aufzuschließen, und betrat dann ihr Zuhause. »Wie war ihr Date im Zoo?«

»Gut. Aber nicht so gut wie meins.«

Die Aufrichtigkeit in Dennys Stimme erfüllte sie mit Wärme. »Ich wette, es war auch nicht so gut wie meins.«

Eine Weile drang nur ihr leises Atmen durch das Handy, da sie vermutlich beide von einem Ohr zum anderen grinsten.

Eliza räusperte sich. »Also, mag Matt nun Seeotter oder nicht?«

»Offensichtlich mag er sie. Das hat ihm bei Bella Pluspunkte eingebracht«, antwortete Denny. »Moment, woher wusstest du das von den Seeottern?«

»Bella und ich haben darüber geredet, als ich dich abgeholt habe.«

»Du hast sie ermutigt, ihm eine Chance zu geben, oder?«

»Ein bisschen.« Eliza ging zum Schrank und zog ihr Bett aus. »War das in Ordnung?«

»Ja, das war super.«

Irgendwie klang Denny nicht ganz überzeugt. »Bist du dir sicher?«

»Matt tut Salem gut und ich denke auch Bella. Sie hatte bisher nicht viele männliche Vorbilder.«

Eliza spürte, dass da noch mehr war. »Aber?«

»Weißt du, ich bin mir nicht sicher, ob es beunruhigend oder tröstlich ist, wie gut du mich bereits kennst.«

»Ich bin für tröstlich.« Eliza schlüpfte aus ihren Sneakers und streckte sich auf dem Bett aus. »Im Ernst, du weißt, dass du mit mir über alles reden kannst – oder mir auch sagen kannst, dass du lieber nicht darüber reden möchtest. Was immer dir guttut, okay?«

»Danke«, sagte Denny so leise, dass Eliza das Handy fester an ihr Ohr drücken musste, um sie zu hören. »Ich glaube, ich würde gerne darüber reden.«

Eliza wartete, ohne sie zu drängen. Sie hatte das Gefühl, dass Denny ihre Sorgen meistens für sich behielt, sodass sie jetzt eine Weile brauchte, um die richtigen Worte zu finden.

»Ich sorge mich hauptsächlich darum, dass Bella verletzt werden könnte. Natürlich nicht körperlich«, fügte Denny eilig hinzu. »Aber Kinder hängen total schnell an jemandem, weißt du? Vor allem meine Nichte. Sie zeigt es vielleicht manchmal nicht, aber sie ist ziemlich sensibel. Was, wenn sie ihm ihr Herz öffnet, und es dann zwischen ihm und Salem nicht klappt?«

Ging es hier wirklich um Bella, Matt und Salem – oder ging es um Denny? Sie war ihrer Nichte sehr ähnlich. Auch sie war ziemlich sensibel. Machte sie sich Sorgen darüber, dass es trotz des wundervollen ersten Dates zwischen ihnen nicht klappen würde?

»Was, wenn er irgendwann merkt, dass er doch keine bereits bestehende Familie will?«, fuhr Denny fort.

Auch hier konnte Eliza deutlich die Parallelen erkennen. Sorgte Denny sich nicht nur darum, dass Matt seine Meinung ändern könnte, sondern auch darum, dass Eliza beschließen könnte, eine Beziehung mit einer Frau wäre doch nicht das Richtige für sie? »Meinst du nicht, dass er das durchdacht hat, bevor er Salem gefragt hat, ob sie mit ihm ausgeht?«, fragte Eliza. »Oder ist er der Typ Mensch, der sich Hals über Kopf in Beziehungen stürzt?«

»Nein, das glaube ich nicht. Aber manchmal ändern sich Gefühle.«

»Stimmt. Glaubst du, dass sich Salems Gefühle für ihn ändern werden?«

»Nein«, antwortete Denny, ohne zu zögern. »Wenn sie sich ihrer Gefühle nicht sicher wäre, hätte sie ihn Bella nie vorgestellt.«

»Warum gehst du dann davon aus, dass er es sich anders überlegt?«

»Hm. Du hast recht«, sagte Denny. »Vielleicht mache ich mir völlig umsonst Sorgen.«

»Du sorgst dich, weil dir viel an den beiden liegt.« Ihr großes Herz war eines der Dinge, die sie an Denny am meisten mochte. »Ist das alles, was dich belastet, oder beschäftigt dich sonst noch etwas?«

Im Handy rauschte es, als Denny laut ein- und ausatmete. »Was ist, wenn Matt seine Meinung nicht ändert?«

Eliza versuchte, Dennys Gedankengang nachzuvollziehen. Was wäre daran schlecht? »Wie meinst du das?«

»Was ist, wenn es zwischen ihnen gut läuft und er sie bittet, bei ihm einzuziehen?«, fragte Denny im Flüsterton.

O Gott. War es das, was Denny solche Sorgen bereitete – die Angst, von ihrer Familie verlassen zu werden? Elizas Kehle brannte. Warum hatte noch niemand ein Handy mit Teleportationsfähigkeiten erfunden? Sie wollte Denny in den Arm nehmen. Dass sie es nicht konnte, tat fast körperlich weh. Am liebsten hätte sie Heathers Autoschlüssel geholt, um zurück nach Lents zu fahren.

»Ich meine, das wäre doch toll, oder?«, fügte Denny erzwungen heiter hinzu. »Ich würde mich freuen, wenn –«

»Das musst du bei mir nicht machen, Denny.«

»Was denn?«

»So tun, als ob alles bestens wäre und ständig die Starke spielen«, sagte Eliza. »Ich weiß, du würdest dich für Salem freuen, aber das heißt nicht, dass es dir nicht wehtun würde. Es wäre eine ziemliche Veränderung. Himmel, Denny, du hast Bella praktisch mit großgezogen. Eigentlich hast du sie sogar beide großgezogen, nach allem, was ich von deinen Eltern weiß.«

Denny gab ein Geräusch von sich, das halb wie ein zustimmendes Brummen und halb wie ein schmerzliches Seufzen klang.

»Das kann dir niemand nehmen. Wenn Matt wirklich der nette, seeotterliebende Typ ist, für den ich ihn halte, wird er das auch gar nicht wollen. Er wird wissen, dass er dich nicht ersetzen kann. Ich wette, du wirst immer noch die Person sein, zu der Bella kommt, wenn ihr erster Freund ihr das Herz bricht oder ihre Mutter ihr Hausarrest aufbrummt, weil sie die Schule geschwänzt oder sich einer Sekte angeschlossen hat.«

Das brachte Denny zum Lachen. »Bella ist zu bodenständig, um einer Sekte beizutreten.«

»Okay, aber für alles andere wird sie trotzdem zu dir kommen.«

Denny seufzte, aber jetzt klang es weniger traurig. »Ja, aber sie wird nicht mehr bei mir wohnen.«

Eliza hielt sich nur mit Mühe davon ab, Denny zu versprechen, dass sie nicht allein sein würde. Himmel, Heather hatte recht. Sie entsprach dem Klischee, wenn sie ihr noch vor dem zweiten Date versprach, bei ihr einzuziehen. »Nein, aber Bella ist alt genug, um an den Wochenenden bei dir zu übernachten. Und vielleicht könntest du eine Wohnung in ihrer Nähe finden.«

»Hm. Ja. Vielleicht könnte ich das.« Denny schwieg einen Moment lang.

»Du hast gerade den Laptop rausgeholt, um nach erschwinglichen Wohnungen in Matts Nähe zu suchen, stimmt's?«

»Ähm, nein.«

»Doch, hast du.«

Denny lachte. »Okay, okay, ich geb's zu. Das ist wohl ein bisschen überstürzt, oder?«

»Ein wenig.«

Ein leises Klicken verriet, dass Denny den Laptop geschlossen hatte. »Eliza?«

»Ja?«

»Danke. Für dein Verständnis und dafür, dass du mich dazu gebracht hast, darüber zu reden. Ich war mir dessen nicht einmal bewusst, aber das nagt wohl schon eine Weile an mir.«

Eliza legte all ihre Wärme und Zuneigung in ihre Stimme, in der Hoffnung, dass Denny sie spüren konnte. »Das ist total verständlich.«

»Würdest du Matt gern kennenlernen?«, fragte Denny nach einer Pause. »Ich meine, richtig, nicht nur beim Händeschütteln in der Einfahrt.«

Um ehrlich zu sein, war Matt nicht die Person, mit der sie Zeit verbringen wollte, aber es schien Denny wichtig zu sein, deshalb sagte Eliza: »Äh, klar. Gern.«

»Verdammt«, murmelte Denny. »Das ist nicht das, was ich eigentlich fragen wollte.«

Warum war sie plötzlich so nervös? Eliza umklammerte das Handy fester. »Was dann?«

»Du weißt ja, dass ich Menschenmengen eigentlich nicht mag. Aber Salem schleppt mich jedes Jahr zur Pride Parade und dieses Jahr wird sie

Matt einladen und natürlich wird auch Bella mitkommen und ich habe mich gefragt …« Denny keuchte, als wäre sie nach ihrem langen Satz völlig außer Atem. »Ob du auch mitkommen möchtest. Das muss nichts zu bedeuten haben.«

»Zu bedeuten?«, wiederholte Eliza und versuchte, Dennys Gedankengang nachzuvollziehen.

»Es gehen auch sehr viele heterosexuelle Besucher zum Umzug«, sagte Denny.

»Ich weiß. Ich war schon mindestens drei Mal mit Heather bei der Parade.« Dann verstand sie endlich, was Denny damit sagen wollte. Bei allen drei vorherigen Besuchen der Pride Parade hatte sie sich für heterosexuell gehalten. Sie war hingegangen, um Heather und ihre anderen Freunde, die queer waren, zu unterstützen, nicht als Teil der LGBT+-Community. Dieses Jahr würde sie mit ihrer Partnerin hingehen!

»Wie ich schon sagte, das muss gar nichts bedeuten«, wiederholte Denny. »Außer dass du Zeit mit mir verbringen möchtest.«

Das war zumindest etwas, dessen sie sich hundertprozentig sicher war. »Ich gehe gerne mit dir zur Pride Parade.«

»Wirklich?«

»Ja.« Dann würden sie sich nächste Woche am Freitag, Samstag und Sonntag sehen, aber sie hatte nicht das Gefühl, dass ihr das zu viel sein würde. Vielmehr schien Freitag viel zu weit weg zu sein.

»Heather könnte auch mitkommen«, sagte Denny. »Wenn ihr normalerweise zusammen zum Umzug geht, möchte ich mich auf keinen Fall dazwischendrängen und ihr das Gefühl geben, das fünfte Rad am Wagen zu sein.«

Wie rücksichtsvoll! Denny dachte immer an alle anderen. Dieses Gefühl in ihrer Brust, dahinzuschmelzen, wurde Eliza allmählich sehr vertraut. »Sie kommt sicher gern mit. Wir gehen immer …« Sie erstarrte mit offenem Mund, als ihr einfiel, dass Heather nicht die Einzige war, die sie jedes Jahr zur Parade begleitete.

»Was ist?«, fragte Denny besorgt. »Wenn du es dir anders überlegt hast, ist das völlig –«

»Nein, das ist es nicht. Aber in den letzten Jahren sind wir nicht allein zur Pride Parade gegangen.«

Denny lachte. »Ich weiß. Es waren noch fünfzigtausend andere Leute dort.«

»Ja. Fünfzigtausend Leute und meine gesamte Familie.«

Das Schweigen am anderen Ende dauerte so lange an, dass Eliza schon glaubte, Denny hätte ihr Handy fallen lassen.

»D-Deine gesamte Familie?«, krächzte sie schließlich.

»Na ja, nicht meine Großeltern, Tanten, Onkel, Cousins und Cousinen. Nur meine Eltern, meine Geschwister und deren Partner und Kinder. Zumindest diejenigen, die am Tag des Umzugs nicht arbeiten müssen.«

»Nur deine Eltern und deine Geschwister«, wiederholte Denny und klang dabei, als wäre sie einer Ohnmacht nahe.

»Sieht so aus, als würdest du sie früher als gedacht kennenlernen.« Sehr viel früher. Eliza konnte nicht verhindern, dass ihre Stimme leicht zitterte, und sie wusste, Denny würde es bemerken.

»Vielleicht war das mit dem Umzug doch keine gute Idee«, sagte Denny. »Lass uns das einfach vergessen.«

Einen Moment lang war Eliza versucht, zuzustimmen. Alles ging zu schnell, sodass sie sich völlig überrumpelt fühlte. Sie hatte noch nicht darüber nachgedacht, Denny ihrer Familie vorzustellen. Es gab noch so vieles, worüber sie sich erst selbst klar werden musste. Aber wenn sie jetzt einen Rückzieher machte, würde das nur Dennys Ängste schüren. »Nein«, sagte sie so fest sie konnte. »Ich will mit dir zur Pride Parade gehen. Es sei denn, du hast es dir anders überlegt.«

»Nein. Aber deine Familie kennenzulernen, ist schon ein großer Schritt.« Denny schwieg eine Weile. »Aber vielleicht muss es das gar nicht sein.«

»Wie meinst du das?« Denny ihrer Familie vorzustellen, fühlte sich auch für sie wie ein gewaltiger Schritt an.

»Du musst mich nicht als deine, ähm, Partnerin oder so vorstellen. Ich meine, wir waren erst einmal zusammen aus. Ich erwarte nicht, dass du dich deiner Familie gegenüber outest oder so was in der Art.«

Im Moment wusste Eliza noch nicht einmal, als was sie sich outen sollte. Wie konnte sie ihrer Familie sagen, dass sie lesbisch oder bisexuell war, obwohl sie noch gar nicht für sich geklärt hatte, was ihre Gefühle Denny gegenüber für ihre sexuelle Orientierung bedeuteten? Aber trotzdem fühlte es sich falsch an, ihre Familie anzulügen und ihre zunehmend engere Beziehung geheim zu halten. Ihre Schläfen pochten, als würde ihr Kopf gleich explodieren.

»Ich hab ernst gemeint, was ich vorhin gesagt habe«, fuhr Denny fort. »Keinerlei Druck von meiner Seite. Sag ihnen nur, was sich für dich richtig anfühlt, okay?«

Dass Denny so verständnisvoll war und sie nicht unter Druck setzte, hätte sie eigentlich erleichtern sollen. Stattdessen war sie frustriert – nicht über Denny, sondern über sich selbst. Ihre Familie war tolerant und aufgeschlossen. Ihnen von ihrer Beziehung zu erzählen, hätte ihr nicht schwerfallen sollen ... und doch tat es das.

»Jetzt verrat mir alles über deine Eltern und deine Geschwister«, sagte Denny, bevor Eliza antworten konnte. »Hobbys, Macken, politische Ansichten, Lieblingseissorte ... Ich will alles wissen. Nur weil sie mich für eine platonische Freundin halten, heißt das nicht, dass ich keinen guten Eindruck hinterlassen will.«

Ein Teil von Elizas Anspannung fiel von ihr ab, als sie liebevoll lächelte. »Dazu musst du nichts über meine Familie wissen. Sei einfach ganz du selbst.«

»Ach ja?«

Irgendetwas schwang in Dennys Stimme mit, was Eliza innehalten ließ. »Dachtest du, ich will, dass du dich meiner Familie gegenüber verstellst und so tust, als wärst du hetero, femme, total selbstsicher oder irgendetwas anderes, was du nicht bist?«

Dennys Schweigen sprach Bände.

»Gott, Denny, nein. Ich hab nicht deinetwegen gezögert. Es geht nur um mich. Also komm bitte am Sonntag nicht in einem rüschenbesetzten rosa Kleid zur Parade, okay?«

Denny brach in Gelächter aus. »Ich kann ehrlich sagen, dass ich das nicht in Erwägung gezogen habe.«

»Gut. Denn ich mag dich genau so, wie du bist. Ich brauche nur etwas Zeit, um herauszufinden, was das für mich bedeutet.«

»Nimm dir alle Zeit, die du brauchst«, sagte Denny. »Und jetzt erzähl mir von deiner Familie.«

»Nur wenn du mir dann alles über deine erzählst.«

»Einverstanden.«

Eliza setzte sich auf, stopfte sich ein Kissen hinter den Rücken und machte sich auf ein langes Gespräch gefasst.

Kapitel 22

Am Freitagnachmittag der darauffolgenden Woche machte Eliza etwas früher Feierabend, lieh sich wieder Heathers Auto und fuhr zum Haus ihrer Schwester nach Happy Valley, um ihre Nichten abzuholen.

Die Kinder von Ryan und Nichole waren an einer Magen-Darm-Grippe erkrankt, aber Britts zehnjährige Zwillinge waren sehr erpicht darauf, an der Bastelstunde teilzunehmen.

Statt ihrer Schwester war es ihre Mutter, die ihr die Tür öffnete.

»Hallo, Mama.« Eliza umarmte sie und drückte ihr einen Kuss auf die Wange. »Was machst du denn hier? Britt ist doch nicht auch krank, oder?«

»Nein, es geht ihr gut.« Ihre Mutter zog sie ins Haus. »Nala hat ihre Jungen bekommen und ich war in der Gegend, um im *Grocery Port* ein paar Besorgungen zu machen, deshalb dachte ich, ich schaue mal vorbei und sehe mir die Kätzchen an.«

Ihre Mutter kaufte im *Grocery Port* ein? Vielleicht sogar in dem Laden, in dem Denny arbeitete. Womöglich war sie bei Denny an der Kasse gewesen oder Denny hatte ihr gezeigt, in welchem Regal die Milch stand. Es fühlte sich an, als gäbe ihr das Universum einen Wink mit dem Zaunpfahl. Sollte sie ihrer Mutter von Denny erzählen?

»Wie geht es dir, Schatz?« Ihre Mutter schlang einen Arm um sie, während sie Eliza ins Haus führte. »Ich hab dich den ganzen Monat kaum gesehen. Halten dich deine Chefinnen so auf Trab?«

»Nein, das ist es nicht«, antwortete Eliza. »Wir arbeiten uns den, ähm, Hintern ab, um einen für Vögel ungefährlichen Weihnachtsbaum zu entwickeln und rechtzeitig auf den Markt zu bringen, aber Austen schickt uns immer alle pünktlich nach Hause.«

»Das ist gut. Was hält dich dann davon ab, uns öfter zu besuchen?«

Scheinbar gab ihr das Universum nicht nur einen *kleinen* Wink mit dem Zaunpfahl. Vielleicht sollte sie es hinter sich bringen und es ihrer Mutter erzählen, denn diese war immer ihre größte Verbündete in der Familie gewesen. Eliza suchte nach den richtigen Worten und verwarf dabei eine Option nach der anderen. Schließlich beschloss sie, so direkt wie möglich zu sein und es nicht unnötig in die Länge zu ziehen. »Ähm, erinnerst du dich noch an Denny? Die Frau, mit der ich mich nach meinem Unfall mit dem Rad per SMS unterhalten habe.«

Krähenfüße entstanden um die Augen ihrer Mutter herum, als sie grinste. »Die, von der ich dachte, dass du mit ihr zusammen bist?«

Eliza versuchte, den Kloß in ihrem Hals herunterzuschlucken. »Ähm, na ja …«

»Tante Eliza!« Ihre Nichte Piper eilte auf sie zu.

Verdammt! Die Gelegenheit für ein Gespräch unter vier Augen war dahin. Vielleicht wollte das Universum doch noch nicht, dass ihre Familie von ihrer neuen Beziehung erfuhr.

»Nala hat ihre Jungen bekommen! Du musst sie dir unbedingt anschauen.« Piper zerrte an ihrer Hand. »Wir behalten das schwarze und das rote Kätzchen, aber du kannst eines der dreifarbigen haben.«

Britt kam mit Polly im Schlepptau aus dem Wohnzimmer. »Nein! Wir behalten nur eins, das haben euer Vater und ich euch doch gesagt.«

Die Zwillinge machten beide ein finsteres Gesicht.

»Das schwarze«, sagte Piper.

»Das rote«, entschied Polly gleichzeitig.

Eliza lachte und klopfte Britt auf die Schulter. »Ich prophezeie, dass ihr beide behalten werdet.«

Britt schnitt eine Grimasse. »Herzlichen Dank für die Unterstützung, Schwesterherz.«

»Hey, ich nehme dir die Mädchen für den Rest des Tages ab. Das finde ich sehr unterstützend.«

»Stimmt. Ich wusste doch, dass du nicht ohne Grund meine Lieblingsschwester bist.«

»Das hat sie zu Tante Andy auch gesagt, als sie uns letztes Wochenende zum Eisessen abgeholt hat«, flüsterte Piper.

Piper und Polly zogen sie ins Wohnzimmer, wo sie sich die Kätzchen anschaute.

Britt und ihre Mutter folgten, und alle scharten sich um den großen Katzenkorb in der Ecke, wo sich vier Neugeborene an ihre Mutter kuschelten. Ihre Augen waren noch geschlossen und ihre Ohren noch nicht aufgerichtet, sodass sie wie kleine Teddybären aussahen. Ihr piepsiges Miauen brachte Eliza zum Lächeln.

Ich frage mich, ob Denny Katzen mag.

Ihre Mutter lehnte ihr Kinn auf Elizas Schulter, damit auch sie die Kätzchen betrachten konnte. »Sie sind unglaublich süß, wenn sie so klein sind. Genau wie menschliche Babys. Ich wünschte fast, sie könnten für immer so klein bleiben.«

»Hey, pass auf, was du sagst, Mama«, sagte Britt. »Ich bin immer noch unglaublich süß.«

Ihre Mutter lachte. »Kein Kommentar.« Sie klopfte Eliza auf die Schulter. »Also, was wolltest du mir über deine Freundin erzählen?«

Elizas Hände wurden feucht. Sollte sie es ihr trotzdem sagen? Aber dann würden Britt und die Mädchen mithören und das war doch ein wenig überwältigend.

»Ähm, sie und ihre Familie werden am Sonntag auch zur Parade gehen, deshalb dachte ich, wir könnten uns alle treffen und den Umzug zusammen ansehen.«

»Natürlich, Schatz. Das wird sicher nett.«

Mehr hatte ihre Mutter nicht zu dem Thema zu sagen. Sie ahnte nicht, dass Denny für Eliza mehr war als eine Freundin, sodass es für sie nichts weiter zu besprechen gab.

Mist! Das war viel schwieriger, als Eliza sich vorgestellt hatte. Sie unterdrückte ein Seufzen. »Na schön, ihr Monster.« Sie bedeutete Piper und Polly, ihr zu folgen. »Wir müssen los. Denny und ihre Nichte warten auf uns.«

Die drei Mädchen hingen förmlich an Elizas Lippen, als diese ihnen erklärte und zeigte, wie man den Polymer-Ton formte, um den Notizbucheinband zu gestalten.

Von ihrem Platz neben ihr am Tisch beobachtete Denny sie genauso aufmerksam – weniger wegen des Libellenmotivs, das sie sich vorgenommen hatte, sondern weil sie den Blick nicht von Eliza abwenden konnte.

Eliza trug eine hellblaue Jeans, die so oft gewaschen worden war, dass sie sich vermutlich weich wie Samt anfühlte und eng an ihre schlanken Hüften und ihre durchtrainierten Beine schmiegte. Ihr kastanienbraunes Haar hatte sie zu einem kurzen Pferdeschwanz zusammengebunden, sodass ihre schönen Wangenknochen und ihr eleganter Hals besser zur Geltung kamen.

Himmel, dieser Hals. Eine einzelne Strähne war dem Pferdeschwanz entkommen und kräuselte sich nun um ihren Hals. Denny stellte sich vor, sie zurückzustreichen und einen sanften Kuss auf Elizas weiche Haut zu hauchen.

Eliza knetete die Modelliermasse und formte dann die Hinterbeine des lilafarbenen Drachen. Vorsichtig befestigte sie diese am Körper, den sie vorhin schon auf der Polymer-Ton-Platte festgedrückt hatte, und setzte dann dreieckige Stacheln auf Rücken und Schwanz.

»Wow«, flüsterte Bella.

»Ja, wow«, wiederholte Denny, ohne den Blick von Elizas Händen abzuwenden. Sie versuchte krampfhaft, sich nicht vorzustellen, wie diese Finger etwas anderes als Modelliermasse streichelten und kneteten.

Als Eliza sich Denny zuwandte, berührten sich ihre Knie unter dem Tisch.

Ein Kribbeln lief ihr Bein hinauf.

»... werkzeug reichen?«

Denny riss den Blick von Elizas Händen los und sah ihr ins Gesicht. »Entschuldige. Was hast du gesagt?«

Ein Grinsen durchbrach Elizas konzentrierte Miene.

War sie sich bewusst, was ihre bloße Nähe und die Berührung ihres Knies mit Denny anstellten?

»Kannst du mir bitte das Kugelwerkzeug reichen?«, wiederholte Eliza.

»Oh, klar doch.« Denny warf einen Blick auf das Sortiment an Modellierwerkzeugen. »Welches? Das hier?«

Eliza lehnte sich zur Seite und streckte die Hand aus.

Als Denny nach dem Werkzeug griff, das sie für das richtige hielt, schlossen sich ihre Finger um weiche Haut statt um kaltes Metall.

Keine von beiden ließ los.

Erstarrt saßen sie da. Ihre Oberschenkel berührten sich und Elizas Oberkörper ruhte an Dennys Schulter. Da Eliza sich gedreht und gestreckt hatte, um an das Werkzeug zu gelangen, waren ihre Gesichter nur noch wenige Zentimeter voneinander entfernt.

Ihre Blicke trafen sich, dann sah Eliza auf Dennys Mund.

Denny unterdrückte ein Stöhnen. *Himmel, so kannst du mich nicht anschauen. Nicht, wenn die Kinder im Raum sind.* Das Bedürfnis, Eliza zu küssen, war wie ein Ziehen im ganzen Körper.

Die Luft zwischen ihnen schien zu flimmern wie im Sommer über heißem Asphalt.

»Tante Eliza!« Eine der Zwillinge klopfte auf den Tisch, als hätte sie bereits mehrfach vergeblich versucht, ihre Tante auf sich aufmerksam zu machen. »Mein Drache sieht aus wie eine Wurst mit Krallen! Hilfe!«

Die Temperatur im Raum schien wieder auf normale Werte zu fallen, als Eliza sich ihrer Nichte zuwandte.

Denny sank gegen die Rückenlehne ihres Stuhls und versuchte, ihren viel zu schnellen Atem wieder in den Griff zu bekommen.

»Welcher Zwilling ist sie noch mal?«, flüsterte Bella ihr zu. »Piper oder Polly?«

Dankbar für die Ablenkung richtete Denny ihre Aufmerksamkeit auf Elizas Nichten. Sie rieb sich den Nacken, der sich immer noch viel zu warm anfühlte. »Keine Ahnung«, flüsterte sie zurück. Für sie sahen die Mädchen identisch aus, bis hin zu den Sommersprossen auf ihren Nasen. Wie konnte Eliza die beiden bloß auseinanderhalten? Sie wusste, dass Bella sich nicht trauen würde zu fragen, deshalb sagte sie: »Gebt mir mal einen Tipp, ihr beiden. Wie kann ich euch auseinanderhalten?«

Der Zwilling, der die Wurst mit Klauen geformt hatte, blickte auf. »Ganz einfach.« Sie grinste. »Ich bin die Hübschere und Klügere.«

»Ha!«, rief ihre Schwester. »Das hättest du wohl gern!«

Eliza legte ihren Klumpen Modelliermasse weg, um Zwilling Nummer eins anzustupsen. Es war interessant zu sehen, wie sie mit ihren Nichten umging. »Piper ist unsere kleine Klugscheißerin. Polly ist die Ruhigere.«

»Und wie unterscheide ich sie, wenn sie beide still sind?«, fragte Denny.

Eliza und ihre Nichten sahen sich an und zuckten dann zeitgleich mit den Schultern. »Nach einer Weile wird es dir offensichtlich vorkommen.«

Denny warf ihr einen skeptischen Blick zu, aber sie hoffte, dass sie noch lange ein Teil von Elizas Leben sein würde, sodass sie reichlich Gelegenheit haben würde zu lernen, die Zwillinge auseinanderzuhalten.

»Deiner wird richtig gut.« Polly zeigte auf Bellas Buchdeckel, den ein Wellensittich aus Polymer-Ton zierte.

Bella senkte den Kopf, als ihre Wangen sich rot färbten, aber sie konnte ein erfreutes Lächeln nicht verbergen. »Danke.«

Eliza hatte ihr gezeigt, wie man Federn aus einer Ton-Platte schnitt und dann den Kiel und die einzelnen Federäste mit einem scharfkantigen Werkzeug modellierte, und Denny war stolz darauf, wie konzentriert ihre Nichte an ihrem Notizbuchumschlag arbeitete.

»Ich hab versucht, es wie Kiwi, meinen Wellensittich, aussehen zu lassen, aber vielleicht sieht es eher aus wie Kiwi, die Frucht.«

Polly lachte, schüttelte aber den Kopf. »Nein, es sieht aus wie ein Wellensittich. Aber ich habe Kiwi noch nicht gesehen, kann also nicht sagen, ob es ihm ähnelt.«

»Soll ich ihn dir zeigen?«, fragte Bella.

Anscheinend war es immer noch neu und aufregend für sie, ein Haustier zu haben.

Innerhalb von Sekunden hatten die beiden Mädchen ihre Notizbuchprojekte liegen lassen und waren zur Treppe geeilt.

Piper schnaubte, als wäre sie schon zu alt und zu reif, um sich für Wellensittiche zu interessieren. Aber dann sprang sie doch auf und rannte ihnen hinterher. »Hey, wartet. Ich will ihn auch sehen!«

Zum ersten Mal, seit Eliza mit den Zwillingen vorbeigekommen war, war Denny mit ihr allein. Sie wandten sich einander zu. Wieder berührten sich ihre Knie.

Es gab so vieles, was Denny sagen wollte, aber als sie in Elizas dunkelbraune Augen blickte, fehlten ihr die Worte. »Hallo.«

Eliza lächelte. »Hallo.« Sie hob die Hand, um ihr Haar hinter ein Ohr zurückzustreichen, schien dann aber zu bemerken, dass es zu einem Pferdeschwanz zurückgebunden war, und ließ sie wieder auf den Tisch sinken.

Gott, sie ist so süß. Denny stellte erleichtert fest, dass sie nicht als Einzige nervös war und nicht wusste, wie sie sich verhalten sollte. Na ja, sie wusste eigentlich schon, was sie gern getan hätte, aber sie wollte Eliza zu nichts drängen, wozu sie womöglich noch nicht bereit war. Sie griff nach Elizas Hand und strich mit dem Daumen über ihre Fingerknöchel. *Mmh.* Für eine Frau, die mit den Händen arbeitete, hatte Eliza eine unglaublich weiche Haut. Sie streichelte Elizas Zeigefinger.

Ein merklicher Schauder durchlief Eliza.

Beide sahen auf ihre verschlungenen Hände und verfolgten die Bewegung von Dennys Finger, dann blickten sie einander in die Augen.

»Denny.« Elizas Stimme war ein heiseres Flüstern. Sie leckte sich die Lippen.

O Gott. Ohne ihre Hand loszulassen, lehnte sich Denny ihr entgegen. Die Kante von Elizas Stuhl bohrte sich in ihr Knie, aber als ihre Lippen sich fanden, spürte sie es nicht mehr.

Eliza gab ein leises Stöhnen von sich. Sie rutschte nach vorn und schob dabei ihr Knie zwischen Dennys Schenkel. Ihr Modellierwerkzeug landete klappernd auf dem Tisch, als sie die Hand hob und mit den Fingerkuppen über Dennys Wange und dann über ihren Hinterkopf fuhr, während sie sich immer weiter küssten.

Ein Kribbeln durchlief Dennys Körper und sie konnte ein Stöhnen nicht zurückhalten. Es bedurfte all ihrer verbleibenden Willenskraft, um den Kuss nicht zu vertiefen, ihre Hand nicht unter Elizas T-Shirt zu schieben, um ihre Haut zu spüren und die Welt um sie herum zu vergessen. »Die Mädchen«, flüsterte sie nur Millimeter von Elizas Mund entfernt.

»Mhm. Ich weiß.« Eliza knabberte sanft an Dennys Unterlippe. »Wir sollten aufhören.«

»Ja.«

Doch keine von beiden unterbrach den Kuss, bis das Knarren der Treppe die Rückkehr der Mädchen ankündigte.

Dennys Wangen glühten genau wie der Rest ihres Körpers, als sie sich zurücksetzte, das nächstbeste Werkzeug nahm und vorgab, sich ganz auf die Flügel ihrer Libelle zu konzentrieren. Sie vermied es, Eliza anzuschauen, denn sie wusste, dass ihre Wangen einen noch dunkleren Rotton annehmen würden, wenn sie ihrem Blick begegnen oder ihre Lippen betrachten würde.

Bella ließ sich auf ihren Stuhl fallen und zupfte an Dennys T-Shirt. »Piper und Polly haben ein iPhone, dabei sind sie erst zehn!«

»Wir sind fast elf, und es ist das alte Handy unserer Mutter«, sagte ein Zwilling, während der andere hinzufügte: »Und wir müssen es uns teilen.«

»Trotzdem«, murmelte Bella. »Alle anderen in meiner Klasse haben auch eins. Ich bin die Einzige, die keins hat.«

Denny stöhnte. »Können wir das später besprechen, Bella?« *Wenn ich wieder klar denken kann und nicht mehr unter den Nachwirkungen des Kusses stehe.*

»Na gut.« Bella schnappte sich ihr Werkzeug, hielt inne und betrachtete Dennys Buchdeckel. »Deine Libelle sieht komisch aus. Wie zwei Lippen.«

Denny starrte ihr Projekt an. *Mist.* Bella hatte recht. Irgendwie hatten sich die Flügel der Libelle in einen sinnlichen Mund verwandelt. Sie schielte zu Eliza hinüber und flüsterte: »Ups.«

Elizas Blick glitt von der Libelle zu Dennys Lippen. Ihre Mundwinkel zuckten, als ob sie versuchte, ein Lachen zu unterdrücken. »Ach, mach dir nichts draus. Du hättest mal die erste Libelle sehen sollen, die ich gemacht habe. Sie sah aus wie eine Eiswaffel mit Flügeln.«

Denny sprang auf. »Eis! Gute Idee.« Sie brauchte dringend etwas Abkühlung, sonst würde sie die Bastelstunde mit Eliza so dicht neben sich nicht durchstehen.

Denny hätte ihrer Nichte einen ganzen Schwarm Wellensittiche gekauft, wenn sie dadurch noch einen Moment mit Eliza allein gehabt hätte, aber es sollte nicht sein. Da alle drei Mädchen unmittelbar neben ihnen standen, kam ein Abschiedskuss nicht infrage.

Sie gab Eliza eine rein platonische Umarmung, aber als Eliza sich an sie drückte und diese wunderbare Mischung aus Parfüm und ihrem eigenen Duft Denny in die Nase stieg, wurde die Umarmung inniger. Am liebsten hätte sie Eliza nie wieder losgelassen. Sie konnte kaum dem Drang widerstehen, das Gesicht an Elizas Halsbeuge zu vergraben.

Schließlich ließ Eliza los und trat mit demselben offensichtlichen Widerwillen zurück, den auch Denny empfand. Rückwärts ging sie zum Auto, den Blick immer noch auf Denny gerichtet, und machte das Zeichen für *Ich rufe dich nachher an.*

Denny nickte und sah zu, wie sie auf der Fahrerseite einstieg.

»Tschüss, Polly.« Bella winkte dem Zwilling zu, der ihr am nächsten stand.

Hm. Was sagt man dazu? Denny warf ihr einen kurzen Blick zu. Anscheinend hatte Bella gelernt, die Mädchen auseinanderzuhalten.

Beide winkten, als Eliza den Wagen rückwärts aus der Einfahrt lenkte. Nachdem das Auto um die nächste Ecke verschwunden war, gingen sie zurück ins Haus.

Bella fuhr mit den Fingerkuppen über den Wellensittich auf ihrem Notizbuch. »Weißt du«, sagte sie, ohne Denny anzusehen, »du hättest ihr ruhig zum Abschied einen Kuss geben können. Hätte mich nicht gestört. Ist ja nicht so, als hätte ich noch nie gesehen, wie zwei Menschen sich küssen.«

»Äh, danke, aber …« Denny starrte auf ihr eigenes Notizbuch. Sie würde nie wieder eine Libelle anschauen können, ohne daran zu denken, Eliza zu küssen. »Es ist kompliziert.«

Bella rollte mit den Augen, wie es nur jemand in ihrem Alter konnte. »Mama und du, ihr sagt das immer, wenn ihr denkt, ich bin zu jung, um etwas zu verstehen. Ich bin elf, Tante Denny.« Sie richtete sich zu ihren vollen eins zweiundvierzig auf. »Ich bin kein kleines Kind mehr.«

»Ich weiß.« Denny zog zwei Stühle heran und bedeutete Bella, sich neben sie zu setzen. »Es geht nicht darum, dass ich denke, du verstehst es nicht. Zumindest vom Kopf her.« Sie berührte Bellas Schläfe. »Aber es könnte dir schwerfallen, es hier zu begreifen.« Sie tippte Bella auf die Brust. »Mein Herz hat jedenfalls ziemliche Mühe damit.«

Bella musterte sie mit derselben absoluten Konzentration, die sie vorher ihrem Bastelprojekt gewidmet hatte. »Oh. Polly und Piper wissen nicht, dass du und Eliza zusammen seid, oder?«

Denny starrte sie an. Vorhin hatte Bella sich noch darüber beschwert, dass sie kein iPhone bekam, und jetzt klang sie so erwachsen, dass Denny es nicht fassen konnte. »Nein, sie haben keine Ahnung.« Bevor Bella etwas sagen konnte, hob sie ihre Hand. Sie wollte nicht, dass ihre Nichte in irgendeiner Weise über Eliza urteilte. »Es ist nicht etwa so, dass sie sich für mich oder unsere Beziehung schämt. Aber das alles … eine Beziehung mit einer Frau ist etwas ganz Neues für sie. Sie hat es ihrer Familie noch nicht erzählt.«

Bella riss die Augen auf. »Sie werden Eliza doch nicht rauswerfen, wenn sie es ihnen sagt, oder?«

»Sie wohnt nicht mehr bei ihren Eltern. Und selbst wenn, glaube ich kaum, dass sie das tun würden.« Denny schlang einen Arm um sie. Es war so vielsagend, dass für Bella das Schlimmste, was passieren konnte, war, von den eigenen Eltern aus dem Haus geworfen zu werden. Obwohl sie ihre Großeltern nie kennengelernt hatte, hatten diese eine tiefe Wunde hinterlassen.

»Ich wette, Polly und Piper wäre es egal, ob sie mit einem Mann oder einer Frau zusammen ist. Ihren Eltern wahrscheinlich auch. Sie haben den beiden ein iPhone geschenkt, also müssen sie ziemlich cool sein, oder?«

Denny lachte. »Sehr unauffälliger Wink mit dem Zaunpfahl, Bella.«

Ein verschmitztes Grinsen huschte über Bellas Gesicht. »Ich sag's ja nur.« Sie blätterte durch ihr Notizbuch, als ob die leeren Seiten etwas Interessantes enthielten. »Eliza mag also Jungs und Mädchen?«

Gute Frage. Denny wünschte, sie hätte eine eindeutige Antwort darauf. »Früher mochte sie Jungs. Jetzt mag sie mich.« Sobald sie es gesagt hatte, wurde ihr klar, dass sie scheinbar doch eine Antwort hatte, die sowohl eindeutig als auch wunderschön war. Sie zauberte ein Lächeln auf Dennys Lippen.

Bella nickte nachdenklich. »Ich auch, glaube ich. Also ich mag auch Jungs und Mädchen.« Sie schloss das Notizbuch und stand auf. »Vielleicht aber auch nur Mädchen. Ich hab mich noch nicht entschieden. Jungs können irgendwie echt eklig sein.«

Dennys Unterkiefer klappte hinab. Sie starrte ihrer Nichte hinterher.

»Keine Sorge«, sagte Bella über ihre Schulter. »Ich meine für später. Jetzt bin ich viel zu beschäftigt für einen festen Freund oder eine Freundin.«

Dennys Stimmbänder versagten ihr den Dienst und funktionierten immer noch nicht wieder, als die Tür zu Bellas Zimmer mit einem Knall ins Schloss fiel.

Sie hatte keine Ahnung, wie lange sie dagesessen und zur Treppe gestarrt hatte, als die Haustür aufgeschlossen wurde und Salem mit einer weißen Schachtel und einem glücklichen Lächeln eintrat, das bewies, dass sie Zeit mit Matt verbracht hatte. »Hey, Schwesterherz. Ich habe Käsekuchen mitgebracht.« Sie schloss mit dem Absatz die Tür und kam auf Denny zu. »Alles in Ordnung mit dir?«

Denny zögerte. Bella hatte ein Recht auf ihre Privatsphäre. Außerdem war sie erst elf. Jetzt schon eine Coming-out-Party für sie zu veranstalten, war wohl etwas voreilig. Fürs Erste war es gut zu wissen, dass sich ihre Nichte nicht deswegen quälen würde, falls sie sich irgendwann als lesbisch oder bisexuell outete.

»Mir geht's bestens«, sagte Denny. »Ich leide nur unter einem Mangel an –«

»Küssen?«, warf Salem grinsend ein.

»Käsekuchen«, sagte Denny. »Aber ja, einen weiteren Kuss hätte ich auch gebrauchen können.«

Salem holte ihnen Teller und Gabeln. »Wenn du das Haus mal für ein paar Stunden – oder eine ganze Nacht – für dich brauchst, lass es mich wissen, okay? Bella und ich können uns rarmachen.«

Wenn Salem so weitermachte, würden Dennys Wangen irgendwann auf Dauer diesen scharlachroten Farbton annehmen. »Danke, aber wir sind nicht …« Sie nahm ihr Notizbuch vom Tisch, um sich Luft zuzufächeln. »Wir, ähm, gehen alles ganz langsam an.«

»Ach so.« Salem öffnete die Schachtel. »Wenn das so ist, bekommst du das größte Stück.« Sie legte es auf Dennys Teller. Dann zeigte sie mit dem Tortenheber auf das Notizbuch. »Soll das eine Libelle sein? Sie sieht eher aus wie –«

Denny stöhnte. »Halt den Mund und iss deinen Kuchen.«

Kapitel 23

Elizas Türklingel läutete am nächsten Abend um Viertel vor sechs. Sie sprang auf und eilte ins Badezimmer, um sich ein letztes Mal im Spiegel zu betrachten. »O mein Gott, sie ist aber früh dran!«

Heather erhob sich von der Couch. »Gut, dass du schon seit einer halben Stunde fertig bist.« Sie versuchte nicht, ihre Belustigung zu verbergen. »So hab ich dich noch nie erlebt, wenn du mit Männern ausgegangen bist.«

Eliza blieb auf halbem Weg zur Tür stehen. »So hab ich mich auch noch nie gefühlt.« Diese überwältigende Mischung aus Nervosität und Vorfreude war neu.

»Wie denn?« Heather warf ihr einen neugierigen Blick zu.

Elizas sah zur Tür. »Können wir später darüber reden? Ich will Denny nicht warten lassen.«

»Wie ich Denny kenne, läuft sie vor der Tür auf und ab, kommt in ihrem Anzug total ins Schwitzen und richtet sich zum hundertsten Mal die Krawatte, während sie auf dich wartet.« Heather machte eine scheuchende Handbewegung. »Geh. Ich schließe hinter mir ab.«

»Danke.« Eliza warf ihr einen Kuss zu, schnappte sich ihre Handtasche und eilte zur Tür. Sie wartete nicht auf den Aufzug, sondern sprang die Treppe hinunter.

Denny lief tatsächlich vor dem Gebäude auf und ab, aber sie trug nicht wie von Heather vorhergesagt Anzug und Krawatte. Die dunkelblaue Jeans, die sie anhatte, war zu Elizas Lieblingshose geworden, weil sich Denny offensichtlich wohl darin fühlte – nun ja, und weil der Stoff förmlich an ihren kräftigen Oberschenkeln klebte. Ihr khakifarbenes, kurzärmeliges Henley-Shirt brachte die olivgrüne Farbe ihrer Augen zum Vorschein.

Als Denny sie sah, blieb sie stehen und lächelte. »Hi.« Ihr Blick glitt über die hautenge Jeans, das figurbetonte T-Shirt, auf dem *Keep Portland Weird* stand, und die gelben Sneakers.

Eliza hoffte, dass die Schuhe ihre Wirkung entfalten und ihnen zu einem wundervollen Date verhelfen würden. Aber vielleicht brauchten sie dafür keinen Glücksbringer. Sie zupfte an ihrem T-Shirt. »Ist das in Ordnung? Du hast doch gesagt, ich soll etwas Bequemes anziehen.«

Denny wandte den Blick von dem engen T-Shirt ab. »Ja. Entschuldige, ich wollte dich nicht anstarren.« Eliza fand es niedlich, dass sie schon wieder errötete. »Es ist nur … Du siehst wunderschön aus.«

Hätte irgendjemand sonst das gesagt, hätte Eliza geglaubt, derjenige wollte nur höflich sein oder ihr schmeicheln, da ihr Outfit nichts Besonderes war. Aber der ehrliche, verletzliche Ausdruck in Dennys Augen ließ keinen Zweifel daran, dass ihre Bewunderung aufrichtig war. »Danke. Du siehst auch wunderschön aus.«

Denny blinzelte. »Äh, danke.«

Eliza musterte sie eingehend. Hatte das Kompliment sie überrascht? Oder war es ihr unangenehm? »Hätte ich stattdessen *attraktiv* sagen sollen?« Bisher war es ihr nicht in den Sinn gekommen, dass sie sich für ein Date mit einer Frau – insbesondere einer Butch wie Denny – womöglich einen neuen Wortschatz zulegen musste, aber sie wollte nur die Begriffe verwenden, mit denen Denny sich wohlfühlte.

»Ich schätze, es geht beides. Solange du nur denkst, dass ich gut aussehe.«

Jetzt war Eliza diejenige, die verblüfft blinzelte. Zweifelte Denny noch immer daran? Sie machte einen Schritt auf sie zu und griff nach ihrer Hand. »Natürlich denke ich das.« Ihr Herz krampfte sich zusammen, als sie die Unsicherheit in Dennys Augen sah. »Ich hab mich noch nicht daran gewöhnt, so zu denken, geschweige denn, darüber zu reden, aber …« Sie zwang sich, Dennys Blick standzuhalten. »Ich fühle mich wirklich zu dir hingezogen. Ich könnte dich tagelang anschauen und das wäre immer noch nicht genug.«

»Danke«, sagte Denny mit heiserer Stimme. »Aber wenn du mich tagelang nur anschaust, könnte das ein Problem werden, denn ich hab uns für heute Abend einen Platz in einer Bar reserviert.«

»Ich dachte, du magst keine Bars?«

»Nicht irgendeine Bar. Du wirst schon sehen.« Denny führte sie zu ihrem Auto, das sie ein paar Straßen weiter geparkt hatte. Sie nickte auf ihre miteinander verschränkten Hände hinab. »Ist das in Ordnung?«

Denny hielt ihre Hand ganz zärtlich, als würde sie ein zerbrechliches Kunstwerk mit den Fingern umschließen. Ihre warme Haut und ihr sanfter Griff fühlten sich wunderbar an, aber gleichzeitig war sich Eliza sehr bewusst, dass sie mitten in der Innenstadt von Portland die Hand einer Frau hielt. Zum Glück schien kaum jemand sie zu beachten. Trotzdem musste sie sich erst daran gewöhnen. »Ja, natürlich.« Sie griff Dennys Hand ein wenig fester und beschloss, sich nicht darum zu scheren, was andere Leute denken könnten.

Nachdem Denny das Auto aufgeschlossen hatte, hielt sie Eliza die Beifahrertür auf, wartete, bis diese eingestiegen war, und warf sie dann ins Schloss.

Eliza mochte es, wie Denny ihr immerzu das Gefühl gab, geschätzt und bewundert zu werden.

Denny ging um das Auto herum und setzte sich hinter das Steuer. Anstatt den Motor zu starten, schaute sie Eliza an.

Nebeneinander im Auto zu sitzen, fühlte sich unerwartet intim an. Ein Ziehen in der Magengegend brachte Eliza dazu, sich über die Mittelkonsole zu beugen.

Denny schien die gleiche Anziehungskraft zu spüren, denn sie streckte die Hand aus und streichelte zärtlich Elizas Wange. Ihr Blick wanderte hinab zu Elizas Mund. »Darf ich … dich küssen?«

Gott, ja! Statt zu antworten, überbrückte Eliza die verbleibende Distanz zwischen ihnen und küsste sie. Sie schloss die Augen und öffnete ihren Mund, um Denny aufzufordern, den Kuss zu vertiefen.

Dennys Zungenspitze strich zaghaft über Elizas.

Diese erste, vorsichtige Berührung verstärkte das Ziehen in Elizas Bauch. Ein Stöhnen entfuhr ihr. Sie umklammerte Dennys Schulter, als der Kuss leidenschaftlicher wurde. Das sinnliche Spiel von Dennys warmer Zunge raubte ihr jeden klaren Gedanken. *Mmh. Mehr.* Die verflixte Mittelkonsole grub sich in ihr Knie, als sie versuchte, Denny näher zu kommen, und einen Moment lang zog sie ernsthaft in Erwägung, darüberzuklettern und sich auf Dennys Schoß zu setzen.

Schließlich wich Denny nach einem letzten Knabbern an ihrer Unterlippe zurück und sank gegen die Rückenlehne des Fahrersitzes. Sie starrte Eliza aus glasigen Augen an.

Zu sehen, dass der Kuss Denny genauso erregt hatte wie sie selbst, schickte eine erneute Welle der Lust durch Eliza.

»Ich … Du … Das war …« Denny räusperte sich. »War das okay?«

Ein heiseres Glucksen entfuhr Eliza. »Gott, ja. Ich meine, natürlich war es okay.«

»Bist du dir sicher?« Denny neigte den Kopf und musterte sie. »Ich habe dich nicht überrumpelt, oder? Du siehst ein bisschen … ich weiß nicht … verblüfft aus.«

War das so offensichtlich, oder kannte Denny sie mittlerweile so gut, dass sie ihr die Gefühle am Gesicht ablesen konnte? Eliza beschloss, aufrichtig zu sein, obwohl es ihr ein bisschen peinlich war. »Um ehrlich zu sein, bin ich schon ein wenig überrascht.«

Denny sah sie mit großen Augen an. »Du hättest nicht gedacht, dass es dir gefallen würde?«

»Nein! Ich wusste, dass es mir gefallen wird.« Eliza strich mit dem Daumen über Dennys Mundwinkel. Ihre Unterlippe war so seidenweich, dass Eliza sie sofort noch einmal küssen wollte. »Du kannst unglaublich gut küssen.«

Denny senkte für einen Moment den Blick. Als sie wieder aufschaute, stand Verlangen in ihren Augen. »Du auch«, flüsterte sie mit rauer Stimme.

Eliza stockte der Atem. Sie zwang sich, Denny in die Augen zu schauen. Wenn sie auf ihren verführerischen Mund sah, würden sie kein Gespräch zustande bringen.

»Was hat dich dann überrascht?«, fragte Denny.

Eliza tippte sich selbst auf die Brust. »Ich. Meine, ähm, Reaktion. Ich wusste, ich würde es genießen, dich zu küssen, aber ich hatte nicht erwartet, dass es so …« Sie wand sich auf dem Beifahrersitz und zögerte, es zu sagen.

»So was?«, hakte Denny nach.

So erregend ist, dachte Eliza. Nie hätte sie gedacht, dass ein bloßer Kuss eine solche Wirkung auf sie haben könnte. »So, ähm, heiß ist.«

Nun war Denny diejenige, die verblüfft aussah.

»Entschuldige«, flüsterte Eliza. Sie schielte zu Denny. »War das unangemessen?«

»Nein! Himmel, nein!« Denny griff nach ihrer Hand. »Das ist gut! Das ist großartig! Das ist wirklich, wirklich toll. Um ehrlich zu sein, hab ich mir deswegen ein wenig Sorgen gemacht.«

Eliza verschränkte ihre Finger mit Dennys. Es erstaunte sie noch immer, wie perfekt ihre Hände zueinander passten. Sanft drückte sie Dennys Finger und ermutigte sie, weiterzusprechen.

»Ich war mir nicht sicher, ob ich in der Lage sein würde …« Eine leichte Röte stieg Dennys Hals hinauf. »Ich meine, ich habe schon gemerkt, dass dir unsere Küsse gefallen haben, aber ich dachte, womöglich hast du sie auf dieselbe Weise genossen, wie man eine professionelle Massage oder so etwas genießen würde.«

»Glaub mir«, sagte Eliza mit heiserer Stimme. »Wenn ich mich bei einer Massage so fühlen würde, müsste ich mir Sorgen machen.«

Sie starrten sich an. Die Luft zwischen ihnen schien förmlich zu knistern.

Dann schüttelte Denny den Kopf, als würde ihr das helfen, klar denken zu können. »Date«, sagte sie entschlossen. »Bar. Gott, du bist eine unglaubliche Ablenkung.«

»Ich? Du bist diejenige, die mich um den Verstand geküsst hat.«

Denny zog Elizas Hand zu sich, drehte sie sanft um und drückte einen Kuss auf die Innenseite ihres Handgelenks, bevor sie losließ.

Eine Gänsehaut breitete sich erst auf Elizas Unterarm, dann über den Rest ihres Körpers aus. O ja. Keine noch so gute Massage hatte je solche Gefühle in ihr ausgelöst.

Denny atmete tief durch und startete dann den Motor.

Sie unterhielten sich über Elizas Arbeit und Bellas Versuche, ihre Mutter und Denny zu einem iPhone zu überreden. Als Denny zehn Minuten später das Auto parkte, war Elizas Körpertemperatur wieder auf ein normales Level gesunken.

Sie mussten ein Stück zu Fuß gehen, um zur Bar zu gelangen, und Denny nahm erneut ihre Hand.

Einige Minuten später führte Denny sie über die Straße und deutete auf ein Gebäude. »Da ist es.«

Es war nicht die Art Bar, die Eliza erwartet hatte. Vom Boden bis zur Decke reichende Fenster gaben den Blick frei auf große Arbeitstische und helle Lampen, die von einer hohen Decke mit freiliegenden Rohren hingen. Auf einem Regal an der Wand reihten sich nicht Flaschen mit diversen alkoholischen Getränken, sondern Farben, Pinsel und bunte Garnrollen.

Kreativbar, stand auf dem Schild über der Tür und ein weiteres verkündete: *Basteln und Getränke.*

Denny blieb vor dem Gebäude stehen. »Ist das in Ordnung? Ich dachte, das wäre etwas, was uns beiden Spaß machen könnte, da wir gern was mit den Händen machen. Ähm, ich meine …«

Eliza lachte. »Es passt perfekt zu uns.« Basteln, ein Glas Rotwein und Denny an ihrer Seite … Falls es eine bessere Kombination gäbe, hatte sie diese noch nicht entdeckt. »Ich hab mit Heather schon mal einen Malkurs mit Weinprobe besucht, aber so etwas noch nie. Lass es uns versuchen.«

Strahlend hielt Denny ihr die Tür auf und folgte ihr nach drinnen.

Ein bärtiger Mann lächelte sie von hinter der Theke an.

Denny nannte ihren Namen und gab an, einen Tisch reserviert zu haben, was eine gute Idee gewesen war. Mehrere Leute saßen bereits an zwei der Arbeitstische, um dort zu hämmern, zu malen und Lederstücke zuzuschneiden.

»Willkommen in der Kreativbar«, sagte der Mann. »Sind Sie schon einmal hier gewesen?«

Sie schüttelten die Köpfe.

»Dann erkläre ich Ihnen erst mal, wie es funktioniert. Zuerst wählen Sie ein Projekt aus.« Er zeigte auf die Gegenstände auf dem Tresen: Untersetzer, eine Makrameeblumenampel, Fadenbilder, Armbänder und verschiedene Lederartikel. »Dann nehmen Sie sich eine Werkzeugtasche, eine Schürze und einen Drink von der Bar – und schon geht's los. Die Anleitungen sind in der Tasche, aber unsere Kreativassistenten sind immer in der Nähe, falls Sie irgendwelche Probleme haben.«

Eliza betrachtete die Auswahl an Projekten. Dann sah sie zu Denny. »Wie wäre es, wenn ich etwas für dich mache und du etwas für mich?«

Denny grinste. »Einverstanden. Nur ziehst du dabei leider den Kürzeren. Ich werde mit irgendetwas Schönem nach Hause gehen, während du etwas bekommst, was aussieht, als wäre es von einer Dreijährigen gebastelt worden.«

Eliza stieß sie sanft mit der Hüfte an. »Du kannst großartig nähen, hast also eindeutig eine kreative Ader. Ich bin sicher, dass du mit dem, für das du dich entscheidest, gut zurechtkommst.« Sie wählte eine Brieftasche aus Leder, während Denny sich ein Wickelarmband mit türkisfarbenen Perlen aussuchte. Jede bekam eine Tasche voller Werkzeuge und Materialien, die sie zu einem großen, mit Packpapier bedeckten Tisch trugen.

Denny zog sich eine Schürze über den Kopf.

»Warte, ich binde sie dir zu.« Eliza stellte ihre Werkzeugtasche ab. Als Denny sich umdrehte, band sie die Schürzenbänder zu einer ordentlichen Schleife. Dennys Rücken war warm und solide, und sie kämpfte gegen den Drang an, ihre Hände noch einen Moment verweilen zu lassen.

Dann tauschten sie die Positionen, und Denny half Eliza mit ihrer Schürze. Ihre Finger streiften Elizas Rücken, als sie eine Schleife band, und da Eliza beim Eintreten ihre Haare zu einem Pferdeschwanz zusammengebunden hatte, spürte sie Dennys warmen Atem im Nacken. Ein wohliger Schauder überkam sie.

»Fertig«, sagte Denny. Ihre Stimme klang tiefer als sonst.

»Danke.« Eliza reckte den Hals, um lesen zu können, was auf der Tafel über der Bar im hinteren Bereich stand. Ein eiskaltes Getränk, um sich abzukühlen, war jetzt genau das Richtige.

»Sag mir, was du möchtest«, sagte Denny. »Ich hole unsere Getränke. Die Rezensionen auf *Yelp* sagen, das Bier vom Fass hier sei großartig. Das Stout auch, falls dir ein dunkles Bier lieber ist.«

Eliza beugte sich näher zu ihr und flüsterte ihr ins Ohr: »Sag es bloß keinem, aber ich mag eigentlich kein Bier.«

Denny starrte sie mit weit aufgerissenen Augen an. »Du magst weder Bier noch Kaffee? Wie ist das möglich? Verweist man dich für diese beiden Vergehen nicht der Stadt?«

Wow. Denny erinnerte sich noch daran, dass sie keinen Kaffee mochte? Es war mindestens zwei Monate her, dass sie das erwähnt hatte. Sie war immer wieder erstaunt, wie aufmerksam Denny war. »Nee. Das gilt nur für Zugezogene wie dich. Ich bin hier geboren und aufgewachsen, deshalb muss ich keine Bedingungen erfüllen.«

»Ach, so funktioniert das also.« Dennys Augen funkelten.

»Ja.« Eliza deutete auf ihr T-Shirt und das *Keep Portland Weird*. »Mein Bürgerausweis ist nicht mal in Gefahr, wenn rauskommt, dass ich auch keinen Kombucha mag.«

Denny schnappte spielerisch nach Luft. »Wie un-portländisch von dir! Gut, dass ich das vor unserem ersten Date noch nicht wusste, sonst hätte ich dich vielleicht nicht gefragt, ob du mit mir ausgehst.«

»Ähm, um das mal richtigzustellen: *Ich* habe *dich* gefragt, ob du mit mir ausgehst.«

Eine junge Frau, die am gegenüberliegenden Ende des Tisches Nägel in ein bemaltes Brett schlug, sah von ihrem Projekt auf.

Eliza erstarrte und machte sich auf ein Stirnrunzeln oder eine abfällige Bemerkung gefasst.

Stattdessen lächelte die Frau nur und hob ihr Glas, um Eliza zuzuprosten. »Der Pfirsichblütenkombucha ist eigentlich ganz gut hier.«

Entspann dich und hör auf zu glauben, jeder würde es missbilligen, dass du mit einer Frau ausgehst. Den meisten Leuten ist das egal und diejenigen, die etwas dagegen haben, sind Arschlöcher, an die du keinen Gedanken verschwenden solltest. Eliza erwiderte das Lächeln. »Danke. Das ist gut zu wissen.«

»Willst du den Kombucha probieren?«, fragte Denny.

»Vielleicht später. Könnte ich fürs Erste ein Glas Sangria haben?«

»Kommt sofort.« Denny ging zur Theke.

Eliza sah ihr nach. Sie würde nie müde werden, die Art, wie Denny ging, zu bewundern.

Es dauerte nicht lange, bis Denny mit einem Glas Sangria und einer Limonade für sich zurückkehrte. Als Eliza sie fragend ansah, sagte sie: »Das ist ein Grapefruitsaftschorle.«

»Wenn du ein Bier trinken möchtest, kann ich fahren«, sagte Eliza.

»Nein, schon okay.« Eine leichte Röte stieg Denny ins Gesicht.

Warum wurde sie rot, wenn sie über Bier sprach? Verzichtete sie auf ein Bier, damit es Eliza nachher nicht unangenehm sein würde, ihr einen Gutenachtkuss zu geben? Eliza grinste vor sich hin. Das bisschen Bier würde sie ohnehin nicht davon abhalten, Denny zu küssen, aber sie wusste es zu schätzen, wie rücksichtsvoll Denny war.

Sie setzten sich an den Tisch und nahmen ihre Werkzeuge und Materialien aus den Taschen. Laminierte Schritt-für-Schritt-Anleitungen fielen heraus.

Leise Musik spielte im Hintergrund, während Eliza begann, den Anweisungen zu folgen. Mit einem Bastelmesser schnitt sie ein Stück Leder aus. Die Farbe war perfekt – es handelte sich um das gleiche Schokoladenbraun wie beim Leder von Dennys Lieblingsjacke.

Da sie schon einmal mit Heather einen Lederworkshop besucht hatte, wusste sie, dass sie nicht die gesamten drei Stunden benötigen würde, die für ihr Projekt vorgesehen waren. Sie konnte sich mit Denny unterhalten und sie so lange beobachten, wie sie wollte.

Denny schnitt ein Stück Perlenseide ab und fädelte eine Nadel ein. Es war leicht zu erkennen, dass sie das schon tausendmal getan hatte. Ihre kräftigen Finger waren erstaunlich geschickt, als sie Perlen aufzog und die Nadel in einem gleichmäßigen Muster auf der einen Seite unter der Lederschnur hindurch und auf der anderen Seite darüber hinweg führte.

»Das kannst du richtig gut«, sagte Eliza, während sie noch immer Dennys Hände beobachtete. »Ich würde dir liebend gern irgendwann einmal dabei zusehen, wie du mir eine Hose machst.«

»Jederzeit gern«, antwortete Denny.

Einer der Kreativassistenten kam zu ihnen herüber, sodass Eliza gezwungen war, den Blick von Dennys Händen loszueisen.

»Wie läuft es?«, fragte er. »Brauchen Sie Hilfe?«

Denny blickte vom Armband auf. »Nein danke.« Sie legte eine Hand auf Elizas Schulter. »Sie macht das beruflich. Sie ist alles, was ich brauche.«

Er nickte Eliza respektvoll zu, aber ihre Aufmerksamkeit galt allein Denny und der warmen Hand auf ihrer Schulter. *Sie ist alles, was ich brauche.* Die Worte hallten in ihrem Kopf wider. *Wirklich?*

»Großartig.« Er warf einen skeptischen Blick auf Elizas Projekt, das bisher nicht über die ersten Schritte hinausgekommen war, weil sie damit beschäftigt gewesen war, Denny zuzuschauen. Doch er sagte nichts außer: »Na, dann viel Spaß.«

Ups. Vielleicht sollte sie etwas mehr an ihrem eigenen Projekt arbeiten und etwas weniger Denny beobachten, sonst würde sie am Ende noch mit einer halb fertigen Brieftasche dastehen. Eliza faltete das Stück Leder, benetzte die Kanten mit Wasser und klemmte sie fest. »Und du sagst, *ich* würde ablenken«, murmelte sie.

Denny fädelte eine weitere türkisfarbene Perle auf. »Wie bitte?«

»Ähm, ich habe gesagt, der Sangria ist ganz schön ablenkend. Ich sollte es bei einem Glas belassen, da ich mit scharfen Werkzeugen arbeite. Ich will keinen Finger verlieren.«

Dennys Blick glitt zu Elizas Händen und verweilte dort. »Nein. Das wollen wir definitiv nicht.«

Ihre etwas heisere Stimme ließ Elizas Körper erbeben. Sie steckte ihre Finger in die Wasserschüssel, die zu ihrem Bastelset gehörte, und spritzte Denny nass.

»Hey!« Ein paar Tropfen waren auf Dennys Brillengläsern gelandet.

Eliza grinste. »Ich helfe dir bloß, dich abzukühlen.«

»Ach ja?« Denny tauchte nun ihrerseits die Finger in die Schüssel und schnippte Wasser in Elizas Richtung. »Du siehst aus, als könntest du dabei etwas Hilfe gebrauchen.«

Sie bespritzten sich gegenseitig mit Wasser, bis einer der Kreativassistenten zu ihnen hinübersah.

Wie zwei unartige Kinder, die beim Stören des Unterrichts erwischt worden waren, taten sie sofort, als wären sie ganz auf ihre Projekte konzentriert.

»Du bringst mich noch in Schwierigkeiten«, flüsterte Denny aus dem Mundwinkel. Aber sie wirkte nicht, als hätte sie etwas dagegen. Ihre Augen funkelten vergnügt.

Eliza fand es schön, sie so entspannt und unbefangen zu erleben. Sie ahnte, dass Denny bei Dates mit anderen Frauen nie so gewesen war. Um ehrlich zu sein, war sie selbst auch bei keiner anderen Verabredung so gewesen. Nachdem sie eine Menge Frösche hatte küssen müssen, hatte sie jetzt wohl ihren Traumprinzen gefunden ... und festgestellt, dass es sich um eine Prinzessin handelte.

Denny musste zwei Straßen von Elizas Wohnung entfernt parken, aber das war ihr egal. Selbst den ganzen Weg von North Portland zu Fuß gehen zu müssen, hätte ihr nichts ausgemacht, wenn sie dafür mehr Zeit mit Eliza verbringen könnte.

Vor der Haustür blieben sie stehen und wandten sich einander zu.

»Also«, sagte Denny, »wie fandest du dieses Date im Vergleich zu dem letzte Woche?«

Eliza klopfte sich nachdenklich mit dem Zeigefinger auf die Unterlippe, was Dennys Aufmerksamkeit auf ihren Mund lenkte. »Hm. Schwer zu sagen.«

»Ach, wieso denn das?«

»Die Kreativbar hat mir gefallen und ich liebe mein Armband.« Eliza fuhr mit den Fingerkuppen über das Lederarmband mit den türkisfarbenen Perlen, das sie am Handgelenk trug. »Aber ich kann keine endgültige Bewertung abgeben, bevor ich nicht einen Gutenachtkuss bekommen habe.«

Ein Lächeln glitt über Dennys Gesicht. Es war schön zu wissen, dass Eliza sich ebenso sehr auf einen Kuss freute wie sie selbst. »Nun, im Interesse eines Endergebnisses sollten wir uns jetzt wohl besser küssen.«

Eliza nickte zustimmend.

Beide beugten sich einander entgegen und ihre Lippen trafen sich zu einem Kuss, der weich und zärtlich war. Doch dann neigte Denny den Kopf zur Seite und vertiefte den Kuss. Leidenschaft flammte auf.

Elizas leises Stöhnen war das erotischste Geräusch, das Denny je gehört hatte. Ihre Hände fanden Dennys Hüften und zogen sie näher heran, bis sich ihre Körper von den Oberschenkeln bis zur Brust berührten.

Ach du heilige ... Jetzt war Denny diejenige, die aufstöhnte. Gott, sie konnte nicht fassen, wie gut sich Elizas Körper an ihrem eigenen anfühlte. Sie erlaubte einer ihrer Hände, Elizas Rücken zu streicheln, während sie mit der anderen mit ihrem Haar spielte und ihren Nacken liebkoste.

Eliza keuchte in ihren Mund hinein und unterbrach schwer atmend den Kuss. »Eine Zehn.«

»Hm?« Zahlen überstiegen im Moment die Kapazität von Dennys Gehirn. Jede Zelle in ihrem Körper war immer noch auf die Empfindungen fokussiert, die der Kuss ausgelöst hatte.

»Das Date«, sagte Eliza. »Es erhält definitiv die vollen zehn Punkte.«

Denny küsste ihren Mundwinkel, weil sie nicht anders konnte. »Ja. Von mir bekommt es auch zehn Punkte. Oder vielleicht sogar zwölf von zehn.«

Sie standen noch eine Weile so dicht beieinander, dass ihre Körper sich berührten, dann trat Denny auf wackeligen Beinen zurück. Sie sollte lieber gehen, bevor sie in aller Öffentlichkeit zu weit ging. Aber es wurde jedes Mal schwerer, sich von Eliza loszureißen.

»Willst du noch mit hoch kommen?« Elizas Augen waren noch immer etwas unfokussiert, als sie auf die Haustür zeigte.

Dennys Mund wurde trocken. »Ähm …« Ein Teil von ihr wollte »Verdammt, ja!« sagen, aber waren sie wirklich schon so weit? War Eliza schon so weit, nicht nur körperlich, sondern auch mental und emotional?

Elizas leidenschaftliche Reaktion hatte sie überrascht – positiv überrascht – aber Denny wusste, dass sie nichts überstürzen sollte. In ihr keimte die Hoffnung, dass ihre Beziehung vielleicht doch auf Dauer halten konnte, und das wollte sie nicht mit ihrer übereifrigen Libido ruinieren. Sie warf Eliza einen bedauernden Blick zu. »Ich bin mir nicht sicher, ob das eine gute Idee ist.«

Ein Kichern entfuhr Eliza. »Nur um dir meine Wohnung anzusehen und ein wenig zu reden. *Mit hoch kommen* ist kein Euphemismus für irgendetwas anderes. Ich möchte mich einfach nur noch nicht verabschieden, vor allem weil ich nächste Woche für ein paar Tage mit meinen Chefinnen auf Geschäftsreise nach San Francisco muss.«

»Oh.« Dennys Wangen glühten. »Entschuldige. Ich hätte nicht davon ausgehen sollen, dass du, ähm …«

»Glaub mir, du musst dich nicht entschuldigen. Meine Libido denkt, dass *mit hoch kommen* doch ein Euphemismus sein sollte, am liebsten für *Kommen.*«

Eine Hitze, die nichts mit Verlegenheit zu tun hatte, durchdrang Dennys Körper. *O Gott.* Elizas suggestive Bemerkung half ihr nicht gerade dabei, sich zurückzuhalten.

Eliza griff nach ihrer Hand. »Komm schon. Es mag noch zu früh sein, um ein ganz bestimmtes Bedürfnis zu befriedigen, aber für ein anderes ist es der perfekte Zeitpunkt. Beim Basteln habe ich es nicht bemerkt, aber jetzt bekomme ich langsam Hunger. Lass uns eine Pizza bestellen.«

»In Ordnung. Aber ich bezahle. Schließlich muss ich meine neue Brieftasche einweihen.« Denny ließ sich ins Haus ziehen und folgte Eliza die Treppe hinauf.

Eliza schloss eine Tür im ersten Stock auf, knipste das Licht an und machte einen Schritt beiseite, um Denny zuerst eintreten zu lassen.

Denny sah sich um.

Elizas Wohnung war zwar klein, aber sie gefiel Denny auf Anhieb. Durch die hohe Decke und den Erker wirkte sie überhaupt nicht klaustrophobisch. Ein großer, cremefarbener Sessel und eine Leselampe standen vor dem Fenster, von wo aus Eliza eine tolle Aussicht auf den Park hatte, und Denny konnte sich vorstellen, wie sie es sich dort bequem machte, während die Nachmittagssonne auf ihr Gesicht schien.

Die abgenutzte, pflaumenfarbene Couch passte zwar nicht zum Sessel, aber das trug nur zum Charme der Wohnung bei. Ein Couchtisch aus Holz war nah an das Sofa herangezogen worden, als würde Eliza manchmal nach einem langen Arbeitstag die Füße hochlegen. Elizas Interesse am Kunsthandwerk war überall präsent: Ein unvollendetes Projekt lag auf dem kleinen Schreibtisch in der Ecke, und auf den Bücherregalen links und rechts des Fernsehers reihten sich niedliche Tiere auf Steinen und andere Figuren.

Die Einzimmerwohnung strahlte Behaglichkeit und Wärme aus.

Aber eines fehlte – und in ihrem gegenwärtigen Zustand war das vielleicht sogar gut. Denny wandte sich Eliza zu und sah sie fragend an. »Wo ist das Bett?«

Eliza lachte, ein kehliger Laut, der über Dennys Haut strich wie ein sinnliches Kitzeln. »Hatten wir uns nicht gerade darauf geeinigt, dass *mit hoch kommen* kein Euphemismus ist?«

»Ähm, wie bitte?« Denny war noch abgelenkt durch die Wirkung, die Elizas Lachen auf ihre Sinne hatte, deshalb brauchte sie eine Weile, um ihren Gedankengang nachzuvollziehen. »Nein, nein. So hab ich das nicht gemeint. Mir ist nur aufgefallen, dass du kein Bett hast, und das da sieht nicht nach einer Schlafcouch aus.«

»Ist es auch nicht.« Eliza ging zu einem Einbauschrank mit bernsteinfarbenen Glaseinsätzen und zog unten eine riesige Schublade heraus. »Ich habe ein ausziehbares Bett.«

»Wie cool ist das denn?«

Eliza nickte und lächelte. »Und? Gefällt es dir?« Sie breitete den Arm zu einer Geste aus, die die ganze Wohnung mit einschloss.

»Sehr sogar. Sie passt zu dir.«

»Finde ich auch. Wenn ich jemals im Lotto gewinne, hätte ich gern einen separaten Raum mit einem großen Arbeitstisch, wie in der Kreativbar. Aber für den Moment reicht mir das.«

Elizas Zufriedenheit mit ihrem Leben und sich selbst, samt all ihrer Schwächen, war eines der Dinge, die Denny so an ihr mochte.

»Mach es dir bequem, während ich die Pizza bestelle«, sagte Eliza. »Du magst doch auch Artischockenherzen und Spinat, oder?«

»Das ist meine Lieblingspizza.«

»Großartig. Dann sind wir schon mal kompatibel, was das angeht.«

Denny setzte sich auf die Couch und beobachtete Eliza, während diese mit dem Telefon am Ohr Gläser aus dem Schrank nahm. Sie zu Hause zu erleben, wo sie völlig entspannt war, fühlte sich wie etwas ganz Besonderes an.

Nachdem sie die Bestellung aufgegeben hatte, legte Eliza das Telefon weg, nahm die Gläser und setzte sich zu Denny auf die Couch. »Ist Wasser okay? Ich glaube, ich habe auch noch eine Flasche Cola, wenn dir das lieber ist.«

»Nein, Wasser ist in Ordnung.« Denny fühlte sich auch so schon total aufgekratzt, weil Eliza in der Nähe war, da brauchte sie keinen Zucker. Sie sah sich um. »Wie lange wohnst du schon hier?«

»Seit fünf Jahren. Als ich eingezogen bin, hat es ausnahmsweise in Portland geschneit. Und wenn ich *geschneit* sage, dann meine ich nicht nur die drei Flocken, bei denen die meisten Portländer eine Panikattacke bekommen.« Eliza lachte. »So hab ich auch Heather kennengelernt. Mein Vater ist mit dem Umzugswagen gegen ihr Auto gefahren.«

»Das ist auf jeden Fall eine denkwürdige erste Begegnung, das muss ich dir lassen.«

»Zum Glück war es nur eine Delle und Heather war nicht sauer. Sie hat mir sogar beim Einzug geholfen.«

Denny war froh, dass Eliza eine so gute Freundin hatte. »Und seitdem seid ihr befreundet?«

»Ja. Sie hat mir wirklich gutgetan und mich ermutigt, mehr wegzugehen und Leute kennenzulernen, während ich allein zu Hause geblieben wäre. Ein paarmal hat sie mich sogar in eine Lesbenbar geschleppt.«

»Glaub's oder lass es, aber ich war noch nie in einer«, sagte Denny.

Eliza riss spielerisch die Augen auf, so wie Denny vorhin, als Eliza eingestanden hatte, dass sie kein Bier mochte. »Du warst noch nie in einer Lesbenbar? Wirft man dich dafür nicht aus dem Club?«

»Jetzt, da du es erwähnst … Ich habe vor Kurzem einen Brief vom Hauptquartier erhalten, in dem mir gesagt wurde, dass meine Clubmitgliedschaft womöglich aufgekündigt wird.«

»O nein.« Eliza fasste sich derart theatralisch an die Brust, dass es Denny schwerfiel, nicht loszulachen. »Kannst du denn gar nichts dagegen tun?«

»Na ja, sie haben gesagt, dass sie unter bestimmten Voraussetzungen auf die Bedingung mit der Lesbenbar verzichten würden.«

»Welche Voraussetzungen denn?«

Denny zählte sie an den Fingern ab. »Ich muss in einem Zeitraum von drei Monaten mindestens drei erfolgreiche Dates mit einer Frau haben.«

»Da sich selbst unser erstes Treffen irgendwie wie ein Date angefühlt hat, können wir diese Voraussetzung als erfüllt ansehen.«

Denny starrte sie an. »Hat es sich für dich auch so angefühlt?«

»Ich war mir damals dessen nicht bewusst, aber mir war klar, dass es sich auch nicht anfühlt, als würde ich eine neue Freundschaft schließen.«

»Für mich auch nicht. Ich musste mich alle zehn Sekunden daran erinnern, dass es kein Date ist.«

Eliza beschrieb mit dem Finger ein Häkchen in die Luft. »Das wäre schon mal abgehakt. Gibt es weitere Voraussetzungen?«

»Ich muss mindestens drei heiße Küsse mit einer ebenso heißen Frau innerhalb von vierundzwanzig Stunden austauschen.«

»Hm.« Eliza klopfte spielerisch auf ihr Kinn. »Haben sie gesagt, wer beurteilen darf, ob die infrage kommende Frau heiß ist?«

»Ich«, sagte Denny fest. »Nur ich.«

»Wäre ich deiner Expertinnenmeinung nach qualifiziert?« Eliza breitete einladend die Arme aus.

Demonstrativ betrachtete Denny sie von Kopf bis Fuß, aber selbst, wenn sie gewollt hätte, hätte sie nicht vorgeben können, eine objektive Gutachterin zu sein. »Du bist eindeutig überqualifiziert.«

»Ach ja?«

»Mhm.«

Ihre Blicke trafen sich und ließen sich nicht wieder los.

Denny war sich nicht sicher, wer sich zuerst auf die andere zubewegte, doch der Abstand zwischen ihnen betrug plötzlich nur noch wenige Zentimeter.

Eliza ließ ihre Hand über Dennys Schulter hinauf bis zu ihrem Nacken gleiten.

Denny wurde ganz warm, als Elizas Finger mit ihren kurzen Haaren spielten. Ein Ziehen im Bauch ließ sie näher an Eliza heranrutschen und sie hatte nur noch einen Gedanken: Eliza zu küssen, sie mit allen Sinnen zu spüren.

Gerade als sie den Kopf neigte, um Elizas Lippen mit ihren zu berühren, klingelte es an der Tür und beide schreckten auseinander.

»Himmel!« Dennys Herz klopfte hektisch gegen ihre Rippen. »Wer auch immer das ist, können wir ihn umbringen?«

»Na ja, vermutlich ist es der Pizzabote und die mögen es nicht so gern, wenn wir ihre Leute umbringen.« Eliza stand auf und fuhr mit beiden Händen über ihre Jeans, was unglaublich sexy aussah.

Zugegeben, Denny fand alles an ihr sexy, selbst die Art, wie sie atmete. »Na schön.« Sie folgte Eliza zur Tür und holte ihre neue Brieftasche heraus. Vorhin hatte sie den Inhalt aus ihrer alten umgeräumt und nun fuhr sie mit dem Finger über das weiche, schokoladenbraune Leder. »Wir lassen ihn oder sie leben, aber nur, wenn ich später einen Kuss bekomme.«

»Tja, wenn ich damit ein Leben retten kann …« Eliza hauchte einen Kuss auf Dennys Mund, wie ein Versprechen, dass später noch viel mehr folgen würde. Dann öffnete sie die Tür.

Als das Aroma von geschmolzenem Käse durch die Schachtel in Elizas Händen drang, stieß ihr Magen ein enthusiastisches Knurren aus, doch der Rest ihres Körpers war weniger begeistert von der Unterbrechung. Dennys Küsse machten süchtig und auch von ihrem neckischen Flirten konnte sie nicht genug bekommen.

»Habe ich das Zeitgefühl verloren oder war die Pizza unglaublich schnell da?«, fragte Denny, als Eliza den Karton zum Couchtisch trug.

»Beides. Der Italiener ist gleich um die Ecke. Es ist das Restaurant, wo ich mich mit dem Typen verabredet hatte, dessen Hund eine

Blinddarmentzündung bekam.« Das war erst zwei Monate her, fühlte sich aber an wie eine Ewigkeit. Seitdem hatte sich so viel verändert.

Denny schob die Gläser zur Seite, sodass Eliza die Pizza auf den Tisch stellen konnte. »Ich verstehe immer noch nicht, warum er einen Notfall vorgetäuscht hat, um eurem Date zu entkommen. Ich hatte noch nie so viel Spaß bei einer Verabredung wie mit dir. Es ist toll, dass wir zusammen lachen, aber auch über ernste Dinge reden können, ohne Angst haben zu müssen, verurteilt zu werden.«

Als sie Denny das sagen hörte, wurde Eliza ganz warm ums Herz. Sie holte Teller aus dem Schrank und gab sich und Denny je ein großes Stück Pizza. »So geht es mir auch. Aber um fair zu sein, muss ich zugeben, dass ich bei ihm anders war. Das Date mit ihm fühlte sich so verkrampft an, dass er mich wahrscheinlich für die langweiligste Person in ganz Oregon gehalten hat.«

Denny hielt mit der Pizza auf halbem Weg zum Mund inne. »Ich denke immer noch, dass er ein Idiot ist, aber weißt du was? Ich mag es zu hören, wie anders das mit uns für dich ist. Vom Offensichtlichen jetzt mal abgesehen.«

»Und das wäre?«

»Ähm, dass ich eine Frau bin.«

Eliza musste über sich selbst lachen. »Ach, das.« Sie nahm einen Bissen von der Pizza. *Lecker.* Geschmolzener Käse, Spinat und der leicht zitronige Geschmack der Artischockenherzen waren die perfekte Kombination.

»Ja, das.« Denny lachte ebenfalls, aber der Ausdruck in ihren Augen war ernst. »Ist das wirklich keine große Sache für dich?«

Eliza leckte sich Tomatensoße von den Lippen, während sie darüber nachdachte. »Irgendwie ist es das und gleichzeitig auch wieder nicht.«

Denny beschrieb mit dem Finger einen Kreis und bedeutete ihr, fortzufahren. Ihr Blick hing an Elizas Mund, was ziemlich ablenkend war.

»Mit dir zusammen zu sein, ist erstaunlich einfach. Es ... es passt einfach«, sagte Eliza.

»Es passt?« Denny schnalzte mit der Zunge, als hätten diese Worte einen seltsamen Geschmack in ihrem Mund hinterlassen. »Das klingt, als wäre ich ein altes Paar Schuhe.«

Eliza stupste sie mit dem Ellbogen an. »Hey, zufällig liebe ich dieses alte Paar Schuhe.« Sie wackelte mit den Füßen und präsentierte die Sneakers, die sie trug.

Denny betrachtete das Schuhwerk mit einem liebevollen Lächeln und berührte Elizas Fuß mit ihrem. »Ich auch. Aber manchmal möchte man lieber sexy Pumps oder elegante italienische Lederschuhe statt bequeme Sneakers.«

»Ich habe ja auch nicht gesagt, dass ›es passt‹ das einzige Gefühl ist, das du bei mir auslöst.« Elizas Stimme wurde leiser. »Du bist wie ein ganzer Schrank voller Schuhe, von Flip-Flops bis hin zu Stöckelschuhen.«

Denny lachte. »Typisch femme, ihre Gefühle mit einer Schuhmetapher zu beschreiben.«

»Femme?« Eliza wäre es nie eingefallen, sich so zu beschreiben. Aber sie hätte auch nie gedacht, dass sie etwas anderes als heterosexuell sein könnte. »Glaubst du, das trifft auf mich zu?«

»Na ja, butch bist du jedenfalls nicht.«

»Muss ich denn das eine oder das andere sein?«

Lächelnd nahm Denny ihre Hand. »Nein. Sei einfach du selbst.«

»Das bin ich, wenn ich mit dir zusammen bin.« Wow, sie wurden wirklich langsam schnulzig. Eliza stupste Dennys Knie an. »Außerdem warst du diejenige, die mit der Schuhmetapher angefangen hat.«

»Ups.« Denny griff mit der freien Hand nach einem weiteren Stück Pizza, ließ aber Elizas Hand nicht los. »Also, was ist denn nun der Teil an einer Beziehung mit einer Frau, der für dich eine große Sache ist?«

»Vielleicht keine große Sache, aber es gibt einige Dinge, an die ich mich erst gewöhnen muss. Zum Beispiel daran, wie die Leute reagieren. Oder wie ich erwarte, dass die Leute reagieren werden.« Eliza tauchte ihren Pizzarand in einen Klecks Tomatensoße auf ihrem Teller. »Ich gebe zu, dass ich mich immer noch etwas unsicher fühle, wenn ich in der Öffentlichkeit deine Hand halte oder dich küsse.«

»Das müssen wir nicht.«

»Nein.« Eliza hielt Dennys Finger fest, als diese loslassen wollte. »Wir haben dasselbe Recht wie andere Paare, einander unsere Zuneigung zu zeigen. Ich trainiere, die Reaktionen der Leute zu ignorieren.«

Ein schiefes Grinsen hob einen von Dennys Mundwinkeln. »Du trainierst, hm? Wann immer du eine Trainingseinheit brauchst, sag Bescheid. Aber mal ganz im Ernst, danke, dass du so ehrlich zu mir bist. Ich möchte nicht, dass du so tust, als ob du dich mit etwas wohlfühlst, wenn dem nicht so ist.«

Eliza strahlte sie an. Sie hätte sich keine bessere Begleitung wünschen können, um ihre Nicht-so-ganz-hetero-Pubertät durchzumachen. »Das werde ich nicht. Hör auf, dir darüber Sorgen zu machen.«

»Kann ich nicht. Das ist mir zu wichtig.« Etwas leiser fügte Denny hinzu: »Du bist mir zu wichtig.«

Sie sahen einander in die Augen. Gefühle, die Eliza noch nicht benennen konnte, schnürten ihr die Kehle zu. »Du bist mir auch sehr wichtig«, brachte sie heraus.

Schließlich unterbrach Denny ihren Blickkontakt und schob die Pizzaschachtel zu ihr herüber. »Die Pizza wird kalt.«

Eliza nahm sich ein weiteres Stück, hielt es aber bloß in der Hand, statt davon abzubeißen. Es gab etwas, was sie erst noch wissen musste. »Kann ich dich etwas fragen?«

»Natürlich.« Denny sah ihr offen in die Augen. »Du bist einer der wenigen Menschen, die mich alles fragen können.«

»Woher wusstest du, dass du lesbisch bist?«, fragte Eliza.

Denny grinste. »Ich hab‘s auf die übliche Art erfahren.«

»Und die wäre?«

»Wie viele Lesben habe ich mich in meine beste Freundin verliebt, als ich ungefähr dreizehn war. Genau kann ich es nicht sagen, weil es ganz allmählich geschah. Ich habe einfach ständig an sie gedacht. Wir haben uns stundenlang über alles Mögliche unterhalten und uns ein bisschen zu lange und zu oft umarmt.«

Sofort begann Elizas Kopfkino und zeigte ihr die Umarmungen, die Denny ihr bisher gegeben hatte, und die Gespräche, die sie in den vergangenen drei Monaten geführt hatten. O ja, sie konnte sich definitiv in die dreizehnjährige Denny einfühlen.

Denny starrte auf eine Stelle an der Wand, als hätte sich dort ein Portal geöffnet, durch das sie in die Vergangenheit blicken konnte. Dann wandte sie ihre Aufmerksamkeit wieder Eliza zu. »Im Nachhinein hätte es offensichtlich sein müssen, dass ich in sie verliebt war, aber ich dachte, so empfindet jeder für seine beste Freundin.«

»Wann ist dir klargeworden, dass es mehr war?«, fragte Eliza.

»Als sie anfing, mit Jungen auszugehen. Gott, ich war so eifersüchtig.«

Auch damit konnte Eliza sich identifizieren. Sie erinnerte sich noch gut daran, wie sie sich gefühlt hatte, als Denny mit Heather ausgegangen war, und selbst jetzt wurde ihr etwas flau im Magen, als Denny über ihre erste Schwärmerei für ein Mädchen sprach.

Denny bedeckte ihre Augen mit der freien Hand und spähte durch ihre gespreizten Finger. »Ich schäme mich, zuzugeben, dass ich das Fahrrad ihres Freundes an einen Baum gekettet habe, sodass er zu einem Date mit ihr zu spät kam.«

Es war ein bisschen gemein, aber Eliza musste trotzdem lachen. »Und dann bist du an seiner Stelle zum Date gegangen?«

Denny nahm die Hand aus ihrem Gesicht und ließ sie auf ihren Schoß fallen. »Nein, dazu hatte ich nicht den Mut.«

»Was ist dann passiert?«

»Nichts. Ich habe ihr nie gesagt, was ich für sie empfunden habe, und ein Jahr später oder so ist ihre Familie weggezogen und der Kontakt ist abgebrochen.«

Hier hörten die Parallelen auch schon auf. Vielleicht hatte es auch seine Vorteile, wenn einem erst später, als Erwachsene, klar wurde, dass man sich auch zu Frauen hingezogen fühlte.

Denny warf ihr einen neugierigen Blick zu. »Hast du mir diese Frage gestellt, um mich besser kennenzulernen oder dir über deine eigenen Gefühle klar zu werden?«

»Beides«, sagte Eliza.

»Fühlst du dich immer noch wohl dabei, morgen mit mir zur Pride Parade zu gehen?«

»Natürlich.« Eliza aß den letzten Bissen und schob ihren leeren Teller zurück. »Und wo wir gerade über die Parade sprechen ... Ich habe nachgedacht. Da sich der Umzug durch die halbe Innenstadt streckt und fünfzigtausend Menschen teilnehmen werden, wird es morgen früh überall ziemlich chaotisch zugehen. Ist es wirklich sinnvoll, wenn du nachher nach Lents fährst und morgen dann in diesem Chaos zurückkommen musst?«

Denny legte das Stück Kruste beiseite, das sie gerade hatte essen wollen. »Was schlägst du vor?«

»Du könntest über Nacht bleiben.« Obwohl sie ihren Vorschlag völlig unschuldig gemeint hatte, beeilte sich Eliza, hinzuzufügen: »Ich meine auf der Couch. Ich bin schon ab und zu mal darauf eingeschlafen, für eine Nacht sollte es also okay sein.«

Denny zögerte sichtlich. »Ich habe keine Klamotten zum Wechseln mitgebracht.«

Mist! Eliza zerbrach sich den Kopf, um eine Lösung zu finden. Der Gedanke, mit Denny zu schlafen – und sei es auch nur im selben Raum – war sehr reizvoll.

Denny lächelte sie an. »Du bist süß, wenn du versuchst, ein Problem zu lösen. Besonders mit ein bisschen Mehl auf der Oberlippe.« Sie streckte die Hand aus und wischte das Mehl weg.

Die magnetische Anziehung zwischen ihnen wurde sofort stärker und Eliza vergaß das Problem, das sie zu lösen versucht hatte, als sie Dennys lustvollen Blick sah.

Dennys Lider senkten sich, als ihr Blick hinab zu Elizas Mund glitt.

Innerhalb eines Augenblicks trafen sich ihre Münder.

Denny küsste einfach himmlisch. Eliza schloss die Augen, um das Gefühl zu genießen. Sie schmeckte nach Tomatensoße und einfach nur Denny. Es machte süchtig. Ihre Zungen streichelten sich, zogen sich zurück, fanden sich dann wieder, bis Eliza glaubte, gleich dahinzuschmelzen. Ihre Hände wanderten unruhig über Dennys Rücken, an den Seiten ihres Körpers hinauf und dann wieder hinunter.

Denny legte ihre Hand auf Elizas Rücken, dicht oberhalb ihres Pos, und zog sie mit mühsam gezügelter Leidenschaft an sich.

Eliza wollte eigentlich gar nicht, dass Denny sich zurückhielt. Ihre Finger gierten danach, Dennys Haut zu spüren. Sie zog Denny das T-Shirt aus dem Hosenbund und fuhr mit einer Hand darunter, während sie mit der anderen Dennys Schulter umklammerte. *Mmh.* Noch nie war es eine so sinnliche Erfahrung gewesen, jemandes Rücken zu berühren.

Denny stöhnte. Sie umfasste mit der freien Hand Elizas Hinterkopf, nahm ihre Unterlippe in den Mund und knabberte sanft daran.

Ein lustvolles Prickeln durchflutete Eliza. Sie ließ ihre Fingerkuppen über Dennys glatte Haut gleiten und erkundete die Muskeln entlang ihrer Wirbelsäule, bis Dennys Sport-BH sie aufhielt. Mit einem frustrierten Knurren änderte sie den Pfad ihrer Hand und zeichnete die Wölbung von Dennys Rippen nach. Mit dem Daumen strich sie über die Haut unterhalb ihrer Brüste. Gott, sie war dort so weich, noch weicher als am Rücken. Wieder streichelte sie die betreffende Stelle. Dabei streifte ihr Daumen versehentlich die Unterseite von Dennys Busen. *O mein Gott.*

Denny schnappte keuchend nach Luft.

Benommen hielt Eliza inne und versuchte, ihrem Gehirn die Zeit zu geben, zu verarbeiten, was eben geschehen war. »Alles in Ordnung?«

Denny lachte. Der heisere, wilde Laut ließ Eliza erschaudern. »Sollte ich *dich* das nicht fragen?«

»Zwischen uns gibt es kein *Sollte.*« Sie war sich sehr bewusst, dass Dennys warme Hand immer noch auf ihrem Rücken lag und kurz davor war, unter ihr T-Shirt zu schlüpfen. Ihr Puls trommelte ihr in den Ohren, und sie fühlte sich, als bekäme sie nicht genug Luft, aber sie wollte nicht aufhören. Zumindest noch nicht. »Fass mich an.«

Als Denny schließlich ihre Hand unter ihr T-Shirt schob und über ihre nackte Haut strich, spürte Eliza die Berührung überall am ganzen Körper. Denny knabberte wieder an Elizas Unterlippe, dann küsste sie ihr Kinn und schließlich ihren Hals.

Eliza konnte ein Stöhnen nicht zurückhalten, als Dennys warme Lippen über ihre Kehle wanderten und dort eine Gänsehaut hinterließen. Ihr ganzer Körper reagierte auf Dennys Liebkosungen und Eliza konnte sich kaum vorstellen, wie es sich anfühlen würde, wenn Denny noch mehr von ihr berührte. Sie klammerte sich an Denny, um nicht vom Sofa zu fallen – und hatte plötzlich Dennys Busen in der Hand!

Beide erstarrten.

Denny murmelte keuchend ihren Namen.

Ach du heilige Scheiße. Ich fasse ihre Brust an! Erregung, gemischt mit Nervosität, überkam Eliza. Sie wusste nicht, ob sie ihre Hand wegziehen oder Dennys weichen Busen durch ihren Sport-BH hindurch streicheln sollte.

Denny bog sich ihr entgegen und drückte ihre Brust fester gegen ihre Hand, bis Eliza spürte, wie der Nippel unter ihren Fingern hart wurde.

Oh, wow. Sie drückte ganz sanft zu.

Denny presste ihren Mund auf Elizas Halsbeuge und stöhnte dicht auf ihrer Haut, was sie erneut erschaudern ließ.

»Hey, schau mal, was ich dir gekauft h–« Heather machte einen Schritt in die Wohnung und blieb dann abrupt stehen. »O Scheiße. Tut mir leid, ich wusste nicht, dass du Besuch hast.«

Benommen zog Eliza ihre Hand unter Dennys T-Shirt hervor.

Denny nahm den Mund so schnell von Elizas Hals, dass ihr Kopf beinahe mit Elizas Nase zusammengestoßen wäre. Sie zog Elizas T-Shirt herunter, als wollte sie ihre Blöße bedecken, während es sie weniger zu kümmern schien, dass auch ihr T-Shirt verrutscht war.

Schwer atmend sank Eliza gegen die Rückenlehne der Couch. »Verdammt, Heather«, murmelte sie.

Heather zog den Kopf ein. »Entschuldige. Ich war nur so aufgeregt, weil ich das perfekte T-Shirt für dich gefunden habe. Du kannst es morgen zur Parade tragen. Ich zeige es dir später.«

Doch bevor sie sich umdrehen und rasch die Wohnung verlassen konnte, sprang Denny auf. »Schon okay. Ich sollte jetzt sowieso gehen.«

Was? Nein! Eliza starrte sie an. »Denny, warte! Hatten wir nicht gerade besprochen, dass du hier übernachtest?«

»Ja, aber ...« Denny wedelte wild mit der Hand und hätte fast ihr halb volles Glas Wasser umgeworfen. »Wie ich schon sagte, habe ich weder meinen Schlafanzug noch Klamotten zum Wechseln mitgebracht.«

Heather schnaubte. »Das hat eben nicht ausgesehen, als ob du einen Schlafanzug bräuchtest.« Als Eliza ihr einen finsteren Blick zuwarf, machte sie eine Bewegung, als verschlösse sie ihren Mund mit einem Reißverschluss.

Ihre Blicke trafen sich und der panische Ausdruck in Dennys Augen schwand. »Nächstes Mal.« Ihr Tonfall versprach viel mehr, als dass sie beim nächsten Besuch Klamotten zum Wechseln mitbringen würde.

Elizas Herz schlug schneller.

Nach einem kurzen Blick zu Heather beugte sich Denny zu ihr herab, strich eine Haarsträhne, die ihrem Pferdeschwanz entkommen war, hinter Elizas Ohr und küsste sie zärtlich. »Bis morgen früh. Schlaf schön.«

Dann ging sie.

Eliza ließ ihren Kopf gegen die Lehne der Couch sinken und fixierte Heather mit einem strengen Blick. »Wehe, das ist nicht das tollste T-Shirt, das ich je gesehen habe.«

»Tut mir wirklich leid«, sagte Heather. »Ich hätte nicht gedacht, dass du sie mit raufnehmen und sie verführen würdest. Was ist aus deiner Kein-Sex-vor-dem-achten-Date-Regel geworden?«

»Ich habe keine solche Regel. Ich wollte nur noch nie jemanden vor dem achten Date mit raufnehmen.« Bei Denny hatte sie nicht gezögert – zum einen, weil sie sich bei ihr sicher fühlte, und zum anderen, weil sie sich noch nicht von ihr verabschieden wollte.

Vielleicht war es gut, dass Heather sie unterbrochen hatte. Sie hatten beide ein bisschen die Kontrolle verloren. Das war nicht unbedingt schlecht, aber im Nachhinein machte es ihr ein wenig Angst, wie sehr sie

Denny begehrte. Heather hatte recht gehabt, als sie es mit einer zweiten Pubertät verglichen hatte. Ihre Hormone arbeiteten auf Hochtouren und gaben ihrem Verstand nicht die Chance, mitzuhalten.

»Hm, wenn du so erpicht darauf bist, mit ihr rumzumachen, habe ich dir vielleicht das falsche T-Shirt gekauft.« Heather faltete es auseinander und hielt es sich an die Brust. Vor dem Hintergrund des schwarzen Stoffs stand in allen Farben des Regenbogens: *Ich bin nicht lesbisch, aber meine Partnerin schon.*

Eliza warf ihr eines der Sofakissen an den Kopf.

Kapitel 24

Am nächsten Morgen lief Eliza in ihrer Wohnung auf und ab, als hätte sie ein Aufputschmittel genommen. Die Parade begann um elf Uhr, und ihre Familie würde nicht vor zehn Uhr vorbeikommen, damit sie alle zusammen zum Straßenumzug gehen konnten, aber Eliza war bereits um sechs Uhr hellwach gewesen. Sie war sich nicht einmal sicher, was sie so nervös machte.

War es der Gedanke, dass Denny ihre Familie kennenlernen würde? Sie zweifelte nicht daran, dass sie Denny auf Anhieb sympathisch finden würden, deshalb lag es vermutlich nicht daran.

Vielleicht war es die Veranstaltung selbst, die sie nervös machte. Zwar war sie schon mehrfach bei der Pride Parade gewesen, aber damals nur zur Unterstützung, nicht als Teil der LGBT+-Community. Gehörte sie jetzt wirklich dazu? Oder würden die Teilnehmer sofort merken, dass sie ein Neuling war und noch nie mit einer Frau geschlafen hatte?

Sie blieb mitten in ihrer Wohnung stehen. *Du bist albern. Die Leute gehen zur Parade, um Spaß zu haben, nicht um die sexuellen Erfahrungen anderer zu analysieren.*

Gerade als sich ihr Herzschlag etwas beruhigt hatte, klingelte es an der Tür, wodurch er sich sofort wieder beschleunigte.

Sie ging zur Tür und versuchte zu erraten, welches Familienmitglied es wohl war. Wahrscheinlich Ryan und Nichole, die ihre Eltern abgeholt hatten, während alle anderen die Straßenbahn nehmen würden. Oder vielleicht auch Andy, die immer zu früh kam.

Aber es war nicht ihre älteste Schwester. Heather schob sich an ihr vorbei. Auf ihrem T-Shirt stand in Regenbogenfarben: *Sehe ich in dem T-Shirt lesbisch aus?*

Eliza schloss die Tür. »Seit wann klingelst du?«

»Seit ich dich gestern Abend mit der Hand unter Dennys Shirt überrascht habe.«

Eliza hatte diesen Moment die halbe Nacht lang immer und immer wieder durchlebt und auch nun kamen sofort die Erinnerungen und Empfindungen wieder hoch. Schnell wandte sie sich ab und fächelte sich Luft zu.

Heather lachte. »Ich schätze, das bedeutet, dass dir gefallen hat, was du dort gefunden hast. Apropos T-Shirt ... Warum trägst du nicht das, das ich dir besorgt habe?«

War das nicht offensichtlich? Eliza drehte sich zu ihr um und warf Heather einen ungläubigen Blick zu. »Meine Familie weiß immer noch nichts von Denny und mir, und ich möchte nicht, dass sie es durch einen Spruch auf einem T-Shirt erfahren.«

»Oh. Natürlich. Vermutlich war ich so aus dem Häuschen über deine neu entdeckten sapphischen Tendenzen, dass ich daran nicht gedacht habe.«

Sapphische Tendenzen? Eliza wünschte sich wieder einmal, sie hätte wie Heather die Fähigkeit, eine Augenbraue zu heben. Dieser Begriff hätte es verdient.

Es klingelte erneut an der Tür.

Diesmal war es ihre Familie. Ihre Eltern, Ryan und Nichole trafen als Erste ein, gefolgt von Andy. Britt, ihr Ehemann Tony und die Zwillinge kamen eine Minute später. Als sich alle in die Wohnung drängten, wirkte diese noch kleiner als sonst.

Ihre älteste Schwester eilte an ihnen vorbei. »Umarmung muss warten«, rief Andy ihr über die Schulter hinweg zu. »Ich muss erst auf die Toilette.«

»Ich sage dir ständig, du sollst nicht so viel Kaffee trinken«, sagte ihre Mutter.

»Hast du Andy mal vor ihrer ersten Tasse Kaffee erlebt?«, fragte Ryan. »Glaub mir, Mama, es ist besser für alle Beteiligten, wenn sie reichlich Kaffee trinkt.«

Andy zeigte ihm den Stinkefinger, bevor sie die Badezimmertür hinter sich zuzog.

Chaos brach aus, als sich alle begrüßten.

Eliza umarmte ihren Bruder. »Wo sind denn die Kinder?«

»Bei ihrem Vater«, sagte Ryan.

»Bei ihrem *anderen* Vater«, fügte Nichole hinzu, und die beiden lächelten einander zu.

»So ein Arrangement hätte ich mir auch gewünscht, als ihr drei noch klein wart«, warf ihr Vater ein. »Ein anderer Mann, der jedes zweite Wochenende die Vaterrolle übernimmt, während ich angeln gehe.«

Eliza und Britt stießen ihn von zwei Seiten an. »Hey, wir waren richtige Engel.«

Ihre Eltern schnaubten gleichzeitig.

Eliza lachte. Insgeheim fragte sie sich, wie Denny wohl mit ihrer chaotischen Sippe zurechtkommen würde. Zwar war Denny auch ein Familienmensch, aber da ihre Familie nur aus Salem, Bella und ihr bestand, war sie an einen solchen Trubel nicht gewöhnt.

Andy kam aus dem Bad und schwenkte etwas, was Eliza zuerst für eine Regenbogenflagge hielt. »Möchtest du uns etwas beichten, Schwesterchen?«, fragte Andy neckisch.

»Was meinst du?« Dann sah sich Eliza das Stück Stoff, mit dem Andy wedelte, genauer an. Es war keine Fahne. Es war das T-Shirt, das Heather ihr geschenkt hatte. Sie hatte es auf den Klamottenhaufen neben der Badewanne geworfen, weil sie nach der Parade Wäsche waschen wollte. *Scheiße, Scheiße, Scheiße.*

Immer noch lachend hielt Andy das T-Shirt hoch, sodass es jeder sehen konnte.

Ihr Vater las den Spruch und kratzte sich am Kopf. »Ich verstehe den Witz nicht. Wenn eine Frau eine Partnerin hat, macht sie das nicht zur Lesbe?«

»Nein, Schatz.« Ihre Mutter tätschelte seinen Arm. »Bisexuelle Frauen können auch eine Partnerin haben.«

»Und pansexuelle Frauen auch«, fügte Britt hinzu.

Eliza schwirrte der Kopf.

»Wer ist denn lesbisch oder bisexuell?«, fragte ihr Vater.

»Niemand, Papa. Außer Heather natürlich. Ich ziehe Eliza nur auf.« Andy sah zu Eliza. Als diese nicht mitlachte, verstummte Andys Lachen abrupt. »Ähm, das ist doch nicht dein Shirt, oder?«

Ein Schraubstock schien sich um Elizas Brust zu legen. Das Summen in ihren Ohren wurde immer lauter, bis sie nicht mehr verstehen konnte, was alle sagten. »Ich …«

Heather trat vor und nahm Andy das T-Shirt aus der Hand. »Nein, es gehört mir. Ich habe es für eine Freundin besorgt und hier gelassen, weil Eliza sagte, sie wolle am Wochenende Wäsche waschen.«

»Hätte ich gewusst, dass du jetzt einen Wäscheservice anbietest, hätte ich meinen Stapel Dreckwäsche auch mitgebracht«, sagte Andy.

Der Schraubstock um Elizas Brustkorb lockerte sich. Sie hatten Heather die Erklärung abgekauft. Sie konnte es dabei belassen, bis sie bereit war, ihnen von Denny zu erzählen. Aber worauf wartete sie eigentlich? Musste sie erst eine genaue Bezeichnung für ihre sexuelle

Orientierung finden, bevor sie ihrer Familie gegenüber irgendeine Erklärung abgab? Oder wartete sie, bis Denny und sie ihr fünftes oder zehntes Date hinter sich gebracht oder Sex gehabt hatten? Würde das irgendetwas ändern?

Ihre Gedanken wanderten zur Pride Parade, wo sie sich mit Denny und ihrer Familie treffen würden. Konnte sie Denny als platonische Freundin vorstellen, obwohl ihr Herz bei ihrem Anblick schneller schlagen würde? Konnte sie während des Umzugs Abstand zu ihr halten, obwohl sie sich danach sehnte, Dennys Hand zu halten oder sie in den Arm zu nehmen? Und warum sollte sie sich all das verwehren, nur damit ihre Familie noch nicht von ihrer Beziehung erfuhr?

Sie hatte sich immer darauf gefreut, eines Tages einen wundervollen Menschen wie Denny mit nach Hause zu bringen und ihren Eltern und Geschwistern vorzustellen. Wollte sie ihre Beziehung wirklich verheimlichen, nur weil Denny eine Frau war?

Die Antwort überkam sie mit plötzlicher Klarheit. Sie wollte Denny in jeden Teil ihres Lebens miteinbeziehen und das schloss ihre Familie mit ein.

Auf wackeligen Beinen ging sie zu Heather hinüber und nahm ihr das Shirt aus der Hand. »Das T-Shirt gehört mir.«

Zur Abwechslung schwieg ihre sonst so laute Familie.

»Dir?« Ein Stirnrunzeln formte sich auf Andys braun gebranntem Gesicht. »Aber du bist nicht lesbisch.«

Eliza umklammerte das T-Shirt. »Das habe ich auch nie behauptet. Das ist ja der Sinn des Aufdrucks.« Mit hoch erhobenem Kopf sah sie ihrer Schwester in die Augen. »Aber ich habe eine Partnerin.«

»Du … Wie bitte?«

»Warum hast du uns das nicht gleich gesagt, Schatz?«

»Wann ist das denn passiert?«

»Wer ist sie? Heather, du bist es nicht, oder?«

»Ist sie nett?«

Die Fragen prasselten so schnell auf sie ein, dass Eliza nicht mehr zuordnen konnte, wer was wissen wollte.

Eine Stimme übertönte den Rest – die von Andy. »Das bedeutet nicht, dass du Regenbogenfarben tragen und dem Club beitreten musst.«

Eliza starrte ihre Schwester an. Was war bloß mit Andy los? Der Altersunterschied zu Britt und Ryan war weniger groß, aber trotzdem war Andy, die sechs Jahre älter als Eliza war, als Kind ihre liebste Spielkameradin gewesen. Auch jetzt, als Erwachsene, standen sie sich am nächsten, vielleicht weil sie als Einzige keine Kinder hatten. Andy war selbst für ihre Familie immer besonders cool und liberal gewesen, und Eliza hatte zu ihr aufgesehen, weil Andy stets genau wusste, was sie wollte. »Was zum Teufel soll das, Andy? Seit wann hast du was gegen Homosexuelle?«

»Was? Hab ich doch gar nicht!«

»Hätte man aber meinen können«, murmelte Eliza.

»Ich möchte nur nicht, dass du dir zu schnell ein Label zuweist und dich auf etwas einlässt, das vielleicht gar nicht das Richtige für dich ist.«

Na super. Nicht schon wieder die Masche von der überfürsorglichen älteren Schwester. Eliza hatte gedacht, das hätten sie endlich hinter sich gelassen. Sie verschränkte ihre Arme vor der Brust und drückte das T-Shirt wie einen Schutzschild an sich. »Wie kommst du darauf, dass ich das tue?«

Ihre sonst so selbstbewusste Schwester senkte den Kopf und blickte auf ihre Schuhe hinab, als sie antwortete: »Aus Erfahrung.«

»Was soll das denn heißen? Es ist nicht so, als würde ich mich ständig Hals über Kopf in etwas stürzen, was –«

»Nicht deine Erfahrung.« Andy hob den Kopf. »Meine eigene. Als ich die Ausbildung zur Notfallsanitäterin gemacht habe, dachte ich eine Zeit lang, ich könnte lesbisch sein.«

»Was?«, riefen mehrere Familienmitglieder gleichzeitig.

Andy winkte ab. »Es war keine große Sache. Nur weil ich einmal mit einer Frau geschlafen habe, bin ich noch lange nicht lesbisch oder bisexuell, aber es hat einige Zeit gedauert, bis mir das klar wurde.«

Elizas Kinnlade klappte herunter. Sie brauchte eine Weile, bis sie etwas sagen konnte. »Du hast mit einer Frau geschlafen?«

»Ja.«

Na toll. Jeder schien Erfahrung auf diesem Gebiet zu haben; nur sie selbst nicht. Eliza konnte nicht aufhören, ihre Schwester anzustarren oder ihr Fragen zu stellen. »Aber es war dann doch nicht so dein Ding?«

Andy blickte zu den Zwillingen. Sie ging zu den beiden hinüber, hielt Piper die Ohren zu und bedeutete Britt, dasselbe bei Polly zu tun, ohne auf die Proteste der Mädchen zu achten. »Es war eine schöne Erfahrung. Okay, um ehrlich zu sein, es war fantastisch. Eine Frau weiß wirklich, wie man eine Frau –«

»Lalalala«, sagte ihre Mutter laut. »Ich glaube, ich muss mir auch die Ohren zuhalten. Es gibt Dinge, die ich als Mutter über meinen Nachwuchs nicht zu wissen brauche.«

Eliza stimmte in Andys Lachen mit ein und ihre Anspannung ließ nach.

»Na schön, Mama, ich beschränke mich auf den jugendfreien Teil«, sagte Andy. Sie nahm die Hände von Pipers Ohren, während Britt Polly losließ. »Es war schön, aber mir hat etwas gefehlt. Diese emotionale Anziehung. Das Gefühl, alles miteinander teilen und keine Minute mehr ohne den anderen verbringen zu wollen. Am Ende hat es mir nur bestätigt, dass ich heterosexuell bin.«

»Wie kommst du darauf, dass es mir genauso geht?«, fragte Eliza. »Dass mir auch die emotionale Anziehung fehlt?«

Andy musterte sie prüfend, als wäre sie eine Patientin, deren Symptome sie einzuordnen versuchte. »Existiert sie für dich denn?«

Eliza schluckte. »Ja«, brachte sie hervor. »Ich glaube schon. Erinnerst du dich noch, worüber wir gesprochen haben, als ich angefangen habe, bei *Gefiederte Freunde* zu arbeiten?«

Andy nickte. »Du hast gesagt, es fühlt sich an, als hättest du endlich das Richtige für dich gefunden, nachdem du so lange danach gesucht hast.«

»So war das auch mit meinen Beziehungen«, fuhr Eliza fort. »Du hast ja meine Freunde kennengelernt. Sie waren alle tolle Männer und ich war durchaus glücklich mit ihnen. Aber ich hatte nie das Gefühl, das ist es jetzt. Es tat nie weh, mir vorzustellen, dass ich vielleicht nicht den Rest meines Lebens mit ihnen verbringen werde.«

Zum zweiten Mal, solange sie zurückdenken konnte, schwieg ihre gesamte Familie. Alle starrten sie an, bis ihr unter ihren Blicken unwohl wurde.

»Hm.« Andy zog den Laut in die Länge, als bräuchte sie Zeit zum Nachdenken. »Und bei deiner mysteriösen Freundin hast du das Gefühl?«

Elizas Mund war so trocken, dass sie erst ihre Zunge vom Gaumen lösen musste, bevor sie antworten konnte. »Ja. Ich habe jahrelang nach dieser besonderen, tiefen Verbindung gesucht. Ich hätte nie gedacht, dass ich sie bei einer Frau finden würde, aber jetzt ist es eben so.« Sie schwankte ein wenig, als sie ihre letzten Zweifel beiseiteschob und nichts mehr zurückhielt, noch nicht einmal vor sich selbst. »Ich glaube, ich liebe sie.«

Ihr Blick huschte von Andy zu ihren Eltern, und sie war sich nicht sicher, ob sie darauf wartete, dass ihre Familie ihre Gefühle anerkennen oder ihr sagen würde, dass sie sich täuschen musste. Sie wusste nicht einmal, welche der beiden Optionen den Anflug von Panik lindern würde, der sie überkam. Einen Moment lang sah ihre Familie genauso geschockt aus, wie Eliza sich fühlte. Liebe? Wie um alles in der Welt war das denn so schnell passiert? Aber jetzt, da sie es ausgesprochen hatte, wusste sie, dass es stimmte.

»Ach, Schatz.« Ihre Mutter eilte als Erste auf sie zu und zog sie in eine herzliche Umarmung. »Ich freue mich so für dich. Es ist deine Freundin Denny, oder? Warum hast du uns das nicht früher gesagt? Ich habe dir doch gesagt, dass es für uns in Ordnung wäre, wenn du mit einer Frau zusammenkommen würdest.«

Britt warf Eliza ein mitfühlendes Lächeln zu. »Mann, hasst du es nicht auch, wenn Mama immer recht hat?«

»Moment!« Andy hob beide Hände. »Mama, du wusstest davon?«

Einen Arm noch immer um Eliza geschlungen wandte ihre Mutter sich Andy zu. »Ich hab sie dabei erwischt, wie sie nach dem Radunfall heiße SMS ausgetauscht haben.«

»Mama! Das haben wir nicht getan! Das war bloß die verflixte Autokorrektur!« Gott, sie wollte im Erdboden versinken. Wenigstens war Denny nicht da. Sie hätte wahrscheinlich die nächsten drei Jahre lang einen roten Kopf gehabt, wenn sie das gehört hätte.

Ihr Vater lachte. »Nennt man das heutzutage so? Autokorrektur?«

»Nein, wirklich! Damals war noch ni–« Eliza unterbrach sich, bevor sie behaupten konnte, damals sei noch nichts zwischen ihnen gewesen. Nein, das fühlte sich nicht richtig an. Es war von Anfang an eine Menge zwischen ihnen gewesen. »Ich hatte keine Ahnung, dass ich so für eine Frau empfinden kann. Oder für überhaupt jemanden.«

»Tja, du magst es nicht gewusst haben, aber mir war das sofort klar«, sagte ihre Mutter. »Deshalb habe ich dieses T-Shirt angezogen.« Sie machte einen Schritt zurück, um stolz ihr Oberteil zu präsentieren. Darauf stand *Stolze Mama* und beide As waren durch Regenbogenherzen ersetzt worden.

»Ich dachte, das wäre für Heather, weil wir sie praktisch adoptiert haben«, sagte Andy.

»Nun, es ist auch für Heather. Ich dachte mir, ich könnte das T-Shirt für Heather allein tragen, bis deine Schwester so weit ist, uns von ihrer Liebsten zu erzählen.«

Langsam fühlte sich alles ein wenig surreal an. Hoffentlich würde Denny nicht in Panik geraten, wenn sie das T-Shirt ihrer Mutter sah.

»Ähm, apropos ...« Ihr Vater klopfte auf seine Armbanduhr. »Wir sollten uns auf den Weg machen, sonst denkt sie noch, wir hätten sie versetzt.«

Als alle zur Tür strömten, riss Eliza sich aus ihrer Schockstarre und griff nach Andys Arm. »Bitte sei nett zu Denny und versuch nicht, sie mit deiner Große-Schwester-Nummer einzuschüchtern. Ich weiß, du denkst, du müsstest mich beschützen, aber ich bin kein Teenager mehr.« Obwohl sie sich in Dennys Gegenwart wie ein Teenager fühlte.

»Ich weiß, dass du erwachsen bist.« Es war das erste Mal, dass Andy das so deutlich sagte. Lächelnd fügte sie hinzu: »Aber du bist immer noch meine kleine Schwester.«

»*Jüngere* Schwester«, sagte Eliza.

»In Ordnung. Meine jüngere Schwester. Und das bedeutet, dass ich Denny sagen werde, dass ich als Notfallsanitäterin genau weiß, wie ich sie umbringen und es wie einen Unfall aussehen lassen kann, falls sie dir das Herz bricht. Hab ich früher bei deinen festen Freunden auch gemacht.«

»Ja, da fühlt man sich doch gleich willkommen in der Familie, wenn mit Mord gedroht wird«, sagte Tony. »Bei mir hat sie das auch getan.«

»Bei mir auch«, rief Nichole.

Andy zuckte mit den Schultern. »Keiner von euch hat sich davon in die Flucht schlagen lassen, oder?«

Eliza konnte nur hoffen, dass das auch auf Denny zutraf.

Denny wippte auf ihren Fußballen auf und ab und widerstand nur mühsam dem Drang, auf und ab zu springen, um über die Köpfe der Menge sehen zu können. Die Person vor ihnen versperrte ihr mit ihrem Regenbogenzylinder die Sicht. Sie verkniff sich einen Fluch.

Sie war mit Salem, Matt und Bella schon früher aufgebrochen, um sich Plätze direkt an den North Park Blocks zu sichern, wo die Parade beginnen würde, aber von Eliza und ihrer Familie gab es noch immer keine Spur.

Wo blieben sie nur? Eliza hatte es sich doch nicht anders überlegt, oder?

Denny verwarf den Gedanken sofort. Aber was, wenn Elizas Eltern herausgefunden hatten, dass ihre Tochter mit einer Frau zusammen war, und total ausgeflippt waren?

»Hey, was soll denn das miesepetrige Gesicht, Schwesterherz?« Salem stupste sie mit der Regenbogenflagge an, die sie schwenkte, obwohl der Straßenumzug noch gar nicht begonnen hatte. »Wir sind bei der Pride Parade! Du solltest strahlen vor Glück!«

»Das werde ich auch«, sagte Denny, während sie noch immer die Menge nach Eliza absuchte. »Sobald Eliza hier ankommt und ihre Familie mich nicht auf Anhieb unsympathisch findet.«

»Wieso sollten sie dich unsympathisch finden?«, fragte Salem.

Außer ihrem Aussehen konnte Denny keinen Grund nennen. Aber Elizas Familie ging jedes Jahr zur Pride Parade, um Heather zu unterstützen, vermutlich war es ihnen also egal, dass sie nicht gerade der traditionellen Vorstellung davon entsprach, wie eine Frau auszusehen hatte. Trotzdem war die erste Begegnung mit Elizas Familie ein großer Schritt, der ihr Sorgen machte.

Dann fand ihr Blick ein vertrautes Gesicht in der Menge, wie ein Suchscheinwerfer, der sich endlich auf das gesuchte Objekt richtete. Alle Sorgen und Ängste fielen sofort von ihr ab und sie konnte sich ein Honigkuchenpferdlächeln nicht verkneifen, als Eliza auf sie zukam.

Gott, sie sah unglaublich gut aus. In Dennys Augen hob sie sich von der Masse der Menschen um sie herum deutlich ab. Ihre kurze Jeans und das rote Top mit Spaghettiträgern und die Sandalen ließen mehr nackte Haut sehen, als Denny je zuvor zu Gesicht bekommen hatte.

Starr sie bloß nicht an, solange ihre Familie dabei ist, sagte sich Denny streng. Sie zwang sich, den Blick auf Elizas Pferdeschwanz gerichtet zu halten, der bei jedem Schritt hüpfte, anstatt ihre schlanken Beine und die fast nackten Schultern zu bewundern.

Eliza war weniger zurückhaltend. Sie ließ ihren Blick über jeden Zentimeter von Dennys Körper schweifen, von ihren Trekkingsandalen und den khakifarbenen Shorts bis hin zu ihrem marineblauen Hemd, auf das kleine Regenbogen aufgedruckt waren, und ihrer Sonnenbrille, die im Ausschnitt ihres Hemds baumelte.

Denny wurde warm und das lag nicht an der brennenden Sonne.

Gut, dass Elizas Verwandte hinter ihr gingen, sodass sie Elizas Gesichtsausdruck nicht sehen konnten, sonst wäre ihre Wir-sind-nur-Freunde-Tarnung sofort aufgeflogen.

Als Eliza ihr Lächeln erwiderte, durchströmte sie ein Glücksgefühl. Zwar hatten sie einander erst gestern Abend gesehen, aber selbst das schien ihr zu lange her zu sein. Keine von beiden sah auch nur für einen Moment weg, bis sie voreinander standen.

»Hallo«, sagte Eliza. Trotz all der Menschen, die sie umgaben, hatte ihre Begrüßung und die Art, wie sie Denny anschaute, etwas Intimes an sich.

»Hi.« Denny bemerkte, dass sie sich nach vorn gebeugt hatte, als würde ihr Körper magisch von Eliza angezogen. Da sie keine Ahnung hatte, wie sie Eliza vor den Augen ihrer Familie begrüßen sollte, warf sie ihr einen fragenden Blick zu. War eine Umarmung in Ordnung?

Eliza machte einen weiteren Schritt auf sie zu, dann noch einen, bis sie Denny fast berührte. Sie lehnte sich vor, als hätte sie vor, Denny zu küssen.

Denny erstarrte. Sie versuchte, ihr mit den Augen ein Zeichen zu geben, aber Eliza kam trotzdem näher. Hatte sie vergessen, dass ihre Familie zuschaute? *Was …?*

Eliza legte ihr eine Hand auf die Taille. Dann berührten ihre Lippen Dennys Mund. Sie waren so unglaublich weich und schmeckten ein wenig nach Vanillelippenbalsam. Der Kuss war kein leidenschaftlicher, dauerte aber dennoch einige Sekunden länger, als zwischen platonischen Freundinnen üblich.

Ohne ihr bewusstes Zutun hob Denny die Arme und ließ eine Hand auf Elizas Rücken ruhen. Die Geste war viel zu vertraulich, aber sie konnte nicht anders. *Mist. Wir versagen völlig bei dieser Wir-sind-nur-Freunde-Nummer.* Als sie Eliza schließlich losließ, erwartete sie, in missbilligend oder verwirrt blickende Gesichter zu schauen.

Stattdessen kam eine schlanke Frau Anfang sechzig mit einem freundlichen Lächeln auf sie zu. Es konnte sich nur um Elizas Mutter handeln. »Hallo, Sie müssen Denny sein. Schön, Sie kennenzulernen.«

Denny schaffte es irgendwie, ihre Kinnlade nicht nach unten fallen zu lassen. Hatte Elizas Mutter nicht gesehen, wie sie sich eben begrüßt hatten? »Ja, ich bin Denny. Ich freue mich auch, Sie kennenzulernen.«

»Ach, lass uns doch Du sagen. Oh, und falls es noch irgendwelche Zweifel gibt: Ich bin Kathleen, Elizas Mutter.« Sie deutete auf ihr T-Shirt.

Denny hatte nur einen Moment Zeit, auf das T-Shirt mit dem Aufdruck *Stolze Mama* und den zwei Regenbogenherzen zu starren, bevor Kathleen sie in eine Umarmung zog.

Über Kathleens Schulter hinweg sah sie Eliza in die Augen. Was zum Teufel war hier los?

Eliza antwortete mit einem Achselzucken und einem bezaubernden Lächeln.

Nachdem Denny Kathleens Umarmung entkommen war, schüttelte sie benommen die Hand von Elizas Vater, der ein T-Shirt mit der Aufschrift *Weniger Hass, mehr Liebe* trug.

Die Nächste, die sie begrüßte, war Heather.

Denny wusste nicht, wie sie sich ihr gegenüber verhalten sollte. Würden sie jetzt, da sie mit Eliza zusammen war, gehemmt miteinander umgehen, vor allem, nachdem Heather sie gestern Abend beim Knutschen erwischt hatte? Aber Heather beugte sich hinab und umarmte sie, als wären sie alte Freunde.

Denny klammerte sich einen Moment lang an ihr fest und war froh, ein vertrautes Gesicht unter all den Fremden zu sehen.

»Entspann dich«, flüsterte Heather ihr ins Ohr. »Die Harrisons sind wirklich nett. Niemand wird dich mit einer Schrotflinte oder einer Bibel bedrohen.«

Dann richtete sich Heather auf und der Rest der Harrison-Sippe strömte auf Denny zu. Mit jeder Person, die ihr vorgestellt wurde, nahm ihre Verwirrung zu. Alle verhielten sich, als wüssten sie genau, dass Eliza und sie ein Paar waren!

»Wenn du ihr wehtust, musst du dich vor mir verantworten.« Elizas älteste Schwester, die praktisch eine größere, athletischere Version von ihr war, gab Denny einen festen Händedruck und fixierte sie mit einem Blick, der einen Mafiaboss stolz gemacht hätte. »Ich bin übrigens Andy. Willkommen in der Familie.«

Denny starrte sie an.

Eliza wandte sich Salem zu. »Darf ich?« Ohne eine Antwort abzuwarten, nahm sie Salem die Regenbogenflagge aus der Hand und schlug Andy damit auf die Schulter. »Ich habe dir doch gesagt, du sollst das lassen!«

Andys strenge Miene wich einem Grinsen. »Entschuldige. Ich konnte nicht widerstehen.«

Salem trat neben Denny. »Ist das der Moment, in dem ich Eliza sage, dass sie sich vor mir und meinem großen, kräftigen Freund verantworten muss, wenn sie dir wehtut?«

Matt ließ neckisch seinen Bizeps spielen. Wegen seiner Regenbogenhosenträger sah er trotzdem nicht sonderlich bedrohlich aus.

»Und vor mir!«, rief Bella.

Eliza schwenkte die Fahne, um die Aufmerksamkeit aller auf sich zu ziehen. »Leute, hört auf mit dem Quatsch! Keine von uns wird der anderen wehtun, okay?«

Benommen sah Denny zu, wie sich ihre Familien einander vorstellten. Irgendwie war es surreal, zuzuschauen, wie Salem Heather, Elizas Mutter und sogar die etwas einschüchternde Andy umarmte.

Da ihre Familien für den Moment abgelenkt waren, trat Eliza dichter an Denny heran. Sie lehnte sich an ihre Schulter und legte die Hand auf ihren Oberarm. »Tut mir leid«, flüsterte sie. »Ich wollte dich nicht ohne Vorwarnung damit überfallen, aber ...«

Denny rieb diskret ihre Schulter an Elizas. »Ist schon okay.«

Eliza musterte sie. »Wirklich?«

»Ja, natürlich. Ich hätte nur nicht gedacht, dass du schon so weit bist, ihnen von uns zu erzählen.«

Elizas Lachen vibrierte durch Dennys Schulter. »Ich hätte es auch nicht gedacht, aber dann hat Andy das T-Shirt gefunden, das Heather mir geschenkt hat, und mir ist klar geworden, dass ich nicht lügen will. Ich bin stolz auf dich ... auf uns.«

Die Menschenmenge um sie herum schien zu verschwinden, als sie einander in die Augen sahen.

Denny fühlte sich so beschwingt, als hätte sie ganz allein eine Flasche Champagner ausgetrunken. Offenbar hatte die Sorge, wie Elizas Familie wohl reagieren würde, sie doch mehr belastet, als ihr bewusst gewesen war. Insgeheim hatte sie befürchtet, dass es für Eliza ein innerer Kampf werden würde, sich als Frau zu outen, die mit einer anderen Frau zusammen war.

Nachdem dieses riesige Hindernis nun aus dem Weg geräumt war, hätte sie am liebsten die ganze Welt umarmt.

Sie spürte Elizas Grinsen mehr, als dass sie es sah. »Was ist?«

»Du strahlst richtig«, sagte Eliza. »Scheinbar liebst du die Pride Parade wirklich.«

Ich liebe dich. Denny hielt die Worte im letzten Moment zurück. *O Gott!* Hatte sie das wirklich gerade gedacht – und fast gesagt? Es war viel zu früh, um von Liebe zu sprechen, oder? Bisher war sie immer viel zurückhaltender mit ihren Gefühlen gewesen und hatte nie so schnell ihr Herz riskiert. Aber Eliza war für sie von Anfang an die Ausnahme von so vielen Regeln gewesen. So beängstigend es auch war, sie wollte nichts vor ihr zurückhalten.

Aber zumindest für den Moment musste sie es tun. Sie wollte Eliza nicht mit einer verfrühten Liebeserklärung unter Druck setzen. Auf keinen Fall sollte Eliza sich gezwungen sehen, ihre Worte zu erwidern, bevor sie wirklich dazu bereit war. Falls sie überhaupt dasselbe empfand.

Glücklicherweise kamen Heathers Freunde vorbei – einige mit Transflaggen um die Schultern und eine Person mit blau, rosa und weiß gefärbten Haaren –, was eine weitere Vorstellungsrunde auslöste und Denny ablenkte.

Eliza begrüßte alle, als würden sie einander gut kennen. Eine rothaarige Person, auf deren T-Shirt *Nonbinary Badass* stand, sagte etwas, was Eliza zum Lachen brachte.

»Ja, das ist sie.« Eliza schaute Denny mit einem zärtlichen Lächeln an. »KC, das ist Denny, meine …« Sie zögerte und knabberte auf ihrer Unterlippe herum.

Denny hielt den Atem an. Was hatte sie eben sagen wollen?

»Partnerin«, beendete Eliza schließlich ihren Satz. Ihre Stimme ging am Ende hoch, sodass es wie eine Frage klang.

Denny fühlte sich, als hätte ihr jemand eine Auszeichnung überreicht. »Ja, das bin ich. Elizas Partnerin.« Sie klappte den Mund zu und streckte stattdessen die Hand aus. »Hallo, KC. Schön, dich kennenzulernen.«

Heathers Freunde drängten sich um sie herum, um sich vorzustellen. Schon bald schwirrte Denny der Kopf, als sie versuchte, einen guten Eindruck zu hinterlassen, während sie sich gleichzeitig all die neuen Namen und Gesichter merkte.

Gerade als es zu überwältigend wurde, deutete Eliza zur Kreuzung und lenkte damit die Aufmerksamkeit aller von Denny ab. »Schaut mal! Ich glaube, die Parade fängt gleich –«

Ihr letztes Wort ging im Dröhnen der Motoren unter, als die Dykes on Bikes an der Spitze der Parade ihre Motorräder startklar machten.

Das Geräusch hallte von den umliegenden Gebäuden wider und ließ die Fenster klirren. Selbst durch die dicken Sohlen ihrer Trekkingsandalen konnte Denny die Vibrationen spüren. Sie bekam vor Aufregung eine Gänsehaut.

Neben ihr erschauderte Eliza, als könnte sie es auch spüren, und sie tauschten einen langen Blick. Diese Erfahrung mit Eliza zu teilen, machte alles noch schöner.

Die Fahrerin, die die Gruppe anführte, hielt ihre Faust in die Höhe.

Hupend setzte sich die Karawane in Bewegung.

Die Menge um sie herum brüllte, pfiff und jubelte, als die Motorradfahrerinnen vorbeirauschten. Es waren Dutzende, einige in Leder gekleidet, einige in Jeans und Bikini-Oberteil und wieder andere mit nacktem Oberkörper.

»Tante Denny, schau mal!« Bella musste schreien, um sich Gehör zu verschaffen. Lachend zeigte sie auf einen Hund, der eine Schutzbrille trug und in einem regenbogenfarbenen Beiwagen mitfuhr.

Es gab viel zu sehen bei der Parade. Nach den Dykes on Bikes bogen die ersten Wagen um die Ecke. Dragqueens stolzierten in Stöckelschuhen die Straße hinab, stämmige Männer zeigten sich in Regenbogentutus und mehrere Leute in Einhornkostümen winkten der Menge zu.

Laute Musik und dröhnende Stimmen aus Megafonen machten fast jede Unterhaltung unmöglich, aber Denny brauchte keine Worte, um diese Erfahrung zu genießen.

Bei jeder neuen Gruppe drückte Eliza ihren Arm. Sie deutete auf niedliche Hunde mit Regenbogenhalsbändern und Kinderwagen, an denen Fahnen mit der Aufschrift *Love Wins* flatterten.

Womöglich würde Denny am Ende des Tages einige blaue Flecke am Arm haben, aber das war ihr egal. Noch nie hatte ihr die Pride Parade so viel Spaß gemacht. Mit Eliza an ihrer Seite machte es ihr nichts aus, inmitten einer riesigen Menschenmenge gefangen zu sein.

Am besten gefiel ihr, wie wohl sich Eliza unter all den lesbischen, schwulen, bi- und transsexuellen Menschen zu fühlen schien. Auch wenn sie noch nicht so genau wusste, wie sie ihre eigene sexuelle Orientierung einordnen sollte, schien sie sich in der Community doch wie zu Hause zu fühlen. Sie jubelte, tanzte und sang manchmal völlig unbefangen mit. Auch ihre Familie schien Elizas Einstellung zu teilen und jeden so zu akzeptieren, wie er war.

Selbst Andy war längst nicht so tough, wie sie zuerst erschien. Sie lachte mit Heather und ihren Freunden, als ob sie alle schon lange kennen würde, und ließ sich von Bella eine Regenbogenflagge auf die Wange malen.

Eine weitere Fußgruppe marschierte an ihnen vorbei und blies Seifenblasen in die Menge.

Eine Blase schwebte herüber und verweilte nur wenige Zentimeter von Eliza entfernt. Das Sonnenlicht und Elizas Gesicht spiegelten sich darin wider, als sie aufblickte.

Denny zog ihr Handy aus der Hosentasche, war aber nicht schnell genug, um den magischen Moment festzuhalten, bevor die Blase Elizas Nase berührte und zerplatzte.

Lachend schloss Eliza ihre Augen.

Denny wischte die Seifenspritzer behutsam mit dem Handrücken weg. Als ihre Blicke sich trafen, wollten die drei kleinen Worte wieder aus ihr herausplatzen, diesmal sogar noch dringlicher. Ein Gefühl, das zu gleichen Teilen aus Freude und blanker Panik bestand, stieg in ihr auf.

Grinsend unterbrach Eliza den Moment, indem sie die Pride-Baseballmütze von Dennys Kopf stibitzte und sich selbst aufsetzte.

»Hey!« Dennys Protest verstummte augenblicklich, als Eliza sich mit einem kurzen, aber innigen Kuss bedankte. Es dauerte einen Moment, bis sie sich aus ihrer Erstarrung löste und den Kuss erwiderte. Sie hatte nicht damit gerechnet, dass Eliza sie erneut in aller Öffentlichkeit küssen würde, schon gar nicht vor ihrer Familie. Ihr ganzer Körper begann zu vibrieren, nicht nur von dem Kuss, sondern von all den Glücksgefühlen, die sie durchströmten.

»Was denn, kein Protest?«, flüsterte Eliza dicht an ihren Lippen. »Du überlässt mir die Kappe einfach?«

Denny schob die Kappe auf Elizas Kopf ein wenig nach hinten, sodass sie ihre ausdrucksstarken Augen sehen konnte. »Sie steht dir ohnehin viel besser.«

Als der Straßenumzug zweieinhalb Stunden später zu Ende ging, war Denny noch nicht bereit, sich zu verabschieden.

»Wer hat Lust auf Pizza bei uns zu Hause?«, fragte Salem.

Denny warf ihr einen dankbaren Blick zu und hob sofort die Hand.

»Ich«, rief Eliza sogar noch vor ihren Nichten und Bella.

Heathers Freunde sahen einander an.

»Im *Tipsy's* findet eine Party statt, also rechnet nicht mit mir«, sagte Fiona, die Frau mit den blauen, rosa und weißen Haaren.

KC nickte. »Mit mir auch nicht.«

Heather zögerte, sagte aber schließlich zu ihren Freunden: »Einer Pizza kann ich nie widerstehen. Ich komme dann später nach.«

Elizas Bruder und seine Freundin hatten ihr Auto in einem Parkhaus ein paar Straßen abseits der Paradestrecke abgestellt. Denny gab ihnen ihre Adresse, sodass sie mit Elizas Eltern zu ihnen fahren konnten.

Als sich alle anderen auf den Weg zur Straßenbahnhaltestelle machten, nahm Eliza ihre Hand und verschränkte ihre Finger.

Denny ging wie auf Wolken. Dies war der beste Tag ihres Lebens.

Na schön, vielleicht abgesehen von gestern, als Eliza und sie sich leidenschaftlich geküsst hatten.

Eliza hatte befürchtet, dass ihre große, chaotische Sippe zu viel für Denny und ihre kleine Familie sein könnte, aber ihre Sorgen waren offensichtlich unbegründet gewesen.

Ihr Vater brachte Salem mit seinen abgedroschenen Witzen zum Lachen, und ihre Mutter hatte es geschafft, Bella aus der Reserve zu locken. Jetzt gestikulierte das normalerweise schüchterne Mädchen lebhaft mit den Händen, während sie Elizas Mutter und den Zwillingen eine Geschichte erzählte, die Eliza am anderen Ende des Tisches nicht verstehen konnte.

Denny, die sich bis eben mit Britt und Tony unterhalten hatte, drehte sich zu Eliza um. »Das ist irgendwie nett«, sagte sie leise und klang überrascht.

»Ist es dir nicht zu viel?«, fragte Eliza.

»Vielleicht ein bisschen.« Denny hielt ihren Daumen und Zeigefinger den Bruchteil eines Zentimeters auseinander. »Aber nett ist es trotzdem.«

Eliza ließ ihr Knie an Dennys ruhen. »Du kannst dann introvertieren, während ich weg bin.«

Denny seufzte. »Erinnere mich bloß nicht daran.«

»Es sind doch nur vier Tage.« Doch obwohl sie sich darauf freute, mit Austen und Dee auf die Ausstellung für Haustierzubehör zu gehen und San Francisco zu erkunden, musste sie zugeben, dass sie Denny vermissen würde.

»Willst du das letzte Stück, Schwesterchen?« Ryan schob ihr die fast leere Pizzaschachtel entgegen.

»Nein danke. Ich hab schon zu viel gegessen.« Eliza hielt sich mit einer Hand den Bauch, während sie mit der anderen den Knopf ihrer Shorts öffnete. »Wenn ich so weitermache, passen mir meine Hosen nicht mehr.«

Neben ihr stöhnte auch Denny auf. Ihr Blick ruhte auf den aufgeknöpften Shorts, wodurch sich eine Schwere völlig anderer Art in Elizas Bauch ausbreitete, viel weiter unten als ihr Magen.

Salem schnaubte. »Da kann Denny dir weiterhelfen. Sie ist äußerst geschickt mit den Händen.«

Denny knüllte ihre Papierserviette zusammen und warf sie nach ihr. »Salem!«

»Was denn?« Salem sah wie die personifizierte Unschuld aus. »Ich spreche von deinen Nähkünsten. Du könntest Eliza einfach eine neue Hose nähen.«

»Ja, klar.«

»Na ja, du hast mir schon mal versprochen, mir eine Jeans mit schönen großen Hosentaschen zu machen«, sagte Eliza. »Wenn das Angebot noch steht, kannst du vorbeikommen, sobald ich von meiner Geschäftsreise zurück bin, und Maß nehmen.« Bildete sie sich das nur ein oder klang das so, als würde sie Denny zu weit mehr als nur zum Anfertigen einer Hose zu sich einladen? In Gedanken sah sie Denny vor sich, die ihr ein Maßband um die Brüste schlang. *Ähm, es geht um eine Hose. Warum sollte sie deine Brust vermessen?*

Aber das Bild ließ sich nicht vertreiben und sie wollte es auch nicht.

Um ehrlich zu sein, hätte sie nichts dagegen, falls Dennys Hände ein wenig – oder mehr als ein wenig – auf Wanderschaft gingen, während sie ihre Maße nahm.

»Natürlich steht das Angebot noch. Wenn du willst, kann ich am Freitag nach der Arbeit vorbeikommen und …« Denny wurde rot.

Eliza schluckte. Sie hätte Geld dafür bezahlt, die Bilder sehen zu können, die Denny gerade durch den Kopf gingen. Ähnelten sie ihren eigenen Vorstellungen? Vermutlich waren sie viel expliziter, denn im Gegensatz zu ihr wusste Denny genau, was zwischen zwei Frauen passieren konnte, während Elizas Erfahrung sich darauf beschränkte, dass sie Dennys Brust durch ihren BH hindurch berührt hatte.

Gott, sie musste wirklich aufhören, darüber nachzudenken, solange ihre Familien mit am Tisch saßen.

Andy räusperte sich. »Bevor du noch weiter ins Detail gehst, gehe ich lieber. Es war schön, euch alle kennenzulernen, aber ich habe morgen eine Zwölf-Stunden-Schicht und muss früh ins Bett.« Sie sah Heather und Eliza an. »Sollen wir zusammen die Straßenbahn nehmen?«

»Ja«, sagte Heather. »Ich sollte zu meinen Freunden fahren, bevor ich noch den ganzen Spaß verpasse. Äh, nicht, dass das hier nicht auch Spaß gemacht hat. Es war toll.«

Denny sprang auf. »Ich fahre euch. Es ist nach sechs, die meisten Pride-Veranstaltungen sollten also zu Ende sein, sodass man mit dem Auto wieder überall durchkommt.«

»Du brauchst uns nicht zu –«

»Danke«, unterbrach Eliza ihre Schwester. »Das wäre prima, wenn es dir nichts ausmacht.«

Denny schnappte sich ihre Schlüssel. »Natürlich nicht.« Leiser und mit einem schüchternen Lächeln fügte sie hinzu: »So bleibt mir noch etwas mehr Zeit mit dir.«

Eliza wusste, dass sie es ernst meinte, und das gab ihr ein warmes Gefühl.

»Meine Güte, sind die immer so?«, wandte sich Andy an Salem, die lachend nickte.

»Meistens finde ich es süß. Wenn ich nicht gerade versucht bin, ihnen einen Eimer kaltes Wasser über die Köpfe zu gießen, um auf mich aufmerksam zu machen.«

Denny gab ihrer Schwester einen sanften Schubs. »Sagt die Frau, die kaum etwas gegessen hat, weil sie zu sehr damit beschäftigt war, Matt in die Augen zu starren.«

»Igitt«, sagte Bella laut, was alle zum Lachen brachte.

Gemeinsam verließen sie das Haus und verteilten sich dann auf verschiedene Autos.

Matt hatte angeboten, Britt, ihren Mann und die Zwillinge nach Hause zu fahren, während Ryan und Nichole ihre Eltern mitnehmen würden.

»Also, was meinst du?«, flüsterte Eliza, als sie ihre Mutter zum Abschied umarmte.

Die Mundwinkel ihrer Mutter verzogen sich zu einem verschmitzten Lächeln. »Die Pizza war wunderbar.«

»Mama!« Eliza hielt sich nur mit Mühe davon ab, mit dem Fuß aufzustampfen. »Davon rede ich nicht, das weißt du genau. Was hältst du von Denny?«

Das Lächeln ihrer Mutter wurde weicher. Sie sah zu Denny, die mit großen Augen zurückstarrte, als ahnte sie, dass sie das Gesprächsthema war. »Sie ist auch wunderbar. Ich kann verstehen, warum du sie so sehr liebst.«

»Pst, Mama! Das habe ich ihr noch nicht gesagt.« Besorgt schielte Eliza zu Denny hinüber, aber zum Glück unterhielt sie sich gerade mit Britt und Tony, sodass sie wohl nichts gehört hatte. »Das ist alles noch ganz neu, aber ich glaube, für mich ist das was fürs Leben.«

»Nun, es ist ziemlich offensichtlich, dass sie von dir genauso angetan ist«, sagte ihre Mutter.

Eliza umarmte sie noch fester. »Danke, dass du es mir so leicht machst.«

»Alles, was wir wollen, ist, dass du glücklich bist – und ich glaube, Denny macht dich glücklich. Warum sollten wir das also nicht unterstützen?«

Ach, wenn doch nur alle Eltern so wären. Eliza wusste, dass sie in dieser Hinsicht Glück gehabt hatte. »Ja, das tut sie.« Wieder glitt ihr Blick zu Denny. Sie küsste ihre Mutter auf die Wange und umarmte dann ihren Vater und den Rest der Familie.

Als Denny ihr Auto aufschloss, kletterte Andy mit Heather auf den Rücksitz und überließ Eliza den Beifahrersitz.

»Das ist ja etwas ganz Neues«, murmelte Eliza, als sie einstieg. »Sonst beansprucht Andy immer den Beifahrersitz, weil sie größer und älter als ich ist.« Sie grinste Denny zu. »Ich schätze, das ist einer der Vorteile davon, deine Partnerin zu sein.«

Denny hielt mit dem Schlüssel auf halbem Weg zum Zündschloss inne. Ihr konzentrierter Gesichtsausdruck wurde sanfter, als ließe diese Bezeichnung sie innerlich noch immer dahinschmelzen.

Heather ahmte das Geräusch einer Hupe nach. »Warten wir auf irgendetwas?«

»Ähm, nein.« Denny startete den Wagen.

Gott, sie war unglaublich süß. Eliza musste grinsen.

Denny sah sie einen Moment lang an und erwiderte das Lächeln. »Was ist?«, fragte sie.

»Nichts«, antwortete Eliza. »Ich hatte einfach einen tollen Tag. Es war unglaublich bestätigend, mit so vielen Menschen zusammen zu sein, die auch queer sind.«

Heather steckte den Kopf durch die Lücke zwischen den Vordersitzen. »Auch queer? Heißt das, wir haben dich endlich auf die dunkle Seite der Macht gelockt?«

Wie bitte? Eliza wiederholte in Gedanken, was sie eben gesagt hatte. Oh. Sie sah zu Denny, die vorgab, ganz aufs Autofahren konzentriert zu sein, doch Eliza kannte sie gut genug, um zu wissen, dass sie aufmerksam hinhörte. Am liebsten hätte sie die Hand ausgestreckt und auf Dennys Bein gelegt, um sie zu beruhigen – und um ihre Haut zu spüren – aber da ihre Schwester mit im Wagen saß, hielt sie sich zurück. »Ich bin mir immer noch nicht sicher, welcher Buchstabe des LGBTQIA-Alphabets am ehesten auf mich zutrifft, aber mich als hetero zu bezeichnen, fühlt sich nicht mehr richtig an. Fürs Erste tut's queer.«

»Das heißt, dass Denny sich einen Toaster verdient hat, oder?«, fragte Andy.

Eliza drehte sich um und warf ihr einen fragenden Blick zu. »Wieso einen Toaster?«

»Ist ein lesbischer Insider-Witz«, sagte Heather.

Warum kannte ihre Schwester die ganzen Insiderwitze und Lesbenbegriffe, während sie, die mit einer Frau zusammen war, keine Ahnung hatte? Eliza würde sich bald im Internet schlau machen. Und vielleicht sollte sie gleich auch nachlesen, wie man eine Frau im Bett befriedigen konnte.

Der Rest der Fahrt war viel zu schnell vorbei und sie kamen an ihrem Wohnhaus an, noch bevor sie bereit war, sich von Denny zu verabschieden.

Heather und Andy stiegen sofort aus, wohl um ihnen einen Moment allein zu gönnen.

»Ich hatte heute einen tollen Tag und ich mag deine Familie wirklich«, sagte Denny. »Aber ich muss zugeben, dass ich mich auf Freitag freue, wenn wir endlich allein sein können.«

»Gott, ich auch.« Endlich gab Eliza dem Drang nach, ihre Hand auf Dennys Bein zu legen. Mmh, ihre Haut war so weich und warm und so ...

Ein leises Stöhnen entfuhr Denny. Sie legte ihre Hand auf Elizas und stoppte damit die Bewegung ihrer Finger.

Ach du Scheiße! Eliza hatte nicht einmal bemerkt, dass sie ihre Hand Dennys Oberschenkel hatte hinaufwandern lassen. Wie war das denn passiert? »Tut mir leid, ich –«

»Du brauchst dich nicht zu entschuldigen.« Dennys Stimme klang tiefer als sonst. »Es ist nur ...« Sie nickte zum Bürgersteig, wo Andy und Heather warteten.

»Ja.« Eliza zog ihre Hand unter Dennys hervor und legte sie auf ihr Knie, was hoffentlich eine sicherere Stelle war. »Rufst du mich später an?«

»Klar. Ich bringe dich per FaceTime ins Bett, wie immer.«

Ihre Wortwahl entlockte Eliza ein Schmunzeln. »Ich bin kein Kind, das ins Bett gebracht werden muss.«

»Ich weiß.« Der heisere Klang von Dennys Stimme ließ Eliza erschaudern. »Glaub mir, das weiß ich genau. Aber ich bringe dich trotzdem gern ins Bett.«

»Mmh, ich mag es auch.« Es war schön, wenn Denny die letzte Person war, mit der sie vor dem Einschlafen sprach. »Ich werde dich vermissen, während ich weg bin.«

Denny stieß neckisch Elizas Schulter mit der Stirn an. »Ich bin mir ziemlich sicher, dass dein Handy auch in San Francisco funktionieren wird.«

»Ja, aber mir ist es lieber, wenn ich weiß, dass du nur ein paar Kilometer entfernt bist.«

Ein Klopfen am Seitenfenster ließ beide zusammenzucken, aber Eliza ließ Dennys Knie nicht los. Als sie den Kopf drehte, stellte sie fest, dass ihre Schwester durchs Fenster spähte.

»Kommst du oder was?«, fragte Andy.

»Ja, ja, immer mit der Ruhe.« Eliza wandte sich wieder Denny zu. Es fiel ihr jedes Mal schwerer, sich von ihr zu verabschieden. Vielleicht musste sie es am Freitag nicht tun. Der Gedanke machte sie ganz atemlos. Sie löste den Sicherheitsgurt, lehnte sich über die Mittelkonsole und küsste Denny sanft auf den Mund. Gott, so weich. Am liebsten hätte sie die Finger in Dennys Haaren vergraben und den Kuss vertieft, aber sie war sich der Zuschauer auf dem Gehweg viel zu bewusst, sodass sie widerwillig zurückwich. »Fahr vorsichtig.«

»Mach ich. Und du ruf mich an, wenn du ins Bett gebracht werden willst.« Dennys Blick folgte ihr, selbst nachdem sich die Beifahrertür zwischen ihnen geschlossen hatte.

Erst nachdem Dennys Auto um die Ecke gebogen war, wandte sich Eliza ihrer Schwester und Heather zu.

Andys eindringlicher Blick machte Eliza nervös, denn sie wusste, dass ihre Schwester nicht hinter dem Berg halten würde. »Ich bin daran gewöhnt, dich mit Männern zu sehen.«

»Bei dir klingt es, als wären es Dutzende gewesen!«

Andy winkte ab. »So hab ich das nicht gemeint. Jedenfalls dachte ich, es würde seltsam sein, dich mit Denny zu sehen.«

Eliza bemühte sich, nicht in die Defensive zu geraten. Sie hatte eine Weile gebraucht, bis sie sich an den Gedanken gewöhnt hatte, dass sie sich zu einer Frau hingezogen fühlte, deshalb musste sie auch ihrer Familie ein wenig Zeit geben, um sich darauf einzustellen. »Und? War es seltsam?«

»Merkwürdigerweise nein. Ihr passt wirklich gut zueinander.«

Elizas verkrampfte Muskeln lockerten sich. Sie strahlte Andy an. »Heißt das, ich habe deine schwesterliche Zustimmung?«

»Brauchst du sie denn?«, fragte Andy. »Du bestehst doch immer darauf, dass du kein Kind mehr bist.«

»Brauchen? Nein. Aber ich hätte sie gern.«

Andy schlang einen Arm um ihre Schultern. »Du hast sie.« Sie wartete einen Moment ab und fügte dann grinsend hinzu: »Aber wenn sie dir wehtut, lauere ich ihr trotzdem mit einem scharfen Gegenstand auf.«

»Das wird sie nicht.« Eliza hoffte, dass Denny über sie zur gleichen Schlussfolgerung gekommen war.

Kapitel 25

Am Dienstagabend trank Eliza mit ihren Chefinnen im Restaurant des Hotels, in dem die Ausstellung für Haustierzubehör stattfand, ein Glas Wein. Was sie noch mehr genoss als den Wein, war die Reaktion des Kellners auf ihre befehlsgewohnte Chefin.

»Ich nehme das gebratene Huhn mit den Süßkartoffelgnocchi«, sagte Dee.

»Ausgezeichnete Wahl, Ma'am.«

Dee hielt die Speisekarte fest, als der Kellner sie an sich nehmen wollte. »Und wir teilen uns den Tapas-Teller, die mit Koriander marinierten Garnelen und eine Portion Fladenbrot.«

Der Kellner hatte sichtlich Mühe, eine neutrale Miene beizubehalten, als er nickte und davonging.

»Was ist?«, sagte Dee, sobald er weg war. »Ich bin am Verhungern.«

Austen bedachte sie mit einem nachsichtigen Lächeln. »Kein Wunder. Du hast keine einzige Pause gemacht, seit wir hier angekommen sind, Schatz.«

Eliza hatte verzweifelt versucht, mit Dee Schritt zu halten. In Dees Auftrag hatte sie Seminare besucht und sich eifrig Notizen über die neuesten Produkte der Konkurrenz gemacht, während Dee sich hauptsächlich auf Gespräche mit Zwischen- und Einzelhändlern konzentrierte. Obwohl gerade erst Tag eins der Ausstellung zu Ende gegangen war, hatte Dee bereits mehr Visitenkarten gesammelt, als in ihr Kartenetui passten.

»Vielleicht solltest du es etwas langsamer angehen lassen«, sagte Austen. »Eigentlich hatten wir ja vor, dieses Jahr erst mal ein Gefühl für den Markt zu bekommen und ein bisschen Spaß zu haben, während wir hier sind.«

Ein entschlossenes Funkeln trat in Dees graue Augen. »Oh, ich werde eine Menge Spaß haben, wenn der Kerl von *Birdmania* noch einmal anbietet, uns aufzukaufen. Ich werde ihm genau sagen, wohin er sich seine billigen Vogelsitzstangen schieben kann.«

»Genau das meinte ich. Vielleicht solltest du deinen Ehrgeiz etwas zügeln. Dies ist unser erstes Geschäftsjahr, Schatz. Wir sind nicht darauf aus, die Weltherrschaft zu erlangen.«

»Noch nicht«, fügte Dee hinzu. Dann wurde ihr Ausdruck weicher, und sie legte ihre Hand zärtlich auf Austens, die auf dem Tisch lag. »Es macht dir doch Spaß, oder?«

Austen drehte ihre Hand um und verschränkte ihre Finger mit Dees. »Natürlich.«

Eliza mochte die Dynamik zwischen den beiden, aber als sie ihnen dabei zusah, wie sie einander tief in die Augen blickten, sehnte sie sich nach Denny. Wie war es möglich, jemanden nach nur zwei Tagen so sehr zu vermissen?

»Oh, das ist hübsch. Hat Heather es für dich gemacht?« Während Eliza an Denny gedacht hatte, hatte Austen sich wieder ihr zugewandt.

Eliza sah auf die Stelle, auf die Austen zeigte. Erst jetzt fiel ihr auf, dass sie mit ihrem Wickelarmband spielte und jede einzelne Perle mit den Fingerkuppen nachgefahren war. »Ähm, nein.« Sie wusste, dass sie es dabei belassen oder einfach sagen könnte, es sei ein Geschenk gewesen. Aber ihr Job war ein wichtiger Teil ihres Lebens und Denny war es ebenfalls. »Meine Partnerin hat es für mich gemacht.« Denny so zu nennen, fühlte sich noch immer zugleich surreal und wundervoll an.

Ein breites Grinsen glitt über Austens Gesicht. Sie stieß Dee mit dem Ellbogen an. »Ich hab's dir doch gesagt!«

Dee hielt beide Hände hoch. »Lass mich da raus. Ich beschäftige mich nicht mit dem Privatleben einer Mitarbeiterin.«

»Ich auch nicht«, sagte Austen. »Ich freue mich nur für jemanden, den ich als Freundin betrachte.«

»Schon okay. Es macht mir nichts aus, darüber zu reden.« Eliza lachte. »Vermutlich könnte ich nicht mal aufhören, über sie zu reden, selbst wenn ich wollte.«

»Es ist die Freundin, die bei uns Spielzeug für Wellensittiche gekauft hat, oder? Diejenige, die angeblich nur eine platonische Freundin war.«

»Damals war sie das auch noch. Ihr Name ist Denny.« Allein ihren Namen zu sagen, löste in Eliza ein warmes Gefühl aus.

»Stimmt«, antwortete Austen. »Eigentlich sollte ich ihren Namen inzwischen kennen. Sie war schon zwei oder drei Mal mit ihrer Nichte bei uns, wahrscheinlich weil sie gehofft hat, dass du Standdienst haben würdest.«

Ach, wie süß. Eliza hatte nicht gewusst, dass Denny das getan hatte.

Austen lächelte ihre Partnerin an. »Das erinnert mich an eine gewisse Person, die immer wieder in der Lobby und in der Cafeteria der Firma aufgetaucht ist, wenn ich dort war.«

»Hey, ich war die stellvertretende Geschäftsführerin von *Kudos Entertainment.*« Dees hochmütiger Blick wirkte nicht überzeugend. »Das Personal zu beaufsichtigen, gehörte zu meinen Aufgaben.«

»Mich zu beaufsichtigen, während ich Schokoladenmousse esse, stand in deiner Jobbeschreibung? Na klar!«

Die beiden scherzten und neckten sich während des gesamten Abendessens, sodass die Zeit wie im Flug verging. Trotzdem lehnte Eliza ein Dessert ab. Sie konnte es kaum erwarten, auf ihr Zimmer zu gehen und Denny anzurufen, um zu erfahren, wie ihr Tag gewesen war.

Als sie in ihrem Zimmer war, zog sie sich noch nicht einmal um, bevor sie das Handy am Ohr hatte.

»Hallo, du!« Denny klang außer Atem, als hätte sie alles stehen und liegen gelassen, um sich ausschließlich auf ihr Gespräch zu konzentrieren. »Wie war der erste Tag?«

»Großartig.«

»Aber?«, hakte Denny nach.

Eliza zog ihre Schuhe aus und ließ sich aufs Bett fallen. »Kein Aber. Wir lernen eine Menge und treffen viele Leute, die sich als hilfreich erweisen könnten.«

»Aber?«, fragte Denny erneut.

Woher wusste sie, dass es ein Aber gab? Eliza seufzte. »Aber ich wäre jetzt lieber wieder zu Hause. Du fehlst mir.« Sie holte tief Luft. »Meine Güte, irgendwie lächerlich, nicht? Es ist erst zwei Tage her, seit wir uns das letzte Mal gesehen haben!«

»Nun, wenn du lächerlich bist, dann bin ich es auch, denn ich vermisse dich ebenfalls.«

Eliza war gerührt. Sie mochte es sehr, dass Denny offen zugab, Sehnsucht zu haben. »Es fühlt sich ein wenig seltsam an. Aber auf eine gute Weise«, fügte Eliza schnell hinzu. »Das ist nur etwas ganz Neues und Ungewohntes für mich. In früheren Beziehungen war ich nicht so.«

»Ach nein?«

»Definitiv nicht. Vielleicht, weil ich immer versucht habe, mir meine Unabhängigkeit zu bewahren.« Denny gegenüber hatte sie dieses

Bedürfnis nicht, denn sie wusste, dass Denny sie und ihre Eigenheiten immer respektieren würde.

Denny schwieg einen Moment lang. »Kann ich …? Ist es in Ordnung, wenn ich nach deinen früheren Beziehungen frage?«

»Natürlich.« Eliza schob das Kissen unter ihrem Kopf zurecht. »Was willst du wissen?«

»Alles. Einfach alles. Was immer du mir erzählen willst.«

»Okay, hier ist eine Zusammenfassung: Du weißt sicher noch, was ich dir über meine Suche nach einem Job, der zu mir passt, erzählt habe, oder?« Als Denny ein bestätigendes Brummen von sich gab, fuhr sie fort: »So war es auch mit Beziehungen. Anfang und Mitte zwanzig habe ich es mit vielen verschiedenen Jobs und, um ehrlich zu sein, auch mit vielen verschiedenen Typen probiert.« Als sie merkte, wie das klang, fügte sie eilig hinzu: »Es waren jetzt nicht Dutzende oder so. Und ich habe nicht mit allen geschlafen.«

»Ich verurteile dich nicht, selbst wenn du es getan hättest.« Denny klang aufrichtig.

»Meine letzte Beziehung ging in die Brüche, weil er nach London versetzt wurde und mir klar war, dass ich ihn nicht genug liebte, um mein Leben in Portland aufzugeben und mitzugehen. Damals bin ich, um es mal mit Heathers Worten zu sagen, sehr wählerisch geworden. Ich hatte es satt, eine Beziehung anzufangen, nur um in einer Beziehung zu sein. Nachdem ich anderthalb Jahre kein Date hatte, hat mich Heather schließlich überredet, es mit *No More Frogs* zu versuchen.«

»Gott sei Dank«, sagte Denny. »Sonst hättest du mir nicht versehentlich die SMS geschickt, in der du mich wegen deines Outfits um Rat gefragt hast.«

Eliza lächelte, als sie an diese erste Nachricht zurückdachte. »Was ist mit dir? Gab es jemals jemanden in deinem Leben, für den du auf die andere Seite des Atlantiks gezogen wärst?«

»Ja.« Bevor bei Eliza Eifersucht aufkommen konnte, fügte Denny hinzu: »Salem und Bella. Ich hatte nicht viele Beziehungen – nur drei – und bloß eine, seit meine Schwester bei mir eingezogen ist. Meine letzte Freundin hat mit mir Schluss gemacht, weil sie meinte, dass Salem und Bella bei mir immer an erster Stelle kommen.« Sie hielt inne. »Vielleicht hatte sie recht.«

»Das ist doch kein Wettbewerb«, sagte Eliza nachdrücklich. »Zumindest sollte es keiner sein. Ich verspreche, dass ich dich nie zwingen werde, dich zwischen mir und deiner Familie zu entscheiden.«

»Danke.« Dennys Stimme war leise und klang verletzlich.

Wow. Womöglich war es doch gut, dass sie auf Geschäftsreise gegangen war. Zumindest hatten sie die Gelegenheit genutzt, um über etwas zu sprechen, das Denny Sorgen gemacht haben musste. Manchmal schien es einfacher zu sein, über schwierige Themen am Telefon zu reden, vielleicht weil sie sich auf diese Weise kennengelernt hatten. »Und seitdem gab es keine Frau mehr in deinem Leben? Nicht mal nur für Sex?«

»Nein. Ich bin nicht der Typ für flüchtige Abenteuer.«

Das überraschte Eliza nicht.

»Ich war ein paarmal mit jemandem aus«, sagte Denny. »Aber es ist peinlich lange her, seit ich mit jemandem geschlafen habe.«

Jetzt war Eliza an der Reihe zu sagen: »Das muss dir nicht peinlich sein.«

»Vielleicht ist peinlich nicht das richtige Wort, sondern ich bin eher, na ja …«

»Nervös?«, fragte Eliza, als Denny nicht weitersprach.

»Ein wenig«, sagte Denny. »Okay, mehr als nur ein wenig. Es ist fünf Jahre her, seit ich zuletzt … Du weißt schon. Und bitte sag nicht, es ist wie Fahrradfahren.«

»Wenn es sich wie Fahrradfahren anfühlt, macht man etwas falsch.«

Das brachte beide zum Lachen.

Eliza lächelte vor sich hin. Sie liebte Dennys Lachen. »Mach dir keine Sorgen. Du kriegst das schon hin. Wir kriegen das schon hin. Es wird sicher schön werden.«

»Und du?«, fragte Denny. »Bist du überhaupt nicht nervös?«

»Doch, und wie! Ich bin so nervös, dass ich schon anfange zu zittern, wenn ich nur daran denke.« Zugegebenermaßen zitterte sie nicht nur vor Nervosität, sondern auch vor Verlangen.

Ein Möbelstück knarrte, als hätte Denny sich im Bett aufgesetzt. »Du musst nicht nervös sein. Ich verspreche, dass ich die ganze Zeit über mit dir reden und dich in keiner Weise berühren werde, die dir unangenehm sein könnte.«

»Das weiß ich. Das ist es nicht, was mir Sorgen bereitet. In allen anderen Aspekten unserer Beziehung sorgst du immer dafür, dass ich mich wohlfühle, deshalb vertraue ich darauf, dass es genauso sein wird, wenn wir uns lieben.«

Denny schwieg einen Moment lang. Überlegte sie, weshalb Eliza dann nervös sein könnte, oder musste sie erst verdauen, dass Eliza *lieben* gesagt und nicht von Sex gesprochen hatte? Sicherlich wussten sie beide tief im Inneren genau, dass es um viel mehr als nur Sex ging, oder?

»Was ist es dann? Machst du dir Sorgen um Safer Sex?«, fragte Denny. »Das musst du nicht. Das ist das einzig Gute daran, dass es bei mir schon lange her ist. Ich hab mich vor ein paar Jahren testen lassen. Es war alles in Ordnung und ich war seither mit niemandem mehr zusammen.«

»So ist das bei mir auch.«

»Wenn du dir also keine Sorgen um mich oder unsere Gesundheit machst, heißt das, du sorgst dich wegen deiner, ähm, Leistung im Bett?«, fragte Denny schließlich.

Ihre Wortwahl brachte Eliza zum Lächeln. »Natürlich mache ich mir darüber Gedanken. Nach fünf Jahren verdienst du jemanden, der dich im Bett total aus den Socken haut. Was, wenn ich ein ungeschickter Tollpatsch bin?«

»Dann werden wir gemeinsam ungeschickte Tollpatsche sein. Irgendwie erleichtert mich der Gedanke.«

Eliza lachte. »Freut mich, wenn ich helfen konnte. Denny?«

»Ja?«

Eliza wollte ihr noch einmal sagen, wie sehr sie Denny vermisste und dass sie sie liebte. Aber das erste Mal wollte sie ihre Liebe nicht gestehen, wenn tausend Kilometer zwischen ihnen lagen. »Mich erleichtert der Gedanke auch.«

»Gut. Wir schaffen es schon, dass es für uns beide schön wird.«

»Ich weiß«, sagte Eliza. »Und wenn es beim ersten Mal nicht gleich perfekt ist, macht das auch nichts. Ich habe irgendwo gelesen, dass man zehntausend Stunden Übung braucht, um etwas auf Expertenniveau zu beherrschen.«

»Zehntausend ...« Denny schnappte zwischen Lachsalven nach Luft. »Gott, du wirst noch mein Tod sein. Aber wenn du bereit bist, zehntausend Stunden auf fleißiges Üben zu verwenden, bin ich es auch.«

Es fühlte sich an, als würde sie viel mehr zustimmen als nur zehntausend Übungsstunden, doch Eliza zögerte keine Sekunde lang. »Ich bin bereit dazu.« Sie rollte sich auf die Seite und lauschte Dennys Atmen. »Jetzt erzähl mir, wie dein Tag war.«

Kapitel 26

Am Freitagabend klingelte Denny an Elizas Tür. Als keine Antwort kam, läutete sie erneut und blickte hinauf zum Fenster. Da sie gestern Abend telefoniert hatten, wusste sie, dass Eliza wohlbehalten von ihrer Geschäftsreise zurückgekommen war. Wieso öffnete sie die Tür nicht? War etwas passiert, weshalb sie sich verspätete?

Gerade als Denny nach ihrem Handy griff, um sie anzurufen, knisterte es in der Gegensprechanlage. »Ja?« Elizas Stimme drang dumpf aus dem Lautsprecher.

»Ich bin's – Denny.«

»Komm rauf«, sagte Eliza. »Ich bin spät dran und komme gerade aus der Dusche.«

Denny versuchte, sich nicht vorzustellen, wie heißes Seifenwasser an Elizas nacktem Körper entlanglief, aber es war, als würde man versuchen, nicht an einen pinkfarbenen Elefanten zu denken. Fast hätte sie den Moment verpasst, als es an der Tür summte. Rasch zog sie diese auf.

Es war wohl besser, den Aufzug zu nehmen. Schon jetzt waren ihre Hände feucht bei dem Gedanken, dass sie gleich das Maßband um Elizas Körper legen würde, und sie wollte nicht total verschwitzt sein, wenn sie oben ankam.

Als sie den ersten Stock erreichte, begrüßte Eliza sie mit einem verlegenen Lächeln. »Entschuldige, dass ich so lange gebraucht habe, bis ich aufgemacht habe. Ich hatte Großputz gemacht und danach war eine Dusche nötig.«

Denny schrubbte jedes Mal das ganze Haus, wenn Eliza vorbeikam, und es war gut zu wissen, dass sie das nicht als Einzige so machte. Als sie an Eliza vorbei die Wohnung betrat, nahm sie einen Hauch ihres Duschgels und ihres Parfüms wahr – eine himmlische Kombination.

Elizas Lieblingsjeans und ein weißes, kurzärmeliges Strickoberteil schmiegen sich an ihre noch feuchte Haut. Sie sah unglaublich aus.

»Hallo noch mal.« Eliza schloss hinter ihr die Tür. Sie ließ ihren Blick über Denny gleiten und trat dann näher, bis ihr frischer Duft Denny erneut umgab. »Mmh, du riechst so gut.«

»Das hab ich von dir auch gerade gedacht.« Denny zog ihre Turnschuhe aus und stellte ihren Rucksack ab, sodass sie ungehindert beide Arme um Eliza schlingen konnte.

Ihre Lippen trafen sich zu einem langen, zärtlichen Kuss ... und dann noch einem. Ihre Körper drängten sich aneinander, und als Eliza ihren Rücken streichelte, hatte Denny Mühe, sich an die Pläne für den Abend zu erinnern. »Hose«, brachte sie hervor, als sie schließlich einige Zentimeter auseinanderwichen.

Elizas Mund formte dicht an Dennys ein Lächeln. »Ist das eine Aufforderung, sie auszuziehen?«

»Nein.« Denny war entschlossen, Eliza die Entscheidung zu überlassen, wie weit sie gehen wollte. Auf keinen Fall wollte sie ihre Partnerin unter Druck setzen, auch wenn es immer schwieriger wurde, sich zurückzuhalten. »Zwar würde ich genauere Maße bekommen, wenn du nur Unterwäsche anhättest, aber ich habe schon Leute vermessen, die vollständig bekleidet waren. Das geht auch.«

»Hast du dein Maßband mitgebracht?«, fragte Eliza.

Denny nickte und bückte sich, um es zusammen mit ihrem Notizblock und einem Stift aus dem Rucksack zu holen. Verdammt, ihre Finger zitterten. Sie ging in Elizas winziges Badezimmer, um sich die Hände zu waschen und sich zusammenzureißen. *Du bist nur zum Vermessen hier,* sagte sich Denny streng.

Als sie zurückkam, hatte Eliza die Stehlampe angemacht, da die Sonne hinter den umliegenden Gebäuden versunken war und das Tageslicht nachließ.

Denny legte Stift und Notizblock auf den Couchtisch und entwirrte das Maßband. Als sie sich suchend nach der Stelle mit dem besten Licht umsah, fiel es ihr aus der Hand und sie wäre fast neben ihm auf dem Boden gelandet.

Eliza hatte ihre Jeans aufgeknöpft und den Reißverschluss geöffnet. Langsam zog sie ihre Hose über die Hüften nach unten und enthüllte dabei makellose Beine und einen schwarzen Slip.

Mit jedem Zentimeter, den die Jeans weiter hinabrutschte, kletterte Dennys Körpertemperatur weiter in die Höhe. Ihr Herzschlag trommelte in ihren Ohren. *Ach du meine Güte!* Sie versuchte, nicht zu starren, aber es war unmöglich.

Eliza verlagerte ihr Gewicht von einem Bein aufs andere. »Ähm, du hast doch gesagt, dass die Messergebnisse so genauer wären, oder?«

Denny gab sich einen Ruck und hob das Maßband auf. »Ja. So sieht es besser … ich meine, so funktioniert es besser.« Sie hielt ihren Blick auf Elizas Gesicht gerichtet. »Falls du dich damit nicht unbehaglich fühlst.«

»Behaglich ist nicht unbedingt das richtige Wort für das, was ich fühle.« Elizas Lachen klang nervös. »Aber ich vertraue dir und ich möchte, dass wir irgendwann mehr voneinander sehen als nur unsere nackten Beine.«

Gott, wie konnte Eliza ihr Inneres nach außen kehren, ohne es darauf anzulegen? Die Ehrlichkeit und Verwundbarkeit in Elizas Augen brachten sie immer wieder zum Staunen, und die Leidenschaft in ihrem Blick machte es ihr schwer, nicht auf Eliza zuzugehen und ihr auch den Rest ihrer Kleidung auszuziehen. Denny schluckte trocken. »Das hätte ich auch gern.« Ihre Stimme war rau. »Aber das ist kein Trick, um dich nackt zu sehen. Das weißt du doch, oder?«

Ein zärtliches Lächeln verjagte den Anflug von Nervosität aus Elizas Gesicht. »Natürlich weiß ich das. Ich kenne dich doch.«

»Okay. Dann lass uns loslegen.« In Gedanken fügte Denny hinzu: *Bevor ich noch kneife.* Sie rieb ihre Hände aneinander, um sie zu wärmen, obwohl sie bereits genauso überhitzt waren wie der Rest ihres Körpers. Auf wackeligen Beinen ging sie auf Eliza zu.

Eliza leckte sich die Lippen, was viel zu sexy aussah und Denny nicht gerade dabei half, sich auf ihre Rolle als Schneiderin zu konzentrieren. »Wie hättest du mich gern?« Sie deutete auf ihren Körper und fügte dann rasch hinzu: »Ich meine, soll ich einfach nur still dastehen?«

Das Letzte, was Denny wollte, war, dass Eliza Kleidung an- statt auszog, aber sie zwang sich zu sagen: »Zuerst solltest du mal ein Paar Schuhe anziehen. Am besten die, die du am häufigsten zu der Hose tragen willst, die ich dir machen werde.«

Elizas nur mit einem Slip bekleidete Hüfte streifte Dennys, als sie an ihr vorbei zur Tür ging. Als sie zurückkam, trug sie die kanariengelben Sneakers.

Denny musste herzlich lachen. So sehr sie die Sneakers auch mochte, ihr Anblick passte irgendwie nicht zu Elizas nackten Beinen und ihrer sexy Unterwäsche. Vielleicht war das aber auch gut so.

Eliza fiel in ihr Lachen mit ein. »Ja, ich weiß.« Sie schüttelte einen Fuß. »Heiß, oder?«

»An dir würde ein Paar neongrüne Crocs heiß aussehen.«

»Niemand sieht in Crocs heiß aus.«

»Du würdest es schaffen.«

Ihre Blicke trafen sich und der Ausdruck in Elizas dunklen Augen ließ Dennys Körpertemperatur noch weiter ansteigen. Wenn sie so weitermachten, würde sie an einem Hitzschlag sterben, bevor sie mit dem Maßnehmen überhaupt angefangen hatten.

Sie konzentrierte sich auf die anstehende Aufgabe. »Okay, stell dich aufrecht, aber entspannt hin, die Füße hüftbreit auseinander und schau geradeaus.«

Während Eliza ihren Anweisungen folgte, trat Denny näher. Sie öffnete und schloss die Hände, weil sie nicht wusste, wo sie diese platzieren sollte. »Äh, zuerst müssen wir mal deine Taille finden.«

Eliza blickte an sich hinab. »Versteckt sie sich denn?«

Denny grinste. »Irgendwie schon. Die Taille ist die schmalste Stelle des Rumpfes. Es gibt einen Trick, um sie zu finden. Wenn du dich zur Seite beugst, können wir sehen, wo eine Falte entsteht.«

»Soll ich mein Oberteil ausziehen, damit du sie leichter findest?« Eliza kreuzte die Arme vor dem Körper, als würde sie sich darauf vorbereiten, ihr Top über den Kopf zu ziehen.

Himmel. Wenn sie das tat, würde Denny entweder ohnmächtig werden oder müsste sich fest auf die Lippe beißen, um sich davon abzuhalten, Eliza so zu berühren, wie sie es seit Wochen wollte. »Vielleicht könntest du es einfach ein wenig hochziehen.«

Eliza umklammerte den Stoff mit beiden Fäusten. Zitterten ihre Hände etwa? Sie schob das Oberteil nach oben, bis der Saum direkt unter ihren Brüsten war, und entblößte eine schmale Taille und den sinnlichsten Bauchnabel, den Denny je gesehen hatte.

Konzentrier dich auf deine Aufgabe, nicht auf ihren Körper! Denny umklammerte das Maßband wie einen Rettungsring. »Danke. Jetzt lehn dich zur Seite.« Als Eliza der Aufforderung nachkam, folgte Dennys Blick der anmutigen Wölbung ihres Körpers und dem Pfad des Oberteils, das auf einer Seite nach oben rutschte, sodass ein Stück eines schwarzen BHs zum Vorschein kam.

Die Falte! Danach sollte sie Ausschau halten, anstatt andere Körperteile anzustarren. »Schon gefunden. Deine Taille befindet sich genau … hier.« Sie legte behutsam einen Finger an die Stelle.

Eliza atmete scharf ein.

»Halt nicht die Luft an, sonst verfälscht das die Ergebnisse.«

»Die Ergebnisse. Ach ja.« Eliza ließ ihren Atem entweichen und richtete sich wieder auf.

Denny versuchte, ihren Blick auf das Maßband gerichtet zu halten, nicht auf Elizas nackte Haut, als sie es um ihre Taille legte. Sobald es sich an der richtigen Stelle befand, schob sie einen Finger zwischen das Band und Elizas Körper, sodass es nicht zu straff saß. *O Gott.* Ihre Haut war warm und weich. Schweiß brach entlang Dennys Wirbelsäule aus. *Achtundsechzig, achtundsechzig, achtundsechzig.* Sie wiederholte den Taillenumfang wie ein Mantra, als sie schnell zurücktrat, um ihn zu notieren.

Natürlich hätte sie den Notizblock neben sich auf den Boden legen können, aber dann hätte sie keinen Grund mehr gehabt, zwischendurch auf Distanz zu gehen, um sich besser unter Kontrolle zu haben.

Elizas Hüftumfang zu messen, machte es ihrer Libido auch nicht einfacher, denn dazu musste sie das Maßband um die stärkste Stelle ihrer Hüften und ihres Pos führen. Doch das Schlimmste – oder vielleicht das Beste – stand ihr noch bevor.

Denny ging zum Couchtisch, wo sie den Notizblock hingelegt hatte, und schrieb sich die Ergebnisse auf, in der Hoffnung, die Zahlen später noch lesen zu können. »Lass uns als Nächstes die Kreuznahtlänge bestimmen.«

»Kreuznahtlänge?« Elizas heiseres Lachen ließ Denny ganz warm werden. »Das kling ja mal sexy.«

Für Denny war jeder Teil von Eliza sexy, ganz egal, wie sehr sie versuchte, sich hinter Fachbegriffen zu verstecken. Sie hielt das Ende des Maßbandes in Taillenhöhe gegen Elizas Bauch. »Ähm, das Band muss durch die Beine hindurch bis zur Taille hinten geführt werden.«

»Nur zu.«

Eliza übernahm es, das Band vorn festzuhalten, während Denny das andere Ende zwischen ihren Beinen hindurchführte und sich hinter sie stellte, um das Maß abzunehmen. Sie war froh, ihr gerötetes Gesicht einen Moment lang verbergen zu können.

Nachdem sie sich die Zahl notiert hatte, war die Seitenlänge an der Reihe. Das würde einfacher werden – dachte sie zumindest. Sie kniete sich vor Eliza, um das Band unterhalb ihres Knöchels anzulegen. Aber sie hatte nicht damit gerechnet, dass diese neue Position ihren Kopf auf eine Höhe mit Elizas Slip bringen würde. Die erotischsten Bilder gingen durch Dennys Kopf und sie sah vor ihrem inneren Auge, wie sie sich nach vorn beugte, Eliza einen Kuss auf die Stelle unterhalb ihres Bauchnabels hauchte und dann ...

Sie schüttelte den Kopf, um diese verlockende Vorstellung loszuwerden. Rasch maß sie seitlich an Elizas Bein von der Taille abwärts. »Wie soll ich's dir machen?« Ihre Stimme war atemlos. »Ich meine, wie lang soll ich die Hosenbeine machen? Bis hierher?« Während sie mit der anderen Hand das Maßband hielt, strich sie mit dem Finger über die Stelle unterhalb ihres Knöchels.

Eliza hatte die Sneakers angezogen, ohne Socken zu tragen, und nun entstand eine Gänsehaut unter Dennys Fingerkuppe. Sie nickte mehrfach, als hätten ihre Stimmbänder ihr den Dienst versagt.

Da Denny bereits kniete, machte sie mit dem Waden- und dem Fesselumfang weiter. Gott, Elizas Beine waren perfekt. Sie kämpfte gegen den Drang an, der Wölbung ihrer Wade mit den Fingern zu folgen und ihre Kniekehle zu streicheln, wo ihre Haut vermutlich noch zarter sein würde. *Die Maße*, ermahnte sie sich. *Schreib sie auf. Jetzt.*

Sie floh zum Couchtisch und notierte die neuen Ergebnisse.

Aber die süße Folter war noch nicht vorbei.

»Ähm, jetzt ist dein Oberschenkel dran.« Denny überraschte sich selbst mit der Fähigkeit, Worte zu bilden.

Eliza spreizte bereitwillig die Beine.

Dennys Wangen fühlten sich an, als ob sie Fieber hätte, als sie das Maßband um Elizas Schenkel schlang. Sie spürte Elizas Blick auf ihren Händen ruhen, wodurch ihr noch wärmer wurde. »Nicht nach unten schauen«, flüsterte Denny. »Schau geradeaus.«

Es ging ihr nicht nur darum, unverfälschte Ergebnisse zu erhalten, sondern auch, vor Eliza zu verbergen, welche Wirkung diese intime Aktivität auf sie hatte.

Sie beugte sich vor, um die Zahl vom Maßband abzulesen, wodurch sich ihr Gesicht Elizas glattem Bein näherte. *Einundfünfzig Komma fünf.* Wieder versuchte sie, sich auf die kalte Logik der Zahlen zu konzentrieren, nicht auf die warme Haut unter ihren Händen. Als sie das Band löste, glitt es wie eine Liebkosung an Elizas Oberschenkel entlang.

Eliza gab einen leisen Laut von sich, der fast wie ein Stöhnen klang und ein Prickeln zwischen Dennys Beinen auslöste.

Himmel, sie war verloren. Plötzlich hatte sie nur noch einen Wunsch: Eliza dazu zu bringen, diesen Laut noch einmal von sich zu geben. Aber deswegen war sie nicht hier. *Du schaffst das. Nur noch ein letzter Schritt.* »Innere Beinlänge«, krächzte sie.

Eliza knabberte an ihrer Unterlippe und nickte.

Denny kniete sich wieder hin – zum einen, damit sie bis hinab zu Elizas Knöchel messen konnte, aber vor allem, weil ihre Beine sich wie Gummi anfühlten. Ihre Hände zitterten, als sie das Maßband so weit oben an der Innenseite von Elizas Oberschenkel anlegte, wie sie es wagte. Mit einem Finger hielt sie es gegen den Gummi ihres Höschens gepresst. *O Gott!* Wenn sie ihren Finger noch ein oder zwei Zentimeter weiter nach oben bewegte …

Eliza stand starr wie eine Schaufensterpuppe. Atmete sie überhaupt noch?

Denny schielte zu ihr hinauf, um sich zu vergewissern, dass es ihr gut ging.

Ihre Blicke trafen sich. Elizas Pupillen waren so stark geweitet, dass ihre Augen schwarz wirkten. »Denny?«

Nun war Denny diejenige, die aufhörte zu atmen. »Ja?«

»Ich glaube, wir sind mit dem Messen fertig.«

»Ja, lass mich nur noch das letzte Maß neh–«

Eliza packte mit beiden Händen Dennys T-Shirt und zog sie zu sich hoch. »Küss mich.«

Zum Teufel mit dem Messen. Denny ließ das Maßband fallen und umklammerte Elizas Hüften. Ihre Körper und Münder prallten aufeinander.

Eliza vergrub ihre Hände in Dennys Haaren.

Ihre Lippen teilten sich, als ihr Stöhnen durch Denny hindurch vibrierte. Sie presste sich an Denny, sodass ihre nackten Oberschenkel Dennys Jeans streiften. Ihr Geschmack, ihr Duft und die Wärme ihres Körpers füllten Dennys Sinne und machten es unmöglich, klar zu denken.

Nur mit Mühe nahm sie den rasch schwindenden Rest ihrer Selbstbeherrschung zusammen und löste ihren Mund von Elizas.

Eliza murmelte einen Protest und knabberte an ihrer Unterlippe.

Erregung durchflutete Denny. Ihre Knie wurden ganz weich. Sie umklammerte Elizas Rücken, wobei ihre Finger den Ansatz ihres Pos streiften, und flüsterte dicht an ihren Lippen: »Wenn du das wirklich willst, ist es jetzt an der Zeit, dein Bett auszuziehen.«

Eliza blinzelte. Ihre Augen waren glasig vor Verlangen. »Ich will es. Ich will dich.« Die Intensität ihres Blicks löschte Dennys letzte Bedenken aus.

Hand in Hand gingen sie zum Schrank hinüber und zogen das Bett heraus. Dann sahen sie erst auf die Matratze hinab, dann einander an.

Ein winziges Körnchen Sorge lag tief in Denny verborgen. Was, wenn Eliza merkte, dass eine Frau zu lieben – *sie* körperlich zu lieben – nicht das Richtige für sie war?

Aber unter Elizas bewunderndem Blick schmolz diese Sorge wie die wenigen Schneeflocken, die in Portland im Winter fielen.

»Da du mich die vergangenen zwanzig Minuten halb nackt gesehen hast, wie wäre es, wenn du auch deine Hose ausziehst?« Neckisch und zögerlich zugleich zupfte Eliza am obersten Knopf von Dennys Jeans.

Sie hatte Denny nicht einmal direkt berührt und doch jagte pures Verlangen durch Dennys Körper. Ihre Finger zitterten, teils vor Nervosität, teils aber auch vor Erregung, als sie den ersten Knopf öffnete, dann einen weiteren. Nach jedem Knopf hielt sie inne, um zu Eliza hinüberzusehen, die gebannt zuschaute. Denny löste den letzten Knopf. Sie zog ihre Jeans über die Hüften nach unten und zugleich ihre Socken aus.

Ohne auch nur eine Sekunde lang den Blick von Denny abzuwenden, schlüpfte Eliza aus ihren kanariengelben Sneakers.

Als beide nur in Oberteil und Unterwäsche dastanden, sahen sie einander an.

Denny zögerte. Eliza war noch nie mit einer Frau zusammen gewesen, daher wusste Denny, dass sie die Führung übernehmen und sich zuerst ausziehen sollte, aber sich vor anderen zu entblößen – vor allem vor einer Frau, die sie beeindrucken wollte – war für sie nie einfach gewesen.

Eliza schmunzelte. »Warten wir etwa beide darauf, dass sich die andere zuerst auszieht?«

Denny erwiderte das Lächeln. »Sieht ganz so aus.«

»Na, wir sind ja vielleicht ein schönes Paar, oder?«

»Finde ich auch.« Das Wissen, dass auch Eliza, die in ihren Augen perfekt war, mit Unsicherheiten zu kämpfen hatte, machte es Denny leichter, ihre eigenen zu überwinden. Sie griff nach dem Saum ihres T-Shirts. »Machen wir es gemeinsam?«

Eliza nickte und küsste sie kurz, als wollte sie damit ihnen beiden den nötigen Mut machen.

Sie sahen einander in die Augen und verloren den Blickkontakt nur einen Moment lang, als sie ihre Oberteile über die Köpfe zogen.

Denny vergaß ihre eigene Blöße und starrte Eliza an. Der Anblick ihrer kleinen Brüste, die in einem schwarzen Spitzen-BH steckten, ließ ihren Mund trocken werden. *Gott, so sexy.* Sie war hin- und hergerissen zwischen dem Wunsch, die Aussicht noch eine Weile zu genießen, und dem Drang, ihr den BH auszuziehen, um sie mit den Händen – und ihrem Mund – berühren zu können.

Eliza musterte sie von Kopf bis Fuß.

Denny verlagerte unbehaglich ihr Gewicht und presste ihre Arme an ihre Seiten, in der Hoffnung, die Fettpölsterchen auf ihren Hüften flachzudrücken.

»Tu das nicht.« Eliza trat näher. Sanft schob sie Dennys Arme beiseite und ließ ihre Hände über Dennys Taille gleiten, bis sie auf ihren Hüften zu ruhen kamen. Das langsame Spiel ihrer Daumen über ihren Bauch ließ Dennys Atem stocken. »Ich liebe deinen Körper.«

Dennys Kopf schnellte nach oben. Der leidenschaftliche Ausdruck auf Elizas Gesicht bestätigte ihre Worte. »Wirklich?«

»Jeden Zentimeter«, sagte Eliza mit Nachdruck. »Er ist wunderschön. Du bist wunderschön, innerlich und äußerlich.«

Zum ersten Mal in ihrem Leben konnte Denny glauben, dass jemand – Eliza – diese Worte ernst meinte. Glücksgefühle durchfluteten sie mit solcher Wucht, dass sie schwankte.

Ihre Lippen trafen sich zu einem weiteren hingebungsvollen Kuss, und Denny kümmerte es nicht mehr, dass Elizas Hände auf ihren Hüften ruhten, wo sie die Speckröllchen spüren konnte. Sie drückte sich an Eliza, suchte ihre Nähe. Die warme Haut auf ihrer eigenen machte Denny ganz schwindelig, aber gleichzeitig löste es das Verlangen nach mehr aus – mehr Kontakt, mehr von Eliza. Sie unterbrach den Kuss und flüsterte: »Ich mag deine sexy Unterwäsche, aber, ähm, können wir sie loswerden?« Mit einem Finger fuhr sie am Träger von Elizas BH entlang, dann am elastischen Bund ihres Slips.

Ein winziger Schauder durchfuhr Eliza. Denny spürte ihn in ihrer Brust. »Nur wenn wir deine auch loswerden können.«

Denny hauchte einen Kuss auf Elizas nackte Schulter und nickte. Sie nahm all ihren Mut zusammen und zog ihre Boxershorts aus. Da sich ein Sport-BH nun mal nicht auf verführerische Weise ausziehen ließ, streifte sie ihn einfach über den Kopf.

Eliza blieb ganz still stehen und ließ ihren Blick so konzentriert über Dennys Körper wandern, dass Denny ihn wie eine Liebkosung spürte. Schließlich verharrte er auf Dennys Brüsten.

Denny hätte am liebsten ihre Arme über der Brust verschränkt, aber die Ehrfurcht auf Elizas Gesicht war so offensichtlich, dass Dennys Selbstzweifel dahinschmolzen. Ohne ihren Körper zu verstecken, wartete sie darauf, dass auch Eliza sich ausziehen würde.

Eliza streifte ihren Slip ab. Die Art, wie sie ihn ihre langen Beine hinabgleiten ließ, war vielleicht das Erotischste, was Denny je gesehen hatte. Ihr Atem stockte, als Eliza nach hinten griff. Einen Moment lang kämpfte sie mit dem Verschluss ihres BHs. Gerade als Denny ihre Hilfe anbieten wollte, gaben die Haken nach und die Träger rutschten ihre Arme hinab. Bevor der BH auf den Boden fallen konnte, fing Eliza ihn auf und hielt ihn an ihre Brust gepresst. Unsicherheit flackerte in ihren Augen.

Denny konnte es nachempfinden. Sie küsste Elizas Oberarm, wo der BH-Träger ruhte. »Ich liebe alles an deinem Körper«, flüsterte sie an ihrer Haut. »Absolut alles. Lass mich dich sehen. Bitte.«

Langsam ließ Eliza den BH los. Er fiel zu Boden, sodass Denny sie nun ungehindert ansehen – und berühren – konnte.

Eliza stand eine Sekunde lang wie angewurzelt da. Der Drang, die Arme über ihren nackten Brüsten zu verschränken, war stark, aber sie gab ihm nicht nach. Es gab keinen Grund, ihren Körper – oder ihre Unsicherheit – vor Denny zu verstecken, zumal ihr offensichtlich gefiel, was sie sah.

Denny musterte sie mit einer Intensität, die Eliza den Atem raubte. Bewunderung und Begehren vermischten sich in ihrem Blick.

Elizas Puls hämmerte wild in ihrem Hals, als sie die Decke zurückschlug. Es war so weit! Sie würde gleich mit einer Frau schlafen … mit Denny, und sie hatte keine Ahnung, was genau sie zu tun hatte! O Gott!

Denny nahm ihr Gesicht in beide Hände und hob ihren Kopf an, sodass sie Denny in die Augen sah.

Alles, was Eliza empfand – die Nervosität, die Lust – spiegelte sich dort wider, zusammen mit einem beruhigenden Ausdruck.

»Wenn dir was zu viel wird, kannst du mir das jederzeit sagen«, erklärte Denny. »Heute Nacht wird nichts passieren, was du nicht willst.«

»Das ist ja das Problem.« Elizas angespannte Miene wandelte sich zu einem Lächeln. »Ich will *alles,* und ich habe keine Ahnung, was ich tun und wo ich anfangen soll.«

Denny fuhr Elizas Lächeln mit dem Daumen nach und erwiderte es mit einem liebevollen Grinsen. »Wie wär's, wenn wir hier anfangen?« Sie ließ Eliza aufs Bett sinken, legte sich vorsichtig auf sie und stützte sich auf einem Unterarm neben ihr ab. Ihre Nippel berührten sich beinahe und Dennys Schenkel schob sich zwischen ihre.

Das Gefühl von Haut auf Haut ließ Eliza nach Luft schnappen. Wie schaffte Denny es, dass sie sich völlig entspannt und zugleich total außer Kontrolle fühlte?

Denny verharrte über ihr, als würde sie auf irgendetwas warten – wahrscheinlich auf ein Signal von Eliza, das ihr sagte, dass es in Ordnung war, weiterzumachen.

Es war so viel mehr als nur in Ordnung. Es fühlte sich richtig an. Eliza sehnte sich danach, Denny näher zu spüren. Sie legte ihre Hände auf Dennys Hüften, völlig hypnotisiert von ihren warmen, weichen Rundungen, und zog sie an sich.

Denny sank auf sie herab. Ihre Brüste pressten sich gegen Elizas und ihr Oberschenkel rieb an Eliza, was dieser ein Keuchen entlockte. Gleichzeitig spürte sie, wie Dennys feuchte Hitze ihr Bein ganz nass machte und ihr hektischer Herzschlag gegen ihre Brust hämmerte. Ihr eigener Puls pochte im gleichen wilden Rhythmus.

Gott. O Gott. Eliza konnte nicht anders, als sich ihr entgegenzudrängen. Ihre Körper waren so verschieden und doch passten sie unglaublich gut zusammen.

Bislang hatte Denny immer ihr überlassen, das Tempo zu bestimmen, was ihre körperliche Beziehung anging, aber jetzt übernahm sie die Führung – und das törnte Eliza ebenso an wie Dennys zärtliche Berührungen.

Denny legte eine Hand auf Elizas Wange, als sie ihre Stirn, ihre Nase, ihre Mundwinkel küsste. Bei jedem Kuss murmelte sie liebevoll klingende Worte, aber Eliza war zu benommen, um sie zu verstehen.

Elizas Hände wanderten Dennys Rücken auf und ab. Ein Keuchen entfuhr ihr, als Denny eine Spur heißer Küsse entlang ihres Halses zog und dann an ihrem Ohrläppchen knabberte.

Denny wusste genau, wo und wie sie Eliza berühren musste. Mit Mund und Händen fand sie jede erogene Zone, sogar einige, von denen

Eliza bisher nichts geahnt hatte. Sie führte eine von Elizas Händen an ihre Lippen und hauchte Küsse auf die Innenseite ihres Handgelenks, rieb dann ihre Nase an der Stelle unter ihrem Ohr und ließ ihren Mund ihren Hals hinabgleiten. Behutsam knabberte sie an ihrer Halsbeuge.

Eliza hielt still und ließ Denny sie berühren, wo immer sie wollte. Noch nie war sie so vollkommen offen und verletzlich gewesen und hatte sich gleichzeitig so verstanden und begehrt gefühlt. Ihr Puls raste unter Dennys Lippen.

»Mmh, deine Haut ist so weich«, flüsterte Denny. Ihr warmer Atem kitzelte Elizas Kehle. Mit den Fingerspitzen beschrieb sie einen sinnlichen Pfad entlang Elizas Brustbein, dann wieder hinauf, wobei sie ihre Brüste ausließ.

Eliza fuhr mit den Fingernägeln Dennys Wirbelsäule entlang, um sich zu erden. Ihr Körper fühlte sich an, als würde er gleich Feuer fangen.

Denny zeichnete die Wölbung von Elizas Schlüsselbein mit ihren Händen, dann ihren Lippen nach. »Weißt du eigentlich, wie oft ich davon geträumt habe, dich berühren zu dürfen?« Ihre Zunge wirbelte in sinnlichen Mustern über ihren Brustansatz.

»Kein Traum«, entgegnete Eliza keuchend. »Das passiert wirklich.«

Denny schob sich im Bett ein Stück nach unten, sodass ihre Haut über Elizas glitt. »Ich weiß. Und es ist so viel besser, als ich es mir in meinen kühnsten Träumen ausgemalt habe.« Abwechselnd küsste und leckte sie entlang Elizas Rippen, direkt unterhalb ihrer Brüste.

Eliza wurde heiß. Sie blickte auf ihren Busen hinab, der jetzt, wo sie auf dem Rücken lag, noch kleiner wirkte. »Im Ernst?«, brachte sie atemlos heraus.

»Ja.« Denny ließ ihre Hand entlang der Rundung einer Brust ruhen. Ihr Blick blieb auf Elizas Gesicht gerichtet, als sie begann, die Brust ganz zart zu streicheln. Dann fuhr sie mit dem Daumen über den Nippel, der sofort hart wurde.

Verlangen durchströmte Eliza und verdrängte jegliche Zweifel und Sorgen.

Denny verteilte gemächlich Küsse rund um den anderen Nippel und zog dann mit der Zunge immer kleiner werdende Kreise, bis ihr warmer Atem über die Spitze strich.

Ein Pulsieren begann tief in Elizas Innerem. Sie krallte die Finger in Dennys Schultern. »Denny ...«

Denny brummte bestätigend, ohne den Kopf zu heben, und fuhr mit der Zunge erst ganz vorsichtig, dann fester über Elizas Nippel. Schließlich nahm sie ihn in den Mund und begann sanft zu saugen.

Erregung züngelte Elizas Körper hinab bis direkt zu ihrer Mitte. Ein Aufschrei entfuhr ihr.

Denny nahm ihren warmen Mund von Elizas Brust und musterte sie fragend. »Alles in Ordnung?«

Elizas Stimme versagte, deshalb nickte sie nur. Sie vergrub die Finger beider Hände in Dennys kurzem Haar und zog sie wieder hinab.

»Gott, es ist unglaublich«, flüsterte Denny. Ihre Atem strich über Elizas Brust. Dann fand ihr Mund sie erneut.

Denny liebkoste ihren Busen abwechselnd mit langsamem Streicheln, neckischen Zungenschlägen und sanftem Saugen, bis Eliza am ganzen Körper bebte.

Auf der Suche nach mehr Kontakt wölbte sie sich Denny entgegen. Sie war nicht darauf gefasst gewesen, wie ihr Körper auf Denny reagierte. Dennys warmer Mund auf ihrer Brust brachte ihren Kopf zum Schwirren. Schon jetzt hatte sich ihre Erregung zu zügelloser Begierde gesteigert. Keuchend stellte sie fest, dass sie womöglich jetzt schon kommen könnte.

Ohne ihren Mund von Eliza zu nehmen, rieb Denny mit dem Daumen den anderen Nippel.

O Gott, sie *würde* auf diese Weise kommen.

Als ob Denny spürte, wie kurz Eliza davor stand, die Kontrolle zu verlieren, hob sie ihren Mund von ihrem Nippel und ließ wieder ihre Zunge kreisen, während sie mit einer Hand an ihrem Bauch nach unten glitt.

Elizas Muskeln vibrierten unter ihrer Berührung. Jede Zelle in Elizas Körper bebte vor Erwartung. Ihr Puls hämmerte in ihren Ohren und vermischte sich mit Dennys genüsslichem Stöhnen, während sie Eliza streichelte.

Zärtlich erkundete Denny ihre empfindsame Leistengegend, was wohlige Wellen durch ihren ganzen Körper sandte.

Eliza versuchte, ihre Atmung unter Kontrolle zu bekommen, aber ihr Bemühen war vergebens, als Denny mit den Fingerkuppen über die Innenseite ihrer Schenkel strich und sie dann quälend langsam höher schob. »*Denny*!«

Sie sahen einander in die Augen. Ihre Verbindung ging so viel tiefer als das rein Körperliche. Dies war nicht nur Sex. Sie zeigten einander ihre

Liebe. Eliza rang darum, die Worte zurückzuhalten, die ihr auf der Zunge lagen, denn sie wusste nicht, ob dies der richtige Moment dafür war.

Denny streichelte ihre Schamlippen und schob dann einen Finger dazwischen. Sie glitt an einer Seite der Klitoris hinauf und auf der anderen hinab, ohne sie direkt zu berühren.

Wilde Lust schoss durch Eliza. Dennys Berührung war zu viel und gleichzeitig nicht genug. Sie klammerte sich mit einer Hand an Dennys Schulter fest, während sie mit den Nägeln der anderen über Dennys Rücken fuhr. »Bitte, Denny«, flüsterte sie mit einer Stimme, die sie kaum als ihre eigene erkannte. »Ich brauche dich.«

Ein kehliges Stöhnen entfuhr Denny. Ein letzter Kuss auf Elizas Brust, dann schob sie sich Elizas Körper entlang nach oben, was überall auf ihrer Haut kleine Feuer zu entfachen schien, und senkte ihren Mund auf Elizas. Ihre seidenweiche Zunge glitt über Elizas, und gerade als Eliza sich in dem Kuss verlor, ahmte Denny die Bewegung mit einem Finger an Elizas Klitoris nach.

Eliza unterbrach den Kuss, um nach Luft zu schnappen. Alles verschwamm vor ihren Augen und sie blinzelte verzweifelt, weil sie Denny unbedingt weiter beobachten wollte, während diese sie so intim berührte.

Denny streichelte sie in langen Zügen, dann in kleinen Kreisen. »Fühlt sich das gut an?«

Statt zu antworten, wand sich Eliza und bebte unter ihr. Sie drängte sich Denny entgegen. »Oh! O ja! Mehr!«

»Mehr hiervon?« Denny rieb erneut ihre Klitoris. »Oder möchtest du, dass ich …?« Sie fuhr sachte ihre Öffnung mit einer Fingerspitze nach.

Die Berührung schien sämtliche Nervenenden zu entflammen und löschte all ihre Gedanken aus. Keuchend brachte sie eine Antwort heraus, war sich aber nicht sicher, was sie gesagt hatte. Wahrscheinlich »Ja« oder »Bitte« oder Dennys Namen.

Mühsam gezügelte Leidenschaft stand Denny ins Gesicht geschrieben, als sie vorsichtig in Eliza eindrang und ihrer Kehle einen heiseren Schrei entlockte.

Alles in Eliza zog sich vor Begehren zusammen. Ihre Hüften hoben sich Denny entgegen, drängten ihren Finger tiefer, und sie überließ sich ganz dem Rhythmus, den Denny vorgab.

Ein Beben durchlief ihren Körper. Sie war schon nah dran. So nah. Ihre gesamte Welt bestand nur noch aus Dennys Händen, ihrem warmen

Atem auf ihren Lippen, ihrem leisen Stöhnen und ihren geflüsterten Worten.

Denny bewegte sich mit ihr in einem perfekten Tempo. Das bewundernde Staunen und der Hunger in ihren Augen erregten Eliza noch mehr.

Eine Spannung baute sich tief in ihr auf. Ihre Hüften verloren ihren Rhythmus. Sie grub ihre Zehen ins Laken und ihre Finger in Dennys Rücken, als sie sich aufbäumte, um ein letztes Mal ihren Stößen zu begegnen.

Denny schob sich erneut in sie und strich gleichzeitig mit dem Daumen über ihre Klitoris.

Elizas Mund klappte auf, und sie drückte ihn an Dennys schweißfeuchten Hals, um einen Aufschrei zu unterdrücken. Lichtblitze zerbarsten hinter ihren fest geschlossenen Augenlidern. Das Pulsieren breitete sich aus, und ihr ganzer Körper erstarrte, nur um dann schlaff aufs Bett zu fallen.

Oh, wow. Sie schnappte keuchend nach Luft und versuchte zu verstehen, was eben passiert war.

Mit der linken Hand umfasste Denny ihr Gesicht und verteilte Küsse auf ihren Wangen, dann ihren Lippen. Sie flüsterte etwas, aber Elizas Gehirn konnte die Worte noch nicht verarbeiten.

Als sich ihre Atmung wieder normalisiert hatte, küsste Denny sie erneut und zog langsam ihre Finger zurück, wodurch ein letztes Nachbeben durch Eliza hindurchlief. »Du bist so schön. So unglaublich.«

»Ich?« Eliza lachte heiser. »Du bist unglaublich. Ich weiß nicht, was ich erwartet habe, aber nicht … das hier. Jede Berührung von dir hat mich schier um den Verstand gebracht und meinen Körper …« Mit einem verschmitzten Grinsen sah sie zu Denny auf. »Na ja, ich glaube, du hast es gespürt.«

Ein Stöhnen entrang sich Dennys Brust. Rastlos bewegte sie die Beine und Eliza spürte ihre Nässe auf ihrem Oberschenkel. »Ja. Gott, ja«, hauchte Denny. »Wie du auf jede meiner Berührungen reagiert und dich einfach fallen gelassen hast … Atemberaubend.«

»Ich kann mich nicht erinnern, mich jemals zuvor so gehen gelassen zu haben.« Sie fühlte sich bei Denny so sicher.

Denny sah sie an mit dem Gesichtsausdruck einer Person, die gerade eine Begegnung der dritten Art gehabt hatte. »Ich auch nicht. Ich habe mich so in dir verloren, dass ich am liebsten ewig so weitergemacht hätte.«

»Gut.« Ihre wohlige Benommenheit ließ langsam nach, als ein ganz anderes Bedürfnis die Oberhand gewann. Eliza streichelte mit beiden Händen Dennys Rücken. Ein dünner Schweißfilm brachte die Haut zum Glänzen und machte sie noch weicher. »Denn wir sind noch nicht fertig.«

Denny starrte sie mit großen Augen an, völlig offen und wehrlos, als sie sich auf den Rücken drehte. Das grenzenlose Vertrauen auf ihrem Gesicht nahm Eliza den Atem.

Eliza legte sich neben ihr auf die Seite und stützte sich auf einen Ellbogen auf, um Denny besser sehen zu können.

So viel nackte Haut und sexy Kurven überwältigten ihre Sinne. »Du musst Geduld mit mir haben, während ich herausfinde, wie ich dich genauso atemlos machen kann wie du mich.«

»Das hast du bereits geschafft.«

Eliza lächelte, fuhr mit den Fingern über Dennys feuchte Schläfe und glättete ihr zerzaustes Haar. »Ich habe dich noch nicht einmal berührt.«

»Du hast mich hier berührt.« Denny nahm Elizas Hand und drückte sie an ihre Brust, oberhalb ihres wild pochenden Herzens.

Oh. Der Ansatz von Dennys Busen ruhte warm und weich unter ihrer Hand und lenkte Eliza für einen Moment von ihren innigen Worten ab. Sie beugte sich über sie, zu überwältigt, um die richtigen Worte zu finden, deshalb küsste sie Denny stattdessen.

Denny stöhnte in den Kuss hinein und zog sie auf sich. Harte Nippel rieben gegen Elizas und entfachten neue Erregung in ihr.

O nein, so läuft das nicht. Jetzt war Denny an der Reihe. Keuchend wich Eliza zurück.

Draußen war es dunkel geworden, während sie sich geliebt hatten, und nun fiel das Licht der Stehlampe in der Ecke auf die Rundungen und Kuhlen von Dennys Körper und erzeugte verlockende Schatten, die Eliza unbedingt erkunden wollte. Schweiß glitzerte auf ihrer Haut, die an Hals, Gesicht und Gliedmaßen gebräunt und überall sonst hell war.

Eliza konnte nicht anders, als sie anzustarren, vollkommen fasziniert vom Anblick ihres runden Bauchs und ihrer vollen Brüste, die sie bisher nur in ihrer Fantasie gesehen hatte.

Bevor Denny anfangen konnte, sich unter ihrem Blick zu winden, schob Eliza ihre Hand auf ihre Hüfte. Diese Stelle zog sie immer magisch an. Sie fuhr mit ihren Fingern an Dennys Seite entlang. *Mmh, so weich.*

Denny sog scharf die Luft ein.

Eliza hielt inne und war sich ihrer Unerfahrenheit plötzlich sehr bewusst. »Kitzelt das? Oder magst du es nicht, da angefasst zu werden?« Sie wusste, dass Denny sich ihrer Fettpölsterchen schämte. Irgendwo hatte Eliza einmal den Begriff *Liebeshenkel* gehört und sie fand die Bezeichnung völlig treffend, denn sie liebte auch diesen Teil von Denny.

»Nein, du kannst mich da anfassen«, flüsterte Denny. »Du kannst mich überall anfassen.«

Eliza seufzte genießerisch. »Und das werde ich auch.« Sie strich mit den Fingern über die Wölbung von Dennys Bauch, die glatte Haut zwischen ihren Brüsten und ihrem Schlüsselbein.

Jede Berührung löste eine Reaktion aus – ein Keuchen oder ein Stöhnen.

Ermutigt senkte Eliza den Kopf und liebkoste Dennys Körper mit ihrem Mund und schließlich ihrer Zunge. Sie schmeckte die salzige Haut an der Seite von Dennys Hals und genoss das wilde Pochen ihres Pulses unter ihrem Mund. Es machte Spaß, herauszufinden, was sich für Denny gut anfühlte. Scheinbar alles. Ein Knabbern an Dennys Ohrläppchen entlockte ihr ein Keuchen, während eine Reihe von Küssen entlang ihrer Schulter ein Zittern verursachte.

So faszinierend. Und so unglaublich weich – nicht nur Dennys Rundungen, sondern auch ihre Haut. Der weibliche Körper war so anders. Vor allem aber fühlte Eliza sich anders. Irgendwie offener. Mehr sie selbst.

»Du fühlst dich so gut an.« Sie kuschelte ihr Gesicht an den Ansatz von Dennys Busen.

Dennys Brust hob und senkte sich unter ihr. Sie strich mit den Fingern durch Elizas Haar, versuchte aber nicht, ihren Kopf nach unten zu drängen.

Nicht, dass Eliza dazu gedrängt werden müsste. Sie betrachtete Dennys verlockende Kurven. Ihre Brüste waren üppig und cremig-weiß, ihre Nippel dunkler und größer als Elizas. Wunderschön. Ihr lief das Wasser im Mund zusammen, und plötzlich wollte sie nichts mehr, als Dennys Brüste mit ihren Händen, ihren Lippen und ihrer Zunge zu verwöhnen.

Vorsichtig, um nicht wie ein unerfahrener Teenager herumzufummeln, strich sie mit dem Handrücken über die äußere Rundung einer Brust.

Als sie aufblickte, beobachtete Denny sie unter halb gesenkten Lidern hervor.

Eliza sah zwischen Dennys Gesicht und ihren Brüsten hin und her, als sie eine davon in die Hand nahm. *Wow*. So schön und weich und rund. Sie massierte sie zaghaft.

Denny sog ihre Unterlippe zwischen die Zähne.

Aha, das gefiel ihr also. Eliza drückte ein wenig fester zu. Der Nippel wurde unter ihrer Handfläche noch härter und sie rieb mit dem Daumenballen darüber, begeistert von ihrer Fähigkeit, Denny zu erregen. Leises Stöhnen spornte sie an.

Denny bebte unter ihr und Elizas Zögern schwand. Als es ihr nicht mehr genügte, Denny mit den Fingern zu berühren, senkte sie den Kopf und blies behutsam auf einen Nippel, was eine Gänsehaut über Dennys Oberkörper jagte. Eliza versuchte, sie wegzuküssen, erzeugte aber nur noch mehr.

Als schließlich Dennys Atmung flach wurde, glitt Eliza mit ihrem Mund zum Nippel und hauchte einen Kuss darauf. Er richtete sich unter ihren Lippen auf. Eliza konnte nicht genug bekommen. Sie knabberte an der Unterseite ihrer Brust, küsste den Ansatz, umkreiste mit der Zunge den dunklen Vorhof und fuhr dann direkt über die harte Spitze.

Denny stöhnte kehlig und wand sich unter ihr. Die leisen Laute, die ihr entfuhren, ließen Eliza mit jeder Sekunde mutiger werden.

Sie wechselte zur anderen Brust, schloss die Lippen um den Nippel und saugte behutsam.

Keuchend legte Denny eine Hand auf ihren Hinterkopf und drückte sie an sich. Unruhig bäumte sie sich unter ihr auf. Ihre feuchten Locken kitzelten Elizas Schenkel. »Himmel, du bringst mich um den Verstand.« Ihre Stimme klang belegt vor Verlangen. Sie stieß ein heiseres Lachen aus. »Aber ich bin froh, dass du entdeckt hast, dass du auf Brüste stehst.«

»Hm, ich glaube, das tue ich tatsächlich. Aber in erster Linie stehe ich auf dich.«

Eliza hauchte einen letzten Kuss auf ihre Brust, dann konzentrierte sie sich darauf, ihre Hand an ihrem bebenden Körper nach unten gleiten zu lassen. Als sie das weiche Haar zwischen ihren Beinen erreichte, verließ sie einen Moment lang der Mut. Zwar hatte Denny die gleichen Körperteile wie sie auch, aber der Winkel war anders und ihr war viel zu bewusst, wie hoffnungslos unerfahren sie war.

Aber noch stärker als ihre Unsicherheit war ihr brennendes Bedürfnis, Denny Lust zu bereiten und sie das erleben zu lassen, was sie selbst vor wenigen Minuten erlebt hatte.

Denny spreizte einladend die Beine. Der offene, vertrauensvolle Ausdruck in ihren Augen löste ein warmes Gefühl in Elizas Bauch aus.

Sanft fuhr sie mit den Fingern durch Dennys feuchte Locken. Als sie auf nasse Hitze stieß, schnappten beide nach Luft. Sie drückte einen Kuss auf die Mulde zwischen Dennys Brüsten, während sie versuchsweise mit einem Finger über ihre Klitoris strich.

Denny stieß ein lang gezogenes Stöhnen aus. Die sinnlichen Laute hörten nicht auf, als Eliza ihren Finger hin und her bewegte.

Elizas Sinne waren völlig überwältigt. Sie genoss es, dass Denny sie hören ließ, welche Freude sie ihr bereitete. Dennys Erregung war offensichtlich. Jede ihrer Empfindungen spiegelte sich auf ihrem Gesicht, in ihren Augen wider. Genau zu wissen, was Denny fühlte, was jedes leise Keuchen und Stöhnen bedeutete, törnte sie an. Eliza drückte ihre Schenkel zusammen, als sich eine neue Welle des Verlangens tief in ihrem Bauch sammelte.

Denny bog sich ihr entgegen, was Elizas Finger tiefer gleiten ließ.

»Möchtest du, dass ich …? Magst du Penetration?«

»Nein«, keuchte Denny.

Es überraschte Eliza, wie sehr sie diese Antwort enttäuschte. Das war doch keine große Sache, oder? Sie wollte oder brauchte es auch nicht jedes Mal.

»Ich meine … o Gott… normalerweise nicht. Aber jetzt …« Denny ließ ihre Hand an Elizas Arm hinabgleiten und umklammerte ihr Handgelenk.

Die Art, wie Denny die Führung übernahm und ihre Hand lenkte, war so ziemlich das Heißeste, was Eliza je erlebt hatte – zumindest bis einer ihrer Finger in Denny hineinglitt. Die enge Hitze um sie herum ließ sie aufstöhnen.

Dennys hob ihr Becken an und stieß eine Reihe unverständlicher Worte aus.

Alles, was Eliza verstand, war »noch mal« und »mehr«, deshalb zog sie ihren Finger zurück und drang ganz vorsichtig mit einem zweiten in sie ein. Als Dennys Hüften sich an sie drängten, verflog Elizas Unsicherheit und sie passte sich ihrem Rhythmus an.

Mit jeder Bewegung gab Denny die erotischsten Laute von sich. Sich schloss die Augen, und eine tiefe Röte breitete sich auf ihrer Brust, ihrem Hals und dem Gesicht aus. Selbstvergessen warf sie den Kopf in den Nacken.

Elizas Atem stockte. Sie liebte es, sie so zu sehen. Sie liebte Denny.

»Eliza!«

Sie wusste nicht, was Denny von ihr wollte, aber das schien keine Rolle zu spielen, denn ihr Körper reagierte instinktiv und schien genau das zu tun, was Denny brauchte. Als Denny sich schneller bewegte und aufbäumte, drückte ihr Schenkel gegen Elizas Nässe.

O Gott! Ihr Atem entwich in einem tiefen Stöhnen.

Die Sehnen an Dennys Hals traten stärker hervor, als sie sich Eliza entgegendrängte. Sie öffnete die Augen und ihre Blicke trafen sich sofort.

Eine Welle des Verlangens baute sich in Elizas Bauch auf. Sie bewegte ihre Finger schneller, drückte sich fester gegen Dennys Oberschenkel. In ihren Ohren rauschte es.

Mit einem Aufschrei bog sich Denny ihr ein letztes Mal entgegen, dann erstarrte sie und fing an zu beben. Ihre Muskeln pulsierten um Elizas Finger.

Als Eliza zusah, wie Denny kam, strömte ein zweiter Orgasmus durch ihren Körper und überraschte sie völlig. Sie schrie auf und sank auf Denny zusammen.

Denny ließ eine Hand auf ihren Rücken gleiten, lag ansonsten aber reglos und keuchend unter ihr. Eliza hörte, wie ihr Herzschlag dröhnte und sich dann zu seinem normalen Rhythmus verlangsamte.

»Wow«, flüsterte Eliza gegen die feuchte Haut an Dennys Schulter. »Was war das denn?«

Dennys sanftes Lachen vibrierte durch sie hindurch. »Das«, sagte Denny und sah mit einem benommenen Strahlen zu ihr auf, »nennt man einen Orgasmus.«

Eliza kniff sie in die Schulter und hauchte dann einen Kuss auf die Stelle. »Das weiß ich, vielen Dank. Ich hätte bloß nicht gedacht, dass ich ... Ähm, ich meine, zweimal hintereinander entspricht nicht meiner Norm.«

Zärtlich küsste Denny sie, während ihre Hand noch immer auf Elizas Rücken ruhte. »Nichts an diesem Abend hat der Norm entsprochen. Es war außergewöhnlich. Einzigartig. Himmlisch. Phänome–«

Eliza verschloss ihr mit einem tiefen Kuss den Mund, bevor sie das gesamte Wörterbuch aufzählen konnte. Es gab bessere Möglichkeiten, den Rest der Nacht zu verbringen, und sie beabsichtigte, jede einzelne davon zu entdecken.

Kapitel 27

Das Licht der aufgehenden Sonne fiel in die Einzimmerwohnung und weckte Denny. Sie lag reglos da und lauschte Elizas sanftem Atmen in unmittelbarer Nähe. Als sie schließlich die Augen öffnete, brachte der Anblick, der sie begrüßte, sie sofort zum Lächeln.

Eliza lag in ihren Armen, den Kopf auf demselben Kissen, die Wange an Dennys Schulter gedrückt und ein Bein um ihre Oberschenkel geschlungen. Das weiche Licht des Morgens ließ ihre nackten Schultern schimmern, als wären sie mit Gold überzogen. Sie war ihr so nah, dass Denny schielen musste, um sie anzusehen, aber sie konnte nicht aufhören, sie zu betrachten.

Es musste noch früh sein, wahrscheinlich vor sechs, und sie war immer noch müde, aber sie wollte nicht wieder einschlafen. Sie wollte jede Minute ihres ersten Morgens mit Eliza auskosten. Hoffentlich würde es der erste von vielen sein.

Die letzte Nacht war unglaublich gewesen. Der Gedanke daran wärmte sie mehr als die Sonne auf ihrem Gesicht. Genauso sehr wie ihr Liebesspiel hatte sie das intime Gefühl geliebt, Elizas Haut auf ihrer Haut zu spüren und sie in den Armen zu halten und sich flüsternd zu unterhalten, bis beide eingeschlafen waren. Nie zuvor hatte sie sich jemandem so nahe gefühlt.

Offenbar hatte sie sich ganz umsonst Sorgen gemacht. Nachdem sie sich ausgezogen und einander ihre Körper nackt gezeigt hatten, schien sich Eliza keinen Moment lang unwohl gefühlt zu haben.

Denny unterdrückte ein amüsiertes Glucksen, um sie nicht zu wecken. Nein, Eliza fühlte sich offensichtlich ganz und gar nicht unwohl mit dem weiblichen Körper ihrer Liebsten. Die gespreizten Finger ihrer rechten Hand ruhten auf Dennys Brust und hielten sie fest. Denny war noch nie ein großer Fan ihrer Brüste – oder ihres restlichen Körpers – gewesen, aber nachdem Eliza so viel Freude an ihnen gehabt hatte, begann sie langsam, sie in einem neuen Licht zu sehen.

Eliza gähnte und streckte sich, sodass ihre Haut über Dennys glitt, was ein Kribbeln im ganzen Körper auslöste. Sie schmiegte sich noch enger an Denny und drückte ihr Gesicht gegen ihre Halsbeuge. »Guten Morgen.« Sie klang schläfrig und sehr zufrieden.

»Guten Morgen.« Denny beschrieb mit den Fingerspitzen gemächlich Kreise auf ihrem Rücken und versuchte, ihr das Aufwachen zu versüßen. »Wie fühlst du dich?«

Eliza stützte sich auf einem Ellbogen auf und bedachte sie mit einem Lächeln, das so süß war, dass Denny dahinschmolz. »Da du gestern Abend schon alle Begriffe im Wörterbuch aufgebraucht hast, belasse ich es mal bei *glücklich*.«

Ah. Die drei kleinen Worte, die alles zwischen ihnen ändern könnten, lagen Denny auf der Zunge und verlangten danach, ausgesprochen zu werden. Sollte sie ihr sagen, was sie für sie empfand?

Bevor sie zu einer Entscheidung gelangen konnte, ließ sich Eliza wieder in ihre Arme sinken. »Denny?«, fragte sie und legte ihre Wange an Dennys Brust.

»Hm?«

»Hast du alles, was du brauchst?«

Denny legte die Arme enger um sie. »Mhm.«

Ein Kichern entfuhr Eliza. »Nein, ich meine, hast du alle Maße, die du für meine Hose brauchst?«

Maße? Durch Elizas Nähe und all die Emotionen, die sie überkamen, waren die Maße für die Hose das Letzte, woran Denny dachte. »Äh, ich glaube schon.«

»Bist du dir sicher?«, fragte Eliza. »Ich bin keine Expertin, aber gibt es nicht ein Sprichwort unter Schneidern? Zweimal messen, einmal schneiden oder so ähnlich?«

»Mhm. Stimmt.«

»Dann solltest du meine Maße vielleicht noch einmal überprüfen. Nur um sicherzugehen, dass sie stimmen.«

Erneutes Verlangen regte sich in Denny. Es fiel ihr schwer, Worte zu formen. »Ist das deine clevere Art, mich wissen zu lassen, dass du noch nicht mit mir fertig bist?«

Eliza stützte sich wieder auf einem Ellbogen auf. Das neckische Glitzern in ihren Augen wich einem zärtlichen und doch ernsten Ausdruck. »Ich glaube nicht, dass ich jemals mit dir fertig sein werde.«

Denny starrte sie an. Sie wagte kaum zu atmen, da sie Angst hatte, das, was sie in Elizas ausdrucksstarken Augen sah, könnte bloß eine

Illusion sein. Aber im Grunde wusste sie, dass es keine war. Sie hatte es gestern Nacht gespürt – eigentlich sogar schon vorher. Es auszusprechen, jagte ihr trotzdem Angst ein. Sie riss sich zusammen. Es war an der Zeit, ihr Herz zu riskieren und nichts zurückzuhalten. »Eliza, ich –«

»Ich liebe dich.«

Dennys Mund klappte zu. Sie öffnete ihn wieder, aber statt der Worte, die sie hatte sagen wollen, drang übermütiges Gelächter heraus. Sie drückte Eliza an sich und rollte sie herum, um ihr Gesicht mit Küssen zu bedecken.

Eliza vergrub ihre Finger in Dennys Haaren. Ein gleichermaßen glückliches Lachen ließ ihren Körper beben. »Heißt das …?«

»Ich liebe dich auch.« Denny küsste sie zärtlich, dann länger und fordernder. »Ich kann nicht fassen, dass du es zuerst gesagt hast.«

Eliza grinste sie an. »Ich habe schon immer schnell dazugelernt.«

»Ach ja?« Ihre Stimme klang heiser. »Möchtest du es beweisen?«

»Jederzeit.«

Als sie einander erneut liebten, ließen sie sich alle Zeit der Welt und flüsterten immer wieder »Ich liebe dich.« Diesmal gab es kein Zögern, keine Hemmungen, keine Zweifel. Nichts als Liebe und Leidenschaft.

Danach kuschelten sie sich aneinander und schliefen wieder ein.

Nicht lange nachdem Eliza in Dennys Armen eingeschlafen war, weckte sie das Klingeln ihres Handys.

Was zum …? Mit klopfendem Herzen setzte sie sich auf und sah sich schläfrig um. Wo war das verflixte Ding? Schnell kletterte sie aus dem Bett, um Denny nicht zu stören.

Als es erneut klingelte, fand sie es auf dem Couchtisch.

Heathers Name erschien auf dem Display. *Ach du Scheiße.* Es war Samstag! Sie hatte den Markt vergessen! Sie nahm den Anruf an und hob das Handy ans Ohr. »Tut mir schrecklich leid! Ich habe verschlafen, bin aber gleich da. Gib mir …« Sie sah an sich hinab. Egal, wie spät sie dran war, sie brauchte unbedingt eine Dusche, bevor sie sich aus dem Haus trauen konnte. »Ähm, zehn, maximal fünfzehn Minuten. Wir treffen uns draußen.«

»Schon okay«, sagte Heather. »Soll ich rüberkommen und dir eine große Tasse Earl Grey machen?«

»Nein!«

Denny setzte sich im Bett auf und warf ihr einen erschrockenen Blick zu.

»Ich meine, nein danke. Ich werde mir was auf dem Markt holen.« Eliza hob ihre Klamotten auf und trug sie zum Bad. Neben dem Bett blieb sie stehen und berührte mit der freien Hand Dennys Wange.

»Ist alles in Ordnung?«, fragte Heather. »Du klingst irgendwie seltsam.«

Eliza biss sich auf die Lippe. »Es geht mir gut. Es geht mir großartig. Denny, ähm, hat hier übernachtet.«

»Warum hast du das nicht gleich gesagt?« Heather stieß einen Jubelschrei aus. »Geh wieder zu ihr ins Bett und mach dir keine Sorgen um unseren Stand. Ich habe alles im Griff.«

Elizas Blick huschte zu dem warmen Bett mit der kuscheligen, nackten Frau. Sie zögerte. »Ich kann dich nicht schon wieder hängen lassen. Das ist dir gegenüber nicht fair.«

»Eliza Louise Harrison! Wenn du vor elf an unserem Stand auftauchst, werde ich sauer, hörst du?«

Gott, sie hatte die beste Freundin der Welt! »Danke, Heather. Du bist die Beste. Ich schulde dir was.«

»Du schuldest mir alle Einzelheiten. Ich kann es kaum erwarten.«

Bevor Eliza protestieren konnte, beendete Heather den Anruf.

Eliza sank auf die Bettkante. »Ich hatte völlig vergessen, dass heute Markt ist.«

»Scheiße. Ich auch. Nach letzter Nacht … und heute Morgen kann ich mich kaum noch daran erinnern, welcher Tag heute ist. Gut, dass ich heute nicht arbeiten muss.« Denny zog das Laken von ihrem Körper und schwang die Beine aus dem Bett, wobei mehr nackte Haut zum Vorschein kam, als Elizas Gehirn verkraften konnte. »Du duschst, ich mache dir einen Tee und Frühstück.«

Sie hatte die beste Freundin *und* die beste Partnerin der Welt. Bevor Denny davoneilen konnte, griff Eliza nach ihrer Hand. »Wir brauchen uns nicht zu beeilen. Heather übernimmt den Stand, bis ich da bin.«

»Puh. Sie rettet uns den Hintern. Heißt das, wir können zurück ins Bett gehen? Schließlich haben wir noch keine zehntausend Übungsstunden absolviert.«

Das Funkeln in Dennys Augen ließ Elizas Herz schneller schlagen. Es war verlockend, unglaublich verlockend, aber sie wollte Heathers

Großzügigkeit nicht ausnutzen. »O Gott, wenn wir noch mehr üben und es noch perfekter wird als gestern Abend, werde ich diese Wohnung vielleicht nie wieder verlassen. Wie wäre es, wenn wir duschen, uns anziehen, Waffeln zum Frühstück machen und auch welche für Heather mitnehmen. Sie liebt Waffeln.«

»Hm.« Denny rieb sich das Kinn, als würde sie darüber nachdenken. »Gehören zum Frühstück auch Küsse?«

Sie war so verdammt süß. Der Drang, sie auf der Stelle zu küssen, überkam Eliza. »Das ließe sich arrangieren.«

»Dann bin ich einverstanden. Komm schon!« Denny zog sie an der Hand in Richtung Bad, hielt aber nach zwei Schritten inne. »Es sei denn ... Als du gesagt hast, wir sollten duschen, hast du damit gemeint, dass wir nacheinander ins Bad gehen? Das können wir natürlich, wenn du lieber allein duschen w–«

Eliza küsste sie auf den Mund. »Na ja, wir sind ein bisschen in Eile, da wäre es doch durchaus sinnvoll, zusammen zu duschen, um Zeit zu sparen, oder?«

Denny nickte eifrig. »Absolut.«

Grinsend eilten sie ins Bad.

Es stellte sich heraus, dass das gemeinsame Duschen keine Zeit sparte – ganz im Gegenteil. Elizas Haare waren noch feucht, als sie sich schließlich durch die Menschenmenge auf dem Markt schoben, aber das war ihr egal.

Heather klopfte auf ihre Uhr. »Es ist noch nicht elf, aber ich lasse es durchgehen, weil ich eure postkoitale Euphorie nicht stören will.«

Leanne vom Stand nebenan blickte von Eliza zu Denny, die sofort rot wie eine Chilischote wurde.

»Ähm, ich geh uns mal Tee und Kaffee holen.« Nach einem kurzen Winken zu Heather und einem raschen Kuss auf Elizas Wange eilte Denny davon.

Leanne starrte ihr nach, dann richtete sie ihren fragenden Blick auf Heather und Eliza.

»Es hat sich herausgestellt, dass Eliza doch nicht völlig unempfänglich für weibliche Reize ist, nur interessiert sie sich eben nicht für meine.« Heather schniefte dramatisch.

Eliza hatte Denny nachgesehen. Jetzt drehte sie sich zu Heather um und funkelte sie an. Doch da sie sich noch immer fühlte, als schwebe sie auf rosa Wolken, war ihr Blick nicht sonderlich vernichtend. »Und meine beste Freundin ist nicht völlig unempfänglich für die Reize von Waffeln, aber da sie peinliche Kommentare abgibt, bin ich mir nicht sicher, ob sie welche verdient hat.«

»Waffeln! Her damit!« Heather wedelte mit den Fingern und riss Eliza förmlich den Tupperware-Behälter aus der Hand. Es war Eliza ein Rätsel, wie sie es schaffte, die erste Waffel innerhalb von Sekunden zu verschlingen, ohne sich zu verschlucken oder Puderzucker auf ihre Kleidung zu streuen. Schließlich aß sie langsamer und musterte Eliza. »Mal im Ernst, wie geht's dir mit allem?« Sie deutete in die Richtung, in die Denny verschwunden war.

Eliza blickte zu Leanne, die zum Glück durch einen Kunden abgelenkt wurde, der eines ihrer Windspiele kaufen wollte. Sie trat hinter den Tisch, wo sie sich mit Heather unterhalten konnte, ohne dass jemand mithörte. »Mir geht es gut. Mehr als gut. Ich bin glücklich.«

Heather nickte. »Du siehst auch glücklich aus. Heißt das …« Sie senkte ihre Stimme zu einem Flüstern. »Ich brauche keine Einzelheiten, aber eure Pyjamaparty für Erwachsene … war es das, was du erwartet hast? War es das Richtige für dich?«

Anstatt sich auf Heather zu konzentrieren, schweifte Elizas Blick zu dem Stand, an dem Denny auf ihre heißen Getränke wartete. »Es war so richtig wie nichts, was ich je erlebt habe«, erwiderte sie im Flüsterton. »Es war einfach … alles.«

»Alles, hm?« Heathers neckisches Grinsen verwandelte sich in ein sanftes Lächeln. Sie schlang einen Arm um Eliza. »Ich freue mich so für dich. Ich weiß, du warst ein bisschen besorgt, dass du, ähm, dich womöglich nicht mehr ganz so zu ihren weiblichen Reizen hingezogen fühlen würdest, wenn die Klamotten erst mal abgelegt sind.«

»Glaub mir, das war kein Problem.« Ein Ziehen ging durch ihren Bauch bei dem bloßen Gedanken daran, sich mit Denny auszuziehen und ihre nackte Haut zu berühren. »Mir ist klar geworden, dass ich mich nicht zu ihr hingezogen fühle, *obwohl* sie eine Frau ist, sondern *weil* sie eine Frau ist. Ihre Weiblichkeit ist ein Teil dessen, was ich an ihr mag.«

Heather beugte sich zu ihr herab. »Heißt das, du bist bi?«

Eliza zuckte mit den Schultern. »Wenn ich mir ein Label aussuchen müsste, dann käme das meinem Erleben ziemlich nahe. Aber ehrlich gesagt ist mir ziemlich egal, wie man es nun nennt. Und Denny zum Glück auch. Das liebe ich an ihr.« Sie sah erneut zu Denny, die auf dem Rückweg zum Stand war. Selbst in der Menschenmenge fand Eliza sie sofort.

Denny schien ihren Blick zu spüren und strahlte sie an.

»Das habe ich ihr heute Morgen übrigens gesagt. Dass ich sie liebe. Und sie hat gesagt, dass sie mich auch liebt.« Eliza widerstand nur mit Mühe dem Impuls, herumzuspringen wie ein übermütiger Teenager.

»Ach nee.« Heather lachte. »Das hätte ich dir gleich sagen können. Sie war schon damals, als sie sich mit mir verabredet hat, total in dich verknallt. Wie hätte sie mir auch sonst widerstehen können?«

Eliza stibitzte ein Stück Waffel, da ihr Frühstück hauptsächlich aus Küssen und weniger aus Nahrung bestanden hatte. »Keine Ahnung. Du bist unwiderstehlich.«

»Und deshalb baue ich darauf, bei eurer Hochzeit eine Brautjungfer zu verführen.«

Natürlich erreichte Denny ausgerechnet in diesem Moment den Stand. Die Pappbecher in ihren Händen neigten sich gefährlich zur Seite. »Ähm, Hochzeit?«

Ihre weit aufgerissenen Augen brachten Eliza zum Lachen. »Keine Sorge. Das ist nur ein Scherz zwischen Heather und mir. Ich werde dich nicht in nächster Zukunft zum Altar schleppen.«

»Mist«, sagte Heather. »Das war's dann mit meinen Brautjungfern-Verführungsplänen.«

Denny reichte ihr einen der Pappbecher. »Gib nicht so schnell auf. Wer weiß? Vielleicht eines Tages …«

Eliza hatte die Hand nach dem Tee ausgestreckt. Jetzt erstarrte sie. Denny dachte schon so weit voraus?

Die Chilischotenfarbe schlich sich erneut auf Dennys Wangen. »Äh, vergiss, was ich eben gesagt habe. Es ist noch viel zu früh, darüber nachzudenken.«

Ja, das war es wohl. Dennoch erschreckte der Gedanke Eliza nicht und sie fühlte sich auch nicht bedrängt. »Was, wenn ich es nicht vergessen möchte?«

Der Lärm der Menge um sie herum schien zu verstummen, als sie sich in die Augen sahen.

Denny räusperte sich. »Möchtest du nicht?«

»Nein.« Eliza legte ihre Hand um Dennys, die noch immer den Becher hielt. »Ich meine, wir reden von der fernen Zukunft, nicht davon, morgen zum Standesamt zu gehen, oder?«

»Richtig.«

Heather hob ihren Pappbecher und prostete ihnen zu. »Ich prophezeie, dass es höchstens ein Jahr dauert, bevor ihr den Bund fürs Leben schließt.«

»Heather?«, sagte Eliza, ohne den Blick von Dennys Augen abzuwenden. »Halt den Mund und iss deine Waffeln.«

Geheimnistuerisch legte Heather eine Hand um ihren Mund, beugte sich zu Leanne hinüber, die jetzt mit dem Kunden fertig war, und flüsterte laut: »Ist dir aufgefallen, dass sie nicht gesagt haben, dass ich damit falsch liege?«

»Iss deine Waffeln, Heather«, sagten Denny und Eliza gleichzeitig.

Epilog

Neun Monate später

Denny senkte die Nadel ihrer Nähmaschine in den Jeansstoff und setzte dann den Nähfuß auf. Vor ihrem geistigen Auge sah sie bereits die fertige Hose – wie sie sich an Elizas schlanke Hüften schmiegte, ihre Beine noch länger aussehen ließ und ein Lächeln auf ihr Gesicht zauberte, weil sie richtige Taschen hatte.

Bevor sie auch nur einen einzigen Stich nähen konnte, ging Salem zum fünfzehnten Mal in Folge an ihr vorbei zum Kühlschrank. Wie die vierzehn Male zuvor spähte sie hinein, schloss dann aber die Tür, ohne etwas herauszunehmen.

Denny nahm ihren Fuß vom Pedal. »Was ist los mit dir?«

Salem wandte sich um. Der Ausdruck auf ihrem Gesicht war der gleiche wie vor zwanzig Jahren, als Denny sie dabei erwischt hatte, wie sie den Käsekuchen verschlang, den ihre Mutter zum Abkühlen auf die Arbeitsfläche gestellt hatte. »Nichts.« Sie kam zu Denny herüber und zeigte auf die halb fertige Jeans. »Ich dachte, du wärst für heute mit den Bestellungen fertig.«

»Zwei sind noch reingekommen, aber die Hose ist für Eliza.« Denny streichelte den Stoff mit ihren Fingerspitzen.

»Noch ein Paar? Wie viele Hosen braucht sie denn?«

»So viele, wie sie will«, sagte Denny. »Außerdem ist es schon ewig her, dass ich ihr ein neues Paar gemacht habe. Ich hatte nicht die Zeit, seit ich im *Grocery Port* gekündigt habe, um mich auf *Richtige Taschen* zu konzentrieren.«

Salem nickte unverbindlich und ging zurück zum Kühlschrank.

Denny beobachtete sie. Das letzte Mal, als sie ihre Schwester so unruhig und so wählerisch beim Essen erlebt hatte, war vor zwölf Jahren gewesen, als Salem … »O Gott!«

Salem wirbelte herum. »Was ist passiert? Hast du dich gestochen?«

»Nein.« Denny sprang auf und ging zu ihr in die Küche. Sie ergriff beide Hände ihrer Schwester. »Salem, bist du zufällig, ähm, schwanger?«

»Was?« Salem zog ihre Hände weg. »Nein! Wie kommst du denn auf so etwas?«

»Weil du etwa eine Million Mal in den Kühlschrank geschaut hast, aber scheinbar auf nichts Lust hattest. Das letzte Mal, als ich dich so unruhig erlebt habe, war, als du all deinen Mut zusammengenommen hast, um mir zu beichten, dass du schwanger warst.«

Salem wedelte wild mit der Hand. »Pst. Hör auf, ständig dieses Wort zu sagen. Ich bin nicht … du weißt schon was. Wenn Bella das hört, dann lässt sie mir wieder keine Ruhe, so wie damals, als sie fünf war und unbedingt ein Schwesterchen wollte.«

»Du bist also nicht … du weißt schon?«

»Nein.«

Denny lächelte sie an. »Wie schade. Du machst tolle Kinder.«

Salem fixierte sie mit einem strengen Blick, aber ihre Mundwinkel hoben sich zu einem Lächeln. »Stimmt. Na ja, mit deiner Hilfe. Aber ich glaube, ich belasse es bei Bella.«

»Wenn es daran nicht liegt, wieso bist du dann so nervös wie ein Kaninchen in einem Zwinger voller Jagdhunde?«

Salem betrachtete ihre Fingernägel, drehte dann ihre Hände um und untersuchte auch ihre Fingerkuppen.

Ein Kloß setzte sich in Dennys Kehle fest. Also hatte Salem wirklich etwas auf dem Herzen, wusste aber nicht, wie sie es ihr sagen sollte. »Du bist doch nicht krank, oder?«

»Nein, es geht mir gut.«

»Okay, dann raus mit der Sprache, bevor ich noch einen Herzinfarkt bekomme.«

Salem nahm ihre Hand und zog sie zur Couch.

Oh, oh. Wenn sie sich setzen musste, konnte das nichts Gutes heißen. Dennys Knie wippte auf und ab. Sie wünschte, Eliza wäre jetzt hier, um sie zu beruhigen und ihr zu versichern, dass alles in Ordnung sein würde.

Salem hielt Dennys Knie fest. »Es ist jetzt ein Jahr her, seit Matt und ich unser erstes Date hatten.«

»Ich weiß. Der riesige Blumenstrauß, den er dir zu eurem Einjährigen geschenkt hat, war nicht zu übersehen.«

Salem stupste sie mit dem Ellbogen an. »He, das musst du gerade sagen! Im Vergleich zu dem Strauß, den du letzte Woche Eliza geschenkt hast, war meiner winzig.«

Na schön, vielleicht hatte sie es ein wenig übertrieben, aber es war der Jahrestag der SMS gewesen, die Eliza ihr versehentlich geschickt und mit der alles begonnen hatte. Dieser Tag würde für sie immer ein Grund zum Feiern sein. »Zurück zum Thema – Matt und du.«

»Es läuft richtig gut zwischen uns, und mit Bella geht er auch großartig um.« Salem umklammerte Dennys Knie fester und schielte zu ihr auf. »Wir wollen zusammenziehen.«

Denny sank haltsuchend gegen die Rückenlehne der Couch. »Oh.« Ein brennendes Gefühl breitete sich von ihrem Bauch hin zu ihrer Brust aus. Sie riss sich am Riemen. Zusammenbrechen konnte sie später, wenn sie bei Eliza war, aber jetzt musste sie ihre Schwester unterstützen. »Das ist toll.« Zumindest für Salem. Aber der Gedanke daran, was es für sie bedeuten würde, verursachte ihr Übelkeit.

Salem strahlte vor Glück, gleichzeitig hatte sie aber auch Tränen in den Augen. »Ein Teil von mir will nicht gehen«, flüsterte sie.

»Sei nicht albern.« Denny stupste sie rau an, in einem Versuch, ihre Gefühle im Zaum zu halten. »Matt ist ein netter Kerl.«

»Ich weiß. Er ist der Beste, und ich möchte mein Leben mit ihm teilen, aber es fühlt sich nicht richtig an, dich zurückzulassen.« Die Tränen, die in Salems Augenwinkeln gehangen hatten, flossen über und kullerten ihre Wangen hinab. »Als Mama und Papa mich rausgeschmissen haben ... Ich weiß nicht, was aus Bella und mir geworden wäre, wenn du nicht gewesen wärst. Du warst all die Jahre unser Fels in der Brandung, und ich werde nie wiedergutmachen können, was du für uns getan hast.«

Denny schluckte ihre eigenen aufsteigenden Tränen hinunter. »Du musst nichts wiedergutmachen.« Ihre Stimme war heiser. »Wir sind eine Familie.«

»Ich weiß. Und das werden wir auch immer bleiben. Ich hoffe, das weißt du.« Salem griff nach Dennys Hand und zog sie auf ihren Schoß. »Auch wenn wir nicht mehr im selben Haus wohnen werden, möchte ich, dass du Teil unseres Lebens bist.«

»Keine Sorge, so leicht wirst du mich nicht los.« Denny brauchte all ihre Selbstbeherrschung, um die Hand ihrer Schwester nicht zu fest zu umklammern. Sie wusste, dass es an der Zeit war, loszulassen. »Ich werde so oft bei euch sein, dass du am liebsten die Schlösser austauschen wirst, um mich draußen zu halten.«

Salem warf ihr einen ungläubigen Blick zu. »Als ob du dich lange genug von Eliza losreißen könntest, um die ganze Zeit bei uns rumzuhängen.«

»Ich bringe sie natürlich mit.«

»Hört sich gut an.« Salem suchte in ihrer Hosentasche nach einem Taschentuch, fand aber keines.

Denny griff in ihre eigene Tasche und reichte ihr eines. »Du trägst eine Jeans von *Richtige Taschen* und hast trotzdem keine Taschentücher dabei?«

»Ich weiß, ich weiß.« Salem putzte sich die Nase. »Was für eine Mutter bin ich denn?«

»Eine wundervolle. Du und Bella werdet gut zurechtkommen.«

Salem ließ das Taschentuch fallen und warf sich Denny in die Arme. »Vielen Dank. Nicht nur für das Taschentuch. Für alles«, flüsterte sie an ihrer Schulter. »Ich werde dich wahnsinnig vermissen.«

»Ich dich auch.« Denny presste ihre Lippen zusammen, aus Angst, in Tränen auszubrechen, falls sie mehr sagen würde. »Du musstest unbedingt meine PMS-Woche wählen, um es mir zu sagen, oder?«

»Ups, tut mir leid.« Salem grinste schief.

Nach ein paar Minuten löste sich Denny von ihr. »Also, wann werdet ihr umziehen?«

»Wir dachten am Ende des Monats.«

So bald schon? Denny versuchte, sich ihre Gefühle nicht anmerken zu lassen.

»Matt ist fast damit fertig, das Haus zu renovieren, das er von seiner Großmutter geerbt hat«, sagte Salem. »Du musst es dir unbedingt demnächst ansehen. Es ist wunderschön geworden. Und das Beste daran: Es ist ganz in der Nähe. Bella wird nicht mal die Schule wechseln müssen.«

Denny atmete auf. Das war eine ihrer Sorgen gewesen. Wie Denny kam ihre Nichte nicht gut mit Veränderungen zurecht. »Oh, super.«

»Ja. Für dich ist es auch gut. So kannst du jederzeit vorbeikommen.«

»Vorausgesetzt, ich bleibe hier wohnen. Ich bin mir nicht sicher, ob ich mir die Miete allein leisten kann, selbst jetzt, wo's mit *Richtige Taschen* so gut läuft.«

Salem nagte an ihrer Unterlippe und betrachtete sie mit einem hoffnungsvollen Blick. »Meinst du, Eliza will vielleicht bei dir einziehen?«

Denny ritzte mit dem Fingernagel ein Muster in das Knie ihrer Jeans. Jeden Tag mit Eliza aufzuwachen, jeden Morgen und jeden Abend mit ihr zu verbringen, würde einen Traum wahr werden lassen. Aber es kam nicht nur auf ihre eigenen Wünsche an und Eliza hatte bisher nicht angedeutet, dass sie zusammenziehen wollte. »Ich will sie nicht unter Druck setzen. Ihre Unabhängigkeit ist ihr wichtig, zumal sie ihrer Familie gegenüber hart dafür kämpfen musste.«

»Mensch, Denny! Frag sie doch einfach.«

»Hm. Vielleicht mache ich das.« Sie bezweifelte jedoch, dass sie in absehbarer Zeit den Mut dazu aufbringen würde. Sie schlang einen Arm um Salem und zog sie an ihre Seite. »Also, wer hatte den Mumm, den anderen zu fragen, ob er zusammenziehen möchte? Du oder Matt?«

Salem lachte. »Ich natürlich! Manchmal könnte man meinen, du und Matt wärt verwandt. Er macht schon seit Monaten ständig Andeutungen. Er hat mich und Bella die Fliesen und Arbeitsflächen für sein neues Haus aussuchen lassen und eines der Zimmer in Bellas Lieblingsfarbe gestrichen. Aber immer wenn ich dachte, dass er jetzt endlich fragen würde, hat er gekniffen.«

»Der Ärmste.«

»Der Ärmste?«, wiederholte Salem. »Ich Ärmste! Würde ich darauf warten, bis er sich endlich traut zu fragen, wäre ich Großmutter!«

»Davon mal abgesehen finde ich, ihr passt richtig gut zueinander.«

»Das finde ich auch«, sagte Salem leise.

»Aber einen großen Nachteil hat es schon.«

Salem runzelte die Stirn. »Welchen Nachteil?«

Denny bemühte sich, eine ernste Miene beizubehalten. »Wenn du ihn heiratest, bist du Mrs Kowalczyk.«

Salems Haare strichen über Dennys Schulter, als sie energisch den Kopf schüttelte. »Nein. Er wird dann Mr Jacobs. Außerdem werden wir nicht heiraten. Zumindest noch nicht.«

Denny lächelte breit. Das hatten sie und Eliza letztes Jahr auch gesagt, doch mit jedem Tag, der verging, wuchs die Gewissheit, dass sie den Rest ihres Lebens mit ihr verbringen wollte.

»Hast du es Bella schon gesagt?«, fragte Denny nach einer Weile.

Salem schnaubte. »Glaubst du im Ernst, sie könnte so etwas auch nur eine Sekunde lang vor dir geheim halten? Ich hatte gehofft, du würdest mir helfen, es ihr zu sagen.«

Denny stand auf und zog Salem mit sich hoch. »In Ordnung. Lass es uns ihr sagen.«

»Jetzt?«

»Was du heute kannst besorgen ...«

Salem deutete mit beiden Zeigefingern auf sie. »Behalt diese Einstellung bei, wenn du später zu Eliza fährst. Auf dem Klingelschild unseres Reihenhäuschens könnte bald ihr Name stehen.«

Denny hielt die Luft an, als Bella über die Neuigkeiten nachzudenken schien.

»Also, was sagst du dazu?«, fragte Salem leise.

Bella zupfte an ihrer Bettdecke. »Würden wir mit ihm in das neue Haus ziehen?«

»Ja. Erinnerst du dich noch an das große Zimmer, für das du die Farbe ausgesucht hast?« Salem wartete, bis Bella nickte. »Das wäre deins.«

Vorfreude glomm in Bellas Augen, doch weder lächelte sie, noch sagte sie etwas.

Als Salem den Mund öffnete, schüttelte Denny den Kopf, denn sie wusste, dass Bella etwas Zeit brauchte, um nachzudenken und sich ein Urteil zu bilden.

»Ich könnte doch weiter in meine Schule gehen, oder?« Bella klang jung und verletzlich, nicht wie die toughe, reife Beinahe-Zwölfjährige, die sie meist vorgab zu sein.

»Ja, natürlich.«

»Wenn wir neue Möbel kaufen, kann ich dann ein Hochbett haben? Du weißt schon, so eins mit Schreibtisch darunter.«

»Klar doch, Schatz«, sagte Salem. »Wenn du das willst, besorgen wir dir eins.«

Bella schien noch eine Weile zu grübeln. »Dann wär das für mich okay. Wir könnten alle …« Sie hielt inne und machte ein langes Gesicht. Zögernd sah sie zu Denny auf, die hinter Salem am Fußende des Bettes stand. »Du kommst nicht mit, oder?«

»Nein, Kleine.« Dennys Stimme versagte. *Nicht weinen. Bloß nicht weinen, verdammt!*

Bella starrte sie schockiert an, als könnte sie sich nicht vorstellen, in einem Haus zu leben, in dem Denny nicht wohnte.

Schnell fügte Denny hinzu: »Aber das neue Haus liegt so nah, dass du rüberspucken und mich treffen könntest. Ich verspreche, dass wir uns trotzdem ständig sehen werden. Du kannst vorbeikommen, wann immer du willst. Ich lasse dein Zimmer genau so, wie es jetzt ist, und du wirst hier immer ein Zuhause haben.« Vorausgesetzt, sie schaffte es irgendwie, allein die Miete für das Reihenhaus aufzubringen … oder Eliza davon zu überzeugen, bei ihr einzuziehen.

Bella überlegte einen Moment lang. »Zwei Zimmer zu haben, ist irgendwie cool. Aber es ist trotzdem seltsam. Wie damals, als Kaylees Eltern sich haben scheiden lassen.«

Denny lachte und hoffte, dass es nicht nach einem Schluchzen klang.

»Ich verstehe, was du meinst, aber ich hoffe, du weißt, dass wir nicht ausziehen, weil deine Tante und ich uns gestritten haben oder weil wir uns – oder dich – nicht mehr lieben«, sagte Salem. Von ihrem Platz auf der Bettkante blickte sie über die Schulter zu Denny und dann zurück zu Bella. »Das wisst ihr doch beide, oder?«

Denny nickte zeitgleich mit Bella. Natürlich wusste sie das. Aber es tat trotzdem gut, es zu hören.

»Okay«, sagte Bella nach einer Weile. »Wir können umziehen. Aber nur, wenn du Matt zeigst, wie man Blaubeerpfannkuchen macht, Tante Denny. Mama schläft sonntags immer so lange. Wenn ich warten muss, bis sie aufsteht, werde ich verhungern.«

Salem lachte, aber ihre Stimme klang erstickt.

»Das kann ich machen«, sagte Denny halb lachend und halb schniefend. »Oder, noch besser, du könntest samstags bei mir übernachten, und wir machen die Pfannkuchen gemeinsam.«

Das schien Bella aufzumuntern, vielleicht weil es ihr zeigte, dass Denny noch immer ein Teil ihres Lebens sein würde. »Abgemacht.« Sie hielt ihre Hand zum Abklatschen in die Höhe.

Denny ging um Salem herum, um der Aufforderung nachzukommen. Dann beugte sie sich vor und küsste Bella auf die Stirn. »Du wirst immer meine Lieblingsnichte sein, das weißt du doch, oder?«

»Ich bin deine einzige Nichte.« Bellas Kopf schnellte herum und sie starrte Salem an. »Ich bin doch ihre einzige Nichte, oder? Du bist nicht schwanger oder so?«

Salem schlug die Hände über dem Kopf zusammen. »Wieso glaubt ihr beide ständig, ich sei schwanger? Fürs Protokoll: Ich bin nicht schwanger. Das nächste neue Mitglied der Familie Jacobs wird Eliza sein, kein Baby. Falls deine Tante je den Mut aufbringt, ihr einen Antrag zu machen.«

Bella setzte sich im Bett auf. »Das solltest du echt machen. Dann wärst du nicht allein.« Während sie vorhin jünger geklungen hatte, wirkte sie jetzt mit ihrer ernsten Miene älter. Doch dann glitt ein Grinsen über ihr Gesicht und sie fügte hinzu: »Und wir hätten jemanden, der die Küche putzt, wenn wir Blaubeerpfannkuchen machen.«

»Meine Güte, bist du eine Romantikerin!«, scherzte Denny, um die Stimmung aufzulockern. »Das hast du definitiv nicht von mir.«

Salem erhob sich von der Bettkante und küsste Bella ebenfalls auf die Stirn. »Wir reden morgen weiter. Kommst du zurecht mit allem, worüber wir gesprochen haben? Glaubst du, du wirst schlafen können?«

»Kann ich das Buch zu Ende lesen?« Bella hielt ihren Fantasyroman in die Höhe. »Es ist noch früh und ich kann morgen ausschlafen.«

Salem warf einen Blick auf die verbleibenden Seiten hinter dem Lesezeichen. »In Ordnung. Ich schaue später noch mal nach dir. Aber wenn das Buch langweilig ist oder du reden willst, komm nach unten, ja?« Als Bella nickte, ging Salem zur Tür.

»Ich fahre gleich zu Eliza, deshalb sage ich jetzt schon mal gute Nacht.« Denny küsste ihre Nichte noch einmal auf die Stirn und blieb dann neben dem Bett stehen. *Jetzt komm schon! Es ist ja nicht so, als würden die beiden heute Nacht ausziehen. Sie wird noch da sein, wenn du morgen von Eliza zurückkommst.* Sie zwang sich, Salem zu folgen. Als sie die Tür erreichte, blickte sie zurück.

Bella hatte das Buch noch nicht geöffnet, um weiterzulesen. »Tante Denny?«

»Ja?«

»Wenn ich nicht mehr bei dir wohne ...« Bella zog mit dem Finger eine Rille in ihre Bettdecke, wie ein Pflug auf einem Feld. »Kann ich dann trotzdem noch dabei sein, wenn Eliza und die Zwillinge zum Basteln vorbeikommen?«

Das war es, was sie beunruhigt hatte? Manchmal funktionierte das Gehirn einer Elfjährigen wirklich auf seltsame Weise. »Natürlich. Ich käme nie auf den Gedanken, eine Bastelstunde ohne dich abzuhalten.«

Bella glättete die Rille, die sie gemacht hatte, mit der Hand. »Super. Gute Nacht.«

»Gute Nacht.« Denny musterte sie noch einige Sekunden lang, bevor sie sich umdrehte und die Treppe hinunterging. Sie konnte es kaum erwarten, zu Eliza zu kommen und in ihre Arme zu sinken, wo sie endlich aufhören konnte, ihre Gefühle in Schach zu halten.

Auf der letzten Treppenstufe fiel ihr ein, dass sie nicht zu Elizas Wohnung fahren würde. Sie hatten sich mit Heather bei ihrem Lieblingsitaliener verabredet.

Normalerweise traf sie sich gern mit Heather und hörte sich die neuesten Geschichten an, die diese mit den Kindern im Schulbus erlebt hatte, aber im Moment war die Einzige, die sie sehen wollte, Eliza.

Irgendetwas stimmte nicht mit Denny. Eliza hatte es sofort gespürt, als sie das Restaurant betreten hatte. Zuerst hatte sie gedacht, Denny müsse sich erst wieder daran gewöhnen, unter Menschen zu sein, nachdem sie die ganze Woche von zu Hause aus gearbeitet hatte, aber daran lag es nicht.

Denny pflückte ein Stück Artischockenherz von ihrer Pizza, schob es in den Mund und kaute mit so wenig Begeisterung, als wäre es ein Stück Pappe.

»Alles in Ordnung?«, fragte Eliza leise.

Denny nickte. »Es geht mir gut.«

Nachdem sie neun Monate lang jedes Wochenende und die meisten Abende miteinander verbracht hatten, konnte Eliza unterscheiden, wann es Denny wirklich gut ging und wann sie nur nicht darüber reden konnte oder wollte. Im Moment handelte es sich definitiv um Letzteres. Am liebsten hätte sie sofort nachgefragt, was los war, um Denny trösten zu können, aber sie wusste, dass sie Denny jetzt nicht drängen durfte.

»Also, wer übernimmt morgen unseren Stand auf dem Markt?«, fragte Denny. »Heather, sind wir beide an der Reihe?«

Dass Denny *unseren Stand* gesagt hatte, brachte Eliza zum Lächeln. Sie ließ es zu, dass Denny das Thema wechselte, zog aber ihr Handy aus der Tasche, um ihr heimlich unter dem Tisch eine SMS zu schreiben.

»Ja, ich glaube, Eliza arbeitet lieber mit ihrer heißen Chefin am Stand der *Gefiederten Freunde*«, meinte Heather.

»Quatsch«, sagte Eliza. »Ich habe selbst eine heiße Freundin und Dee weiß nicht mal, dass außer Austen noch andere Frauen existieren.« Als die Kellnerin Heather ablenkte, indem sie fragte, ob sie noch etwas Wein haben wollte, tippte Eliza rasch. *Was ist los? Muss ich jemandem in den Hintern treten? Wäre kein Problem. Ich hab meine Glücksbringerschuhe an.*

Ohne hinzusehen, schoss sie ein Foto von ihren Sneakers und schickte es Denny.

Das zauberte ein Lächeln auf Dennys Gesicht. Sie schob ebenfalls ihr Handy unter den Tisch und kurz darauf erschien eine Nachricht auf Elizas Display. *Kein Arschtritt erforderlich. Ich erzähle es dir später.*

Heather musterte beide belustigt. »Wollt ihr zwei kurz allein sein?«

»Nein.« Denny steckte ihr Handy weg und Eliza tat es ihr nach. »Entschuldige. Das war unhöflich von uns.«

»Ihr beide habt Glück, dass ihr so ein verdammt süßes Paar seid, deshalb lass ich es euch noch mal durchgehen.« Dann wurde Heather ernst und betrachtete Denny mit besorgter Miene. »Aber ist wirklich alles in Ordnung mit dir?«

Denny senkte den Blick auf ihre Pizza. Für einen Moment dachte Eliza, sie würde erneut behaupten, es ginge ihr gut, doch dann sah Denny wieder auf und musterte Heather eingehend. Schließlich nickte sie, als hätte sie entschieden, dass Heather ihr Vertrauen verdiente. »Mehr oder weniger. Meine Schwester und Bella ziehen Ende des Monats aus.«

Himmel! Kein Wunder, dass Denny völlig neben sich stand! Eliza griff unter den Tisch und nahm ihre Hand.

Dankbar umklammerte Denny ihre Finger.

Heather legte ihr Stück Pizza weg. »Das ist eine große Veränderung. Für euch alle. Ist das okay für dich?«

»Es ist gewöhnungsbedürftig, aber ich komme schon klar.« Denny lachte, hielt sich aber verzweifelt an Elizas Hand fest. »Bella fällt es schwerer, sich an die Veränderung zu gewöhnen. Sie hat gesagt, sie zieht nur bei Matt ein, wenn ich ihm vorher beibringe, wie man Blaubeerpfannkuchen macht.«

Elizas Herz schmerzte vor Mitgefühl. Sie wusste, dass Denny lachte, weil sie ihre Trauer und die Angst über diese gewaltige Veränderung nicht zulassen konnte. Nicht in der Öffentlichkeit. Nicht, solange außer Eliza noch andere Leute in der Nähe waren.

Heather lachte, warf Eliza jedoch einen fragenden Blick zu. Sie spürte, dass es Denny nicht gut ging, aber sie wusste nicht, ob sie es ihr durchgehen lassen sollte.

Eliza schüttelte fast unmerklich den Kopf. Dies war weder der richtige Zeitpunkt noch der richtige Ort, an dem Denny ihren emotionalen Schutzpanzer ablegen und ihr großes, weiches Herz offenbaren konnte.

»Schon seltsam, was Bella am meisten Sorgen macht. Es war ihr sehr wichtig, dass wir sie nach wie vor zum Bastelunterricht einladen.« Dennys Lächeln wirkte weniger gezwungen und ein warmer Glanz trat in ihre Augen, als sie Eliza ansah. »Ich glaube, sie ist ein bisschen in dich verknallt. Kann ich ihr nicht verübeln.«

»Ähm, Schatz, ich bin mir ziemlich sicher, dass sie nicht meinetwegen unbedingt zum Bastelunterricht kommen will«, antwortete Eliza. »Ich glaube, sie ist in Polly verknallt.«

Gut, dass Denny ihre Pizza sowieso kaum angerührt hatte, sonst wäre sie jetzt daran erstickt. Sie starrte Eliza an. »Was? Nein! Sie ist doch erst elf.«

»Sie ist fast zwölf. Du warst auch nur ein Jahr älter, als du dich in deine beste Freundin verliebt hast.«

Heather nickte. »Gehört bei uns Lesben praktisch zum Erwachsenwerden dazu. War bei mir auch so.«

Denny nahm einen großen Schluck von ihrem Bier. »Glaubst du wirklich, meine Nichte könnte in deine Nichte verliebt sein? Woher willst du das wissen?«

»Jedes Mal, wenn sie Polly anschaut, hat sie diesen ganz besonderen Ausdruck in den Augen. Er erinnert mich daran, wie ihre Tante mich ansieht.«

Dennys verblüffter Gesichtsausdruck machte einem zärtlichen Lächeln Platz. Sie beugte sich vor und küsste Eliza sanft. Als der Kuss kurz darauf endete, sah Denny ihr in die Augen und deutete auf sich selbst. »Meinst du diesen Blick?«

»Ja, genau. Den hab ich gemeint.«

Denny lächelte und der Schatten von Trauer wich aus ihrem Gesicht.

Heather warf ein Stück Pizzarand über den Tisch. »Gott, ihr zwei! Und ich dachte, diese Flitterwochenphase würde vorbeigehen. Es ist total süß, aber eins kann ich euch sagen: Wenn ihr morgen wieder zu spät zum Markt kommt, braucht es mehr als ein paar Waffeln, um das wiedergutzumachen.«

»Meine Güte, das ist bloß ein einziges Mal passiert«, sagte Eliza. Ihr Geburtstag im vergangenen Monat zählte nicht, weil Heather ihr gesagt hatte, sie solle ausschlafen.

Dennys Erröten verriet, dass auch sie an jenen Morgen dachte.

Heather blickte zwischen ihnen hin und her und lächelte. »Ich will ganz sicher nicht wissen, was dieses Erröten bedeutet.« Sie deutete auf

Dennys Pizza. »Aber du solltest lieber aufessen, damit du mit deiner jüngeren Liebsten da drüben mithalten kannst.«

Denny funkelte sie an, griff dann aber nach einem Stück Pizza und biss herzhaft hinein.

Zwei Stunden später lag Denny auf Elizas Bett und klammerte sich an ihr fest, während sie ihr all die Einzelheiten erzählte, über die sie im Restaurant nicht hatte sprechen wollen. Normalerweise hasste sie es, vor anderen zu weinen und sich verwundbar zu machen, aber Eliza gegenüber empfand sie keinerlei Scham, als die Tränen flossen, die sie den ganzen Abend lang zurückgehalten hatte.

Eliza drückte mit einer Hand Dennys Kopf gegen ihre Schulter, während sie mit der anderen beruhigende Kreise entlang ihres nackten Rückens beschrieb. Sie ließ Denny reden, ohne sie zu unterbrechen. Als Denny alles erzählt hatte, wischte sie ihr zärtlich mit dem Handrücken die Tränen von den Wangen und küsste ihre Augenwinkel. »Anfangs wird es seltsam sein, sie nicht um dich zu haben, aber du wirst schon klarkommen. Du bist nicht allein, das weißt du doch, oder?«

Da sie ihrer Stimme noch nicht traute, nickte Denny lediglich.

»Du hast mich und meine gesamte Familie, und es ist ja nicht so, als würden Salem und Bella nach Tibet ziehen, wo du sie nicht besuchen kannst.«

»Ich weiß.« Denny seufzte. »Ich benehme mich total kindisch.«

»Nein, tust du nicht«, sagte Eliza. »Du lebst schon seit Bellas Geburt mit den beiden zusammen. Es ist eine große Umstellung. Das verstehe ich vollkommen.«

Elizas Verständnis tat gut. Denny rollte sich auf den Rücken und zog Eliza mit sich, sodass sie ihre bevorzugte Kuschelposition einnahmen, wobei Elizas Bein quer über ihren Oberschenkeln lag und ihre Hand auf Dennys Brust ruhte.

»Was meinst du, was du am meisten vermissen wirst?«, fragte Eliza leise.

Denny streichelte ihren Rücken mit den Fingerspitzen, während sie darüber nachdachte. »Es mag seltsam klingen, aber ich glaube, am meisten wird mir fehlen, nicht von dem Lärm geweckt zu werden, den Bella in der Küche macht, wenn sie nach Frühstückszutaten sucht. So sehr ich meine Schwester auch liebe, ich glaube, Bella wird mir mehr fehlen.«

»Eigentlich logisch. Im Grunde warst du die ganze Zeit ein zweiter Elternteil für sie. Du hast deinen Tagesablauf total auf sie abgestimmt, vor allem seit du von zu Hause aus arbeitest. Meistens warst du diejenige, die für sie gekocht und sie zum Bus gebracht und wieder abgeholt hat.«

»Obwohl sie immer darauf bestanden hat, dass sie ...«

»Kein kleines Kind mehr ist und allein nach Hause gehen kann«, beendeten sie gemeinsam den Satz und lachten dann.

Endlich ließ das Brennen in Dennys Kehle nach. »Nach fast zwölf Jahren muss ich mich erst mal daran gewöhnen, nicht mehr für ein Kind verantwortlich zu sein. Aber wie du schon sagtest, ich werde schon klarkommen. Früher oder später.«

Als Eliza zustimmend brummte, streifte ihr Atem Dennys Schulter. Doch sie sagte nichts.

Denny strich mit dem Finger über ihre Taille. »Alles in Ordnung? Du bist plötzlich ganz still geworden.«

»Ich denke nur nach.«

»Worüber?«

Eliza stützte sich auf einer Hand in die Höhe und sah auf Denny herab. »Ähm, vielleicht musst du dich nicht daran gewöhnen, wenn du das nicht willst.«

»Woran muss ich mich nicht gewöhnen?« Denny ging in Gedanken noch einmal ihr Gespräch durch, war sich aber nicht sicher, was Eliza meinte.

Eliza knabberte an ihrer Unterlippe. Sie senkte den Blick, hob ihn dann aber wieder und schaute Denny ins Gesicht. »Nicht für ein Kind verantwortlich zu sein.«

Dennys Herz hämmerte gegen ihre Rippen. »Du meinst doch nicht etwa ...?«

»Ich weiß, dass ich den zweiten Schritt vor dem ersten mache, aber hast du schon mal daran gedacht, wie es wäre, wenn wir selbst ein Kind hätten?«

Wow. Eliza sprach tatsächlich über das, was Denny vermutet hatte! Der Gedanke an ein Baby, das Elizas Augen oder ihr niedliches Lächeln hatte, ließ das Brennen in ihrer Kehle wieder aufflammen. Himmel, sie wünschte sich das so sehr, aber war das nicht zu egoistisch? »Ich weiß nicht so recht, Eliza. Ich bin zweiundvierzig.«

»Stimmt.« Ein verschmitztes Grinsen stahl sich auf Elizas Lippen. »Du bist eine ältere Mitbürgerin. Das vergesse ich immer wieder, hauptsächlich wegen all der Dinge, die du mit mir anstellst ...« Ein Stöhnen entfuhr ihr. »Das fühlt sich immer an, als wärst du definitiv im besten Alter.«

Denny konnte sich ein Lächeln nicht verkneifen. »Na ja, ich habe die richtige Motivation.«

Ihre Lippen trafen sich zu einem zärtlichen Kuss. Dann hielten sie inne, die Beine miteinander verschlungen, und starrten einander an.

»Ist das wirklich dein Ernst? Du willst ein Baby mit mir haben?«, flüsterte Denny. »Wir wohnen nicht mal zusammen. Es sei denn, du möchtest das ändern?«

»Möchtest du es denn ändern?«

Diese Frage war viel einfacher zu beantworten. »Na ja, ich mag das Reihenhaus und ich hätte gern, dass du dort einziehst. Ich weiß, es würde bedeuten, dass du jeden Tag pendeln musst, und ich würde es voll und ganz verstehen, wenn dir das zu viel wäre und du deine Wohnung nicht aufgeben willst. Ich meine, sie ist gemütlich und günstig gelegen und direkt neben Heathers, deshalb kö–«

»Du bist süß, wenn du ins Plappern kommst.« Eliza rieb ihre Nase an Dennys. »Ja.«

»Ähm, danke. Ich hab mir gedacht, du könntest vielleicht die Straßenbahn zur Arbeit nehmen und ...« Endlich hatte ihr Gehirn verarbeitet, was Eliza eben gesagt hatte. »Ja? Hast du Ja gesagt?«

»Ja, das habe ich. Was macht es schon, jeden Tag pendeln zu müssen, wenn ich dafür jeden Abend zu dir nach Hause komme?«

Sie küssten sich erneut, dann noch einmal.

Dennys ganzer Körper bebte vor Glück. Sie würde ein Zuhause mit Eliza teilen dürfen! Aber das war noch nicht alles. Eliza wollte auch, dass sie zusammen ein Kind bekamen. »Ich habe früher schon erwähnt, dass ich mich zu alt für ein Baby fühle. Aber du hast nie davon gesprochen, Kinder zu wollen.«

»Wir haben über Kinder im Allgemeinen gesprochen, nicht darüber, gemeinsam welche zu haben«, sagte Eliza. »Und damals war ich mir nicht sicher, ob Kinder zu meiner Lebensplanung passen. Ich meine, ich wollte sie nie nicht, aber ...«

»Ähm, wie bitte?« Dennys Gedanken überschlugen sich. »Jetzt hast du mich verloren.«

»Noch vor einem Jahr hatte ich nicht das brennende Bedürfnis nach einem Baby. Ich hatte auch nichts dagegen, aber Kinder waren für mich eher ein nettes Extra, nicht etwas, was ich unbedingt brauchte, um glücklich zu sein.«

»Ich weiß noch, wie du SongBoy77 hast sitzen lassen, als er erwähnt hat, dass du seine Kinder bekommen sollst.« Die Erinnerung brachte Denny zum Lachen.

Eliza schnaubte. »Ja, und dann hast du mir eine Ausrede geliefert, das Date abzubrechen, indem du getan hast, als würdest du Drillinge gebären.«

»Hm, dem Thema konntest du wohl nicht entkommen. Was ist inzwischen anders?«

»Ich habe mich in dich verliebt«, sagte Eliza mit der typischen Offenheit, die Denny so sehr bewunderte. Ihre Augen leuchteten. »Als ich dich kennengelernt habe, war das, als würde ich in meine Lieblingssneakers schlüpfen. Es hat einfach gepasst. Wir passen zueinander. Du bist liebevoll und treu und kannst wunderbar mit Kindern umgehen. Wenn ich dich mit Bella oder meinen Nichten und meinem Neffen beobachte, schmelze ich förmlich dahin.« Sie stieß einen wehmütigen Seufzer aus. »Aber wenn du kein Baby mit mir haben möchtest, ist das völlig in Ordnung. Das funktioniert nur, wenn du es auch willst, und wenn nicht, musst du nie befürchten, dass ich es dir irgendwann verübeln werde.«

Ein dicker Kloß setzte sich in Dennys Kehle fest, sodass sie nur mit Mühe sprechen konnte. »Das ist es nicht, wovor ich Angst habe.«

Eliza streichelte sanft ihr Haar. »Was dann?«

»Ich werde schon …« Denny brach ab. Jetzt redete sie schon so, als würde es tatsächlich bald Wirklichkeit werden! »Ich *wäre* schon über sechzig, wenn das Kind die Schule abschließt.«

»Tja, ich schätze, dann muss ich eben diejenige sein, die ihr oder ihm das Fußball- und Baseballspielen beibringt, während du die weniger anstrengenden Sachen übernimmst.« Ein neckisches Grinsen umspielte Elizas Mundwinkel.

»Du?« Denny stupste sie spielerisch mit dem Finger an. »Ich liebe dich über alles, aber für Ballsportarten hast du kein Talent.«

»Hey, ich habe mit meinen olympiareifen Basketballwürfen Ms Unterbiss für dich gewonnen.«

Denny rieb sich gespielt nachdenklich das Kinn. »Hm, stimmt.«

»Und bei bestimmten anderen körperlichen Aktivitäten bin ich auch ziemlich talentiert.« Mit einem leidenschaftlichen Blick ließ Eliza einen Finger um die Rundung von Dennys Brust gleiten.

Ein Prickeln ging durch Dennys Körper. Sie bedeckte Elizas Hand mit ihrer eigenen, um nicht von ihrer Unterhaltung abgelenkt zu werden.

Eliza wurde wieder ernst und drückte ihre Finger auf Dennys Brust, direkt oberhalb ihres wild klopfenden Herzens. »Was geht in deinem hübschen Kopf vor? Ganz ehrlich, wenn du das nicht willst –«

»Ich will es«, flüsterte Denny so leise, dass sie ihre eigene Stimme über das Rauschen in ihren Ohren kaum hören konnte. »Ich will ein Baby mit dir.« Sie wollte alles mit Eliza teilen – ihr Leben, ihr Zuhause, eine Familie. »Ich habe nur Angst davor, diesen Wunsch zuzulassen. Was, wenn etwas schiefgeht?«

»Dann werden wir das gemeinsam durchstehen. Du bist ein großes Risiko eingegangen, indem du dich mit mir, einer scheinbar heterosexuellen Frau, eingelassen hast, und ich bin ein Risiko für dich eingegangen. Vielleicht ist es an der Zeit, dass wir gemeinsam ein Risiko eingehen.«

Bei Eliza klang das so richtig und leicht. Womöglich würde es nicht immer leicht werden, aber tief im Inneren wusste Denny, dass es richtig sein würde. Sie atmete langsam aus. »In Ordnung.«

»Ernsthaft?«

»Ja.« Jetzt, da Denny den Wunsch zugelassen hatte, konnte sie das strahlende Lächeln, das sich auf ihrem Gesicht breitmachte, nicht zurückhalten.

Eliza stieß einen Jubelschrei aus, der wahrscheinlich das halbe Haus aufweckte. Aber das war Denny egal. »Wir werden es tun! Wir werden wirklich zusammenziehen und ein Baby bekommen und … o Gott!« Sie küsste Dennys Stirn, ihre Wangen, ihren Mund, dann ließ sie ihre Lippen über Dennys Hals, ihre Brüste und die Rundung ihres Bauchs gleiten.

Denny stockte der Atem. Ihre Hüften hoben sich Eliza entgegen. »Ähm, was machst du da?«

Eliza grinste von ihrer Position dicht unterhalb von Dennys Bauchnabel zu ihr auf. »Na ja, wenn du die Mama sein wirst, die unserem Nachwuchs Fußball und Baseball beibringt, müssen wir dich fit halten.«

»Und das ist deine Vorstellung von einem angemessenen Fitnessprogramm?«

Eliza rutschte an Dennys Körper nach unten und küsste die empfindliche Haut an ihrer Leiste. »Beklagst du dich etwa?«

Ein Stöhnen entfuhr Denny. Sie spreizte ihre Beine, um Eliza leichteren Zugang zu schenken. »Nein«, brachte sie heraus. Ihr Atem ging bereits schneller. »Ganz im Gegenteil.«

»Gut.« Eliza knabberte an der Innenseite ihres Oberschenkels, was Denny dazu brachte, sich unter ihr zu winden. »Hm, vielleicht sollten wir Drillinge anstreben.«

Dennys Lachen wurde zu einem kehligen Stöhnen, als sie die Finger in Elizas Haaren vergrub und für den Rest des Abends Drillinge, Fitnessprogramme und alles außer Eliza vergaß.

Falls Ihnen dieses Buch gefallen hat, könnte Sie auch Jaes Roman *Vorsicht, Sternschnuppe* interessieren, in dem sich Elizas Chefinnen kennen- und liebenlernen. Am ersten Tag im neuen Job hat Verwaltungsassistentin Austen ein ungewöhnliches Zusammentreffen mit der attraktiven, aber unterkühlten stellvertretenden Chefin der Firma. Als die beiden gezwungen sind, zusammenzuarbeiten, beginnt das Eis rasch zu schmelzen.

Ebenfalls im Ylva Verlag erschienen

Vorsicht, Sternschnuppe

Jae

ISBN: 978-3-95533-261-7
Umfang: 382 Seiten (94.000 Wörter)

Sternschnuppen sollen eigentlich Glück bringen, aber als Austen am ersten Tag im neuen Job den Weihnachtsbaum der Firma schmücken soll, fällt ein Stern vom Baum und trifft Dee, die stellvertretende Chefin, am Kopf. Dee fühlt sich sofort zu Austen hingezogen, ist aber entschlossen, ihre Gefühle zu ignorieren, insbesondere, weil Austen keine Ahnung hat, dass Dee ihre Vorgesetzte ist.

Eine McElroy zu viel

KL Hughes

ISBN: 978-3-96324-413-1
Umfang: 212 Seiten (65.000 Wörter)

Fionas bester Freund Michael bittet sie, über Weihnachten mit zu seiner Familie zu kommen und sich als seine feste Freundin auszugeben. Zu dem ausgelassenen Klan der McElroys gehört auch Michaels faszinierende Schwester Lizzie. Je mehr Zeit Fiona mit Lizzie verbringt, desto schwerer fällt es ihr, so zu tun, als sei sie in Michael verliebt.

Poppy Jenkins

Clare Ashton

ISBN: 978-3-96324-190-1
Umfang: 291 Seiten (90.000 Wörter)

Poppy Jenkins führt ein zufriedenes Leben in einem kleinen Dorf in Wales. Eine Sache fehlt jedoch, die perfekte Frau an ihrer Seite. Nicht ganz einfach, denn sie ist die einzige lesbische Frau im Dorf.

Poppys Herz spielt verrückt, als plötzlich ihre ehemals beste Freundin im Dorf auftaucht.

Werden die beiden sich versöhnen und näherkommen?

Liebe im Trinkgeld inbegriffen

Alison Grey

ISBN: 978-3-95533-459-8
Umfang: 334 Seiten (95.000 Wörter)

Sherry lebt mit ihrem Sohn in einem Trailerpark. Mit Aushilfsjobs versucht sie, sich über Wasser zu halten.

Madison hingegen führt ein sorgenfreies Leben als Partygirl – bis ihre reiche Großmutter sie zu enterben droht, falls Madison nicht endlich erwachsen wird.

Als Madison auf Kellnerin Sherry trifft, kommt ihr eine Idee, die beider Leben auf den Kopf stellen wird.

Über Jae

Jae wuchs im Weingebiet Süddeutschlands auf. Schon als Kind war sie immer mit der Nase in einem Buch anzutreffen, was ihr den Spitznamen »Professor« einbrachte. Im Alter von elf Jahren begann sie dann mit dem Schreiben eigener Geschichten. Seit 2006 schreibt sie hauptsächlich auf Englisch.

Bis im Dezember 2013 arbeitete sie als Psychologin, gab dann aber ihren Beruf auf, um Vollzeitschriftstellerin und Teilzeitlektorin zu werden. In ihrer Freizeit liest sie nach wie vor gerne, frönt ihrem Eiscreme- und Schreibwarenfaible und schaut viel zu viele Krimiserien.

KONTAKT:

Webseite: www.jae-fiction.de
E-Mail: jae@jae-fiction.de

Bibliografische Information der Deutschen Bibliothek
Die Deutsche Bibliothek verzeichnet diese Publikation in der Deutschen Nationalbibliografie; detaillierte bibliografische Daten sind im Internet über www.dnb.de abrufbar.

1. Auflage
Taschenbuchausgabe November 2020 bei Ylva Verlag, e.Kfr.

ISBN: 978-3-96324-445-2

Dieser Titel ist auch als E-Book erschienen.

Korrektorat: Kati Krüger
Coverdesign: Streetlight Graphics

Kontakt:
Ylva Verlag, e.Kfr.
Inhaberin: Astrid Ohletz
Am Kirschgarten 2
65830 Kriftel
Tel: 06192/9615540
Fax: 06192/8076010
www.ylva-verlag.de
info@ylva-verlag.de
Amtsgericht Frankfurt am Main HRA 46713

Printed in Germany
by Amazon Distribution
GmbH, Leipzig

21104696R00226